Melodien der Sehnsucht

MIRA® TASCHENBUCH
Band 20054
1. Auflage: März 2015

MIRA® TASCHENBÜCHER
erscheinen in der Harlequin Enterprises GmbH,
Valentinskamp 24, 20354 Hamburg
Geschäftsführer: Thomas Beckmann

Konzeption/Reihengestaltung: fredebold&partner GmbH, Köln
Umschlaggestaltung: pecher und soiron, Köln
Redaktion: Maya Gause
Titelabbildung: Thinkstock/Getty Images, München; pecher & soiron, Köln
Satz: GGP Media GmbH, Pößneck
Druck und Bindearbeiten: CPI books GmbH, Leck – Germany
Printed in Germany
Dieses Buch wurde auf FSC®-zertifiziertem Papier gedruckt.
ISBN 978-3-95649-115-3

www.mira-taschenbuch.de

Werden Sie Fan von MIRA Taschenbuch auf Facebook!

Nora Roberts

Entscheidung in Cornwall

Roman

Aus dem Amerikanischen von
Andrea Fleming

1. KAPITEL

Er achtete darauf, dass sie ihn nicht sah, während er sie beobachtete. Sie hatte sich in den fünf Jahren kaum verändert. Die Zeit schien weder im Sturmschritt gelaufen noch im Schneckentempo gekrochen zu sein. Sie hatte scheinbar stillgestanden.

Ramona Williams war eine kleine, schlanke Frau, deren schnelle Bewegungen eine unterschwellige Nervosität verrieten. Ihre Haut hatte die goldene Bräune, die man nur von der kalifornischen Sonne bekommt, und mit ihren fünfundzwanzig Jahren hatte sie die weiche, taufrische Haut eines Kindes. Sie hätschelte sie, wenn es ihr gerade einfiel, und vernachlässigte sie, wenn sie sie vergaß, ihre Haut war dennoch immer gleichbleibend weich. Ramonas langes Haar war dicht, glatt und schwarz von Natur. Sie trug es meistens offen. Es reichte ihr bis an die Hüften.

In ihrem zarten Gesicht fielen besonders die hohen Wangenknochen auf. Ramona lächelte oft und gern, doch ihre Augen verrieten ihre Gefühle. Sie waren rauchgrau. Was immer Ramona empfand, spiegelte sich in diesen Augen. Sie hatte ein überwältigendes Verlangen danach, zu lieben und geliebt zu werden. Und dieses Verlangen, diese Sehnsucht waren ein Geheimnis ihres unglaublichen Erfolges. Es gab aber noch ein zweites: ihre Stimme – die herrliche, dunkle und samtene Stimme, die sie über Nacht berühmt gemacht hatte.

Ramona fühlte sich in einem Aufnahmestudio nie ganz wohl. Es glich einer Insel, war durch die gläserne Trennwand und die übrigen schalldichten Wände und Türen von der übrigen Welt abgeschnitten. Vor mehr als sechs Jahren hatte sie ihre erste Platte aufgenommen, aber sie hatte nie Gefallen an der Arbeit im Studio gefunden. Sie war für die Bühne geboren, brauchte den Kontakt mit dem Publikum, denn die Zuhörer ihrer Konzerte gaben der Musik Leben.

Für Ramona war ein Studio zu steril, sie verabscheute seine Technik. Wenn sie in einem Studio arbeitete wie eben, dann war das für sie nur ein Job. Und sie arbeitete hart.

Alles ging gut, es gab keine Schwierigkeiten. Ramona hörte so konzentriert einem Playback zu, dass die Umgebung um sie herum versank. Für sie gab es nur noch die Musik. Ich war gut, sagte sie sich, aber ich kann noch besser sein.

Etwas fehlte im letzten Lied, sie hatte etwas ausgelassen. Ohne genau zu wissen, was es war, war sie überzeugt, dass sie es finden könnte. Sie signalisierte dem Toningenieur, das Band zu stoppen.

„Marc?"

Ein blonder Mann mit der Figur eines Leichtgewichtringers kam zu Ramona in die Kabine. „Gibt's ein Problem?", fragte er und legte ihr leicht die Hand auf die Schulter.

„Die letzte Nummer, sie ist ein bisschen ..." Ramona suchte nach dem richtigen Wort. „Sie klingt irgendwie leer", sagte sie schließlich.

„Was meinst du?"

Sie hielt viel von Marc Ridgely als Musiker, und er war ein Freund, auf den sie sich verlassen konnte. Er war ein wortkarger Mann mit einer Leidenschaft für alte Western und Salzmandeln. Viele hielten ihn für einen der besten Gitarristen des Landes.

Jetzt strich er sich nachdenklich den Bart, Ramonas Ansicht nach eine Geste, die ihm mehrere Sätze ersparte. „Mach's noch einmal", sagte er dann. „Der Instrumentalteil ist in Ordnung."

Ramona lachte, und dieses Lachen klang so voll und warm wie ihre Singstimme. „Ein zwar grausames, aber gerechtes Urteil", sagte sie, setzte den Kopfhörer wieder auf und trat vor das Mikrofon. „Noch einmal die Singstimme von ‚Lieb und verlier'", wies sie die Tontechniker an. „Die für mich höchste Autorität hat erklärt, dass es an der Sängerin liegt, nicht an den Musikern."

Sie sah Marc noch schmunzeln, ehe sie sich auf das Mikrofon konzentrierte, und alles andere außer der Musik wurde unwichtig.

Ramona schloss die Augen und gab sich ganz ihrem Gesang hin. Sie interpretierte eine langsame, wehmütige Ballade, ihrer rauchig tiefen Stimme angepasst. Den Text hatte sie vor langer Zeit selbst geschrieben. Erst vor Kurzem hatte sie die Kraft gehabt, ihn öffentlich zu singen. Jetzt war nur Musik in ihrem Kopf, eine Notenfolge, die sie selbst arrangiert hatte. Und als ihre Stimme dazukam, wusste sie, dass das, was vorher gefehlt hatte, ihre Gefühle gewesen waren. Sie hatte Angst gehabt, sich preiszugeben, und hatte sich zurückgehalten. Jetzt gab sie sich rückhaltlos, und ihre Stimme verlieh ihren Gefühlen Ausdruck.

Ein Hauch von Schmerz erfüllte sie. Es war ein Schmerz, der seit Jahren tief in ihr begraben gewesen war. Sie sang, als könnten die Worte sie davon befreien. Aber der Schmerz war noch da, als das Lied zu Ende war.

Sekundenlang herrschte Stille, doch Ramona war zu benommen, um zu merken, dass die Kollegen vor Bewunderung und Ergriffenheit schwiegen. Sie riss sich den Kopfhörer herunter, der ihr plötzlich unerträglich schwer vorkam.

„Bist du okay?" Marc kam wieder zu ihr in die Kabine und legte ihr den Arm um die Schultern. Er fühlte, dass sie leicht zitterte.

„Ja." Ramona presste kurz die Finger an die Schläfen und lachte dann überrascht auf. „Ja, natürlich. Ich habe mich ziemlich hineingesteigert."

Er küsste sie auf beide Wangen – bei einem so zurückhaltenden Mann ein seltener Beweis von Zuneigung in der Öffentlichkeit. „Du warst fantastisch."

„Das habe ich gebraucht."

„Den Kuss oder das Lob?"

„Beides." Sie lachte und warf das lange Haar zurück. „Du weißt doch, dass Stars ununterbrochen bewundert werden wollen."

„Wo ist hier ein Star?", erkundigte sich ein Chorsänger.

Ramona bemühte sich, arrogant auszusehen, als sie zu ihm hinüberblickte. „Du", sagte sie unheilvoll, „bist leicht austauschbar." Der Sänger lachte nur. Er wusste, dass Ramona weder eingebildet war noch andere Starallüren hatte, und war daher nicht eingeschüchtert.

„Und auf wen wolltest du dich dann wohl bei den Aufnahmen stützen?"

Ramona wandte sich an Marc. „Nimm den Kerl mit raus, und erschieß ihn", sagte sie sanft, dann sah sie zur Tonkabine hinauf. „Das war's!", rief sie.

Ihr Blick blieb an dem Mann haften, der jetzt hinter der Glasscheibe deutlich zu sehen war.

Sie wurde schneeweiß im Gesicht. Das Gefühl, das sich während des Singens wie eine halb vergessene Erinnerung in ihr geregt hatte, drohte sie nun zu überwältigen. Fast schwankte sie, so heftig war ihr innerer Aufruhr.

„Brian!"

Ihr war, als habe sie den Namen herausgeschrien, und doch hatte sie ihn nur geflüstert. Sie glaubte zu träumen. Dann begegneten sich ihre Blicke, und Ramona wusste, dass es kein Traum war. Brian war zurückgekommen.

Jahrelange Bühnenerfahrung hatte sie gelehrt, sich zu verstellen. Es fiel ihr immer schwer, anderen etwas vorzuspielen, aber als Brian

Carstairs aus der Tonkabine zu ihr herunterkam, setzte Ramona ein verbindliches Lächeln auf. Um den Sturm in ihrem Innern wollte sie sich später kümmern.

„Brian, wie schön, dich wiederzusehen." Sie streckte ihm beide Hände entgegen und hob das Gesicht, um den erwarteten bedeutungslosen Kuss eines Fremden zu empfangen, der zufällig in derselben Branche war.

Er war über ihre Gelassenheit bestürzt, denn er hatte sie blass werden, hatte den Schreck in ihren Augen gesehen. Jetzt hatte sie sich hinter einer Fassade versteckt, die er an ihr nicht kannte, und zeigte ihm eine gleichgültige Miene. Brian stellte fest, dass er sich geirrt hatte: Ramona hatte sich verändert.

„Ramona." Er küsste sie leicht und nahm ihre Hände in die seinen. „Eine Schönheit wie die deine müsste eigentlich verboten werden." Der leichte irische Akzent war unverkennbar. Ramona erlaubte es sich, ihn anzusehen – wirklich anzusehen.

Er war groß und fast ein bisschen zu dünn – wie früher auch. Brian hatte leicht gewelltes und ebenso dunkles Haar wie sie. Über den Ohren war es voll und dicht und reichte bis zum Hemdkragen. Sein Gesicht hatte sich nicht verändert. Es war noch immer das Gesicht, das Mädchen und Frauen dazu trieb, bei seinen Konzerten zu kreischen und ohnmächtig zu werden.

Es war knochig und von der Sonne gebräunt, nicht besonders hübsch, aber reizvoll und fesselnd, die Züge nicht sehr regelmäßig. Von seiner Mutter, die Irin war, hatte er etwas Träumerisches geerbt. Vielleicht war er deshalb für Frauen so anziehend, obwohl seine gelegentlich britische Zurückhaltung sie nicht minder faszinierte. Und die Augen!

Sogar jetzt fühlte Ramona die Anziehungskraft der großen aquamarinblauen Augen mit den schweren Lidern. Es waren beunruhigende Augen für einen Mann von solcher Ungezwungenheit. Sie schienen ständig von Blau zu Grün und wieder zu Blau zu wechseln. Doch es war sein leichtherziger Charme, der am meisten für ihn sprach. Charme und offenkundiger Sexappeal waren eine Kombination, der niemand widerstehen konnte.

„Du hast dich nicht verändert, nicht wahr, Brian?", fragte Ramona ruhig, und doch war diese Frage das erste und einzige Anzeichen dafür, wie tief sie innerlich aufgewühlt war.

„Komisch." Er lächelte. Es war nicht das schnell aufblitzende Lächeln, das sie so gut kannte, sondern ein bedächtiges und nachdenkliches. „Das Gleiche habe ich gedacht, als ich dich vorhin sah. Aber ich glaube, es trifft auf uns beide nicht zu."

„Nein." Wie sehr wünschte sie sich, dass er ihre Hände losließe. „Was führt dich nach Los Angeles, Brian?"

„Geschäfte, mein Schatz", antwortete er wegwerfend und tastete mit den Blicken jeden Zentimeter ihres Gesichts ab. „Und natürlich die Möglichkeit, dich wiederzusehen."

„Natürlich." Ihre Stimme klang kalt und höflich, und ihr Lächeln reichte nicht bis in ihre Augen.

Ihr Sarkasmus überraschte ihn. Die Ramona, die er früher gekannt hatte, hatte nicht einmal die Bedeutung dieses Wortes gekannt. Sie sah, dass er nachdenklich die Brauen in die Höhe zog. „Ich möchte dich aber sehen, Ramona", sagte er mit unerwarteter und entwaffnender Aufrichtigkeit. „Sehr gern sogar. Können wir zusammen zu Abend essen?"

Ihr Pulsschlag hatte sich beschleunigt, als sein Tonfall sich veränderte. Nur ein Reflex, sagte sie sich, nur eine alte Gewohnheit. „Es tut mir leid, Brian", antwortete sie sehr gelassen. „Ich habe eine Verabredung." Sie schaute an ihm vorbei zu Marc hinüber, der sich tief über seine Gitarre neigte und mit einem zweiten Musiker frei improvisierte. Ramona hätte am liebsten laut geflucht, so frustriert war sie.

Brian folgte der Richtung, die ihr Blick nahm, und kniff kurz die Augen zusammen. „Dann eben morgen", sagte er noch immer leichthin und ungezwungen. „Ich möchte mit dir reden." Er lächelte ihr zu wie einem alten Freund. „Ich komme einfach bei dir vorbei."

„Brian", begann Ramona und wollte ihm die Hände entziehen.

„Julie ist doch noch bei dir, nicht wahr?" Brian hielt ihre Hände fest, als merke er ihren Widerstand nicht.

„Ja, ich …"

„Ich freue mich darauf, sie wiederzusehen. Erwarte mich gegen vier. Den Weg kenne ich ja." Er lachte unbekümmert, streifte ihre Wange wieder flüchtig mit den Lippen, ließ ihre Hände los und ging davon.

„Ja", sagte sie leise vor sich hin, „den Weg kennst du."

Eine Stunde später fuhr Ramona durch das elektrisch betriebene Einfahrtstor, durch das man auf die Zufahrt zu ihrem Haus gelangte. Das Einzige, dem sie sich bisher bei Julie und ihrem Agenten erfolgreich widersetzt hatte, war ein Chauffeur. Ramona fuhr gern, es machte ihr

Freude, den schnittigen ausländischen Wagen zu lenken und sich ab und zu dem Rausch der Geschwindigkeit hinzugeben. Sie behauptete, davon bekomme sie einen klaren Kopf.

Diesmal scheint es allerdings nicht funktioniert zu haben, dachte sie, als sie vor dem Haus hielt. Zerstreut ließ sie ihre Handtasche auf dem Beifahrersitz liegen, sprang aus dem Wagen und lief die drei Stufen zur Haustür hinauf. Sie war abgesperrt, und Ramona lief ungeduldig zum Wagen zurück und zog den Schlüssel aus dem Zündschloss, denn Auto- und Hausschlüssel hingen am selben Ring.

Die Haustür hinter sich zuknallend, ging Ramona direkt ins Musikzimmer. Sie warf sich auf das mit Seide bezogene viktorianische Sofa und starrte vor sich hin, ohne etwas zu sehen. Ein polierter Flügel beherrschte den Raum. Er wurde häufig und zu den merkwürdigsten Stunden gespielt. Tiffany-Lampen und Perserbrücken wollten nicht so recht zu dem Blumentopf mit dem Usambaraveilchen passen, das aus einem Supermarkt stammte.

Ein alter zerschrammter Musikschrank war mit Noten vollgestopft, und Noten lagen auch auf dem Fußboden. Neben dem Einhorn aus Messing, das Ramona in einem Geschenkladen entdeckt hatte, stand ein unbezahlbares Fabergé-Döschen. An einer Wand hingen Auszeichnungen: Platin- und goldene Schallplatten, Plaketten und Statuen. An der anderen Wand hingen das gerahmte Notenblatt des ersten Liedes, das sie geschrieben hatte, und ein atemberaubend schöner Picasso. Das Sofa, auf dem sie saß, hatte eine kaputte Sprungfeder.

Das ganze Zimmer war ein sonderbarer Mischmasch aus verschiedenen Stilen, aus Geschmack und Geschmacklosigkeit und für Ramona ganz typisch. Sie hatte Julie erlaubt, im ganzen Haus streng auf Stilreinheit zu achten, doch in diesem Zimmer hatte sie sich selbst verwirklicht. Sie brauchte es ebenso wie die Möglichkeit, ihren Wagen selbst zu fahren. Es half ihr, den Verstand nicht zu verlieren und nie zu vergessen, wer Ramona Williams war. Aber genauso wenig wie die Autofahrt konnte die Einrichtung heute ihre Nerven beruhigen.

Sie setzte sich ans Klavier und drosch auf die Tasten ein, dass Mozart seine eigene Musik nicht erkannt hätte. In der Art, wie sie spielte, spiegelte sich ihre Stimmung, genauso wie in ihren Augen. Auch als sie geendet hatte, schien die Luft noch von Zorn erfüllt.

„Du bist zu Hause, wie ich sehe", sagte Julie sanft und gelassen von der Tür her. Sie betrat das Zimmer, wie sie in Ramonas Leben getreten war – ruhig, selbstsicher und selbstverständlich. Als Ramona sie vor nunmehr fast sechs Jahren kennengelernt hatte, war Julie reich und gelangweilt gewesen, eine Party-Löwin, hineingeboren in eine alte Familie, die schon immer Geld gehabt hatte. Ihre Beziehung hatte beiden etwas Wichtiges gegeben: Freundschaft und gegenseitige Abhängigkeit. Julie erledigte die unzähligen Details, die mit Ramonas Karriere zusammenhingen, und Ramona gab Julies Leben einen Sinn, der ihr in der glitzernden Welt des Reichtums gefehlt hatte.

„Hat es bei der Aufnahme Schwierigkeiten gegeben?" Julie war groß, blond, hatte eine beneidenswerte Figur und den berühmten lässigen kalifornischen Schick.

Ramona hob den Kopf, und aus Julies Gesicht wich das Lächeln. Diesen Ausdruck völliger Hilflosigkeit hatte sie schon sehr lange nicht mehr in Ramonas Augen gesehen.

„Was ist passiert?"

Ramona atmete tief ein und aus. „Er ist wieder da."

„Wo hast du ihn gesehen?"

Julie brauchte nicht zu fragen, von wem die Rede war. Nur zweimal hatte Ramona in all den Jahren ihrer Freundschaft so trostlos ausgesehen. Einmal war ein Mann schuld daran gewesen.

„Im Studio." Ramona fuhr sich mit den Fingern durch das Haar. „Er war in der Tonkabine. Wie lange er schon da war, bevor ich ihn sah, weiß ich nicht."

Julie schob die Unterlippe vor. „Was kann Brian Carstairs in Kalifornien wollen?"

„Keine Ahnung. Er sagte, er sei beruflich hier. Vielleicht geht er wieder auf Tournee." Um sich ein wenig zu entspannen, rieb sie sich mit der Hand den Nacken. „Er kommt morgen zu uns."

Julie zog die Brauen hoch. „Ach ja? Ich werde den Termin vormerken."

„Spiel jetzt nicht die sachliche Sekretärin, Julie", bat Ramona. „Hilf mir."

„Willst du ihn sehen?" Es war eine praktische Frage. Julie war ein praktischer Mensch, das wusste Ramona. Sie war logisch, ordnungsliebend und verlor nie den Überblick. All das war Ramona nicht. Sie brauchten einander.

„Nein", antwortete Ramona leidenschaftlich. Sie stieß einen Fluch aus und presste beide Hände an die Schläfen. „Ich weiß nicht", setzte sie müde hinzu. „Du weißt, wie er ist, Julie. Oh Gott, ich dachte, es sei vorbei! Ich dachte, es sei zu Ende!"

Mit einem Laut, der wie ein Stöhnen klang, sprang sie vom Klavierhocker auf und begann im Zimmer auf und ab zu laufen. In den Jeans und der einfachen Leinenbluse sah sie nicht wie ein Star aus. In ihrem Schrank hing einfach alles – vom Overall bis zum Zobelmantel. Der Zobel war für die Künstlerin, der Overall für das Mädchen Ramona.

„Ich hatte den Schmerz begraben. Ich war so fest davon überzeugt." Ihre Stimme klang ein wenig verzweifelt. Sie konnte es einfach noch nicht glauben, dass sie auch noch nach fünf Jahren so verletzlich war. Sie brauchte ihn nur wiederzusehen, und alles brach wieder in ihr auf. „Ich wusste ja, dass ich ihm früher oder später irgendwo begegnen würde."

Wieder fuhr sie sich mit den Fingern durch das Haar und hörte nicht auf, hin und her zu gehen wie ein gefangenes Tier. „Ich glaube, ich habe mir immer vorgestellt, es würde irgendwo in Europa passieren … in London zum Beispiel, auf einer Party oder bei einer Wohltätigkeitsveranstaltung. Ihn dort zu sehen, hätte mich nicht so überrascht, dort hätte ich ihn erwartet. Vielleicht wäre es leichter gewesen. Aber heute blickte ich einfach auf, und da war er. Und ich sang ausgerechnet das verdammte Lied, das ich schrieb, nachdem er mich verlassen hatte." Sie lachte und schüttelte den Kopf. „Ist das nicht verrückt?"

Es blieb lange still zwischen ihnen, dann fragte Julie: „Was wirst du tun?"

„Tun?" Ramona wirbelte herum und sah sie an. „Ich werde gar nichts tun. Ich bin kein Teenager, der noch an das große Glück glaubt." Ihre Augen blickten noch düsterer, doch ihre Stimme war allmählich fester geworden. „Ich war kaum zwanzig Jahre alt, als ich Brian kennenlernte, und ich war blind verliebt in sein Talent. Er war in einer Zeit nett zu mir, in der ich verzweifelt einen Menschen brauchte, der nett zu mir war. Ich war von ihm und von meinem Erfolg überwältigt."

Sie strich das schwere lange Haar über die Schulter zurück. „Ich war zu dem, was er von mir wollte, noch nicht bereit. Nicht bereit für eine körperliche Beziehung." Sie ging zu dem Einhorn aus Messing und strich mit der Fingerspitze über seinen Widerrist. „Da verließ er mich eben", fuhr sie leise fort, „und ich war tief verletzt. Alles, was ich sah und vielleicht auch sehen wollte, war, dass er mich nicht verstand, mich nicht genug liebte, um wissen zu wollen, warum ich Nein sagte. Aber das war unrealistisch." Enttäuscht aufseufzend wandte sie sich zu Julie um. „Warum sagst du nichts?"

„Du kommst allein sehr gut zurecht."

„Na schön." Ramona schob die Hände tief in die Taschen und marschierte zum Fenster. „Eins habe ich damals daraus gelernt: Wenn man nicht verletzt werden will, darf man niemanden nahe an sich heranlassen. Du bist der einzige Mensch, bei dem ich diese Regel nie angewandt habe, und du bist die Einzige, die mich nie enttäuscht, nie im Stich gelassen hat … Ich war vor Jahren irrsinnig in Brian verliebt. Vielleicht war es auch eine Art Liebe, aber die Liebe eines jungen Mädchens, die man leicht beiseiteschiebt. Es war ein Schock, ihn heute wiederzusehen, besonders nachdem ich eben dieses Lied gesungen hatte …" Ramona unterdrückte alle Gefühle und wandte sich vom Fenster ab. „Wenn Brian morgen kommt, soll er sagen, was er zu sagen hat, dann kann er wieder gehen. Es ist zu Ende."

Julie musterte Ramona forschend. „Ist es wirklich zu Ende?"

„Oh ja." Ramona lächelte. Sie war nach dem Gefühlsausbruch ein bisschen müde, aber zuversichtlicher. Sie hatte sich wieder gefasst. „Ich mag mein Leben genau so, wie es ist, Julie. Er wird es nicht aus den Fugen bringen. Das soll ihm diesmal nicht gelingen. Ihm nicht und keinem anderen Menschen."

*R*amona hatte sich sehr sorgfältig angezogen, sich jedoch damit beschwichtigt, dass sie es nicht Brians wegen tat, sondern weil sie später zur Kostümprobe musste und sich hinterher mit ihrem Agenten zum Essen traf. Sie wusste, dass sie sich selbst belog, doch die schicken Sachen gaben ihr Selbstvertrauen.

In einem Kleid von Yves Saint Laurent konnte man sich einfach nicht verletzlich und hilflos fühlen.

Zu einer wollweißen Seidenhose und einer orchideenfarbenen Bluse trug sie einen breiten Gürtel und sorgfältig ausgewählten Schmuck. So angezogen kam sie sich unverwundbar vor. Du hast einen weiten Weg zurückgelegt, hatte sie gedacht, während sie sich im Schlafzimmerspiegel betrachtete.

Als sie jetzt in Wayne Metcalfs elegantem Probierraum stand, dachte sie es wieder – doch diesmal betraf es auch Wayne. Sie und er hatten zusammen angefangen: Ramona, indem sie sich ihren Lebensunterhalt in drittklassigen Clubs und verrauchten Piano-Bars „ersang", er als Kellner, der Modeentwürfe zeichnete, die niemand sehen wollte. Aber Ramona hatte sie gesehen, sie hatten ihr gefallen, und sie hatte sie nie vergessen.

Zu der Zeit, da Wayne eben anfing, sich kümmerlich mit Modeentwürfen durchzuschlagen, war Ramonas erste Konzerttournee in der Planung. Die erste berufliche Entscheidung, die sie traf, ohne sich von anderen beraten zu lassen, war die Wahl ihres Designers. Sie hatte es nie bedauert. Wie Julie war Wayne mit Ramona eng genug befreundet, um einiges über ihr Privatleben zu wissen. Und wie Julie war er unerschütterlich loyal.

Ziellos schlenderte Ramona durch den mit wirklich erlesenem Geschmack ausgestatteten Raum. In den ersten Räumen von „Metcalf Designs" hat es ganz anders ausgesehen, dachte sie. Auf dem Boden hatte kein Teppich gelegen, an den gelackten Wänden keine signierten Stiche gehangen, und vor dem Panoramafenster hatte sich nicht ganz Beverly Hills ausgebreitet, dieser Spielplatz der Reichen und Schönen. Es war ein kleines, schlecht belüftetes Zimmer über einem griechischen Restaurant gewesen.

Ramona erinnerte sich noch deutlich der fremdartigen Düfte, die durch die Wände zu sickern schienen, und sie hörte die seltsam faszinierende Musik, die durch die abgetretenen Fußbodendielen drang.

Ramonas Stern war mit dieser ersten Konzerttournee nicht allmählich aufgegangen, er war wie ein Komet emporgeschossen. Der Ruhm war so schnell gekommen, dass sie kaum Zeit gehabt hatte, ihn zu begreifen, geschweige denn zu genießen – Tourneen, Proben, Hotelzimmer, Reporter, Menschenmassen, Fans, unglaubliche Geldsummen und unmögliche Forderungen. Sie hatte dieses Leben geliebt, obwohl sie von den vielen Reisen oft zum Umfallen müde war und manchmal nicht genau wusste, wo sie sich eigentlich befand. Und obwohl die Fans einem manchmal Angst machen konnten mit ihrer hemmungslosen Begeisterung. Trotz allem hatte sie dieses Leben geliebt.

Wayne, der nach der ersten Tournee, die er für Ramona ausgestattet hatte, mit Aufträgen überschüttet wurde, war bald aus dem Zimmer über den Moussaka- und Souvlaki-Düften ausgezogen. Seit sechs Jahren entwarf er fast jedes Kleidungsstück, das Ramona trug, und obwohl er jetzt eine Menge Personal und eine Unmenge Arbeit hatte, kümmerte er sich noch um jedes Detail ihrer Garderobe.

Während sie auf ihn wartete, ging Ramona an die Bar und schenkte sich ein Ginger Ale ein. Trotz der zahllosen Verabredungen zum Essen in den elegantesten Restaurants, trotz stundenlang dauernder Plattenaufnahmen trank Ramona nur sehr selten Alkohol. In dieser Beziehung hatte sie sich fest in der Hand.

Die Vergangenheit, dachte sie, ist nie sehr weit weg, zumindest so lange nicht, wie ich mir um Mutter Sorgen machen muss. Sie schloss die Augen und wünschte, die Gedanken genauso leicht verdrängen zu können.

Wie lange schon lebte sie in dieser ständigen Angst? Sie wusste es nicht mehr, sie schien immer da gewesen zu sein, ein Leben ohne sie war für Ramona unvorstellbar. Sie war noch sehr klein gewesen, als sie entdeckte, dass ihre Mutter nicht so war wie andere Mütter. Und schon als kleines Mädchen hatte sie den süßlichen Alkoholatem verabscheut, gegen den bei ihrer Mutter die stärksten Pfefferminzdrops nicht mehr halfen. Sie hatte sich vor dem geröteten Gesicht gefürchtet, dem zuerst weinerlich liebevollen und dann bösartigen Ton. Und am schlimmsten hatte sie die spöttischen oder mitleidigen Blicke der Freunde und Nachbarn gefunden.

Ramona drückte die Fingerspitzen gegen die Stirn. So viele Jahre. So viel vergeudete Zeit. Und jetzt war ihre Mutter wieder verschwunden. Wo war sie? In welchem heruntergekommenen Hotel hatte sie sich verkrochen, um zu trinken und das, was noch von ihrem Leben übrig war, durch Alkohol zu zerstören? Ramona gab sich größte Mühe, die Gedanken an ihre Mutter beiseitezuschieben, aber die schrecklichen Bilder, die furchtbaren Szenen ließen sich nicht vergessen.

Als die Tür aufflog und Wayne hereinkam, zuckte Ramona zusammen.

Er lehnte sich an die Klinke. „Sehr schön", sagte er bewundernd. „Hast du dich für mich so schick gemacht?"

Mit einem Laut, der halb wie ein Schluchzen, halb wie ein Lachen klang, ging sie auf ihn zu und umarmte ihn. „Natürlich für dich", antwortete sie. „Wer außer dir würde es noch so zu schätzen wissen?"

„Wenn du dich für mich herausgeputzt hast, hättest du ruhig eines von meinen Modellen anziehen können", beklagte er sich, erwiderte aber ihre Umarmung. Er war sehr groß und sehr schmal, und er musste sich ziemlich tief bücken, um ihr den obligaten flüchtigen Kuss zu geben. Noch nicht dreißig, hatte er ein anziehendes Gesicht, braunes Haar und tiefbraune Augen. Durch die linke Augenbraue zog sich eine kleine weiße Narbe, die ihm, wie er hoffte, ein verwegenes Aussehen verlieh.

„Eifersüchtig?", fragte Ramona lachend und trat einen Schritt zurück. „Ich dachte, darüber seist du erhaben."

„So groß, dass man darüber erhaben ist, kann man gar nicht werden." Er gab sie frei und ging zur Bar. „Zieh wenigstens den Mantel aus."

Ramona tat ihm den Gefallen und warf den Mantel so achtlos auf einen Stuhl, dass Wayne zusammenzuckte. Er musterte sie mit einem langen Blick, während er sich ein Glas Champagner einschenkte.

Ramona drehte sich langsam wie ein Mannequin um die eigene Achse. „Nun, wie habe ich mich gehalten?", fragte sie.

„Ich hätte dich verführen sollen, als du achtzehn warst." Er seufzte und trank einen Schluck Champagner. „Dann müsste ich es nämlich nicht ununterbrochen bereuen, dass du mir durch die Finger geschlüpft bist."

Sie griff nach ihrem Ginger Ale. „Du hast deine Chance gehabt, Freund."

„Damals war ich zu stark im Stress und viel zu erschöpft." Er zog die Braue auf unnachahmlich gekonnte Art hoch. „Jetzt bin ich besser ausgeruht."

„Zu spät", antwortete sie und stieß mit ihrem Glas leicht an das seine. „Und du hast ja auch viel zu viel mit dem Wettbewerb ‚Das Modell der Woche' zu tun."

„Mit diesen Mädchen, die nur aus Haut und Knochen bestehen, gehe ich doch nur wegen der Publicity aus." Er nahm sich eine Zigarette und zündete sie mit einer eleganten Bewegung an. „Im Grunde bin ich ein Mensch, der die Zurückgezogenheit liebt."

„Dazu wäre einiges zu sagen, aber ich passe", meinte Ramona spitzbübisch lächelnd.

„Das ist sehr klug von dir", erwiderte er. „Wie ich höre, ist Brian Carstairs in der Stadt."

Ramonas Lächeln schwand. „Das hat sich aber schnell herumgesprochen."

„Bist du okay?"

Sie zuckte mit den Schultern. „Vor ein paar Minuten hast du mich sehr schön gefunden, und jetzt musst du fragen, ob ich okay bin?"

„Ramona", er legte die Hand auf die ihre, „du warst fix und fertig, als er ging. Ich habe es miterlebt, vergiss das nicht."

„Wie könnte ich das vergessen?" Ihre Stimme verlor den neckenden Unterton. „Du warst damals sehr gut zu mir, Wayne. Ich glaube nicht, dass ich es ohne dich und Julie geschafft hätte."

„Das ist es nicht, was ich meine, Ramona. Ich möchte wissen, wie du dich jetzt fühlst." Er drehte ihre Hand um und verflocht seine Finger mit den ihren. „Ich könnte mein Angebot erneuern, ihm alle Knochen im Leib zu brechen, wenn du willst."

Sie lachte gerührt und belustigt. „Ich bin überzeugt, dass du ein echter Killer bist, Wayne, aber es ist nicht nötig." Unbewusst straffte sie die Schultern. Es war eine Geste des Stolzes, die Wayne heimlich lächeln ließ. „Diesmal breche ich nicht zusammen."

„Liebst du ihn noch?"

Auf eine so direkte Frage war sie nicht vorbereitet gewesen. Sie senkte den Blick, und es dauerte eine Weile, ehe sie antwortete. „Die bessere Frage wäre, ob ich ihn je geliebt habe."

„Das wissen wir doch beide", erwiderte Wayne und hielt ihre Hand fest, als sie sich abwenden wollte. „Wir sind schon so lange Freunde. Mir ist nicht gleichgültig, was dir passiert."

„Mir wird nichts passieren." Sie sah ihn wieder an. „Absolut nichts. Brian ist Vergangenheit. Und wer wüsste besser als ich, dass man vor der Vergangenheit nicht weglaufen kann? Wer aber wüsste auch besser damit fertigzuwerden?" Sie drückte ihm die Hand. „Komm, und zeig mir jetzt die Modelle, in denen ich, wie du behauptet hast, sensationell aussehen werde."

Nach einem letzten forschenden Blick in ihr Gesicht ging Wayne zu einem polierten Chippendale-Tisch und drückte auf den Knopf eines Wechselsprechgeräts. „Bringen Sie mir die Sachen von Miss Williams."

Ramona hatte seinerzeit die Entwürfe und die dafür vorgesehenen Stoffe natürlich gutgeheißen, dennoch war sie überrascht, als sie die extravaganten fertigen Modelle sah, die alle für ihre Bühnenauftritte bestimmt waren. Sie fand, dass sie in Waynes hell erleuchtetem, elegantem Probierraum mit den unzähligen Spiegeln, die ihr Bild zurückwarfen, in Feuerrot mit Silber recht merkwürdig aussah.

Aber sie hatte ja auch einen merkwürdigen Beruf in einer merkwürdigen Branche.

Ramona betrachtete die Frau in den Spiegeln und hörte nur mit halbem Ohr zu, was Wayne vor sich hin murmelte, während er hier etwas enger steckte, dort etwas ausließ und an ihr herumzupfte. Ihre Gedanken begannen in die Vergangenheit zu wandern …

Vor sechs Jahren war sie ein verängstigtes junges Mädchen gewesen, das ein Album aufgenommen hatte und damit an die Spitze der Hitparaden vorgestoßen war. Eine hastig vorbereitete Tournee lag vor ihr, mit der ihr Manager und die Plattenfirma ihre Beliebtheit fördern wollten. Alles war so schnell geschehen – der typische Erfolg, der über Nacht kommt. Wenn man die Zeit nicht zählte, in der sie in verrauchten und stickigen Kneipen darum gerungen hatte, wenigstens ein bisschen bekannt zu werden. Ramona war fest entschlossen, allen zu beweisen, dass sie keine Eintagsfliege war.

Ihre Romanze mit Brian Carstairs hatte ihrer noch jungen, nicht gefestigten Karriere nicht geschadet. Für kurze Zeit hatte sie sie zur Kronprinzessin der Popmusik gemacht. Über ein halbes Jahr lang waren ihre Gesichter auf dem Titelblatt jeder Illustrierten erschienen. Sie hatten darüber gelacht, besonders über alberne Schlagzeilen wie: „Ramona und Brian planen ein Liebesnest".

Der Schwarm von Reportern, der ihnen überallhin folgte, die ständigen Blitzlichter und das Klicken der Kameras hatten sie jedoch ignoriert, weil sie glücklich waren und nur Augen füreinander hatten. Nachdem Brian Ramona verlassen hatte, war es mit Fotos und Schlagzeilen noch lange nicht zu Ende gewesen. Im Gegenteil, die Medien hatten mit kalten, grausamen Worten Ramonas Schmerz ans Licht gezerrt.

Im Laufe von Monaten und Jahren war sie zur ernsthaften Künstlerin gereift und selbst zu einer Berühmtheit geworden. Das ist das Entscheidende, sagte sie sich. Nur das ist wichtig. Meine Karriere, mein Leben. Sie war durch eine harte Schule gegangen und hatte gelernt, die Dinge in der richtigen Reihenfolge zu sehen.

Ramona schlüpfte in den schwarzen Anzug, der dem Overall eines Fallschirmspringers nachempfunden war. Er saß wie eine zweite Haut. Pailletten blitzten bei jeder Bewegung. Der Anzug war, wie Ramona feststellte, als sie sich im Spiegel betrachtete, unglaublich sexy.

„Ich darf vor der Tournee kein Gramm zunehmen", sagte sie, drehte sich um und musterte sich von der Seite. Nachdenklich raffte sie ihr Haar zusammen. „Wayne …" Er kniete vor ihr und steckte den Saum an den Hosenbeinen fest. Seine Antwort bestand aus einem kurzen Brummen. „Wayne, ich weiß wirklich nicht, ob ich den Mut habe, dieses Ding zu tragen."

„Dieses Ding", sagte er, stand auf und zupfte ein bisschen am Ärmel herum, „ist fantastisch."

„Ich wollte deine künstlerischen Fähigkeiten nicht infrage stellen", sagte sie und lächelte, als er zurücktrat, um sie konzentriert und sachlich von Kopf bis Fuß zu betrachten. „Aber es ist ein bisschen …" Sie sah sich wieder im Spiegel an. „Es ist ein bisschen zu eindeutig."

„Du hast einen sehr hübschen Körper, Ramona." Wayne begutachtete die Rückenansicht seiner Schöpfung. „Nicht alle meine Kundinnen könnten das tragen, ohne dass man da oder dort ein bisschen nachhelfen müsste. Okay, du kannst es ausziehen. Es ist perfekt."

Als sie die weiße Hose und die orchideenfarbene Bluse wieder anzog, sagte Ramona: „Wer weiß mehr über die Geheimnisse unserer Körper als der Mann, der uns anzieht?"

„Wer weiß mehr über deine Geheimnisse, Schätzchen?", fragte Wayne zerstreut, während er sich zu jedem einzelnen Kleidungsstück Notizen machte. „Frauen neigen dazu, schwatzhaft zu werden, wenn sie nur halb bekleidet sind."

„Oh, was hast du für hübschen aufregenden Klatsch gehört?" Ramona ging zu ihm und lehnte sich, während sie sich den Gürtel zuschnallte, freundschaftlich an seine Schulter.

„Babs Curtain hat einen neuen Liebhaber", murmelte er, noch immer über seine Notizen gebeugt.

„Wen?", fragte sie wie elektrisiert und blickte ihn an.

„Tut mir leid, das darf ich nicht verraten."

„Scheusal! Wie kannst du mir das antun? Machst mich zuerst neugierig und dann …"

„Ich habe drei heilige Eide geschworen, dass ich schweige, und sie mit Schneiderkreide besiegelt."

„Ich bin sehr enttäuscht von dir." Ramona holte ihren Mantel.

„Lauren Chase hat eben den Vertrag für die Hauptrolle in dem Musical ‚Fantasie' unterschrieben."

Ramona blieb auf dem Weg zur Tür stehen und fuhr herum. „Was?" Sie stürzte zu Wayne zurück und riss ihm das Notizbuch aus der Hand.

„Fast habe ich mir gedacht, dass das deine besondere Aufmerksamkeit erregen wird", erklärte er trocken.

„Oh Wayne!", stieß sie hervor. „Ich gäbe mehrere Jahre meines jungen Lebens dafür, die Musik schreiben zu dürfen. Lauren Chase … ja, sie ist genau die Richtige für die Rolle. Wer schreibt die Lieder, Wayne, wer instrumentiert das Stück?" Sie packte ihn bei den Schultern und machte die Augen zu. „Los, sag es mir! Ich kann's verkraften."

„Ich weiß es nicht. Du tust mir verdammt weh, Ramona", fügte er hinzu und löste ihre Finger aus der dünnen Seide seines Hemdes.

„Er weiß es nicht!", stöhnte Ramona und misshandelte ihren Hut so unbarmherzig, dass Wayne zusammenzuckte und eine Verwünschung ausstieß. „Das ist schrecklich, das ist geradezu entsetzlich! Irgendein unbekannter Liedermacher, der keine Ahnung hat, was für dieses großartige Drehbuch richtig ist, sitzt jetzt schon irgendwo am Klavier und macht unentschuldbare Fehler."

„Es besteht immerhin die ganz schwache Möglichkeit, dass derjenige Talent hat", meinte er und erntete einen tödlichen Blick.

„Auf wessen Seite bist du?", fragte sie und warf sich schwungvoll den Mantel um die Schultern.

Er lachte, griff nach ihr und küsste sie auf die Wange. „Geh nach Hause, und stampf mit dem Fuß auf, dann fühlst du dich wohler."

Sie gab sich große Mühe, nicht zu lächeln. „Ich gehe zu deiner Konkurrenz und kaufe mir dort eine Kreation", drohte sie ihm.

„Ich verzeihe dir, dass du das gesagt hast", erwiderte er mit einem theatralischen Seufzer. „Denn ich habe ein Herz aus purem Gold."

Sie lachte, winkte ihm lächelnd zu und ließ ihn dann mit den schönen Kostümen und seinem Notizbuch allein.

Im Haus war es sehr still, als Ramona zurückkam. Der leichte Geruch nach Zitronenöl und Fichtennadeln sagte ihr, dass bis vor Kurzem die Reinmachefrau am Werk gewesen war. Wie gewohnt warf sie einen Blick ins Musikzimmer und stellte zufrieden fest, dass nichts verändert worden war. Sie liebte die „künstlerische Unordnung", die dort herrschte.

Ramona hatte das Haus gekauft, weil es so groß war und man praktisch von jedem Raum in den Garten gelangen konnte. Nichts erinnerte sie hier an die Räume, in denen sie aufgewachsen war und in denen man Angst bekommen konnte, so eng waren sie gewesen. Und es roch sauber. Nicht antiseptisch, das hätte sie abscheulich gefunden. Doch in der Luft hing weder kalter Zigarettenrauch noch der abstoßend süßliche Geruch von billigem Alkohol. Es war ihr Haus, genauso wie es ihr Leben war.

Noch einmal umfasste ihr Blick das Zimmer, und sie freute sich, ohne einen besonderen Grund dafür zu haben. Ich bin glücklich, dachte sie, einfach glücklich, dass ich lebe.

Sie nahm eine Rose aus einer Porzellanvase und begann zu singen, als sie durch die Diele ging.

Beim Anblick von Julies schmalen, bloßen Füßen, die in der Bibliothek auf der Kante der Schreibtischplatte lagen, blieb Ramona stehen, zögerte aber hineinzugehen. Julie telefonierte, winkte Ramona jedoch rasch herein.

„Tut mir leid, Mr Cummings, Miss Williams lehnt Werbeverträge strikt ab. Ja, ich bin überzeugt, dass es sich um ein erstklassiges Produkt handelt." Julie blickte von ihren rot lackierten Fußnägeln auf und bemerkte Ramonas belustigtes Lächeln. Sie verdrehte die Augen, und Ramona ließ sich im Schneidersitz in einem riesigen Clubsessel nieder. Die Bibliothek mit der warmen Mahagonitäfelung und den antiken Möbeln war Julies Reich. Und es passt zu ihr, dachte Ramona, sich noch tiefer in den Sessel kuschelnd.

„Selbstverständlich werde ich dafür sorgen, dass sie von Ihrem Angebot erfährt, aber ich muss Sie noch einmal darauf aufmerksam machen, dass Miss Williams hier feste Grundsätze hat." Mit einem letzten gereizten Blick zur Decke legte Julie auf. „Wenn du nicht darauf bestündest, dass ich zu allen Leuten nett bin, die dich anrufen, hätte ich diesem Kerl ganz schön den Marsch geblasen", fauchte sie.

„Gibt es Probleme?", fragte Ramona lächelnd und schnupperte an ihrer Rose.

„Wenn du frech bist, ruf ich zurück und sage ihm, du wirst mit großem Entzücken für sein Heilschlammschaumbad werben", drohte Julie und verschränkte die Hände am Hinterkopf.

„Gnade!", flehte Ramona und schüttelte die hochhackigen Schuhe von den Füßen. „Du siehst müde aus", fügte sie hinzu, als sie sah, wie Julie sich streckte. „Hattest du viel zu tun?"

„Lauter blödsinnige Nichtigkeiten, wie sie vor einer Tournee immer im letzten Moment noch auftauchen." Mit einem Achselzucken ging sie über die Schwierigkeiten hinweg, mit denen sie zu tun gehabt hatte. „Ich habe dich noch gar nicht gefragt, wie die Plattenaufnahmen ausgefallen sind. Ihr seid fertig, nicht wahr?"

„Ja." Ramona holte tief Atem und drehte den Rosenstiel zwischen den Fingern. „Es ging großartig. Seit meiner ersten Aufnahme war ich nie wieder so zufrieden mit mir. Es war ein Glücksfall."

„Ein Glücksfall? Du hast hart daran gearbeitet." Julie musste an die unzähligen Nächte denken, in denen Ramona Lieder und Arrangements geschrieben hatte und nicht vor Morgengrauen ins Bett gekommen war.

„Manchmal kann ich's einfach nicht glauben", fuhr Ramona leise und sehr nachdenklich fort. „Ich höre mir einfach ein Playback an, und es ist alles da … die Streicher, die Bläser, die Rhythmusgruppe, der Hintergrundchor, und ich kann einfach nicht glauben, dass ich das bin. Ich habe unvorstellbares Glück gehabt."

„Du hast Talent", korrigierte Julie.

„Talent haben viele", gab Ramona ihr zu bedenken. „Aber sie schaffen es nicht. Sie hocken immer noch in einer tristen Bar herum und warten. Und wenn sie kein Glück haben, kommen sie dort nie heraus."

„Es gibt auch noch Eigenschaften wie Energie, Beharrlichkeit und Mut." Ramonas Mangel an Selbstsicherheit machte Julie wütend. Sie war fast von Anfang an mit ihr zusammen, und das waren immerhin sechs Jahre. Viele Kämpfe und Enttäuschungen hatte sie miterlebt, wusste um die Ängste, die Unsicherheit und harte Arbeit, die hinter dem äußeren Glanz steckten. Julie kannte Ramona Williams in- und auswendig.

Das Läuten des Telefons unterbrach Julies Gedanken über eine Lektion in Selbstvertrauen. „Das Gespräch kommt über deine Privatleitung", sagte sie zu Ramona und drückte auf den Knopf. „Hallo?" Ramona schien zu erstarren, entspannte sich aber wieder, als sie Julie lächeln sah. „Hi, Henderson. Ja, sie ist hier. Bleib dran. Dein fleißiger Agent will dich sprechen, Ramona."

Julie legte den Hörer auf den Schreibtisch, stand auf und schlüpfte in ihre Sandalen. Als Ramona sich eben aus dem tiefen Sessel erhob, klingelte es an der Haustür.

„Ich schätze, das ist Brian", sagte Ramona und ließ sich mit bewundernswerter Leichtigkeit in den Sessel fallen, den Julie eben geräumt hatte. „Sagst du ihm bitte, dass ich gleich komme?"

„Aber selbstverständlich." Julie verließ das Zimmer, doch Ramonas Stimme folgte ihr in die Diele hinaus.

„Wo habe ich sie liegen lassen? In deinem Büro? Also ich weiß wirklich nicht, warum ich überhaupt eine Handtasche trage, Henderson."

Julie lächelte. Ramona hatte ein besonderes Talent dafür, etwas zu verlieren: ihre Handtasche, ihre Schuhe, ihren Pass. Ob etwas wichtig oder unwichtig war, es war ihr egal. Musik und Menschen erfüllten ihre Gedanken, materielle Dinge vergaß sie leicht.

„Hallo, Brian", sagte Julie, als sie die Tür öffnete. „Nett, dich wiederzusehen." Ihr Blick blieb jedoch kühl, und sie lächelte nicht.

„Guten Tag, Julie." Sein Gruß klang viel wärmer und herzlicher. Sie merkte es zwar, ignorierte es aber.

„Komm rein", sagte sie. „Ramona hat dich erwartet. Sie kommt sofort."

„Schön, wieder hier zu sein", sagte er. „Ich habe das alles vermisst."

„Ach! Tatsächlich?"

Er musterte sie mit einem anerkennenden Blick. Julie war eine langbeinige junge Frau mit glatt am Kopf anliegenden honigblonden Haaren und braunen Augen. Sie war älter als Ramona, fast gleichaltrig mit Brian und genau der Typ, zu dem er sich sonst hingezogen fühlte: elegant, intelligent, und sie strahlte einen kühlen Sex aus. Aber zwischen ihnen hätte nie etwas anderes als Freundschaft sein können, denn Julie liebte Ramona zu sehr. Ihre Loyalität war noch immer die gleiche, wie er feststellte.

„Fünf Jahre sind eine lange Zeit, Julie."

„Ich bin nicht ganz sicher, ob sie lange genug war", entgegnete sie mit einer leichten Schärfe in der Stimme. Der alte Groll drang wieder an die Oberfläche. „Du hast sie verletzt."

„Ja, das weiß ich."

Mit dieser Haltung stieß er bei Julie auf Respekt, doch sie verdrängte diese Regung. „Du bist also zurückgekommen", sagte sie leise.

„Ich bin zurückgekommen", stimmte er zu. „Hast du es denn nicht erwartet? Nicht geglaubt?"

„Sie hat es nicht geglaubt", erwiderte Julie und ärgerte sich über sich selbst, weil sie ihn dadurch gewarnt hatte. „Und nur darauf kommt es an."

„Julie, Henderson schickt meine Tasche", sagte Ramona und kam mit ihren schnellen, nervösen Schritten auf die beiden zu. „Ich habe ihm zwar gesagt, es sei nicht der Mühe wert, da sowieso nichts drin ist außer einem Kamm und einer ungültigen Kreditkarte. Hallo, Brian." Sie reichte ihm beide Hände wie im Tonstudio, doch jetzt fiel es ihr leichter, seine Berührung zu ertragen.

Sie hatte sich nicht die Mühe gemacht, die Schuhe anzuziehen und sich die Lippen frisch zu schminken. Ihr Lächeln war ungezwungener und glich mehr jenem, das in seinem Gedächtnis lebte. „Ramona!" Er zog ihre Hände an die Lippen, und sie versteinerte sofort. Brian ließ sie los. „Können wir im Musikzimmer miteinander reden?" Er lächelte freundlich. „Ich habe mich dort immer sehr wohlgefühlt."

„Aber natürlich." Ramona wandte sich zur Tür. „Möchtest du etwas trinken?"

„Eine Tasse Tee, wenn's geht." Er lächelte Julie charmant zu. „Du hast immer ausgezeichneten Tee gemacht."

„Ich bringe ihn hinein." Ohne das Lächeln zu erwidern, ging Julie in die Küche. Brian folgte Ramona ins Musikzimmer.

Bevor Ramona zum Sofa gehen konnte, berührte Brian sie leicht an der Schulter. Es war eine Geste, die sie bat zu warten. Sie drehte sich zu ihm um und sah, dass er das Zimmer mit der ihm eigenen Gründlichkeit lange betrachtete. Diesen Gesichtsausdruck kannte sie von früher. Die Gründlichkeit war bei einem scheinbar so lockeren und lässigen Menschen ziemlich ungewöhnlich. In ihm lebten jedoch ein Eifer und ein Feuer, die manchmal an den zähen Londoner Gassenjungen erinnerten, der sich seinen Weg zur Spitze, seinen Weg zum Ruhm verbissen erkämpft hatte.

Der Schlüssel zu seinem Talent schien seine natürliche Beobachtungsgabe zu sein. Er sah alles, vergaß nie etwas, erinnerte sich an alles. Dann übertrug er es in Text und Musik.

Brian strich sanft, fast zerstreut über ihre Schulter, und eine Flut von Erinnerungen stürzte über sie herein. Ramona wollte sich ihm entziehen, doch er nahm die Hand fort und sah sie an. Seinen Augen hatte sie nie widerstehen können.

„Ich erinnere mich an jede Einzelheit in diesem Zimmer. Von Zeit zu Zeit, wenn ich nichts anderes tun konnte, als an dich zu denken, habe ich es mir bildlich vorgestellt." Wieder hob er die Hand und strich ihr mit dem Handrücken über die Wange.

„Tu das nicht", sagte sie kopfschüttelnd und trat ein paar Schritte zurück.

„Es fällt mir sehr schwer, dich nicht zu berühren, Ramona. Besonders hier. Erinnerst du dich noch an die langen Abende, die wir in diesem Zimmer verbrachten? An die stillen Nachmittage?"

Es war noch wie früher – mit seiner Stimme rührte er an Ramonas Herz, sie verfiel dem Zauber seiner Augen. „Das ist lange her, Brian."

„In diesem Moment kommt es mir vor, als sei es erst gestern gewesen", antwortete er. „Du siehst aus wie damals."

„Ich bin aber nicht mehr dieselbe." Sie schüttelte leicht den Kopf, und bevor sie sich abwandte, sah er, wie sich ihre Augen verdüsterten. „Wenn ich gewusst hätte, dass du deshalb kommst, hätte ich es abgelehnt, dich zu sehen. Es ist vorbei, Brian. Schon sehr lange vorbei."

„Wirklich?" Ramona hatte nicht gemerkt, dass er so dicht hinter ihr stand. Er nahm sie in die Arme, drehte sie um und hielt sie fest. „Dann zeig mir, dass es vorbei ist", sagte er herausfordernd. „Nur einmal!"

Als seine Lippen die ihren berührten, wurde sie in die Zeit vor fünf Jahren zurückversetzt. Alles war wieder da – die Leidenschaft, das Verlangen, die Liebe. Seine Lippen waren weich und warm, und die ihren öffneten sich ganz selbstverständlich, als hätten sie nur auf diesen Kuss gewartet.

Sie kannte noch den Geschmack seines Mundes, den Duft seines Körpers, nichts, aber auch gar nichts hatte sie vergessen.

Er verflocht die Finger mit ihrem Haar und bog ihren Kopf weiter zurück. Sein Kuss wurde leidenschaftlicher. Er wollte sich in ihrem Duft verlieren, ihren Körper fühlen, der sich ihm geschmeidig entgegendrängte. Sie legte ihm die Hände auf die Brust und grub die Finger in die weiche Wolle seines Pullovers. Das Verlangen und die Sehnsucht waren zu frisch, sie konnten nicht fünf Jahre geschlummert haben.

Brian hielt sie in den Armen, forderte und drängte jedoch nicht. In der Art, wie seine Lippen die ihren erforschten, lag eine ruhige Gewissheit. Ramona ging willig auf seine Zärtlichkeiten ein, gab, nahm, erinnerte sich … Doch als sie fühlte, dass ihre Freude aneinander sich leidenschaftlichem Begehren näherte, leistete sie Widerstand. Er lockerte zwar die Umarmung, gab Ramona aber nicht ganz frei, und sie sah mit jenem Blick zu ihm auf, den er, wie er noch wusste, nie ganz hatte enträtseln können.

„Ganz vorbei scheint es mir aber noch nicht zu sein", sagte er leise.

„Von Fair Play hast du noch nie viel gehalten, nicht wahr?" Ramona riss sich zornig und aufgewühlt von ihm los. „Lass dir eins gesagt sein, Brian. Diesmal falle ich dir nicht zu Füßen. Du hast mir einmal sehr wehgetan, aber so leicht bekommt mein Herz keine blauen Flecke mehr. Ich habe nicht die Absicht, dich noch einmal in mein Leben zu lassen."

„Oh doch, das wirst du", antwortete Brian leichthin. „Doch vielleicht nicht in dem Sinn, den du jetzt meinst." Er unterbrach sich und streichelte eine Weile wortlos ihr Haar. „Wenn du willst, dass ich lüge, Ramona, kann ich mich ja dafür entschuldigen, dass ich dich geküsst habe."

„Gib dir keine Mühe. Auf romantische Gefühle hast du dich schon immer gut verstanden. Es hat mir Spaß gemacht." Sie setzte sich auf das Sofa und lächelte strahlend zu ihm auf.

Er zog eine Braue hoch, denn das war kaum die Reaktion, die er von ihr erwartet hatte. Dann zündete er sich eine Zigarette an. „Du scheinst inzwischen erwachsen geworden zu sein."

„Es hat seine Vorteile", stellte sie fest. Der Kuss hatte mehr in ihr ausgelöst, als sie sogar sich selbst gegenüber zugeben wollte.

„Ich habe deine Naivität schon immer sehr bezaubernd gefunden."

„Wie bezaubernd auch immer, es ist schwierig, in unserem Beruf naiv zu bleiben." Sie lehnte sich in die Kissen zurück und gab sich völlig entspannt. „Ich bin nicht mehr die mit großen Augen in die Welt staunende Zwanzigjährige, Brian."

„Nein, natürlich nicht. Du bist jetzt eiskalt, abgebrüht und müde, nicht wahr?"

„Abgebrüht schon", antwortete sie. „Die erste Lektion hast du mir gegeben."

Er zog ausgiebig an der Zigarette und betrachtete dann nachdenklich die Glut. „Vielleicht habe ich das getan", sagte er. „Und vielleicht hast du es gebraucht."

„Ach, erwartest du, dass ich mich jetzt bei dir bedanke?", warf sie ihm an den Kopf, und er sah sie wieder erstaunt an.

„Vielleicht." Er kam zu ihr herüber, blieb einen Augenblick vor ihr stehen und ließ sich dann neben ihr auf das Sofa fallen. Plötzlich lachte er laut auf. „Gütiger Himmel, Ramona, du hast diese verdammte Sprungfeder noch immer nicht reparieren lassen!"

Ihre Anspannung ließ nach, und sie lachte mit ihm. „Ich will es so haben, es gefällt mir." Mit einer lebhaften Kopfbewegung warf sie das Haar nach hinten. „Es ist persönlicher."

„Von der Unbequemlichkeit ganz zu schweigen." Er lächelte sie an. „Ich setze mich nie darauf."

„Das überlässt du arglosen Gästen, wie?" Brian rutschte von der kaputten Sprungfeder herunter.

„Stimmt", antwortete Ramona. „Ich will, dass die Leute sich bei mir wie zu Hause fühlen."

Als Julie das Tablett mit dem Tee brachte, saßen die beiden freundschaftlich vereint nebeneinander auf dem Sofa. Ihr Blick suchte nach den Anzeichen einer versteckten Anspannung in Ramonas Gesicht, fand jedoch keine. Zufrieden ließ sie sie wieder allein.

„Wie ist es dir ergangen, Brian? Hast wahrscheinlich viel zu tun gehabt?" Ramona zog die Beine unter sich und beugte sich vor, um Tee einzuschenken.

In dieser Haltung hatte Brian sie unzählige Male gesehen. Fast gewalttätig drückte er die Zigarette aus. „Ja, ziemlich viel." Es war eine Untertreibung, doch er wollte mit den fünf Alben, die er inzwischen herausgebracht hatte, und den drei anstrengenden Tourneen nicht auftrumpfen. Im letzten Jahr hatte er mehr als zwanzig Lieder geschrieben und getextet.

„Du hast in London gelebt?"

„Hauptsächlich." Er zog fragend die Brauen hoch.

„Ich lese die Fachzeitschriften", sagte sie milde. „Tun wir das nicht alle?"

„Ich habe dein Fernseh-Special vom letzten Monat gesehen", sagte er, lehnte sich auf dem Sofa zurück und schaute sie offen an. Ramona fand, dass seine Augen jetzt nicht blau, sondern eher grün waren. „Du warst hervorragend."

„Letzten Monat?" Sie sah ihn verblüfft an. „Es wurde doch in England gar nicht ausgestrahlt."

„Ich war in New York. Hast du alle Lieder für das Album geschrieben, das du gestern aufgenommen hast?"

„Alle, bis auf zwei." Ramona griff nach ihrer Tasse. „‚Right now' und ‚Coming Back' stammen von Marc. Er kann eine Menge und weiß, worauf es ankommt."

„Ja." Brian sah sie fest an. „Weiß er es auch bei dir?" Ramona fuhr herum. „Ich lese Fachzeitschriften", sagte er.

„Das ist aber eine rein persönliche Sache." Ihre Augen waren dunkel vor Zorn.

„Direkter ausgedrückt … es geht mich nichts an, nicht wahr?" Er trank einen Schluck Tee.

„Du hast recht, wie immer, Brian."

„Danke, mein Schatz." Er setzte die Tasse ab. „Doch meine Frage war rein beruflich gemeint. Ich muss wissen, ob du im Moment irgendeine Beziehung hast."

„Beziehungen sind etwas Persönliches, sie haben mit dem Beruf nichts zu tun. Frag mich nach meinen Tanzstunden."

„Später vielleicht. Ramona, ich brauche in den nächsten drei Monaten deine ungeteilte Hingabe." Er lächelte gewinnend, doch Ramona wehrte sich gegen seinen Charme.

„Das", sagte sie, ihre Tasse auf dem Tisch abstellend, „nenne ich Offenheit … brutale Offenheit sogar."

„Es ist aber im Moment kein unsittlicher Antrag", versicherte er. Er rutschte in die Sofaecke und machte es sich dort bequem. „Ich schreibe die Musik und das Arrangement für ‚Fantasie'. Ich brauche einen Partner."

3. KAPITEL

*Z*u sagen, dass Ramona überrascht war, wäre eine lächerliche Untertreibung gewesen. Ihre Augen schienen größer zu werden und begannen zu glänzen. Brian fand, dass sie jetzt die Farbe von Torfrauch hatten. Ramona rührte sich nicht, sah ihn nur starr an, ihre Hände lagen locker auf den Knien.

Ihre Gedanken überschlugen sich, und sie bemühte sich, ganz ruhig dazusitzen und in ihrem Kopf wieder Ordnung zu schaffen.

„Fantasie." Das Buch, das in ganz Amerika die Herzen im Sturm eroberte – ein Roman, der mehr als fünfzig Wochen auf der Bestseller-Liste gestanden hatte. Der Verkauf der Taschenbuchrechte hatte alle Rekorde gebrochen. Die Filmrechte waren ebenfalls verkauft, und die Autorin Carol Mason hatte selbst das Drehbuch geschrieben. Es sollte *das* Musical dieses Jahrzehnts werden.

Seit Monaten hatte es von Küste zu Küste die wildesten Spekulationen darüber gegeben, wer die Musik schreiben würde. Den Auftrag zu bekommen, war der Coup des Jahrzehnts, eine solche Chance bekam man im Leben nicht zweimal. Die Geschichte war traumhaft schön, und für die Hauptrolle war der absolute Stern des Theaterhimmels, Lauren Chase, verpflichtet worden. Und die Musik … Ramona hatte schon ein paar halb fertige Lieder im Kopf. Vorsichtig griff sie nach der Kanne und schenkte Tee nach. So etwas fällt einem nicht einfach in den Schoß, ermahnte sie sich. Vielleicht meint er etwas ganz anderes.

„Du schreibst die Musik für ‚Fantasie'?", sagte sie endlich zögernd. Und wieder trafen sich ihre Blicke. Sein Blick war klar, zuversichtlich und leicht belustigt, der ihre dunkel, zurückhaltend und leicht verblüfft. „Ich habe eben erst erfahren, dass Lauren Chase verpflichtet wurde. Wohin ich auch komme, rätseln die Leute daran herum, wer wohl die Tessa und wer den Joe spielen wird."

„Jack Ladd", sagte Brian, und Ramonas Verblüffung verwandelte sich in Freude.

„Großartig!" Sie griff nach Brians Hand und hielt sie fest. „Das wird ein Riesenerfolg. Ich freue mich wahnsinnig für dich."

Und das war absolut ehrlich gemeint. Brian sah und hörte es. Es war typisch für sie, sich über das Glück eines anderen so rückhaltlos zu freuen, ebenso wie sie mit anderen litt, wenn sie Unglück hatten. Ramona war ein tief veranlagter und sehr gefühlvoller Mensch, und sie hatte sich nie gescheut, ihre Gefühle offen zu zeigen.

Ihre Natürlichkeit hatte seit jeher einen großen Teil ihrer Anziehungskraft ausgemacht. Für den Augenblick hatte sie vergessen, dass sie Brian gegenüber auf der Hut sein wollte. Sie hielt ihn bei den Händen und lächelte ihn an.

„Deshalb bist du also in Kalifornien", sagte sie. „Hast du schon mit der Arbeit angefangen?"

„Nein." Er schien sich etwas zu überlegen und verflocht dann die Finger mit den ihren. Ihre Hände waren feinknochig und schmal. „Das Angebot war ernst gemeint, Ramona", sagte er. „Ich brauche dich."

Sie wollte ihm die Hände entziehen, doch er hielt sie fest. „Du hast noch nie jemanden gebraucht, Brian", antwortete sie, aber es gelang ihr nicht, so leicht und ungezwungen zu sprechen, wie sie eigentlich wollte. „Und mich am allerwenigsten."

Brian packte noch fester zu, und sie presste die Lippen zusammen, weil er ihr wehtat. Doch er ließ sie sofort los.

„Es geht hier nur um berufliche Dinge, Ramona", sagte er.

Sie fuhr leicht zusammen, weil seine Stimme so heftig klang. „Berufliche Dinge erledigt gewöhnlich mein Agent", sagte sie. „Du erinnerst dich doch noch an Henderson, oder?"

Er sah sie mit einem langen, festen Blick an. „Ich erinnere mich an alles", erwiderte er. In ihre Augen trat ein schmerzlicher Ausdruck, und obwohl er rasch wieder verschwand, fügte Brian hinzu: „Tut mir leid, entschuldige, Ramona."

Sie zuckte mit den Schultern und griff nach ihrer Teetasse. „Alte Wunden, Brian. Doch meiner Ansicht nach hätte Henderson es erfahren, wenn es ein offizielles Angebot gegeben hätte."

„Es gibt eins", antwortete Brian. „Aber ich habe Henderson gebeten, zuerst selbst mit dir sprechen zu dürfen."

„Ach?" Ihr Haar war nach vorn gefallen und bedeckte ihr Gesicht wie ein Vorhang. Mit einer schnellen Kopfbewegung schleuderte sie es wieder nach hinten.

„Weil ich dachte, du würdest ablehnen, wenn du hörtest, dass es um eine Zusammenarbeit mit mir geht."

„Ja", gab sie zu, „da hast du recht, du kennst mich gut genug."

„Und das", sagte er, „wäre unglaublich dumm. Das weiß Henderson so gut wie ich."

„Ach, tatsächlich!" Ramona sprang zornig auf. „Ist es nicht fantastisch, wie jeder glaubt, über mein Leben bestimmen zu können? Wart ihr beide euch einig, dass ich zu dumm bin, um diese Entscheidung allein zu treffen?"

„Nicht unbedingt", entgegnete Brian kühl. „Wir waren uns nur darin einig, dass du, dir selbst überlassen, mehr auf deine Gefühle hören würdest als auf deinen Verstand."

„Na, großartig. Bekomme ich zu Weihnachten Halsband und Leine?"

„Benimm dich gefälligst nicht wie ein Idiot!"

„So, jetzt bin ich also schon ein Idiot?" Ramona wandte sich ab und begann im Zimmer auf und ab zu marschieren. Sie hatte noch immer das gleiche quecksilbrige Temperament wie früher, war ganz Bewegung und Energie. „Ich weiß wirklich nicht, wie ich es so lange ohne deine hübschen Komplimente ausgehalten habe, Brian." Sie wirbelte herum und sah ihn an. „Warum, in aller Welt, willst du unbedingt mit so einer gefühlsduseligen Idiotin zusammenarbeiten?"

„Weil du", sagte Brian und stand ebenfalls auf, „eine unglaublich gute Liedermacherin bist. Und jetzt halt den Mund!"

„Aber selbstverständlich", antwortete sie und ließ sich auf dem Klavierstuhl nieder. „Da du mich so nett darum bittest."

Er zündete sich eine zweite Zigarette an und paffte große Rauchwolken, während sein Blick unverwandt auf ihrem Gesicht ruhte. „Das ist eine wichtige Aufgabe, Ramona", sagte er. „Gehen wir nicht leichtsinnig damit um. Weil wir uns einmal sehr nahestanden, wollte ich selbst mit dir sprechen und es keinem Vermittler überlassen, und ich wollte nicht telefonieren, ich wollte dir dabei in die Augen sehen. Verstehst du das denn nicht?"

Ramona ließ sich mit der Antwort lange Zeit. „Vielleicht", sagte sie schließlich.

Brian kam lächelnd näher. „Später wollen wir allen anderen schmückenden Beiwörtern noch ,stur' hinzufügen. Jetzt möchte ich dich nicht noch einmal wütend machen."

„Dann möchte ich dich gern etwas fragen, bevor du etwas sagst, das mir Anlass gibt, wieder wütend zu werden." Ramona legte den Kopf schief und sah ihm forschend ins Gesicht. „Erstens: Warum willst du mit jemandem zusammenarbeiten? Weshalb willst du den Ruhm teilen?"

„Es handelt sich nicht um Ruhm, sondern um Arbeit, mein Schatz. Um fünfzehn Lieder."

Sie nickte. „Gut. Dann zweitens: Warum willst du ausgerechnet mich, Brian? Warum suchst du dir nicht jemanden aus, der schon mal ein Musical geschrieben hat?"

Seine Antwort bestand darin, dass er sich neben sie auf den Klavierstuhl setzte und wortlos zu spielen begann. Die Töne schwebten durch den Raum wie Geister. „Kennst du das?", fragte er, wandte den Kopf und sah Ramona in die Augen.

Sie brauchte nicht zu antworten. Stumm stand sie auf und entfernte sich ein Stück. Es war zu schwer, neben ihm an dem Klavier zu sitzen, an dem sie gemeinsam dieses Lied komponiert hatten. Sie wusste noch genau, wie sie miteinander gelacht hatten, wie zärtlich seine Augen geblickt hatten und wie geborgen sie sich in seinen Armen gefühlt hatte. Es war das einzige Lied, das sie zusammen geschrieben und zusammen aufgenommen hatten.

Auch nachdem die Melodie verklungen war, kam Ramona nicht zur Ruhe und ging unablässig im Zimmer hin und her. „Was hat ‚Wolken und Regen' damit zu tun?", wollte sie wissen.

Er hatte eine Saite in ihr zum Klingen gebracht, er hörte es ihrer Stimme an, und er hatte plötzlich ein schlechtes Gewissen, weil er ihre Abwehr geschwächt hatte. „Dort hängt eine goldene Schallplatte als Ergebnis dieser zwei Minuten und dreiundvierzig Sekunden, Ramona. Wir arbeiten gut zusammen."

Sie machte kehrt und sah ihn an. „Das war einmal", sagte sie.

„Es wird wieder so sein." Er stand auf und kam auf sie zu, machte diesmal jedoch keine Anstalten, sie zu berühren. „Ramona, du weißt genau, wie wichtig das für deine Karriere sein könnte. Und dir muss klar sein, dass du für das Projekt ein Gewinn wärst. ‚Fantasie' braucht genau deine Begabung."

Sie wollte, konnte kaum glauben, dass ihr etwas angeboten wurde, das sie so sehr wollte. Doch wie konnte sie wieder mit ihm arbeiten? Ständig in engem Kontakt mit ihm sein? Würde sie es schaffen? Würde sie es ertragen?

Sollte sie ihre innere Ruhe beruflichem Ehrgeiz opfern? Aber ich liebe ihn doch nicht mehr, gab sie sich selbst zu bedenken. Unentschlossen biss sie sich auf die Unterlippe.

„Denk an die Musik, Ramona", sagte Brian.

„Das tue ich", sagte sie. „Ich denke aber auch an uns. Ich weiß nicht, ob es gut für mich wäre", fügte sie freimütig hinzu.

„Ich kann dir nicht versprechen, dich nicht zu berühren." Er war verärgert, das verriet sein schroffer und schneidender Tonfall. „Aber ich kann dir versprechen, mich dir nicht aufzudrängen. Genügt dir das?"

Ramona wich der Antwort auf seine Frage aus. „Wann würden wir anfangen, wenn ich einverstanden wäre? Meine Tournee beginnt demnächst."

„Ich weiß, in zwei Wochen. Sechs Wochen später gibst du dein letztes Konzert. Wir könnten also in der ersten Maiwoche anfangen."

„Ich verstehe." Sie verzog die Lippen zu einem leichten Lächeln und fuhr sich mit den Fingern durch das Haar. „Du hast dich gründlich informiert."

„Ich habe dir doch gesagt, es ist eine berufliche Sache, und wenn es um den Beruf geht, bin ich fast pedantisch genau."

„Nun gut, Brian, das ist ein Punkt für dich", sagte sie. „Wo würden wir arbeiten? Nicht hier", setzte sie hastig hinzu. Sie fühlte plötzlich einen seltsamen Druck auf der Brust. „Hier arbeite ich nicht mit dir."

„Das dachte ich mir schon. Ich habe ein Haus in Cornwall", fuhr er fort, als sie nichts sagte.

„In Cornwall?", wiederholte sie. „Warum in Cornwall?"

„Weil es dort ruhig und einsam ist und weil niemand, ganz besonders nicht die Presse, eine Ahnung hat, dass dieses Haus mir gehört. Wenn die Zeitungen erfahren, dass wir zusammenarbeiten, werden sie über uns herfallen. Besonders weil es um dieses Projekt geht. Es ist eine zu heiße Sache."

„Könnten wir nicht einfach eine kleine Höhle im Osten mieten?"

Brian lachte und griff in ihr Haar. „Du weißt doch, wie schlecht die Akustik in einer Höhle ist. Cornwall ist im Frühling unglaublich schön, Ramona. Komm mit!"

Sie hob die Hand, drückte sie ihm auf die Brust und schob ihn von sich fort. Sie wusste nicht, ob sie ablehnen oder zustimmen sollte. Er schien sie noch immer mühelos manipulieren zu können. Ich muss darüber nachdenken, sagte sie sich. Ich brauche ein paar Tage, um alles in der richtigen Perspektive zu sehen.

„Ramona!"

Sie drehte sich um. In der Tür stand Julie. „Ja?"

„Ein Anruf für dich."

Leicht verärgert sah Ramona sie an. „Kann er nicht warten, Julie?"

„Dieser Anruf ist aber über deine Privatleitung hereingekommen."

Brian fühlte förmlich, wie sie erstarrte, und sah neugierig zu ihr hin. Ihre Augen waren völlig ausdruckslos.

„Ich verstehe." Sie schien völlig gelassen, dennoch hörte er, dass ihre Stimme kaum merklich zitterte.

„Ramona!" Ohne zu überlegen, nahm er sie bei den Schultern und drehte sie zu sich herum. „Was ist los?"

„Nichts." Sie löste sich von ihm, kam ihm plötzlich sehr fremd und abweisend vor, schien auf einmal so weit weg zu sein, dass er verwirrt war. „Trink noch eine Tasse Tee", forderte sie ihn lächelnd auf, doch in ihren Augen war noch immer kein Ausdruck. „Ich bin gleich wieder da."

Sie blieb länger als zehn Minuten, und jetzt lief Brian rastlos auf und ab. Ramona war nicht mehr das gefügige junge Mädchen von damals, das war ihm klar, und er wusste nicht, ob sie einwilligen würde, mit ihm zu arbeiten. Er wollte sie, für das Projekt und – ja, auch für sich. Sie in den Armen zu halten, sie zu fühlen, hatte viel mehr in ihm geweckt als nur Erinnerung. Sie faszinierte ihn, hatte es immer getan. Sogar mit neunzehn hatte sie etwas Verschlossenes gehabt, hatte sich ihm nie ganz preisgegeben.

So war es auch heute noch – fast als halte sie einen Teil von sich selbst zurück, eingeschlossen in ein Geheimfach, unerreichbar für andere. Sie hatte ihn vor fünf Jahren nicht nur körperlich von sich ferngehalten. Es hatte ihn damals frustriert und frustrierte ihn noch heute.

Aber auch er war älter geworden. Er hatte damals viel falsch gemacht und hatte nicht die Absicht, diese Fehler zu wiederholen. Heute wusste er, was er wollte, und war fest entschlossen, es zu erreichen. Brian setzte sich wieder ans Klavier und spielte das Lied, das er gemeinsam mit Ramona geschrieben hatte. Es erinnerte ihn an ihre Stimme, die warm und erregend an sein Ohr gedrungen war.

Als er die letzten Takte des Liedes anschlug, fühlte er, dass Ramona in der Nähe war. Er blickte auf und sah sie in der Tür stehen. Ihre Augen wirkten ungewöhnlich dunkel und glänzend. Dann wurde ihm klar, dass sie sehr blass war. Hatte das Lied sie in solche Unruhe versetzt? Er hörte sofort auf zu spielen, stand auf und ging zu ihr.

„Ramona …"

„Ich habe mich entschlossen, es zu tun", unterbrach sie ihn. Die Hände hatte sie wie ein braves Schulkind gefaltet.

„Wunderbar." Er nahm ihre Hand. Sie war eiskalt. „Alles in Ordnung?"

„Ja, natürlich." Sie löste die Hand aus der seinen und hielt, ohne mit der Wimper zu zucken, seinem Blick stand. „Ich nehme an, Henderson wird mich über die Einzelheiten informieren."

Etwas an ihrer Ruhe störte ihn, sie war ihm unheimlich. Wieder war es, als habe sich ein Teil von ihr irgendwohin zurückgezogen, unerreichbar für ihn. „Essen wir zusammen, Ramona", sagte er. Er wollte bei ihr sein, ihren Panzer durchbrechen. „Ich lade dich ins Bistro ein. Dort warst du doch immer gern."

„Nicht heute Abend, Brian. Ich habe noch etwas zu erledigen."

„Dann morgen." Er wusste, dass er sie bedrängte, doch er konnte nicht anders. Sie sah plötzlich müde aus.

„Schön, dann morgen." Ramona lächelte gezwungen. „Tut mir leid, aber ich muss dich jetzt bitten zu gehen, Brian. Ich wusste nicht, dass es schon so spät ist."

„In Ordnung." Er beugte sich zu ihr hinunter und küsste sie leicht. Es drängte ihn, sie zu wärmen und zu beschützen. „Morgen, sieben Uhr", sagte er. „Ich bin im ‚Bel Air' abgestiegen. Wenn du etwas brauchst, ruf mich an."

Ramona wartete, bis die Tür hinter ihm zugefallen war, und presste dann den Handrücken gegen die Stirn. Wie eine Flutwelle schlugen die Gefühle über ihr zusammen. Sie weinte nicht, aber hinter ihrer Stirn tobte ein wahnsinniger Schmerz. Plötzlich fühlte sie Julies Hand auf der Schulter.

„Hat man sie gefunden?", fragte Julie besorgt. Automatisch begann sie Ramonas Schultern zu massieren, um ihre Spannung zu lösen.

„Ja, man hat sie gefunden." Ramona atmete aus, als habe sie lange die Luft angehalten. „Sie kommt zurück."

4. KAPITEL

*D*as Sanatorium war schneeweiß verputzt. Ein bekannter Architekt hatte das harmonische Gebäude entworfen, in dem keineswegs medizinische Zweckmäßigkeit überwog. Wer nicht Bescheid wusste, konnte es für ein exklusives Hotel halten, das sich in die malerische kalifornische Landschaft schmiegte. Es war ein stolzer, eleganter Bau mit einer wunderbaren Aussicht aus allen Fenstern. Ramona verabscheute ihn.

Die Parkettböden waren mit dicken Teppichen belegt, und man sprach nur gedämpft miteinander. Ramona verabscheute auch diese unnatürliche Stille.

Das Pflegepersonal trug Straßenkleidung und war nur an kleinen diskreten Namensschildchen zu erkennen. Es zählte zu den besten des Landes, ebenso wie die „Fieldmore Klinik" die beste für Entziehungskuren aller Art an der Westküste war. Ramona hatte sich sehr genau nach dem Ruf der Klinik erkundigt, bevor sie ihre Mutter vor mehr als fünf Jahren zum ersten Mal hierhergebracht hatte.

Jetzt wartete Ramona in Dr. Justin Karters getäfeltem und geschmackvoll eingerichtetem Büro mit den hohen Bücherregalen an drei Wänden. Durch ein großes Fenster schien die Morgensonne auf üppige grüne Blattpflanzen.

Ramona fragte sich, warum ihre eigenen Pflanzen sich immer nur kümmerlich entwickelten und am Ende doch eingingen. Vielleicht sollte sie Dr. Karter nach dem Geheimnis seines Erfolgs fragen. Sie lachte leicht und bemühte sich, mit den Fingerspitzen den hartnäckigen Schmerz wegzumassieren, der zwischen ihren Augen saß.

Wie sie diese Besuche und den Ledergeruch hasste, den dieses Büro verströmte. Ihr war kalt, sie legte die Arme in Taillenhöhe schützend vor ihren Körper. Sie fror immer, wenn sie in die Fieldmore Klinik kam, und zwar von dem Moment an, in dem sie das Haus durch die hohe weiße Doppeltür betrat, und auch noch lange, nachdem sie es wieder verlassen hatte. Es war eine durchdringende Kälte – eine Kälte bis ins Mark. Ramona wandte sich vom Fenster ab und begann nervös auf und ab zu gehen. Als sie hörte, dass die Tür geöffnet wurde, blieb sie stehen und drehte sich langsam um.

Dr. Karter trat ein, ein kleiner, jugendlicher Mann mit einem weizenblonden Bart und gesunden Apfelbäckchen. Er hatte ein ernstes

Gesicht, das durch die Hornbrille noch ernster wirkte. Unter anderen Umständen hätte Ramona sein Gesicht sympathisch gefunden.

„Miss Williams." Er streckte die Hand aus und drückte kurz und sachlich die ihre. Sie war so kalt und zerbrechlich, wie er sie im Gedächtnis hatte. Das Haar hatte sie im Nacken aufgesteckt, und in dem dunklen Kostüm wirkte sie sehr jung und sehr blass. Von der lachenden, quirligen Entertainerin, die er vor ein paar Wochen im Fernsehen bewundert hatte, war sie Welten entfernt.

„Hallo, Dr. Karter."

Er war immer wieder überrascht, dass die volltönende Stimme zu einer so kleinen, zarten Person gehörte. Das Gleiche hatte er schon vor Jahren gedacht, als sie noch ein halbes Kind gewesen war. Doch obwohl er ihr Fan war, hatte er sie noch nie gebeten, ihm ein Album zu signieren. Irgendwie wäre es ihnen beiden peinlich gewesen, das wusste er.

„Nehmen Sie bitte Platz, Miss Williams. Darf ich Ihnen einen Kaffee bringen lassen?"

„Nein, vielen Dank." Ramona schluckte. Wenn sie mit ihm sprach, hatte sie immer eine strohtrockene Kehle. „Zuerst möchte ich meine Mutter sehen."

„Es gibt einiges, was ich mit Ihnen besprechen möchte."

Ramona fuhr sich mit der Zungenspitze über die Lippen – das einzige äußere Zeichen ihrer Erregung. „Nachdem ich sie gesehen habe."

„Nun gut." Dr. Karter nahm ihren Arm, und sie verließen das Zimmer. Durch den stillen Flur gingen sie zum Lift. „Miss Williams …", begann er. Er hätte sie gern Ramona genannt. Für ihn und die übrige Welt war sie Ramona, doch es gelang ihm nie, den Panzer der Zurückhaltung zu durchbrechen, hinter dem sie sich in seiner Gegenwart verschanzte. Sie tat es, weil er ihre Geheimnisse kannte, das war ihm klar. Zwar vertraute sie ihm und wusste, dass sie bei ihm gut aufgehoben waren. Trotzdem war ihr immer unbehaglich zumute, wenn sie mit ihm zusammen war. Jetzt wandte sie sich ihm zu, ihre großen grauen Augen sahen ihn sehr direkt an, waren jedoch völlig ausdruckslos.

„Ja, Doktor?" Nur einmal war sie in seiner Gegenwart zusammengebrochen, und sie hatte sich geschworen, dass ihr das nie wieder passieren sollte. Sie ließ sich von der Krankheit ihrer Mutter nicht zugrunde richten, und sie würde sich auch in der Öffentlichkeit nicht gehen lassen.

„Erschrecken Sie bitte nicht, wenn Sie Ihre Mutter sehen“, sagte er. Sie stiegen in den Lift, und Dr. Karter ließ seine Hand auf ihrem Arm liegen. „Sie hat bei ihrem letzten Aufenthalt hier großartige Fortschritte gemacht, aber sie hat die Therapie vorzeitig abgebrochen, wie Sie wissen. In den vergangenen drei Monaten hat sich ihr Zustand sehr verschlimmert.“

„Versuchen Sie nicht, mich zu schonen“, sagte Ramona müde. „Ich weiß, wo und wie man sie gefunden hat. Sie wird hier wieder trocken werden … dank Ihrer unermüdlichen Arbeit, aber nach zwei Monaten wird sie ebenso wieder weglaufen, und alles fängt von vorn an. Es wird sich nie etwas ändern.“

„Alkoholiker führen einen unaufhörlichen Kampf.“

„Erzählen Sie mir bitte nichts über Alkoholiker!“, entgegnete sie heftig. Ihre Zurückhaltung wurde brüchig, und darunter kamen ihre Gefühle zum Vorschein. „Predigen Sie mir nicht von Kämpfen.“ Sie unterbrach sich, schüttelte den Kopf und presste die Finger an die Schläfen. „Ich weiß alles über Alkoholiker“, fuhr sie ruhiger fort, „habe jedoch weder Ihre Hingabe noch Ihren Optimismus.“

„Aber Sie bringen sie immer wieder zu uns zurück“, gab er ihr zu bedenken.

„Sie ist meine Mutter.“ Der Lift hielt, die Tür glitt auseinander, und sie stiegen aus.

Ramona fror noch stärker, während sie durch den langen Flur gingen. Zu beiden Seiten waren Türen, doch sie weigerte sich, an die Menschen in den dahinter liegenden Räumen zu denken. Hier sah es schon mehr nach einem Krankenhaus aus.

Ramona glaubte Desinfektionsmittel zu riechen, und ihr wurde wie immer davon übel.

Als Dr. Karter vor einer Tür stehen blieb und nach der Klinke griff, legte sie die Hand auf die seine.

„Ich möchte allein mit ihr sprechen“, sagte sie.

Er fühlte, dass sie sich eisern beherrschte. Zwar wirkte sie ruhig, doch er hatte Panik in ihren Augen aufblitzen sehen. Ihre Finger, die auf seinem Handrücken lagen, zitterten nicht, waren aber steif und eiskalt.

„In Ordnung“, sagte er. „Ich erlaube Ihnen ein paar Minuten. Es gibt Komplikationen, über die wir sprechen müssen.“ Er nahm die Hand von der Klinke. „Ich warte hier auf Sie.“

Ramona nickte und drückte die Klinke herunter. Sie brauchte noch einen Moment, um ihre ganze Kraft zusammenzunehmen, dann ging sie hinein.

Ihre Mutter lag in einem Krankenhausbett. Sie hing an einem Tropf, der in die Armvene führte, und schien zu schlafen. Die Vorhänge waren zugezogen, das Zimmer war abgedunkelt. Es war ein gemütliches Zimmer mit hellblauen Wänden, einem elfenbeinfarbenen Teppich und ein paar guten Bildern.

Die Finger um ihre Ledertasche verkrampft, näherte sich Ramona dem Bett.

Sie hat eine Menge Gewicht verloren, war ihr erster Gedanke. Die Mutter hatte eingefallene Wangen und die krankhaft gelbliche Haut, die Ramona so gut kannte. Ihr Haar war ganz kurz geschnitten und schon ziemlich grau. Und sie hat so wunderschönes Haar gehabt, dachte Ramona. Glänzendes, dichtes Haar. Das Gesicht war abgemagert, unter den Augen lagen dunkle Ringe, der Mund schien eingesunken, und die Lippen waren rissig vor Trockenheit. Die Hilflosigkeit dieser Frau, die ihre Mutter war, traf Ramona wie ein bitterer Schmerz, und sie schloss die Augen, um sich dagegen zu wappnen. Tränen brannten hinter ihren Lidern, und sie erlaubte sich zu weinen, während sie dastand und auf ihre schlafende Mutter hinuntersah.

Und dann schlug die Mutter die Augen auf, ohne einen Laut, ohne sich zu bewegen. Sie waren dunkel und grau wie die ihrer Tochter.

„Mama", sagte Ramona, und die Tränen strömten ihr über die Wangen. „Warum, Mama, warum?"

Als Ramona wieder vor der Tür ihres Hauses stand, war sie völlig erschöpft. Sie wollte nur noch ins Bett und schlafen. Schlafen und vergessen. Noch immer hatte sie Kopfschmerzen, einen dumpfen Druck, ein peinigendes Hämmern. Und ihr war übel. Sie schloss die Tür hinter sich, lehnte sich dagegen und versuchte, Kraft zu sammeln, um die Treppe hinaufsteigen zu können.

„Ramona?"

Sie machte die Augen auf und sah Julie entgegen, die durch die Diele auf sie zukam. Natürlich sah Julie sofort, dass Ramona völlig erledigt war, und legte ihr den Arm um die Schultern. Aus lauter Sorge begann sie, Ramona Vorwürfe zu machen.

„Du hättest mir erlauben müssen, dich zu begleiten. Ich hätte dich nicht allein gehen lassen dürfen." Behutsam führte sie Ramona die Treppe hinauf.

„Meine Mutter ist mein Problem", antwortete Ramona müde.

„Das ist das einzig Egoistische an dir", sagte Julie leise und zornig in Ramonas Schlafzimmer. „Angeblich bin ich deine Freundin, doch ich darf dir nicht helfen. Du würdest mich so etwas nie allein durchstehen lassen, davon bin ich überzeugt."

„Bitte sei nicht böse auf mich." Ramona schwankte leicht, als Julie ihr die Kostümjacke auszog. „Ich habe nun einmal das Gefühl, dass das allein meine Sache ist, ich ganz allein die Verantwortung trage. Und ich habe viel zu lange so empfunden, um es jetzt noch ändern zu können."

„Aber ich bin böse auf dich." Julies Stimme klang gepresst. Es machte ihr Angst, dass Ramona sich ausziehen ließ wie eine Puppe. „Das ist wirklich das Einzige an dir, was mich furchtbar ärgert. Ich ertrage es nicht, wenn du dir selbst so etwas antust." Forschend sah sie ihr in das blasse, erschöpfte Gesicht. „Hast du etwas gegessen?"

Ramona schüttelte den Kopf und ließ sich fast willenlos den Rock von den Hüften streifen.

„Und wie ich dich kenne, wirst du auch nichts essen." Julie schob Ramonas Hände weg, die ungeschickt an den Blusenknöpfen fingerten, knöpfte die Bluse selbst auf und zog sie ihr aus.

„Ich gehe am Abend mit Brian essen", antwortete Ramona und ließ sich bereitwillig von Julie zum Bett führen.

„Ich rufe ihn an und sage ab. Du brauchst Schlaf. Später kann ich dir ja etwas heraufbringen."

„Nein." Ramona schlüpfte zwischen die frischen kühlen Laken. „Ich will mit Brian essen gehen. Ich muss", verbesserte sie sich und schloss die Augen. „Ich muss hinaus, ich möchte eine Zeit lang an gar nichts denken müssen. Jetzt schlafe ich ein bisschen. Er kommt nicht vor sieben."

Julie ging zum Fenster, um die Jalousie herunterzulassen. Doch Ramona war schon eingeschlafen, ehe das Zimmer abgedunkelt war.

Brian klingelte ein paar Minuten nach sieben, und Julie öffnete ihm. Er trug einen steingrauen Anzug und ein royalblaues Hemd mit offenem Kragen. Lässig elegant, dachte Julie. Das Veilchensträußchen in seiner Hand wirkte nicht lächerlich, sondern romantisch. Er nickte anerkennend, als er ihr hautenges schwarzes Kleid sah.

„Hallo, Julie! Du siehst hinreißend aus." Er zupfte ein Veilchen aus dem Strauß und überreichte es ihr. „Gehst du auch aus?"

Julie nahm die Blume und lächelte. „In einer Weile", antwortete sie. „Ramona muss gleich herunterkommen. Brian …" Julie zögerte, schüttelte dann den Kopf und ging ihm ins Musikzimmer voraus. „Ich bringe dir etwas zu trinken. Bourbon, nicht wahr? Ohne Wasser und ohne Eis."

Brian hielt ihren Arm fest. „Das wolltest du doch nicht sagen."

Sie holte tief Luft. „Nein." Abermals ein kurzes Zögern, und dann sagte sie, die braunen Augen fest auf ihn gerichtet: „Ramona bedeutet mir sehr viel. Es gibt nicht viele wie sie, ganz besonders nicht in dieser Stadt. Sie ist aufrichtig, und obwohl sie glaubt, sie sei härter geworden, ist sie noch genauso verletzlich wie früher. Ich möchte nicht, dass jemand ihr wehtut, besonders jetzt nicht. Nein, ich beantworte keine Fragen", kam sie ihm zuvor. „Aber ich will dir eins sagen: Was sie braucht, sind viel Geduld und großes Verständnis. Ich hoffe, du kannst ihr beides geben."

„Wie viel weißt du von dem, was vor fünf Jahren zwischen uns war, Julie?", fragte Brian.

„Ich weiß, was Ramona mir erzählt hat."

„Eines Tages solltest du mich fragen, was ich damals empfand und warum ich ging."

„Und du würdest es mir sagen?"

„Ja", antwortete er, ohne zu zögern, „das würde ich."

„Tut mir leid!" In einem weißen Kleid aus hauchdünnem Stoff kam Ramona die Treppe heruntergelaufen und blieb in der offenen Tür zum Musikzimmer stehen. „Ich hasse es, unpünktlich zu sein." Das Haar fiel ihr in gewollter und gekonnter Unordnung über die Schultern und schimmerte seidig auf dem zarten Voile des Kleides. „Aber ich konnte meine Schuhe nicht finden."

Ihre Wangen waren leicht gerötet, und ihre Augen glänzten. Sie sieht ein bisschen zu munter, zu lebhaft aus, dachte Brian, schob den Gedanken jedoch rasch beiseite.

„Du bist so schön wie eh und je", sagte er und gab ihr das Veilchensträußchen. „Es hat mir nie etwas ausgemacht, auf dich zu warten."

„Oh, diese samtene irische Zunge", sagte sie und vergrub das Gesicht in den Veilchen. „Ich habe sie vermisst." Ihre Augen lachten ihn über die Veilchen hinweg an. „Und ich glaube, ich lasse mich heute Abend von dir verwöhnen, Brian. Ich habe Lust, verhätschelt zu werden."

Er nahm ihre freie Hand und hielt sie fest. „Wohin möchtest du gern?"

„Irgendwohin. Überallhin. Aber zuerst muss ich etwas essen. Ich verhungere langsam."

„In Ordnung. Ich kaufe dir ein Sandwich."

„Einige Dinge ändern sich nie", erklärte Ramona, ehe sie sich an Julie wandte: „Amüsier dich gut, und sorg dich nicht um mich." Sie unterbrach sich einen Augenblick, küsste Julie auf die Wange und fuhr lächelnd fort: „Ich verspreche dir, den Hausschlüssel nicht zu verlieren. Und grüß mir …" Sie blieb auf dem Weg zur Tür noch einmal stehen. „Wer ist es heute Abend?"

„Lorenzo", sagte Julie, die ihnen nachsah. „Der Schuhbaron."

„Ach ja."

Lachend trat Ramona hinaus in den kühlen Vorfrühlingsabend. „Wirklich erstaunlich", sagte sie und schob die Hand durch Brians Arm. „In Julie verlieben sich lauter Millionäre. Wie sie das nur schafft? Es ist eine Begabung."

„Ein Schuhbaron?", fragte Brian, als er Ramona die Wagentür öffnete.

„Ja. Ein Italiener. Er trägt wunderbare Modellanzüge und sieht aus, als müsste man seinen Kopf auf die Vorderseite einer Münze prägen."

Brian glitt auf den Fahrersitz und strich aus alter Gewohnheit ihr Haar zurück, das ihr wieder nach vorn gefallen war. „Ist es was Ernstes?"

Ramona bemühte sich, sich von seiner Berührung nicht verwirren zu lassen. „Nicht ernster als mit dem Ölproduzenten oder dem Parfümmagnaten." Der Ledergeruch der Polsterung erinnerte sie plötzlich an Dr. Karters Büro. Rasch verdrängte sie das Gefühl. „Was bekomme ich zu essen, Brian?", fragte sie strahlend – zu strahlend. „Ich warne dich, ich habe einen Mordshunger."

Er legte ihr die Hand um den Hals, sodass ihr nichts anderes übrig blieb, als ihn anzusehen.

„Wirst du mir sagen, was passiert ist?" Schon immer hatte er sie schnell durchschaut.

Ramona legte die Hand auf die seine. „Keine Fragen, Brian. Nicht jetzt."

Sie spürte sein Zögern. Dann drehte er die Hand um, griff nach der ihren und führte sie, ihren Widerstand nicht beachtend, an die Lippen.

„Nicht jetzt", erklärte er sich einverstanden und sah sie eindringlich an. „Ganz gleichgültig bin ich dir noch nicht", fügte er leise hinzu und lächelte, als freue er sich darüber. „Das spüre ich."

Ramona fühlte ein angenehmes Prickeln auf der Haut. „Ja", sagte sie, „ich empfinde immer noch etwas, wenn du mich berührst." Sie entzog ihm ihre Hand, sah ihn aber weiter unverwandt an. „Aber es ist nicht mehr wie früher."

Er lachte und startete dann den Motor. „Nein, es ist nicht mehr wie früher", sagte auch er.

Ramona hatte den nicht gerade beruhigenden Eindruck, dass sie zwar dasselbe gesagt, doch ganz und gar nicht dasselbe gemeint hatten.

Das Abendessen verlief harmonisch, und sie blieben sogar ungestört. Ramona fand es perfekt. Sie aßen in einem winzigen alten Lokal, das sie vor Jahren zufällig entdeckt hatten. Brian hatte es gewählt, weil er wusste, dass sie hier keine alten Bekannten treffen, nicht um Autogramme gebeten und von niemandem zu einem Drink eingeladen werden würden. Hier waren sie ein ganz durchschnittliches Paar, ein Mann und eine Frau, die sich bei Kerzenlicht, Wein und gutem Essen in intimer Atmosphäre gegenübersaßen.

Im Lauf des Abends wurde Ramonas Lächeln spontaner, sie wirkte weniger hoffnungslos, und der unglückliche Ausdruck verschwand aus ihren Augen. Doch obwohl Brian die Veränderung bemerkte, die mit ihr vorging, erwähnte er sie mit keinem Wort.

„Ich habe das Gefühl, seit einer Woche nichts mehr gegessen zu haben", erklärte Ramona zwischen zwei Bissen des zarten Roastbeefs, einer Spezialität des Hauses.

„Willst du noch ein bisschen was von meinem?" Brian schob ihr seinen Teller hin.

Ramona nahm sich ein paar Bratkartoffeln. „Wir lassen uns den Rest einpacken und nehmen ihn mit. Ich möchte noch ein bisschen Platz fürs Dessert haben. Hast du das Tablett mit den Kuchen und Torten gesehen?"

„Wenn du so weitermachst, kann ich dich nach Cornwall rollen", sagte Brian und schenkte sich noch etwas Burgunder nach.

Ramona lachte, und dieses tiefe, ein wenig raue Lachen erregte ihn. „Um die Zeit bin ich bestimmt nur noch Haut und Knochen", behauptete sie. „Du weißt, was eine so große Tournee einem antun kann." Als er ihr ebenfalls Wein nachschenken wollte, schüttelte sie den Kopf.

„Von San Francisco bis New York jeden Abend ein Konzert in einer anderen Stadt." Auf ihren fragenden Blick hin erklärte er: „Ich habe mit Henderson gesprochen." Zerstreut wickelte er sich eine Strähne ihres Haares um den Finger. Er war so geistesabwesend, dass er Ramonas Überzeugung nach bestimmt nicht wusste, was er tat, und deshalb sagte sie auch nichts. „Wenn es dir recht ist", fuhr er fort, „treffen wir uns gleich nach Beendigung der Tournee in New York und fliegen von dort nach England."

„In Ordnung. Besprich das bitte mit Julie, ich habe einfach kein Gedächtnis für Datum und Zeit. Bleibst du bis dahin in den Staaten?"

Er nickte. „Ich gehe für zwei Wochen nach Vegas." Er strich ihr mit den Fingerspitzen über die Wange, und als sie zurückzuckte, legte er freundschaftlich die Hand auf die ihre. „Ich bin schon lange nicht mehr dort aufgetreten. Wahrscheinlich hat es sich nicht sehr verändert."

Lachend schüttelte sie den Kopf. „Nein. Ich war vor ungefähr sechs Monaten dort. Natürlich haben wir auch gespielt, und Julie hat am Bakkarat-Tisch ein ganz schönes Sümmchen gewonnen. Ich wurde ein Opfer der Spielautomaten."

„Ich habe deine Kritiken gelesen. Warst du wirklich so sensationell, wie die Fachpresse schrieb?" Er lächelte ihr zu und spielte mit dem goldenen Kettchen, das sie am Handgelenk trug.

„Oh, ich war noch viel sensationeller", erklärte sie.

„Ich hätte dich gern gesehen." Er legte ihr leicht den Finger auf den Puls, der sich sofort beschleunigte. „Ich habe dich schon viel zu lange nicht mehr singen gehört."

„Aber es ist erst ein paar Tage her … du warst im Studio dabei." Sie entzog ihm die Hand und griff nach dem Weinglas. Da nahm er ganz einfach ihre andere Hand.

„Brian", sagte sie halb belustigt.

„Ich habe dich natürlich auch im Radio gehört", fuhr er fort. „Doch es ist nicht dasselbe wie in einem Konzert, in dem du plötzlich lebendig wirst. Oder", seine Stimme nahm jenen weichen, zärtlichen Klang an, an den sie sich noch so gut erinnerte, „dir zuzuhören, wenn du für mich allein singst."

Sein Tonfall war so schmeichelnd wie der Burgunder, den sie trank. Da sie wusste, wie leicht Brian ihr den Verstand vernebeln konnte, schwor sie sich, sich nur auf leichte, oberflächliche Gespräche einzulassen. „Weißt du, was ich jetzt möchte?", fragte sie in leisem Verschwörerton und beugte sich zu ihm vor.

„Ein Dessert", sagte er.

„Wie gut du mich kennst, Brian."

Nach dem Essen schlug Ramona vor, tanzen zu gehen. In stillschweigender Übereinkunft mieden sie, nachdem sie das Restaurant verlassen hatten, die Lokale, die zurzeit „in" waren, und entdeckten einen verrauchten kleinen Club, in dem die Leute sich drängten und eine gute Band spielte – einen Club eben wie jene, in denen sie beide am Anfang ihrer Karrieren gesungen hatten.

Sie hofften, hier nicht erkannt zu werden. Fast zwanzig Minuten lang erfüllte sich diese Hoffnung auch.

„Entschuldigen Sie, sind Sie nicht Brian Carstairs?" Eine Blondine sah bewundernd zu Brian auf und lächelte kokett. Dann warf sie einen Blick auf Ramona. „Und Ramona Williams!"

„Bob Buldoon", antwortete Brian in näselndem Texanisch, das er leidlich beherrschte. „Und das ist meine Frau Sheila." Er zog Ramona fester an sich.

„Hi", sagte Ramona.

„Oh, Mr Carstairs!" Die Blonde kicherte und hielt ihm Papierserviette und Kugelschreiber entgegen. „Ich bin Debbi. Könnten Sie bitte ‚Für meine gute Freundin Debbi' schreiben?"

„Aber gern." Brian lächelte charmant und bat Ramona, sich umzudrehen. Ihren Rücken als Unterlage benutzend, kritzelte er rasch etwas auf die Serviette.

„Und Sie auch, Ramona", bat Debbi, als er fertig war. „Auf die andere Seite."

Ramona war es gewöhnt, von ihren Fans ganz ohne Förmlichkeit behandelt zu werden. Für sie war sie einfach Ramona. Ihre Spontaneität und Herzlichkeit ließen es nicht zu, dass man ihr mit der gleichen zurückhaltenden Bewunderung, ja fast Ehrerbietung begegnete wie anderen Superstars. Brians Rücken ebenfalls als Pult benutzend, schrieb sie ein paar nette Worte auf die Serviette.

Als sie fertig war, merkte sie, dass Debbi Brian aus großen Augen unverwandt ansah. Ramona wusste, welchen Fantasien sich das Mädchen jetzt hingab.

„Hier haben Sie Ihre Serviette", sagte sie und berührte Debbi leicht am Arm, um sie in die Wirklichkeit zurückzuholen.

„Oh!" Debbi nahm die Serviette, sah sie einen Moment ausdruckslos an und lächelte dann zu Brian auf. „Danke." Sie wandte sich
Ramona zu und fuhr sich mit der Hand verlegen durch das Haar, als
sei ihr erst jetzt klar geworden, was sie getan hatte. „Vielen Dank."

„Gern geschehen." Brian lächelte, begann Ramona aber unauffällig
zur Tür zu schieben. Es war zu viel zu erwarten, dass das Intermezzo
nicht bemerkt worden war oder niemand sonst sie erkennen würde.
Während der nächsten Viertelstunde versuchten sie, Autogramme
schreibend und unzählige Fragen beantwortend, sich zur Tür durch-
zukämpfen. Brian sorgte dafür, dass Ramona und er nicht getrennt
wurden. Zwar wurden sie ein bisschen herumgeschubst, aber die
Leute benahmen sich recht zivilisiert.

Nach den Maßstäben von Los Angeles war es noch sehr früh, und
man hatte noch nicht allzu viel getrunken. Trotzdem wollte Brian
Ramona in Sicherheit bringen. Derartige Situationen waren berüch-
tigt und hochexplosiv. Die Stimmung konnte plötzlich umkippen. Ein
allzu begeisterter Fan, und man befand sich in einem Hexenkessel.
Ramona schrieb und schrieb, während hin und wieder jemand eine
Hand ausstreckte, um ihr Haar zu berühren. Brian war erleichtert, als
er sie endlich im Freien hatte. Nur ein paar Unentwegte folgten ihnen,
und sie gelangten, ein paar weitere Autogramme als Tribut bezahlend,
ziemlich unbehelligt zu Brians Wagen.

„Verdammt noch mal!", fluchte Brian, als er den Gurt anlegte. „Es
tut mir ehrlich leid. Ich hätte es besser wissen müssen und nicht mit
dir da hineingehen dürfen."

Ramona erwiderte gelassen: „Sei nicht albern. Ich wollte es doch.
Außerdem waren die Leute nett."

„Das sind sie nicht immer."

„Nein, das sind sie nicht." Ramona lehnte sich zurück und entspannte sich. „Aber bisher hatte ich eigentlich Glück. Es gab nur ein-
oder zweimal Schwierigkeiten. Manchmal vergessen die Fans, dass
wir aus Fleisch und Blut sind. Damit muss man rechnen."

„Also versuchen sie, sich ein Stückchen von uns abzuschneiden
und mit nach Hause zu nehmen."

„Das", meinte Ramona trocken, „kann zum Problem werden. Ich
erinnere mich an den Filmclip eines Konzerts, das du vor ... oh,
sieben oder acht Jahren gegeben hast." Sie stützte den Arm auf der
Rückenlehne auf und legte die Wange in die Hand. „Ein Konzert
in London, bei dem die Fans die Absperrung durchbrachen. Sie

schienen dich ganz zu verschlucken. Es muss schrecklich gewesen sein."

„Sie haben mich so heiß geliebt, dass sie mir ein paar Rippen brachen."

„Oh Brian!" Ramona fuhr erschrocken hoch. „Das ist ja furchtbar, das wusste ich nicht."

Er lächelte und zuckte mit den Schultern. „Wir haben die Sache heruntergespielt. Aber es hat meinen Geschmack an Live-Konzerten für ziemlich lange Zeit verdorben." Er bog von der Hauptstraße ab und fuhr auf die Hügel zu. „Die Absperrungen sind heute sicherer."

„Ich weiß nicht, ob ich nach einem solchen Zwischenfall noch vor ein Publikum treten könnte."

„Woher solltest du dann wohl deine Adrenalinstöße bekommen?", konterte er. „Wir brauchen sie, diese sofortige Anerkennung durch den Applaus." Lachend zog er sie näher an sich heran. „Denn warum sollten wir es sonst tun? Warum gibt es unzählige andere, die sich verzweifelt bemühen, Erfolg zu haben? Warum hast du mit der Kletterpartie angefangen, Ramona?"

„Es war eine Flucht", antwortete sie, noch ehe sie Zeit hatte zu überlegen. Seufzend lehnte sie sich an seine Schulter, als er keine nähere Erklärung verlangte. „Musik war immer etwas, woran ich mich festhalten konnte. Sie war unveränderlich, verlässlich. Ich brauchte etwas, das nur mir gehörte." Sie wandte den Kopf und sah ihn forschend an. „Und warum wolltest du Karriere machen?"

„Hauptsächlich aus den gleichen Gründen, nehme ich an. Ich hatte etwas zu sagen, und die Leute sollten nie vergessen, dass ich es gesagt hatte."

Sie lachte. „Und wie radikal du am Anfang warst! Diese aufwühlenden, engagierten Lieder! Eine Zeit lang warst du das schwarze Schaf der Musikszene."

„Ich bin sanfter geworden", sagte er.

„,Heiß wie Feuer' kam mir nicht besonders sanft vor", erklärte sie. „War das nicht der Titelsong auf deinem letzten Album?"

Er lachte. „Na ja, ganz darf ich meinen Biss nicht verlieren."

„Bei uns war es zehn Wochen lang ununterbrochen Nummer eins in den Charts", sagte sie. „Das ist gar nicht so schlecht."

„Stimmt", sagte er, als habe er sich eben erst erinnert. „Es hat ja eine kleine Nummer von dir verdrängt, nicht wahr? Ein sehr hübsches Arrangement, wie ich noch weiß. Es lag vielleicht ein bisschen zu viel

Gewicht auf den Streichern, aber …" Sie boxte ihn leicht in die Seite, und er sagte vorwurfsvoll: „Du sollst mich nicht ablenken, wenn ich fahre, Ramona!"

„Für das ,hübsche kleine Arrangement' habe ich Platin bekommen."

„Ich habe dir doch gesagt, dass es hübsch war. Und der Text war nicht schlecht. Ein bisschen sentimental vielleicht."

„Ich mag sentimentale Texte", erklärte sie ihm und knuffte ihn noch einmal. „Nicht jedes Lied muss vernichtende Gesellschaftskritik enthalten."

„Selbstverständlich nicht", pflichtete er ihr bei. „Für süße Nichtigkeiten ist immer ein Markt da."

„Süße Nichtigkeiten", wiederholte Ramona, ohne zu merken, dass sie in ihre frühere Gewohnheit zurückgefallen waren, gegenseitig Kritik an ihrer Arbeit zu üben und darüber zu diskutieren. „Nur weil ich meinen Liedern allgemein verständliche Texte unterlege und mir keine Effekthascherei leiste …" Sie unterbrach sich, als er den Wagen an die Seite fuhr und anhielt. „Was machst du da?"

„Ich halte an, bevor du mich wieder boxt und wir im Graben landen." Lächelnd fuhr er ihr mit der Fingerspitze über den Nasenrücken. „Was meinst du mit Effekthascherei?"

„Ja, Effekthascherei", wiederholte sie. „Wie würdest du das Duell zwischen Gitarre und Klavier am Ende von ,Heiß wie Feuer' sonst nennen?"

„Einen klassischen Liedschluss", antwortete er, und obwohl sie ihm recht gab, stieß sie einen spöttischen Laut aus.

„Ich brauche keine solchen Kinkerlitzchen. Meine Lieder sind …"

„Übersentimental."

Ramona zog hochmütig eine Augenbraue hoch. „Wenn du meine Musik so einschätzt, weiß ich nicht, wie wir zusammenarbeiten sollen."

„Perfekt", versicherte ihr Brian. „Wir werden uns gegenseitig ergänzen, wie immer."

„Wir werden uns furchtbar streiten", sagte sie.

„Tja, das werden wir wohl."

„Und", fügte sie, ein Lächeln unterdrückend, hinzu, „du wirst nicht immer gewinnen."

„Gut, dann wird es wenigstens nicht langweilig." Er zog sie an sich, und als sie sich widersetzte, lehnte er ihren Kopf wieder an seine

Schulter. „Schau mal! Warum sehen Städte nachts von irgendeiner Anhöhe immer viel schöner aus?"

Ramona blickte auf die funkelnde Silhouette von Los Angeles hinunter. „Ich glaube, es ist das Geheimnisvolle. Man fragt sich, was dort unten wohl passiert, und man sieht nicht, dass alles nur rennt und hastet. Hier oben ist es still."

Sie fühlte, dass seine Lippen über ihre Schläfe strichen. „Brian!" Sie zog den Kopf weg, doch er hielt sie fest.

„Bleib bei mir, Ramona", sagte er in einem Ton, der ihr einen Schauer das Rückgrat hinunterjagte. „Geh nicht weg von mir."

Er senkte ganz langsam den Kopf, seine Lippen glitten über die ihren, berührten sie jedoch kaum. Seine Hand, die ihren Nacken umschloss, griff weniger zart zu.

Er küsste die weiche Haut ihrer Wangen, die geschlossenen Lider, das duftige Haar an ihren Schläfen. Sie fühlte, wie sie wehrlos wurde und sich an ihn verlor, wie früher.

Ihre Lippen öffneten sich leicht, bereit für die seinen, als sie von ihrer Wanderung zu ihrem Mund zurückkehrten. Sein Kuss wurde begehrlicher, aber er ließ sich noch immer Zeit, als wolle er voll auskosten, was er so lange entbehrt hatte.

Ramonas Hände glitten über seine Brust, umschlossen seinen Nacken, zogen ihn an sich, bis ihre Körper sich berührten. Er murmelte etwas und drückte dann den Mund in die Beuge ihres Halses. Der Duft ihrer Haut und ihres Parfüms hüllten ihn ein.

Sie stöhnte leise, als er ihre Brust umfing – Verlangen und Protest zugleich drückte dieser Laut aus. Wieder war sein Mund ganz dicht über dem ihren, und nichts Zartes war mehr in diesem Kuss, doch kam seine Begierde der ihren entgegen. Sie wehrte sich nicht mehr gegen ihn, ihr Körper sehnte sich unwiderstehlich nach ihm. Heiß lag seine Hand auf dem dünnen Stoff ihres Kleides, und sie hatte das Gefühl, ihre nackte Haut müsse Feuer fangen.

Es ist so lange her, dachte Ramona, von einem heftigen Schwindelgefühl gepackt, so furchtbar lange her, seit ich Ähnliches empfunden, mich so verzweifelt nach etwas gesehnt habe. Ihr ganzes Wesen stimmte sich auf ihn ein.

Sein Mund war an ihrem Ohr, ihrer Kehle, ihrer Wange. „Ich will dich, Ramona!" Noch drängender wurde sein Kuss, und auch seine Hände gingen nicht mehr sanft mit ihr um. „So lange ist es her", flüsterte er wie ein Echo ihrer Gedanken. „So lange. Komm zu mir. Komm zu mir ins Hotel, bleib heute Nacht bei mir."

Leidenschaft schlug wie eine Sturmflut über ihr zusammen, die Hitze, die in ihr aufstieg, schien sie zu versengen. Angst und Verlangen stritten in ihr um die Oberhand. Sie begann sich zu wehren.

„Nein!", stieß sie, nach Luft ringend, hervor. „Nein, hör auf!"

Brian packte sie bei den Schultern, schüttelte sie einmal kurz und zwang sie, zu ihm aufzusehen. „Warum?", fragte er rau. „Du willst mich doch auch, das fühle ich."

„Nein!" Ramona legte ihm die Hände auf die Brust und versuchte, ihn von sich wegzudrücken. „Ich will dich nicht. Ich kann nicht." Sie bemühte sich, tiefer zu atmen, um sich zu beruhigen. „Du tust mir weh, Brian. Bitte lass mich los."

Seine Finger gaben allmählich nach, dann ließ er sie los. „Die gleiche alte Geschichte", sagte er vor sich hin, wandte sich von ihr ab und zündete sich umständlich eine Zigarette an. „Du gibst noch immer nach, bis ich halb verrückt bin, und dann weichst du zurück." Er zog an der Zigarette und warf Ramona einen unfreundlichen Blick zu. „Ich hätte besser darauf vorbereitet sein sollen."

„Du bist nicht fair. Ich habe nicht damit angefangen. Ich wollte nie …"

„Du wolltest!", fuhr er sie wütend an. „Verdammt noch mal, und ob du wolltest, Ramona! Ich habe schon genug Frauen gehabt und weiß genau, wann ich eine im Arm halte, die mich will."

Sie wappnete sich gegen den Schmerz. „Du bist mit einer deiner vielen Frauen besser dran, Brian", sagte sie. „Ich habe dir doch gesagt, ich falle dir diesmal nicht vor die Füße wie eine reife Frucht, und es war mir ernst damit. Wenn wir eine rein berufliche Beziehung haben können, fein." Sie schluckte und strich sich durch das Haar, das seine Finger liebkost hatten. „Wenn du aber unter dieser Bedingung nicht mit mir arbeiten willst, dann suchst du dir am besten einen anderen Partner."

„Ich habe den einzigen, den ich haben möchte." Er warf die halb gerauchte Zigarette aus dem offenen Autofenster. „Halten wir uns eine Zeit lang an deine Spielregeln, Ramona. Wir sind beide Profis und wissen, was dieses Musical für unsere Karriere bedeutet." Er ließ den Motor an. „Ich bringe dich nach Hause."

*R*amona hasste es, zu spät zu einer Party zu kommen, aber es ging nicht anders. Sie hatte keine freie Minute. Wäre es nicht so wichtig gewesen, dass sie sich sehen ließ und mit Lauren Chase und ein paar anderen wichtigen Leuten vom Ensemble und der technischen Mannschaft von „Fantasie" zusammenkam, hätte sie sich bestimmt gedrückt. In zwei Tagen begann ihre Tournee.

Die Wahrheit war, dass sie die Party ganz vergessen hatte. Die Probe hatte viel länger gedauert als geplant, und dann war sie nach Beverly Hills gefahren, um einen Schaufensterbummel zu machen. Sie hatte nichts kaufen, nur etwas tun wollen, bei dem sie nicht denken musste. Seit Wochen hatte man von ihr nur gefordert und immer wieder gefordert, und in den kommenden Wochen würde es genauso weitergehen – oder noch schlimmer.

Sie wollte sich ein paar Stunden stehlen, nicht an ihre Mutter und das sterile weiße Sanatorium denken, nicht an Hitlisten, Tonarten und Arrangements und auch nicht an die Verwirrung, in die Brian sie gestürzt hatte. Sie wollte ganz einfach die Schätze bei Neiman-Marcus und Gucci bewundern, sich alles anschauen und nichts kaufen.

Als sie nach Hause kam, entdeckte sie an ihrer Schlafzimmertür einen riesigen handgeschriebenen Zettel von Julie.

Party bei Steve Jarett. Du hast sie vergessen, ich weiß. Sehr wichtig! Such deinen schönsten Fummel raus, und dann los! Bin mit Lorenzo zum Essen gegangen.
Wir sehen uns auf der Party. J.

Ramona stieß eine heftige Verwünschung aus, lehnte sich innerlich auf und kapitulierte dann doch. Sie zog sich um und fuhr eine Stunde später mit hohem Tempo durch die Hügel von Hollywood. Diese Party durfte sie wirklich nicht versäumen.

Steve Jarett war der Regisseur von „Fantasie". Er galt im Augenblick als der Wunderknabe unter den Filmregisseuren, nachdem er hintereinander drei große Erfolge gehabt hatte. Ramona wünschte sich genauso wie er, dass „Fantasie" sein vierter würde.

Bestimmt sind viel zu viele Leute da, dachte sie und sah wehmütig zum Sternenhimmel auf. Und es wird schrecklich laut sein … Plötzlich musste sie über sich selbst lachen. Seit wann war eine laute Party mit vielen Menschen eine Mühsal für sie? Es hatte Zeiten gegeben, in denen sie sie genossen hatte. Und es ließ sich nicht leugnen, dass die Leute, die man auf diesen Partys traf, faszinierend waren und die unglaublichsten Geschichten kannten. Ramona fand sie auch jetzt noch interessant. Es war nur, dass …

Sie seufzte und gab sich endlich selbst gegenüber zu, was sie an dieser Party störte.

Brian würde da sein.

Würde er in Begleitung sein? Und wenn schon!

Warum eigentlich nicht? fragte sie sich, während sie in der Kurve herunterschaltete. Falls er sich nicht entschlossen hat, sich auf der Party eine Partnerin zu suchen.

Ramona seufzte noch einmal, als Jaretts strahlend hell erleuchtetes Haus vor ihr auftauchte. Es war lächerlich, sich wegen einer Sache, die schon seit Jahren zu Ende war, innerlich völlig zu verkrampfen.

Im Licht ihrer Scheinwerfer tauchte ein starkes schmiedeeisernes Tor aus der Dunkelheit auf, und Ramona fuhr langsamer. Der Wächter ließ sich ihren Namen nennen, sah in seiner Liste nach, und sie durfte passieren.

Nachdem sie ungefähr die Hälfte der gewundenen, von Palmen gesäumten Zufahrt hinter sich hatte, hörte sie die Musik.

Ein Teenager im weißen Jackett wartete auf dem Parkplatz, um ihr aus dem Lamborghini zu helfen. Er war wahrscheinlich ein ehrgeiziger Jungschauspieler, ein künftiger Drehbuchautor oder Regisseur. Lächelnd sah Ramona zu ihm auf.

„Hallo, ich bin ein bisschen spät dran", sagte sie. „Glauben Sie, ich schaffe es, mich unauffällig unter die Leute zu mischen?"

„Das glaube ich nicht, Miss Williams", antwortete er. „Nicht so, wie Sie aussehen."

Ramona war überrascht, dass er sie bei der schlechten Beleuchtung so schnell erkannt hatte. Doch selbst wenn ihm ihr Gesicht und ihr Haar nicht so vertraut gewesen wären, die Stimme hätte ihm verraten, wer sie war.

„Das war ein Kompliment, oder irre ich mich?", sagte sie.

„Aber natürlich war es eins", erklärte er hingerissen, und sie musste lachen.

„Ich will aber trotzdem mein Bestes versuchen", sagte sie. „Auftritte mag ich nur auf der Bühne." Sie betrachtete das weitläufige weiße

Gebäude im Stil eines feudalen Herrensitzes. „Es muss einen Seiten-eingang geben."

„Auf der linken Seite." Er zeigte in die Richtung. „Dort gibt es eine breite zweiflügelige Glastür, die in die Bibliothek führt. Nachdem Sie die Bibliothek verlassen haben, wenden Sie sich wieder nach links. Dann müssten Sie's schaffen, unbemerkt hineinzuschlüpfen."

„Danke." Sie wollte einen Geldschein aus der Handtasche nehmen, stellte fest, dass sie noch im Wagen lag, und beugte sich durch das Fenster hinein, um sie herauszuholen.

Nach einigem Suchen entdeckte sie eine Fünfdollarnote und reichte sie dem Jungen.

„Oh, vielen Dank, Ramona", sagte er begeistert, als sie sich ab-wandte. Dann rief er: „Miss Williams!" Sie drehte sich um, und er lief auf sie zu. „Würden Sie mir ein Autogramm geben?"

Ramona warf das Haar zurück. „Auf den Schein?"

„Ja, klar doch."

Sie schüttelte lachend den Kopf. „Dann hätten Sie aber nicht viel davon. Hier!" Sie kramte wieder in ihrer Handtasche und brachte ei-nen Zettel zum Vorschein. Es war eine Einkaufsliste für Lebensmittel, die Julie ihr vor ein paar Wochen gegeben hatte. Aber die andere Seite war leer. „Wie heißen Sie?", fragte Ramona den Jungen.

„Sam. Sam Rheinhart."

„Hier, für Sie, Sam Rheinhart." Hastig warf sie ein paar Worte auf das Papier und unterschrieb dann. Den Schein in der einen, die Ein-kaufsliste in der anderen Hand, sah er verblüfft hinter ihr her.

Die Glastür war nicht schwer zu finden. Obwohl sie geschlossen war, hörte man den Partylärm bis auf die Terrasse. Hinter dem Haus standen die Leute in Gruppen beisammen, hörten einer sehr laut spie-lenden Rock-Band zu oder schlenderten um den Swimmingpool he-rum. Ramona blieb im Schatten stehen. Sie trug einen knöchellangen Rock und ein raffiniert geschnittenes pflaumenblaues Oberteil.

Ramona betrat das Haus durch die Bibliothek und blieb einen Mo-ment stehen, um sich an die Dunkelheit zu gewöhnen. Dann tastete sie sich weiter zur Tür.

In der Halle hielt sich in unmittelbarer Nähe der Bibliothek nie-mand auf. Zufrieden ging Ramona weiter und ließ sich von Stimmen, Gelächter und dem Klirren von Gläsern in die richtige Richtung leiten.

„Hallo, Ramona!" Es war Carla Devers, eine zierliche, blonde junge Frau, Schauspielerin mit einer Kleinmädchenstimme und unglaublich großem Talent. Obwohl sie sich ziemlich selten sahen, da Carla in anderen Kreisen verkehrte, hatte Ramona sie gern. „Ich wusste ja gar nicht, dass Sie auch hier sind!"

„Hallo, Carla." Sie gaben sich gegenseitig die in Hollywood üblichen Wangenküsse. „Ein Glückwunsch ist angebracht, nicht wahr? Ich habe gehört, dass Sie für die zweite Hauptrolle in ‚Fantasie' unterschrieben haben."

„Es ist noch nicht endgültig, wir verhandeln noch, aber es sieht so aus, als bekäme ich die Rolle. Sie ist ein Juwel, und mit Steve zu arbeiten, ist heute natürlich absolute Spitze für eine Schauspielerin." Während sie sprach, musterte sie Ramona durchdringend. „Sie sehen fabelhaft aus", sagte sie. „Und selbstverständlich muss oder kann man auch Ihnen gratulieren, nicht?"

„Ja, ich freue mich wahnsinnig, dass ich an Musik und Texten mitschreiben darf."

Carla legte den Kopf schief, und auf ihrem Gesicht breitete sich ein Lächeln aus. „Ich habe mehr an Brian Carstairs als an die Songs gedacht, Darling."

Ramonas Gesicht wurde sofort ernst.

„Oho!" Carla lächelte nur noch strahlender. „Noch immer so empfindlich?" Ihre Belustigung war ganz frei von Bosheit. Sie hakte sich bei Ramona unter. „An Ihrer Stelle würde ich ihn diesmal fest an die Kandare nehmen, Ramona", sagte sie. „Es reizt mich, selbst mein Glück bei ihm zu versuchen, und ich stehe unter Garantie nicht allein."

„Was ist aus Dirk Wagner geworden?" Ramona erinnerte sich daran, dass sie sich vorgenommen hatte, ganz locker und gelassen zu sein.

„Das ist doch ein alter Hut, Darling. Sie sollten sich auf dem Laufenden halten." Carla lachte so hell, dass Ramona unwillkürlich mitlachen musste. „Aber es gehört nicht zu meinen Gewohnheiten, auf fremdem Gebiet zu jagen … zu wildern."

„Es gibt keine Warnschilder, Carla", entgegnete Ramona unbekümmert.

„Wirklich nicht?" Carla strich sich eine silberblonde Locke aus der Stirn. Ein Kellner kam mit einem Tablett vorbei, auf dem noch fast alle Gläser standen, und Carla nahm zwei herunter. „Ich habe gehört, dass Brian ein großartiger Liebhaber sein soll", sagte sie und sah Ramona mit funkelnden Augen sehr direkt an.

Ramona gab den Blick genauso zurück und nahm dankend das Glas Champagner an. „Ach, tatsächlich?", sagte sie. „Aber ich glaube, das ist auch schon ein alter Hut."

„*Touché*", sagte Carla in ihr Glas.

„Ist Brian hier?", fragte Ramona und versuchte damit, sich selbst und Carla zu beweisen, dass die Unterhaltung für sie völlig bedeutungslos war.

„Mal hier, mal da", antwortete Carla unbestimmt. „Ich bin mir noch nicht klar, ob er versucht, der Schar weiblicher Wesen zu entkommen, die ihn unbarmherzig verfolgt, oder ob er sich absichtlich in die Gefahr begibt, verschlungen zu werden. Er lässt sich nicht leicht durchschauen, nicht wahr?"

Ramona murmelte etwas Unverbindliches und zuckte mit den Schultern. „Haben Sie Steve Jarett gesehen? Ich glaube, ich sollte mich zu ihm durchkämpfen und Guten Tag sagen."

Eine typische Künstlerparty, fand Ramona. Die Kleidung reichte von dem lässigen Stil, dem man nicht ansah, wie teuer er war, bis zu Sachen, die aus Altkleidersammlungen der Heilsarmee zu stammen schienen. Die rhythmische Musik der Band am Swimmingpool untermalte dumpf Gespräche und Gelächter. Damit die Rauchwolken entweichen und die warme Nachtluft ungehindert zirkulieren konnte, standen die Terrassentüren weit offen.

Die weitläufigen Rasenflächen wurden von bunten Lichtern hell erleuchtet. Ramona interessierte sich mehr für die Leute, sah sich aber trotzdem rasch im Raum um.

Er war ganz in Weiß gehalten – Wände, Möbel und Teppiche, alles weiß – mit ein paar scheinbar willkürlich verstreuten Blickfängen in leuchtendem Grün. Ramona fand es fantastisch, hätte aber nicht für eine Million Dollar in diesem Zimmer leben mögen. Nie hätte sie zum Beispiel die Füße auf den eleganten Acryltisch legen können. Sie entdeckte Wayne mit einem seiner mageren Mannequins im Arm. Also mussten die Gerüchte wahr sein, dass er die Kostüme für „Fantasie" entwerfen sollte. Ramona erkannte noch eine Menge anderer Leute: Produzenten, zwei große Stars, die sie schon in unzähligen Filmen gesehen hatte, einen Choreografen, den sie nur vom Sehen und dem Namen nach kannte, einen Drehbuchautor, der fast auf jeder großen Party anzutreffen war, und noch ein paar andere, die Ramona aber nichts bedeuteten.

Sie machte sich auf die Suche nach Julie und ihrem Millionär und wurde sofort in den heftigsten Strudel gezogen.

Ramona musste Dutzende von Leuten begrüßen, bekam Handküsse und Küsse auf die Wange gehaucht. An Flucht war nicht zu denken, es musste durchgestanden werden. Sie fühlte sich in Gesellschaft weniger Leute immer wohler als inmitten einer Menge – es sei denn, sie stand auf der Bühne.

Jemand berührte ihren Arm, sie drehte sich um und stand vor ihrem Gastgeber.

„Hallo", sagte sie und freute sich, dass sie die Chance hatte, sich allein mit ihm zu unterhalten.

„Hallo. Ich dachte schon, Sie schaffen es nicht."

Ramona sagte sich, dass es sie nicht überraschen durfte, weil er trotz der vielen Leute ihr Fehlen bemerkt hatte. Steve Jarett entging nichts. Er war ein kleiner schlanker Mann mit einem blassen, leidenschaftlichen Gesicht, der trotz seines dunklen Bartes nicht wie siebenunddreißig, sondern mindestens zehn Jahre jünger aussah. Er galt als Perfektionist, als wahre Landplage, wenn er drehte, aber er machte wunderschöne Filme. Angeblich verfügte er über unerschöpfliche Geduld, was bedeutete, dass er eine Szene so oft drehen ließ, bis sie seinen Vorstellungen entsprach.

Vor fünf Jahren hatte er die gesamte Filmindustrie mit einem Streifen aufgerüttelt, für den ihm nur ein sehr niedriger Etat zur Verfügung gestanden hatte und der dennoch der absolute Hit des Jahres geworden war. Er hatte für diesen ersten Film mehrere Oscars eingeheimst, und seither standen ihm alle Türen offen, die man ihm vorher immer vor der Nase zugeworfen hatte. Jetzt hatte Steve Jarett die Schlüssel zu jeder einzelnen dieser Türen in der Hand und wusste genau, wann er welchen benutzen musste.

Er nahm Ramonas Hände in die seinen und betrachtete forschend ihr Gesicht. Er war es gewesen, der darauf bestanden hatte, dass Brian Carstairs die Musik für „Fantasie" schrieb, und er war sehr einverstanden gewesen, als Brian ihm sagte, dass er mit Ramona zusammenarbeiten wolle.

„Fantasie" war sein erstes Musical, und er wollte nichts falsch machen.

„Lauren ist hier", sagte er schließlich. „Haben Sie sie schon kennengelernt?"

„Nein, aber ich würde mich freuen."

„Ich möchte, dass Sie sie wirklich gut kennenlernen, das richtige Gefühl für sie bekommen. Ich habe Kopien von allen Filmen und allen Platten, die sie gemacht hat. Vielleicht sollten Sie sie sich ansehen, bevor Sie anfangen, die Musik zu schreiben."

Ramona legte die Stirn in Falten. „Ich glaube nicht, dass ich einen ihrer Filme versäumt habe, trotzdem sehe ich sie mir gern noch einmal an. Sie ist gewissermaßen das Herz der Geschichte."

Er strahlte plötzlich. „Genau. Jack Ladd kennen Sie?"

„Ja, wir haben schon zusammen gearbeitet. Sie hätten keinen besseren Joe finden können."

„Er muss zehn Pfund abnehmen", sagte Jarett und nahm ein Kanapee von einem Tablett. „Im Augenblick ist er deshalb nicht besonders gut auf mich zu sprechen."

„Aber er nimmt die zehn Pfund ab", stellte Ramona fest.

Jarett lachte hinterhältig. „Gramm für Gramm. Wir gehen in dasselbe Trainings-Center. Ich liege ihm ständig damit in den Ohren, dass Joe ein aufstrebender junger Autor ist, kein satter Genießer."

Ramona lachte leise und steckte ein Stückchen Käse in den Mund. „Übergewichtig oder nicht, Sie versammeln ein bemerkenswertes Team um sich. Wie haben Sie es nur geschafft, Larry Keaston dazu zu bringen, dass er die Choreografie übernimmt? Er hat sich doch vor fünf Jahren ins Privatleben zurückgezogen."

„Bestechung und Hartnäckigkeit", antwortete Jarett leichthin und sah zu dem ehemaligen Tänzer hinüber. „Ich will ihn überreden, einen kleinen Part zu übernehmen." Wieder lächelte Jarett durchtrieben. „Er ist ganz würdevolles Widerstreben, aber in Wirklichkeit wünscht er sich nichts sehnlicher, als wieder vor der Kamera zu stehen."

„Und wenn Sie ihn nur dazu bringen, vor der Kamera einen einzigen Schritt zu machen, wird das der größte Coup des Jahrzehnts", stellte Ramona bewundernd fest. Er bringt es fertig, dachte sie. Er weiß, wie man so etwas macht.

„Er ist ein großer Ramona-Williams-Fan", sagte Jarett und sah, dass sie große Augen bekam.

„Ein Fan von mir? Machen Sie Witze?"

„Durchaus nicht." Er warf ihr einen seltsamen Blick zu. „Keaston möchte Sie kennenlernen."

Ramona sah Jarett und dann wieder Larry Keaston an. Wie oft hatte sie als Kind, in einem kleinen Zimmer vor dem flimmernden Schwarzweißfernseher sitzend, seine Filme gesehen, während sie darauf wartete, dass ihre Mutter nach Hause käme. „Das brauchen Sie mir nicht zweimal zu sagen", erklärte sie Jarett und hakte ihn unter.

Die Zeit verging schnell, und Ramona begann sich zu amüsieren. Sie unterhielt sich lange mit Larry Keaston und stellte fest, dass das Idol ihrer Kindheit sympathisch und humorvoll war. Er hatte einen sehr angenehmen Bostoner Akzent und drückte sich äußerst gewählt aus. Sie sprach auch kurz mit Jack Ladd und musste jetzt nur noch Lauren Chase kennenlernen, als sie in einer Ecke des Zimmers Wayne entdeckte, der still vor sich hin trank.

„Von allen verlassen?", fragte sie ihn und blieb bei ihm stehen.

„Ich beobachte die Massen, meine Liebe", antwortete er und trank einen Schluck Whisky Soda. „Es ist erstaunlich, wie unmöglich sich intelligente Menschen anziehen ... die meisten jedenfalls. Schau dir doch Lela Marring an ..." Er wies mit dem Kopf auf eine die meisten Männer überragende Brünette in einem engen rosa Minikleid. „Ich begreife nicht, wie sich eine Frau mit ihrer Figur im Kleidchen einer Fünfjährigen der Öffentlichkeit präsentieren kann."

Ramona unterdrückte ein Lachen. „Sie hat sehr schöne Beine."

„Ja, und sie sind wenigstens anderthalb Meter lang." Er ließ den Blick weiterwandern. „Ach ja, und dort haben wir Marshall Peters, der einen neuen Stil kreieren möchte: Brusthaar und roter Satin."

Jetzt musste Ramona doch lachen. „Nicht jeder hat deinen guten Geschmack, Wayne."

„Selbstverständlich nicht", pflichtete er ihr bei, warf sich leicht in die Brust und zündete sich eine seiner eigens für ihn importierten Zigaretten an.

„Mir gefällt, was dein neuester Schützling trägt", sagte sie und nickte zu dem Mannequin hinüber, das sich mit dem Star einer beliebten Fernsehserie unterhielt. Das Model war in hauchdünne schwarz-goldene Filigranspitze gehüllt. Der Schnitt des Kleides erinnerte an die Mode der Vierzigerjahre. „Ich könnte schwören, dass die Kleine nicht älter ist als achtzehn, Wayne. Worüber redest du eigentlich mit ihr?"

Er warf Ramona einen langen, spöttischen Blick zu. „Soll das ein Witz sein?"

„Wenn's einer ist, dann ein unfreiwilliger."

Er tätschelte ihr die Wange und hob wieder sein Glas. „Julie ist mit ihrer neuesten Eroberung hier, wie ich gesehen habe", sagte er, nachdem er einen Schluck getrunken hatte. „Einem südländischen Typen mit hohen Wangenknochen."

„Schuhe", antwortete Ramona vage und ließ die Blicke durch den Raum schweifen. Fast ungläubig blieben sie auf einem Mädchen in einer hautengen Lederhose haften, zu der es ein mit Flitter und Pailletten besetztes T-Shirt trug. Die Augen hatte es dick mit schwarzem Mascara umrandet, und die riesige Brille war herzförmig. Da Ramona wusste, dass Wayne entsetzt sein würde, wollte sie seine Aufmerksamkeit auf die vogelscheuchenartige Erscheinung lenken. Doch da entdeckte sie Brian.

Er hatte sie schon gesehen, wahrscheinlich beobachtete er sie sogar schon länger.

Ob er auch daran dachte, dass sie sich auf einer Party wie dieser kennengelernt hatten …?

Es war Ramonas erste Hollywood-Party gewesen, und sie war einfach überwältigt. Um sie herum wimmelte es von Leuten, deren Stimmen sie aus dem Radio und deren Gesichter sie vom Bildschirm oder von der Filmleinwand kannte. Sie war damals auch allein gekommen – ein schwerer Fehler, wie sie bald erkannte, denn sie hatte zu jener Zeit noch nicht gewusst, wie sie allzu hartnäckige Verehrer hinhalten oder abwimmeln konnte.

Sie erinnerte sich, dass ein Schauspieler – merkwürdigerweise wusste sie heute nicht mehr, wer es gewesen war – sie in eine Ecke gedrängt hatte. Sie war zu unerfahren, um mit ihm fertig zu werden, und wich immer weiter zur Wand zurück, als ihr Brians Blicke begegneten. Auch damals hatte er sie lässig und mit einem angedeuteten Lächeln beobachtet. Er musste den verzweifelten Ausdruck ihrer Augen richtig gedeutet haben, denn sein Lächeln vertiefte sich, und er begann sich an den Partygästen vorbei- und zu ihr durchzuschlängeln. Sehr selbstbewusst hatte er sich zwischen den Schauspieler und sie gedrängt und ihr den Arm um die Schultern gelegt.

„Hast du mich vermisst?", hatte er gefragt und sie leicht auf die Lippen geküsst, bevor sie antworten konnte. „Draußen sind ein paar Leute, die dich gern kennenlernen würden." Er hatte dem Schauspieler einen um Entschuldigung bittenden Blick zugeworfen und gesagt: „Leider, wir müssen …"

An dem Sprach- und Fassungslosen vorbei hatte Brian Ramona auf die Terrasse geführt. Noch heute erinnerte sie sich an den Duft von Orangenblüten, der aus einem nahen Obstgarten herüberwehte, und an das silberne Mondlicht, das durch die Zweige fiel.

Selbstverständlich hatte Ramona Brian Carstairs erkannt und war verwirrt und verlegen. Doch als sie auf der Terrasse ankamen, hatte sie sich wieder gefasst. Sie lächelte zu ihm auf und sagte: „Danke."

„Gern geschehen."

Zum ersten Mal musterte er sie auf seine direkte, ruhige Art, und sie empfand seinen Blick wie eine sanfte Berührung. „Sie sind nicht so, wie ich es erwartet habe", sagte er.

„Wirklich?", fragte sie und wusste nicht, was sie von dieser Erklärung zu halten hatte.

„Wirklich." Brian lächelte sie an. „Trinken wir eine Tasse Kaffee zusammen?"

„Gern", erwiderte sie, ohne einen Augenblick zu überlegen.

„Gut. Gehen wir." Brian hatte die Hand ausgestreckt, und nach einem kurzen Zögern hatte sie die ihre hineingelegt. So einfach war es gewesen …

„Ramona!"

Waynes Stimme und seine Hand, die sie leicht am Arm rüttelte, holten sie in die Gegenwart zurück.

„Ja … was ist?" Mit leerem Blick sah sie zu ihm auf.

„Deine Gedanken sind dir ins Gesicht geschrieben", sagte er leise. „Das ist in einem Raum voller neugieriger Leute nicht besonders klug." Er nahm ein Glas Champagner von einem Tablett und reichte es ihr. „Trink aus."

Sie war dankbar, dass ihre Hände etwas zu tun bekamen, und nahm das Glas entgegen. „Ich habe nachgedacht", sagte sie lahm und stieß, als sie Waynes Blick sah, einen Laut der Empörung aus. „Wir werden also an demselben Projekt arbeiten", versuchte sie eine andere Taktik, um ihn abzulenken.

„Wie in der guten alten Zeit?"

Sie sah ihm voll in die Augen. „Wir sind schließlich Profis", sagte sie, und sie wussten beide, von wem sie sprach.

„Und Freunde?", fragte Wayne und strich ihr mit einem Finger über die Wange.

Ramona nickte bewusst bedächtig. „Das ist durchaus möglich. Mit mir kann man sich leicht anfreunden."

„Hm." Wayne blickte ihr über die Schulter und sah Brian näher kommen. „Wenigstens versteht er es, sich anzuziehen." Brians lässiger schiefergrauer Anzug fand seine Billigung. „Aber ist es wirklich nötig, dass ihr nach Cornwall geht? Täte es Sausalito nicht auch?"

Ramona lachte. „Sag mal, gibt es eigentlich irgendetwas, das du nicht weißt?"

„Hoffentlich nicht. Hallo, Brian. Nett, dich wiederzusehen."

Ramona drehte sich mit völlig ungezwungener Miene um. Der Ansturm der Erinnerung war vorüber. „Hallo, Brian."

„Ramona, du kennst Lauren Chase noch nicht."

Nur mühsam konnte Ramona den Blick von ihm lösen. „Nein", sagte sie und sah die Frau an seiner Seite an.

Lauren Chase war schmal und biegsam, hatte eine dunkelbraune Haarmähne, einen Mund, der Charakterstärke verriet, und meergrüne Augen. Sie wirkte wie eine Elfe. Vielleicht, dachte Ramona, liegt das an ihrer zarten, fast durchsichtigen Haut oder daran, dass ihre Füße beim Gehen kaum den Boden zu berühren scheinen.

Um den schlanken Hals trug sie mehrere goldene Ketten. Ramona wusste, dass Lauren Chase schon Mitte dreißig war, sie sah aber mindestens zehn Jahre jünger aus.

Sie war zum zweiten Mal verheiratet. Ihre Scheidung war eine hochexplosive Sache gewesen und von der Presse dementsprechend kommentiert worden. Die zweite Ehe, aus der zwei Kinder hervorgegangen waren, dauerte jetzt sieben Jahre. Heute las man nur noch höchst selten etwas über Laurens Privatleben. Offenbar hatte sie gelernt, sich besser abzuschirmen.

„Wie Brian mir erklärt hat, sollen Sie Herz und Gefühl in die Musik einbringen", sagte sie mit ihrer ungewöhnlich wohlklingenden Stimme zu Ramona.

„Da hat er mir eine große Verantwortung aufgebürdet." Ramona warf Brian einen langen, skeptischen Blick zu. „Gewöhnlich findet er meine Texte zu sentimental, und ich halte ihn oft für einen Zyniker."

„Gut." Lauren lächelte. „Dann bekommen wir Songs, bei denen nichts fehlt. Steve hat mir für meine Nummern ein weitgehendes Mitspracherecht eingeräumt. Gewissermaßen das letzte Wort."

Ramona zog eine Braue hoch. Sie war sich nicht klar darüber, ob das eine Warnung oder einfach eine beiläufige Bemerkung gewesen war. „Dann sollten wir Sie wohl über unsere Arbeit auf dem Laufenden halten", sagte sie freundlich.

„Durch Post und Telefon", sagte Lauren und sah Brian von der Seite her an, „da Sie glauben, nur am anderen Ende der Welt arbeiten zu können."

„So sind Künstler nun mal", entgegnete er leichthin.

„Und ein Künstler bist du, das steht außer Frage", erklärte Ramona.

„Sie müssen es ja wissen." Lauren fixierte Ramona mit einem durchdringenden Blick. „Ich stelle sehr hohe Ansprüche an diese Musik", sagte sie. „In ‚Fantasie' habe ich nämlich genau die Rolle, auf die ich gewartet habe." Das waren Forderung und Herausforderung zugleich.

Ramona hielt ihrem Blick stand und nickte leicht. Ihrer Meinung nach war Lauren Chase die Tessa schlechthin. „Sie sollen die Musik haben, die Sie sich wünschen", sagte sie.

Lauren fuhr sich mit der Zungenspitze über die Oberlippe und lächelte wieder. „Ja, das glaube ich Ihnen sogar. Nun", fuhr sie fort, wandte sich Wayne zu und hakte ihn unter, „warum laden Sie mich nicht zu einem Drink ein und erzählen mir alles über die wunderbaren Kostüme, die Sie für mich entwerfen werden?"

Ramona sah den beiden nach, als sie sich entfernten. „Das", sagte sie, mit dem Stiel ihres Champagnerglases spielend, nachdenklich vor sich hin, „ist eine Frau, die weiß, was sie will."

„Und sie will einen Oscar", fügte Brian hinzu. „Vielleicht erinnerst du dich, dass sie dreimal nominiert wurde und dreimal verlor. Das soll ihr nicht noch mal passieren, komme, was da wolle." Lächelnd haschte er nach Ramonas langem Amethystohrring. „Und wie steht es mit dir? Hättest du nicht auch gern einen Oscar?"

„Komisch, ich habe gar nicht daran gedacht, dass wir auch einen bekommen könnten." Sie spielte eine Weile mit dem Gedanken. „Es klingt gut, aber wir sollten die Musik lieber zuerst schreiben und uns erst hinterher überlegen, was wir bei der Verleihung in unserer Dankesrede sagen wollen."

„Wie laufen deine Proben?"

„Gut. Sehr gut." Zerstreut trank sie einen Schluck Champagner. „Die Band ist ausgezeichnet. Du gehst jetzt bald nach Vegas, nicht wahr?"

„Ja. Bist du allein?"

Sie war einen Moment lang verwirrt. „Ach, hier, meinst du? Ich hatte die Party ganz vergessen und bin sehr spät gekommen. Zum Glück hatte Julie mir einen Zettel hingelegt. Hat sie dich mit Lorenzo bekannt gemacht?"

„Nein, wir sind uns heute Abend noch nicht über den Weg gelaufen."

Ramona wandte sich ab, um in der Menge nach Julie Ausschau zu halten, aber Brian umfasste ihr Kinn und drehte sie wieder zu sich herum.

„Darf ich dich heute nach Hause bringen?"

Ihre zuerst verblüffte Miene verriet plötzlich erhöhte Wachsamkeit. „Ich bin mit dem Wagen hier, Brian."

„Das ist keine Antwort auf meine Frage."

Ramona hatte das Gefühl, in einen Strudel gezogen zu werden, und wehrte sich dagegen. „Es wäre keine gute Idee."

„Ach, wirklich nicht?"

Sie hörte den Sarkasmus, doch dann lächelte er, bückte sich und küsste sie. Es war nur eine ganz leichte Berührung, ein Hauch – Versprechen oder Herausforderung?

Er gab ihrem Ohrring einen kleinen Schubs, sodass er zu schaukeln begann. „Du könntest recht haben", sagte er. „Wir sehen uns in ein paar Wochen." Ein letztes vielsagendes Lächeln, und er verschwand in der Menge.

Ramona sah ihm nach und merkte gar nicht, dass sie sich mit der Zungenspitze über die Lippen fuhr, als wolle sie den Geschmack seines Kusses noch länger auskosten.

6. KAPITEL

*I*m Theater war es dunkel und still. Man hörte nur Ramonas Schritte, verstärkt durch die ausgezeichnete Akustik. Sehr bald würde die Stille von Bühnenarbeitern, Kulissenschiebern, Beleuchtern, Elektrikern und allen anderen gebrochen werden, deren Aufgabe es war, hinter der Bühne für das Gelingen der Show zu sorgen. Ihre lauten Stimmen würden sich mit unzähligen anderen handwerklichen Geräuschen vermischen, würden im Hämmern, im Poltern von Holz und Metall, im Pfeifen der Mikrofone untergehen.

Und alle Geräusche würden irgendwie hohl klingen, genauso wie jetzt ihre Schritte.

Aber es waren aufregende Geräusche, Geräusche, die Ramona liebte und auch erregten.

Sie genoss jedoch auch die Stille und war häufig lange vor den Proben im leeren Theater zu finden, Stunden bevor das Publikum vor dem Haupteingang Schlange stand und Stunden bevor die Presse mit ihren ewig gleich bleibenden Fragen anrückte.

Ramona war im Augenblick auf die Presse nicht allzu gut zu sprechen. Schon war ein gutes halbes Dutzend verschiedener Storys über sie und Brian veröffentlicht worden – Spekulationen über ihre bevorstehende Zusammenarbeit an „Fantasie" und wieder aufgewärmte Geschichten über ihre frühere Beziehung. Alte Fotos waren ausgegraben und veröffentlicht worden. Alte Fragen wurden neu gestellt. Ständig bohrte man in der alten Wunde.

Zweimal wöchentlich rief sie in der Fieldmore Klinik an und führte fast gleich bleibende Gespräche mit Dr. Karter. Zweimal wöchentlich verband er sie mit dem Zimmer ihrer Mutter. Und obwohl Ramona wusste, dass es dumm war, begann sie wieder an die Versprechen, die weinerlichen Schwüre zu glauben. Sie fing an zu hoffen. Ohne die Anforderungen der Tournee, ohne ihre Arbeit, die sie bis zur Erschöpfung beanspruchte, wäre sie jetzt ein seelisches Wrack gewesen, das wusste sie. Nicht zum ersten Mal im Leben dankte sie dem Schicksal für ihr Glück und für ihre Stimme.

Ramona ging auf die Bühne und wandte sich einem imaginären Publikum zu. Die Sitzreihen glichen den endlosen Wellentälern und Wellenkämmen eines Ozeans. Doch sie wusste, wie dieser Ozean gefahrlos zu befahren war, hatte es von der ersten Sekunde ihres ersten Konzerts an gewusst. Sie war eine Naturbegabung, sie

wusste, wie man ein Publikum mitriss, es war ihr genauso ange-
boren wie ihre Stimme, die nie einer Ausbildung bedurft hatte.
Die Unsicherheit, die sie jetzt fühlte, hatte mit der Frau Ramona
zu tun, nicht mit der Sängerin. Schon seit längerer Zeit spukte ihr
ein bestimmtes Lied im Kopf herum, doch noch zögerte und überlegte sie, ob sie es wirklich bringen sollte. Erinnerungen konnten
gefährlich sein. Aber sie brauchte etwas, um sich selbst zu beweisen, also sang sie:

„Ob Wolken, ob Regen,
du warst bei mir,
und die Sonne brach durch, uns zu finden … "

Zu sentimental? Sie war nicht dieser Meinung gewesen, als sie die
Worte schrieb.

Seit Jahren hatte sie dieses Lied nicht mehr gesungen. Zwei Minuten und dreiundvierzig Sekunden, die sie mit Brian verbanden. Wenn
das Lied im Radio gespielt worden war, hatte sie immer abgeschaltet,
und nie hatte sie es in ihr Konzertprogramm aufgenommen. Sie sang
es jetzt als eine Art Test, erinnerte sich fast schmerzlich des harmoni-
schen Zusammenklangs ihrer tiefen mit Brians klarer, kühler Stimme.
Sie musste fähig sein, sich der Erinnerung an ihre gemeinsame Arbeit
zu stellen.

Das war die Voraussetzung für ihre künftige Zusammenarbeit. Nur
so würde sie die Realität ertragen, die in zwei Wochen begann. Denn
mehr als die halbe Tournee lag schon hinter ihr.

Es tat nicht so weh, wie sie befürchtet hatte, war kein heftiger Schlag
ins Gesicht, eher ein wehmütiger, beinahe angenehmer Schmerz. Sie
musste daran denken, wie sie das letzte Mal in Brians Armen gelegen
hatte – im Auto, hoch oben in den Hügeln über Los Angeles …

„Das habe ich dich aber noch nie singen gehört."

Ramona war in Gedanken so weit weg gewesen, dass sie jetzt he-
rumfuhr und sich erschrocken an die Kehle griff. „Marc!", stieß sie
dann hervor. „Du hast mich zu Tode erschreckt. Ich hatte keine Ahnung, dass jemand hier ist."

„Ich wollte dich nicht unterbrechen, ich kenne nur die Aufnahme,
die ihr gemeinsam gemacht habt, du und Carstairs." Er trat aus dem
Schatten heraus, und Ramona sah, dass er eine akustische Gitarre
über der Schulter hängen hatte. Das war typisch für ihn, man traf

ihn kaum einmal ohne Musikinstrument an. Entweder hatte er es in der Hand, oder es lag griffbereit in seiner Nähe. „Ich fand es immer jammerschade, dass du es nie wieder gesungen hast. Es ist eines deiner besten Lieder. Aber wahrscheinlich wolltest du es mit niemand anderem singen …"

Ramona sah ihn aufrichtig überrascht an. Natürlich war das der eigentliche und wesentliche Grund, aber das war ihr bis zu diesem Moment selbst nicht klar gewesen.

„Du hast recht, Marc", sagte sie und lächelte ihn an. „Und das hat sich, glaube ich, noch nicht geändert. Bist du hergekommen, um zu proben?"

„Ich habe in deinem Hotelzimmer angerufen, und Julie sagte, dass ich dich wahrscheinlich hier finde." Er kam zu ihr herüber, und da es auf der Bühne keine Stühle gab, setzte er sich auf den Boden. Sie ließ sich neben ihm nieder und kreuzte die Beine. In Marcs Nähe fühlte sie sich entspannt, mit ihm konnte sie ungezwungen reden oder aus dem Stegreif musizieren.

Sie lächelte ihn an, als er einen schnellen Riff spielte. „Ich bin froh, dass du gekommen bist", sagte sie. „Manchmal muss ich ein Theater vor dem Auftritt fühlen. Die Konzertsäle verschwimmen im Lauf einer Tournee, ich kann sie nicht mehr auseinanderhalten." Ramona machte die Augen zu und legte den Kopf schief. „Wo sind wir? In Kansas City? Guter Gott, mir ist der Gedanke verhasst, wieder ins Flugzeug steigen zu müssen. Man wird herumgeschickt wie ein Luftfrachtstück. Das kommt immer so über mich, wenn ich die Hälfte einer Tournee hinter mir habe. In ein oder zwei Tagen habe ich dann auf Reserve geschaltet."

Marc ließ sie reden, während er auf der Gitarre improvisierte. Er beobachtete ihre Hände, die ruhig auf ihren Knien lagen. Sie waren sehr schmal und wirkten trotz der goldenen Bräune zerbrechlich. Dicht unter der Haut sah man dünne blaue Adern. Sie hatte kurze, gut geformte Fingernägel, fast farblos lackiert, und sie trug keine Ringe. Da sie die Hände still hielt, wusste er, dass sie ruhig und entspannt war. Die Nervosität war von ihr abgefallen.

„Ich denke, dass bisher alles gut gelaufen ist", fuhr sie fort. „,Glasshouse' ist eine der besten Vorgruppen, die wir je hatten, und unsere Band ist ausgezeichnet, obwohl wir Kelly verloren haben. Der neue Bass ist gut, findest du nicht?"

„Er versteht seine Sache", antwortete Marc kurz.

Ramona lachte, streckte die Hand aus und zupfte ihn am Bart. „Du aber auch", sagte sie. „Lass es mich mal versuchen."

„Hier." Er reichte ihr die Gitarre. Sie spielte besser als der Durchschnitt, wurde jedoch, wenn sie auf der Bühne selbst begleitete, tatkräftig von der Band unterstützt. Von Zeit zu Zeit erschreckte sie ihre Musiker mit dem natürlich nicht ernst gemeinten Plan, sie wolle mit einem Gitarrensolo auftreten.

Es machte ihr Freude, Gitarre zu spielen, denn es beruhigte sie, und es hatte etwas unglaublich Intimes, ein Instrument zu halten und die Tonschwingungen am Körper zu fühlen. Nachdem Ramona zweimal den falschen Ton gegriffen hatte, seufzte sie und rümpfte die Nase, weil Mark so überlegen lächelte.

„Ich bin nicht mehr in Ordnung", behauptete sie und gab ihm die Gibson-Gitarre zurück.

„Gute Ausrede."

„Und wahrscheinlich ist das Ding verstimmt."

Er spielte schnell ein paar Tonleitern. „Nein."

„Du könntest wirklich so liebenswürdig sein zu lügen." Sie wechselte die Stellung, stellte die Füße flach auf den Boden, legte die Hände auf die Knie und verflocht die Finger ineinander. „Nur gut, dass du Musiker bist. Du wärst ein lausiger Politiker geworden."

„Als Politiker muss man zu viel reisen", sagte er und begann wieder leise zu spielen. Er liebte Ramonas Lachen, das jetzt durch das leere Theater hallte.

„Wie recht du hast! Man kann einfach nicht bei Verstand bleiben, wenn man jeden Tag in eine andere Stadt muss. Und die Musik ist auch eine viel sicherere Branche."

„So sicher wie das Amen im Gebet."

„Du hast ein Talent für treffende Vergleiche." Fasziniert beobachtete Ramona, wie seine Finger über die Saiten tanzten. „Ich schaue dir gern beim Spielen zu. Es sieht so mühelos aus. Als Brian anfing, mich zu unterrichten, habe ich ..."

Sie sprach den Satz nicht zu Ende. Marc warf einen Blick in ihr Gesicht, doch seine Finger stolperten kein einziges Mal.

„Ich ... ich fand es schrecklich schwer", fuhr sie schließlich doch fort und fragte sich gleichzeitig, wie sie eigentlich auf dieses Thema gekommen war. „Brian ist nämlich Linkshänder, und selbstverständlich hat er eine Spezial-Gitarre. Er kaufte mir zwar eine, aber da ich ihm zusah, musste ich mir alles, was ich lernen wollte, seitenverkehrt einprägen." Die Erinnerung brachte sie zum Lachen. Zerstreut hob sie die Hand und begann mit ihrem langen Ohrring zu spielen. „Vielleicht spiele ich gerade deshalb so … so umständlich. Ich muss es immer im Kopf herumdrehen, bevor ich es an meine Finger weiterleiten kann."

Ramona verstummte, und Marc spielte weiter. Sie begann leise zu seiner Begleitung zu singen, als seien sie zu Hause und säßen von vier vertrauten Wänden umgeben auf dem Teppich vor dem Kamin.

Es stimmte, dass die Tournee sie müde gemacht und sie jetzt, in der Halbzeit, das Gefühl hatte, ganz leer zu sein. Doch dieses Zwischenspiel gab ihr neue Kraft, wenn auch auf andere Weise als das Publikum heute Abend.

Sie lächelte Marc zu, als das Lied zu Ende war, und sagte noch einmal: „Ich bin froh, dass du gekommen bist."

Er sah sie an, und ausnahmsweise lagen seine Finger bewegungslos auf den Saiten. „Wie lange bin ich jetzt bei dir, Ramona?", fragte er.

Sie dachte an die Zeit zurück, in der Marc, in unregelmäßigen Abständen zuerst, angefangen hatte, bei ihrer Truppe zu spielen. „Vier … viereinhalb Jahre."

„Im Sommer werden es fünf", korrigierte er. „Es war im August, und du hast für deine zweite Tournee geprobt. Du hattest eine weite weiße Hose und ein T-Shirt mit einem Regenbogen an. Du warst barfuß und hattest einen ganz verlorenen Ausdruck in den Augen. Carstairs war einen Monat vorher nach England zurückgegangen."

Ramona starrte ihn überrascht an. Noch nie hatte Marc eine so lange Rede gehalten. „Wie seltsam, dass du noch weißt, was ich anhatte", sagte sie.

„Ich weiß es noch, weil ich mich auf der Stelle in dich verliebte", entgegnete er.

„Oh Marc!" Sie suchte verzweifelt nach passenden Worten, fand jedoch keine und griff deshalb nach seiner Hand. Sie wusste, dass es ihm ernst war mit dem, was er sagte.

„Ein- oder zweimal war ich nahe daran, dich zu fragen, ob du nicht mit mir leben willst."

„Und warum hast du's nicht getan?"

„Weil es dir wehgetan hätte, Nein sagen zu müssen, und mir hätte es wehgetan, es zu hören." Er legte die Gitarre auf seine Knie, beugte sich zu Ramona hinüber und küsste sie.

„Ich habe es nicht gewusst", sagte sie leise und presste seine Hände an ihre Wangen. „Aber ich hätte es merken müssen. Tut mir leid."

„Du hättest ihn dir nie aus dem Kopf geschlagen, Ramona. Es ist verdammt frustrierend, gegen eine Erinnerung anleben zu müssen." Marc drückte ihr sekundenlang die Hände und ließ sie dann los. „Es ist auch ungefährlich. Ich wusste, dass du dich nie an mich binden würdest, also konnte ich es vermeiden, dass ich mich an dich band." Er zuckte mit den Schultern. „Ich hatte wahrscheinlich immer Angst, dass du zu den Frauen gehörst, die einen Mann dazu bringen können, ihnen alles zu geben, gerade weil sie nichts verlangen."

Ramona zog die Brauen zusammen. „Gehöre ich dazu?"

„Du brauchst jemanden, der dir gewachsen ist. Ich war es nie und werde es nie sein. Ich hätte dir nie etwas abschlagen, hätte dich nie anbrüllen oder im Bett richtig verrückt mit dir sein können. Aber das Leben ist nichts ohne diese Dinge, und am Ende hätten wir uns nur gegenseitig verletzt."

Sie legte den Kopf schief und musterte ihn forschend. „Warum sagst du mir das alles jetzt?"

„Weil mir, als ich dich jetzt singen hörte, klar wurde, dass ich dich immer lieben, aber nie haben werde. Und wenn ich dich eines Tages bekäme, ginge mir etwas ganz Besonderes verloren." Er streckte die Hand aus und berührte ihr Haar. „Ein Traumbild, das dich an kalten Abenden wärmt und dir, wenn du alt bist, das Gefühl gibt, wieder jung zu sein. Manchmal kann ein ‚Es wär so schön gewesen' sehr kostbar sein."

Ramona wusste nicht, ob sie lachen oder weinen sollte. „Habe ich dich verletzt?"

„Nein", antwortete er einfach, und sie begriff, dass es die Wahrheit war. „Ich fühle mich wohl in deiner Nähe. Wirst du dich mir gegenüber jetzt irgendwie unbehaglich fühlen?"

„Nein. Was du gesagt hast, hat mir gutgetan."

Er stand auf und streckte ihr lächelnd die Hand entgegen. „Und jetzt gehen wir zusammen Kaffee trinken", sagte er.

Brian zog sich in seiner Garderobe um, schlüpfte in Jeans und legte ein kariertes Hemd heraus. Es war zwei Uhr morgens, aber er war hellwach, wurde immer noch von der Energie angetrieben, die von seinem letzten Auftritt übrig war. Er beschloss, auszugehen und ein bisschen von dieser Energie am Black-Jack-Tisch einzusetzen. Er konnte mit Eddie oder einem von den anderen Jungs aus der Band durch die Casinos ziehen.

Brian wusste, dass vor seiner Garderobe die Frauen Schlange standen und darauf warteten, dass er herauskäme.

Er hatte freie Auswahl. Aber er wollte keine Frau. Er wollte einen Drink, ein paar Karten in der Hand und „Action". Er brauchte etwas, um seinen hohen Adrenalinspiegel abzubauen.

Er griff nach dem Hemd und warf einen Blick in den Spiegel. Sein nackter Oberkörper war straff und sehnig, fast ein bisschen zu mager, aber Arme und Schultern waren erstaunlich muskulös. Als Junge hatte er in London diese Muskeln häufig gebraucht. Er überlegte sich oft, ob die Klavierstunden, die er nach dem Willen seiner Mutter nehmen musste, ihn davor bewahrt hatten, in schlechte Gesellschaft zu geraten. Mit der Musik hatte sich ihm eine neue Welt aufgetan. Er konnte nie genug davon bekommen, nie genug lernen. Sie war für ihn wie Nahrung, und er war am Verhungern gewesen.

Mit fünfzehn hatte Brian seine eigene Band gegründet. Er war zäh und frech gewesen und hatte so lange geredet, bis er es geschafft hatte, in mehreren kleinen Kneipen zu spielen. Schon damals hatte es Frauen für ihn gegeben. Nicht nur Mädchen, sondern Frauen, die sich von seiner jungen Sexualität und seiner selbstsicheren Überheblichkeit angezogen fühlten. Doch sie waren nur ein Teil des Abenteuers gewesen. Er hatte nie aufgegeben, obwohl das Leben in den Bierpinten nicht gerade üppig genannt werden konnte. Er hatte sich in die Höhe gearbeitet und war eine lokale Berühmtheit geworden. Seine Musik war ebenso kraftvoll wie seine Persönlichkeit.

Der Ruhm war nicht über Nacht gekommen. Brian war zwanzig, als er seine erste Platte aufnahm. Sie wurde kein Erfolg. Brian hatte festgestellt, dass das an der schlechten Tonqualität, einem schlechten Management und seiner eigenen Haltung lag, die auszudrücken schien: Seht doch, ob mir das was ausmacht! Er war ein paar Schritte zurückgegangen, hatte einen tüchtigen Manager gefunden, hart an den Arrangements gearbeitet und so lange geredet, bis er noch einen Aufnahmetermin bekommen hatte.

Zwei Jahre später hatte er seiner Familie ein Haus in einer Londoner Vorstadt gekauft, seinen jüngeren Bruder auf die Universität geschickt und war zu seiner ersten Tournee nach Amerika aufgebrochen.

Jetzt war er dreißig und hatte das Gefühl, seit einer Ewigkeit auf einem Karussell zu sitzen, das nie anhielt. Sein halbes Leben hatte er seiner Karriere und ihren Anforderungen geopfert. Er war des Wanderns müde. Er wollte seinem Leben einen Mittelpunkt geben, er brauchte etwas, worauf er es ausrichten konnte. Ihm war klar, dass er die Musik nicht aufgeben könnte, aber sie allein genügte ihm nicht mehr. Seine Familie war ihm nicht mehr genug und auch nicht der Applaus.

Er wusste, was er wollte. Zwar hatte er es schon vor fünf Jahren gewusst, doch es gab Zeiten, in denen er bei Weitem nicht so selbstsicher war wie mit sechzehn, als er sich mit seiner Redegewandtheit durch die Hintertür Zutritt zu den Bühnen drittklassiger Nachtclubs verschaffte. Tausende hatten eben dreißig Dollar pro Kopf bezahlt, um ihn zu hören, und er konnte es sich leisten, die Gage, die er für sein Gastspiel in Vegas bekam, an einem einzigen Abend am Spieltisch zu verlieren. Am liebsten hätte er genau das getan.

Er war rastlos, steckte voller Unbesonnenheit und war genauso nervös wie an dem Abend, an dem er Ramona nach dem gemeinsamen Abendessen und dem so jäh abgebrochenen Nachtclub-Besuch nach Hause gebracht hatte. Danach hatte er sie nur noch einmal gesehen – auf der Party von Steve Jarett. Dann war er nach Las Vegas geflogen, hatte versucht, zur Ruhe zu kommen.

Doch jetzt holten sie ihn wieder ein – die Spannung, der Zorn, das Verlangen. Nicht zum ersten Mal fragte sich Brian, ob sein unvernünftiges Verlangen nach Ramona endlich aufhören würde, wenn er sie einmal haben könnte, nur ein einziges Mal. Mit raschen, ungeduldigen Bewegungen steckte er das Hemd in die Jeans. Er wusste, dass es nicht so war, aber manchmal wünschte er sich, es wäre so. Er verließ die Garderobe und machte sich auf die Suche nach jemandem, der ihm Gesellschaft leistete.

Brian saß eine Stunde lang am Black-Jack-Tisch. Er verlor ein bisschen, gewann ein bisschen, verlor wieder. Er spielte zu unaufmerksam. Neben ihm saß eine magere Frau, eine fanatische Spielerin, die einen riesigen Brillanten am Finger und Saphire um den Hals trug. Sie trank und verlor im gleichen Rhythmus. Das junge Paar gegenüber war auf der Hochzeitsreise, wie Brian vermutete. Der goldene Ring am Finger des Mädchens sah noch ganz neu aus. Die beiden drehten fast durch vor Freude, weil sie – Brians Schätzung nach – ungefähr dreißig Dollar gewonnen hatten. Ihre Begeisterung und die liebevollen Blicke, die sie tauschten, hatten etwas Rührendes. Um sie herum rasselten und klingelten die Spielautomaten.

Brian war noch ebenso rastlos wie vor einer Stunde in seiner Garderobe. Neben sich hatte er ein halb geleertes Glas Bourbon stehen, aber er trank es nicht aus, als er aufstand. Das Casino war auch nicht das Richtige für ihn, und er beneidete brennend den jungen Mann, der seine Frau und Chips im Wert von dreißig Dollar hatte.

In Brians Suite war es dunkel und still, ein krasser Gegensatz zu der Welt, die er eben verlassen hatte. Er machte auf dem Weg ins Schlafzimmer kein Licht, nahm eine Zigarette aus dem Etui und setzte sich auf das Bett, bevor er sie anzündete. Das Feuerzeug zischte, und es gab eine kurze Stichflamme. Mit der Stille als einzigem Gefährten saß Brian da, doch er kam innerlich nicht zur Ruhe. Endlich knipste er doch die kleine Nachttischlampe an und griff nach dem Telefonhörer.

Ramona lag in tiefem Schlaf. Das Klingeln des Telefons jagte ihr, noch bevor sie ganz wach war, einen panischen Schreck ein. Ihr Herzschlag dröhnte ihr in den Ohren, und nur langsam klärten sich die Nebel des Schlafs. Sie war mit nächtlichen Anrufen aufgewachsen. Sie vergaß, wo sie war, und tastete mit einem Gefühl ängstlicher Spannung nach dem Telefon.

„Ja … hallo …"

„Ich habe dich geweckt, Ramona, ich weiß. Es tut mir leid."

Sie versuchte, die Benommenheit abzuschütteln. „Brian? Ist etwas passiert? Geht es dir gut?"

„Ja, mir geht's gut. Ich bin nur schrecklich rücksichtslos."

Ramona entspannte sich, ließ sich in die Kissen zurücksinken und versuchte, sich zu orientieren. „Du bist in Vegas, nicht wahr?" Das schwache Licht vor dem Fenster sagte ihr, dass es kurz vor Tagesanbruch war. Bei ihm war es zwei Stunden früher. Oder waren es drei? Sie hatte immer Schwierigkeiten mit dem Zeitunterschied und wusste nie, in welcher Zeitzone sie sich gerade aufhielt.

„Ja, ich bin noch die ganze nächste Woche in Vegas."

„Wie läuft deine Show?"

Wie typisch für sie, dachte er. Sie will gar nicht wissen, warum, zum Teufel, ich sie mitten in der Nacht anrufe, sondern akzeptiert es ganz einfach, dass ich jemanden zum Reden brauche. Er zog an der Zigarette und wünschte sich, Ramona berühren zu können. „Die Show läuft gut, aber am Spieltisch habe ich Pech.“

Ramona lachte. Es klang nicht so, als sei er Hunderte von Meilen entfernt. „Spielst du noch immer Black Jack?“

„Ich bin konsequent“, antwortete er. „Wie lief's in Kansas?“

„Das Publikum war fantastisch“, antwortete Ramona und ließ die Gedanken zu ihrem Konzert zurückschweifen. „Es ist von Anfang an mitgegangen. Das ist das Einzige, was einen auf einer solchen Tournee aufrechterhält. Wirst du rechtzeitig genug in New York sein, um dir meine Show anzusehen?“

„Und ob ich da sein werde!“ Er legte sich zurück, da seine überflüssige Energie allmählich nachließ. „Cornwall wird für mich immer verlockender.“

„Deine Stimme klingt müde.“

„Ich war hellwach, aber jetzt bin ich müde geworden. Ramona …“

Sie wartete, doch er sagte nichts mehr. „Ja, Brian?“

„Du hast mir gefehlt, ich musste einfach deine Stimme hören. Sag mir, was du siehst, was du jetzt, in diesem Augenblick, vor dir siehst.“

„Es ist Morgen“, sagte sie. „Oder fast Morgen. Ich sehe keine Häuser, nur Himmel. Er ist nicht grau, sondern eher malvenfarben, und das Licht ist sehr weich und dünn.“ Sie lächelte. Viel Zeit war vergangen, seit sie das letzte Mal einen Tag heraufdämmern gesehen hatte. „Es ist wunderschön, Brian. Ich hatte es vergessen.“

„Wirst du wieder einschlafen können?“ Er hatte die Augen zugemacht. Die Müdigkeit überwältigte ihn.

„Ja, aber ich ginge lieber spazieren. Doch Julie wäre wahrscheinlich wütend, wenn ich sie jetzt weckte, damit sie mich begleitet.“

Mit dem linken Zeh streifte Brian sich den rechten Schuh ab und mit dem rechten Zeh den linken. „Schlaf wieder ein. Demnächst gehen wir am Morgen auf den Klippen von Cornwall spazieren. Ich hätte dich nicht wecken dürfen.“

„Ich freu mich, dass du's getan hast. Schlaf jetzt auch, Brian. Wir sehen uns in New York.“

„In Ordnung. Gute Nacht, Ramona.“ Er schaffte es kaum noch aufzulegen, so schnell überwältigte ihn der Schlaf.

Fünfzehnhundert Meilen entfernt legte Ramona die Wange auf das Kissen und sah zu, wie der Tag anbrach.

7. KAPITEL

*R*amona bemühte sich stillzuhalten, während sie frisiert wurde. Ihre Garderobe war ein Blumenmeer. Seit mehr als zwei Stunden wurden die herrlichsten Arrangements gebracht. Ein Bote gab dem anderen praktisch die Klinke in die Hand. Außerdem war die Garderobe überfüllt. Ein winziger Mann mit stechenden schwarzen Augen frischte ihr Wangenrouge auf. Hinter ihr stand, hin und wieder etwas auf Französisch vor sich hin murmelnd, die Frau mit den flinken Fingern, die sie frisierte. Wayne, den berufliche Gründe nach New York geführt hatten, war ebenfalls da. Er hatte Ramona erklärt, er wolle sehen, wie die Kostüme, die er für sie entworfen hatte, auf der Bühne wirkten, und war jetzt in eine langwierige Diskussion mit der Garderobiere vertieft. Julie öffnete eben wieder dem Boten einer Blumenhandlung die Tür.

„Habe ich auch alles eingepackt?", dachte Ramona laut vor sich hin. „Ich hätte Brian wirklich bitten müssen, mir in New York noch einen Tag zusätzlich zu geben, damit ich einkaufen kann. Wahrscheinlich brauche ich noch ein ganzes Dutzend Dinge, die ich vergessen habe." Ramona drehte sich auf dem Frisierstuhl um, und die Friseuse stieß auf Französisch eine heftige Verwünschung aus, als ihr das schon zur Hälfte geflochtene Haar durch die rasche Bewegung aus der Hand gerissen wurde.

„Tut mir leid, Marie. Julie, habe ich eigentlich einen Mantel eingepackt?" Sie griff nach der Karte, die mit dem letzten Blumenarrangement gekommen war, und stellte fest, dass der erfolgreiche Fernsehproduzent sie geschickt hatte, mit dem sie bei ihrem letzten Special zusammengearbeitet hatte. „Sie sind von Max. Er gibt heute Abend eine Party. Warum gehst du nicht hin?"

Sie reichte Julie die Karte und ließ sich von dem Maskenbildner mit dem gereizten Gehabe die Lippen nachziehen.

„Ja, du hast einen Mantel eingepackt, den aus Wildleder, den du um diese Jahreszeit in Cornwall wahrscheinlich brauchen wirst. Und mehrere Pullover", fuhr Julie, ihre Liste kontrollierend, zerstreut fort. „Und ja, vielleicht gehe ich zu der Party."

„Ich kann es noch gar nicht glauben, dass das mein letzter Auftritt ist. Die Tournee ist gut gelaufen, nicht wahr, Julie?" Ramona wandte den Kopf und zuckte zusammen, als Marie sie heftig an den Haaren zog.

„Ich kann mich nicht erinnern, dass du je so gut angekommen bist. Du hast es auch verdient …"

„Und wir sind alle froh, dass es vorbei ist", schloss Ramona an Julies statt.

„Ich werde eine Woche lang durchschlafen", sagte Julie und fand noch einen Platz für die Blumen, während sie weiter einen Punkt nach dem anderen auf ihrer Liste abhakte. „Nicht alle Menschen haben deine Energie, die nie zu versiegen scheint."

„Ich trete furchtbar gern in New York auf", sagte Ramona und zog zur Verzweiflung der Friseuse die Beine hoch.

„Sie müssen stillhalten!"

„Wenn ich noch viel länger stillhalte, explodiere ich, Marie." Ramona lächelte dem Maskenbildner im Spiegel zu, der sich noch immer an ihrem Gesicht zu schaffen machte. „Sie sind ein Könner und wissen genau, was Sie tun müssen. Ich habe das Gefühl, schön zu sein."

Julie erkannte das Signal und begann die Leute aus dem Raum zu drängen. Am Ende waren sie alle gegangen, und nur noch Julie und Wayne waren da.

Schlagartig wurde es still in der Garderobe. Ramona fing an, sich leise einzusingen, und seufzte dann tief auf.

„Wie glücklich werde ich sein, wenn mein Gesicht, mein Haar und mein Körper wirklich wieder mir gehören", sagte sie und setzte sich völlig entspannt in einen bequemen Clubsessel. „Du hättest sehen sollen, was ich mir auf Befehl des Maestro heute Morgen ins Gesicht schmieren musste."

„Was denn?", fragte Wayne zerstreut, während er den Saum eines ihrer Kostüme zurechtzupfte.

„Grüne Farbe", antwortete sie schaudernd.

Er lachte und wandte sich an Julie. „Und was wirst du tun, wenn die junge Dame in der Wildnis Cornwalls verschwindet?"

„Zwischen den griechischen Inseln herumschippern und mich erholen. Ich habe schon eine Passage für den Neunten bestellt. Diese Tourneen sind brutal."

„Jetzt hört euch mal das an!" Ramona rümpfte die Nase und musterte sich kritisch im Spiegel. „Das sagt ausgerechnet sie, nachdem sie vier Wochen lang die Peitsche über mir geschwungen hat. Er gibt mir ein richtig exotisches Aussehen, nicht wahr?" Wieder rümpfte sie die Nase und verdarb so die Wirkung, die der Visagist erzielt hatte.

„Jetzt marsch, in dein Kostüm!", befahl Julie gut gelaunt.

„Da siehst du's! Sie kommandiert mich ständig rum." Gehorsam stand Ramona auf.

„Hier." Wayne nahm das rot-silberne Kleid vom Bügel. „Da ich deine Garderobiere weggeschickt habe, spiele ich deinen Pagen."

„Oh fein, vielen Dank." Sie schlüpfte aus dem Frotteemantel und zog das Kleid an. „Weißt du, Wayne", fuhr sie fort, während er ihr den Reißverschluss zuzog, „mit dem schwarzen Kleid hast du ins Schwarze getroffen. Ich weiß hinterher nie, ob der Applaus mir oder dem Kleid gilt."

„Habe ich dich je enttäuscht?", fragte er und zog eine Falte zurecht.

„Nein." Sie wandte den Kopf und lächelte ihn über die Schulter an.

„Nie. Werde ich dir fehlen?"

„Es wird eine Zeit tragischer Trauer für mich." Er küsste sie leicht auf die Wange.

Jemand klopfte kurz und energisch. „Noch zehn Minuten, Miss Williams."

Ramona holte tief Luft. „Gehst du nach vorn?", fragte sie Wayne.

„Ich bleibe mit Julie hinter der Bühne." Er sah zu ihr hinüber und zog fragend eine Braue hoch.

„Das finde ich nett von dir", antwortete Julie. „Hier. Ramona, vergiss deine herrlich grässlichen Ohrringe nicht." Sie sah zu, wie Ramona den rechten Ohrring befestigte, und wandte sich kopfschüttelnd an Wayne. „Die Dinger sind einfach schauderhaft, aber zu diesem Kleid sehen sie fantastisch aus."

„Hattest du etwas anderes erwartet?", sagte er herablassend.

Julie schüttelte lachend den Kopf. „Das Ego dieses Mannes", wandte sie sich an Ramona, „überrascht mich immer wieder."

„Solange es nicht größer ist als mein Talent", warf er liebenswürdig ein.

„Das New Yorker Publikum ist schwierig." Ramona sprach plötzlich sehr rasch, und ihre Stimme zitterte leicht vor Nervosität und Erregung. „Es jagt mir eine Todesangst ein."

„Hast du nicht gesagt, dass du gern in New York auftrittst?" Wayne nahm sich eine Zigarette und bot die Packung dann Julie an.

„Das stimmt auch, besonders am Ende einer Tournee. Man ist gezwungen, sein Bestes zu geben. Bis zum Schluss. Das hält einen auf Trab. Die Leute hier haben es sehr schnell heraus, wenn ich ihnen nicht alles gebe. Wie sehe ich aus?"

„Das Kleid ist sensationell", sagte Wayne. „Du selber ... na ja, es geht."

„Du bist mir wirklich Trost und Hilfe!"

„Gehen wir", drängte Julie. „Du verpasst noch deinen Auftritt."

„Ich verpasse nie meinen Auftritt." Ramona machte sich an ihrem linken Ohrring zu schaffen, versuchte, Julie hinzuhalten. Er hat gesagt, er wird hier sein, dachte sie. Warum ist er nicht gekommen? Vielleicht hatte er das Datum verwechselt oder saß in einem Verkehrsstau fest. Vielleicht hatte er aber auch nur vergessen, dass er ihr versprochen hatte, zu ihrem Konzert zu kommen ...

Wieder kam das kurze, energische Klopfen. „Fünf Minuten, Miss Williams."

„Ramona!", mahnte Julie.

„Ja, ja, ich komme schon." Ramona drehte sich um und lächelte Wayne und Julie herausfordernd an. „Wenn's vorbei ist, müsst ihr mir sagen, dass ich großartig war ... auch wenn es nicht wahr ist. Ich möchte das Gefühl haben, dass die Tournee ein Triumph war."

Damit stürmte sie zur Tür und lief den langen Flur entlang zur Bühne, wo die Vorgruppe nicht mehr leise, sondern so mitreißend spielte, dass fast die Wände wackelten.

„Miss Williams! Miss Williams! Ramona!"

Aus ihrer Konzentration herausgerissen, drehte sie sich um und sah den gehetzt wirkenden Inspizienten an. Er drückte ihr eine weiße Rose in die Hand.

„Die ist eben für Sie gekommen."

Ramona nahm die Blüte entgegen und atmete tief ihren Duft ein. Sie wusste, sie kam von Brian, und ihr war, als versinke sie in einen Traum.

„Ramona!" Die Vorgruppe hatte ihren Auftritt beendet, und Ramonas Band brachte ihre Instrumente auf die Bühne. Der Umbau ging sehr schnell vonstatten. „Sie verpassen Ihren Auftritt!"

„Aber nein, keine Angst!" Sie gab dem sorgenvollen Inspizienten einen Kuss auf die Wange und vergaß dabei ganz den vom Visagisten so sorgfältig aufgetragenen Lippenstift. Die weiße Rose nahm sie auf die Bühne mit.

Als sie in die Seitenkulisse trat, wurde sie eben angekündigt. Großartige Stimmung, dachte sie. Das Publikum darf sich nicht abkühlen. Schon schrie man sich die Kehlen nach ihr heiser. Dreißig Sekunden. Noch einmal tief Atem holen. Musik zerhackte den Jubel und den Applaus. Eins, zwei, drei ...

Ramona lief auf die Bühne und stürzte sich gewissermaßen in eine Flut von Applaus.

Der erste Teil des Konzerts bestand aus rhythmischen, schnellen Nummern, die das Publikum mitreißen sollten, damit es nach mehr verlangte. Ramona schien wie ein Feuerball, von Hunderten farbiger Flammen umzüngelt. Sie wusste, wie sie beim Publikum am besten ankam, wusste es zu führen, spielte mit ihm. Jeden Funken Energie pumpte sie in diesen Auftritt, der seit Wochen tägliche Routine gewesen war. Begeisterung und Schwung hielten ihn frisch und lebendig. Es war heiß unter den Bühnenscheinwerfern, aber Ramona merkte es nicht. Sie verschmolz mit dem Publikum, mit der Musik. Das Kleid war ein einziges Funkeln, ihre Stimme warm, weich und manchmal ein bisschen rau – wie Samt.

Es waren anstrengende vierzig Minuten, und als Ramona während einer Instrumentalnummer von der Bühne ging, hatte sie weniger als drei Minuten Zeit, um sich umzuziehen.

Das Tempo im zweiten Teil war ein wenig langsamer, damit das Publikum Zeit zum Atemholen hatte. Ramona, nun ganz in schimmerndes Weiß gekleidet, begann mit Balladen, den langsamen, wehmütigen, die ihr am besten lagen. Das Licht wurde gedämpft, weich und stimmungsvoll.

In einer Pause zwischen zwei Liedern, in der sie gewöhnlich ein paar Worte an das Publikum richtete, entdeckte jemand, dass Brian im Saal war.

Es sprach sich herum wie ein Lauffeuer, und während Ramona, ohne den Aufruhr zu bemerken, weitersprach, wurde die Menge laut. Jetzt konnte niemand mehr überhören, dass dort unten etwas los war. Ramona schirmte die Augen mit der Hand ab und spähte in den Saal. Sie sah den Unruheherd nur ganz undeutlich, und dann entdeckte sie Brian. Offenbar wollten die Leute, dass er auf die Bühne ging.

Ramona war bühnenerfahren genug, um die Stimmung im Publikum abschätzen zu können, und sie wusste, wie wichtig es war, sich richtig in Szene zu setzen. Wenn sie Brian jetzt nicht aufforderte, auf die Bühne zu kommen, entglitten ihr die Leute. Man hatte ihr keine andere Wahl gelassen.

„Brian", sagte sie leise ins Mikrofon, doch ihre Stimme erreichte ihn, und obwohl sie seine Augen nicht sehen konnte, weil die Scheinwerfer sie blendeten, wusste sie, dass er sie ansah. „Wenn du heraufkommst und etwas singst, können wir dir einen Teil deines Eintrittspreises zurückzahlen." Darüber würde er lachen müssen, auch das wusste sie. Die Leute applaudierten frenetisch und riefen seinen Namen. Er stand auf und kam auf die Bühne.

Er war ganz in Schwarz gekleidet, und das ergab einen aufregenden Kontrast zu ihrem weißen Kostüm. Besser hätte man das Ganze nicht planen können. Brian lächelte ihr zu und sagte, vom Mikrofon abgewandt, damit nur sie es hörte: „Tut mir leid, Ramona. Ich hätte hinter die Bühne gehen sollen. Aber ich wollte dich vom Saal aus sehen."

Sie legte den Kopf schief und erwiderte sein Lächeln. Ihn zu sehen, war viel schöner, als sie es sich vorgestellt hatte. „Du bist derjenige, der jetzt arbeiten muss. Was möchtest du singen?"

Bevor er antworten konnte, rief das Publikum seinen Musikwunsch herauf. Immer mehr Leute nahmen den Ruf auf, immer eindringlicher klang er.

Ramona verging das Lächeln. Man wollte „Wolken und Regen" hören.

Brian umfing Ramonas Hand. „Du kennst doch noch den Text, nicht wahr?"

Es war eine Herausforderung. Ein Bühnenhelfer kam mit einem Mikrofon für Brian herausgestürzt.

„Meine Band kennt das Lied nicht", sagte Ramona.

„Ich kenne es." Marc rückte seine Gitarre zurecht und sah Ramona und Brian an. Die Menge schrie noch immer, als er schon die ersten Akkorde spielte.

Brian hielt Ramonas Hand weiterhin fest und hob sein Mikrofon. Ramona wusste, wie dieses Lied gesungen werden musste: Sie sollten sich gegenüberstehen und sich in die Augen schauen. Es war eine Liebkosung, für Liebende bestimmt. Das Publikum war still geworden. Ramona glaubte sich in einen Zustand absoluter Harmonie versetzt. Einmal hatte sie gedacht, eine Umarmung müsse so sein wie dieses Lied. Ihre Stimmen verschmolzen miteinander, und Ramona vergaß das Publikum, vergaß, dass sie auf der Bühne stand, und vergaß für einen Augenblick die fünf Jahre, die vergangen waren.

Mit ihm zu singen, schuf eine so große Vertrautheit zwischen ihnen, wie es sie bisher noch nie gegeben hatte – in keiner Beziehung. Hier konnte sie sich ihm nicht widersetzen. Als er mit ihr sang, hatte sie das Gefühl, er sage ihr, dass es keine andere gäbe, nie eine andere gegeben hatte. Es war bewegender als ein Kuss, erotischer als eine Berührung.

Nachdem das Lied zu Ende war, blieben sie noch einen Moment dicht voreinander stehen.

Brian sah, dass Ramonas Lippen zitterten, dann zog er sie an sich und küsste sie.

Sie hätten eher auf einer einsamen Insel als vor Tausenden im Rampenlicht stehen können. Ramona hörte nicht den donnernden Applaus, die Jubelrufe, hörte nicht, dass man ihrer beider Namen schrie. In der einen Hand das Mikrofon, legte sie die Arme um Brian. Blitzlichter flammten auf wie kleine Feuerwerke, doch Ramona sah sich in einer samtenen Dunkelheit gefangen. Sie verlor jedes Gefühl für die Zeit. Der Kuss mochte Stunden, Tage oder nur Sekunden dauern – sie wusste es nicht. Doch kaum hatten sich seine Lippen von den ihren gelöst, war ihr, als habe sie etwas unendlich Kostbares verloren.

Brian sah die Verwirrung in ihren Augen, die Benommenheit und das Begehren, und er lächelte. „Du bist besser denn je, Ramona", sagte er und küsste ihr die Hand. „Zu schade, dass du die sentimentalen Nummern nicht lassen kannst."

Sie runzelte die Stirn. „Na so was! Du versuchst, deinen sinkenden Stern aufzupolieren, indem du mit mir singst, und dann beleidigst du mich." Hand in Hand verbeugten sie sich vor dem Publikum.

„Wollen mal sehen, ob du es schaffst, sie jetzt allein bei der Stange zu halten, Darling", antwortete er. „Ich habe sie ja nur ein bisschen für dich aufheizen wollen, weil ich merkte, dass sie allmählich einschliefen." Er küsste sie leicht auf die Wange, winkte dann dem Publikum, schlenderte über die Bühne und ging auf der linken Seite ab.

Ramona lächelte übermütig hinter ihm her und wandte sich dann ihrem Publikum zu.

„Ein Jammer, dass er's nie geschafft hat, nicht wahr?", sagte sie.

Nachdem die zwei Stunden vorüber waren, hätte Ramona völlig leer sein müssen. Doch sie war es nicht. Sie hatte drei Zugaben gesungen, und als das Publikum noch mehr verlangte, wäre sie nach einem kurzen Zögern wieder hinausgegangen, hätte Brian, der in den Kulissen stand, nicht ihre Hand festgehalten.

„Sie werden dich die ganze Nacht nicht weglassen, Ramona", sagte er. Er fühlte, wie ihr Puls jagte, und weil er wusste, wie furchtbar anstrengend zwei Stunden auf der Bühne waren, zwang er sie mit sanfter Gewalt, mit ihm in ihre Garderobe zu gehen.

Im Flur wimmelte es von Leuten, die ihr gratulierten, sie berührten. Hin und wieder gelang es einem Reporter, sich mit Hilfe seiner Ellbogen zu ihr durchzudrängen und ihr eine Frage zuzuschreien. Sie antwortete, und Brian gab auch ein paar witzige Kommentare, während er mit ihr unbeirrt auf ihre Garderobe zusteuerte. Sobald sie darin waren, sperrte er sofort die Tür ab.

„Ich glaube, ich habe ihnen gefallen", sagte sie ernst, lachte dann und wirbelte von ihm fort. „Ich fühle mich wunderbar!" Ihre Augen leuchteten auf, als sie den Flaschenhals sah, der aus einem Eiskübel ragte. „Champagner?"

„Ich dachte mir, du brauchst nach einem solchen Flop bestimmt ein bisschen Trost." Brian zog die Flasche aus dem Eis. „Bald wirst du die Tür aufschließen und mit verschiedenen Leuten reden müssen. Tu mir den Gefallen, und gib dich unbekümmert und fröhlich, mein Schatz."

„Ich will mein Bestes tun." Der Korken knallte, und der weiße Schaum stieg aus dem Flaschenhals.

Brian füllte zwei Gläser randvoll und reichte ihr eins. „Es war mein voller Ernst, Ramona." Er stieß mit ihr an. „Du warst nie besser."

Ramona lächelte und hob ihr Glas an die Lippen.

Wieder stieg schmerzliches Verlangen in ihm auf. Behutsam nahm er ihr das Glas aus der Hand und stellte es neben das seine auf den Tisch. „Es gibt etwas, das ich da draußen wohl angefangen, aber nicht zu Ende geführt habe."

Ramona war nicht darauf vorbereitet. Obwohl er sie sehr langsam an sich zog und sich viel Zeit ließ, bevor er die Lippen auf ihren Mund presste, war sie nicht darauf gefasst gewesen. Es war ein langer, leidenschaftlicher Kuss, der nach Champagner schmeckte.

Brians Mund war warm, seine Hände glitten über ihre Hüften, die unter dem dünnen Stoff so deutlich fühlbar waren, als sei sie nackt. Dennoch spürte Ramona, dass er sich eisern beherrschte. Sanft öffnete er ihr die Lippen, und seine Zunge begann in ihrem Mund zu spielen. Sie wehrte sich nicht gegen diesen Kuss, doch Brian wollte nicht, dass sie passiv blieb. Wollte, dass sie mehr von ihm forderte.

Und von ihrem Verlangen, ihrer Leidenschaft getrieben, forderte sie mehr. Sie fühlte die Berührung seiner Hände durch den dünnen Stoff – und dann streichelten seine Finger die bloße Haut ihres Nackens. Es war ein ungeheuer sinnliches Gefühl.

In ihrem Kopf schienen unzählige Empfindungen miteinander zu verschmelzen. Noch waren die Erregung und das Machtgefühl nicht abgeklungen, die sie während des Konzerts beherrscht hatten. Der süße Duft der Blumen machte sie schwindlig. Die Kraft, mit der Brian seinen Körper an den ihren presste, und ihr eigenes Begehren, das viel stärker und viel drängender war, als sie es sich vorgestellt hatte – all das zusammen überwältigte sie.

„Brian", flüsterte sie an seinen Lippen. Sie wollte ihn, wollte ihn mit jeder Faser ihres Körpers und hatte doch Angst.

Brian schob sie ein Stückchen von sich fort und sah sie eindringlich an. Ihre Augen waren wie durchsichtiges Glas. „Du bist schön, Ramona", sagte er. „Eine der schönsten Frauen, die ich kenne."

Ramona war unsicher auf den Beinen und bemühte sich, ihr Gleichgewicht wiederzufinden, ohne sich an Brian festhalten zu müssen. Sie trat noch einen Schritt zurück und stützte die Hände auf den Tisch, auf dem ihre Gläser standen.

„Nur eine der schönsten Frauen?", fragte sie herausfordernd und hob ihr Glas.

„Ich kenne sehr viele Frauen." Mit einem übermütigen Lachen trank er ihr zu. „Warum schminkst du dich nicht ab, damit ich dich sehen kann?"

„Hast du eine Ahnung, wie lange ich still sitzen musste, bis das ganze Zeug aufgetragen war?" Sie ging zum Toilettentisch und verteilte Reinigungsmilch auf dem Gesicht. Ihr innerer Aufruhr legte sich allmählich. „Angeblich habe ich bildschön und verführerisch ausgesehen."

„Du machst mich nervös, wenn du wunderschön bist, und verführerisch würde ich dich auch in einem Sack finden."

Ramona sah ihn durch den Spiegel an. Seine Miene war ungewöhnlich ernst. „Ich glaube, das war ein Kompliment", sagte sie, verrieb die weiße Lotion über ihr ganzes Gesicht und fragte spitzbübisch: „Bin ich jetzt auch verführerisch?"

Brian erwiderte ihr Lächeln, ließ dann den Blick über ihren bloßen Rücken bis zu ihrem festen Po gleiten, der in der engen Hose sehr reizvoll wirkte, und sagte: „Du sollst nicht nach Komplimenten fischen, Ramona. Die Antwort ist zu eindeutig."

Mit weichen Tüchern begann sie die Reinigungsmilch und mit ihr das Bühnen-Make-up vom Gesicht zu wischen. „Es war schön, wieder einmal mit dir zu singen, Brian", sagte sie und griff, nachdem sie ganz abgeschminkt war, zu ihrem Champagnerglas. „Mit dir zu singen, war für mich immer etwas Besonderes. Und das hat sich nicht geändert." Er sah, dass sie ein paar Sekunden unentschlossen an der Unterlippe kaute, als wisse sie nicht recht, was sie sagen sollte. „Ich fürchte nur, die Presse wird um dieses Duett viel Wind machen. Wahrscheinlich wird man es in eine Romanze ummünzen, besonders nachdem du es so eigenwillig beendet hast."

„Mir hat das Ende sehr gut gefallen." Brian kam auf Ramona zu und legte ihr zärtlich die Hände auf die Schultern. „Ein Duett sollte immer so enden." Er bückte sich, küsste sie auf den Nacken, und seine Augen lächelten ihr im Spiegel zu. „Machst du dir wegen der Presse Sorgen, Ramona?"

„Nein, natürlich nicht. Aber Brian ..."

„Weißt du", unterbrach er sie, schob mit dem Handrücken ihr Haar zur Seite und presste die Lippen in die zarte Beuge ihres Halses, „diesen Abend sollten wir beide nie vergessen. Merkwürdig, ich muss jetzt so oft an meine Mutter denken, obwohl man euch beide natürlich nicht vergleichen kann. Aber manchmal, wenn du Brian sagst ... Als ich ein Junge war", fuhr er fort, „und sie nannte mich in diesem Ton ‚Brian', dann wusste ich, was die Stunde geschlagen hatte. Was immer ich angestellt hatte, sie war dahintergekommen, und jetzt wartete die gerechte Strafe auf mich."

„Ich könnte mir denken, dass du ziemlich viel angestellt hast." Ramona zwang sich, leichthin zu sprechen.

Als sie versuchte, sich von ihm zu lösen, drehte er sie um, sodass sie ihn ansehen musste. „Unzählige Dinge."

Er beugte sich zu ihr hinunter, doch anstatt sie zu küssen, wie sie es erwartete, berührte er ihre Mundwinkel mit den Lippen. In dem Bemühen, zu Atem zu kommen und das Gleichgewicht nicht zu verlieren, hielt sie sich an seinen Schultern fest.

Ihre Blicke tauchten tief ineinander, doch dann wurde sein Gesicht undeutlich und verschwamm schließlich völlig, als Leidenschaft ihren Blick verdunkelte.

Brian ließ sie los und küsste sie rasch auf die Nase, während sie sich bemühte, wieder ruhiger zu werden.

Er machte mit ihr, was er wollte, und sie hatte ihm kaum Widerstand entgegenzusetzen.

„Willst du dich umziehen, bevor wir jemanden reinlassen?", fragte er.

Als ihr Blick wieder klar war, sah Ramona, dass er das Champagnerglas in der Hand hielt und trank. Sein Gesicht hatte einen merkwürdigen Ausdruck. Wie ein Boxer, der die Schwäche seines Gegners abschätzt, dachte sie.

„Ich … oh ja." Sie zwang sich in die Wirklichkeit zurück. „Ja, ich möchte mich umziehen, aber …" Sie sah sich ratlos in der Garderobe um. „Ich weiß nicht, was ich mit meinen Sachen gemacht habe."

Er lachte, und der merkwürdige Ausdruck verschwand von seinem Gesicht.

Erleichtert stimmte Ramona in sein Lachen ein, und sie begannen zwischen den Blumen und den funkelnden Bühnenkostümen nach ihren Jeans und Tennisschuhen zu suchen.

8. KAPITEL

*E*s war schon spät, als Ramona und Brian den Flughafen erreichten. Ramona war nach dem Konzert noch immer energiegeladen und schwatzte ununterbrochen über alles, was ihr gerade durch den Kopf schoss. Sie warf einen Blick zum Mond hinauf, als sie das letzte Stück über die Rollbahn zur Maschine gingen. Dass sie mit einem Privatjet fliegen würden, hatte sie allerdings nicht erwartet. Sie bewunderte die elegante und komfortable Innenausstattung, und ihre Begeisterung half ihr über die Müdigkeit hinweg, die sie angesichts des langen Fluges zu überkommen drohte.

Der Fahrgastraum der Maschine war mit zinngrauem Teppichboden ausgelegt, tiefe Clubsessel und ein Ledersofa standen um einen niedrigen Tisch.

An einem Ende entdeckte Ramona eine mahagonivertäfelte Bartheke, und eine Tür führte in eine blitzblanke Küche.

„Vor fünf Jahren hattest du noch kein eigenes Flugzeug", sagte sie, als sie eine zweite Tür öffnete und dahinter ein komplettes Bad mit Wanne und Dusche vorfand.

„Ich habe es vor ungefähr drei Jahren gekauft." Brian machte es sich auf dem Sofa bequem und beobachtete Ramona. Sie sah jetzt anders aus als im Theater. Ihre natürliche Schönheit hatte kein Make-up nötig. Sie trug ausgewaschene Jeans und Turnschuhe, die sie sofort abstreifte. Unter einem viel zu großen gelben Pullover versteckte sie ihre fantastische Figur.

Brian verspürte den Wunsch, die Hände darunterzuschieben und ihren Körper zu berühren. „Hasst du das Fliegen noch immer so wie früher?"

Ramona lächelte zerknirscht. „Ja. Vielleicht glaubst du, ich müsste nach so langer Zeit darüber weg sein, aber …" Viel zu unruhig, um still zu sitzen, durchforschte sie die Maschine weiter. Wenn ich müsste, dachte sie, könnte ich das ganze Konzert auf der Stelle noch einmal geben, so hellwach bin ich.

„Schnall dich an", sagte Brian, der über ihre Nervosität lächeln musste. „Wir starten gleich, und sobald wir in der Luft sind, wirst du gar nicht merken, dass du fliegst."

„Ich weiß nicht, wie oft ich diesen Spruch schon gehört habe", antwortete sie, setzte sich aber gehorsam und klickte den Sitzgurt zu. Verhältnismäßig ruhig wartete sie, während Brian dem Piloten durch das Bordtelefon sagte, sie seien bereit. Ein paar Minuten später waren sie in der Luft, und Ramona konnte den Gurt öffnen und sich wieder auf Entdeckungsreise begeben.

„Ich kenne das Gefühl", erklärte Brian, der sie beobachtete. Sie drehte sich um und sah ihn fragend an. „Es ist, als hätte man noch einen überschüssigen Vorrat an Energie, den man unbedingt loswerden muss. So war mir in Las Vegas zumute, als ich dich mitten in der Nacht anrief und weckte."

Sie strich mit beiden Händen das Haar zurück. „Ich glaube, ich könnte ein paar Meilen joggen, ohne müde zu werden. Vielleicht wäre ich hinterher ruhiger."

„Wie wär's mit einer Tasse Tee?"

„Kein schlechter Vorschlag." Sie wanderte zu einem Fenster und presste die Nase an die Scheibe. Draußen war alles kohlrabenschwarz. „Ja, Tee wäre gut, und dann kannst du mir erzählen, was für großartige Einfälle du für das Musical hast. Es sind wahrscheinlich Dutzende."

„Ein paar habe ich schon." Ramona hörte ihn mit Kaffeetassen klappern. „Und du hast dir bestimmt auch bereits einiges einfallen lassen."

„Ein paar … oh ja", erwiderte sie und lachte leise in sich hinein. Sie wandte sich von dem dunklen Fenster ab und sah ihn in der Tür zur Küche lehnen. „Wie lange, glaubst du, wird es dauern, bis wir anfangen zu streiten?"

„Nicht besonders lange. Aber lass uns wenigstens damit warten, bis wir uns an das Haus und an die Umgebung gewöhnt haben. Geht Julie eigentlich nach L.A. zurück, oder habt ihr alle losen Fäden dort fest verknüpft?"

Ein Schatten flog über Ramonas Gesicht. Sie dachte an den einen kurzen Besuch, den sie seit Beginn der Tournee bei ihrer Mutter gemacht hatte. In Chicago hatten sie einen Tag pausiert, und sie hatte ihre freie Zeit dazu benutzt, nach Kalifornien und wieder zurück zu fliegen. Es hatte gerade für die unvermeidliche Unterredung mit Dr. Karter und zu einem kurzen, gefühlsbeladenen Besuch bei ihrer Mutter gereicht. Erleichtert hatte Ramona gesehen, dass ihre Mutter etwas besser aussah. Es hatte Entschuldigungen, Versprechen und Tränen gegeben. Wie immer, dachte Ramona jetzt niedergeschlagen. Und wie immer hatte sie auch diesmal begonnen, an die Versprechen zu glauben.

„Ich scheine es nie zu schaffen, alles zu erledigen", sagte sie leise.

„Willst du mir nicht sagen, was dich bedrückt?"

Sie schüttelte den Kopf. Im Augenblick ertrug sie keine deprimierenden Gedanken. „Es ist nichts, wirklich nichts." Der Wasserkessel begann zu pfeifen, und lächelnd fügte sie hinzu: „Dein Stichwort, Brian."

Er betrachtete sie forschend, dann wandte er sich ab und ging in die Küche, um Tee zu machen.

Langsam ebbte Ramonas überschüssige Energie ab. Fast hatte sie das Gefühl zu spüren, wie sie nach und nach schwächer wurde.

Brian erkannte die Anzeichen, als er zurückkam. Er stellte einen Becher Tee vor sie hin und beobachtete sie schweigend.

Ramona fühlte Brians Gegenwart und schlug die Augen auf. Sie schwieg noch ein paar Minuten, zu groß war die dumpfe Trägheit, die sich nun ihres Geistes und ihres Körpers bemächtigt hatte.

„Was tust du?", fragte sie schließlich.

„Ich erinnere mich."

Sie senkte die Lider und verbarg den Ausdruck ihrer Augen vor ihm. „Tu's nicht", sagte sie.

Er trank einen Schluck, ohne den Blick von ihr abzuwenden. „Das ist ein bisschen viel verlangt, Ramona, nicht?" Es war eine Frage, auf die er keine Antwort erwartete, und Ramona antwortete auch nicht. Doch ihre Lider öffneten sich wieder.

Sie vertraute ihm nicht rückhaltlos, hatte es seiner Meinung nach nie getan. Das war der Kern aller Probleme zwischen ihnen. Ihre Wangen waren gerötet, und ihren Augen sah man an, wie müde und erschöpft sie war. Sie saß, wie es ihre Gewohnheit war, im Schneidersitz und hatte die Hände auf den Knien liegen.

Im Gegensatz zu dieser entspannten Haltung bewegte sie noch immer rastlos die Finger.

„Ich will dich noch immer. Du weißt es doch, oder?"

Wieder ließ Ramona seine Frage unbeantwortet, doch er sah, dass der Puls an ihrem Hals schneller zu klopfen begann. Nach einer Weile sagte sie: „Wir werden miteinander arbeiten, Brian, deshalb sollten wir die Dinge zwischen uns nicht komplizieren."

Er lachte. Nicht ironisch, sondern aufrichtig belustigt. Seine Augen verloren den brütenden Ausdruck und leuchteten auf. „Gut, komplizieren wir unsere Beziehung nicht." Als er seinen Tee ausgetrunken hatte, setzte er sich neben sie und zog sie an sich.

„Entspann dich", sagte er, verärgert, weil sie sich wehrte. „Was traust du mir eigentlich zu? Ich weiß, wie müde du bist. Wann wirst du mir endlich vertrauen, Ramona?"

Sie neigte den Kopf so weit zurück, bis sie Brian sehen konnte. Zuerst musterte sie ihn mit einem langen, beredten Blick, dann machte sie es sich an seiner Schulter bequem und seufzte laut auf. Sie schlief so schnell ein wie ein Kind, und ihr Schlaf war auch so tief wie der eines Kindes. Brian blieb lange in dieser Stellung sitzen, dann legte er Ramona vorsichtig auf das Sofa.

Er stand auf, knipste das Licht aus, setzte sich im Dunkeln in einen Sessel und zündete sich eine Zigarette an. Die Zeit verging, er betrachtete den funkelnden Sternenhimmel vor dem Fenster und lauschte auf Ramonas leisen, regelmäßigen Atem. Schließlich konnte er nicht mehr widerstehen, ging zu ihr und legte sich neben sie. Sie regte sich, als er ihr das Haar von der Wange strich, und schmiegte sich enger an ihn. Plötzlich erfüllte ihn eine tiefe, zärtliche Zufriedenheit und verdrängte das Begehren. Behutsam legte er den Arm um sie, hörte sie seufzen und schlief ein.

Brian erwachte als Erster und war wie immer körperlich und geistig sofort voll da. Trotzdem blieb er noch einen Augenblick still liegen. Ramona schlief, eng an ihn geschmiegt, ruhig weiter.

Zärtlich betrachtete er das Oval ihres Gesichts, die feinen Züge, den weichen Fall ihrer glatten Haare. Ihr rechtes Bein hatte sich zwischen seine Beine geschoben. Ihr Körper war warm und verführerisch, und ihr Atem strich sacht über Brians Wange – ein merkwürdig erregendes Gefühl.

Er hatte, das wusste er, mit Frauen genug Erfahrung, um Ramonas Leidenschaft zu wecken und sie so weit zu bringen, dass sie sich ihm hingab, ehe sie ganz wach war.

Wie schön sie war, selbst im trüben Licht des wolkenverhangenen grauen Regentags, das durch die Fenster sickerte. Ihre Wimpern waren dicht und schwarz und schienen für ihre zarten Lider zu schwer zu sein. Er wollte sie, aber nicht auf diese Weise. Beim ersten Mal sollte es anders sein. Sie seufzte im Schlaf und drängte sich noch näher an ihn. Seine Haut prickelte vor Verlangen. Vorsichtig rutschte er von Ramona fort und stand auf.

In der Küche setzte er Kaffeewasser auf. Ein Blick auf seine Armbanduhr sagte ihm, dass sie bald landen würden. Er hatte Hunger und dachte sehnsüchtig an ein gutes Essen. Da die Fahrt vom Flughafen zu seinem Haus in Cornwall ziemlich lange dauern würde, müssten sie unterwegs einkehren. Er kannte auch einen hübschen kleinen Landgasthof an der Straße, in dem man gut aß. Außerdem gab es dort einen Kaffee, der wesentlich besser war als der Pulverkaffee, den er hier braute.

Als er hörte, dass Ramona sich bewegte, trat er in die Tür und beobachtete sie beim Aufwachen. Sie seufzte, rollte sich herum, und ihre Hand tastete nach dem Kissen, das nicht da war. Schließlich öffnete sie langsam die Augen. Brian beobachtete ihre Miene, während sie den Blick durch den Raum schweifen ließ.

Zuerst drückte sie Gleichgültigkeit, dann Verwirrung und schließlich schlafbefangenes Begreifen aus.

„Guten Morgen", sagte er, und sie wandte ihm, ohne den Kopf zu bewegen, die Augen zu. Er lachte sie an, und sein Morgengruß hatte unleugbar fröhlich geklungen. Beneidenswert! Ramona hatte mächtigen Respekt vor Leuten, die nach dem Aufwachen sofort munter und frisch waren.

„Kaffee", verlangte sie, und dann fielen ihr die Augen wieder zu.

„Kommt sofort!" Auf dem Kocher begann der Kessel zu pfeifen. „Wie hast du geschlafen?"

Sie fuhr sich mit beiden Händen durch das Haar und machte den mutigen Versuch, sich aufzusetzen. Verschlafen blinzelte sie in das graue Licht und presste einen Moment die Finger an die Augen. „Das weiß ich noch nicht", antwortete sie undeutlich hinter ihren Händen. „Frag mich später."

Brian verschwand in der Küche. Ramona zog die Knie hoch und stützte das Kinn darauf. Sie hörte, dass Brian mit ihr redete, fröhliche, bedeutungslose Dinge sagte, doch ihr Geist war noch nicht empfangsbereit. Sie versuchte nicht einmal zuzuhören oder zu antworten.

„Hier, mein Schatz." Ramona hob vorsichtig den Kopf. Brian stand vor ihr und reichte ihr einen Becher. „Trink einen Schluck, dann geht es dir gleich besser." Sie murmelte ein Dankeschön. Er setzte sich neben sie. „Ich habe einen Bruder, der nach dem Aufwachen jedem den Kopf abbeißen möchte. Das liegt am Kreislauf, glaube ich."

Ramona gab einen unverbindlichen Laut von sich und begann vorsichtig schluckweise zu trinken. Der Kaffee war heiß und stark. Eine Weile blieb es still zwischen ihnen. Als Ramona ihren Becher halb geleert hatte, sah sie auf und brachte ein zerknirschtes Lächeln zustande.

„Tut mir leid, Brian. Ich bin nach dem Aufwachen nun mal nicht in Höchstform." Sie legte den Kopf schief, um auf seine Armbanduhr sehen zu können. „Wahrscheinlich ist es ganz unwichtig, wie spät es eigentlich ist", erklärte sie und widmete sich wieder dem Kaffee. „Ich werde ohnehin ein paar Tage brauchen, bis ich mich an die Zeitverschiebung gewöhne."

„Ein gutes Essen bringt dich schon wieder auf die Beine", erwiderte er und trank ebenfalls langsam seinen Kaffee. „Ich habe irgendwo gelesen, dass man die Umstellung leichter überwindet, wenn man Hefe isst und zum Joggen geht. Aber ich setze auf einen guten Lunch."

„Hefe?" Ramona schnitt eine Grimasse. „Ich halte Schlaf für die beste Kur, viel, viel Schlaf." Allmählich lösten sich die Nebel in ihrem Kopf, und sie schüttelte das Haar zurück. „Ich schätze, wir landen bald. Oder irre ich mich?"

„In einer knappen Stunde, denke ich."

„Gut. Je weniger Zeit ich wach in einem Flugzeug verbringe, desto weniger Zeit habe ich auch, daran zu denken, dass ich fliege. Ich habe geschlafen wie ein Stein." Wie eine Katze reckte und streckte sie sich, hob gleichzeitig die Schultern und ließ sie wieder fallen. „Ich war keine sehr amüsante Gesellschaft für dich, nicht wahr?" Ihr Kreislauf kam langsam in Schwung.

„Du warst müde."

„Ich muss ganz plötzlich weg gewesen sein, als hätte jemand mich ausgeknipst wie eine Lampe", gab sie zu. „Das passiert mir manchmal nach einem Konzert. Aber ich glaube, die Ruhe hat uns beiden gutgetan. Wo hast du geschlafen?"

„Bei dir."

Ramona verschlug es zunächst die Sprache. Erst nach einer Weile flüsterte sie: „Was?"

„Ich habe gesagt, dass ich mit dir auf der Couch geschlafen habe." Er machte eine unbestimmte Handbewegung. „Du kuschelst gern."

Sie merkte, dass er ihre Bestürzung und ihren Schreck belustigend fand. Seine Augen funkelten tiefblau. „Du hattest kein Recht …", begann sie hitzig.

„Ich wollte immer der erste Mann sein, mit dem du schläfst", erklärte er ihr, bevor er den Kaffeebecher leerte. „Willst du noch eine Tasse?"

Ramona sprang wütend auf, doch es gelang Brian, ihr den Porzellanbecher aus der Hand zu reißen, bevor sie ihn an die Wand schleudern konnte. Einen Augenblick stand sie reglos und schwer atmend da und beobachtete ihn.

Er begegnete ihrem Blick gelassen und abschätzend.

„Bilde dir ja nichts ein!", fauchte sie. „Woher willst du wissen, mit wie vielen Männern ich schon geschlafen habe?"

Sehr sorgfältig setzte er die beiden Kaffeebecher ab und sah Ramona dann wieder an. „Du bist noch genauso unschuldig wie am Tag deiner Geburt", sagte er. „Bisher hast du dich doch von einem Mann kaum anfassen lassen. Davon, dass du mit einem geschlafen hast, kann gar nicht die Rede sein."

Jetzt ging ihr Temperament mit ihr durch. „Du hast keine Ahnung, mit wem ich in den vergangenen fünf Jahren zusammen war, Brian", sagte sie heftig. „Es geht dich überhaupt nichts an, mit wie vielen Männern ich geschlafen habe."

Er zog eine Braue hoch und musterte Ramona nachdenklich. „Unschuld ist nichts, wofür man sich schämen müsste, Schatz", sagte er.

„Ich schäme mich nicht." Sie unterbrach sich, ballte die Fäuste. „Du hattest kein Recht …" Sie schluckte und schüttelte zornig und verlegen zugleich den Kopf. „… während ich schlief", schloss sie dann unzusammenhängend.

„Was habe ich denn getan, während du schliefst?", fragte Brian und lehnte sich auf dem Sofa bequem zurück. „Dich … entehrt?" Das altmodische Wort sagte ihr, dass er ihre Auseinandersetzung mit Humor nahm, und sie hatte das Gefühl, sich lächerlich zu machen. „Ich glaube nicht, dass du das verschlafen hättest, Ramona."

Ihre Stimme bebte vor Erregung. „Mach dich nicht lustig über mich, Brian!"

„Dann benimm dich nicht wie eine Närrin." Er nahm eine Zigarette aus der Packung, zündete sie aber nicht an, sondern klopfte mit dem Zigarettenende leicht auf die Tischplatte. Er sah Ramona fest an, und in seinen Augen war jetzt keine Spur von Belustigung mehr. „Ich hätte dich haben können, wenn ich gewollt hätte, täusch dich ja nicht!"

„Deine Unverschämtheit kennt wohl keine Grenzen, Brian", antwortete sie böse. „Denk bitte daran, dass mein Liebesleben dich nichts angeht. Und du hättest mich ganz bestimmt nicht haben können, weil ich dich nämlich nicht will. Ich suche mir meine Liebhaber immer noch selbst aus."

Sie hatte nicht gewusst, dass er sich so schnell bewegen konnte. Eben hatte er sich noch lässig auf dem Sofa gerekelt, im nächsten Moment fuhr er wie ein Blitz in die Höhe, packte ihr Handgelenk und riss sie mit einer einzigen raschen Bewegung herum, sodass sie zu Fall kam und auf dem Rücken liegend auf dem Sofa landete. Dann warf er sich über sie und hielt sie mit dem Gewicht seines Körpers fest, sodass sogar ihr empörter Aufschrei erstickt wurde.

Noch nie hatte Ramona ihn so zornig erlebt – weder damals noch seit sie sich wiedergesehen hatten. Er machte ihr Angst. Sie konnte nur den Kopf schütteln, zu entsetzt, um sich zu wehren, zu erschrocken, um sich zu bewegen. Sie hatte nie vermutet, dass er gewalttätig werden könnte, doch was sich jetzt auf seinem Gesicht abzeichnete, war reine Gewalttätigkeit.

Das war etwas ganz anderes als der kalte Zorn, den sie früher an ihm erlebt hatte und mit dem sie ohne Schwierigkeiten fertig wurde. Seine Finger umklammerten ihr Handgelenk, und mit der anderen Hand umspannte er ihren Hals.

„Was glaubst du, wie weit du's noch treiben kannst?" Seine Stimme klang tief und rau, und der irische Akzent trat stärker hervor. Ramona lag ganz still und antwortete nicht. „Hör gefälligst auf, vor mir mit den Scharen deiner eingebildeten Liebhaber zu paradieren, ja! Wenn du's nämlich so weitertreibst, hast du schneller einen echten, als du dir vorstellen kannst. Ob du es nun willst oder nicht." Seine Augen funkelten vor Zorn. „Wenn die Zeit gekommen ist, werde ich dich weder mit Champagner betrunken machen noch darauf warten müssen, bis du vor Erschöpfung fast umfällst. Ich könnte dich jetzt gleich haben, und ich wette, du würdest dich vorher höchstens fünf Minuten wehren. Dann wärst du nämlich mehr als bereit." Seine Stimme wurde leiser. „Du bist ein Instrument, das ich meisterhaft beherrsche, Ramona, vergiss das ja nicht!"

Fluchend löste er sich von ihr und stand auf. Er sah sie starr an, wandte sich dann schroff ab und trat an ein Fenster.

Ramona blieb liegen und merkte nicht, dass sie sich das Handgelenk massierte, das noch von seinem schraubstockartigen Griff schmerzte.

Er fuhr sich mit der Hand durch das Haar. „Ich habe mich heute Nacht zu dir gelegt, weil ich dir nahe sein wollte", sagte er nach einem tiefen, befreienden Atemzug. „Mehr war es nicht. Ich habe dich nicht angerührt. Es war alles sehr unschuldig und … sehr süß." Er ballte die Hand zur Faust, weil er sich erinnerte, wie ihr Puls unter seinen Fingern geflattert hatte, als er ihren Hals umspannte. Zu wissen, dass er sie erschreckt hatte, war kein angenehmes Gefühl für ihn. „Ich wäre nie auf den Gedanken gekommen, dass ich dich damit so beleidigen könnte. Ich entschuldige mich."

Ramona stiegen Tränen in die Augen, und sie bedeckte sie mit den Händen. Sie unterdrückte ihr Schluchzen, wollte nicht, dass Brian es hörte. Wie albern sie sich benommen hatte. Brians einfache liebevolle Geste hatte sie belohnt, indem sie ihn mit Worten zu schlagen versuchte. Sie hatte es aus Verlegenheit getan, aber mehr noch – das wusste sie –, weil ihr eigenes unterdrücktes Verlangen nach ihm sie zu Zorn und gehässigen Worten angestachelt hatte.

Sie hatte ihn provozieren wollen, und es war ihr gelungen. Ihr war aber auch klar geworden, dass sie ihn verletzt hatte. Entschlossen stand sie auf, um wiedergutzumachen, was sie angerichtet hatte.

Obwohl sie zu ihm ging und dicht hinter ihm stehen blieb, berührte sie ihn nicht, denn sie ertrug den Gedanken nicht, dass er zurückweichen könnte.

„Es tut mir so leid, Brian." Sie versuchte, ihrer Stimme Festigkeit zu geben. „Das war dumm von mir … nein, schlimmer, es war gemein. Ich schäme mich schrecklich, weil ich mich so benommen habe, aber ich wollte dich ärgern. Aus Verlegenheit, denke ich, und weil …" Sie fand nicht die richtigen Worte, als sie ihm beschreiben wollte, was sie empfunden hatte. Sogar jetzt noch fühlte sie Wärme und Zärtlichkeit, wenn sie daran dachte, dass sie neben ihm gelegen und die Intimität des Schlafs mit ihm geteilt hatte.

Sie hörte ihn leise fluchen, dann rieb er sich mit den Fingerspitzen den Nacken. „Ich habe dich gereizt."

„Das ist dir ausgezeichnet gelungen." Ramona schlug bewusst einen leichten Ton an, um zu überspielen, was zwischen ihnen geschehen war. „Du kannst es viel besser als ich. Wenn ich zornig bin, überlege ich nie, was ich sage."

„Offenbar tu ich das ebenso wenig. Hör zu, Ramona …" Brian drehte sich um und sah sie an. In ihren Augen schimmerten Tränen. Er sprach nicht aus, was er hatte sagen wollen, sondern ging schweigend zum Tisch und holte sich eine Zigarette. Nachdem er sie angezündet hatte, wandte er sich wieder Ramona zu. „Es tut mir leid, dass ich die Beherrschung verloren habe. Das passiert mir oft, denn ich habe ein sehr hässliches Temperament. Du triffst aber auch ganz gut ins Schwarze. Es hat mich an unser letztes Zusammensein vor fünf Jahren erinnert."

Ramona fühlte, wie sich ihr Magen zusammenkrampfte. „Ich glaube, daran sollten wir lieber beide nicht mehr denken."

„Das sollten wir nicht." Er nickte bedächtig. Sein Blick war wieder ruhig und nachdenklich. Ramona wusste, dass er versuchte, ihre Gedanken zu erraten. „Nicht jetzt jedenfalls. Wir sollten uns um das Heute kümmern und zusehen, dass wir damit zurechtkommen." Er lächelte, und Ramona merkte, wie sie sich entspannte. „Es scheint, dass wir's einfach nicht abwarten konnten, uns zu streiten."

„Kommt mir auch so vor." Sie erwiderte sein Lächeln. „Aber ich war schon immer ein ungeduldiger Mensch." Sie ging auf ihn zu, stellte sich auf die Zehenspitzen und küsste ihn leicht auf die Lippen. „Es tut mir wirklich leid, Brian."

„Du hast dich schon entschuldigt."

„Ja, das habe ich, und deshalb bist das nächste Mal du an der Reihe, einen Kniefall zu machen."

Brian zog sie leicht an den Haaren. „Jetzt mache ich uns noch eine Tasse Kaffee. Ich glaube, dazu ist gerade noch Zeit genug, bevor wir uns wieder anschnallen müssen."

Als er in der Küche verschwunden war, blieb Ramona einen Moment wie festgewurzelt stehen. Das letzte Mal, dachte sie, vor fünf Jahren …

Sie erinnerte sich noch sehr genau daran: an jedes Wort, an jede Wunde, die sie sich gegenseitig schlugen. Und sie erinnerte sich auch, dass am Ende ihre Schuld die größere gewesen war.

Damals waren sie allein gewesen. Er hatte sie gewollt und sie ihn. Und dann war alles schiefgegangen. Fast hysterisch hatte sie ihn angeschrien. Er war geduldig gewesen, doch dann war ihm der Geduldsfaden gerissen, wenn auch nicht so wie heute. Brian war schrecklich kalt geworden. Eiskalt. Wenn sie seine beiden Reaktionen verglich, musste sie zugeben, dass sie den Zorn und die Gewalttätigkeiten der eisigen Verachtung vorzog.

Es fiel ihr nicht schwer, die Szene wieder heraufzubeschwören. Sie hatten sich in den Armen gehalten, und Begehren war in ihr aufgestiegen, war zur offenen Flamme geworden, in der sie zu verbrennen drohte. Und plötzlich hatte sie ihn angeschrien, er solle sie loslassen, solle sie ja nicht anfassen. Sie hatte ihm gesagt, sie ertrüge es nicht, von ihm berührt zu werden. Brian hatte sie beim Wort genommen und war gegangen. Nur allzu deutlich erinnerte sich Ramona an ihre

Verzweiflung, ihre Reue und Verwirrung, die nur von einem Gefühl übertroffen worden waren – ihrer Liebe zu ihm.

Aber als sie am nächsten Morgen zu ihm gegangen war, hatte er sein Hotelzimmer schon aufgegeben und Kalifornien verlassen. Sie verlassen – ohne ein Wort. Und fünf Jahre lang hatte sie kein Wort von ihm gehört.

Kein Wort, dachte sie. Ich war einzig und allein auf die Klatschspalten der Illustrierten angewiesen. Sie alle und sogar die Tagespresse beschäftigten sich ausführlich mit ihm. Kein Wort. Nur das, was man sich auf den Partys hinter vorgehaltener Hand zuflüsterte. Oder in den Restaurants, sobald sie sich zeigte. Kein Wort. Abgesehen von den unaufhörlichen Fragen, den endlosen Spekulationen in der Presse, die immer nur ein Thema zum Inhalt hatten: Warum hatte Brian Carstairs auf einmal angefangen, Frauen wie Trophäen zu sammeln?

Ramona hatte sich gezwungen, nicht mehr an ihn zu denken, ihn aus ihren Gedanken völlig zu verdrängen. Ihre Arbeit, ihr Talent und ihre Musik hatten die riesige Lücke gefüllt, die er in ihrem Leben hinterlassen hatte. Sie hatte sich selbst gefestigt und die Kontrolle über sich zurückgewonnen. So ist es am besten, hatte sie sich gesagt, alles andere ist zu gefährlich. Und, dachte sie jetzt, zur Küchentür hinüberblickend, es kann noch immer gefährlich sein. Er war noch immer gefährlich.

Doch dann schüttelte sie heftig den Kopf. Brian hatte recht. Es war an der Zeit, sich auf das Heute zu konzentrieren. Sie mussten arbeiten, mussten gemeinsam ein Musical schreiben. Tief Atem holend ging sie in die Küche, um ihm beim Kaffeekochen zu helfen.

9. KAPITEL

*R*amona verliebte sich auf der Stelle in die ursprüngliche Landschaft von Cornwall. Es schien ihr die perfekte Kulisse für den sagenhaften König Artus und seine Ritter. Es war leicht, sich das Klirren der Schwerter, das Schimmern der Rüstungen und den donnernden Galopp schneller Pferde vorzustellen.

In den Hochmooren erwachte der Frühling, zeigte sich das erste Grün. Hier und da sah man hauchzart das Rosa wilder Blüten über dem braunen Boden. Ein feiner leichter Nieselregen erhöhte noch die romantische Atmosphäre. An den Straßen standen kleine, oft windschiefe Häuschen, deren Vorgärten allmählich bunt zu werden begannen. Die Rasenflächen zeigten spärliches helles Grün. Dann wieder entdeckte Ramona ganze Teppiche gelber Narzissen und blauer Waldhyazinthen. Brian fuhr nach Süden, schlug die Richtung zum Meer, zu den Klippen und nach Land's End ein.

Sie hatten in einem Landgasthof gegessen und waren dann wieder in den kleinen Wagen gestiegen, den Brian gemietet und der für sie am Flughafen bereitgestanden hatte.

„Wie ist dein Haus eigentlich, Brian?", fragte Ramona, während sie in ihrer Reisetasche nach einem Tuch suchte, mit dem sie sich das Haar zurückbinden konnte. „Du hast mir noch gar nichts davon erzählt."

Er warf einen Blick auf ihren gesenkten Kopf. „Ich möchte, dass du dir selbst ein Urteil bildest, wenn du es siehst. Wir sind bald da."

Ein Tuch fand Ramona zwar nicht, dafür aber zwei Gummiringe von verschiedener Größe und verschiedener Farbe. „Tust du geheimnisvoll, oder ist das deine Art, mich darauf vorzubereiten, dass das Dach leck ist?"

„Das ist durchaus möglich", gab Brian zu. „Obwohl ich mich nicht erinnern kann, nass geworden zu sein. Die Pengalleys würden es reparieren. Sie sind in diesen Dingen recht tüchtig."

„Die Pengalleys?" Ramona begann das Haar zu einem dicken Zopf zu flechten.

„Meine Hausmeister", erklärte er ihr. „Ungefähr eine Meile von meinem Haus entfernt haben sie ein Cottage. Sie halten meinen Besitz in Ordnung, wenn ich nicht hier bin, und wenn ich hier bin, arbeitet sie als Haushälterin bei mir. Er führt alle Reparaturen aus."

„Pengalley", sagte sie vor sich hin und ließ den Namen über die Zunge rollen.

„Eine alteingesessene Familie", fügte Brian zerstreut hinzu.

„Ich kann sie mir vorstellen." Ramona wandte sich ihm lächelnd zu. „Sie ist klein und untersetzt, hat das dunkle Haar straff zurückgekämmt und trägt immer eine unerschütterliche, aber ein bisschen mürrische Miene zur Schau. Er ist mager, wird langsam grau und nimmt gern einen Schluck aus dem Flachmann, wenn er glaubt, dass sie nicht hinsieht."

Brian warf ihr einen raschen Blick zu. „Sehr schlau. Wie hast du das nur erraten?"

„Die beiden können gar nicht anders aussehen." Ramona war mit dem ersten Zopf fertig und begann den zweiten zu flechten. „Ich meine, sie können nicht anders aussehen, wenn in den historischen Romanen aus Cornwall, die ich gelesen habe, auch nur ein Fünkchen Wahrheit enthalten ist. Gibt es Nachbarn?"

„Nicht in der Nähe. Deshalb habe ich das Haus ja gekauft."

„Bist du menschenfeindlich eingestellt?"

„Nein, es ist reiner Selbsterhaltungstrieb. Manchmal muss ich einfach raus aus allem, sonst werde ich verrückt. Dann fahre ich hierher, ziehe meine Rüstung an und genieße das einfache Leben, sammle neue Kräfte." Er fühlte, dass sie ihn nachdenklich ansah, und lachte. „Ich habe dir doch gesagt, ich bin sanfter geworden."

„Ja, das bist du." Ramona schlang den Gummiring um den zweiten Zopf. „Und trotzdem hast du eine Menge geleistet. Die vielen Alben, die du herausgebracht hast, zum Beispiel das Doppelalbum im vergangenen Jahr. Und bis auf fünf hast du alle Lieder selbst geschrieben und getextet. Und die Lieder, die du für Cal Ripley komponiert hast! Sie sind auf seiner neuen LP bei Weitem die besten."

„Findest du das wirklich?", fragte er.

„Du weißt es selbst sehr genau", sagte sie und ließ den Gummiring zurückschnellen.

„Ich schreibe die meisten Sachen hier", sagte Brian. „Oder in meinem Haus in Irland. Nein, doch eigentlich hier, weil dort auf der anderen Seite des Kanals meine Familie wohnt, die ich häufig besuche."

Ramona warf ihm einen neugierigen Blick zu. „Ich dachte, dass du noch in London lebst."

„Hauptsächlich, ja. Aber wenn ich ernsthaft arbeiten oder einfach allein sein will, komme ich her. Ich habe nämlich auch in London Familie."

„Ach so." Ramona wandte den Blick ab und sah hinaus in die neblige Landschaft. „Ich nehme an, große Familien haben ihre Nachteile."

Etwas in ihrem Tonfall zwang ihn, wieder zu ihr zu sehen, doch sie hatte das Gesicht abgewandt. Er sagte nichts, denn er wusste aus Erfahrung, dass er Ramonas Familie nicht erwähnen durfte. Früher hatte er hin und wieder gefragt, hatte wissen wollen, ob ihre Eltern noch lebten, ob sie Geschwister hatte – das Übliche eben. Aber sie war ihm immer ausgewichen. Er erfuhr nur, dass sie mit siebzehn von zu Hause weggegangen war und keine Geschwister hatte. Aus reiner Neugier hatte Brian sich an Julie gewandt, denn er war überzeugt, dass sie alles wusste, was es über Ramona zu wissen gab. Doch auch sie hatte ihm nichts gesagt. Es war ein weiteres Geheimnis um Ramona, das Brian abwechselnd frustrierend und anziehend fand.

„Uns werden jedenfalls weder Verwandte noch Nachbarn stören", setzte Brian nach einer kleinen Pause das Gespräch fort. „Mrs Pengalley hat berechtigterweise ein gesundes Misstrauen gegen Leute aus dem Showgeschäft und wird entsprechend Abstand halten."

„Sie misstraut den Leuten aus dem Showgeschäft?", wiederholte Ramona, drehte sich zu ihm herum und lachte ihn an. „Hast du wieder Orgien veranstaltet, lieber Brian?"

„Nicht in den letzten drei Monaten", versicherte er ihr und bog in eine Seitenstraße ein. „Ich bin nicht nur sanfter, sondern auch ruhiger geworden, und außerdem war ich nicht hier. Aber sie weiß über Schauspieler und Künstler Bescheid, denn wie Mr Pengalley mir sagte, verschlingt sie alles an Lesestoff, was sie über unsere Zunft in die Hände bekommt. Und was Musiker anbelangt, Rockmusiker zumal, nun ja …" Er ließ den Satz bedeutungsschwer ausklingen, ohne ihn zu beenden, und Ramona lachte leise.

„Von uns wird sie bestimmt das Schlimmste denken", sagte sie fröhlich.

„Das Schlimmste?" Brian zog fragend eine Braue hoch.

„Dass uns beide eine heiße, verbotene Affäre verbindet."

„Ist das für dich das Schlimmste? Für mich klingt es eher verlockend."

Ramona blickte auf ihre Hände hinunter. „Du weißt, was ich meine."

Brian nahm ihre Hand und küsste sie leicht. „Ich weiß, was du meinst." Sein heiterer Tonfall erlöste sie aus ihrer Verlegenheit. „Wirst du sehr darunter leiden, dass man dich für ein ‚gefallenes Mädchen' hält?"

„Dafür hält man mich schon seit Jahren", erwiderte sie lächelnd. „In jeder Illustrierten, die ich in die Hand nehme, steht es. Hast du eine Ahnung, wie viele Affären ich mit Männern hatte, mit denen ich noch nie ein Wort gewechselt habe?"

„Von Berühmtheiten verlangt man einfach, dass sie ein überaktives Liebesleben haben. Das gehört nun mal zu unserem Handwerk."

„Eure Presse tut dem deinen alle Ehre an", sagte sie trocken.

Brian nickte ernst. „Das finde ich auch. Im vorigen Jahr hat man in London sogar Wetten darüber abgeschlossen, wie viele Frauen ich in einem Zeitraum von drei Monaten haben würde. Meine Landsleute finden immer einen Grund zum Wetten."

Einen Augenblick blieb es still zwischen ihnen, dann fragte Ramona: „Und welche Zahl hast du ihnen schließlich genannt?"

„Siebenundzwanzig." Er lachte durchtrieben. „Ich hielt es für das Beste, konservativ zu sein."

Ramona musste lachen. Sie hatte fast vergessen, wie amüsant er sein konnte. Und bestimmt machten solche Storys, die sich um seine Person rankten, ihm auch noch großen Spaß. Er hatte noch genug von dem frechen Gassenjungen in sich, der er gewesen war.

Brian lenkte den Wagen auf eine geschotterte Zufahrt, und Ramona entdeckte das Haus. Es war drei Stockwerke hoch, aus nüchternem grauen Stein erbaut, mit verwitterten dunkelgrünen Fensterläden und einer Reihe gedrungener Schornsteine auf dem Dach. Dünne Rauchwölkchen stiegen daraus auf und verschmolzen schließlich mit dem bleifarbenen Himmel.

„Also, das sieht dir ähnlich, Brian!", rief Ramona entzückt. „Ich meine, es sieht dir ähnlich, ein solches Haus zu finden."

Bevor er antworten konnte, war sie schon aus dem Wagen gesprungen. Und im nächsten Moment entdeckte sie, dass hinter dem Haus das Meer lag. Als sie nach links auf die Umfriedungsmauer zulief, stellte sie fest, dass die Klippe nah am Haus senkrecht ins Meer stürzte.

Durch eine hüfthohe Mauer abgesichert, konnte Ramona auf das tief unter ihr gegen spitze und zackige Felsen anrennende und schäumende Wasser sehen. Der Anblick war erschreckend und erregend zugleich. Die See tobte dort unten mit Urgewalt, und Ramona blieb ungeachtet des kalten Nieselregens fasziniert stehen, um das unglaubliche Schauspiel zu beobachten.

„Es ist fantastisch! Einfach fantastisch!" Sie drehte sich um, hob den Kopf und betrachtete wieder das Haus. Kletterrosen und Geißblatt rankten sich üppig an den grauen Steinen empor. Sie grünten schon, hatten aber noch keine Knospen angesetzt. Ramona glaubte indessen in der Luft schon einen Hauch ihres Duftes zu spüren. Im an das Haus grenzenden Steingarten lugten zwischen den zarten grünen Schösslingen schon ab und zu Blütenknospen hervor.

„Möglicherweise wirst du das Innere des Hauses genauso fantastisch finden", sagte Brian lachend, als Ramona ihm das regennasse Gesicht zuwandte. „Aber vor allem trocken."

„Sei doch nicht so unromantisch, Brian!" Wieder betrachtete sie hingerissen das Haus. „Es scheint aus Emily Brontës Roman ‚Sturmhöhe' zu stammen."

Er nahm sie bei der Hand. „Unromantisch oder nicht, liebe Freundin, ich sehne mich nach einem heißen Bad und nach Tee."

„Das scheint mir ein annehmbares Programm zu sein", meinte Ramona, blieb aber, als er sie zur Haustür zog, immer wieder zurück und sah sich um. Die wilden, schroffen Felsklippen beeindruckten sie genauso stark wie das Haus, und sie konnte sich an ihnen nicht sattsehen. „Gibt es Hafermehlkekse zum Tee?", fragte sie. „Ich esse sie leidenschaftlich gern – seit meiner letzten England-Tournee vor zwei Jahren. Hafermehlkekse und dicker Rahm … klingt zwar schrecklich, schmeckt aber köstlich."

„Das wirst du mit Mrs Pengalley besprechen müssen", sagte Brian und legte die Hand auf den Türknauf. Im selben Moment wurde die Tür von innen geöffnet.

Mrs Pengalley sah genauso aus, wie Ramona sie im Scherz beschrieben hatte. Sie war wirklich eine kräftig gebaute Frau mit straff nach hinten gekämmtem Haar und einem Nackenknoten. Ihre dunklen Augen umfassten mit einem Blick Ramonas Zöpfe und die feuchte Kleidung. Dann wandte sie sich Brian zu.

„Guten Tag, Mr Carstairs", sagte sie in ihrem weichen Tonfall. „Sie müssen ja sehr schnell gefahren sein, dass Sie schon hier sind."

„Hallo, Mrs Pengalley! Wie schön, Sie wiederzusehen. Das ist Miss Williams, die bei uns wohnen wird."

„Das Zimmer ist bereit, Sir. Guten Tag, Miss Williams."

„Guten Tag, Mrs Pengalley", sagte Ramona ein wenig eingeschüchtert. Diese Mrs Pengalley war ganz gewiss eine jener Frauen, von denen man sagte, sie seien „zum Fürchten". „Ich hoffe, ich habe Ihnen nicht allzu viel Mühe gemacht."

„Es war nicht viel zu tun." Mrs Pengalley wandte sich wieder Brian zu. „Die Feuer brennen überall, und die Speisekammer ist voll, wie Sie es uns aufgetragen hatten, Sir. Für heute Abend habe ich Ihnen einen Schmorbraten vorbereitet. Er steht im Herd, Sie brauchen ihn nur aufzuwärmen, wenn Sie Hunger bekommen. Mein Mann hat Ihnen einen ausreichenden Vorrat an Feuerholz hereingeholt. Die Nächte sind kühl, und wir haben sehr feuchte Luft zurzeit. Mein Mann bringt gleich Ihr Gepäck herein. Wir haben den Wagen gehört."

„Vielen Dank." Brian sah zu Ramona hinüber, die schon im Zimmer umherwanderte. „Wir brauchen beide ein heißes Bad und Tee, dann können wir uns allein weiterhelfen. Hast du einen besonderen Wunsch, Ramona?"

Sie drehte sich um, als sie ihren Namen hörte, hatte aber nicht auf die Unterhaltung zwischen Brian und Mrs Pengalley geachtet. „Tut mir leid. Was hast du gesagt?"

Er lächelte ihr zu. „Ich habe gefragt, ob du einen besonderen Wunsch hast. Wenn nicht, geht Mrs Pengalley jetzt nämlich in die Küche, um Tee für uns zu kochen."

„Nein, ich habe keinen besonderen Wunsch", antwortete Ramona und wandte sich direkt an die Haushälterin. „Ich bin überzeugt, dass Sie alles perfekt vorbereitet haben."

Mrs Pengalley neigte leicht den Kopf, doch ihr Rücken blieb stocksteif. „Dann mache ich jetzt den Tee."

Sie marschierte aus dem Zimmer, und Ramona warf Brian einen beredten Blick zu.

Erneut vertiefte sich Ramona in die Betrachtung des Raums. Es war offensichtlich das Zimmer, in dem sie arbeiten würden. Ein Konzertflügel, der, wie sie mit ein paar schnellen Läufen feststellte, einen wunderbaren Klang hatte, stand vor zwei schmalen Fenstern. Auf den Eichendielen des Fußbodens lagen mehrere Brücken. Die Vorhänge waren aus cremefarbener Spitze und ganz offensichtlich Handarbeit. Bequeme naturfarbene Sofas und zwei wertvolle Chippendale-Tische vervollständigten die Einrichtung.

In dem großen offenen Kamin prasselte ein lebhaftes Feuer. Ramona trat näher und betrachtete die Fotos, die auf dem Sims standen.

Auf den ersten Blick schon sah sie, dass es sich um Brians Familie handelte. Ein Junge im Teenager-Alter in schwarzer Lederjacke hatte Brians Gesichtszüge, trug das dichte schwarze Haar jedoch länger. Er lachte genauso herausfordernd wie sein Bruder. Auf dem nächsten Foto war eine Frau zu sehen. Ramona schätzte sie auf fünfundzwanzig. Sie war ungewöhnlich hübsch, hatte helles Haar und schräg geschnittene seegrüne Augen. Dennoch war, trotz des Unterschieds in der Haar- und Augenfarbe, ihre Ähnlichkeit mit Brian unverkennbar, und es war nicht schwierig, sie als Brians Schwester zu identifizieren. Auf dem nächsten Foto war sie noch einmal mit einem blonden Mann und zwei kleinen Jungen zu sehen. Die beiden hatten das dunkle Haar und die übermütigen Augen der Carstairs. Mit diesen beiden hatte Brians Schwester wohl alle Hände voll zu tun.

Vor dem Bild von Brians Eltern blieb Ramona sehr lange stehen. Die hohe, schmale Gestalt hatten sie alle von ihrem Vater geerbt, doch sein helles Haar hatte er nur an eines seiner Kinder weitergegeben. Ramona schätzte, dass das Foto zwanzig oder fünfundzwanzig Jahre alt sein musste. Es war ein unnatürliches, gestelltes Bild, in dem der Mann und die Frau in ihrem besten Sonntagsstaat der Mittelpunkt waren und so hölzern dastanden wie Statuen. Die Frau war dunkel und sehr hübsch. Der Mann sah ein bisschen verlegen drein, weil man ihn zwang zu posieren, aber die Frau lächelte strahlend in die Kamera. In ihren Augen funkelte Übermut, und der kecke Zug um ihren Mund fand sich verstärkt bei ihren Kindern wieder.

Es standen noch mehr Fotos da: Gruppenbilder der Familie und Schnappschüsse, auf denen auch Brian ein paar Mal zu sehen war. Die Familie Carstairs schien sehr eng miteinander verbunden zu sein.

In Ramona regte sich leichter Neid. Sie wandte sich lächelnd zu Brian um. „Was für eine hübsche Gruppe." Sie zeigte mit dem Finger hinter sich auf das Kaminsims. „Du bist der Älteste, nicht wahr? Ich glaube, ich habe es irgendwo gelesen. Die Familienähnlichkeit ist erstaunlich."

„Wir alle, außer Alison, sind nach unserer Mutter gekommen", erwiderte Brian und blickte an Ramona vorbei auf die gerahmte Familienchronik. Er fuhr sich mit der Hand durch das feuchte Haar und kam auf Ramona zu. „Ich bringe dich jetzt in dein Zimmer hinauf, Schatz, damit du auspacken und dich einrichten kannst. Die große Hausbesichtigung kann warten." Er legte den Arm um sie. „Ich bin froh, dass du hier bist, Ramona. Bisher habe ich dich noch nie zwischen Dingen gesehen, die mir gehören. Und Hotelzimmer, gleichgültig, wie luxuriös sie sein mögen, sind nie ein Zuhause."

Als sie sich später im angenehm warmen Wasser rekelte, dachte Ramona über Brians Worte nach. Es gehörte zu ihrem Beruf, dass man viele Nächte in Hotelzimmern verbringen musste. Und wenn es auch, ihrem Status entsprechend, Luxussuiten waren, es blieben Hotelzimmer. Ein Zuhause war den Zeiten zwischen den Konzerten und Gastauftritten vorbehalten, und für sie hatte es mit den Jahren eine immer größere Bedeutung gewonnen. Je berühmter sie wurde, je höher sie stieg, desto wichtiger war für sie eine feste Basis. Und ihr wurde klar, dass es Brian genauso ging.

Sie waren beide ein paar Wochen lang ständig unterwegs gewesen und hatten aus dem Koffer gelebt. Er war jetzt zu Hause, und Ramona fühlte, dass auch sie hier zu Hause sein würde.

Obwohl das Haus alt und riesengroß war, konnte man sich darin geborgen fühlen. Vielleicht, dachte sie, während sie sich gemächlich ein Bein einseifte, liegt es gerade am Alter und an der Größe.

Tradition bedeutete ihr viel, da sie in ihrem Leben völlig fehlte, und sie liebte es auch, viel Raum um sich zu haben, da sie als Kind und sehr junges Mädchen immer so beengt leben musste.

Ramona hatte sich dem Haus sofort irgendwie verbunden gefühlt. Sie liebte das gedämpfte Brausen der Brandung und die atemberaubend schöne Aussicht vor ihren Fenstern. Ihr gefielen die altmodische Emaillebadewanne mit den geschwungenen Füßen und der ovale Spiegel im Mahagonirahmen über dem winzigen Waschbecken, das auf einem Waschtisch stand.

Ramona stand in der Badewanne auf und griff nach dem Badelaken, das über einer Heizstange hing.

Nachdem sie sich trocken gerieben hatte, wickelte sie sich in das große gelbbraune Frotteetuch. Während sie in ihr Schlafzimmer zurückging, begann sie zerstreut die beiden Zöpfe zu lösen, die sie während des Badens hochgesteckt hatte.

Ihr Gepäck stand neben einer alten Metalltruhe, doch Ramona hatte keine Lust, jetzt auszupacken. Sie ging zu der Fensterbank an der Südseite des Zimmers und kniete sich auf den gepolsterten Sitz.

Unter ihr schlug die vom Wind gepeitschte See an die Felsen. Es gab ein lang gezogenes, saugendes Geräusch, bevor sie auf den Strandkies und die Klippen prallte. Die Wellen waren bis auf die weißen Schaumkronen, die sie sich aufsetzten, grau wie der Himmel. Es regnete noch immer leicht, kleine Tropfen setzten sich auf die Fensterscheiben und rutschten träge daran herunter.

Ramona legte die Arme auf das breite Fenstersims, stützte das Kinn in die Hände und verlor sich in der träumerischen Betrachtung des Schauspiels unter ihr.

„Ramona!"

Sie hörte Brians Ruf und sein Klopfen und erwiderte zerstreut: „Ja, komm herein."

„Ich dachte, dass du vielleicht so weit bist, um mit mir hinunter-
zugehen", sagte er.

„Ja, ja, nur noch einen Augenblick. Das ist eine wirklich fantastische Aussicht. Komm, schau sie dir an! Geht dein Zimmer auch aufs
Meer hinaus? Ich könnte bis in alle Ewigkeit hier sitzen bleiben und
zusehen."

„Stimmt, die Aussicht ist recht reizvoll", pflichtete er ihr bei, kam
zu ihr und blieb hinter ihr stehen. Er schob die Hände in die Taschen.
„Ich wusste gar nicht, dass du das Meer so liebst."

„Oh ja, schon immer, aber ich hatte noch nie ein Zimmer, in dem
ich das Gefühl hatte, darüber hinwegzufliegen. Ich freue mich darauf,
nachts die Brandung zu hören." Sie lächelte ihm über die Schulter zu.
„Liegt das Haus, das du in Irland hast, auch an der Küste?"

„Nein, es ist eigentlich eine Farm. Ich möchte gern mit dir hinfahren." Er strich ihr mit den Fingern durch das weiche, noch ein wenig
feuchte Haar. „Es ist ein schwermütiges grünes Land und auf ganz
andere Weise ebenso anziehend wie Cornwall."

„Dort bist du am liebsten, nicht wahr? Obwohl du in der Metro-
pole London lebst und hierher kommst, um zu arbeiten, ist dir das
Haus in Irland am meisten ans Herz gewachsen."

„Wenn wir dort nicht auf Schritt und Tritt über Sweeneys und Har-
destys stolperten, wäre ich mit dir hingefahren. Alles Verwandte meiner Mutter", erklärte er ihr auf ihren fragenden Blick. „Es sind sehr
nette Leute. Falls wir mit der Arbeit gut vorankommen, können wir
vielleicht ein paar Tage Urlaub dort machen, wenn wir fertig sind."

„Oh ja, das wäre nett", sagte Ramona nach einem kurzen Zögern.

„Gut." Übermut blitzte in seinen Augen auf. „Übrigens finde ich
todschick, was du da anhast."

Verblüfft sah Ramona an sich hinunter, raffte dann das Badetuch
rasch über den Brüsten zusammen und rutschte umständlich von der
Fensterbank.

„Ich hatte ganz vergessen … mir war nicht klar …" Sie fühlte, wie
ihr das Blut heiß in die Wangen schoss. „Du hättest wirklich ein Wort
sagen können, Brian!"

„Das habe ich doch eben getan", antwortete er, und seine Blicke
wanderten zu ihren Oberschenkeln hinunter.

„Sehr komisch", erwiderte Ramona, musste aber doch lächeln.
„Warum verschwindest du nicht einfach, damit ich mich anziehen kann?"

„Musst du dich denn anziehen? Schade." Er legte die Hand auf das Badetuch, wo die beiden Enden zwischen Ramonas Brüsten verknotet waren. „Ich dachte eben, dass mir gefällt, was du da trägst." Er ließ die Hand auf den Rundungen ihrer Brüste liegen, bückte sich und küsste Ramona auf den Mund. „Du riechst gut", sagte er und ließ die Zungenspitze über die Innenseite ihrer Lippen gleiten. „Du hast immer noch Regen im Haar."

In Ramonas Kopf begann ein Dröhnen, das lauter war als die Brandung. Instinktiv erwiderte sie Brians Kuss, drängte sich an ihn und erhob sich auf die Zehenspitzen.

Obwohl sie schnell und bereitwillig reagierte, blieb sein Kuss leicht, fast nur ein Hauch, doch sie spürte sein Begehren und wusste, dass er sich eisern beherrschte.

Seine Hände tasteten unter dem Badetuch nach ihren Brustwarzen, die sich unter seinen Liebkosungen aufrichteten. Ein unbekannter süßer Schmerz durchzog ihren Körper. Sie stöhnte auf. Er hob den Kopf und wartete, bis sie die Augen aufschlug.

„Willst du mit mir schlafen, Ramona?", fragte er.

Fast willenlos vor Verlangen sah sie ihn an. Er legte die Entscheidung in ihre Hände. Sie hätte erleichtert, hätte dankbar sein sollen, doch in diesem Augenblick wäre es ihr lieber gewesen, wenn er sie einfach mitgerissen hätte. Für die Dauer eines Herzschlags wollte sie weder Wahl noch Stimme haben im Spiel der Liebe. Sie wollte einfach nur genommen werden.

„Du musst deiner ganz sicher sein", sagte er ruhig, legte ihr die Finger unter das Kinn und hob ihr Gesicht zu sich auf. „Ich habe nicht die Absicht, es dir leicht zu machen." Er ließ seine Hand fallen. „Ich warte unten auf dich, finde es aber trotzdem jammerschade, dass du dich umziehen musst. Du siehst im Badetuch sehr attraktiv aus."

„Brian", sagte sie, als er schon an der Tür war. Er drehte sich um und sah sie fragend an. „Und wenn ich Ja sagte?" Sie lachte ihn übermütig an, weil sie sich jetzt sicherer fühlte mit einem entsprechenden Abstand zwischen ihr und ihm. „Wäre es nicht ein bisschen peinlich gewesen, solange Mrs Pengalley noch unten ist?"

Brian lehnte sich an die Tür und sagte lässig: „Wenn du Ja sagtest, Ramona, wäre es mir verdammt egal, wer unten ist. Meinetwegen könnten es Mrs Pengalley und halb England sein."

Er ging und schloss betont leise die Tür hinter sich.

*R*amona und Brian wollten beide so schnell wie möglich mit der Arbeit beginnen. Sie taten es am Tag nach ihrer Ankunft und hatten bald eine gut funktionierende Routine entwickelt.

Brian stand früh auf und hatte meist schon ein ausgiebiges Frühstück fertig, wenn Ramona noch recht verschlafen in der Küche erschien. Nachdem sie sich mit starkem Kaffee aufgemuntert hatte, fingen sie mit ihrer „Frühschicht" an und arbeiteten bis mittags. Dann kam Mrs Pengalley, und während sie die Tageseinkäufe ins Haus brachte und die Hausarbeit erledigte, unternahmen Ramona und Brian lange Spaziergänge.

Die Tage waren mild und dufteten nach Meer und Frühling. Das Land war zerklüftet, rau sogar, der karge Boden stellenweise mit Heidekraut bedeckt, das noch nicht blühte. Die Brandung donnerte gegen hohe Granitklippen. In den Rissen und Spalten nisteten Vögel, die hier überwintert hatten. Ihre Schreie übertönten sogar das Krachen der Brecher. Vom höchsten Punkt der Klippe sah man auf das Dorf mit seinen sauberen Häuserreihen und dem weißen Kirchturm hinunter.

Am Nachmittag arbeiteten Ramona und Brian wieder. Hinter ihnen knisterte und knackte das Feuer im offenen Kamin. Nach dem Abendessen gingen sie noch einmal durch, was sie tagsüber geschafft hatten. Am Ende der Woche „stand" die Partitur in groben Umrissen, und der Titelsong war fertig.

Die Arbeit ging natürlich nicht immer reibungslos vonstatten. Ramona und Brian hatten beide zu ausgeprägte Ansichten über Musik, als dass eine Zusammenarbeit stets glattgehen konnte. Doch die Auseinandersetzungen schienen auf beide anregend zu wirken, und die endgültige Fassung gewann durch sie. Sie waren ein gutes Team.

Sie blieben Freunde. Brian machte keinen weiteren Versuch, Ramonas Geliebter zu werden. Sie ertappte ihn von Zeit zu Zeit dabei, dass er sie eindringlich ansah, und dann überkam sie ein Gefühl, das fast so stark war wie eine sinnliche körperliche Berührung, so verführerisch wie ein Kuss. Dass er sie nicht drängte, verwirrte und reizte sie mehr, als ständige Annäherungsversuche es getan hätten. Annäherungsversuchen konnte man ausweichen, man konnte sie zurückweisen. Ramona wusste, dass Brian auf ihre Entscheidung wartete. Unter der Lässigkeit, mit der sie miteinander umgingen, unter den Scherzen, den Meinungsverschiedenheiten in beruflichen Dingen zitterte eine fast unerträgliche Spannung.

Der Nachmittag war lang und ein bisschen düster. Starker Regen hielt Ramona und Brian von ihrem täglichen Spaziergang über die Klippen ab. Ihre Musik erfüllte das alte Haus mit Leben. Um die Feuchtigkeit zu vertreiben, die durch die Fenster zu sickern schien, hatten sie besonders viele Holzscheite in den Kamin geschichtet.

Ein Tablett mit Tee und Biskuits stand unbeachtet auf einem der Chippendale-Tische. Ramonas und Brians Auseinandersetzung näherte sich der zweiten Stufe.

„Wir müssen das Tempo steigern", sagte Ramona. „So geht es einfach nicht."

„Es ist eine stimmungsvolle Nummer, Ramona."

„Aber kein Grabgesang. Sie schleppt sich nur dahin. Die Leute werden eingeschlafen sein, bevor Lauren sie zu Ende gesungen hat."

„Wenn Lauren Chase singt, schläft bestimmt keiner ein", entgegnete Brian. „Diese Nummer ist purer Sex, und den versteht sie zu verkaufen."

„Ja, das tut sie, aber nicht in diesem Tempo." Ramona drehte sich auf dem Klavierschemel so herum, dass sie Brian direkt ansehen konnte. „Also: Joe ist mitten in dem Kapitel, an dem er gerade schreibt, an der Schreibmaschine eingeschlafen. Er hält sich schon selbst für ein bisschen verrückt, weil er so lebhaft von seiner Titelheldin Tessa träumt. Sie scheint ganz wirklich zu sein, und er hat sich in sie verliebt, obwohl er weiß, dass sie ein Produkt seiner Fantasie ist, eine Gestalt aus dem Roman, den er schreibt. Und diesmal träumt er sogar am helllichten Tag von ihr, und sie verspricht ihm, zu ihm zu kommen."

„Ich kenne die Handlung, Ramona", sagte Brian trocken.

Ramona kniff die Augen zusammen, beherrschte aber ihr Temperament. Sie glaubte aus seiner Stimme eine gewisse Müdigkeit herauszuhören. Ein- oder zweimal war sie nachts von seinem Klavierspiel aufgewacht. „‚Wenn die Nacht kommt' ist eine heiße Nummer, Brian. Du hast recht, sie ist purer Sex, und dein Text ist wunderbar. Trotzdem braucht der Song ein bisschen mehr Tempo."

„Er hat Tempo genug." Brian zog an seiner Zigarette und drückte sie dann aus. „Lauren Chase weiß, wie sie eine Note aussingen muss."

Ramona seufzte tief vor Enttäuschung. Unglücklicherweise hatte er in solchen Dingen meistens recht. Er hatte einen geradezu phänomenalen Instinkt für Musik. Diesmal jedoch war sie überzeugt, dass ihr Instinkt als Liedermacherin und als Frau der richtigere war. Sie wusste ganz einfach, wie das Lied gesungen werden musste, um voll zur Wirkung zu kommen. In dem Augenblick, in dem sie Brians Text gelesen hatte, hatte sie gewusst, wie man ihn vertonen musste. Sie hatte das Lied plötzlich fix und fertig im Kopf gehabt.

„Ich weiß, dass Lauren alles aus einem Song rausholt und auch mit der Choreografie zurechtkommt. Es wird aber noch besser wirken, wenn das Lied das richtige Tempo hat. Hör es dir mal an." Sie begann die Anfangstakte zu spielen. Brian zuckte mit den Schultern und stand auf.

Ramona wählte ein mittleres Tempo und sang zu ihrer eigenen Begleitung. Ihre Stimme fügte sich harmonisch ein.

Brian ging zum Fenster und schaute in den Regen hinaus. Es war das Lied einer Verführerin, voller wilder Versprechen. Ramonas Stimme schwang sich über die untermalende Begleitung hinweg, wurde sinnlicher, als man es am wenigsten erwartete, und steigerte sich in eine Leidenschaft hinein, bis alles in ihm schmerzte vor Begehren. Die Melodie, die sie geschaffen hatte, hatte etwas Unirdisches. Das schnellere Tempo ergab einen scharfen Kontrast, der viel wirkungsvoller war als die Begleitung, wie er sie sich vorgestellt hatte.

Sie endete abrupt mit einem rauen Flüstern, ohne den Song ausklingen zu lassen, dann schüttelte sie das Haar zurück und warf einen Blick über die Schulter zu ihm hinüber.

„Nun?", fragte sie mit erwartungsvollem Lächeln.

Er kehrte ihr den Rücken zu und hatte die Hände tief in die Taschen geschoben. „Ab und zu musst du ja auch recht haben", gestand er ihr zu.

Ramona lachte und drehte sich mit dem Klavierschemel herum. „Also, deine Komplimente sind wirklich umwerfend, Brian. Da bekomme ich ja richtig Herzklopfen."

„Ihre Stimme ist nicht so groß wie die deine, hat nicht denselben Umfang", sagte er, machte dann eine ungeduldige Geste mit der Hand und ging zu dem Tisch hinüber, auf dem die Teekanne stand. „Ich glaube, sie wird aus den tiefen Passagen nicht so viel herausholen wie du."

„Möglich." Ramona sah ihm zu, als er sich eine Tasse Tee einschenkte. „Aber sie weiß, wie man einen Song bringen muss, und wird das Beste daraus machen." Er stellte die Teetasse ab, ohne einen Schluck getrunken zu haben, und ging zum Kamin. Ramona beobachtete ihn besorgt. „Was ist los, Brian? Was hast du?"

Er warf noch ein Scheit auf das schon hell lodernde Feuer. „Nichts. Ich bin nur rastlos."

„Der Regen ist bedrückend." Sie stand auf und ging zum Fenster. „Mir hat er nie etwas ausgemacht. Manchmal finde ich einen trüben, schläfrigen Tag sogar wunderschön. Ich kann faul sein, ohne ein schlechtes Gewissen zu haben. Vielleicht solltest du heute mal richtig faulenzen, Brian. Du hast doch so ein herrliches Schachspiel in der Bibliothek. Ich würde gern spielen lernen. Warum bringst du's mir nicht bei?" Sie legte ihm die Hände auf die Schultern, fühlte, wie verspannt sie waren, und begann zerstreut zu massieren. „Das könnte natürlich harte Arbeit sein. Julie hat es aufgegeben, mit mir Backgammon zu spielen. Sie sagt, ich habe kein Talent für Strategie."

Ramona brach ab, als Brian sich schroff herumdrehte und ihre Hände von seinen Schultern nahm. Wortlos ging er zur Hausbar, holte eine Flasche Bourbon heraus, schenkte sich drei Fingerbreit ein und leerte das Glas auf einen Zug.

„Ich glaube nicht, dass ich heute Nachmittag die Geduld für Spiele aufbringe", sagte er schroff, während er sich den zweiten Drink einschenkte.

„Gut, Brian, dann eben keine Spiele", sagte sie. Sie ging zu ihm, blieb vor ihm stehen und sah ihm direkt in die Augen. „Warum bist du verärgert? Doch nicht wegen des Liedes?"

Das Feuer im Kamin zischte und prasselte. Ramona hörte ein Scheit fallen, als das untere, vom Feuer verzehrt, in sich zusammensank.

„Vielleicht sollten wir miteinander reden", sagte Brian und ließ den Alkoholrest im Glas herumwirbeln. „Es ist gefährlich, etwas fünf Jahre lang in der Luft hängen zu lassen."

Ramona fühlte eine Spur von Unruhe, nickte jedoch. „Du könntest recht haben."

Brian lächelte ironisch. „Wollen wir uns wie zivilisierte Menschen benehmen und uns hinsetzen oder uns gegenseitig im Stehen ein paar Schwinger verpassen?"

Sie zuckte mit den Schultern. „Ich glaube nicht, dass es sinnvoll ist, sich zivilisiert zu benehmen. Ein zivilisierter Streit reinigt nie die Luft."

„Na schön", begann er, wurde jedoch vom Klingeln an der Haustür unterbrochen. Er stellte sein Glas ab, bedachte Ramona mit einem langen Blick und ging öffnen.

Allein geblieben, bemühte sie sich, ihre nervöse Unruhe zu unterdrücken. Sie wusste, dass sich ein Sturm zusammenbraute – aber nicht vor den Fenstern. Brian hatte es auf einen Streit abgesehen, und obwohl ihr der Grund nicht klar war, war sie durchaus bereit, sich ihm zu stellen. Die Spannung zwischen ihnen war im Namen der erfolgreichen Zusammenarbeit unterdrückt worden. Jetzt freute sie sich trotz ihrer zitternden Nerven darauf, dass die trügerische Ruhe zwischen ihnen endlich in Feuer und Rauch aufgehen würde.

„Ein Paket für dich", sagte Brian und schwenkte es vor ihr durch die Luft. „Von Henderson."

„Was könnte er mir denn schicken?", murmelte Ramona vor sich hin und riss schon das breite Klebeband von der Verpackung. „Ach ja, natürlich!" Sie schob das Packpapier beiseite, klappte die Mappe aus starker Pappe auf, die sie herausgenommen hatte, und betrachtete kritisch das oberste Blatt. „Es sind Vorausexemplare von der Hülle des Albums, das ich im Sommer herausbringe."

Ohne Brian anzusehen, reichte sie ihm eine der Hüllen, drehte eine andere um und las den Rückseitentext.

Gut fünf Minuten lang sah Brian wortlos das Bild an. Vor einem hellen Hintergrund saß Ramona, wie üblich im Schneidersitz. Sie blickte voll in die Kamera, und ihre Lippen umspielte nur ein ganz leichtes Lächeln. Ihre Augen waren tiefgrau und blickten den Betrachter sehr direkt an. Das Haar hing ihr über die Schultern bis an die Knie – ein scharfer Kontrast zu dem mit einem Weichzeichner fotografierten Hintergrund. Das Foto wirkte lässig, wie ein zufälliger Schnappschuss, war aber selbstverständlich sorgfältig gestellt. Ramona schien nackt zu sein, und das Bild hatte eine starke erotische Ausstrahlung.

„Wie?" Geistesabwesend fuhr Ramona sich durch das Haar und fuhr fort zu lesen. „Oh ja, ich habe mir die Probeabzüge angesehen, bevor ich auf Tournee ging. Ich bin mir über die Reihenfolge der Lieder noch nicht ganz klar, aber es ist jetzt wohl zu spät, um noch etwas daran zu ändern."

„Ich dachte immer, Henderson sei darüber erhaben, dich so zu verkaufen."

„Mich wie zu verkaufen?", fragte sie, noch immer zerstreut.

„Als reine Jungfrau, die der Menge geopfert wird." Er reichte ihr die Plattenhülle zurück.

„Also wirklich, Brian, das ist zu lächerlich."

„Das finde ich nicht", entgegnete er. „Ich finde, es ist ein mehr als passender Vergleich. Jungfräuliches Weiß, Weichzeichner – und du nackt mitten im Bild."

„Ich bin nicht nackt", antwortete sie entrüstet. „Ich lasse keine Aktfotos von mir machen."

„Aber das sollen die künftigen Käufer der Platte nicht wissen, nicht wahr?" Brian lehnte sich an den Flügel und musterte Ramona aus zusammengekniffenen Augen.

„Es ist ein herausforderndes Bild, und das sollte es auch sein." Stirnrunzelnd sah Ramona wieder auf die Plattenhülle hinunter. „Also, ich finde nichts dabei. Ich bin kein Kind, das man mit schwarzen Lackschühchen und rosa Schürzchen herausputzt, Brian. Hier geht es ums Geschäft. An dieser Hülle ist nichts Übertriebenes. An einem öffentlichen Strand liefe ich viel nackter herum."

„Ja, aber weniger aufreizend und bei Weitem nicht so sinnlich", sagte er kühl. „Das ist ein Unterschied."

Ramona wurde feuerrot vor Zorn und Verlegenheit. „Es ist kein unanständiges Bild. Ich habe mich noch nie so fotografieren lassen, dass man daran Anstoß nehmen könnte. Karl Straighter ist einer der besten Fotografen in der Branche. Er macht keine unanständigen Bilder."

„Was dem einen Kunst ist, ist dem anderen Pornografie, nehme ich an."

Ramona warf verärgert die Plattenhülle auf das Klavier. „Wie kannst du nur etwas so Widerwärtiges sagen!", flüsterte sie. „Du bist absichtlich so ekelhaft zu mir."

„Ich sage dir nur meine Meinung", korrigierte er. „Sie braucht dir ja nicht zu gefallen."

„Ich brauche weder deine Meinung noch dein Einverständnis."

„Nein", sagte er und drückte wütend seine Zigarette aus, „die brauchst du nicht. Aber du bekommst sie trotzdem zu hören." Als sie sich abwenden wollte, packte er sie am Arm. Und die Art, wie er zupackte, strafte seinen kühlen Tonfall und den eisigen Blick Lügen.

„Lass mich los!", verlangte Ramona hitzig, legte die Hand auf die seine und bemühte sich vergeblich, ihren Arm zu befreien.

„Sobald ich fertig bin."

„Du bist fertig." Ihre Stimme klang plötzlich ganz ruhig, und sie ließ von ihren verzweifelten Befreiungsversuchen ab. Stattdessen sah sie ihm mit einem brennenden Blick voll in die Augen. „Ich brauche mir deine Beleidigungen nicht anzuhören, Brian. Und ich werde sie mir auch nicht anhören. Du kannst mich natürlich daran hindern wegzugehen, weil du stärker bist als ich, aber du kannst mich nicht zwingen, dir zuzuhören." Sie schluckte. „Ich führe mein eigenes Leben. Du hast gewiss ein Recht auf deine Meinung, doch du hast nicht das Recht, mich damit zu verletzen. Ich will jetzt nicht mit dir sprechen, ich möchte nur, dass du mich gehen lässt."

Er schwieg so lange, dass Ramona schon glaubte, er werde sich weigern. Dann lockerte er langsam den Griff. Wortlos verließ sie das Zimmer.

Vielleicht lag es an der Aufregung, die die Auseinandersetzung mit Brian ihr gebracht hatte, vielleicht am Regen, der gegen die Fenster peitschte, oder an dem plötzlich ausbrechenden Gewitter mit Donnergetöse und grellen Blitzen: Der Traum formte sich aus einer Bildmontage verwischter Kindheitserinnerungen und hinterließ bei Ramona lebhafte Eindrücke. Gedanken und Bilder tauchten auf und verloren sich in der Dunkelheit des Schlafs. Gefühle brandeten heran und ebbten wieder ab – Furcht, Schuldbewusstsein und Hoffnungslosigkeit gingen ineinander über, verschmolzen miteinander, während Ramona sich stöhnend unter den Laken drehte und wälzte und sich zwingen wollte aufzuwachen. Doch sie saß in der Falle, wurde in einer Welt festgehalten, die ganz dicht an der Schwelle des Bewusstseins lag. Dann schien der Donner in ihrem Kopf zu explodieren, und der grelle Blitzstrahl füllte das Zimmer mit weißem Licht. Mit einem Aufschrei fuhr Ramona in die Höhe.

Das Zimmer war wieder stockdunkel, als Brian hereinstürzte, und er fand nur zum Bett, weil er Ramonas wildem Schluchzen nachging.

„Ich bin ja hier, Ramona, mein Liebes", sagte er, und sie warf sich, als er sie erreichte, wortlos in seine Arme, klammerte sich an ihn. Sie zitterte heftig, und ihre Haut war eiskalt.

Brian wickelte sie in die Steppdecke und drückte sie an sich. „Wein nicht, mein Liebes, hier bist du sicher." Er tätschelte und streichelte sie wie ein Kind, das sich vor dem Gewitter fürchtete. „Es ist bald vorbei."

„Halt mich fest." Sie presste das Gesicht an seine bloße Schulter und atmete rasch, als bekomme sie nicht genug Luft. Ihre Kehle brannte. „Ich hatte einen furchtbaren Traum, Brian."

Er wiegte sie und küsste sie leicht auf die Schläfe. „Was hast du geträumt?" Aus seiner Kindheit wusste er noch, dass die Furcht verging, wenn man jemandem den Traum erzählen konnte.

„Sie hatte mich wieder allein gelassen", sagte Ramona leise und schauderte, sodass er sie noch fester an sich zog. Dann wurden ihre Worte genauso unzusammenhängend wie ihre sich überstürzenden Gedanken und verworren wie ihr Traum. „Wie ich es hasste, in diesem Zimmer allein zu sein! Das einzige Licht kam vom Nebenhaus, von einer blinkenden roten Neonreklame, die ständig an- und aus-, an- und ausging, sodass es nie richtig dunkel wurde. Und so viel Lärm auf der Straße, auch dann noch, wenn die Fenster zu waren. Viel zu heiß … viel zu heiß zum Schlafen. Ich beobachtete das blinkende Licht und wartete darauf, dass sie zurückkäme. Sie war wieder betrunken." Ramonas Hand, die auf seiner Brust lag, zuckte. „Und sie brachte einen Mann mit. Ich zog mir das Kissen über den Kopf, um nichts zu hören."

Ramona unterbrach sich und bemühte sich, ruhiger zu atmen. In Brians Armen fand sie Geborgenheit. Vor den Fenstern tobte das Gewitter mit unverminderter Kraft und Lautstärke.

„Sie fiel die Treppe hinunter und brach sich den Arm, also zogen wir in eine Wohnung zu ebener Erde, aber es blieb stets das Gleiche. Schmuddelige, kleine Zimmer, stickige Zimmer, in denen es immer nach Gin roch, egal, wie sehr man sie schrubbte. Dünne Wände, die einem alles über das Leben der Nachbarn verrieten, als wohne man mit ihnen zusammen. Dann versprach sie mir, dass diesmal … diesmal alles anders werden solle. Sie wolle sich einen Job suchen und mich in die Schule schicken, aber immer war, wenn ich eines Tages nach Hause kam, ein Mann da, und auf dem Tisch stand die Flasche."

Ramona klammerte sich nicht mehr an Brian, lehnte sich nur noch leicht an ihn, als sei ihre Leidenschaft ausgebrannt. Tränen liefen ihr über die Wangen, doch ihr Atem ging ruhiger. Brian konnte im Dunkeln kaum die Umrisse ihres Gesichts sehen.

„Wo war dein Vater?"

Sie sah ihn starr an, und in ihren Augen war ein sonderbarer Glanz. Dann stieß sie einen leisen Laut aus wie jemand, der aus dem Schlaf erwacht, und Brian war klar, dass sie halb aus dem Unterbewusstsein heraus gesprochen hatte. Doch jetzt war es zu spät, sie konnte sich nicht mehr verschanzen. Müde seufzte sie auf.

„Ich weiß nicht einmal, wer mein Vater war." Langsam löste sie sich aus Brians Armen und stand aus dem Bett auf.

Brian sagte nichts. Er griff in die Tasche der Jeans, die er hastig übergestreift hatte, holte eine Schachtel Streichhölzer heraus und steckte die Kerze an, die auf dem Nachttisch stand. Das Licht zitterte und flackerte, war kaum mehr als ein Pulsschlag in der Dunkelheit. „Wie lange hast du so gelebt?", fragte er und blies das Streichholz aus.

Ramona fuhr sich mit beiden Händen durchs Haar und kreuzte dann die Arme vor der Brust. Sie hatte schon zu viel gesagt, um sich in Ausflüchte retten zu können. „Ich erinnere mich an keine Zeit, in der sie nicht getrunken hätte … Doch als ich noch sehr klein war, ungefähr fünf oder sechs, hatte sie sich noch einigermaßen unter Kontrolle. Mutter hat in Nachtclubs gesungen. Sie hatte große Träume und eine durchschnittliche Stimme, aber sie war sehr schön … früher …"

Ramona unterbrach sich, drückte die Hände an die Augen und wischte sich die Tränen fort. „Als ich acht war, war sie … wurde sie mit dem Alkoholproblem nicht mehr fertig. Und es gab immer Männer. Sie brauchte Männer wie den Alkohol. Ein paar waren ganz nett. Einer hat mich ein paar Mal in den Zoo mitgenommen."

Sie verstummte und wandte sich ab. „Es wurde immer schlimmer mit ihr. Zum Teil wohl deshalb, weil sie langsam die Stimme verlor. Sie hat sie natürlich auch schrecklich misshandelt, hat geraucht wie ein Schlot, und der Alkohol hat ein Übriges getan. Doch je mehr es mit ihrer Stimme bergab ging, desto mehr rauchte und trank sie. Sie ruinierte ihre Stimme, ruinierte ihre Gesundheit und zerstörte sich selbst jede Chance, es zu etwas zu bringen. Manchmal hasste ich sie. Und ich weiß, dass sie manchmal auch sich selbst hasste."

Ramona begann im Zimmer auf und ab zu gehen. Die Bewegung schien ihr Erleichterung zu verschaffen, und sie sprach jetzt schneller, als ließen sich die Worte nicht zurückhalten. „Sie weinte und klammerte sich an mich und flehte mich an, sie nicht zu hassen. Sie versprach mir den Mond, und ich glaubte ihr immer wieder. ‚Diesmal' war eine ihrer Lieblingsredewendungen … das heißt, sie ist es noch immer."

Ramona seufzte tief auf. „Sie liebte mich, wenn sie nicht trank, und vergaß mich völlig, wenn sie wieder an der Flasche hing. Es war so, als lebte man mit zwei ganz verschiedenen Frauen, und mit keiner von beiden konnte man leicht auskommen. Wenn sie nüchtern war, erwartete sie eine normale Mutter-Tochter-Beziehung zwischen uns. Sie fragte mich, ob ich meine Hausaufgaben gemacht hätte, warum ich fünf Minuten später aus der Schule käme … und so weiter und so weiter. War sie betrunken, durfte ich ihr ja nicht in die Quere kommen. Ich weiß noch, dass sie, als ich zwölf war, einmal drei Monate und sechzehn Tage keinen Tropfen trank. Dann kam ich eines Tages aus der Schule nach Hause und fand sie bewusstlos auf dem Bett. Sie hatte am Nachmittag in einem dieser billigen Nachtclubs vorsingen sollen. Später erzählte sie mir, sie habe nur ein einziges Glas trinken wollen, um ihre Nerven zu beruhigen. Nur eins." Ramona fröstelte und schlang die Arme um sich. „Mir ist kalt", murmelte sie.

Brian stand auf, ging zum Kamin und legte Holz nach. Ramona trat ans Fenster, um den über der See tobenden Sturm zu beobachten. Es blitzte noch ab und zu, aber der Donner wurde schon leiser, und der Regen ließ allmählich nach.

„Es passierte immer wieder. Sie arbeitete als Kellnerin in einer kleinen Piano-Bar in Houston. Ich war damals sechzehn. An den Zahltagen holte ich sie immer ab, damit sie das Geld nicht vertrank, bevor ich die nötigen Lebensmittel kaufen konnte. Sie war seit sechs Wochen trocken, arbeitete regelmäßig und hatte eine Affäre mit dem Manager. Er gehörte zu den netten Männern, die sie hatte. Wenn die Bar leer war, durfte ich immer auf dem Klavier herumklimpern. Einer von den Liebhabern meiner Mutter war Musiker gewesen. Er hatte mir die Grundbegriffe beigebracht und gesagt, ich hätte ein gutes Ohr. Mutter hörte es gern, wenn ich spielte."

Ramona verstummte, und Brian sah, wie sie mit dem Finger die dunkle Fensterscheibe entlangfuhr.

„Ben, der Manager, fragte mich, ob ich Lust hätte, während der Lunchzeit zu spielen. Er sagte, ich könne auch singen, dürfe aber nicht laut werden und nicht mit den Gästen sprechen. So fing es bei mir an." Ramona seufzte und strich sich mit der Hand über die Stirn. Hinter ihr krachte und prasselte das Feuer im Kamin. „Wir verließen Houston und gingen nach Oklahoma City. Ich gab ein falsches Alter an und bekam in einem Club einen Job als Sängerin. Es war eine von Mutters schlimmsten Perioden. Oft hatte ich Angst, sie allein zu lassen, aber sie arbeitete damals nicht, und …"

Ramona unterbrach sich und rieb sich die schmerzende Schläfe. Sie wollte aufhören, wollte alles verdrängen, wusste jedoch, dass sie schon zu weit gegangen war. Die Stirn an die Scheibe pressend, wartete sie, bis ihre Gedanken sich wieder geordnet hatten.

„Wir brauchten das Geld, also musste ich es riskieren, sie abends und nachts allein zu lassen. Eine Zeit lang tauschten wir die Rollen. Was ich schon als Kind lernte, aber immer wieder vergaß, war, dass ein Alkoholiker immer Geld für eine Flasche findet. Immer, egal wo und wie. Eines Abends schaffte sie es, sich irgendwie während meines zweiten Auftritts in den Club hineinzuschwindeln. Wayne, der auch dort arbeitete, erfasste die Situation sehr rasch, und es gelang ihm, sie zu beruhigen, bevor die Szene zu hässlich wurde. Später half er mir, sie nach Hause und ins Bett zu bringen. Er war wunderbar. Keine Belehrungen, kein Mitleid, kein Rat. Er hat einfach geholfen.“

Ramona wandte sich wieder vom Fenster ab und wanderte zum Kamin hinüber. „Aber sie kam noch zweimal, und dann warf man mich hinaus. Es gab andere Städte, andere Clubs, doch es war immer das Gleiche. Heute ist es kaum noch wichtig. Kurz vor meinem achtzehnten Geburtstag verließ ich sie.“

Ramonas Stimme zitterte leicht, und sie legte eine kurze Pause ein, um sich zu beruhigen. „Eines Abends kam ich nach Hause, und sie lag bewusstlos über dem Küchentisch. Ich wusste, dass ich verrückt werden würde, wenn ich noch länger bei ihr bliebe. Also legte ich sie ins Bett, packte einen Koffer, ließ ihr alles Geld da, das ich entbehren konnte, und ging. Ganz einfach so.“ Sie bedeckte einen Augenblick das Gesicht mit den Händen und presste die Finger auf die Augen. „Mir war, als könnte ich zum ersten Mal im Leben frei atmen.“

Ramona ging zum Fenster zurück. In der dunklen Scheibe sah sie undeutlich ihr Bild. Sie betrachtete sich nachdenklich und horchte auf das leise Trommeln des jetzt stetig fallenden Regens.

„Ich arbeitete mich bis nach Los Angeles vor“, fuhr sie fort, „und dort sah mich Henderson. Er spornte mich an. Ich bin mir nicht sicher, was ich eigentlich wollte, bevor ich den Vertrag mit ihm unterschrieb. Einfach überleben, denke ich. Den einen Tag und dann den nächsten. Dann kamen die Verträge und Plattenaufnahmen, und der ganze verrückte Zirkus fing an. Türen öffneten sich. Ein paar Falltüren waren allerdings auch darunter.“

Sie lachte erstaunt auf. „Du meine Güte, es war fantastisch und zum Fürchten, und ich glaube nicht, dass ich diese ersten Monate noch einmal durchstehen könnte. Auf alle Fälle hat Henderson mir Publicity verschafft, und die erste Hit-Single machte mich noch bekannter. Und dann kam der Anruf aus einem Krankenhaus in Memphis."

Ramona begann langsam auf und ab zu gehen. Die leichte Seide ihres Nachthemds schmiegte sich an ihren Körper und passte sich ihren Bewegungen an. „Ich musste natürlich hinfahren. Sie war sehr schlimm dran. Ihr letzter Liebhaber hatte sie verlassen und ihr das bisschen Geld gestohlen, das sie hatte. Sie weinte. Oh Gott, und wieder die gleichen Versprechen! Es täte ihr leid. Sie liebe mich. Nie, nie wieder wolle sie trinken. Ich wäre das einzig Anständige, das sie im Leben zustande gebracht hätte."

Die Tränen fingen wieder an zu fließen, doch diesmal ließ Ramona ihnen freien Lauf. „Sobald sie reisefähig war, brachte ich sie zu mir nach Hause. Julie hatte ein Sanatorium entdeckt, das von einem sehr ernsthaften jungen Arzt geleitet wurde. Justin Randolph Karter. Das ist doch ein wunderbarer Name, nicht wahr, Brian?" Bitterkeit stieg mit den Tränen auf. „Ein wunderbarer Name, ein bemerkenswerter Mann. Er führte mich in sein eindrucksvolles Büro und erklärte mir, wie er meine Mutter behandeln wolle."

Ramona wirbelte herum und blieb Brian gegenüber stehen. Ihre Schultern bebten, so heftig schluchzte sie. „Ich wollte es nicht wissen, ich wollte nur, dass er es tat. Er sagte mir, ich solle meine Hoffnungen nicht zu hoch schrauben, und ich erklärte ihm, ich hätte überhaupt keine Hoffnungen. Er muss mich für eine Zynikerin gehalten haben, denn er nannte mir mehrere gute Organisationen, an die ich mich um Rat und Hilfe wenden könne. Er erinnerte mich daran, dass Alkoholismus eine Krankheit und meine Mutter ein Opfer dieser Krankheit sei. Ich antwortete ihm, dass er sich verdammt irre. Das einzige Opfer sei ich."

Ramona rang sich das Wort förmlich ab und schlang die Arme noch fester um sich. „Ich war das Opfer. Ich musste mir ihr leben, ihre Lügen, ihre Krankheit und ihre Männer ertragen. Es war so leicht, so einfach für ihn, scheinheilig und verständnisvoll zu Liebe und Geduld zu mahnen. Ihn schützte sein weißer Arztkittel. Und ich hasste sie." Wieder presste Ramona die Hände gegen die Augen. „Und liebte sie." Mit jedem Atemzug brach sich etwas Bahn, das sich während der letzten Wochen im Zusammenhang mit ihrer Mutter in ihr aufgestaut hatte. „Ich liebe sie noch immer", flüsterte sie.

Müde, fast erschöpft, wandte sie sich zum Kamin und stützte die Handflächen auf das Sims. „Dr. Karter ließ sich von mir anschreien, saß bei mir, als ich zusammenbrach, und dann fuhr ich nach Hause. Zwei Tage später lernte ich dich kennen."

Ramona hörte nicht, dass Brian sich bewegte, wusste nicht, dass er hinter ihr stand, merkte es erst, als er ihr die Hände auf die Schultern legte. Wortlos drehte sie sich um und warf sich an seine Brust. Brian hielt sie fest und fühlte das leichte Zittern, das sie immer wieder durchlief. Über ihren Kopf hinweg blickte er in die gierigen Flammen. Der Sturm hatte sich gelegt, nur noch der Regen prasselte gegen die Scheiben.

„Wenn du es mir gesagt hättest, hätte ich es dir vielleicht erleichtern können, Ramona."

Sie schüttelte den Kopf und schmiegte dann das Gesicht an seine Schulter. „Nein, ich wollte nicht, dass es diesen Bereich meines Lebens berührte. Ich war einfach nicht stark genug, um das zu ertragen." Tief Atem holend bog sie den Kopf so weit zurück, dass sie ihm in die Augen sehen konnte. „Ich hatte Angst, du würdest nichts mehr mit mir zu tun haben wollen, wenn du es wüsstest."

„Ramona!" Seine Stimme klang gleichzeitig gekränkt und tadelnd.

„Ich weiß, ich hatte unrecht, Brian, ich weiß, es war dumm von mir, aber du musst das verstehen. Plötzlich passierte alles auf einmal. Ich brauchte Zeit. Ich musste überlegen, wie ich mein Leben leben wollte, wie ich meine Karriere, meine Mutter und alles andere miteinander in Einklang bringen konnte." Ihre Hand umklammerte Brians Arm. „Gestern noch war ich ein Niemand, und am nächsten Tag jubelten mir die Fans zu. Überall war mein Bild. Sobald ich das Radio einschaltete, hörte ich mich. Du weißt doch, wie das ist."

Brian strich ihr das Haar von der Wange zurück. „Ja, ich weiß es", sagte er und fühlte, wie sie sich endlich ein wenig entspannte.

„Bevor ich noch richtig Atem holen konnte, drängte sich Mutter wieder in mein Leben. Ein Teil von mir hasste sie, doch anstatt mir klarzumachen, dass das eine ganz natürliche Reaktion war, fühlte ich mich schuldig. Und ich schämte mich." Sie schüttelte den Kopf, weil sie ahnte, was er sagen wollte, und fuhr fort: „Es ist sinnlos, mir einzureden, dazu hätte ich keinen Grund gehabt. Das ist eine verstandesmäßige Erklärung, eine logische Erklärung. Sie hat nichts mit Gefühlen zu tun. Ich glaube nicht, dass du das verstehen kannst, du hast etwas Ähnliches nie kennengelernt. Sie ist meine Mutter. Das kann ich nicht völlig außer Acht lassen, obwohl ich weiß, dass ich für ihre Probleme nicht verantwortlich bin."

Ramona warf Brian einen langen Blick zu und wandte sich von ihm ab. „Und dann verliebte ich mich – zu allem anderen – auch noch in dich." Die Flammen im Kamin tanzten und sprühten. „Ich liebe dich", sagte sie so leise, dass er sich anstrengen musste, um sie zu verstehen, „aber deine Geliebte konnte ich nicht werden."

Brian streckte die Arme nach ihr aus, ließ sie aber wieder sinken, da Ramona mit dem Rücken zu ihm stand und es nicht sehen konnte. „Warum nicht?", fragte er.

Sie wandte den Kopf und blickte über die Schulter zurück. Ihr Gesicht lag im Schatten. „Weil ich dann so gewesen wäre wie sie", flüsterte sie und wandte sich wieder ab.

„Das glaubst du doch nicht wirklich, Ramona!" Brian fasste sie an den Schultern, doch sie schüttelte den Kopf und antwortete nicht. Da drehte er sie energisch zu sich herum und sah sie eindringlich an. „Hältst du es für richtig, die Kinder für die Sünden und Fehler ihrer Eltern zu verurteilen?"

„Nein. Aber ich …"

„Dann hast du auch nicht das Recht, dich selbst dafür zu bestrafen."

Aufseufzend schloss sie die Augen. „Ich weiß, ich weiß es ja, aber …"

„Hier gibt es kein Aber, Ramona." Seine Finger gruben sich fester in ihr Fleisch, bis sie die Augen wieder öffnete. „Du weißt, wer du bist."

Nur noch das Brausen der See, das Prasseln des Regens und das Knistern des Feuers waren zu hören. „Ich wollte dich", sagte Ramona mit bebender Stimme, „wenn du mich in die Arme nahmst, mich berührtest. Du warst der erste Mann, nach dem ich mich sehnte." Sie schluckte, und wieder erschauerte sie. „Dann erinnerte ich mich an die vielen schäbigen kleinen Zimmer, an die vielen Männer, die Mama nach Hause brachte, und …" Sie unterbrach sich und wollte sich wieder abwenden, doch Brian hielt sie fest.

Nach einer Weile ließ Brian sie los und umfasste ihr Gesicht mit beiden Händen. Mit großer Zärtlichkeit suchte sein Blick den ihren. „Mit einem Fremden ins Bett zu gehen, ist etwas anderes, als mit einem Mann zu schlafen, den man liebt."

Ramona fuhr sich mit der Zungenspitze über die Lippen. „Das weiß ich, aber …"

„Weißt du das wirklich?", fiel er ihr ins Wort, und sie konnte nur noch tief und zitternd ausatmen. „Lass es mich dir beweisen."

Noch immer sahen sie einander in die Augen. Ramona wusste, dass Brian sie sofort loslassen würde, wenn sie den Kopf schüttelte. Furcht mischte sich mit Verlangen. Sie hob die Hände, umschloss seine Handgelenke.

„Ja", sagte sie.

Wieder strich Brian sanft Ramonas Haar zurück. Sanft küsste er ihre geschlossenen Augen. Er fühlte, wie sie in seinen Armen zitterte. Ihre Hände umschlossen noch immer seine Handgelenke, und ihre Finger griffen fester zu, als er ihren Mund berührte.

Geduldig wartete er, bis ihre Lippen weich wurden, nachgaben und sich öffneten.

Dann wurde sein Kuss drängender. Seine Hände streichelten Ramona, sein Mund erforschte den ihren. Die Flammen warfen rotgoldenes Licht über sie, dann wieder wurden sie in tiefe Schatten getaucht. Ramona fühlte die Hitze des Feuers durch das Seidenhemd, das sie trug, viel gewaltiger jedoch war der Brand, den Brian in ihrem Innern entfachte.

Er legte ihr die Hände auf die Schultern und massierte sie leicht, während seine Zähne mit Ramonas Unterlippe spielten. Sie fühlte, wie das Nachthemd über ihre Brüste nach unten rutschte, von ihren Hüften noch einmal festgehalten zu werden schien und dann raschelnd zu Boden fiel. Sie wollte protestieren, doch Brian küsste sie noch leidenschaftlicher. Jeder Gedanke entglitt ihr. Brians Hände strichen über die sanfte Kurve ihres Rückens, die zart gewölbten Hüften. Dann hob er sie auf die Arme. In ihrem Kopf drehte sich alles, als sie sich auf die Matratze sinken ließ, Angst und Zweifel kehrten zurück.

„Brian, bitte, ich ..."

Sein Kuss erstickte die Worte, die ihr auf der Zunge lagen. Seine Hände liebkosten sie sanft, streichelten sie ganz langsam. Sie hatte das unbestimmte Gefühl, dass er sich eisern zurückhielt, um sie nicht zu erschrecken. Doch sie war jetzt innerlich entspannt, ihre Glieder waren schwer. Sein Mund wanderte zu ihrer Kehle hinunter, und sein Daumen spielte mit ihrer Brustspitze. Ramona stöhnte und drängte sich an ihn. Seine Lippen folgten der schwellenden Kurve ihrer Brüste und bedeckten sie mit schnellen, hingehauchten Küssen. Dann berührte er mit der Zungenspitze ganz zart die empfindliche Knospe. Ramona fühlte brennende Hitze zwischen den Schenkeln, grub die Finger in Brians Haar und presste ihn an sich. Sie drängte ihm bebend entgegen, nicht furchtsam, sondern voller Leidenschaft.

Ein Gefühl, wie sie es noch nie empfunden hatte, schien ihr Inneres zu sprengen. Sie war sich noch des flackernden Feuers und des Kerzenlichts bewusst, die auf ihren geschlossenen Lidern spielten, spürte das weiche Laken unter dem Rücken und nahm den angenehmen Geruch des brennenden Holzes wahr. Aber alles blieb schattenhaft und unklar, während ihr ganzes Sein auf das Spiel von Brians Zunge auf ihrer Haut und das zärtliche Streicheln seiner Hände auf ihren Schenkeln ausgerichtet schien.

Über das Prasseln des Regens und das Knistern des Feuers hinweg hörte sie ihn immer wieder ihren Namen murmeln, hörte ihre eigenen leisen, sinnlosen Antworten.

Ihr Atem ging schneller, ihr Mund sehnte sich nach dem seinen. Und Brian schien zu spüren, dass sie nach seinem Kuss verlangte, verschloss ihr die Lippen und drückte ihren Kopf tief in die Kissen. Er lag schräg auf ihr, und Ramonas Brüste pressten sich an Brians harten Oberkörper.

Seine Hand lag auf Ramonas Leib und glitt langsam tiefer, als sie sich unter ihm bewegte. Ein leichter Schreck durchzuckte sie, als sie ihn zwischen den Schenkeln spürte, und dann ließ ein Gefühl rauschhafter Ekstase ihren Atem stocken. Brian war noch immer sanft und geduldig und bewies Ramona auf diese Weise seine Liebe in einem Maß, das sie erst viel später begreifen sollte.

Für sie gab es außerhalb dieses nur vom Feuerschein erhellten Zimmers, außerhalb des großen Himmelbettes keine Welt mehr. Brian versetzte sie mit seinen Zärtlichkeiten und Liebkosungen in eine völlig neue Dimension, in der es nur eins gab – dieses einzigartige Gefühl fast unerträglicher Süße, diese Verzückung, diese Raserei, die fast das Bewusstsein auslöschte.

Ramona merkte kaum, dass Brian sich kurz von ihr löste, um sich zu entkleiden. Als sie ihn auf sich spürte, öffnete sie sich ihm, bereit, sich zu schenken und zu empfangen. Noch immer ahnte sie nicht, wie schwer es ihm fallen musste, sich so fest in der Hand zu haben. Sie wusste nur, dass sie ihn wollte, und sie drängte ihn, sie zu nehmen. Ein kurzer Schmerz ging in einem Glücksgefühl unter, das zu groß war, um in Worte gefasst zu werden. Ramona schrie auf, doch Brians Mund erstickte den Laut.

Und dann verlor sich alles im Wellenschlag fast schmerzlichen Entzückens.

11. KAPITEL

*D*en Kopf bequem an Brians Schulter gebettet, blickte Ramona in die Flammen. Ihre Hand lag auf seinem Herzen, das rasch und regelmäßig schlug.

Im Zimmer war es still, der Regen flüsterte nur noch vor den Fenstern. Ramona wusste, dass die Erinnerung an diese erste Nacht mit Brian untrennbar mit diesem sanften Geräusch verbunden bleiben würde. Immer würde leise ans Fenster klopfender Regen diese Stunde heraufbeschwören.

Brians Arm lag unter Ramonas Rücken, und seine Hand umfasste locker ihren Oberarm. Seit er sich von ihr gelöst und sie dicht an seine Seite gezogen hatte, schwieg er.

Ramona glaubte, dass er schlief, und war zufrieden, bei ihm zu liegen, das Feuer zu beobachten und dem Regen zu lauschen. Sie rückte den Kopf ein bisschen, um ihn ansehen zu können, und stellte fest, dass er wach war. Seine Augen glänzten. Ramona hob die Hand und legte sie ihm auf die Wange.

„Ich dachte, du schläfst", sagte sie.

Brian nahm ihre Hand und drückte sie an die Lippen. „Nein, ich …" Er blickte auf sie hinunter, brach ab und löste mit dem Daumen vorsichtig eine Träne von ihren Wimpern. „Ich habe dir wehgetan."

„Nein." Ramona schüttelte den Kopf. Einen Herzschlag lang presste sie das Gesicht in seine Halsbeuge, wo sie seine Wärme fühlen, den Duft seines Körpers atmen konnte. „Oh nein, du hast mir nicht wehgetan. Ich fühle mich wunderbar, und das hast du zustande gebracht. Ich fühle mich ganz leicht und … frei." Sie sah ihn wieder an und lächelte.

Brian fuhr ihr mit den Fingern durch das Haar und strich es dort zurück, wo es ihr Gesicht verbarg. Ihre Haut war leicht gerötet, in ihren Augen spiegelten sich die Flammen des Kaminfeuers. „Du bist schön", sagte er.

Sie lächelte wieder und küsste ihn. „Das Gleiche habe ich immer von dir gedacht."

Lachend zog er sie fester an sich. „Hast du das wirklich?"

Sie lag halb über ihm, heiße Haut auf heißer Haut. „Ja, ich dachte immer, dass du, wärest du ein Mädchen, auffallend hübsch sein müsstest, und nachdem ich das Bild deiner Schwester gesehen habe, weiß ich, dass ich recht hatte."

Er zog eine Braue hoch. „Komisch, mir wäre nicht einmal im Traum eingefallen, dass du so etwas denken könntest. Doch das war vielleicht auch besser so."

Ramona lachte leise auf und presste die Lippen auf seinen Hals. „Ich bin aber überzeugt, dass du dich als Mann viel besser machst."

„Das ist ein Trost für mich", sagte er und begann ihren Rücken zu streicheln. „Zumal unter den gegebenen Umständen." Seine Hand blieb auf ihrer Hüfte liegen.

„Mir bist du jedenfalls so viel lieber." Wieder küsste ihn Ramona auf den Hals und ließ die Lippen zu seinem Ohr hinaufwandern. Plötzlich fühlte sie unter ihrer Brust, wie sich sein Herzschlag sprunghaft beschleunigte. „Brian ..." Sie seufzte und knabberte zärtlich an seinem Ohr. „Du bist so lieb zu mir, so sanft und rücksichtsvoll."

Sie hörte ihn aufstöhnen, und dann rollte er sich herum, sodass jetzt sie unter ihm lag. In seinen Augen schwelte ein Feuer, sie waren durchscheinend grün und so leidenschaftlich wie in dem Augenblick im Flugzeug, in dem er sie an sich gerissen und fast brutal festgehalten hatte. Auch jetzt beschleunigte sich ihr Pulsschlag, doch diesmal nicht aus Furcht.

„Liebe ist nicht immer sanft und rücksichtsvoll, Ramona", sagte er rau.

Fast gewalttätig presste er seinen Mund auf den ihren, als er alle Selbstbeherrschung aufgab, die er sich bisher auferlegt hatte. Jetzt kannte er keine Geduld mehr, jetzt regierte nur noch die Leidenschaft. Ihre Lippen waren wund und taten ihr weh, doch sie lernte, dass Begierde Begierde weckte. Sie wollte mehr und immer mehr und presste ihn deshalb noch fester an sich.

Fordernd und besitzergreifend griffen seine Hände nach ihr. „So lange schon", flüsterte er heiser, „so lange schon will ich dich ..." Dann grub er die Zähne in die empfindlichste Stelle ihres Nackens, und Ramona stürzte sich in die Hitze, die wie eine Stichflamme in ihr in die Höhe schoss, stürzte sich in die Dunkelheit ...

Brian fühlte, dass sie gab, dass sie sich ihm schenkte und gleichzeitig forderte. Er war fast wild vor Verlangen. Er wollte sie überall berühren, überall fühlen, riechen und schmecken. Er war so verzweifelt wie ein Verhungernder und ebenso rücksichtslos. War er vorher sanft und rücksichtsvoll gewesen, nahm er jetzt, was er zu viele Jahre begehrt hatte. Sie gehörte ihm, wie er es sich erträumt hatte: weich und nachgiebig und dann weich und begehrlich.

Er hörte sie stöhnen, fühlte, wie sich ihre Fingernägel in seine Schultern gruben. Mit der Zunge kostete er den Geschmack ihrer Haut. Er ließ eine Hand zwischen ihre Schenkel gleiten, und als sie sich gegen ihn drängte, wusste er, dass ihre Begierde genauso groß war wie die seine. Und doch wollte er sie noch nicht nehmen – noch nicht. Seine Gier war unersättlich. All die Jahre enttäuschter Leidenschaft brachen sich jetzt Bahn. Es war wie eine Explosion, die sie beide mitriss.

Unerfahren, wie Ramona war, ließ sie sich von ihm führen, folgte ihm willig und lernte, dass körperliches Verlangen tiefer und stärker war als alles, was sie bisher gekannt, tiefer und stärker, als sie es je für möglich gehalten hatte.

Brian reizte sie so, bis die Hitze in ihr sich ins Unerträgliche steigerte. Trotzdem wollte sie mehr. Seine Hände gingen rücksichtslos mit ihr um, doch sie wollte keine sanften Zärtlichkeiten. Sie war von einer Leidenschaft durchdrungen, aus der es kein Entrinnen gab. Sie rief nach Brian, rief verzweifelt und ohne zu denken seinen Namen, flehte ihn an, sie zu nehmen.

Mehr konnte es zwischen zwei Menschen nicht geben, sie hatten alle Schranken durchbrochen. Lust konnte nicht ekstatischer, Leidenschaft nicht wilder sein als in diesem Augenblick.

Dann drang er in sie ein, und alles, was bisher gewesen war, verblasste im Feuerwerk der Sinnlichkeit, das über sie hereinbrach ...

Sie lagen still, und Brian hatte das Gesicht in Ramonas Haarflut vergraben. Sein Atem kam stoßweise, und er dachte nicht daran, wie schwer er auf ihr liegen musste. Unter ihm bebte Ramona immer wieder im letzten Nachklang erschöpfter Leidenschaft. Sie hielt ihn an den Schultern fest, wollte nicht, dass er sich von ihr fortbewegte, wollte nicht, dass die Einheit zerstört wurde, die sie jetzt waren. Hatte er sie beim ersten Mal die Zärtlichkeit und die Sanftheit der Liebe gelehrt, führte er sie jetzt in dunklere Geheimnisse ein.

Im Kamin rutschte Funken sprühend ein Holzscheit nach unten. Brian hob den Kopf und sah auf Ramona hinunter. Er küsste sie sanft und verlagerte dann sein Gewicht, um aufzustehen.

„Nein, geh nicht", sagte Ramona, nahm seinen Arm und setzte sich gleichzeitig mit ihm auf.

„Ich will doch nur das Feuer schüren." Er blickte sie zärtlich an.

Ramona zog die Knie an und sah Brian zu, wie er sich am Kamin zu schaffen machte. Der Feuerschein tanzte über seine Haut, und Ramona betrachtete den Geliebten entzückt. Er hatte kräftige Muskeln, was bei einem so schlanken, fast mageren Mann überraschend war. Ebenso überraschend wie seine Leidenschaft, denn nach außen gab er sich immer ganz kühl und locker. Doch Ramona wusste jetzt, wie er wirklich war, sie kannte ihn ebenso, wie sie das Spiel seiner Muskeln kannte. Er drehte sich um und sah sie an, während der Widerschein des Feuers über seinen Rücken zuckte. Sie sahen einander forschend an, beide noch wie betäubt von dem, was zwischen ihnen geschehen war. Dann schüttelte Brian den Kopf.

„Ich bin verrückt, Ramona", stieß er rau hervor, „aber ich will dich schon wieder!"

Wortlos streckte sie die Arme nach ihm aus.

Ein leuchtendes Band aus Sonnenstrahlen lag wie ein warmer roter Schleier auf Ramonas geschlossenen Augen. Ganz langsam öffnete sie die Lider und wandte sich dann Brian zu.

Er schlief noch und atmete tief und regelmäßig. Sie musste den heftigen Wunsch unterdrücken, ihm das Haar aus dem Gesicht zu streichen, denn sie wollte ihn nicht wecken. Noch nicht.

Zum ersten Mal war sie am Morgen aufgewacht und konnte das Gesicht ihres Geliebten betrachten. Ein warmes Gefühl der Zufriedenheit durchströmte sie.

Er ist schön, dachte sie und erinnerte sich daran, dass er ein wenig bestürzt gewesen war, als sie es ihm am vergangenen Abend gesagt hatte. *Und ich liebe ihn.* Fast hätte sie die Worte laut vor sich hin gesagt. *Ich habe ihn immer geliebt, von Anfang an, in all den Jahren der Trennung, und seit wir wieder zusammen sind, noch viel mehr. Doch diesmal darf ich keinen Fehler machen.* Sie schloss die Augen in der plötzlichen Furcht, er könne wieder aus ihrem Leben verschwinden. Sie wollte nichts von ihm fordern, ihn zu nichts drängen. *Ich will nur bei ihm sein, mehr brauche ich nicht.*

Mit den Blicken zog sie die Konturen seines Mundes nach und dachte daran, wie zärtlich er heute Nacht gewesen war, zärtlich, dann begehrlich, fast brutal. Sie hatte nicht geahnt, wie sehr er sie gewollt hatte – oder sie ihn, und es war ihr erst klar geworden, als alle Schranken fielen. Fünf Jahre, fünf leere Jahre ... Ramona verdrängte den Gedanken. Es gab kein Gestern und kein Morgen, es gab nur das Jetzt.

Plötzlich lächelte sie, weil ihr das riesige Frühstück einfiel, das er gewöhnlich aß. Normalerweise stolperte sie noch halb schlafend auf der Suche nach einer Tasse Kaffee in die Küche, wenn er bereits Eier mit Speck gegessen hatte. Kochen war zwar nicht ihre Stärke, doch heute wollte sie ihn überraschen.

Brian hatte ihr im Schlaf den Arm um die Taille gelegt und sie an sich gezogen. Vorsichtig schlüpfte Ramona darunter hervor, tappte auf bloßen Füßen zum Schrank, zog einen Morgenrock an und ging hinunter.

Helles Sonnenlicht strömte durch das Fenster in die Küche. Ramona ging sofort zur Kaffeemaschine. Das Wichtigste zuerst, dachte sie. Merkwürdigerweise war sie hellwach und weder so schläfrig noch so benebelt wie sonst nach dem Aufstehen. Sie fühlte sich lebendig, energiegeladen, ganz so wie unmittelbar nach einem Live-Konzert.

Vielleicht gibt es da Parallelen, dachte sie, während sie Kaffee in den Filter häufte. Sie legte den Deckel auf und schaltete die Maschine ein. Sie hatte sich immer vorgestellt, dass ein Auftritt vor Publikum etwas von einem Liebesakt hatte. Man gab sich hin, gab seine Gefühle preis, riss alle Schranken nieder. Genauso war es mit Brian gewesen. Bei dem Gedanken lächelte sie, und sie begann zu singen, während sie nach einer Bratpfanne suchte.

Oben im Bett rührte sich Brian, wollte nach Ramona greifen und stellte fest, dass sie nicht mehr da war. Rasch setzte er sich auf und sah sich im Zimmer um.

Das Feuer brannte noch. Es war schon sehr spät gewesen, als er die letzten Scheite aufgelegt hatte. Die Vorhänge waren offen, und die Sonne schien ungehindert herein. Goldenes Licht fiel über das Bett und auf den Boden. Ramonas Nachthemd lag noch da, wo es am Abend achtlos hingeworfen worden war.

Es war kein Traum, sagte er sich und fuhr sich mit der Hand durchs Haar. Sie hatten sich in der Nacht geliebt, immer und immer wieder, bis sie, sich noch immer aneinanderklammernd, vor Erschöpfung eingeschlafen waren. Wieder glitt sein Blick zu dem leeren Kissen neben ihm. Aber wo – wo, zum Teufel, steckt sie jetzt? Mit einem Anflug von Panik stand er auf, schlüpfte in die Jeans und machte sich auf die Suche nach Ramona.

Noch bevor Brian das Treppenende erreicht hatte, hörte er sie singen.

„Jeden Morgen erwache ich
und suche deinen Blick,
der mir sagt: Ich liebe dich,
du bist mein Glück …"

Es war das Lied, das er ein bisschen ins Lächerliche gezogen hatte, als sie in seinem Wagen in den Hügeln über Los Angeles saßen. Seine Anspannung löste sich. Er ging den Flur entlang und lauschte ihrer leicht rauen Stimme, blieb dann auf der Schwelle stehen und beobachtete Ramona.

Ihre Bewegungen passten sich dem Lied an, das sie sang, waren munter und leicht. Sie wirkte glücklich. Die Küche war von Morgengeräuschen und Düften erfüllt. Die Kaffeemaschine blubberte, und der Speck zischte und brutzelte in der Pfanne. Porzellan klapperte, als Ramona nach dem richtigen Teller suchte.

Das Haar hing ihr über den Rücken, und der kurze Frotteebademantel rutschte weit über ihre Oberschenkel hinauf, als sie sich streckte, um das oberste Regal im Küchenschrank zu erreichen.

Sie unterbrach ihren Gesang einen Augenblick und verwünschte ebenso laut wie gut gelaunt ihre Kleinwüchsigkeit. Nachdem es ihr gelungen war, die Platte, die sie gesucht hatte, aus dem Schrank zu nehmen, drehte sie sich um und entdeckte Brian. Sie erschrak so, dass sie die Gabel fallen ließ, die sie in einer Hand hielt, und fast hätte die Porzellanplatte das gleiche Schicksal ereilt, wenn es Ramona nicht im letzten Moment gelungen wäre, sie festzuhalten.

„Brian!" Ramona fuhr sich mit der Hand an die Kehle und holte tief Atem. „Du hast mich erschreckt. Ich habe dich nicht herunterkommen hören."

Er erwiderte ihr Lächeln nicht. Stocksteif stand er da und sah sie nur an. „Ich liebe dich, Ramona", sagte er.

Ihre Lippen öffneten sich zitternd, als wolle sie etwas sagen, und schlossen sich dann wieder. Diese Worte, dachte sie, haben eine so unterschiedliche Bedeutung. Es war wichtig, dass sie einer ganz einfachen Erklärung keine allzu große Bedeutung beimaß. Sie bückte sich, hob die Gabel auf und sagte ganz beiläufig: „Ich liebe dich auch, Brian."

Stirnrunzelnd betrachtete er ihren gesenkten Kopf, und als sie sich zum Spülbecken wandte, um die Gabel zu säubern, ihren Rücken. „Das klingt, als wärst du meine Schwester. Aber Schwestern habe ich schon. Zwei. Eine dritte brauche ich nicht."

Ramona ließ sich Zeit. Sie drehte den Wasserhahn ab, setzte ein Lächeln auf und wandte sich ihm zu. „Ich denke an dich nicht wie an einen Bruder, Brian." Sie überlegte einen Augenblick lang, bevor sie fortfuhr: „Es ist nicht einfach für mich, dir zu sagen, was ich empfinde.

Ich habe deine Unterstützung, deine Rücksicht und dein Zartgefühl gebraucht. Du hast mir gestern Abend mehr geholfen, als ich dir sagen kann."

„Jetzt redest du, als wär ich ein idiotischer Seelendoktor. Ich habe gesagt, dass ich dich liebe, Ramona!" Diesmal schwang unterdrückter Zorn in seiner Stimme. Als Ramona sich wieder zu ihm umdrehte, war ihr Blick sehr beredt.

„Brian, du musst dich nicht verpflichtet fühlen …"

Sie unterbrach sich, als seine Augen plötzlich Funken zu sprühen schienen. Er stürmte in die Küche, schaltete die Gasflamme unter dem rauchenden Speck ab und riss den Stecker der Kaffeemaschine aus der Steckdose. Der Kaffee blubberte noch ein paar Sekunden weiter.

„Sag mir nicht, was ich zu tun habe!", schrie Brian. „Das weiß ich nämlich auch!" Er packte Ramona bei den Schultern und schüttelte sie. „Ich muss dich lieben! Das ist keine Verpflichtung, das ist eine Tatsache, ein Muss, ein furchtbarer Zwang!"

„Brian!"

„Halt den Mund!", befahl er. Er zog Ramona näher und küsste sie, nicht auf die Tassen achtend, die sie noch in den Händen hatte. Sie fühlte die Verzweiflung, die in diesem Kuss lag, den Zorn. „Sag mir ja nie wieder so ruhig und gelassen, dass du mich liebst." Er hob den Kopf nur lange genug, um Atem holen zu können. Sein Mund war hart und fordernd. „Ich will mehr von dir, Ramona, viel mehr." Grünes Feuer loderte in seinen Augen, als er heftig hinzufügte: „Und ich werde es auch bekommen!"

„Brian!" Ramona war atemlos, sie fühlte sich wie leicht beschwipst, und dann musste sie lachen. „Brian, du bohrst mir mit den Tassen Löcher in die Brust. Lass mich die Sachen bitte abstellen." Er sagte etwas sehr Unfreundliches über das Geschirr, doch es gelang Ramona, sich so weit von ihm zu lösen, dass sie Tassen und Untertassen auf den Tisch stellen konnte.

Dann warf sie ihm die Arme um den Hals. „Sei doch nicht so böse, Brian", sagte sie. „Ich gehöre doch dir, gehöre dir ganz und gar. Ich hatte Angst – und weiß jetzt, dass es dumm war, Angst zu haben –, dir zu sagen, wie sehr ich dich liebe." Sie nahm sein Gesicht in beide Hände, sodass er ihr in die Augen sehen und darin lesen konnte. „Ich liebe dich, Brian."

Heiß und drängend trafen sich ihre Lippen und lösten sich auch nicht voneinander, als Brian Ramona auf die Arme hob.

„Du musst noch ein bisschen auf deinen Kaffee warten", sagte er, als sie ihn auf den Nacken küsste. Sie murmelte ihr Einverständnis, während er sie durch den Flur und durch die Halle trug.

„Zu weit", flüsterte sie dann.

„Hm?"

„Bis ins Schlafzimmer ist es zu weit."

Lachend sah Brian sie an. „Viel zu weit", bestätigte er ernst, änderte die Richtung, um ins Musikzimmer zu gehen. „Fast unerreichbar weit." Zusammen ließen sie sich auf ein Sofa sinken. „Wie gefällt es dir hier?" Er ließ die Hand unter Ramonas Bademantel gleiten, um ihre Haut zu fühlen.

„Hier hat unsere Zusammenarbeit immer besonders gut geklappt." Ramona sah ihm lachend in die Augen und zog mit den Fingerspitzen seine Schultermuskeln nach. Es ist Wirklichkeit, dachte sie triumphierend und küsste ihn wieder.

„Das Geheimnis", sagte Brian und grub spielerisch die Zähne in ihren Nacken, „ist eine starke Melodie."

„Sie ist nichts ohne den richtigen Text."

„Musik bedarf nicht immer der Worte." Er beschäftigte sich mit der anderen Seite ihres Halses, während seine Hand langsam zu ihrer Brust hinunterwanderte.

„Nein", pflichtete sie ihm bei und stellte fest, dass ihre Hände nicht stillhalten wollten und unablässig seinen Rücken streichelten. „Aber die Harmonie muss da sein, zwei aufeinander abgestimmte Noten im vollendeten Zusammenklang."

„Das kommt aufs Mischen an", sagte er leise. „Am Mischpult bin ich ganz groß." Er löste den Gürtel ihres Bademantels.

„Aber Brian!", rief sie plötzlich. „Mrs Pengalley kommt doch bald."

„Nun, das würde ihre Meinung über Leute aus dem Showgeschäft nur endgültig bestätigen", antwortete er gelassen und begann ihre Brust zu küssen.

„Oh nein, Brian, hör auf!" Sie wehrte sich lachend und stöhnte dann leise auf.

„Kann nicht", sagte er und ließ die Lippen zu ihrer Kehle wandern. „Wilde Lust treibt mich", erklärte er und biss sie ins Ohrläppchen. „Unkontrollierbare Lust. Außerdem", fügte er hinzu, als er sich Ramonas anderem Ohr zuwandte, „ist heute Sonntag, und Mrs Pengalley hat frei."

„Tatsächlich?" Ramona war zu verwirrt, um sich an so triviale Dinge wie Wochentage oder Daten zu erinnern. „Wilde Lust?", wiederholte sie, als er ihr den Bademantel von den Schultern schob. „Wirklich?"

„Aber ja. Soll ich es dir beweisen?"

„Oh ja", flüsterte sie und hob ihm erwartungsvoll die Lippen entgegen. „Beweis es mir ..."

Viel später saß Ramona auf dem Kaminteppich und sah Brian zu, der das Feuer schürte. Sie hatte frischen Kaffee gemacht und ihn mit dem Frühstück hereingebracht. Brian hatte zu seinen Jeans einen Pullover angezogen, doch sie trug noch immer den kurzen Frotteemantel. Eine Tasse Kaffee in beiden Händen haltend, gähnte sie und dachte: Ich habe mich noch nie so entspannt gefühlt. Sie kam sich vor wie eine Katze, die auf ihrem Lieblingsplatz in der Sonne saß, und beobachtete Brian, der ein Holzscheit in die prasselnden Flammen schob. Er drehte sich um und sah, dass sie ihn anlächelte.

„Woran denkst du?", fragte er und streckte sich neben ihr auf dem Teppich aus.

„Ich denke daran, wie glücklich ich bin." Sie reichte ihm seine Kaffeetasse und beugte sich gleichzeitig vor, um ihn zu küssen. Es schien alles so einfach, so klar und richtig.

„Wie glücklich bist du?"

„Oh, ich schwebe irgendwo zwischen Ekstase und Delirium, glaube ich." Sie suchte seine Hand und hielt sie fest. Ihre Finger verflochten sich ineinander. „An der Grenze absoluter Verzückung."

„Nur an der Grenze?", fragte Brian seufzend. „Nun, wenn wir hart genug arbeiten, wirst du auch diese Grenze überschreiten." Er schüttelte den Kopf und küsste dann ihre Hand. „Weißt du, dass du mich gestern in diesem Zimmer fast zum Wahnsinn getrieben hast?"

„Gestern?" Ramona warf mit einer Kopfbewegung die Haare über die Schultern zurück. „Keine Ahnung, was du meinst."

„Ich glaube, du wirst nie begreifen, wie ungeheuer erregend deine Stimme ist", sagte er nachdenklich, während er den Kaffee trank und ihr Gesicht betrachtete. „Dieses Zusammenwirken von Unschuld und einer verruchten Stimme ..."

„Das gefällt mir." Ramona stellte ihre leere Tasse hinter ihm ab. Durch die Bewegung öffnete sich ihr Bademantel, und man sah die

Wölbung ihrer Brüste. „Willst du eins von diesen Eiern? Sie schmecken wahrscheinlich grässlich."

Brian wandte den Blick von der glatten, weichen Haut ab, die aus
dem offenen Bademantel schimmerte. Wieder schüttelte er den Kopf.
„Wie du sie anpreist, sind sie geradezu unwiderstehlich", sagte er lachend.

„Ein Verhungernder kann nicht wählerisch sein", erklärte Ramona
und reichte ihm eins. „Wahrscheinlich sind sie steinhart."

Er zog eine Braue hoch. „Isst du keins?"

„Nein. Ich bin klug genug, nicht zu essen, was ich gekocht habe."
Sie reichte ihm eine Serviette.

„Wir könnten auswärts essen."

„Nimm deine Fantasie zu Hilfe", schlug sie vor. „Bilde dir ein, du
hast schon gegessen. Das funktioniert bei mir immer."

„Ich habe keine so lebhafte Fantasie wie du." Brian begann das Ei
zu schälen. „Vielleicht geht es besser, wenn du mir sagst, was ich zu
essen bekommen habe."

„Eine Riesenportion Rührei", antwortete Ramona, die Augen zu-
kneifend. „Wenigstens fünf oder sechs. Du solltest wirklich auf deinen
Cholesterinspiegel achten. Und drei Scheiben Toast mit der grässlichen Marmelade, die du dir immer so dick aufstreichst."

„Du hast sie ja noch gar nicht versucht", meinte er.

„Ich bilde mir aber ein, dass ich's getan habe", erklärte sie geduldig.
„Außerdem hast du fünf Scheiben Speck gegessen." Das klang ein
wenig tadelnd, und er lachte übermütig.

„Ich habe morgens einen gesunden Appetit."

„Ich begreife nicht, wie du nach alldem noch einen einzigen Bissen
hinuntergebracht hast. Kaffee?" Ramona griff nach der Kanne.

„Nein, ich denke, mir reicht's."

Sie lachte, beugte sich vor und schlang ihm die Arme um den Nacken. „Habe ich dich wirklich verrückt gemacht, Brian?" Das Gefühl
ihrer Macht berauschte sie. Es war ein süßes Gefühl.

„Ja." Er rieb seine Nase an der ihren. „Zuerst war es mir fast unmöglich, mich mit dir im selben Raum aufzuhalten, so sehr wollte ich
dich. Dann dieses Lied." Er lachte leise und rückte dann ein Stückchen
von ihr ab, um sie besser sehen zu können. „Musik bringt nicht immer
Frieden in den Aufruhr, der im Inneren tobt. Und zu allem anderen
noch diese verdammte Plattenhülle. Ich musste mich in Wut retten,
sonst hätte ich dich auf der Stelle auf den Teppich geworfen."

Er sah ihre Verblüffung, und dann dämmerte in ihren Augen Verständnis auf. „Hast du deshalb …" Sie unterbrach sich, und ihr Lächeln vertiefte sich. Sie legte den Kopf schief und fuhr sich mit der Zungenspitze langsam über die Zähne. „Und nun, da du deinen Willen durchgesetzt hast, werde ich dich wahrscheinlich nicht mehr verrückt machen."

„Das stimmt." Er küsste sie leicht. „Ich kann dich nehmen oder links liegen lassen, wie's mir gerade einfällt." Brian setzte die leere Tasse ab und zauste ihr das Haar, belustigt, weil sie ein Gesicht schnitt. „Es ist Mittag", fuhr er mit einem Blick auf die Uhr fort. „Wenn wir heute noch arbeiten wollen, sollten wir damit anfangen. Und zwar mit der neuen Nummer für die zweite weibliche Hauptrolle. Mir ist da eine recht gute Idee gekommen."

„Ach, wirklich? Und was ist das für eine Idee?"

„Wir könnten das Tempo erhöhen … etwa in der Art eines Jive aus den frühen Vierzigerjahren, weißt du? Das gäbe einen guten Kontrast zur übrigen Partitur."

„Hm, es wäre auch eine gute Tanznummer." Ramona schob die Hände unter seinen Pullover und strich leicht über seine nackte Brust. Sie musste lächeln, als sie den Ausdruck des Erstaunens in seinen Augen sah. „Wir brauchen an der Stelle eine gute Tanznummer."

„Das finde ich auch", murmelte Brian. Die leichte Berührung ihrer Hände weckte sein Begehren, seine Muskeln spannten sich, wurden hart, und in seinen Schläfen begann es zu hämmern. Er griff nach ihr, doch sie stand auf und ging zum Klavier.

„Meinst du es so?" Ramona spielte ein paar Takte der Melodie in dem Tempo, das er vorgeschlagen hatte. „Ein bisschen Boogie?"

„Ja." Er wollte sich zwingen, auf den lebhaften, sich ständig wiederholenden Rhythmus zu achten, und stellte fest, dass sein Blut im gleichen Takt durch die Adern pulsierte. „So habe ich es mir vorgestellt."

Sie blickte über die Schulter zurück und lächelte ihm zu. „Dann brauchen wir nur noch den Text." Sie probierte noch eine Weile am Klavier herum und ging dann, um sich frischen Kaffee einzuschenken. „Das ist flott und geht ins Ohr." Über den Rand der Tasse hinweg sah sie Brian nachdenklich an. „Ein Chor gehört auch dazu, denke ich."

„Hast du schon eine Vorstellung vom Text?"

„Ja, die hab ich." Sie stellte die Tasse ab, setzte sich neben ihn und strich ihm das Haar aus der Stirn. „Wenn Carla die Rolle bekommt, und es sieht ganz danach aus, brauchen wir etwas, das zu ihrer Baby-Doll-Stimme passt. Ihre Songs sollten Rahmen und Hintergrund für Laurens Lieder sein." Ramona drückte ihm leicht die Lippen auf das Ohr. „Natürlich sollte der Chor sie kräftig unterstützen und … stützen." Wieder ließ sie eine Hand unter seinen Pullover gleiten, und ihre Finger spielten mit seinen weichen Brusthaaren. „Was meinst du dazu?", fragte sie, zu ihm aufblickend.

Brian zog sie an sich, doch sie wandte den Kopf ab, sodass sein Kuss nur ihre Wange streifte. „Ramona", sagte er lachend. Doch bei der Berührung ihrer Fingerspitzen auf seinem Bauch holte er einmal kurz Luft und hielt den Atem an. Diesmal stöhnte er ihren Namen und riss sie an sich.

Ramona legte den Kopf zurück, und er küsste sie. Es war ein leidenschaftlicher, fast verzweifelter Kuss, aber als Brian sie niederdrücken wollte, glitt sie gewandt zur Seite, sodass ihr Körper über dem seinen lag. Sie küsste seinen Hals und fühlte, wie eine Ader an ihren Lippen klopfte. Ihre Hände steckten noch unter seinem Pullover, sodass sie merkte, wie sich seine Haut langsam erhitzte. Er zog an ihrem Bademantel, doch sie presste sich fester an ihn, sodass der Stoff nicht verrutschen konnte.

„Ramona!", stieß er mit tiefer, rauer Stimme hervor. „Lass mich dich berühren!"

„Mache ich dich verrückt, Brian?", flüsterte sie, und das Gefühl ihrer Macht stieg ihr zu Kopf wie schwerer Wein. Bevor er antworten konnte, legte sie die Lippen auf die seinen und öffnete ihm mit der Zungenspitze den Mund. Langsam schob sie seinen Pullover hoch und fühlte, wie Brian zitterte. Sie zog ihm den Pullover über Schultern und Kopf, warf ihn beiseite und begann mit Lippen und Zunge seine Brust zu liebkosen. Dass er ihr gegenüber genauso hilflos und preisgegeben war wie sie bei ihm, war eine neue Erfahrung für sie. Zwischen ihnen war eine tiefe Harmonie, und sie hatten beide das Verlangen, aus ihrer Beziehung das Beste zu machen. Vorher hatte er sie geführt, doch jetzt wollte sie mit ihren Fähigkeiten experimentieren. Sie wollte alles ausprobieren, wollte selbst einmal die Führung übernehmen. Jetzt war sie an der Reihe, ihn zu lehren, wie er sie gelehrt hatte.

Seine Haut fühlte sich heiß an. Er bewegte sich unter ihr, doch sein anfängliches forderndes Drängen hatte sich in eine leicht benommene Passivität verwandelt. Ramonas Hände kannten keine Scheu, neugierig suchten und forschten sie, wollten erkunden, was ihm und ihr Lust bereitete, was sie beide erregte. Sie wusste jetzt, dass sie sterben würde, wenn sie ihn nicht mehr haben konnte. Sie fühlte seine Finger in ihrem Haar, und je höher die Wogen der Leidenschaft gingen, desto fester verkrampften sie sich darin.

Wie in der Nacht ahnte sie, dass er sich eisern zurückhielt, doch jetzt fand sie es unglaublich erregend, seine Beherrschung, seine Zurückhaltung zu durchbrechen.

Seine Muskeln waren straff gespannt und spannten sich noch mehr, als sie darüberglitt. Sie hörte, wie ihm der Atem stockte. Sie öffnete den Reißverschluss seiner Jeans und zog sie langsam über seine Hüften und Schenkel hinunter.

Dann presste sie den Mund auf den seinen, und der Kuss riss sie in einen Strudel wilder Leidenschaft, die weit entfernt war von den sanften Zärtlichkeiten, mit denen Ramona begonnen hatte. Sie zitterte plötzlich vor Verlangen, richtete sich auf und zog hastig den Bademantel aus. Wirr fiel ihr das Haar auf die Brüste.

Brian löste die Finger aus ihrem Haar und umfing Ramonas schmale Hüften. Endlich vereinten sich ihre Körper in einem sich zur Ekstase steigernden Rhythmus. Sie waren vollkommen aufeinander eingestimmt. Schließlich sank Ramona mit einem langen seufzenden Erschauern erschöpft über Brian zusammen. Er zog sie an sich, und gemeinsam glitten sie aus der Leidenschaft in zärtliche Zufriedenheit hinein.

Eng verschlungen mit Brian, vom Liebesakt in diesem stillen, warmen Raum entspannt, seufzte Ramona tief auf. „Brian", sagte sie, nur um wieder seinen Namen zu hören.

„Hm?" Er streichelte ihr Haar, scheinbar irgendwo in einer Welt zwischen Schlafen und Wachen verloren.

„Ich habe nie geahnt, dass es so sein könnte."

„Ich auch nicht, mein Schatz."

Ramona rückte so weit von ihm ab, dass sie ihm ins Gesicht sehen konnte. „Aber du hast doch so viele Frauen gehabt." Sie rollte sich neben ihm zusammen und wollte den Kopf in die Beuge seines Arms legen.

Er richtete sich jedoch auf den Ellbogen auf und betrachtete ihr sanft gerötetes Gesicht, die vom Küssen geschwollenen Lippen, die schläfrigen Augen. „Aber ich habe keine meiner Geliebten geliebt", antwortete er.

Sie schwieg einen Moment und lächelte ihm dann zu. „Darüber bin ich froh. Bisher war ich mir dessen nämlich nicht sicher."

„Du kannst ganz sicher sein." Er küsste sie hart und besitzergreifend.

Sie lehnte sich an ihn, und ein leichter Schauer durchlief sie. Dann lachte sie Brian an. „Noch vor ein paar Minuten hätte ich geschworen, mir könnte nie wieder kalt sein."

Brian streckte die Hand nach ihrem Bademantel aus. „Ich habe", sagte er, „ernstliche Zweifel im Hinblick auf unsere Arbeit, wenn du dich nicht bald anziehst ... und zwar so reizlos wie möglich."

Nachdem Ramona den Morgenmantel übergestreift hatte, legte sie Brian die Hände auf die Schultern. Aus ihren Augen blitzte der Übermut.

„Lenke ich dich denn ab, Brian?", fragte sie unschuldsvoll.

„Man könnte es so ausdrücken."

„Wahrscheinlich werde ich in Versuchung geraten, es immer wieder zu tun, seit ich weiß, dass ich es kann." Sie küsste ihn und zuckte mit den Schultern. „Ich fürchte, ich werde nicht anders können."

„Ich nehme dich beim Wort." Brian lächelte vieldeutig. „Willst du gleich damit anfangen?"

Sie zog ihn heftig an den Haaren. „Ich finde das nicht sehr schmeichelhaft. Deshalb gehe ich jetzt reizlose Kleider suchen, um so unscheinbar wie möglich auszusehen."

„Später", sagte er und zog sie wieder auf den Teppich hinunter, als sie aufstehen wollte.

Sie lachte, erstaunt und verblüfft über das, was sie in seinen Augen las. „Also Brian, wirklich ..."

„Später", sagte er noch einmal und drückte sie sanft zurück auf den Boden.

12. KAPITEL

*N*ach und nach zog der Sommer in Cornwall ein. Ramona genoss die warmen Nachmittage mit Bienengesumm im Garten. Die Nächte waren nicht mehr ganz so kalt wie bisher. In der Luft hing wie ein Hauch der erste Duft des Geißblatts. Dann begannen die wilden Rosen üppig zu blühen. Und in all den Wochen, in denen die Landschaft aufblühte, blühte auch Ramona auf. Sie wurde geliebt.

Ihr Leben lang hätte sie auf die Frage, was sie sich am meisten wünschte, immer geantwortet: „Ich möchte geliebt werden." Sie hatte als Kind nach Liebe gehungert, hatte sie als Heranwachsende entbehrt, als sie rastlos von Stadt zu Stadt ziehen musste und nie lange genug irgendwo bleiben durfte, um echte Freundschaft und Zuneigung zu finden. Zum Teil war es diese unerfüllte Sehnsucht nach Liebe, die sie zum erfolgreichen Bühnenstar machte. Sie war bereit, sich von ihrem Publikum lieben zu lassen, fühlte sich, wenn sie im Scheinwerferlicht stand, nie unerreichbar, und die Leute wussten das.

Die Liebe, die ihr ihr Publikum entgegenbrachte, hatte ein heftiges Verlangen in ihr gestillt. Sie hatte sie erfüllt, aber niemals so tief befriedigt wie Brians Liebe.

Die Wochen vergingen, und Ramona rückte ständig weiter von ihrer Rolle als Star ab, wurde immer mehr nur liebende Frau. Und sie genoss es. Brian war ein anstrengender Liebhaber, nicht nur in körperlicher, nein, in jeder Beziehung. Er forderte ihren Körper, ihr Herz, ihre Gedanken, und sie musste sich ihm rückhaltlos geben. Dass er sie so ganz und ausschließlich wollte, war der einzige Schatten, der auf diese sommerlichen Tage fiel. Ramona schaffte es einfach nicht, sich ihm völlig preiszugeben, ihm in alle Bereiche ihres Lebens Eingang zu gewähren. Sie war verletzt worden und wusste, wie verheerend der Schmerz sein konnte, wenn man rückhaltlos liebte. Ihre Mutter hatte ihr unzählige Male das Herz gebrochen und ihr nach dem schwersten Schlag immer wieder versichert, sie werde sich jetzt ändern, alles werde jetzt besser. Ramona hatte gelernt, damit fertigzuwerden, und auch, sich dagegen zu schützen.

Ihre frühere Liebe zu Brian mochte naiv gewesen sein, aber sie hatte ihn mit Haut und Haar geliebt. Als er sie verließ, hatte sie geglaubt, nur noch ein halber Mensch zu sein und es für immer bleiben zu müssen. Fünf Jahre lang hatte sie sich gegen alle Männer verschanzt, sie konnten ihre Freunde sein – aber keiner war ihr Geliebter gewesen. Die Wunden waren geheilt, doch die Erinnerung hatte sie immer wieder ermahnt, vorsichtig zu sein. Sie hatte sich selbst geschworen, dass nie wieder ein Mann sie so verletzen sollte wie Brian Carstairs. Und jetzt stellte sie fest, dass dieser Schwur noch immer galt. Er war der einzige Mann, der die Macht hatte, ihr wehzutun. Diese Erkenntnis war beglückend und erschreckend zugleich.

Kein Zweifel, dass er sie körperlich geweckt hatte. Ihre Ängste waren von den hochgehenden Fluten der Liebe fortgespült worden. Ramona hatte gefunden, dass sie sich Brian hier rückhaltlos geben konnte. Dass sie so erregend auf ihn wirkte, stärkte sie in ihrem wachsenden Selbstbewusstsein als Frau. Sie lernte, dass ihre Leidenschaft ebenso stark war wie die seine. Sie hatte sie viel zu lange unterdrückt. Konnte Brian mit einem einzigen Blick ihr Blut erhitzen, so war er, wie sie erkannte, nicht weniger empfänglich. Wenn er mit ihr schlief, konnte man von kühler britischer Zurückhaltung nichts merken. Dann war er ganz stürmischer und leidenschaftlicher Ire.

Eines Morgens weckte er sie kurz nach Tagesanbruch, indem er ihr Rosenknospen auf das Bett streute. Am nächsten Abend überraschte er sie mit eisgekühltem Champagner, als sie in der altmodischen Badewanne lag. Nachts konnte er rücksichtslos in seinem Verlangen sein, sie wecken und mit einem fast verzweifelten Begehren nehmen, das ihr keine Zeit ließ, überrascht zu sein, zu protestieren oder überhaupt irgendwie zu reagieren. Manchmal schien er geradezu rasend glücklich, und dann wieder ertappte sie ihn dabei, dass er sie merkwürdig forschend betrachtete.

Ramona liebte ihn, doch sie brachte es noch nicht fertig, ihm voll zu vertrauen. Sie wussten es beide, und sie vermieden es beinahe ängstlich, daran zu rühren.

Neben Brian auf dem Klavierschemel sitzend, experimentierte Ramona mit den Anfangsakkorden eines Duetts. „Ich wäre für eine Moll-Tonart." Sie blickte nachdenklich auf ihre Hände hinunter. „Viele Streicher, eine große Besetzung aus Celli und Geigen." Sie spielte weiter und hörte weniger das Klavier als das endgültige Orchesterarrangement. „Was meinst du dazu?", wandte sie sich an Brian.

„Spiel mal das Ganze", sagte er und zog an seiner Zigarette.

Sie begann zu spielen, doch er unterbrach sie schon nach ein paar Takten. „Nein, dieser Teil passt nicht rein."

„Aber der stammt doch von dir", erinnerte sie ihn lachend.

„Ein Genie ist verpflichtet, sich zu korrigieren, wenn es sich geirrt hat", erwiderte er, und Ramona grinste ganz undamenhaft. „Hast du einen besseren Vorschlag?", fragte er.

„Ich? Oh nein, ich würde nie wagen, einem Genie hineinzureden."

„Das ist sehr weise von dir", lobte er und begann selbst am Klavier herumzuprobieren. „Wie findest du das?"

Er spielte die Melodie von Anfang an und änderte nur ein paar Noten an der von ihm beanstandeten Stelle.

„Hast du was geändert?", fragte sie.

„Mir ist klar, dass dein unvollkommenes Ohr solche Feinheiten nicht bemerkt", antwortete er, und sie gab ihm einen heftigen Rippenstoß. „Gute Reaktion", murmelte er und rieb sich die schmerzende Stelle. „Versuchen wir's noch einmal?"

„Es gefällt mir, wenn du den Würdevollen spielst, Brian."

„Tatsächlich?" Er zog fragend die Brauen hoch. „Wo bin ich stehen geblieben?"

„Du wolltest eben den ersten Satz von Tschaikowskys zweiter Symphonie spielen."

„Aha." Brian wandte sich wieder den Tasten zu.

Er spielte den schwierigen Satz so brillant, dass Ramona nur den Kopf schütteln konnte.

„Das ist reine Show", sagte sie abfällig, nachdem er schwungvoll geendet hatte.

„Du bist ja nur neidisch."

Seufzend hob sie die Schultern. „Unglücklicherweise hast du recht."

Brian lachte und legte den Handteller an den ihren. „Ich habe den Vorteil der größeren Hand und kann daher besser greifen."

Ramona betrachtete ihre kleine, feinknochige Hand. „Nur gut, dass ich nicht Konzertpianistin werden wollte."

„Du hast wunderschöne Hände", sagte Brian und zog mit einer seiner unerwarteten romantischen Gesten ihre rechte Hand an die Lippen. „Ich bin rettungslos in sie verliebt."

„Brian!" Völlig entwaffnet konnte Ramona ihn nur ansehen. Prickelnde Wärme stieg in ihr auf.

„Sie duften immer nach der Creme, die du auf deinem Toilettentisch stehen hast."

„Ich dachte nicht, dass du auf so etwas achtest." Sie erschauerte leicht, als er die Innenseite ihres Handgelenks küsste.

„Es gibt nichts an dir, was mir entgehen könnte." Er küsste ihr das andere Handgelenk. „Du badest gern viel zu heiß und lässt deine Schuhe an den unmöglichsten Stellen stehen. Den Takt schlägst du immer mit dem linken Fuß." Brian sah sie an und strich ihr das Haar über die Schultern zurück. „Und wenn ich dich berühre, verschleiern sich deine Augen." Er strich ihr mit der Fingerspitze über die Brust, und sofort verdunkelte sich ihr Blick.

Sehr langsam beugte er sich vor und berührte ihre Lippen mit den seinen. Und ebenso langsam streichelte er ihre Brüste, bis die Knospen steif wurden und sich gegen den dünnen Stoff ihrer Bluse drängten.

Ramonas Mund war weich und öffnete sich willig. Sie bog den Kopf zurück. Ein prickelndes Lustgefühl überlief sie. Brian zog sie enger an sich. Seine Hand lag noch immer auf ihren Brüsten.

„Ich fühle, wie du ganz weich und nachgiebig wirst", sagte er leise. Sein Mund wurde fordernder, die Hände wurden begehrlicher. „Es macht mich verrückt." Seine Finger glitten von ihren Brüsten zum obersten Knopf ihrer Bluse. Als er ihn eben öffnete, klingelte schrill das Telefon, das am anderen Ende des Zimmers auf einem Tisch stand. Er fluchte, und Ramona lachte auf und drückte ihn kurz an sich.

„Mach dir nichts draus, mein Schatz", sagte sie nach einem tiefen Atemholen. „Ich verrate dir hinterher auch, wo du unterbrechen musstest." Sie löste sich aus seinen Armen, durchquerte das Zimmer und hob ab.

„Hallo."

„Ich möchte mit Brian Carstairs sprechen", sagte eine angenehme Frauenstimme. Ramona fragte sich, wie die Frau oder das Mädchen – wahrscheinlich ein Fan von Brian – sich diese Nummer verschafft hatte.

„Tut mir leid. Mr Carstairs ist im Augenblick sehr beschäftigt", antwortete sie. Sie sah zu ihm hinüber, und er nickte beifällig. Dann stand er auf, kam zu ihr und fing an, sie auf den Nacken zu küssen, was sie natürlich völlig ablenkte.

„Würden Sie ihm ausrichten, er solle seine Mutter anrufen, sobald er Zeit hat?"

„Verzeihung, was sagten Sie eben?" Ramona unterdrückte ein Kichern und versuchte, sich aus Brians Armen zu befreien.

„Er soll seine Mutter anrufen", wiederholte die Frau. „Sie sollen ihm sagen, dass ich seinen Anruf erwarte. Meine Nummer hat er ja."

„Oh bitte, Mrs Carstairs, warten Sie! Es tut mir leid. Er ist hier", sagte sie ins Telefon und fügte dann, für ihn bestimmt, flüsternd vor Schreck hinzu: „Deine Mutter!"

Er lachte leise und nahm ihr, sie noch immer fest an sich pressend, den Hörer aus der Hand. „Hallo, Mutter!" Er küsste Ramonas Schläfe und fuhr dann fort: „Doch, ich war beschäftigt. Ich habe eine schöne Frau geküsst, die ich wahnsinnig liebe." Dass Ramona feuerrot wurde, amüsierte ihn sichtlich. „Nein, nein, das macht nichts, ich habe die Absicht, nach unserem Gespräch damit fortzufahren. Wie geht es dir? Und den anderen?"

Ramona schlängelte sich aus Brians Umarmung und verkündete: „Ich gehe Tee kochen." Dann verließ sie das Zimmer.

Mrs Pengalley hatte die Küche makellos sauber zurückgelassen, und Ramona wanderte eine Weile ziellos darin umher und wartete darauf, dass das Wasser kochte. Plötzlich stellte sie fest, dass sie Hunger hatte, und dann fiel ihr ein, dass Brian und sie nichts zu Mittag gegessen hatten. Sie holte das Brot heraus und beschloss, zum Tee gebutterte „Toastfinger" zu machen.

Der Nachmittagstee gehörte zu Brians festen Ritualen, und Ramona war inzwischen auch sehr davon angetan. Sie genoss die angenehmen Arbeitspausen am Spätnachmittag vor dem Kamin bei Tee und Kuchen oder Buttertoast. Es war dann richtig gemütlich, sie sprachen über ganz nebensächliche Dinge oder träumten vor sich hin.

Der Kessel begann zu pfeifen, und sie drehte die Flamme ab. Während sie daranging, den Tee aufzugießen und den Toast mit Butter zu bestreichen, beschäftigten sich ihre Gedanken mit Brian. Wie viel ganz natürliche und ungezwungene Zuneigung hatte doch in seiner Stimme gelegen, als er mit seiner Mutter sprach. Neid stieg in ihr auf – Neid, wie sie ihn häufig in ihrer Kindheit und frühesten Jugend empfunden hatte. Dass sie ihn auch jetzt noch fühlte, überraschte sie.

Energisch erinnerte sie sich daran, dass sie fünfundzwanzig und kein Kind mehr war.

Die Hausarbeit lenkte sie ab und beruhigte sie. Sie belud das Tablett und trug es durch die Halle. Vor der Tür des Musikzimmers hörte sie Brian jedoch noch sprechen und zögerte, weil sie ihn nicht stören wollte. Jedoch war das Tablett so schwer, dass das den Ausschlag gab.

Als sie eintrat, saß er lässig in einem tiefen Sessel am Feuer. Sie setzte das Tablett auf einem Tischchen ab, das neben ihm stand, und er streckte die Hand nach ihr aus.

„Bestimmt, Mutter", sagte er gerade. „Nächsten Monat vielleicht. Grüß alle von mir." Er unterbrach sich und musterte Ramona von Kopf bis Fuß. „Sie hat große graue Augen … sie sind so grau wie die Taube, die Shawn im Taubenschlag auf dem Dach hält. Ja, ich sag's ihr. Auf Wiedersehen, Mutter. Ich liebe dich." Brian legte auf und betrachtete anerkennend das Tablett. „Du warst fleißig, mein Schatz", sagte er.

Sie kauerte sich neben das niedrige Tischchen und schenkte Tee in die Tassen. „Ich merkte plötzlich, dass ich am Verhungern war." Mit dem üblichen Kopfschütteln sah sie ihm zu, wie er Milch in seinen Tee tat. Mit dieser englischen Sitte würde sie sich nie anfreunden können. Sie trank ihren Tee ohne jeden Zusatz.

„Meine Mutter hat mich gebeten, dir zu sagen, dass du eine sehr hübsche Telefonstimme hast." Brian nahm einen Toast und biss hinein.

„Du hättest ihr nicht gerade zu erzählen brauchen, dass du mich geküsst hast", entgegnete Ramona verlegen. Er lachte, und sie funkelte ihn böse an.

„Mutter weiß, dass es zu meinen Gewohnheiten gehört, Frauen zu küssen", erklärte er ihr ernsthaft. „Wahrscheinlich weiß sie auch, dass ich gelegentlich mehr getan habe, aber wir haben über diesen besonderen Bereich meines Lebens schon seit längerer Zeit nicht mehr gesprochen." Er biss noch einmal ab und betrachtete nachdenklich Ramonas Gesicht. „Sie möchte dich kennenlernen. Wenn wir mit dem Musical weiterhin so gut vorankommen, könnten wir nächsten Monat nach London fahren."

„Ich bin nicht an Familien gewöhnt, Brian", wandte Ramona ein und griff nach ihrer Tasse.

Er legte jedoch die Hand auf die ihre und wartete, bis sie wieder zu ihm aufblickte. „Mit meinen Leuten kann man sehr gut auskommen, Ramona", sagte er. „Sie sind wichtig für mich. Du bist wichtig für mich. Ich möchte, dass sie dich kennenlernen."

Sie fühlte eine fast unerträgliche innere Spannung und senkte den Blick.

„Ramona!" Brian seufzte gereizt auf. „Wann wirst du endlich mit mir reden?"

Sie konnte nicht so tun, als verstehe sie ihn nicht. So konnte Ramona nur den Kopf schütteln und dem Thema noch eine Zeit lang ausweichen. Der Augenblick, in dem sie nach Kalifornien zurückkehren und sich der Wirklichkeit stellen mussten, kam noch früh genug.

„Bitte erzähl mir etwas über deine Familie. Es könnte mir helfen, mich an den Gedanken zu gewöhnen, dass ich ihnen allen gegenübertreten muss. Ich möchte gern mehr wissen, als ich in den Klatschspalten gelesen habe." Ramona lächelte. Ihre Augen flehten ihn an, das Lächeln zu erwidern und keine bohrenden Fragen zu stellen. Noch nicht.

Brian musste gegen das Gefühl der Enttäuschung ankämpfen, das ihn überkam, doch er gab nach. Er konnte ihr noch ein bisschen Zeit lassen.

„Ich bin der Älteste von fünf Geschwistern." Er zeigte auf das Kaminsims, auf dem die Fotos standen. „Der vornehm Aussehende mit der hübschen blonden Frau ist Michael. Er ist Anwalt." Lächelnd erinnerte sich Brian daran, wie groß seine Freude darüber gewesen war, dass er seinen Bruder auf eine gute Universität schicken konnte. „Er war der erste Carstairs, der studierte. Als Junge war er überhaupt nicht vornehm", fügte Brian hinzu. „Er war ein schrecklicher Raufbold und schlug allen anderen Jungen die Nasen blutig."

„Das klingt nach einem guten Anwalt", stellte Ramona trocken fest. „Weiter bitte."

„Die Nächste ist Alison. Sie hat als Beste ihres Jahrgangs in Oxford ihr Examen abgelegt." Er beobachtete, wie Ramona das Foto mit der zierlichen Blondine erstaunt betrachtete, und fügte hinzu: „Sie hat einen erstaunlichen Verstand und macht etwas mir völlig Unverständliches mit Computern. Außerdem hat sie eine besondere Vorliebe für raue Rugby-Spiele. Ihren Mann lernte sie auf dem Sportplatz kennen."

Kopfschüttelnd versuchte Ramona sich vorzustellen, wie sich die zerbrechlich aussehende Frau bei Rugby-Spielen die Kehle heiser schrie oder schwierige Computerprobleme löste. „Wahrscheinlich ist dein anderer Bruder Physiker", sagte sie.

„Nein, Shawn ist Tierarzt." Brians Stimme bekam plötzlich eine ganz besondere Wärme.

„Dein Lieblingsbruder?"

Er legte den Kopf schief und griff nach der Teekanne, um sich nachzuschenken. „Wenn es unter Geschwistern so etwas wie Lieblingsbrüder oder -schwestern gibt … dann ja. Er ist einfach einer der nettesten Menschen, die ich kenne. Und er ist unfähig, einem anderen wehzutun. Als Junge war er immer derjenige, der den Vogel mit dem gebrochenen Flügel oder den Hund mit der verletzten Pfote fand. Du kennst den Typ."

Ramona kannte ihn nicht, murmelte aber irgendetwas und trank einen Schluck Tee. Brians Familie fing an, sie zu faszinieren. Aus irgendeinem Grund hatte sie geglaubt, Menschen, die im selben Haus unter denselben Umständen erzogen worden waren, müssten sich ähnlicher sein. Brian und seine Geschwister schienen aber völlig verschieden. „Und deine zweite Schwester?"

„Moira?" Er lachte. „Sie geht noch zur Schule und will entweder in die Hochfinanz oder zum Theater. Vielleicht studiert sie aber auch Anthropologie. Sie ist noch unentschlossen."

„Wie alt ist sie?"

„Achtzehn. Sie findet deine Platten übrigens fantastisch. Als ich das letzte Mal zu Hause war, hatte sie jedenfalls alle."

„Ein sehr sympathischer Zug", sagte Ramona, „ich mag sie jetzt schon sehr." Sie blickte wieder zum Kaminsims hinüber. „Deine Eltern müssen sehr stolz auf euch alle sein. Was ist dein Vater von Beruf?"

„Zimmermann." Brian fragte sich, ob ihr bewusst war, was für einen wehmütigen Ausdruck ihre Augen hatten. „Er arbeitet noch immer voll, obwohl er weiß, dass wir genug Geld haben. Er ist sehr stolz." Er unterbrach sich einen Moment, rührte in seiner Teetasse und sah Ramona an. „Mutter trocknet wie früher die Wäsche an der Leine, obwohl ich ihr vor zehn Jahren einen elektrischen Trockner gekauft habe. Solche Menschen sind meine Eltern … einfach, gradlinig und unendlich liebenswert."

„Du bist gut dran", sagte Ramona, stand auf und begann im Zimmer auf und ab zu gehen.

„Ja, das weiß ich. Obwohl ich mir, während ich heranwuchs, wahrscheinlich kaum den Kopf darüber zerbrochen habe. Es ist leicht, alles als selbstverständlich hinzunehmen. Du musst es sehr schwer gehabt haben."

Sie hob die Schultern. „Ich habe es überlebt." Sie trat ans Fenster und sah auf Klippen und Meer hinaus. „Gehen wir spazieren, Brian. Es ist so schön draußen."

Brian stand auf und ging zu ihr, nahm Ramona bei den Schultern und drehte sie zu sich herum. „Das Leben ist mehr als einfaches Überleben, Ramona", sagte er ernst.

„Ich habe heil und gesund überlebt", erwiderte sie. „Das schafft nicht jeder."

„Hör zu, Ramona. Ich weiß, dass du zweimal wöchentlich nach Hause telefonierst, aber du sprichst nie mit mir darüber." Er schüttelte sie leicht und liebevoll. „Sprich mit mir, mein Herz!"

„Nicht darüber, nicht jetzt, nicht hier." Sie schlang die Arme um ihn und presste die Wange an seine Brust. „Hier soll uns nichts berühren … weder Vergangenheit noch Zukunft. Da ist so viel Hässliches, Brian, eine so schwere Verantwortung. Ich brauche Zeit. Ist das so unrecht?" Sie hielt ihn noch fester, hielt ihn besitzergreifend fest. „Können wir nicht träumen, dass es niemanden gibt außer uns beiden, Brian? Nur eine kleine Weile träumen, dass wir auf der Welt allein sind?"

Sie hörte ihn seufzen, als seine Lippen ihr Haar streiften. „Eine kleine Weile … ja, Ramona. Aber Träume müssen zu Ende gehen, und ich will auch die Wirklichkeit."

Ramona nahm sein Gesicht in die Hände. „Wie Joe in unserem Drehbuch", sagte sie nachdenklich und lächelte dann. „Er findet am Ende zur Wirklichkeit, nicht wahr?"

„Ja." Brian küsste sie. „Das beweist, dass Träume wahr werden können", sagte er.

„Aber ich bin kein Traum, Brian." Sie nahm seine Hände in die ihren, und in ihren Augen war ein Lächeln. „Und du hast mich schon zum Leben erweckt."

„Und das ohne Zauber und schwarze Magie."

Ramona zog eine Braue hoch. „Das kommt auf den Standpunkt an", entgegnete sie. „Ich fühle den Zauber immer noch." Langsam hob sie seine Hände zum Ausschnitt ihrer Bluse. „Ich glaube, du warst hier, als wir unterbrechen mussten."

„Genau hier, stimmt." Er öffnete den zweiten Knopf. „Was ist jetzt mit dem Spaziergang?"

„Was? Spazieren gehen bei *dem* Regen?" Ramona warf einen Blick zum Fenster, durch das hellster Sonnenschein hereinfiel. „Nein", fuhr sie kopfschüttelnd fort, „ich glaube wirklich, es ist besser, wir bleiben zu Hause, bis der Regen nachgelassen hat."

Er öffnete den nächsten Blusenknopf und sah sie lächelnd an. „Da hast du wahrscheinlich recht."

13. KAPITEL

Wenn Brian und Ramona Mrs Pengalley allein im Haus ließen, ging sie immer daran, als Erstes das Musikzimmer aufzuräumen. Denn dort verbrachten sie die meiste Zeit und arbeiteten – wenn man das, was sie taten, überhaupt Arbeit nennen konnte. Mrs Pengalley hatte da ihre eigene Meinung. Sie stellte das Geschirr zusammen und schnupperte wie immer an den Tassen. Tee. Hin und wieder hatte sie Wein oder Bourbon gerochen, sie musste jedoch zugeben, dass Mr Carstairs dem Ruf nicht gerecht wurde, der den sogenannten Künstlern voraneilte. Er jedenfalls war kein schwerer Trinker. Darüber war Mrs Pengalley fast ein wenig enttäuscht.

Sie lebten auch sehr ruhig. Als Brian ihr mitgeteilt hatte, er habe die Absicht, drei Monate zu bleiben, war sie überzeugt gewesen, dass er eine Unmenge Gäste haben würde. Und Mrs Pengalley wusste genau, wie es bei den Partys der Leute vom Showbusiness zuging. Sie hatte darauf gewartet, dass elegante Wagen vorfuhren und merkwürdige Typen in verrückter Kleidung auftauchten. Sie hatte ihrem Mann erklärt, das sei nur eine Frage der Zeit.

Aber es war niemand gekommen. Keine Menschenseele. Es hatte keine wilden Partys gegeben, keine Gelage, hinter denen sie dann herräumen musste. Es waren immer nur Mr Carstairs und das junge Mädchen mit den großen grauen Augen da, das so wunderschön singen konnte.

Aber es war natürlich auch in „diesem Geschäft".

Mrs Pengalley ging zum Fenster und schüttelte die Vorhänge aus. Von hier aus konnte sie Ramona und Brian bei ihrem Spaziergang über die Klippen beobachten. Stecken immer beisammen, die beiden, dachte sie und schnaubte zornig, um sich selbst daran zu hindern, ihnen zuzulächeln.

Sie ließ den Vorhang fallen und begann die Möbel abzustauben.

Aber wie sollte man ordentlich abstauben, wenn sie überall ihre Notenpapiere verstreuten? Mrs Pengalley nahm ein Blatt auf und betrachtete finster die mit Notenschrift bedeckten Zeilen. Da sie daraus absolut nicht klug wurde, las sie laut den Text:

„Dich zu lieben, ist kein Traum. Ich brauche dich hier, damit du mich festhältst. Dich zu lieben, ist alles. Komm zu mir zurück. "

Entrüstet schnalzte Mrs Pengalley mit der Zunge und legte das Blatt aus der Hand. Ein feines Lied, dachte sie und fing wieder an abzustauben. Das Ding reimt sich ja nicht einmal.

Auf den Klippen blies vom Meer her ein kräftiger Wind, und Brian legte Ramona den Arm um die Schultern. Dann drehte er sie rasch zu sich herum, beugte sich tief über sie und gab ihr einen langen Kuss. Sie packte ihn an den Schultern, um das Gleichgewicht nicht zu verlieren, und sah ihn, als er die Lippen von den ihren löste, erstaunt an.

„Was sollte denn das?", fragte sie und atmete zitternd aus.

„Es war für Mrs Pengalley bestimmt", antwortete er leichthin. „Sie beobachtet uns aus dem Fenster des Musikzimmers."

„Du bist wirklich schrecklich, Brian ..."

Er küsste sie wieder, und ihr halbherziger Protest verwandelte sich in völlige Hingabe. Brian zog sie noch fester an sich, und Ramona fühlte die Sonnenwärme auf der Haut. Der Wind brachte den Duft von Geißblatt und Rosen mit.

„Und der", sagte Brian, mit den Lippen Ramonas Wange streifend, „war für dich."

„Hast du noch ein paar Freunde?", fragte Ramona.

Lachend drückte er sie kurz an sich und ließ sie dann los. „Ich glaube, wir haben ihr für heute genug Grund zur Entrüstung gegeben", sagte er.

„Dazu brauchst du mich also." Empört warf Ramona den Kopf zurück. „Um arglose Haushälterinnen zu schockieren!"

„Unter anderem."

Sie wanderten noch ein Stück weiter, blieben dann stehen und betrachteten in einträchtigem Schweigen das Meer. Ramona liebte die Klippen mit ihren schroffen Wänden und der Schwindel erregenden Höhe. Sie liebte das unaufhörliche Brausen der See, den schrillen Schrei der Möwen.

Das Musical war fast fertig. Es war nur noch hin und wieder eine kleine glättende Korrektur erforderlich. Kopien der fertigen Nummern waren nach Kalifornien abgeschickt worden. Ramona wusste, dass sie eine Arbeit hinauszogen, die sie sehr schnell hätten beenden können. Sie hatte ihre Gründe für das Hinauszögern, wusste jedoch nicht genau, warum Brian es tat. Sie wollte den Zauber nicht zerstören.

Ramona wusste nicht genau, was er von ihr erwartete, denn sie hatte es bisher nicht zugelassen, dass er es ihr sagte. Es gab zwischen ihnen einiges zu klären – Dinge, die sie im Augenblick noch ungeklärt lassen konnten, weil sie ausschließlich ihre Liebe lebten. Doch die Zeit war nah, in der sie sich wieder dem Alltag und seinen Anforderungen stellen mussten.

Würde ihr gemeinsamer Beruf zu einem Problem werden? Das war eine von den Fragen, denen Ramona geflissentlich auswich, die sie sich nicht stellen wollte. Dieser Beruf stellte hohe Anforderungen an sie. Zeit raubende Anforderungen, die es einem fast unmöglich machten, ein normales Leben zu führen. Und es gab kaum eine Privatsphäre. Jede Einzelheit ihrer Beziehung würde von der Presse aufgedeckt und durchgehechelt werden. Es würde Bilder und Geschichten geben – wahre und erlogene. Die schlimmsten aber waren jene, die eine Mischung aus Dichtung und Wahrheit waren. Mit alldem konnte man jedoch fertigwerden, wenn man sich genug liebte und hart an der Beziehung arbeitete. An der Stärke ihrer Liebe zweifelte sie nicht. Ihre Zweifel galten anderen Dingen.

Würde sie sich je von der nagenden Furcht befreien können, dass er sie eines Tages wieder verließ? Die Erinnerung an den Schmerz hinderte sie daran, sich Brian völlig preiszugeben. Und die Verantwortung für ihre Mutter war die zweite Barriere zwischen ihnen. Bisher hatte sie es nicht fertiggebracht, diese Verantwortung mit jemandem zu teilen. Sie schaffte es nicht einmal, den Menschen daran teilhaben zu lassen, den sie am meisten liebte. Vor Jahren hatte sie den Entschluss gefasst, ihr Leben immer fest in der Hand zu behalten, und sich geschworen, sich nie von einem anderen Menschen ganz und gar abhängig zu machen. Viel zu oft hatte sie mit ansehen müssen, wie ihre Mutter sich aufgab und verlor.

Hätte Ramona eine Möglichkeit gesehen, den Sommer zu verlängern, sie hätte es getan. Doch die Erkenntnis, dass die Idylle allmählich zu Ende ging, drängte sich immer deutlicher in ihr Bewusstsein. Das Vorspiel zu einem Traum war zu Ende. Sie konnte nur hoffen, dass der Traum Wirklichkeit wurde.

Brian beobachtete Ramonas Gesicht, während sie, die Ellbogen auf die grobe Steinmauer gestützt, auf das Meer hinausblickte. In ihren Augen lag ein Ausdruck, als sei sie in Gedanken sehr weit fort, und dieser Ausdruck beunruhigte ihn. Er versuchte verzweifelt, sie zu erreichen, doch ihre gemeinsame Zeit zerrann ihm zwischen den Fin-

151

gern. Eine Wolke zog über die Sonne, und für ein paar Sekunden lag alles im Schatten. Ramona seufzte leise.

„Woran denkst du?", fragte Brian und griff nach ihrem im Wind wehenden Haar.

„Dass dies hier der beste und schönste von allen Orten ist, an denen ich je war." Ramona bog den Kopf zurück und sah zu Brian auf. „Julie und ich haben mal ein paar Tage in Monaco Ferien gemacht, und ich war überzeugt, es sei der schönste Ort der Welt. Jetzt weiß ich, dass es nur der zweitschönste ist."

„Ich habe gewusst, dass es dir hier gefallen würde, wenn ich es schaffte, dich herzubringen", sagte Brian und spielte noch immer mit ihrem Haar. „Ich hatte ein paar schlimme Augenblicke, in denen ich fürchtete, du könntest dich weigern. Ich weiß nicht, ob es mir gelungen wäre, mir etwas anderes einfallen zu lassen … einen Alternativplan, meine ich."

„Was für einen Plan?" Ramona zog verblüfft die Stirn in Falten. „Ich verstehe dich nicht …"

„Dich herzubringen, wo wir allein sein konnten."

Ramona richtete sich auf, blickte aber weiterhin aufs Meer hinaus. „Ich dachte, wir sind gekommen, um das Musical zu schreiben."

„Ja." Brian beobachtete eine tief über den Wellen dahinfliegende Möwe. „Dieser Auftrag kam aber genau zur rechten Zeit."

„Zur rechten Zeit?" Ramona fühlte, wie sie sich innerlich verkrampfte. Wieder zog eine Wolke über die Sonne.

„Ich bezweifle, dass du einverstanden gewesen wärst, wieder mit mir zu arbeiten, wenn das Projekt nicht so verlockend gewesen wäre", sagte er. Stirnrunzelnd blickte Ramona zu der ziehenden Wolke hinauf. „Und ganz bestimmt wärst du nicht einverstanden gewesen, mit mir zu leben."

„Also hast du mir das Musical unter die Nase gehalten wie einem Hund einen Knochen?"

„Selbstverständlich nicht! Ich wollte mit dir von dem Moment an zusammenarbeiten, in dem man mir das Angebot machte. Es war wirklich nur eine Sache des richtig gewählten Zeitpunkts."

„Zug um Zug hast du Zeit und Ort gewählt", sagte sie leise. „Hast unsere Liebe geplant wie auf dem Schachbrett. Julie hat recht. Ich habe kein Talent für Strategie." Ramona wandte sich ab, aber Brian hielt sie am Arm fest, bevor sie weglaufen konnte.

„Ramona?"

„Wie konntest du nur!" Sie fuhr herum und funkelte ihn böse an. Ihre Augen waren ganz dunkel, ihre Wangen rot vor Zorn.

Brian kniff die Augen zusammen und musterte sie forschend. „Wie konnte ich was?", fragte er kühl und ließ ihren Arm los.

„Wie konntest du das Musical benutzen, um mich hierherzulocken?" Sie zerrte an ihren Haaren, die ihr der Wind ins Gesicht blies.

„Ich hätte jede Möglichkeit ausgenutzt, um dich zurückzubekommen", antwortete Brian. „Und ich habe dich nicht hergelockt, Ramona. Ich habe dir immer die Wahrheit gesagt."

„Nicht die ganze Wahrheit", entgegnete sie.

„Vielleicht", stimmte er zu. „Darin sind wir beide gut, nicht wahr?" Er berührte sie nicht, doch sein Blick wurde eindringlicher. „Warum bist du so zornig? Weil ich dich liebe? Oder weil ich dich zu der Einsicht gezwungen habe, dass du mich liebst?"

Ramona ballte die Fäuste und wich ein Stück von Brian zurück. „Mich kann niemand zu etwas zwingen! Ich hasse es, manipuliert zu werden. Ich führe mein eigenes Leben, treffe meine Entscheidungen selbst."

„Ich glaube nicht, dass ich das für dich getan habe."

„Nein, du hast mich nur so lange freundlich an der Nase herumgeführt, bis ich das wählte, was für mich am besten war." Sie wandte sich ihm wieder zu, und jetzt bebte ihre Stimme vor Zorn. „Warum konntest du nicht aufrichtig zu mir sein?"

„Du hättest mich nicht einmal in deine Nähe gelassen, wenn ich ganz aufrichtig zu dir gewesen wäre. Ich habe meine Erfahrungen mit dir, vergiss das nicht, mein Schatz."

Ramonas Augen blitzten. „Sag mir nicht, was ich getan oder nicht getan hätte, Brian. Du steckst nicht in meinem Kopf."

„Nein, du hast mir den Zutritt ja immer verwehrt." Er holte eine Zigarette heraus, wölbte die hohle Hand um das Streichholz, zündete die Zigarette an und inhalierte nachdenklich den Rauch. „Sagen wir, ich war damals nicht in der Stimmung, ein Risiko einzugehen. Findest du diese Erklärung besser?"

Sein kühler, gleichgültiger Ton fachte ihren Zorn nur umso mehr an. „Du hattest nicht das Recht!", fuhr sie ihn an. „Du hattest nicht das Recht, mein Leben auf diese Weise zu verplanen. Wer hat dir gesagt, ich müsse nach deinen Regeln spielen, Brian? Wann bist du zu dem Schluss gekommen, ich sei unfähig, selbst zu planen?"

„Wenn du wie eine vernünftige Erwachsene behandelt werden möchtest, wäre es vielleicht ganz gut, dich auch so zu benehmen", sagte er mit trügerisch sanfter Stimme. „Im Moment bist du nämlich erstaunlich kindisch. Ich habe dich nicht unter falschen Voraussetzungen hierhergebracht, Ramona. Wir hatten die Musik zu einem Musical zu schreiben, und hier hatten wir die nötige Ruhe dazu. Ich dachte auch, dass du dich gerade hier wieder daran gewöhnen könntest, mit mir zusammen zu sein. Ich wollte dich wiederhaben."

„Du dachtest. Du wolltest!" Ramona warf den Kopf zurück. „Wie unglaublich selbstsüchtig! Und was ist mit meinen Gefühlen? Glaubst du, du kannst aus meinem Leben verschwinden und wieder auftauchen, wie es dir gerade passt?"

„Wenn ich mich recht erinnere, hast du mich hinausgestoßen."

„Du hast mich verlassen." Plötzlich schossen ihr Tränen in die Augen und blendeten sie. „Nie hat mir etwas so wehgetan wie das. Nie!" Die Tränen liefen ihr über die Wangen. „Ich will verdammt sein, wenn ich das noch einmal zulasse. Du bist wortlos gegangen."

„Was ich zu sagen gehabt hätte, hätte dir wahrscheinlich nicht gefallen." Brian warf den Zigarettenstummel über die Mauer. „Nicht nur du wurdest an jenem Abend verletzt. Wie, zum Teufel, sollte ich vernünftig sein, wenn ich nicht ein wenig räumlichen Abstand von dir gewann? Wäre ich in deiner Nähe geblieben, hätte ich dir die Zeit nicht geben können, die du zu brauchen schienst."

„Zeit?", wiederholte Ramona, während ihr die Gedanken durch den Kopf rasten. „Du hast mir Zeit gegeben?"

„Du warst ein Kind, als ich ging", sagte er kurz. „Ich hoffte, dich als Frau wiederzufinden, als ich zurückkam."

„Du hast gehofft ..." Ihr Erstaunen war so groß, dass sie nur noch flüstern konnte. „Willst du damit sagen, dass du fortgeblieben bist, um mir die Möglichkeit zu geben, erwachsen zu werden?"

„Ich schien keine andere Wahl zu haben." Brian steckte die Hände tief in die Taschen und zog die Brauen zusammen.

„Tatsächlich?" Sie erinnerte sich, wie verzweifelt sie gewesen war, als er ging, an die Leere der Jahre, die danach kamen. „Und mir die Wahl zu lassen, ist dir wohl nicht eingefallen? Mir eine Chance zu geben, auch nicht? Du hast es einfach auf dich genommen, für mich zu entscheiden."

„Es ging nicht darum, etwas zu entscheiden." Er wandte sich ab, weil er fühlte, dass er allmählich die Beherrschung verlor. „Es ging mir nur darum, den Verstand nicht zu verlieren. Ich konnte nicht in deiner Nähe bleiben, ohne dass du mir gehörtest."

„Also bliebst du fünf Jahre weg, tauchtest dann plötzlich wieder auf und nahmst meine Musik zum Vorwand, mich in dein Bett zu locken. Dir war die Qualität von ‚Fantasie' verdammt egal. Du hast das Stück und das Talent und den Schweiß der Schauspieler nur für deine Zwecke benutzt."

„Für diese Unterstellung", sagte er mit gefährlicher Ruhe, „habe ich nur eines übrig … Verachtung." Er wandte sich ab, und nach ein paar Minuten übertönte das Aufheulen eines Motors das Tosen der Wellen.

Ramona sah dem Wagen nach, der die schmale Straße hinunterjagte. Wenn es ihre Absicht gewesen war, ihm einen schweren Schlag zu versetzen, dann war es ihr gelungen. Der Schreck über ihre eigenen Worte ließ sie erschauern. Sie schloss fest die Augen.

Doch sogar mit geschlossenen Augen konnte sie deutlich den Ausdruck unbeherrschter Wut sehen, der Brians Gesicht entstellt hatte, bevor er sich abwandte und ging. Ramona fuhr sich durch das Haar. Ihre Hand zitterte heftig. In ihrem Kopf hämmerte es. Langsam öffnete sie die Augen und blickte auf die grüne See hinaus.

Alles, was wir in den letzten Wochen hatten, war Teil eines meisterhaften strategischen Plans, dachte sie.

Doch noch während sie dastand, verließ sie ihr Zorn, und zurück blieben nur Trauer und Hoffnungslosigkeit, die wie ein tonnenschweres Gewicht auf ihr lasteten.

Sie war noch immer verärgert, dass Brian heimlich die Zügel ihres Lebens in die Hand genommen hatte, war böse, weil er die größte berufliche Chance seines Lebens benutzt hatte, um sie zurückzugewinnen. Und dennoch …

Ramona schüttelte erbittert den Kopf. Verwirrt und unglücklich machte sie kehrt und ging zum Haus zurück.

Mrs Pengalley kam ihr an der Tür des Musikzimmers entgegen. „Eben ist ein Anruf für Sie gekommen, Miss Williams, aus Kalifornien." Sie hatte den Streit mit gesunder Neugier durch das Fenster beobachtet. Jetzt jedoch rief der Ausdruck in Ramonas grauen Augen mütterliche Instinkte in ihr wach. Sie unterdrückte den Wunsch, Ramona über das Haar zu streichen. „Ich mache Ihnen eine Kanne Tee", sagte sie.

Ramona ging zum Telefon und hielt den Hörer ans Ohr. „Ja, hallo?"

„Ich bin's, Ramona. Julie."

„Julie!" Sie ließ sich in einen Sessel sinken und blinzelte die Tränen fort, die ihr wieder in die Augen stiegen, als sie die vertraute Stimme hörte. „Bist du von den griechischen Inseln zurück?"

„Schon seit etwa zwei Wochen, Ramona."

Natürlich. Sie hätte es wissen müssen. „Also, was gibt es? Warum rufst du an?"

„Karter hat sich mit mir in Verbindung gesetzt, weil er dich heute Vormittag nicht erreichen konnte. Die Leitung war anscheinend gestört."

„Ist sie wieder verschwunden?", fragte Ramona dumpf.

„Nicht verschwunden. Weggelaufen. Schon gestern Abend. Sie ist nicht sehr weit gekommen."

Als sie das Zögern in Julies Stimme hörte, verwandelte sich Ramonas müde Ergebenheit in heftige Angst. „Julie?"

„Sie hatte einen Unfall, Ramona. Du solltest nach Hause kommen."

Ramona schloss die Augen. „Ist sie … tot?"

„Nein, aber es steht schlecht um sie. Es fällt mir sehr schwer, dir das so ungeschminkt am Telefon sagen zu müssen. Die Haushälterin meinte, Brian sei nicht da …"

„Nein." Ramona öffnete die Augen und sah sich vage im Zimmer um. „Nein, er ist nicht hier." Es gelang ihr, sich zusammenzureißen. „Wie schlecht steht es, Julie? Ist sie im Krankenhaus?"

Julie zögerte abermals. „Sie wird es nicht schaffen, Ramona", sagte sie dann. „Es tut mir leid. Karter gibt ihr höchstens noch ein paar Stunden."

„Oh Gott!" Ramona hatte, seit sie denken konnte, mit dieser Angst gelebt, und doch war es jetzt ein Schock für sie.

„Ich weiß, es gibt keine ‚gute' Art, dir das zu sagen, Ramona, und dennoch wünschte ich, ich könnte eine bessere finden."

„Was?" Wieder gelang es ihr mit einer ungeheuren Anstrengung, sich zusammenzureißen. „Nein, ich bin in Ordnung. Ich fahre sofort."

„Soll ich dich und Brian vom Flughafen abholen?"

„Nein, nein, ich fahre sofort ins Krankenhaus. Wo liegt sie?"

„Im ‚St. Catherine', auf der Intensivstation."

„Sage Dr. Karter, ich komme, so schnell es geht. Julie …"

„Ja?"

„Bleib bei ihr."

„Das ist doch selbstverständlich. Ich erwarte dich hier."

Ramona legte auf und starrte das Telefon an.

Mrs Pengalley kam mit einer Tasse Tee herein. Sie warf einen einzigen Blick in Ramonas kalkweißes Gesicht und setzte die Tasse ab. Wortlos ging sie zur Hausbar und nahm die Cognacflasche heraus. Nachdem sie gut zwei Finger breit eingeschenkt hatte, drückte sie Ramona den Schwenker in die Hand.

„Hier, Miss, trinken Sie das", sagte sie energisch.

Ramona sah sie verloren an. „Was?"

„Trinken Sie aus, Mädchen!"

Ramona gehorchte, als ihr Mrs Pengalley die Hand mit dem Glas an die Lippen hob, und schnappte sofort nach Luft, weil der Alkohol so in der Kehle brannte. Sie nahm noch einen Schluck und seufzte dann auf.

„Danke." Sie sah wieder zu Mrs Pengalley auf. „Jetzt geht es mir besser."

„Manchmal kann man einen Schluck Cognac ganz gut gebrauchen", erklärte die Haushälterin.

Ramona stand auf und gab sich Mühe, ihre Gedanken zu ordnen. Sie hatte einiges zu erledigen und keine Zeit. „Ich muss sofort nach Amerika zurück, Mrs Pengalley", sagte sie. „Können Sie mir ein paar Sachen packen, während ich mit dem Flughafen telefoniere?"

„Aber ja doch." Mrs Pengalley sah Ramona prüfend an. „Er will nur seinen Zorn abreagieren, wissen Sie. Das ist so Männerart, das tun sie alle. Bestimmt kommt er bald wieder."

Ramona begriff, dass Mrs Pengalley von Brian sprach, und fuhr sich mit der Hand über die Stirn. „Dessen bin ich gar nicht so sicher. Wenn Brian noch nicht da ist, wenn ich zum Flughafen muss, könnte mich vielleicht Ihr Mann fahren, ja? Ich weiß, dass ich Ihnen damit schreckliche Ungelegenheiten bereite, aber es ist sehr wichtig."

„Selbstverständlich. Ich packe jetzt Ihre Sachen …"

„Vielen Dank." Ramona griff schon nach dem Telefonhörer.

Eine Stunde später stand sie zögernd am Fuß der Treppe. Die Ereignisse schienen sich überschlagen zu haben. Sie wollte Brian herbeizwingen, aber sein Wagen tauchte nicht auf der Zufahrt auf. Sie wollte ihm ein paar Zeilen hinterlassen, doch nichts, was sie schrieb, schien die Worte aufwiegen zu können, die sie ihm entgegengeschleudert hatte. Und wie konnte sie ihm mit ein paar wenigen Worten schreiben, dass ihre Mutter im Sterben lag und sie zu ihr musste?

Doch sie hatte keine Zeit, bis zu seiner Rückkehr zu warten. Sie konnte es nicht riskieren. Im letzten Moment noch zog sie einen Notizblock aus der Tasche und schrieb hastig:

Brian, ich musste gehen. Ich werde zu Hause gebraucht.
Bitte verzeih mir. Ich liebe dich. Ramona.

Sie rannte ins Musikzimmer zurück und legte den Zettel auf den Stapel Notenpapier auf dem Klavier. Dann lief sie wieder hinaus, nahm die beiden Koffer auf, die Mrs Pengalley in der Nähe der Haustür abgestellt hatte, und reichte sie Mr Pengalley, der sie im Kofferraum der kleinen Limousine verstaute. Kaum eine Minute später fuhren sie ab.

14. KAPITEL

ünf Tage vergingen, ehe Ramona wieder anfing, klar zu denken. Dr. Karter hatte recht gehabt, es war nur eine Sache von wenigen Stunden gewesen. Ramona musste nicht nur mit ihrem Kummer, sondern auch mit dem unvernünftigen Schuldgefühl fertigwerden, weil sie zu spät gekommen war.

Die praktischen Anforderungen, die der Tod an die Lebenden stellt, bewahrten sie davor, in Selbstmitleid zu versinken und sich mit Selbstvorwürfen zu überhäufen. Einmal während der ersten niederschmetternden Stunden hatte sie sich gefragt, ob die Menschen um den Tod so viel Wesens machten und das Drumherum so komplizierten, um nicht völlig zu verzweifeln.

Sie war dankbar, dass Dr. Karter sich mit der Polizei auseinandersetzte und dafür sorgte, dass die Presse keine Einzelheiten erfuhr.

Nach den ersten hektischen Tagen blieb nichts zurück als die Erkenntnis, dass die Frau, die sie geliebt und verachtet hatte, nicht mehr da war. Sie konnte nichts mehr tun. Allmählich fing Ramona an, den Tod der Mutter als unausweichliches Ende einer langen, zerstörerischen Krankheit zu akzeptieren.

Sie weinte nicht, denn sie hatte schon so lange getrauert, und sie wusste, dass es Zeit war, diese Trauer endlich abzulegen. Sie hatte das Leben ihrer Mutter nie in den Griff bekommen. Jetzt brauchte sie Kraft für ihr eigenes Leben.

Ein Dutzend Mal rief Ramona in diesen Tagen im Haus in Cornwall an, doch es meldete sich nie jemand. Fast glaubte sie, das hohle Klingeln zu hören, das durch die leeren Räume hallte. Mehr als einmal dachte sie daran, einfach ein Flugzeug zu besteigen und zurückzufliegen, doch sie schob den Gedanken immer wieder beiseite. Brian wartete bestimmt nicht auf sie.

Wo kann er nur sein? fragte sie sich immer wieder. Wohin ist er gegangen? Er hat mir nicht verziehen.

Und, was noch schlimmer war, er würde ihr nie verzeihen.

Nachdem sie den Telefonhörer zum letzten Mal aufgelegt hatte, betrachtete Ramona sich prüfend im Spiegel ihres Schlafzimmers. Sie war blass. Irgendwie wirkte sie hilflos und verloren. Kopfschüttelnd griff sie nach dem Rouge. Geliehene Farbe war besser als gar keine. Irgendwo musste sie den Anfang machen.

Ja, dachte sie wieder und fuhr sich mit dem kleinen Zobelpinsel über die Wange, irgendwo muss ich anfangen. Sie wandte sich vom Spiegel ab und griff nach dem Telefon.

Eine halbe Stunde später kam sie in einem schwarzen Seidenkleid die Treppe herunter. Sie hatte sich das Haar aufgesteckt und setzte sich, als sie die Halle betrat, im Gehen einen kleinen schwarzen Hut mit steifer Krempe auf.

Julie kam aus ihrem Büro. „Gehst du aus, Ramona?"

„Ja, wenn ich meine kleine flache Tasche und die Autoschlüssel finde, die eigentlich drin sein müssten." Sie kramte schon im Garderobenschrank herum.

„Geht es dir auch gut, Ramona?"

Ramona begegnete Julies Blick. „Es geht mir besser", antwortete sie, wusste jedoch, dass Julie sich mit einer so unverbindlichen Antwort nicht zufriedengeben würde. „Ich versuche nur zu beherzigen, was du mir nach der Beerdigung gepredigt hast, und sage mir immer wieder, dass mich keine Schuld trifft."

„Es war keine Predigt", entgegnete Julie. „Ich habe ganz einfach eine Tatsache festgestellt. Du hast alles Menschenmögliche getan, um deiner Mutter zu helfen. Mehr als du hätte niemand tun können."

Ramona seufzte trotzdem. „Ich habe alles nach bestem Wissen und Gewissen getan, und das kommt wahrscheinlich auf das Gleiche hinaus." Sie schloss die Schranktür und schüttelte die trübe Stimmung ab. „Es geht mir wirklich besser, Julie, und ich werde bald wieder ganz in Ordnung sein."

Sie lächelte und bemerkte, über Julies Schulter blickend, eine leichte Bewegung. Im nächsten Moment trat Wayne aus dem Büro. „Hallo", sagte Ramona, „ich wusste gar nicht, dass du hier bist."

Er ging an Julie vorbei und musterte Ramona kritisch. „Also, ich muss schon sagen, dieses Kleid steht dir ausgezeichnet", erklärte er. „Es gefällt mir."

„Das sollte es auch", erwiderte sie trocken. „Du hast ein Vermögen dafür verlangt."

„Rede nicht wie ein Geizhals, Liebling. Kunst ist unbezahlbar." Er schnippte ihr mit dem Finger ein unsichtbares Stäubchen von der Schulter. „Wohin willst du?"

„Ich bin mit Henderson bei ‚Alphonso's' zum Lunch verabredet."

Wayne tippte ihr auf die Wange. „Bisschen zu tief in den Rougetiegel gegriffen", sagte er.

„Ich habe es satt, blass auszusehen. Hör auf, an mir rumzumäkeln."
Sie nahm sein Gesicht in beide Hände und küsste ihn auf die Wange.
„Du warst wie ein Fels in der Brandung, Wayne. Ich bin dir unendlich
dankbar, dass du mir in den letzten Tagen zur Seite gestanden hast."

„Ach, ich brauchte doch nur einen Vorwand, um nicht wieder in
die Tretmühle zu müssen."

Sie nahm die Hände von seinen Wangen und drückte ihm leicht
den Arm. „Jetzt hör auf, dir Sorgen um mich zu machen. Und du
auch", wandte sie sich an Julie. „Ich treffe mich mit Henderson, um
die Pläne für eine neue Tournee mit ihm zu besprechen."

„Eine neue Tournee?" Julie runzelte die Stirn. „Ramona, du hast
jetzt über sechs Monate ununterbrochen gearbeitet. Das Album, die
Tournee, das Musical. Du brauchst unbedingt eine Pause."

„Nach alledem ist eine Pause genau das, was ich nicht brauche",
widersprach Ramona. „Ich möchte arbeiten."

„Dann schlage ich dir vor, dass du auf deinen Plan zurückkommst,
dir eine Hütte in den Bergen von Colorado zu mieten", meinte Julie.
„Du wolltest dich doch für ein paar Monate dahin zurückziehen,
weißt du noch?"

„Ja." Lächelnd schüttelte Ramona den Kopf. „Ich wollte schreiben
und das einfache Leben genießen, nicht wahr? Wollte mich für eine
Weile aus der Glitzer- und Glamourwelt zurückziehen und in den
Wäldern leben." Sie lächelte stärker, als sie sich die Unterhaltung ver-
gegenwärtigte, die sie und Julie damals geführt hatten. „Du hast gesagt,
dein Interesse am Landleben beschränke sich auf einen deftigen Bau-
ernschmaus am Swimmingpool."

Julie zog die Brauen hoch. „Ich habe es mir anders überlegt. Ich
gehe mir Wanderkleidung und -schuhe kaufen."

Waynes Antwort war ein zweifelndes: „Hm …"

„Du bist lieb", sagte Ramona zu Julie und küsste sie auf die Wange,
„aber das brauchst du nicht. Ich muss irgendetwas tun, das meine
ganze Energie beansprucht, das mich körperlich fordert. Ich will mit
Henderson über eine Australien-Tournee sprechen. Meine Platten
gehen dort sehr gut."

„Wenn du mal mit Brian reden würdest …", begann Julie, aber
Ramona schnitt ihr das Wort ab.

„Ich habe versucht, ihn zu erreichen, er ist nicht da." Die Feststellung hatte etwas Endgültiges an sich. „Offenbar will er nicht mit mir
sprechen. Und ich kann ihm das nicht mal übel nehmen."

„Er liebt dich", sagte Wayne hinter ihr. Ramona drehte sich um. „Ein paar tausend Leute sahen bei deinem Konzert in New York, wie es zwischen euch knisterte."

„Ja, er liebt mich, und ich liebe ihn, aber das scheint nicht genug zu sein, und ich kann nicht begreifen, warum nicht. Nein, bitte!" Sie nahm seine Hand und drückte sie. „Ich muss mich eine Weile ablenken. Ich habe nämlich das Gefühl, bei einem wunderschönen Picknick von einem Erdrutsch überrascht worden zu sein. Ich könnte mal ein paar gute Neuigkeiten brauchen", fügte sie hinzu und sah Julie und Wayne nacheinander eindringlich an. „Falls ihr es je übers Herz bringt, mich ins Vertrauen zu ziehen." Lächelnd beobachtete Ramona die Blicke, die die beiden tauschten. „Ich habe, wie mir scheint, auch ein paar Funken fliegen sehen. Ist das nicht ein bisschen plötzlich gekommen?"

„Sehr plötzlich", stimmte Wayne zu und lächelte Julie über Ramonas Kopf hinweg an. „Es dauert erst ungefähr sechs Jahre."

„Sechs Jahre!", rief Ramona überrascht.

„Ich hatte keine Lust, einer von Julies unzähligen Verehrern zu sein", sagte Wayne milde und zündete sich eine Zigarette an.

„Und ich dachte immer, er sei in dich verliebt", erklärte Julie und ließ ihren Blick von Ramona zu Wayne schweifen.

„In mich?" Zum ersten Mal seit Tagen lachte Ramona spontan auf.

„Ich begreife nicht, was daran so komisch ist." Wayne tat gekränkt. „Mich finden viele Frauen und Mädchen sehr attraktiv."

„Aber das bist du ja auch", sagte Ramona und küsste ihn auf die Wange. „Wahnsinnig attraktiv sogar. Aber ich kann mir nicht vorstellen, wie jemand sich einbilden kann, du seist in mich verliebt. Du warst doch ständig mit diesen beängstigend schönen Models mit langen Beinen zusammen, deren Gesichter von einem Bildhauer modelliert zu sein scheinen."

„Ich glaube, darüber breiten wir im Moment am besten den Mantel des Schweigens", antwortete Wayne.

„Schon gut, schon gut." Julie lächelte lieb und schob sich das Haar hinter die Ohren. „Ich habe keine Probleme mit Waynes bewegter Vergangenheit."

„Und wann ist das alles passiert?", mischte Ramona sich belustigt ein. „Kaum kehre ich euch für ein paar Wochen den Rücken, muss ich feststellen, dass meine beiden besten Freunde sich gegenseitig anhimmeln wie Teenager."

„Ich habe noch nie jemanden angehimmelt", protestierte Wayne entsetzt. „Leidenschaftlich glühende Blicke zugeworfen … vielleicht." Er zog die Braue mit der Narbe hoch, die ihn – wie er hoffte – ruchlos und verwegen aussehen ließ.

„Wann ist es passiert?", fragte Ramona.

„Ich sah am ersten Morgen meiner Mittelmeerkreuzfahrt arglos aus meinem Deckstuhl auf", erwiderte Julie, „und wer, glaubst du, kam in einem perfekt sitzenden weißen Anzug auf mich zugeschlendert?"

„Ach, wirklich?" Ramona schaute Wayne zweifelnd an. „Ich weiß nicht, ob ich überrascht oder beeindruckt sein soll."

„Die Gelegenheit schien mir günstig", erklärte er und schnippte die Zigarettenasche in eine in der Nähe stehende Schüssel. „Natürlich musste ich ihrer habhaft werden, bevor sie einen Schiffsreeder oder einen hübschen Seemann bezauberte."

„Ich glaube, einen Schiffsreeder habe ich schon vor ein paar Jahren bezaubert", meinte Julie lässig. „Und was den Seemann anbelangt …"

„Trotzdem", unterbrach Wayne sie und warf ihr einen langen Blick zu, „schien mir eine Kreuzfahrt bestens geeignet, Julie für mich zu gewinnen. Es war", fügte er hinzu, „erstaunlich leicht."

„Ach! Tatsächlich?", sagte Julie.

Wayne drückte seine Zigarette aus, ging zu ihr und nahm sie in die Arme. „Kinderleicht", neckte er sie. „Aber das kommt natürlich nur daher, dass Frauen mich immer unwiderstehlich finden."

„Es wäre sicherer für dich, wenn du damit aufhörtest", sagte Julie und schlang ihm die Arme um den Nacken. „Ich könnte nämlich sonst in Versuchung geraten, dir den Hals umzudrehen."

„Mit dieser Frau zu leben, wird eine Mühsal sein, wie ich es sehe." Er küsste Julie, als habe er eben beschlossen, das Beste daraus zu machen.

„Wie ich es sehe, werdet ihr beide entsetzlich unglücklich miteinander sein. Ich bedaure euch von ganzem Herzen." Ramona drängte sich zwischen die beiden und legte ihnen die Arme um die Schultern. „Ich möchte eure Hochzeit ausrichten, darf ich? Das heißt … wenn ihr überhaupt heiraten wollt."

„Aber selbstverständlich", sagte Wayne. „Wir vertrauen einander viel zu wenig, um uns auf eine weniger verpflichtende Beziehung einzulassen."

Er lächelte Julie so strahlend an, dass Ramona unerklärlicherweise fast in Tränen ausgebrochen wäre.

Sie umarmte beide heftig. „So etwas zu hören, hatte ich im Augenblick dringend nötig. Jetzt lasse ich euch allein, ich bin überzeugt, dass ihr euch ohne mich nicht langweilen werdet. Darf ich es Henderson erzählen, oder ist es ein Geheimnis?"

„Du kannst es ihm erzählen", sagte Julie und beobachtete sie, während sie sich vor dem Spiegel den Hut zurechtrückte. „Wir wollen den Sprung schon nächste Woche wagen."

Ein wenig erschrocken suchten Ramonas Augen Julies Blick im Spiegel. „Aber, aber, ihr habt es vielleicht eilig."

„Ich will Julie keine Gelegenheit geben, es sich anders zu überlegen", scherzte Wayne.

„Ich glaube, wir haben noch Champagner im Kühlschrank, oder?" Ramona wandte sich vom Spiegel ab. „Wenn ich zurückkomme, feiern wir. Ich bleibe höchstens zwei Stunden."

„Ramona!", rief Julie ihr nach, die rasch zur Tür ging. Neugierig blickte sie über die Schulter zurück. „Deine Tasche!" Lächelnd nahm Julie sie von einem Tischchen und hielt sie ihr entgegen. „Du wirst aber nicht vergessen zu essen, nicht wahr?", fragte sie, als Ramona ihr die Tasche abnahm.

„Ich vergesse es bestimmt nicht", versicherte Ramona und marschierte im üblichen Eiltempo zur Tür hinaus.

Eine knappe Stunde später saß Ramona auf der Glasveranda von „Alphonso's" und stocherte in einer Portion Scampi herum. Von den Gästen kannte sie wenigstens ein Dutzend persönlich, und sie hatte sie alle begrüßen müssen, ehe sie es geschafft hatte, sich an einen Ecktisch zurückzuziehen.

Der Raum war ein kunstvoll angelegter Dschungel, überall grünten und blühten exotische Pflanzen und Blumen. Die Sonne, die durch das Glas und das Grün schien, tauchte den Raum in ein goldenes Licht. Der Fußboden war mit kühlen Keramikfliesen belegt, und am anderen Ende des Raums plätscherte ein Springbrunnen. Sonst genoss Ramona die lässige Eleganz, die würzigen Speisegerüche und den Blumenduft. Doch als sie jetzt mit ihrem Agenten sprach, achtete sie kaum auf ihre Umgebung.

Henderson war ein großer, stämmiger Mann, der – wie Ramona immer fand – eher wie ein grober Klotz aussah und nicht wie der gewiefte, tüchtige Agent, der er war.

Er hatte dünnes, krauses rotes Haar und helle, fröhliche blaue Augen, die, wenn nötig, eisig blicken konnten. Sein breites Gesicht war mit Sommersprossen übersät.

Er lächelte viel, gab sich leutselig und legte es manchmal darauf an, nicht allzu intelligent zu wirken. Das war eine seiner wirksamsten Waffen. Ramona wusste, dass er einer der Gerissensten in der Branche war und, wenn nötig, hart wie Granit sein konnte. Er hatte Ramona gern, nicht weil sie ihn so reich gemacht hatte, sondern weil sie sich nie beklagte, dass er gut an ihr verdiente. Das konnte er nicht von allen seinen Klienten behaupten.

Jetzt ließ er sich von ihr ihre Pläne für eine Tournee nach Australien und Neuseeland auseinandersetzen – eine Promotion-Tour für ihr neues Album, das eine Woche nach seinem Erscheinen bereits die Gipfel aller Charts stürmte.

Währenddessen aß er in aller Ruhe sein Kalbfleisch, zu dem er einen schweren Rotwein trank. Ramona nippte nur hin und wieder an ihrem Weißwein.

Ihm fiel auf, dass sie weder „Fantasie" noch ihre Zeit in Cornwall erwähnte. Als er das letzte Mal von ihr gehört hatte, hatte sie ihm mitgeteilt, das Musical sei bis auf ein paar Kleinigkeiten fertig, und Jarett war begeistert gewesen, als er mit ihm gesprochen hatte. Lauren Chase hatte an keiner einzigen Nummer etwas auszusetzen gehabt, und jetzt wurde schon an der Choreografie gearbeitet.

Mit der Musik zu „Fantasie" schien es überhaupt keine Schwierigkeiten zu geben. Daher war Henderson sehr überrascht gewesen, dass Ramona plötzlich allein aus Cornwall zurückkehrte. Er hatte erwartet, dass sie ihn anrufen würde, sobald die Partitur vollendet war, um ihm zu sagen, dass Brian und sie jetzt ein paar Wochen Urlaub machen wollten. Sie hatte diese Absicht einmal erwähnt, als sie miteinander telefonierten. Aber nun war sie vorzeitig zurückgekommen. Und ohne Brian.

Sie redete nervös, kam vom Hundertsten ins Tausendste. Henderson unterbrach sie nicht, murmelte nur hin und wieder etwas Unverbindliches vor sich hin und genoss seine Mahlzeit. Ramona redete eine Viertelstunde lang ununterbrochen ohne Punkt und Komma, bevor sie sich endlich etwas entspannte.

Henderson wartete und trank dann einen ordentlichen Schluck Rotwein. „Nun", sagte er, während er sich die Lippen mit einer weißen Leinenserviette abtupfte, „eine Australien-Tournee ließe sich bestimmt ohne Schwierigkeiten arrangieren."

„Gut." Ramona schob die Scampi auf ihrem Teller herum. Sie merkte, dass sie sich leer geredet hatte, spießte ein Stückchen Krabbenfleisch auf die Gabel und kaute geistesabwesend.

„Während ich sie vorbereite, könntest du doch irgendwo ein bisschen Urlaub machen."

Ramona zog die Brauen hoch. „Ich will aber keinen Urlaub machen. Ich hätte gern ein paar Auftritte im Fernsehen."

„Lässt sich alles einrichten", erwiderte er freundlich. „Nachdem du ein paar Wochen Urlaub gemacht hast."

„Ich will Action, keine Ferien." Sie musterte ihn misstrauisch. „Hast du mit Julie gesprochen?"

Er sah sie überrascht an. „Nein. Worüber denn?"

„Schon gut." Sie schüttelte den Kopf und lächelte dann. „Ich will Action, Henderson."

„Du hast stark abgenommen", sagte er. „Man sieht es deinem Gesicht an. Du musst mehr essen."

Ramona seufzte gereizt und ging daran, sich eingehender mit ihrem Lunch zu beschäftigen. „Warum behandelt mich eigentlich jeder wie ein zurückgebliebenes Kind?", fragte sie nach einer kleinen Gesprächspause. „Ich fange demnächst an, so launisch zu werden, dass kein Mensch mehr mit mir auskommen kann, und werde mich so lange so benehmen, bis ihr mich behandelt, wie es einem Star zukommt."

Henderson sagte zwischen zwei Bissen rasch etwas sehr Unhöfliches, doch das ignorierte sie.

„Was ist mit Jerry Michaels? Er bereitet für den Herbst ein Special mit verschiedenen Künstlern vor, habe ich gehört. Bei ihm könntest du mich doch unterbringen."

„Nichts leichter als das", stimmte Henderson ihr zu. „Er würde vor Freude einen Purzelbaum schlagen, wenn er dich bekommen könnte."

„Nun?"

„Was ... nun?"

„Henderson!" Ramona schob energisch ihren Teller beiseite. „Bringst du mich in der Jerry-Michaels-Show unter oder nicht?"

„Nein." Er schenkte sich Wein nach.

„Warum nicht?", fragte Ramona verärgert.

„Das ist nichts für dich." Henderson bedeutete Ramona mit einer Handbewegung, zu schweigen, als sie heftig widersprechen wollte. „Ich weiß, wer die Show produziert. Sie ist nichts für dich."

Mürrisch und widerwillig gab sie nach. Er hatte den besten Instinkt in der Branche. „Gut, vergessen wir den Auftritt bei Michaels. Was hast du dann in petto?"

„Möchtest du einen Nachtisch?"

„Nur Kaffee."

Er winkte dem Kellner, bestellte Blaubeerkäsekuchen für sich und Kaffee für beide und lehnte sich dann gemütlich zurück. „Was ist mit ‚Fantasie'?"

Ramona drehte den Stiel des Weinglases zwischen den Fingern. „Was soll sein?", sagte sie gleichmütig. „Es ist fertig."

„Und?"

„Und?", wiederholte sie aufblickend. Er kniff die blauen Augen zusammen. „Es ist fertig", sagte sie noch einmal. „Oder im Wesentlichen fertig. Ich kann mir nicht vorstellen, dass die letzten Feinheiten, die noch fehlen, Probleme aufwerfen könnten. Brian oder sein Agent werden sich bestimmt mit dir in Verbindung setzen, falls es doch welche geben sollte."

„Jarett wird euch beide ab und zu bei den Aufnahmen brauchen, davon bin ich überzeugt", widersprach Henderson milde. „Ich würde diese Arbeit noch eine ganze Weile nicht als abgeschlossen ansehen."

Stirnrunzelnd betrachtete Ramona ihr Glas. „Ja, ja, du hast natürlich recht. Daran habe ich nicht gedacht. Nun …" Abwesend schob sie das Glas hin und her. „Aber damit befasse ich mich erst, wenn's akut wird."

„Wie hat es mit euch funktioniert?"

Sie sah Henderson sehr direkt an, doch in Gedanken war sie in Cornwall. „Wir haben ungefähr die beste Musik geschrieben, die uns je eingefallen ist. Davon bin ich überzeugt. Wir arbeiten erstaunlich gut miteinander, ich war selbst überrascht."

„Hast du es denn nicht für möglich gehalten?" Henderson betrachtete genüsslich den Blaubeerkuchen, den der Kellner ihm servierte.

„Ich hielt es sogar für ausgeschlossen. Danke", wandte sie sich an den Kellner, bevor sie Henderson wieder ansah. „Aber wenn man alles andere außer Acht lässt, haben wir sehr gut zusammengearbeitet."

„Ihr habt schon früher sehr gut zusammengearbeitet", erinnerte er sie. „‚Wolken und Regen'." Er merkte, dass sie die Stirn runzelte, fuhr jedoch ungerührt fort: „Weißt du, dass die Platte sich nach deinem New Yorker Konzert wieder ganz toll verkauft? Außerdem hat die Presse eine ganze Menge über euch geschrieben."

„Ja, das ist mir klar. Es war ein gefundenes Fressen für sie."

„Mir wurden in den letzten Wochen eine Menge Fragen gestellt." Er sprach weiter, obwohl er merkte, dass sie die Brauen hochzog und die Stirn runzelte. „Von allen möglichen Leuten aus der Szene und von der Presse. Vorige Woche war ich auf einer hübschen kleinen Soiree. Du und Brian wart das Hauptthema dort."

„Wie ich schon sagte, haben wir gut zusammengearbeitet." Ramona setzte die Tasse ab. „Brian hatte recht, wir passen künstlerisch sehr gut zusammen."

„Und privat?" Henderson schob sich ein großes Stück Blaubeerkuchen in den Mund.

„Tja …" Ramona verzog leicht das Gesicht. „Du gehst aber sehr direkt auf dein Ziel los."

„Schon gut, du brauchst mir nicht zu antworten. Du kannst es ihm sagen."

„Wem?"

„Brian", antwortete Henderson leichthin und goss sich Sahne in den Kaffee. „Er ist eben gekommen."

Ramona fuhr auf ihrem Stuhl herum und blickte Brian direkt in die Augen. Ein starkes Glücksgefühl durchflutete sie. Ihr erster Impuls war es, aufzuspringen und auf ihn zuzulaufen. Sie hatte sogar schon den Stuhl zurückgeschoben und sich halb erhoben, als sein Gesichtsausdruck sie zurückschrecken ließ. Er verriet eiskalten Zorn. Ramona setzte sich wieder und sah zu, wie Brian sich zwischen den voll besetzten Tischen zu ihr durchschlängelte. Man grüßte ihn von allen Seiten, doch er ignorierte es. Ramona merkte, dass die Gespräche verstummten. Ohne sie auch nur einen Sekundenbruchteil aus den Augen zu lassen, blieb er stumm vor ihr stehen.

Ramona unterdrückte auch das Verlangen, ihm die Hände entgegenzustrecken, weil er sie vielleicht sogar wegstoßen würde. Der Ausdruck seiner Augen ließ ihr Herz schneller schlagen – doch nicht vor Glück, sondern vor Furcht. Henderson hätte genauso gut nicht vorhanden sein können.

„Gehen wir."

„Gehen?", wiederholte sie benommen. „Wohin denn? Wann?"

„Jetzt!"

Brian nahm sie bei der Hand und zog sie hoch. Sie war so überrascht und erschrocken, dass sie nicht einmal gegen den schraubstockartigen Griff protestierte, mit dem er sie packte.

„Brian …"

„Jetzt", wiederholte er. Ohne Henderson überhaupt zu beachten, wandte er sich zur Tür und zerrte Ramona hinter sich her. Sie fühlte die neugierigen Blicke der Leute im Rücken.

Schreck, Glück und Furcht wichen einem Zorn, der dem seinen in nichts nachstand.

„Lass mich gefälligst los!", forderte sie schroff. „Du kannst mich doch nicht so herumzerren." Sie prallte gegen einen Schauspieler und ging dann mit einer gemurmelten Entschuldigung um ihn herum. Brian ließ sie nicht los und marschierte unbeirrt weiter.

„Hör auf damit, Brian! Ich lasse mich nicht in aller Öffentlichkeit so behandeln. Auch von dir nicht!"

Er blieb stehen und drehte sich um, sodass ihre Gesichter jetzt dicht voreinander waren. „Dann möchtest du wohl, dass ich dir hier und jetzt und in aller Öffentlichkeit sage, was ich zu sagen habe." Kühl und klar klang seine Stimme durch die Stille. Aber man hörte trotzdem den heftigen Zorn heraus, der in Brian tobte.

Wieder stehen wir im Scheinwerferlicht, dachte Ramona, aber anders als in New York. Sie holte tief Atem.

„Nein." Ramona bemühte sich, sich wenigstens einen Rest von Würde zu bewahren und leise zu sprechen. „Doch es ist auch nicht nötig, eine solche Szene zu machen."

„Aber ich bin gerade in der richtigen Stimmung für eine Szene, Ramona", antwortete er, ohne seine Stimme zu dämpfen.

Bevor sie etwas dazu sagen konnte, machte er wieder kehrt und schob sie vor sich her aus dem Restaurant. Direkt vor dem Eingang stand am Straßenrand ein Mercedes. Brian schubste sie hinein und knallte die Tür zu.

Ramona richtete sich auf ihrem Sitz auf und funkelte Brian zornig an, als er die Fahrertür öffnete. „Du sollst deine Szene haben, oh ja!", sagte sie und warf wütend ihren Hut auf den Rücksitz. „Und was für eine! Wie kannst du es wagen …"

„Halt den Mund! Das meine ich ernst. Ich möchte nichts hören, bis wir an Ort und Stelle sind, sonst gerate ich in Versuchung, dich gleich hier zu bändigen und die Sache ein für alle Mal aus der Welt zu schaffen."

Mit quietschenden Reifen fuhr er los und reihte sich in den fließenden Verkehr ein.

Ramona wurde heftig in die Wagenpolster zurückgeworfen. Ich werde den Mund halten, dachte sie, während Zorn sie übermannte. Ich halte den Mund. Dann habe ich wenigstens Zeit, mir genau zu überlegen, was ich ihm sagen werde ...

15. KAPITEL

ls Brian den Wagen vor dem Bel-Air-Hotel anhielt, hatte Ramona ihre Rede im Kopf fertig. Sie stieg gleichzeitig mit ihm aus und wandte sich ihm zu, doch bevor sie etwas sagen konnte, fasste er sie fest am Arm und zog sie zum Hoteleingang.

„Ich habe dir schon einmal gesagt, du sollst mich nicht herumzerren!"

„Und ich habe dir gesagt, du sollst den Mund halten." Er stürmte in die Halle. Ramona war gezwungen, würdelos hinter ihm herzurennen, um einigermaßen mit ihm Schritt halten zu können.

„Ich dulde nicht, dass du so mit mir redest!", fauchte sie. „Ich lasse mich nicht wie ein Gepäckstück durch eine Hotelhalle schleppen."

„Ich habe es satt, mich nach dir zu richten." Er drehte sich um, packte sie an beiden Schultern und zog sie an sich. Seine Finger gruben sich so schmerzhaft in ihr Fleisch, dass sie erschrocken verstummte. „Das ist jetzt mein Spiel, und es sind meine Spielregeln."

Er küsste sie hart und voller Zorn. Er biss ihr in die Lippen und zwang sie, sie zu öffnen. Sekundenlang hielt er Ramona fest an sich gepresst. Als er sich von ihr löste, sah er sie lange starr an, fluchte heftig und ging dann weiter zu den Aufzügen.

Obwohl sie nicht mehr genau wusste, ob sie vor Angst oder vor Zorn zitterte, versuchte Ramona während der Fahrt, ihrer Gefühle Herr zu werden. Brian, der ihr Handgelenk festhielt, fühlte ihren raschen Pulsschlag. Er stieß noch einmal einen heftigen Fluch aus, doch sie beachtete ihn nicht und sah ihn nicht an.

Nachdem sich die Lifttüren geöffnet hatten, zog Brian sie auf den Flur und dann zu seinem Penthouse.

Sie wechselten, auch während Brian aufsperrte, kein Wort, und er ließ Ramona erst los, als er die Tür aufstieß. Widerspruchslos trat Ramona ein und ging bis in die Mitte des Raumes.

Die Suite war auf eine ein wenig altmodische, aber sehr angenehme Art fast üppig elegant, mit einem offenen Kamin aus Klinkerstein und einem schönen dicken Teppich. Hinter Ramona fiel die Tür ins Schloss, und der Schlüsselbund klirrte leise, als Brian ihn auf ein Tischchen legte. Ramona holte tief Atem und drehte sich um.

„Brian …"

„Nein. Zuerst rede ich." Er ging auf sie zu und blickte sie intensiv an. „Meine Spielregeln, weißt du noch?"

„Ja." Sie hob das Kinn. „Ich weiß es noch."

„Erste Regel: keine Halbheiten mehr! Ich dulde nicht länger, dass du dich vor mir verschließt, immer etwas von dir zurückhältst."

Sie standen dicht voreinander. Jetzt, da die Benommenheit des ersten Schocks und der ersten Überraschung allmählich von ihr wich, bemerkte Ramona die Anzeichen innerer Anspannung und Müdigkeit in Brians Gesicht.

Er redete so schnell, dass es ihr nicht gelang, ihn zu unterbrechen.

„Du hast mir vor fünf Jahren genau das Gleiche angetan, aber damals waren wir kein Liebespaar in dem Sinn, wie wir es heute sind. Du hast dich nie ganz gegeben, warst nie bereit, mir zu vertrauen."

„Nein." Sie schüttelte den Kopf und bemühte sich, Argumente zu ihrer Verteidigung zu finden. „Nein, das ist nicht wahr."

„Oh doch, es ist wahr", entgegnete er und fasste sie wieder bei den Schultern. „Hast du mir damals von deiner Mutter erzählt? Hast du mir gesagt, wie dir zumute war, was du durchmachen musstest? Durfte ich an deinem Leben Anteil nehmen, dir helfen oder dich wenigstens trösten?"

Diese Worte hatte sie nicht von ihm erwartet. Sie konnte nur die Hände an die Schläfen pressen und wieder den Kopf schütteln. „Nein, denn das war nichts …"

„… was du mit mir teilen wolltest." Er ließ die Arme sinken und trat von ihr zurück. „Ja, das ist mir klar." Seine Stimme klang leise und zornig. Dann zündete er sich eine Zigarette an. Er musste seine Hände irgendwie beschäftigen, oder er würde Ramona wieder wehtun. Sie rieb sich unbewusst noch immer den Arm, an dem er sie vorhin so grob herumgezerrt hatte.

„Und", fuhr er fort, „hättest du mir diesmal davon erzählt, wenn du nicht den Albtraum gehabt und dich nicht so gefürchtet hättest? Hättest du es mir erzählt, dich mir anvertraut, wenn du ganz wach gewesen wärst?"

„Ich weiß nicht", antwortete Ramona verwirrt. „Meine Mutter ging dich doch nichts an, warum …"

Brian warf die Zigarette weg. „Wie kannst du so etwas zu mir sagen? Wie kannst du so seelenruhig dastehen und so etwas zu mir sagen?" Er machte einen Schritt auf sie zu, blieb dann abrupt stehen und ging zur Bar. „Der Teufel soll dich holen!", stieß er hervor. Er schenkte sich einen Bourbon ein und trank. „Vielleicht hätte ich nicht kommen sollen", sagte er dann ruhiger. „Du hast mich schon vor fünf Jahren aus deinem Leben hinausgedrängt."

„Ich habe dich hinausgedrängt?" Diesmal hob Ramona die Stimme. „Du hast mich verlassen. Du hast mich sitzen lassen, weil ich nicht mit dir ins Bett gehen wollte." Sie ging zur Bar hinüber und stützte die Hand auf. „Du bist aus meinem Haus und aus meinem Leben verschwunden, und wenn ich etwas über dich wissen wollte, musste ich die Klatschspalten lesen. Von dir kam nie ein Wort. Du hast ja auch nicht lange gebraucht, um andere Frauen zu finden … eine ganze Menge anderer Frauen."

„So viele wie nur irgend möglich", stimmte Brian ihr zu und trank wieder. „Und so schnell wie möglich. Ich benutzte Frauen, Alkohol und das Glücksspiel – einfach alles, um dich zu vergessen. Ich musste es zumindest versuchen." Er betrachtete nachdenklich den Rest Whisky in seinem Glas und fügte hinzu: „Es hat nicht funktioniert." Er stellte das Glas ab und sah Ramona wieder an. „Daher wusste ich, dass ich Geduld mit dir haben musste."

Ramonas Augen waren noch immer dunkel vor Schmerz. „Sag mir ja nicht noch einmal, ich hätte dich aus meinem Leben hinausgedrängt!"

„Aber genau das hast du doch getan."

Er umfing ihr Handgelenk, und sie fuhr herum, um sich ihm zu entziehen, doch er hielt sie fest, durch den schmalen Bartresen aus Mahagoniholz von ihr getrennt. „Wir waren allein, weißt du noch? Julie war für ein paar Tage weggefahren."

Ramona sah ihm, ohne mit der Wimper zu zucken, in die Augen. „Und ob ich es noch weiß!"

„Tatsächlich?" Er zog auf die ihm eigene Art eine Braue hoch. Sein Blick und seine Stimme waren wieder kühl. „Vielleicht gibt es doch ein paar Dinge, an die du dich nicht mehr erinnerst. Als wir an jenem Abend nach Hause kamen, wollte ich dich fragen, ob du mich heiraten würdest."

Ramona fühlte, wie jeder Gedanke, jede Empfindung aus ihrem Körper wegzufließen schienen. Sie konnte Brian nur sprachlos anstarren.

„Überrascht?" Er ließ ihr Handgelenk los und griff wieder in die Tasche, um eine Zigarette herauszuholen. „Anscheinend sehen wir beide diesen Abend aus verschiedenen Blickwinkeln. Ich liebte dich." Die Worte klangen wie eine Anklage. „Und ich habe dich in all den

Wochen, in denen wir zusammen waren, nie betrogen. Habe keine andere Frau angerührt." Er zündete sich die Zigarette an, und als das Ende aufglühte, hörte Ramona ihn leise sagen: „Ich bin fast verrückt geworden."

„Du hast es mir nie gesagt." Ihre Augen waren riesengroß. „Du hast mir nicht ein einziges Mal gesagt, dass du mich liebst."

„Weil du dich immer zurückgezogen hast, ausgewichen bist", erwiderte er. „Und ich wusste, dass du noch unschuldig warst und Angst hattest ... obwohl ich mir die Angst nicht erklären konnte." Er sah sie lange und fest an. „Es hätte vieles geändert, wenn ich Bescheid gewusst hätte. Aber du hast mir ja nicht vertraut."

„Oh Brian!"

„An diesem Abend", fuhr er fort, „strahltest du so viel Wärme aus. Ich fühlte, wie sehr du mich wolltest. Ich gab mir unendlich Mühe, sanft und geduldig zu sein, obwohl mein Verlangen nach dir mich fast umbrachte." Nervös fuhr er sich mit der Hand durchs Haar. „Und du warst voller Hingabe. Wenn ich dich berührte, drängtest du mir mit jeder Faser deines Herzens entgegen, deine Haut schien unter meinen Händen lebendig zu werden. Doch dann wehrtest du dich plötzlich wie ein verängstigtes Kind, hast mich weggestoßen, als wolle ich dich töten, hast mich angeschrien, ich solle dich nie wieder anfassen. Du hast gesagt, du könntest es nicht ertragen, wenn ich dich berühre ..."

Jetzt blickten seine Augen nicht mehr kühl, seine Miene drückte lauter Überlegenheit aus. „Du bist die einzige Frau, die mich je so verletzen konnte."

„Brian ..." Ramona schloss die Augen. „Ich war damals erst zwanzig, und da war so vieles ..."

„Das weiß ich jetzt, aber damals wusste ich es nicht", sagte er tonlos. „Und obwohl du heute älter bist, hat sich ja nicht besonders viel geändert." Ramona schlug die Augen auf und wollte etwas einwenden, doch er schüttelte den Kopf. „Noch nicht. Ich bin noch nicht fertig. Damals sah ich keinen anderen Ausweg für mich, deshalb bin ich gegangen. Ich konnte einfach nicht in Los Angeles bleiben und auf dich warten ... warten, bis du dich entschieden hättest. Ich wusste nicht, wie lange ich fortbleiben würde, aber ich habe mich in diesen fünf Jahren ganz auf meine Karriere konzentriert. Genau wie du."

Brian unterbrach sich und legte die langen, schmalen Hände auf die Bar. „Zurückblickend glaube ich, dass es so am besten war. Du musstest erst zu dir selbst finden, und für mich war es eine Zeit ungeheurer Produktivität. Als dein Name immer häufiger in den Klatschspalten auftauchte, wusste ich, dass es Zeit für mich war zurückzukommen." Sie öffnete die Lippen, doch er ließ sie wieder nicht zu Wort kommen. „Du kannst so wütend werden, wie du willst", sagte er schroff, „aber erst, wenn ich fertig bin. Unterbrich mich nicht!"

Ramona wandte sich ab und kämpfte um Selbstbeherrschung. „Nun gut, sprich weiter", gelang es ihr schließlich herauszupressen, und sie drehte sich auch wieder zu ihm um.

„Ich kam ohne feste Pläne in die Staaten", fuhr er fort, „ich wollte nur dich sehen. Der Vorschlag, die Musik für ‚Fantasie' zu schreiben, fiel mir in New York praktisch in den Schoß, und da hatte ich die Idee, dich auf dem Umweg über die gemeinsame Arbeit zurückzugewinnen." Das war eine ganz einfache Erklärung, mit der er sich weder rechtfertigen noch entschuldigen wollte.

„Als ich dich im Aufnahmestudio sah, wusste ich, dass mir jeder Vorwand recht sein würde, doch ich hatte mit dem Auftrag für das Musical ohnehin einen brauchbaren." Er schob sein leeres Glas mit der Fingerspitze beiseite. „Ich habe nicht gelogen, als ich sagte, ich wolle mich beruflich mit dir zusammentun oder dass ich das Gefühl hatte, du seist für ‚Fantasie' genau die Richtige. Doch wenn es nötig gewesen wäre, hätte ich auch gelogen. Du hattest vielleicht also gar nicht so unrecht mit dem, was du mir auf den Klippen an den Kopf geworfen hast." Er ging von der Bar zum Fenster. „Natürlich hatte ich noch ein bisschen mehr mit dir im Sinn, als dich nur in mein Bett zu locken."

„Brian!" Ramona schluckte trocken. „Ich habe mich für das, was ich dir auf den Klippen sagte, entsetzlich geschämt. Dass ich furchtbar zornig war, ist kaum eine Entschuldigung dafür, doch ich hatte gehofft … ich hatte so sehr gehofft, du würdest mir verzeihen."

Brian wandte sich ihr zu und sah sie einen Moment an. „Es wäre leichter gewesen, wenn du nicht weggelaufen wärst."

„Aber ich bin nicht weggelaufen, ich musste fort. Das habe ich dir doch geschrieben."

„Wann hast du mir das geschrieben?" Seine Stimme klang jetzt schärfer als vorher, und er musterte sie finster.

„Ich habe dir eine Nachricht hinterlassen." Ramona wusste nicht, ob sie auf ihn zugehen oder vor ihm zurückweichen sollte. „Ich habe den Zettel aufs Klavier gelegt."

„Ich habe keinen Zettel gesehen. Ich sah überhaupt nichts, außer dass du fort warst." Er atmete tief ein. „Ich habe die Noten in eine Aktenmappe gestopft. Einen Zettel von dir habe ich nicht bemerkt."

„Julie hatte mich angerufen und mir von dem Unfall erzählt."

„Von welchem Unfall?" Misstrauisch blickte er sie an.

Ramona sah ihn stumm an.

„Hatte deine Mutter einen Unfall?", fragte er.

„Ja ... meine Mutter. Ich musste sofort zurück."

Er schob die Hände tief in die Taschen. „Warum hast du nicht auf mich gewartet?"

„Ich wollte ja, aber ich konnte nicht." Ramona schlang die Finger ineinander, damit sie nicht zitterten. „Es stand schlimm um sie. Dr. Karter hatte gesagt, es sei nur noch eine Sache von Stunden. Er hatte recht." Sie wandte sich ab. „Ich bin schon zu spät gekommen."

Brian fühlte, wie sein Zorn nachließ. „Es tut mir leid", sagte er. „Das wusste ich nicht."

Ramona wusste nicht, warum ihr Brians einfache Worte die Tränen in die Augen trieben, die sie bis jetzt nicht geweint hatte. Sie blendeten sie und schnürten ihr die Kehle zu, sodass sie nicht weitersprechen konnte.

„Ich spielte ein bisschen verrückt, als ich nach Hause kam und feststellte, dass du fort warst", sagte Brian jetzt müde. „Was ich zuerst tat, weiß ich nicht mehr, aber dann betrank ich mich sinnlos. Am nächsten Morgen warf ich – wie ich schon sagte – alle Noten kunterbunt in eine Aktenmappe, packte ein paar Sachen und flog in die Staaten. Zwei Tage blieb ich in New York und versuchte, mir über einiges klar zu werden. Es kommt mir so vor, als hätte ich eine Menge Zeit verbracht, hinter dir herzulaufen. Damit wird mein Stolz nur schwer fertig. In New York dachte ich mir alle möglichen logischen und plausiblen Gründe dafür aus, nach England zurückzukehren und dich zu vergessen. Doch über einen kleinen, einen ganz geringfügigen Punkt kam und kam ich nicht hinweg, er ließ sich nicht mit Vernunftgründen aus der Welt schaffen."

Brian sah Ramona wieder an. Sie kehrte ihm den Rücken zu und hielt den Kopf gesenkt, sodass er, da sie sich die Haare aufgesteckt hatte, ihren schönen, schlanken Hals sehen konnte.

„Ich liebe dich, Ramona."

„Brian!" Sie wandte ihm ihr tränenüberströmtes Gesicht zu und blinzelte, weil das Licht sie blendete.

Als sie merkte, dass er einen Schritt auf sie zumachte, schüttelte sie hastig den Kopf. „Nein, bitte nicht!", sagte sie eindringlich. „Ich kann nicht sprechen, wenn du mich berührst." Sie holte tief Atem und wischte sich mit den Fingerspitzen die Tränen aus den Augen. „Ich habe schrecklich viel falsch gemacht, das muss ich dir sagen."

Er blieb ihr fern, obwohl man ihm anmerkte, dass er allmählich ungeduldig wurde. „Gut", meinte er schließlich. „Ich habe gesagt, was ich auf dem Herzen hatte, und das Gleiche muss ich wohl jetzt dir zubilligen."

„Damals, vor fünf Jahren", begann Ramona, „gab es so vieles, über das ich nicht sprechen konnte, so vieles, das ich nicht einmal verstand. Ich war so … so verwirrt und geblendet von allem, was mit mir passierte – von meiner Karriere, dem Ruhm, dem Geld, dem Gefühl, ununterbrochen im Scheinwerferlicht zu stehen." Sie sprach schnell, und ihre Stimme gewann mit jedem Wort an Überzeugungskraft. „Alles schien auf einmal zu geschehen. Ich hatte überhaupt keine Zeit, mich daran zu gewöhnen. Und plötzlich hatte ich mich in Brian Carstairs verliebt." Sie lachte auf und wischte sich frische Tränen aus den Augen. „In den berühmten Brian Carstairs! Du musst begreifen … eben warst du für mich noch ein Idol gewesen, ein Name auf einer Plattenhülle, und im nächsten Moment warst du ein Mann aus Fleisch und Blut, und ich liebte dich."

Ramona fuhr sich mit der Zungenspitze über die Lippen und trat ans Fenster wie vorher Brian. „Und für meine Mutter … für meine Mutter trug ich die Verantwortung, Brian. Dieses Gefühl hatte ich von frühester Jugend an, und so etwas ändert sich nicht über Nacht. Für mich warst du ein edler Ritter in schimmernder Rüstung auf einem weißen Pferd. Ich konnte … ich wollte mit dir nicht über diesen dunkelsten Teil meines Lebens sprechen. Ich hatte Angst, und ich war mir deiner nie sicher. Du hast mir damals nie gesagt, dass du mich liebst."

„Ich hatte entsetzliche Angst vor dem, was ich für dich empfand. Du warst die erste Frau, die ich liebte." Er zuckte mit den Schultern. „Aber du zogst dich immer vor mir zurück. Wenn ich versuchte, dir näher zu kommen, stelltest du dauernd sozusagen Warnschilder mit der Aufschrift ‚Für Unbefugte verboten' auf."

„Weil du immer zu viel wolltest." Wieder schlang sie, wie es ihre Gewohnheit war, die Arme um sich selbst. „Sogar in Cornwall, als wir uns so nahe waren. Was ich dir gab, schien dir nie zu genügen. Ich hatte immer das Gefühl, dass du noch mehr erwartetest."

„Weil du noch immer die Warnschilder aufstelltest, Ramona!" Sie drehte sich um, und sein Blick hielt den ihren fest. „Dein Körper genügt mir nicht. Das ist es nicht, worauf ich fünf Jahre gewartet habe."

„Liebe müsste genug sein!", antwortete sie heftig, plötzlich zornig und verwirrt.

„Nein", schnitt er ihr kopfschüttelnd das Wort ab. „Was wir hatten, war sehr schön, aber es war nicht genug. Ich will viel mehr." Er wartete einen Augenblick und beobachtete ihr wechselndes Mienenspiel. „Ich will dein rückhaltloses Vertrauen, ohne Bedingungen, ohne Ausnahme. Ich will völlige Hingabe. Diesmal ist es alles oder nichts, Ramona."

Sie wich von ihm zurück. „Du kannst mich nicht besitzen, Brian!"

Zorn blitzte in seinen Augen auf. „Ich will dich nicht besitzen, verdammt noch mal, aber du sollst zu mir gehören. Weißt du nicht, dass das ein großer Unterschied ist?"

Ramona sah ihn lange starr an. Sie ließ die Arme sinken, ihr war nicht mehr kalt. Ihre Anspannung verschwand. „Ich wusste es nicht", sagte sie leise. „Aber ich hätte es wissen müssen."

Langsam ging sie auf Brian zu. Ganz deutlich sah sie jede Einzelheit seines Gesichts: die dunklen, ausdrucksvollen Brauen, die über der Nasenwurzel fast zusammenstießen, wenn er nachdachte – wie jetzt, die blaugrünen Augen mit dem festen Blick, in denen noch der Zorn schwelte, die leichten Schatten darunter, als habe er lange nicht geschlafen. Sie begriff, dass sie ihn heute als Frau noch mehr liebte als damals mit zwanzig. Eine Frau konnte ohne Angst und rückhaltlos lieben. Ramona hob die Hand und strich ihm mit den Fingerspitzen über die Wangen, als wolle sie auch seine Spannung erleichtern.

Dann lagen sie einander in den Armen. Er wühlte die Hände in ihr Haar, murmelte etwas, das sie nicht zu verstehen brauchte, um es zu verstehen. Leidenschaftlich suchten seine Lippen die ihren, und sein Kuss schien sie zu verbrennen. Hastig und ungeduldig begannen sie sich gegenseitig auszuziehen.

Es bedurfte keiner Worte zwischen ihnen. Sie wollten nur berühren, geben und Erfüllung finden.

Er stellte sich ungeschickt an, als er den Reißverschluss von Ramonas Kleid öffnen wollte. Heftig stieß er eine Verwünschung aus, und sie musste lachen. Als er sie auf den Kaminvorleger hinunterzog, war sie fast atemlos. Und plötzlich fühlten sie sich gegenseitig, lagen Haut an Haut, und das Beben, das durch seinen Körper ging, schien sich auf sie zu übertragen. Brians Mund war ebenso gierig wie der ihre, seine Hände waren genauso fordernd.

Lust schüttelte sie, als sie sich vereinigten. Er hatte das Gesicht in ihrem Haar vergraben, sein Körper war feucht von Schweiß. Ramonas Atem kam nur noch in kurzen Stößen, sie stöhnte, auf immer höheren Wogen der Ekstase davongetragen, bis sie glaubte, vergehen zu müssen. Und dann ebbte die Begierde ab. Zärtlichkeit trat an ihre Stelle.

Die Zeit verlor jede Bedeutung, während sie beieinanderlagen. Sie sprachen nicht, und sie bewegten sich nicht. Spannung und Zorn, Ekstase und Verzweiflung – alles war dahin. Zurückgeblieben war nur eine tiefe, sanfte Zufriedenheit. Mit einem Gefühl unendlichen Glücks fühlte Ramona Brians Atem an ihrem Hals.

„Brian", murmelte sie, und ihre Lippen strichen zärtlich über seine Haut. „Ich glaube, ich hatte dir noch etwas zu sagen, aber ich hab's vergessen." Sie lachte leise.

Mit einem übermütigen Lächeln hob er den Kopf. „Vielleicht erinnerst du dich wieder daran. Wahrscheinlich war es nicht wichtig."

„Du hast recht, davon bin ich überzeugt." Lächelnd berührte sie seine Wange. „Es hatte irgendetwas damit zu tun, dass ich dich bis zum Wahnsinn liebe und mir mehr als alles andere in der Welt wünsche, zu dir zu gehören. Nein, es war nicht wichtig."

Brian legte die Lippen leicht auf die ihren, die von seinen Küssen noch geschwollen waren. „Du wurdest abgelenkt", sagte er und berührte mit der Fingerspitze ihre Brust.

Ramona streichelte ihm den Rücken. „Ich hatte es ein bisschen eilig."

„Diesmal wollen wir das Tempo aber drosseln, dem Orchester längere Passagen einräumen, ja?" Seine Finger glitten leicht wie ein Hauch über ihren Bauch.

„Ja, wir wollen uns besser in die einzelnen Instrumente hineinhören", fügte sie hinzu. „Brian …" Sie stieß einen kleinen spitzen Schrei aus, als seine Zunge ihr Ohr liebkoste. „Noch einmal mit Gefühl", flüsterte sie.

– ENDE –

Lynne Graham

Nur Sehnsucht brennt heißer

Roman

Aus dem Amerikanischen von
Daisy Remus-Tilley

1. KAPITEL

*L*eah sah sich noch einmal flüchtig um und betrat dann schnell das Lokal. In der trotz der Mittagszeit schon gut besuchten Bar war es dunkel, und Leah konnte Paul nirgends entdecken. Nervös bahnte sie sich einen Weg durch das Gedränge, in panischer Angst, von irgendjemandem erkannt zu werden. Unglaublich erleichtert entdeckte sie schließlich in einer Ecke doch Pauls blonden Schopf.

Als sie auf Paul zuging, stand er auf. Er war ein großer attraktiver Mann, und sein Anblick erfüllte sie mit Stolz. „Du kommst spät", beklagte er sich.

„Tut mir leid, ich konnte nicht früher weg." Atemlos ließ Leah sich auf einen Platz sinken, wobei sie sich sicherheitshalber noch einmal nach einem bekannten Gesicht in der Menge umsah.

„Keine Angst, hier kennt dich bestimmt keiner."

Leah beugte sich vor. „Der Mann da drüben starrt mich aber an!"

„Die meisten Männer sehen gern schöne Frauen an, und du bist nun mal eine besonders schöne, mein Liebling", sagte Paul leise und griff dabei zärtlich nach ihrer Hand.

„Wirklich?" Leah, für die Pauls Komplimente noch immer ungewohnt waren, sah hoch. Ihr unsicherer Blick passte so gar nicht zu ihrer sonstigen äußeren Erscheinung. Sie trug ein elegantes Designerkostüm, ihr makelloses Gesicht wurde von glänzendem silberblondem Haar umspielt, und ihre strahlend blauen Augen funkelten mit ihren Diamantohrringen um die Wette.

„Wollen wir nicht lieber zu mir gehen?", fragte Paul und ließ dabei einen Finger langsam über ihre Unterlippe gleiten.

Sofort erstarrte Leah. „Ich kann nicht. Jedenfalls jetzt noch nicht. Du weißt doch, wie ich darüber denke", sagte sie leise und verspürte Angst, als sie sah, wie Pauls Gesichtsausdruck mit einem Mal kalt und abweisend wurde.

„Und du weißt, was ich davon halte, Leah Andreakis. Ich finde das verdammt frustrierend!"

Sie wurde bleich. „Paul, bitte …"

„Manchmal habe ich das Gefühl, dass du nur deine Spielchen mit mir treibst, solange dein Mann verreist ist."

Leahs Blick war voller Schmerz. „Aber ich liebe dich!"

„Wann wirst du ihm dann endlich sagen, dass du dich scheiden lassen willst?"

Nun erbleichte Leah vollends, und ihre ebenmäßigen Züge nahmen einen gehetzten Ausdruck an. „Bald. Ich muss nur den richtigen Moment abwarten."

„Wenn man bedenkt, dass dein Mann im Durchschnitt nur einmal im Monat eine Nacht unter einem Dach mit dir verbringt, kann ich gut und gerne nächstes Jahr noch hier sitzen. Vielleicht liebst du den Mistkerl am Ende doch."

„Wie könnte ich denn?" Leah senkte den Kopf und verschränkte krampfhaft ihre Finger ineinander. „Du weißt doch, dass wir keine normale Ehe führen."

„Daran hätte die Regenbogenpresse ihre wahre Freude!", spöttelte Paul.

„Das finde ich nicht komisch, Paul!"

„Nicht dein Liebhaber zu sein, darüber tröstet mich eigentlich nur die Tatsache hinweg, dass er es auch nicht ist. Du musst zugeben, dass es so etwas nicht alle Tage gibt. Sieh dich doch mal an – seit fünf Jahren verheiratet, noch immer Jungfrau, und dein Mann zeigt sich bei jeder Gelegenheit mit irgendeinem Flittchen im Schlepptau. Vielleicht ist er in Wirklichkeit schwul."

Leahs Magen zog sich zusammen. Sie musste verrückt gewesen sein, Paul die Wahrheit über ihre Ehe gesagt zu haben. Nicht dass er sein Wissen missbrauchen würde. In dieser Hinsicht vertraute sie ihm völlig. Aber ihr war klar, dass sie ihm zu viel erzählt hatte, nur um ihm die Eifersucht auf Nik zu nehmen.

„Sprich nicht so über ihn", ermahnte sie Paul eindringlich.

„Glaubst du vielleicht, unter dem Tisch ist eine Wanze angebracht? Du hast unheimliche Angst vor ihm, stimmt's? Ich glaube einfach nicht, dass du den Mut aufbringst, ihm zu sagen, dass du die Scheidung willst. Vielleicht verschwende ich nur meine Zeit."

„Nein!", flüsterte Leah fast verzweifelt. Der Gedanke, Paul verlieren zu können, versetzte sie in Panik. Sie hätte es nicht ertragen, wieder so leben zu müssen, wie sie es fünf Jahre lang getan hatte. Ein Leben voller Langeweile, ohne Sinn und Ziel. Bevor sie Paul kennenlernte, war ihr jeder Tag unerträglich lang erschienen. Sie hatte weder Abwechslung noch Freunde gehabt und war auf Schritt und Tritt beobachtet worden. Die Tür zu ihrem Gefängnis hatte sich am Tag ihrer Hochzeit hinter ihr geschlossen, und sie war so einfältig und naiv gewesen, dass sie dies anfangs nicht einmal bemerkt hatte.

„Wann sagst du es ihm also?", drängte Paul.

„Bald, das verspreche ich dir."

„Ich verstehe nicht, warum du nicht einfach mit Sack und Pack ausziehst. Scheidungsgründe hättest du ja wirklich genügend. Solange es Nik Andreakis gibt, stirbt Ehebruch bestimmt nicht aus."

„Ich muss die Sache ordentlich erledigen. Das bin ich ihm schuldig."

„Ich wüsste nicht, warum du ihm etwas schuldig sein solltest. Vor der Kirche und dem Gesetz ist er ja nicht einmal dein Ehemann", meinte Paul beharrlich.

Leah warf einen Blick auf die Uhr und holte erschrocken Luft. „Ich muss gehen!"

Paul gab ihr schnell noch einen Kuss. „Ich rufe dich an", versprach er. „Ich liebe dich."

Fluchtartig verließ Leah die Bar. Der vornehme Kosmetiksalon, bei dem sie sich angemeldet hatte, lag drei Straßen weiter. Für ihre Treffen mit Paul ging sie enorme Risiken ein, und ihr war bewusst, dass die Gefahr, entdeckt zu werden, mit jedem Tag größer wurde. Aber ob das überhaupt einen Unterschied machen würde?

Nik schien völlig egal zu sein, was sie tat. Sie sah ihn ungefähr einmal im Monat, wenn er nach London kam, im vergangenen Jahr sogar noch seltener. Manchmal bat er sie, bei einem Geschäftsessen als Gastgeberin zu fungieren, aber selbst das war in letzter Zeit kaum vorgekommen. Wenn Nik ihr etwas mitzuteilen hatte, tat er das über das Personal.

Während ihrer gesamten Ehe hatte sich Nik nicht ein einziges Mal mit ihr in der Öffentlichkeit gezeigt. Er war nicht mit ihr essen gegangen, hatte sie nie ins Theater ausgeführt oder eine Party mit ihr besucht. Niks ausschweifendes Nachtleben spielte sich ausschließlich an der Seite anderer Frauen ab. Er schlief in einem separaten Flügel des Hauses, und selbst an den wenigen Tagen, die er überhaupt dort verbrachte, hörte Leah ihn nachts weggehen und erst frühmorgens zurückkommen.

Als sie sich jetzt dem Hintereingang des Salons näherte, dachte Leah einen Moment lang daran zurück, wie sie früher nächtelang wach gelegen und weinend auf Nik gewartet hatte. Immer wieder hatte sie sich gefragt, was sie falsch gemacht hatte und wie sie ihn nur auf sich aufmerksam machen konnte. Das war nun vorbei, und Leah verdrängte die Erinnerung daran voller Wut.

„Es tut mir leid, ich habe leider meinen Termin bei Ihnen verschwitzt", erklärte sie der Empfangsdame im Salon und bestand dann darauf, trotzdem den vollen Preis zu bezahlen und auch noch ein großzügiges Trinkgeld zu geben. Charlie, der Eigentümer des Salons, bot ihr an, sie trotz ihrer Verspätung gleich dranzunehmen, aber Leah lehnte dankend ab und setzte sich nur, um auf ihren Chauffeur zu warten.

Charlie beugte sich zu ihr hinunter. „Ach, übrigens, Mrs Andreakis, Ihr Leibwächter war vorhin hier und wollte Ihnen etwas ausrichten."

Leah erstarrte und wurde kreidebleich.

„Keine Sorge", sagte Charlie trocken. „Ich habe ihm gesagt, Sie wären im Massageraum."

Leah wurde feuerrot. „Danke."

„Ich soll Ihnen ausrichten, dass Mr Andreakis zu Hause auf Sie wartet."

Nik wartete auf sie? Nik, der dies die letzten fünf Jahre nicht ein einziges Mal getan hatte? Eigentlich hatte er frühestens in zwei Wochen wieder in London sein wollen. Leah erschauerte unwillkürlich und bekam ein flaues Gefühl im Magen.

Charlie setzte sich neben sie. „Sie sind für solche Spielchen einfach nicht gemacht."

„Ich weiß nicht, was Sie damit …"

„Seit fünf Jahren kommen Sie jede Woche zu uns, und während der letzten Monate konnte man Ihnen vom Gesicht ablesen, was mit Ihnen los ist." Er seufzte. „Aber ich möchte nicht als der Idiot in die Geschichte eingehen, der Nik Andreakis' Frau ein Alibi verschafft hat. Er ist ein Mann, der anderen die Finger bricht. Allein bei dem Gedanken werden mir schon die Knie weich."

Sofort bekam Leah ein schlechtes Gewissen. „Es tut mir leid."

„Und mir tut leid, dass ich Ihnen nicht helfen kann. Es hat nämlich richtig gutgetan, Sie zur Abwechslung mal glücklich zu sehen."

„Mrs Andreakis?"

Leah zuckte zusammen, als ihr bulliger Leibwächter Boyce neben ihr auftauchte. Während sie aufstand, musterte Boyce misstrauisch den Mann, der da so dicht neben der Frau seines Chefs gesessen hatte.

Nachdem sich die Tür der Limousine hinter ihr geschlossen hatte, war es um Leahs Fassung geschehen. Sie fühlte sich erniedrigt und zutiefst beschämt. Ausgerechnet ihr Friseur fürchtete sich davor, in einen Ehestreit hineingezogen zu werden. Dabei war Nik doch völlig gleichgültig, was sie tat. Trotzdem hatte der fröhliche Charlie, der sie die letzten Jahre oft genug aufgeheitert hatte, offensichtlich wirklich Angst.

Alle schienen Nik zu fürchten, dabei hatte Leah ihn kein einziges Mal die Stimme erheben hören. Allerdings war sie selbst in der ersten Zeit ihrer Ehe ihm gegenüber ziemlich verschreckt gewesen, ehe ihr seine eisige Gleichgültigkeit allmählich klargemacht hatte, dass sie für ihn als menschliches Wesen völlig bedeutungslos war. Er hatte sie nur geheiratet, um an die Aktien zu kommen, die ihr Vater ihr überschrieben hatte.

Ganz zu Anfang hätte sie sogar manchmal schwören können, in Niks Blick so etwas wie Hass zu bemerken. Selbst bei der belanglosesten Äußerung hatte seine Stimme bedrohlich geklungen, und seine Gegenwart hatte ihr Angst gemacht. Damals hatte sie gelernt, sich im Hintergrund zu halten, niemals Aufmerksamkeit zu erregen und ihm möglichst aus dem Weg zu gehen. Leah nahm an, er nahm ihr übel, dass er sie hatte heiraten müssen, um an ihre Aktien zu kommen. Andererseits hätte er sich seither leicht von ihr scheiden lassen können. Das Ganze war ein Rätsel, das sie sich einfach nicht erklären konnte.

Und jetzt war Nik, der fünf endlose Jahre lang nie von seinem starren Terminkalender abgewichen war, urplötzlich nach Hause gekommen. Die Angst, die Leah mühsam verdrängt hatte, war sofort wieder da, als sie die Eingangsstufen ihres großen alten Hauses hinaufstieg. Die untreue Ehefrau kehrt zurück, dachte sie bitter.

Dabei war sie gar keine richtige Ehefrau. Eigentlich hätte sie schon vor langer Zeit um ihre Freiheit bitten sollen, aber damit hätte sie ihren Vater bitter enttäuscht.

Die ersten siebzehn Jahre ihres Lebens hatte Leah alles getan, um ihn glücklich zu machen, und auch ihm zuliebe Nik geheiratet und damit den größten Fehler ihres Lebens begangen. Er hatte ihr die Freiheit genommen, ohne ihr dafür etwas zu geben. Aber damit war es nun vorbei. Seit dem Tod ihres Vaters waren schon fast zwei Monate vergangen.

„Mr Andreakis erwartet Sie im Salon", teilte der Butler Leah mit.

Nik stand neben dem Kamin. Vor langer Zeit hatte der Anblick seiner großen männlichen Erscheinung Leah in freudige Erregung versetzt, jetzt aber sah sie ihn wie durch eine Trennscheibe.

Nik Andreakis, der legendäre griechische Industriemagnat, ein sagenhaft reicher und einflussreicher Mann. Von den handgemachten Schuhen bis zur maßgefertigten Garderobe war er die Eleganz in Person und ein ausgesprochen gut aussehender Mann. Dichtes dunkles Haar, sonnengebräunter Teint, faszinierende dunkelbraune Augen. Wo immer er hinkam, stand Nik im Mittelpunkt des weiblichen Interesses. Das wusste er, genoss es und nutzte es auch aus, wenn ihm danach war.

Es herrschte eine eigenartige Spannung im Raum. Nik musterte Leah mit seinen dunklen Augen. „Dein Lippenstift ist verschmiert."

Erschrocken berührte Leah ihren Mund. „Tatsächlich?"

Nik zog die Augenbrauen zusammen und sah seine Frau durchdringend an. „Wir haben nicht viel Zeit, deshalb komme ich gleich zur Sache. Wir fliegen nach Paris."

Leah erstarrte. „Nach Paris?", wiederholte sie erstaunt.

Nik stand bereits an der offenen Tür. „Komm schon", drängte er ungeduldig.

„Ich soll mit dir nach Paris reisen?", fragte Leah hilflos. „Jetzt … gleich?"

„Ja."

„Aber wieso?"

„Es geht um eine geschäftliche Angelegenheit im Zusammenhang mit dem Nachlass deines Vaters."

Leah konnte sich absolut nicht vorstellen, dass es da noch etwas zu regeln gab, denn obgleich sich Nik nicht einmal dazu herabgelassen hatte, der Beerdigung ihres Vaters beizuwohnen, hatte er unverzüglich seine Anwälte damit beauftragt, über das Erbe zu verfügen. Während Leah noch um ihren Vater trauerte, hatte Nik kurzerhand alles verkauft, was Max Harrington gehört hatte. Nicht ein einziges Andenken war ihr von ihm geblieben.

Widerstand regte sich in ihr, und sie hob den Kopf. „Hast du etwa noch etwas übersehen?"

„Nein. Etwas, wonach ich gesucht habe, ist endlich gefunden worden", erwiderte er und verzog fast hasserfüllt das Gesicht, als er Leahs erstaunte Miene sah. „Das glaube ich jedenfalls. Bete um deinetwillen, dass ich recht habe", fügte er kurz angebunden hinzu.

Leah wurde blass und trat einen Schritt zurück. „Um meinetwillen? Ich verstehe nicht, was das heißen soll."

„Das will ich auch nicht hoffen." Nik wandte sich ab. „Und jetzt komm, der Jet ist startklar."

„Fliegen wir heute noch zurück?", fragte Leah aufgelöst, während er sie hinter sich herzog. „Ich habe doch gar nichts eingepackt!"

„Du wirst es überleben."

„Was ist denn überhaupt los?", rief Leah, als sie schließlich im Wagen saßen. Nik strafte sie mit Nichtachtung, griff zum Telefon und führte ein langes Gespräch auf Griechisch, sodass Leah kein Wort verstand.

Sie starrte blicklos aus dem Fenster und dachte dabei sehnsüchtig an Paul, den ersten Mann in ihrem Leben, der sie als Mensch mit eigenen Gefühlen und Gedanken behandelt hatte und nicht darauf aus war, sie auszunutzen.

Im Flugzeug nahm Leah sich vor, Nik in Paris zu sagen, dass sie die Scheidung wollte. Sie konnte nicht länger warten und riskieren, Paul zu verlieren. Nik hatte sie um ihre Jugend betrogen, jetzt wollte sie endlich ihr eigenes Leben leben.

Am Pariser Flughafen erwartete sie ein Wagen, dessen Fahrer sie durch den dichten Nachmittagsverkehr chauffierte und schließlich in einer viel befahrenen Straße anhielt. Leah stieg aus und folgte Nik, der mit großen Schritten auf ein Bankgebäude zuging.

Im Foyer wurden sie von drei Männern erwartet. Einen von ihnen erkannte Leah als den Anwalt ihres Vaters. Der Mann wollte etwas zu ihr sagen, aber Nik schnitt ihm rüde das Wort ab.

Wenig später fuhren sie mit dem Lift hinunter in den Schließfachraum, und Leah fragte sich unwillkürlich, ob vielleicht doch noch einige der begehrten Reedereiaktien vorhanden waren. Wie konnte ein so unermesslich reicher Mann wie Nik nur so unglaublich habgierig sein?

Unten drückte der Anwalt ihr unvermittelt einen Schlüssel in die Hand und wandte sich dann ab.

„Gib ihn mir", drängte Nik angespannt.

Leah wurde klar, dass es sich nur um den Schlüssel für das Schließfach ihres Vaters handeln konnte. Zum ersten Mal in ihrem Leben ignorierte sie ihren Mann, trat einen Schritt vor und sah zu, wie der Bankbeamte eine Box aus dem Fach hob, sie auf den Tisch stellte und dann den Raum verließ.

„Leah", begann Nik, und seine Stimme hatte einen drohenden Unterton, aber Leah blickte starr geradeaus.

„Das Fach hat meinem Vater gehört, und jetzt ist es meins."

„Pass auf, was du sagst!"

Sein bissiger Ton verfehlte seine Wirkung nicht. Leah sah Nik an und erstarrte. Der unverhüllt brutale und gewalttätige Ausdruck in seinen Augen ließ sie erbleichen und jede Widerstandskraft verlieren. Sie legte den Schlüssel auf den Tisch.

„Wenn es hier drin ist, brauchst du dir keine Sorgen zu machen", sagte Nik heiser. „Wenn nicht, dann kannst du froh sein, wenn du morgen noch mal die Sonne aufgehen siehst."

Wenn was in der Box war? Kleine Schweißperlen bildeten sich auf Leahs Stirn, und die Knie wurden ihr weich. Sie sah Nik fassungslos an, aber er beachtete sie gar nicht, sondern steckte mit zitternden Händen den Schlüssel ins Schloss.

Es musste um mehr als nur Aktien gehen. Leah hatte Nik noch nie so unbeherrscht gesehen.

Die Box war voller Papiere. Nik murmelte aufgeregt etwas auf Griechisch, während er den Inhalt des Fachs durchwühlte und wahllos Briefe und Fotos auf dem Tisch verstreute. Er war bleich und aufs Äußerste angespannt, und seine Suche wurde immer fieberhafter.

Leahs Blick fiel auf ein großformatiges Hochglanzfoto, auf dem eine Gruppe von Männern und Frauen in eindeutiger Situation abgelichtet war. Schockiert und angewidert wandte Leah sich ab. Warum hatte ihr Vater so etwas nur aufgehoben?

„Was ist das alles?", fragte Leah leise, da Nik offensichtlich mehr über den Inhalt des Fachs wusste.

„Was das ist?" Nik lachte freudlos. „Lauter zerstörte Existenzen! Die Geheimnisse anderer Leute. Dein Vater hat von der Angst seiner Opfer gelebt, wie eine widerliche Küchenschabe!"

Kreidebleich blickte Leah ihn an. „Wie kannst du so etwas über meinen Vater sagen?"

Aber Nik hörte ihr gar nicht zu. Er kramte noch immer in der Box herum. „Dass er es ausgerechnet mir überlässt, dieses Dreckszeug wegzuschaffen, ist noch die Krönung. Ich muss mir die Hände schmutzig machen, weil es keinen Menschen gibt, dem ich diese widerwärtige Trophäensammlung anvertrauen könnte. Alles hat er behalten, anstatt es zu vernichten, diese miese Ratte!"

Leah stützte sich an der Wand ab. Sie konnte einfach nicht glauben, was ihrem Vater vorgeworfen wurde. „Was soll das heißen?"

„Bist du schwerhörig?" Nik sah sie hasserfüllt an. „Was glaubst du, warum ich dich geheiratet habe?"

„Wegen der Aktien", erwiderte sie mit bebender Stimme.

„Es gab überhaupt keine Aktien!", fuhr er sie wütend an. „Die Reederei hat nie existiert."

„Du lügst", erwiderte Leah kaum hörbar.

Niks Aufmerksamkeit konzentrierte sich auf das Papier in seiner Hand. Dann schlug er plötzlich mit der Faust auf den Tisch. „*Theos mou!*", stieß er böse hervor. „Es ist nur eine Kopie!" Er kam langsam auf Leah zu, wie ein Tiger, der zum tödlichen Sprung ansetzt. „Das Original hat er dir gegeben, stimmt's?", fragte er mit gefährlich ruhiger Stimme.

„Was für ein Original?" Leah konnte kaum noch sprechen.

„Du weißt genau, wovon ich rede. Wenn es nicht hier ist, musst du es haben. Max war kein Dummkopf. Er wusste genau, dass ich dich fallen lassen würde wie eine heiße Kartoffel, sobald ich das Dokument habe. Also, wo ist es?"

„Hör auf damit!", rief Leah voller Angst. „Lass mich in Ruhe!"

„Ich habe mich fünf Jahre lang erpressen lassen, um meine Familie zu schützen. Das nehme ich keinen Tag länger hin!"

Ihr Vater ein Erpresser? Das konnte nicht sein! Leah war dem Zusammenbruch nahe.

„Ich habe mich immer gefragt, ob er dich für mich als lebenslange Bestrafung vorgesehen hatte", sagte Nik verbittert. „Aber eines kann ich dir sagen, *pethi mou*, dann drehe ich dir lieber deinen schlanken Hals um und gehe dafür lebenslang ins Gefängnis."

Starr vor Angst sah Leah in das hasserfüllte Gesicht über sich, bis ihr plötzlich schwarz vor Augen wurde und sie in eine erlösende Ohnmacht sank.

2. KAPITEL

*L*eah kam erst in der Limousine wieder zu sich, und auch nun war Niks Gesicht dicht über ihr. Entsetzt fuhr sie hoch und tastete verzweifelt nach dem Türgriff, obwohl der Wagen in voller Fahrt war. „Geh weg!", schrie sie voller Panik.

„Wie empfindsam wir plötzlich sind." Nik sah sie spöttisch an. Er hatte sich wieder völlig im Griff. „Also, wo ist die Urkunde?"

„Ich habe dir doch schon gesagt, dass ich keine Ahnung habe, wovon du sprichst. Ich kann einfach nicht glauben, dass mein Vater ein Erpresser gewesen sein soll."

„Ganz schön mies, was?" Nik musterte sie ohne jede Gefühlsregung. „Er war ein echter Profi. Er hatte sich auf reiche Leute und Prominente spezialisiert und verstand sein Geschäft. Er hat die Leute nie ganz ausgenommen. Wenn sie lange genug gezahlt hatten, ließ er sie in Ruhe, behielt aber zu seinem Schutz das Beweismaterial. Damit hat er ein Vermögen gemacht."

„Das kann ich nicht glauben!", rief Leah.

„Meinst du, er hat die Pornobilder zu seinem Vergnügen aufbewahrt?"

Leah senkte betroffen den Kopf.

„Wenn er sich also die Mühe machte, eine Kopie von dem Papier anzufertigen, mit dem er meine Familie in der Hand hatte, dann behielt er mit Sicherheit auch das Original, und da ich schon alle anderen Möglichkeiten überprüft habe, steht für mich fest, dass er es dir gegeben haben muss."

„Das hat er aber nicht!"

„Wenn du versuchen solltest, mir damit zu drohen, mache ich dich fertig!"

„Du bist ja verrückt!" Leah schluchzte auf.

„Bis jetzt habe ich sehr viel Geduld gezeigt. Fünf Jahre lang habe ich mich an die Leine legen lassen", stieß Nik verbittert hervor. „Ich war nur sicher, solange ich mit dir verheiratet war. Ich hatte gehofft, du würdest dich irgendwann zurück in Daddys Schoß flüchten, aber im Lauf der Jahre wurde mir klar, dass du in mich verliebt bist."

„Was?", unterbrach Leah ihn fassungslos.

„Du bist wie besessen." Nik sah sie verächtlich an. „Jede normale Frau hätte es längst aufgegeben und wäre gegangen, du aber hast bis zum bitteren Ende die treu sorgende Ehefrau gespielt, damit ich mich über meinen Seelenhandel auch ja nicht beklagen konnte!"

Ein Gefühl aufsteigender Hysterie schnürte Leah die Kehle zu. Nik schien tatsächlich zu glauben, dass sie ihn liebte! Einen Moment lang lag ihr Pauls Name auf der Zunge, aber ihr sechster Sinn hielt sie davon ab, noch mehr Staub aufzuwirbeln.

„Ich liebe dich nicht", sagte sie leise.

„Du sprichst mit dem Mann, den du zu deinem siebzehnten Geburtstag geschenkt bekommen hast! Hast du mich in irgendeiner Zeitung gesehen und bist dann zu Daddy gelaufen, damit er dir mich besorgt?"

„Du musst ja verrückt sein!"

„Ich weiß nur, dass der liebe Max für dich die Drecksarbeit erledigt hat. Er hat mich gejagt wie ein Tier."

„Das bist du ja auch!", stieß Leah hervor. „Noch dazu eine ganz miese Kreatur. Und deine Selbstgefälligkeit ist einfach unglaublich!"

„Sieh mal einer an, meine sonst so perfekte Ehefrau kann ja richtig die Stimme erheben. Die Wahrheit schmeckt dir nicht, aber ich weiß, dass ich mit voller Absicht in die Falle gelockt worden bin. Damals wurde ich zu einer geschäftlichen Besprechung in euer Haus eingeladen, und seltsamerweise war dein Vater gerade an diesem Tag verhindert. Aber du warst da, und kein heißblütiger Grieche hätte da weggesehen. Dein Vater wusste genau, dass Heirat für mich nicht infrage kam, also schnüffelte er so lange in meinem Privatleben herum, bis er etwas ausgegraben hat, das überhaupt nur zwei Menschen wussten, und die hätten darüber niemals geredet."

„Und was war das?", fragte Leah kaum hörbar.

„Das weißt du ganz genau. Max wusste, dass er bald sterben würde, und er hat das Geheimnis mit Sicherheit an dich weitergegeben."

„Ich habe nichts von ihm bekommen!"

„Wenn du es nicht hast, dann weißt du zumindest, wem er es überlassen hat."

Der Chauffeur öffnete unvermittelt die Tür, sodass Leah beinahe aus dem Wagen gefallen wäre. Voller Panik sah sie hinaus auf die menschenleere Straße. Am liebsten wäre sie einfach davongelaufen. Sie wusste, wo sie war – vor Niks Pariser Wohnung, in der sie damals ihre Hochzeitsnacht ganz allein verbracht hatte.

„Versuch ruhig, wegzurennen", sagte Nik gefährlich leise. „Du würdest nicht mal bis zur nächsten Straßenecke kommen."

Kreidebleich und mit zitternden Knien betrat Leah mit Nik das Haus und dann den Lift. Auf dem Weg nach oben sagte sie nichts. Sie wusste, dass sie Nik in ihrer Verfassung nicht gewachsen war. Er hatte sich auf diesen Tag offenbar fünf Jahre lang vorbereitet und seiner Rache entgegengefiebert, genau wie er den Tod ihres Vaters herbeigesehnt haben musste, um sie endlich loszuwerden.

„Denkst du gerade an deine Hochzeitsnacht zurück?", fragte Nik verächtlich. „Ich kann einiges auf Befehl tun, aber das Bett mit dir zu teilen, gehört leider nicht dazu. Zur Heirat konnte dein Vater mich zwingen, aber nicht dazu, mit dir …"

„Hör auf damit!", schrie Leah ihn fast hysterisch an.

„Wieso hast du ihm das eigentlich nie erzählt? Max hätte doch sicher rasend gern einen Enkel gehabt, um deine Position zu sichern." Er packte Leah an den Schultern. „Aber du hast ihm all die Jahre nichts von dem leeren Platz neben dir im Ehebett gesagt. Warum nicht?"

Leah nahm noch einmal all ihre Kraft zusammen, riss sich von Nik los und floh in eines der großen Schlafzimmer mit angrenzendem Bad. Sie verriegelte die Badezimmertür hinter sich, zog sich dann wie in Trance aus und ging unter die Dusche.

Mein Vater war ein Erpresser, dachte sie immer wieder, während das Wasser auf sie herunterprasselte. Zum ersten Mal in ihrem Leben fühlte sie sich schmutzig. Mit einem Streich hatte Nik das gesamte Fundament ihrer Vergangenheit zum Einsturz gebracht.

An ihre Mutter, die gestorben war, als Leah erst vier Jahre alt gewesen war, hatte sie kaum noch Erinnerungen. Ihre Kindheit bestand aus zahllosen Kindermädchen und später Internaten. Max war ständig auf Reisen gewesen, und erst als Leah erwachsen wurde, begriff sie, dass ihr Vater ein verschlossener und kaltherziger Mann war, für den sie eine Last darstellte. Trotzdem hatte sie immer das Gefühl gehabt, von ihm geliebt zu werden.

Wie hätte sie ahnen können, dass Max ihre teure Erziehung auf so widerwärtige Art finanzierte? Und wie hätte sie je auf den Gedanken kommen sollen, dass er Nik zur Heirat mit ihr gezwungen hatte? Ihr wurde plötzlich klar, was für eine grausame Charade ihre Ehe war. Fünf verlorene Jahre für sie und Nik. Kein Wunder, dass er sie verachtete! Mit einem Mal verspürte Leah fast so etwas wie Mitleid mit Nik, der offensichtlich befürchtete, dass sie das Werk ihres Vaters nach seinem Tod fortsetzen wollte. In diesem Fall musste die Neuigkeit, dass Leah einen anderen Mann liebte und sich möglichst schnell scheiden lassen wollte, eigentlich eine wahre Freudenbotschaft für ihn sein.

Fünf Jahre ihres Lebens hatte Leah aus falschem Stolz vergeudet, weil sie ihren Vater nicht enttäuschen wollte. Jetzt war sie fest entschlossen, keine Stunde länger zu warten.

Plötzlich wurde laut an die Tür geklopft. „Mach auf!"

Leah stellte sich taub. Von Nik hatte sie für diesen Tag genug, eigentlich für den Rest ihres Lebens.

„Leah!", rief Nik von draußen ungeduldig.

Sie stellte das Wasser ab und griff gerade nach einem Handtuch, als die Badezimmertür plötzlich mit einem lauten Krachen aufflog und Nik sich vor Leah aufbaute.

„Warum hast du dich hier eingeschlossen?", herrschte er sie an.

Leah hielt das Handtuch fest um ihren zierlichen Körper gewickelt. Sie war über Niks brutales Eindringen ebenso erschrocken wie empört. „Bist du verrückt geworden?"

„Ich habe mir Sorgen um dich gemacht!"

Leah warf ihm einen ungläubigen Blick zu und begann ihre Sachen vom Boden aufzusammeln.

„Deine Haut sieht aus wie weiße Seide."

Erstaunt blickte Leah auf. Nik sah sie auf eine ganz merkwürdige Art an. Sein Blick glitt langsam über jeden unbedeckten Zentimeter ihres Körpers und verweilte dabei ungeniert auf ihren Brüsten, die sich unter dem Handtuch abzeichneten.

„Lass das Handtuch fallen", sagte er rau.

Leah erstarrte vor Schreck. Nik musterte sie erwartungsvoll, und der Blick seiner dunklen Augen schien sich ihr in die Haut zu brennen. Ihre Kehle wurde plötzlich trocken, und Leah rang nach Luft. Ihre Haut schien zu glühen, und in der Magengegend verspürte sie ein seltsam kribbliges Gefühl. Ihre Brüste fühlten sich auf einmal ungewohnt voll und schwer an, und ihre Brustspitzen waren so hart geworden, dass sie ihr fast wehtaten.

„So zierlich und doch so perfekt gebaut", sagte Nik in die angespannte Stille hinein.

Leah konnte kaum glauben, was sie da hörte. Nik zeigte sich von einer völlig neuen Seite, auch wenn Leah insgeheim immer vermutet hatte, dass er so sein konnte. Irgendwie hatte seine ungezügelte sexuelle Ausstrahlung etwas gefährlich Faszinierendes.

„Würdest du mich jetzt bitte entschuldigen? Ich möchte mich anziehen", sagte Leah leise.

„Du bist ja schüchtern!", sagte Nik genüsslich. „Und dabei hast du so lange auf mich warten müssen."

Leah musste plötzlich lachen. Sie konnte einfach nicht anders.

„Hör auf damit!"

Leahs Handtuch fiel zu Boden, als sie sich abwandte und hysterisch die Hände vors Gesicht schlug. Sie ärgerte sich darüber, vor Nik so die Beherrschung verloren zu haben. Noch verstörter wurde sie allerdings, als er plötzlich von hinten die Arme um sie legte.

Nik zog sie eng an seinen glühenden muskulösen Körper, so dicht, wie es bei Leah noch nie ein Mann getan hatte. Die ganze Situation erschien ihr völlig unwirklich. Fünf Jahre lang hatte Nik sie behandelt wie eine Aussätzige, und ausgerechnet jetzt, da sie es am allerwenigsten erwartet hätte, fasste er sie an, als hätte er jedes Recht dazu. Aber das hatte er nicht, und sie wollte nicht von ihm berührt werden.

„Vielleicht weißt du ja wirklich nicht, wo das Dokument ist", flüsterte Nik und beugte den Kopf zu ihr hinunter. „Möglicherweise hat Max es vernichtet und die Kopie einfach übersehen. Aber er könnte es auch jemandem zur Aufbewahrung gegeben haben. Dann tickt die Bombe weiter, bis jemand den Zünder aktiviert."

Seine Wortwahl ließ Leah frösteln. Nik drehte sie ganz langsam zu sich herum. Ohne Schuhe reichte sie ihm nicht einmal bis an die Schultern. Ihre Wange streifte leicht seine Brust, und der männliche Duft seiner Haut stieg ihr in die Nase. Einen fast endlosen Augenblick lang war sie wie betäubt. Dann senkte sie schnell die Lider.

„Sieh mich an." Seine Stimme klang rau wie Sandpapier.

„Bitte, lass mich gehen", erwiderte Leah leise, aber er ging nicht darauf ein. Er hob ihren Kopf an und sah sie aus dunklen Augen an. Ein seltsam prickelndes Gefühl überlief Leah, und die Atmosphäre im Raum war plötzlich fast explosiv.

„Nik", sagte sie leise und wollte zurückweichen, aber die Füße versagten ihr den Dienst. „Nicht …"

Nik ließ langsam einen Finger über ihre vollen Lippen gleiten. Sie wollte ihm ausweichen, aber seine andere Hand lag auf ihrem Rücken und drückte sie an sich. Er sah ihr unverwandt in die Augen, während er ganz behutsam ihre Lippen auseinanderdrückte. Seine Berührung war so erotisierend, dass sie in Leahs unerfahrenem Körper eine verräterische Kettenreaktion auslöste.

Nik spielte mit ihr und registrierte jede ihrer Gefühlsregungen mit einer Mischung aus Belustigung und Befriedigung. Er war ein Mann, dem sämtliche Verführungskünste zur Steigerung seines eigenen Vergnügens mehr als vertraut waren.

„Ich will …", begann sie zaghaft, konnte dann aber nicht weitersprechen.

„Mehr?" Abrupt ließ Nik sie los und lächelte sie kühl an. „Dann lass das nächste Mal das Handtuch fallen, wenn ich dich darum bitte, *pethi mou*", sagte er leise.

Einen Schlag ins Gesicht hätte Leah in diesem Augenblick fast weniger als Beleidigung empfunden. Als die Schlafzimmertür draußen hinter Nik ins Schloss fiel, sank Leah kreidebleich in sich zusammen. Jahrelang kein Wort von ihm, und jetzt das …

Was für ein seltsames Gefühl seine Berührungen bei ihr ausgelöst hatten! Mit bebenden Händen zog Leah sich an. Sie war noch immer ganz durcheinander. Aber das war ja auch nicht weiter verwunderlich. Immerhin hatte ihr Mann nach so langer Zeit plötzlich zur Kenntnis genommen, dass sie ein lebendiges Wesen war und offensichtlich auch in der Lage, ihm die Zerstreuung zu bieten, die er sich von Frauen erwartete. Sein unverschämter Annäherungsversuch empörte Leah. Nicht nur, dass er kein Recht dazu hatte, er nahm offensichtlich auch keinerlei Rücksicht auf seine derzeitige Gespielin, wer immer das auch sein mochte. Aber so war er eben. Ein Mensch, der stets nur nahm, nie selbst etwas gab.

Es war ein harter Kampf für Nik gewesen, seine Firma zu dem riesigen Imperium aufzubauen, das es inzwischen war. Niemand hatte ihm je einen Gefallen getan, und so machte auch Nik keinerlei Zugeständnisse. Seine Feinde verfolgte er unnachgiebig, bis er sie vernichtet hatte, und auf seinem Weg nach oben ließ er nichts unversucht.

Das waren genau die Eigenschaften, die Max in glühendsten Farben Leah dargestellt hatte, um sie davon zu überzeugen, dass Nik einen wunderbaren Ehemann abgeben würde, auch wenn er ihr gegenüber nie von Liebe gesprochen hatte.

Leah verzog verbittert den Mund. Hätte sie doch fünf Jahre zuvor nur in die Zukunft sehen können! Unwillkürlich dachte sie an ihre erste Begegnung zurück.

Nik war unerwartet und unangemeldet an der Tür zum Wintergarten aufgetaucht. Das Hausmädchen hatte ihn im Salon auf Max warten lassen, und von dort aus musste er Leah durch das Fenster gesehen haben. Sie hatte von dem Blumengesteck aufgeblickt, an dem sie gerade arbeitete, und sich auf den ersten Blick in Nik verliebt. Für sie war er der schönste Mann, den sie je gesehen hatte. Damals machte auch er ihr Komplimente.

Leah konnte sich nicht mehr erinnern, wie lange sie allein im Wintergarten waren, aber die Verabredung mit ihrem Vater erwähnte Nik nicht ein einziges Mal. Er gab sich sogar den Anschein, sie völlig vergessen zu haben, bis das Hausmädchen ganz aufgeregt hereinkam, um Leah zu sagen, dass ihr Vater sie suche.

„Ich werde ihm sagen, dass Sie hier auf ihn warten", sagte Leah zu Nik und lief dann zu ihrem Vater.

„Ein Mann namens Nik Andreakis wartet schon eine Ewigkeit auf dich", erzählte sie ihm aufgeregt. „Meinst du nicht, wir sollten ihn zum Abendessen einladen?"

Und so wurde Nik eingeladen. Max entschuldigte sich allerdings und ließ sie allein. Am nächsten Tag holte Nik sie zu einem Ausflug ab, von dem Max allerdings wenig begeistert schien.

„Ich habe das Gefühl, dass dein Vater dich heute Abend auf Fingerabdrücke untersuchen wird, also gebe ich dir lieber keinen Kuss", erklärte Nik trocken. „Eigentlich weiß ich gar nicht, was ich hier tue. Du bist viel zu jung für mich."

Als er dann die ganze nächste Woche nichts von sich hören ließ, war Leah sehr verletzt. Max jedoch machte sich über ihren Kummer nur lustig und befahl ihr, sich zusammenzunehmen.

„Andreakis kann jede Frau haben, die er will, aber solange er nicht ans Heiraten denkt, möchte ich nicht, dass er sich mit dir einlässt."

„Hast du ihm das etwa gesagt?", fragte Leah ihren Vater mit Entsetzen in der Stimme.

„Ich habe dich auf die teuersten Schulen geschickt, damit aus dir etwas wird. Du sollst eine gute Partie machen. Eine unerquickliche kleine Affäre mit Andreakis kommt für dich nicht infrage, und mehr wird er dir nicht bieten, wenn für ihn dabei nichts herausspringt."

Eine Woche später tauchte Nik überraschend wieder auf, verhielt sich ihr gegenüber jedoch sehr launisch und fast aggressiv. Max dagegen zeigte sich in bester Stimmung.

Zwei Tage darauf wurde Leah zu ihrem Vater ins Büro gerufen. Er teilte ihr mit, einen beträchtlichen Aktienanteil an der Reederei Petraki International erworben zu haben, an welchem Nik sehr interessiert sei.

„Deshalb habe ich ihm die Aktien als Hochzeitsgeschenk angeboten", erklärte Max schließlich.

Leah reagierte darauf ebenso wütend wie betroffen. So verliebt sie auch war – dass ihr Vater Nik kurzerhand bestochen hatte, damit er sie heiratete, beschämte sie zutiefst.

„Nik ist Grieche, der versteht solche Abmachungen", beruhigte Max sie. „Willst du ihn jetzt haben oder nicht?"

Leah lief daraufhin weinend aus dem Zimmer, aber am nächsten Tag eröffnete Max ihr, dass er herzkrank sei und nicht wüsste, wie lange er noch zu leben hätte. Weil er sich Sorgen um ihre Zukunft machte, pries er Nik in den höchsten Tönen und versicherte Leah, dass sie in ihm den idealen Ehemann haben würde.

„Aber er liebt mich doch gar nicht!", protestierte sie.

Max sah sie verächtlich an. „Er will dich haben."

„Mich oder die elenden Aktien?"

„Was du aus dieser Ehe machst, liegt an dir. Ich gebe dir die Chance, den Mann deiner Träume zu heiraten."

Genauso gut hätte er ihr Nik damals auf dem Silbertablett servieren können. Leah schüttelte sich angewidert. Wie hatte sie nur so naiv sein können, darauf einzugehen?

Ein Klopfen an der Tür schreckte sie aus ihren Gedanken. Es war ein Bediensteter, der sie zum Abendessen bitten wollte. Leah konnte gar nicht glauben, dass es schon so spät war. Paul rief sie normalerweise gegen acht Uhr abends an. Er wusste, dass sie nie ausging. Ob der Butler ihm wohl gesagt hatte, dass sie in Paris war? Leah griff zum Telefon und wählte Pauls Nummer. Er war sofort am Apparat.

„Wo, zum Teufel, steckst du?", fragte er aufgebracht.

„Wir mussten nach Paris fliegen, und …"

„Wir?", unterbrach er sie sofort.

„Es gab ein Problem mit dem Nachlass meines Vaters, deshalb musste ich mitkommen", erklärte Leah hastig. Sie wollte Paul noch nicht erzählen, was Nik ihr eröffnet hatte.

„Dann wird Nik dir also heute Abend das Pariser Nachtleben zeigen."

„Nik? Du machst wohl Witze." Leah lachte gequält. „Du fehlst mir so, Paul. Ich denke ständig an dich."

„Ich kann es kaum erwarten, bis du wiederkommst."

„Ich auch nicht, aber Charlies Salon kann ich nicht mehr als Alibi benutzen."

„Warum bittest du Nik nicht endlich um die Scheidung? Das ist doch die Gelegenheit", schlug Paul vor. „Sei nicht so feige. Du bist ihm völlig gleichgültig, was sollte es ihn also kümmern?"

Ein leises Geräusch ließ Leah aufblicken, und sie erschrak so heftig, dass ihr der Hörer aus der Hand fiel.

Sie hatte vergessen, die Tür zu schließen, und Leah blickte Nik, der plötzlich im Zimmer stumm und reglos wie eine Statue stand, starr an.

„Das Abendessen ist serviert", verkündete er dann lächelnd. „Aber beende ruhig erst dein Gespräch."

Mit bebenden Fingern tastete Leah nach dem Hörer. „Bis bald", sagte sie und legte auf.

*M*it wild klopfendem Herzen wartete Leah, bis Nik sich umgedreht und das Zimmer verlassen hatte. Dann sank sie erleichtert in sich zusammen. Er konnte nichts gehört haben, sonst hätte er sicher reagiert. Aber er hatte nur gelächelt.

Als Leah sich wieder so weit gefasst hatte, dass sie das Schlafzimmer verlassen konnte, hörte sie den Butler zu Nik sagen, sein Wagen sei vorgefahren. Aber Nik schickte ihn weg. Leah fragte sich, ob er wohl vorgehabt hatte, auswärts zu essen, und es sich überraschend anders überlegt hatte. Dass er dies ihr zuliebe getan hatte, konnte sie sich allerdings kaum vorstellen.

„Ich habe noch ein paar Gespräche zu erledigen", sagte Nik, als sie ins Esszimmer kam. „Warte nicht auf mich."

Leah aß, ohne viel Notiz von ihrer Mahlzeit zu nehmen. Sie hatte ein schlechtes Gewissen und war noch völlig durcheinander. Ihr ganzes Leben lang war sie immer offen und ehrlich gewesen, bis sie vor drei Monaten bei Harrods versehentlich Paul umgerannt und danach zur Entschädigung ins Restaurant eingeladen hatte.

Leah schob ihren Teller beiseite und trank ein ganzes Glas Wein, aber den schalen Geschmack in ihrem Mund konnte sie damit nicht hinunterspülen. Warum fühlte sie sich nur so elend? Sie brauchte Nik doch nur um die Scheidung zu bitten, um der Sache ein Ende zu bereiten. Leah war überzeugt, dass Nik sich wegen seiner Frauengeschichten keine Gedanken machte. Seine Behauptung, fünf Jahre lang von ihr an die Leine gelegt worden zu sein, war einfach lächerlich, aber Leah war sich bewusst, dass sie ein Unrecht nicht mit einem anderen aufheben konnte. Sie beabsichtigte jedenfalls nicht, auf Niks Niveau zu sinken.

Leah beschloss, auf den Kaffee nach dem Essen zu verzichten und gleich ins Bett zu gehen. Da sie nichts eingepackt hatte, blieb ihr nichts anderes übrig, als nackt unter die Bettdecke zu schlüpfen.

Einige Stunden später schreckte sie aus dem Tiefschlaf hoch. Die Deckenleuchte brannte hell, und Leah blinzelte verwirrt in das grelle Licht. Erst nach einer Weile nahm sie am Fußende ihres Betts Nik wahr und sah ihn erschrocken an. Er sah so Furcht erregend aus, dass Leah schützend die Bettdecke hochzog.

Niks Haar war zerwühlt, er trug keine Krawatte, und das Hemd unter seiner Smokingjacke war zur Hälfte aufgeknöpft. Seine Gesichtszüge waren verzerrt, und trotz seines sonnengebräunten Teints wirkte er erschreckend blass. Er sah fast aus, als würde er unter einem schweren Schock stehen.

„Was ist denn los? Wie spät ist es?", murmelte Leah verschlafen und warf einen Blick auf ihre Uhr. Es war früher Morgen.

„Du hast meinen Namen entehrt", stieß Nik hervor.

Leah, noch immer nicht ganz wach, glaubte, sich verhört zu haben. „Wie bitte?", fragte sie verwirrt.

„Meine Frau mit einem anderen Mann!" Nik brachte die Worte kaum über die Lippen. Er starrte Leah an, als wäre sie ein außerirdisches Wesen, das er noch nie gesehen hatte.

Ein Schauer kroch Leah den Rücken hinunter. Seltsamerweise traf weniger die Tatsache sie, dass Nik die Sache mit Paul herausgefunden hatte, sondern viel mehr, dass Nik sie jetzt zum ersten Mal als „seine Frau" bezeichnete.

„Du streitest es also nicht ab", sagte Nik leise, dessen ganze Körperhaltung angespannt wirkte.

„Wie hast du es erfahren?", fragte Leah.

„Du scheinst dir über das Ausmaß deiner Verfehlung gar nicht im Klaren zu sein." Nik sah sie empört an.

„Hast du getrunken?", fragte Leah, die sich keinen anderen Grund für seinen völlig unmotivierten melodramatischen Auftritt denken konnte. Wie kam ausgerechnet Nik dazu, mitten in der Nacht in ihr Zimmer einzudringen und sie wie ein gehörnter Ehemann zur Rede zu stellen?

„Was soll die Frage?" Nik trat unvermittelt einen Schritt vor und breitete theatralisch die Hände aus. „Ich habe gehört, wie du mit deinem Liebhaber telefoniert hast!"

„Ach so." Leah senkte den Kopf. Eigentlich hätte sie es wissen müssen, auch wenn Nik sich ein paar Stunden zuvor nichts hatte anmerken lassen. Sie versuchte, sich ins Gedächtnis zu rufen, was sie gesagt hatte, konnte sich aber nicht mehr genau erinnern, dazu war das Gespräch zu hektisch gewesen.

„Ich habe mir unsere Londoner Telefonrechnung zufaxen lassen und dann die Nummer überprüft, die du am häufigsten angerufen hast."

Leah beschlich ein ungutes Gefühl. „Wenn du mich danach gefragt hättest, hätte ich dir selbst von ihm erzählt."

„Mir von ihm erzählt? Schämst du dich denn gar nicht?"

Leah hob trotzig das Kinn. „Warum sollte ich?", fragte sie.

„Du bist meine Frau!", stieß Nik hervor und betonte dabei mühsam beherrscht jede einzelne Silbe.

Instinktiv rückte Leah ein Stück weiter weg. Trotz ihrer Empörung über Niks Auftritt verspürte sie Angst.

„Vielleicht siehst du die Sache morgen früh mit etwas mehr Verstand."

„Wie meinst du das?", fragte Nik drohend und kam um das Bett herum auf sie zu. „Warum sollte ich das morgen anders sehen?"

Leah wollte von ihm wegrutschen, aber Nik kam ihr zuvor und packte sie unvermittelt brutal am Handgelenk.

„Was soll das?", schrie sie in Panik auf.

Nik zischte ihr verächtlich etwas auf Griechisch zu und hielt sie auch noch am anderen Handgelenk fest, als sie sich loszureißen versuchte. Kreidebleich und am ganzen Körper bebend sah sie zu ihm hoch.

Der Blick seiner dunklen Augen traf sie tief. „Wie oft warst du mit ihm zusammen?"

„Das weiß ich nicht mehr", antwortete Leah, die vor Angst gar nicht mehr klar denken konnte.

„*Theos.*" Niks Ton war voller Verachtung. „Ich bringe ihn um! Der Kerl ist schon so gut wie tot."

Leah schnappte erschrocken nach Luft. „Sag so etwas nicht!"

„Wo hast du ihn kennengelernt?"

„Von mir erfährst du gar nichts über ihn!"

„Paul Stephen Woods, achtundzwanzig, verkrachter Künstler und Aushilfsverkäufer. Einzelkind, blondes Haar, blaue Augen, ein Meter achtzig groß, sehr ehrgeizig. So viel weiß ich auch ohne deine Hilfe."

Leah blickte ihn starr und fassungslos an. „Warum führst du dich so auf? Was interessiert dich plötzlich mein Leben? Ich bin nicht deine Frau, wenigstens nicht richtig."

„Ach, nein? Du führst meinen Namen, trägst meinen Ring und lebst in meinem Haus. Ich ernähre dich, sorge für deine Kleidung und halte dich aus."

Leah fühlte sich zutiefst gedemütigt. „Und ich hasse dich!"

„Du wirst mich noch um einiges mehr hassen, wenn ich mit dir fertig bin", erwiderte Nik unheilvoll.

„Lass mich gehen", flüsterte Leah mit bebender Stimme.

„Du wirst ihn nie wiedersehen", verkündete Nik und beherrschte sich nur mühsam. Dann ließ er Leah unvermittelt los. „Aber verzeihen werde ich dir das nie."

Kraftlos ließ Leah sich auf ihr Kissen sinken. „Ich dir auch nicht." Das war ein Fehler. Nik, der schon fast aus dem Zimmer war, blieb stehen und fuhr herum.

„Jetzt rückst du also heraus mit der Wahrheit!"

„Mit welcher Wahrheit?"

„Dass das Ganze nur ein Versuch ist, mich auf dich aufmerksam zu machen", stellte er voller Wut fest. „Kein Wunder, dass du Spuren hinterlassen hast, die selbst ein Blinder entdeckt hätte."

„Dich auf mich aufmerksam machen?", wiederholte Leah ungläubig und setzte sich auf.

„Das ist dir ja auch hervorragend gelungen", gab Nik mit einem Lächeln zu, das Leah das Blut in den Adern gefrieren ließ. „Dabei hast du nicht einmal mit ihm geschlafen, oder? Einfach perfekt." Er kam zurück ans Bett. „Nicht genug, um mich zum Äußersten zu treiben, aber gerade so viel, dass ich etwas merke."

Einen Moment war Leah über das Ausmaß seiner Selbstgefälligkeit sprachlos. Dann warf sie wütend den Kopf zurück. „Ich habe mit ihm geschlafen!", log sie, außer sich vor Zorn. „Und ich wollte dich weder zum Äußersten treiben noch dich auf mich aufmerksam machen. Du bist mir nämlich völlig gleichgültig!"

„Wenn er deinen nackten Körper auch nur berührt hat, ist er ein toter Mann. Hast du mich verstanden?" Nik sah sie aus dunklen Augen an. „Das ist kein Spiel. Ich warne dich, *pethi mou*. Sollte er dich gehabt haben, richte ich ihn zugrunde", verkündete er kaltblütig. „Aber so weit ist es ja bislang wohl nicht gekommen."

Leah konnte nicht begreifen, wie Nik es geschafft hatte, sie so in die Enge zu treiben. Wie hatte er auch nur erahnen können, dass ihre Beziehung zu Paul bis jetzt noch platonisch war? Sie hatte Nik gegenüber nicht nur aus Wut gelogen, sondern auch, weil sie betonen wollte, dass die Sache mit Paul ernst war und kein bloßer alberner Flirt, um ihren gleichgültigen Ehemann auf sich aufmerksam zu machen.

„Also gut, ich habe nicht mit ihm geschlafen, aber …"

„Und soll ich dir sagen, warum nicht? Jeder Grieche würde sich von seiner Frau scheiden lassen, wenn sie ihn mit einem anderen Mann betrügt. Wie konnte ich nur so dumm sein und glauben, du würdest es riskieren, deinen Status als meine Frau zu verlieren!"

„Aber genau dies möchte ich!", erwiderte Leah aufgebracht. „Ich will nicht dich, sondern meine Freiheit!"

„Von wegen", erwiderte Nik verächtlich. „Du würdest doch im richtigen Leben gnadenlos untergehen. Ohne deine Kreditkarten wärst du hilflos wie ein kleines Kind."

„Was fällt dir ein!" Leah war bleich vor Wut.

Nik zog die Augenbrauen hoch. „Ich nenne die Dinge nur beim Namen. Du bist, was Max aus dir gemacht hat: ein schönes zerbrechliches Schmuckstück, die ideale Ehefrau für einen reichen Mann, dazu geboren, Tag und Nacht gehätschelt zu werden."

Seine Bemerkung traf Leah tief. „Du mieser Kerl!", schrie sie ihn an.

„Was nicht heißen soll, dass du nicht auch Qualitäten hast", fuhr Nik spöttisch fort. „Du bist eine hervorragende Gastgeberin und eine vollendete Dame. Aber wenn du wirklich deine Freiheit willst …"

„Ja, die will ich." Leah schluchzte fast.

„Dann frag dich mal, warum du noch immer meine Socken kaufst." Mit einem hämischen Lächeln wandte Nik sich ab und ging aus dem Zimmer.

Leah begriff nicht, was diese alberne Bemerkung sollte. Ihm Socken zu kaufen, hatte sie, ohne darüber weiter nachzudenken, aus reiner Gefälligkeit getan. Leah sprang aus dem Bett und streifte sich hastig ihren Bademantel über. Sie musste Nik klarmachen, worum es ihr ging.

Er war inzwischen in seinem Schlafzimmer.

„Was ist denn jetzt noch?", fragte er unwillig.

„Ich möchte, dass du mir zuhörst." Sie sah ihm in die Augen. „Ich liebe Paul, und deshalb will ich die Scheidung."

Nik kam auf sie zu. „Du bist meine Frau", sagte er leise. „Und das bist du, weil du es unbedingt sein wolltest."

Leah errötete tief. „Hast du nicht gehört, was ich gesagt habe? Ich liebe ihn!"

„Kaufst du ihm auch die Socken?", fragte Nik spöttisch.

Unvermittelt schnellte Leahs Hand in die Höhe und versetzte ihm einen so heftigen Schlag, dass sie einen Moment ihre Finger nicht mehr spürte. Dann wich sie erschrocken zurück, als er die Hand nach ihr ausstreckte.

„Nein!"

„Ich kann mich glücklicherweise beherrschen, auch wenn dir eine Tracht Prügel sicher nicht schaden würde. Wäre ich einer dieser Männer, die ihre Frauen schlagen, hätte ich dir sicherlich längst eine verabreicht."

Gegen ihren Widerstand zog Nik sie fast mühelos dicht an sich. Er ließ den Blick über ihren Körper gleiten und schließlich auf ihrer bloßen Schulter ruhen, die ihr Bademantel freigab. Sein Gesichtsausdruck wirkte plötzlich bedrohlich.

„Außerdem ist meine Vorstellung von Zeitvertreib um einiges vergnüglicher und befriedigender."

„Wag es ja nicht, mich anzufassen!"

„Eine heiße Nacht in meinem Bett ist wahrscheinlich genau das, was du brauchst." Er legte ihr eine Hand auf die Schulter.

„Du bist ekelhaft!"

„Etwas, das du gar nicht kennst, solltest du nicht so vorschnell abtun." Leise lachend presste Nik sie an sich und ließ dabei eine Hand über ihre Hüfte gleiten. Er strich ihr eine einzelne Haarsträhne aus der Stirn, und diese unerwartet zärtliche Geste ließ Leah einen Moment lang jede Gegenwehr vergessen. Seine Lippen verschlossen ihr den Mund und nahmen ihr den Atem, während er sie noch dichter an seinen Körper presste. Unwillkürlich bog sie sich ihm entgegen. Seine Zunge zwang ihre Lippen auseinander und glitt in ihren Mund. Ein heißer Schauer überlief sie. Bebend drückte sie sich an Niks Brust und legte ihm die Arme um den Nacken.

Nik ließ Leah los und musterte sie völlig unbeteiligt. „Wie hieß er doch gleich?", fragte er ironisch.

„Wer? O nein!" Entsetzt wich Leah zurück.

„Schwachheit, dein Name ist Weib", deklamierte Nik belustigt. „Nur die Rollen hast du vertauscht. Ich bin der Ehemann."

Er ging an ihr vorbei, öffnete die Tür und schob Leah kurzerhand hinaus. „Wir reden morgen weiter."

Völlig verwirrt lief Leah zurück zu ihrem Zimmer und legte sich wieder hin. Nik war ihr plötzlich völlig fremd. So wie an diesem Tag hatte sie ihn noch nie erlebt – sich selbst allerdings auch nicht.

An einer Scheidung schien er nicht interessiert zu sein, und das konnte Leah in Anbetracht der Umstände überhaupt nicht begreifen. Warum wollte er eine Ehefrau behalten, die man ihm durch Erpressung aufgezwungen hatte? Und wieso zeigte er plötzlich sexuelles Interesse an ihr, nachdem er sie fünf Jahre lang völlig ignoriert hatte?

Genauso rätselhaft war Leah, dass sie sich nicht gewehrt hatte. Stattdessen hatte sein Kuss sie so erregt, dass sie sich danach vor Scham am liebsten verkrochen hätte. Vielleicht konnte jeder versierte Mann eine unerfahrene Frau wie sie in Versuchung führen. Trotzdem hatte er in ihr ein stärkeres Lustgefühl ausgelöst, als Paul das je getan hatte.

Schuldbewusst verdrängte Leah diesen Gedanken sofort. Schließlich liebte sie Paul. Daran konnte Nik nichts ändern.

Als sie am nächsten Morgen völlig erschöpft aufwachte, stand ein Koffer vor ihrer Tür. Nik hatte – wie umsichtig von ihm! – frische Sachen einfliegen lassen. Leah zog ein dunkelblaues Versace-Kostüm an und verwandte mehr Zeit als sonst aufs Schminken, damit man ihrem Gesicht die Spuren einer schlaflosen Nacht nicht ansah.

Nik saß schon am Frühstückstisch und las Zeitung, als Leah ins Esszimmer kam und am Tisch Platz nahm. „Du solltest lieber wieder ins Bett gehen. Du siehst aus, als wärst du von einem Vampir gebissen worden."

„Sehr komisch", erwiderte Leah gereizt.

„Nach dem, was ich gestern herausgefunden habe, kannst du froh sein, dass dir sonst nichts fehlt. Ich finde, dass ich sehr viel Toleranz und Verständnis bewiesen habe, aber treib es nicht auf die Spitze."

„Ich gehe gleich heute zum Anwalt", verkündete Leah, ohne Nik dabei anzusehen, „und reiche die Scheidung ein."

„Im Traum vielleicht", erwiderte Nik leise.

Leahs Kopf schnellte hoch. „Ich …"

„Halt den Mund", unterbrach er sie.

„Du kannst mich nicht davon abhalten." Leah stand von ihrem Stuhl auf. „Ich bleibe hier nicht, um mich von dir verletzen zu lassen."

„Setz dich hin!", fuhr Nik sie so heftig an, dass sie erschrocken wieder Platz nahm. „Ich will, dass du mir zuhörst. Vor fünf Jahren war ich fünfundzwanzig, und du warst siebzehn. Ein Kind im Körper einer Frau. Die Vorstellung, mit einem kaum erwachsenen Mädchen zu schlafen, war mir zuwider. Es gibt Männer, die eine Schwäche für so etwas haben, ich gehöre nicht dazu."

Leah rührte in ihrer Kaffeetasse und vermied es, Nik anzusehen. „Du konntest mich ohnehin nicht ausstehen."

„Ich war wütend auf dich, und deshalb habe ich dich aus meinem Leben ausgeschlossen. Wir hatten uns gegenseitig am Hals, und das war eben meine Art, damit fertigzuwerden."

„Mir kommen die Tränen", platzte Leah unwillkürlich heraus, kam sich im gleichen Moment allerdings schon unglaublich kindisch vor. Trotzdem wollte sie nicht, dass Nik an alte Erinnerungen rührte.

„Mit vierzehn habe ich angefangen, auf einem der Schiffe meines Vaters zu arbeiten. Er war ein altmodischer Mensch und wollte, dass ich mich von ganz unten heraufarbeite, genau wie er. Die nächsten acht Jahre hatte jeder Arbeitstag für mich achtzehn Stunden. Wenn ich mich nicht auf dem Schiff abschuftete, beschäftigte ich mich mit dem Aktienmarkt. Ich habe bestimmt nicht über die Stränge geschlagen. Dazu hatte ich gar keine Zeit."

So hatte Nik noch nie mit Leah geredet, und irgendwie machte es sie ganz unsicher. Bis dahin hatte sie nicht gewusst, was für eine offenbar harte und freudlose Jugend er hinter sich hatte. „Ich weiß wirklich nicht, warum du mir das erzählst."

„Ich will dir begreiflich machen, was es damals für mich bedeutet hat, zur Heirat gezwungen zu werden. Ich hatte es gerade bis an die Spitze geschafft und hätte endlich die Gelegenheit gehabt, all das zu tun, was mir in meiner Jugend versagt geblieben war."

„Dich durch die Betten zu schlafen, meinst du wohl", unterbrach Leah ihn verächtlich. „Und dann kam Max und hat mich dir ans Bein gekettet, stimmt's?"

„*Theos*!", rief Nik entnervt. „Wenn du es so ausdrücken willst. Aber ich war kein Playboy. Du bist eine Frau, du kannst einfach nicht verstehen, wie das für einen Mann ist. Es ist eine Phase, die jeder Mann durchlebt. Nur war es bei mir eben wesentlich später."

„Ich verstehe", erwiderte Leah verbittert. „Das ist wirklich die genialste Rechtfertigung für Ehebruch, die man als Frau bekommen kann. Die solltest du glatt veröffentlichen."

„Ich will mich nicht entschuldigen. Ich habe dich nur gezwungenermaßen geheiratet. Mit fünfundzwanzig war ich einfach nicht reif für die Ehe. Ich hielt es für besser, dich in Ruhe zu lassen, als mit dir das Bett zu teilen und dich gleichzeitig mit anderen Frauen zu betrügen, wie ich es wahrscheinlich getan hätte."

„Da bin ich mir sicher." Leah erschauerte – aus Wut, Empörung und Scham. Es tat ihr fast körperlich weh, sich beherrschen zu müssen.

„Und dann war da noch die schreckliche Vorstellung, mich – wie Max es gerne gesehen hätte – als Zuchthengst zu betätigen", fuhr Nik fort. „In den letzten Jahren habe ich dich oft angesehen und war versucht, mit dir ins Bett zu gehen, aber das wäre mir wie eine

Kapitulation vor dem Feind erschienen, und davon hättest du nichts gehabt."

„Ich will das wirklich nicht hören", sagte Leah.

Nik beachtete ihre Abwehrhaltung nicht. „Aber jetzt ist Max tot, und obwohl ich die Urkunde noch nicht habe, denke ich nicht, dass du weißt, wo sie ist oder worum es sich dabei überhaupt handelt."

„Du glaubst gar nicht, wie mich das erleichtert", erwiderte Leah spitz. „Hat diese unerfreuliche Erzählstunde eigentlich einen tieferen Sinn?"

Nik lächelte sie unverschämt an. „Ja. Ich bin jetzt bereit, mich an das Eheleben zu gewöhnen."

*D*u siehst aus, als könntest du einen kräftigen Drink vertragen." Nik ging zur Anrichte und schenkte Leah mit ruhiger Hand Brandy in ein Glas ein.

„Das kann doch nicht dein Ernst sein!", rief Leah.

„Abgesehen von deiner Herkunft bist du für mich die ideale Ehefrau."

„Du wirst mir wohl nicht verübeln, wenn ich das kaum glauben kann."

„Du bist schön, sexuell anziehend und außerdem schon von Rechts wegen meine Frau", erwiderte Nik belustigt.

„Nein, vielen Dank", sagte Leah sarkastisch.

„Ich wüsste nicht, dass ich dich um deine Zusage gebeten hätte. Außerdem bin ich bereit, die Sache vernünftig anzugehen. Das habe ich letzte Nacht bewiesen. Schließlich hätte ich dich jederzeit leicht in mein Bett schleppen können."

„Nein!" Empört sprang Leah auf.

„Das aber habe ich nicht getan. Ich werde dir Zeit geben, dich mit dem Gedanken anzufreunden."

„Aber ich liebe Paul!"

„Diesen Namen will ich nie mehr aus deinem Mund hören. Ich habe dich schon einmal gewarnt. Das mit Paul ist vorbei." Nik betrachtete mit seinen dunklen Augen Leahs blasses Gesicht. „Wenn du ihn noch ein einziges Mal anrufst oder dich mit ihm triffst, werde ich euch beide vernichten, denn ob es dir gefällt oder nicht, du bist und bleibst meine Frau!"

„Das kannst du nicht tun! Ich lasse mir von dir nicht drohen."

„Das war keine Drohung, *pethi mou*, das war ein felsenfestes Versprechen. Wenn du die Grenze übertrittst, die ich dir gesteckt habe, wirst du die Folgen tragen müssen. Und wirf mir dann nicht vor, ich hätte dich nicht gewarnt", sagte Nik eiskalt. „Glaub bloß nicht, ich wäre weiterhin so tolerant wie gestern Abend."

„Du kannst mich nicht zwingen, bei dir zu bleiben."

„Du wirst dich noch wundern. Ein Fehltritt, und du wirst sehen, was dann passiert", verkündete Nik in unheilvollem Ton und sah sie dabei finster an. „Und bilde dir ja nicht ein, du hättest die wahre Liebe gefunden. Woods ist dafür bekannt, dass er hinter reichen Frauen her ist."

„Er wusste ja nicht einmal, dass ich reich bin!", schleuderte Leah ihm wütend entgegen.

„Das hätte doch ein Blinder bemerkt. Sieh dir doch bloß mal deinen Schmuck an, deine Garderobe! Was glaubst du denn, warum du einen Leibwächter hast? Du bist eine wandelnde Einladung für sämtliche Straßenräuber weit und breit. Allein dein Armband ist mehr wert, als dieser Typ in seinem ganzen Leben verdienen könnte!", erwiderte Nik brutal. „Und er braucht nicht zu glauben, dass du das Blutgeld deines Vaters mitbringst, weil du nämlich dein gesamtes Erbteil der Wohlfahrt überschreiben wirst."

„Ach ja?"

„Wolltest du es vielleicht behalten? Von dem ganzen Elend profitieren, das dein Vater seinen Opfern angetan hat?"

Die Vorstellung verursachte Leah Übelkeit. Sie warf Nik einen hasserfüllten Blick zu und wandte sich ab.

„Du fliegst jetzt zurück nach London und packst deine Sachen. In achtundvierzig Stunden reisen wir nach Griechenland."

„Nach Griechenland?", wiederholte Leah ungläubig.

„Es wird Zeit, dass du meine Familie kennenlernst."

„Ich denke nicht daran, mit dir verheiratet zu bleiben, und nach Griechenland fahre ich ganz bestimmt auch nicht."

„Am besten duschst du jetzt erst mal ausgiebig und machst dir klar, dass dir keine Wahl bleibt", riet Nik ihr unbeeindruckt. „Und dann denk darüber nach, wie schnell du diesen Woods vergessen hast, als du gestern Abend in meinen Armen lagst."

„Du Bastard!", stieß Leah unwillkürlich hervor, obwohl das ein Ausdruck war, den sie nicht mochte und auch noch nie zuvor gebraucht hatte.

Nik erstarrte. „Wieso sagst du das?"

Der Ausdruck in seinen Augen ließ Leah frösteln.

„Warum?", hakte Nik nach.

„Warum nicht?", erwiderte Leah und wich dabei einen Schritt zurück. „Du bist ein Schwein."

„Damit kann ich leben." Niks Blick wurde ausdruckslos, und er kniff kurz die Lippen zusammen. „Wir könnten eine sehr gute Ehe führen, Leah. Halt dir das immer vor Augen."

„Das kann doch nicht dein Ernst sein!"

„Mir ist klar, dass du im Augenblick noch völlig in deiner Märtyrerrolle aufgehst. Aber ich bitte dich trotzdem, unserer Ehe eine Chance zu geben."

Leah musterte ihn verstört. Niks angespannte Miene verriet seine wilde Entschlossenheit und ließ ahnen, wie sehr er seine Gefühle im Zaum hielt. Offensichtlich war es für ihn nur schwer mit seinem Stolz zu vereinbaren, diese Bitte an sie zu richten. Irgendwie berührte Leah sein Anblick, aber darüber wollte sie in diesem Augenblick nicht nachdenken, und so wandte sie sich hastig ab.

„Willst du wissen, was ich über diesen Woods in Erfahrung gebracht habe, Leah?"

Leahs Magen rebellierte. Nik kannte wirklich keinerlei Skrupel. Wie hatte er es nur geschafft, spät nachts noch so viele Einzelheiten über Paul zu beschaffen? Aber mit Geld konnte man wohl jede Information kaufen. Einige wenige Details mochten ja stimmen, aber die anderen Behauptungen waren reine Lügen. Lügen, die in Niks Pläne passten und sicher ihr Geld wert waren, wenn es ihm damit gelang, ihr Vertrauen in den Mann zu erschüttern, den sie liebte. Doch Nik wusste nicht, wie stark ihre Zuneigung war. Wie hätte er das auch erahnen sollen? Für einen Mann wie ihn spielte Liebe weder für eine Ehe noch für außereheliche Aktivitäten eine Rolle.

Nik hatte sicher keinerlei Vorstellung davon, wie es für sie gewesen sein musste, nach Jahren endlich ihre Einsamkeit und ihre Minderwertigkeitsgefühle hinter sich lassen zu können. Paul interessierte sich für sie. Er hörte ihr zu, ermutigte und unterstützte sie. Er liebte sie, wie ein Mann wie Nik wohl nie eine Frau lieben würde. Leah war fest entschlossen, sich ihre erste und einzige Chance, zu lieben und geliebt zu werden, auf keinen Fall nehmen zu lassen.

Nik konnte sich schließlich jede Menge anderer Frauen aussuchen, um sein Bedürfnis nach einer Ehefrau zu stillen. Eine Frau, die gut aussah, eine exzellente Gastgeberin war und vor allem die Fähigkeit besaß, geflissentlich darüber hinwegzusehen, wenn ihr Mann in fremden Betten übernachtete. Sie, Leah, hatte nicht die Absicht, für ihn die tolerante Gattin zu spielen. Sie war sich sicher, dass es Nik nicht an willigen Bewerberinnen mangeln würde.

Auf dem Rückflug nach London hatte Leah einen Migräneanfall. Sie schleppte sich durch die Ankunftshalle, ließ sich in die bereitstehende Limousine sinken und wankte zu Hause in ihr Zimmer. Beim Anblick ihres schweißnassen schmerzverzerrten Gesichts half ihr das Hausmädchen sofort ins Bett und verdunkelte den Raum. Als sie dann allein war, weinte Leah erst einmal still vor sich hin. Denken konnte sie in diesem Augenblick an nichts mehr.

Erst am nächsten Morgen war sie wieder bei Kräften. Sie schmiedete Pläne und machte sich sofort daran, diese in die Tat umzusetzen. Das einzige Schmuckstück, das ihr wirklich gehörte, war ein Erbstück ihrer Großmutter. Es war ein zartes Diamantcollier, an dem Leah sehr hing. Aber gleichzeitig war es der Schlüssel zur Freiheit. Sie brauchte Geld, bis sie auf eigenen Beinen stehen konnte. Das würde nicht leicht werden, so viel war ihr völlig klar.

Wenn sie Niks Haus verließ, wollte sie nichts mitnehmen, was sie an ihr früheres Leben erinnerte. Keine Kreditkarten, keine schönen Kleider, keinen Schmuck. Sie war fest entschlossen, es allein zu schaffen. Sie hatte kein Recht auf Niks Geld oder seine finanzielle Unterstützung. Schließlich war sie nie wirklich seine Frau gewesen. Und warum sollte sie sich um die Scheidung bemühen, wenn sie die Ehe genauso gut annullieren lassen konnte? Ihre Ehe gründete sich auf Erpressung. Eine Annullierung schien Leah die einfachste und ehrlichste Lösung zu sein.

Das Collier ihrer Großmutter verkaufte sie einem Juwelier. Sie trennte sich nur schwer davon und hatte ein schlechtes Gewissen dabei, beruhigte sich dann aber mit dem Gedanken, dass ihre Großmutter sicher Verständnis für ihre verzweifelte Lage gehabt hätte.

Zu Hause durchforstete Leah ihren Kleiderschrank nach schlichter Kleidung, Jeans, T-Shirts, Pullis und Röcken. Bis sie eine billige Wohnung gefunden hatte, wollte sie in einem einfachen Hotel absteigen. Dann musste sie versuchen, Arbeit zu finden.

Das Haustelefon riss Leah aus ihren Gedanken. Der Butler teilte ihr mit, dass unten ein Besucher auf sie warte – ein Mr Woods. Leah war fassungslos. Paul hatte sich tatsächlich zu ihr gewagt? Eigentlich hatte Leah ihn erst nach ihrem Auszug anrufen wollen.

Paul stand im Salon und betrachtete eine Zeichnung von Picasso an der Wand.

„Du hättest nicht herkommen sollen!"

„Ist der echt?", fragte Paul mit Blick auf den Picasso.

„Ja." Leah hatte Paul so viel zu sagen, dass sie gar nicht wusste, wo sie anfangen sollte, was sie ihm erzählen durfte und was sie verschweigen musste. Zu ihrer Verwunderung verspürte sie eine unerklärliche Anwandlung von Loyalität Nik gegenüber. Es missfiel ihr, Paul in Niks Haus zu sehen. Irgendwie erschien ihr das nicht in Ordnung.

Vielleicht brachte sie es auch deshalb nicht über sich, sich Paul in die Arme zu werfen.

„Ich habe gestern Abend bei dir angerufen, aber man hat mir gesagt, du wärst nicht zu Hause", erklärte Paul verstimmt.

„Aber ich war da!", protestierte Leah und fragte sich dabei, ob Nik dahintersteckte. Überwachte und kontrollierte er am Ende jetzt auch ihre Telefongespräche? Schließlich tröstete sie sich mit dem Gedanken, dass ihr das eigentlich egal sein konnte. Sie würde ihn ja ohnehin verlassen. „Ich habe Nik gesagt, dass ich mich von ihm scheiden lassen will", eröffnete sie Paul. „Und ich ziehe noch heute aus."

Paul strahlte sie an, kam auf sie zu und nahm sie in den Arm. „Das ist ja wunderbar, mein Liebling!"

Er wollte ihr einen Kuss geben, aber Leah wich ihm nervös aus. „Nicht hier", flüsterte sie. „Das fände ich nicht richtig."

Paul lachte. „Ich hoffe, dass du dich heute Abend in meiner Wohnung wohler fühlst." Er behielt sie locker im Arm.

„Paul." Leah schluckte schwer. „Ich ziehe nicht zu dir."

Er runzelte kurz die Stirn, dann erhellte sich seine Miene wieder. „Verstehe. Das könnte bei einer Scheidung gegen dich ausgelegt werden. Kluges Kind. Nach dem, was er dir alles angetan hat, hast du ja auch wirklich keine Veranlassung, die Schuld auf dich zu nehmen. Das hätte sicher finanzielle Nachteile."

„Ich will kein Geld von Nik."

Pauls blaue Augen wurden schmal. „Sei doch nicht albern, Leah. Du hast zwar dein Erbe, aber …"

Leah reagierte angespannt. Warum drehte sich alles immer nur um Geld? Unwillkürlich dachte sie daran zurück, was Nik über Paul und seine angebliche Schwäche für reiche Frauen gesagt hatte, verdrängte es aber schnell wieder. „Darüber müssen wir noch sprechen."

„Ich denke dabei nur an dich. Du bist es nicht gewöhnt, einfach zu leben. Ich möchte nicht daran schuld sein, dass du meinetwegen auf vieles verzichten musst."

„Keine Sorge. Wenn ich erst frei bin, werden wir ein ganz normales Paar sein", beruhigte Leah ihn schnell. „Aber jetzt solltest du besser gehen. Eigentlich hättest du gar nicht herkommen dürfen."

„Jetzt mach dir doch keine unnötigen Sorgen." Paul schlenderte durch das Zimmer und betrachtete abschätzend die antiken Möbel und die Gemälde an den Wänden. Dabei pfiff er anerkennend durch die Zähne. „Was gehört hiervon eigentlich dir?"

Als Leah die kaum verhohlene Aufregung in seiner Stimme hörte und den habgierigen Ausdruck in seinen Augen sah, spürte sie plötzlich, wie ihre Liebe zu Paul starb. Er schien nur daran zu denken, was sie an Besitz mitbrachte.

Leahs trauriger Blick fiel auf den eleganten kleinen Schreibsekretär ihrer Mutter, das einzige Möbelstück im Haus, das wirklich ihr gehörte. Etwas schoss ihr bei dem Anblick durch den Kopf, aber sie war zu sehr mit ihrer ernüchternden Erkenntnis über Paul beschäftigt, um sich darauf zu konzentrieren.

„Mir gehört hier gar nichts. Außerdem habe ich vor der Hochzeit einen Ehevertrag unterschrieben. Ich bekomme also auch kein Geld", log sie unbeholfen. „Und was ich sonst an Vermögen habe, werde ich dafür brauchen, die Schulden meines Vaters zu bezahlen."

„Schulden?" Paul starrte sie entgeistert an. „Du machst Witze!"

„Nein. Wenn ich dieses Haus verlasse, werde ich völlig mittellos sein."

„Aber davon hast du mir nie etwas gesagt!", rief Paul empört. Dann wurde er plötzlich ganz still und presste nachdenklich die Lippen zusammen. „Du solltest es dir noch einmal gründlich überlegen, bevor du ausziehst. Ich will natürlich nur das Beste für dich."

„Ja, natürlich", brachte Leah mühsam heraus.

„Ich hätte wirklich ein schlechtes Gewissen, wenn du all das meinetwegen aufgeben würdest." Seine aalglatte unaufrichtige Art tat Leah zutiefst weh. „Was wäre zum Beispiel, wenn es mit uns beiden nicht klappen sollte? Ehrlich gesagt, weiß ich nicht, ob ich mit der Verantwortung fertigwerden könnte. Wir müssen uns genau überlegen, was wir tun."

Kurze Zeit später verabschiedete Paul sich mit der Begründung, noch einen Termin zu haben. Ganz offensichtlich wollte er sich möglichst elegant abseilen, um sich Gedanken über die neue Situation zu machen.

Leah fühlte sich auf einmal wie ein Roboter. Sie hatte fast Angst davor, je wieder etwas zu empfinden. Dumme Gans, höhnte eine innere Stimme. Ihr wurde klar, dass sie auf den erstbesten Mann hereingefallen war, der sich um sie bemüht hatte. Natürlich hatte Paul ihr geduldig zugehört, sie unterstützt und ermutigt. Er hatte ihren angeschlagenen Stolz aufgerichtet und sie mit seinen Komplimenten eingewickelt. Kein Wunder! Selbstverständlich wollte er, dass sie Nik verließ, aber nur, wenn sie auch dessen Geld mitbrachte.

Leah lief zurück in ihr Zimmer und packte fieberhaft weiter. Dabei redete sie sich immer wieder ein, dass sich für sie nichts geändert hatte. Auch wenn Paul in ihrem Leben keine Rolle mehr spielen würde – bei Nik wollte sie trotzdem nicht bleiben. Mit ihm war sie fertig, und auch mit ihrer Vergangenheit hatte sie abgeschlossen. Eigentlich brauchte sie überhaupt keinen Mann mehr. Schließlich hatten gleich drei Männer hintereinander sie bitter enttäuscht. Ihr Vater, Nik und Paul, alle hatten sie benutzt. Und was hatte sie getan? Sie hatte das alles völlig widerstandslos hingenommen! Leah empfand plötzlich eine unbändige Wut.

Sie brachte ihre Koffer nach unten und bestellte dann ein Taxi. Sofort tauchte Boyce an ihrer Seite auf.

„Ich brauche Sie nicht", sagte sie, und als er protestieren wollte, fügte sie trocken hinzu: „Ich verlasse ihn."

Der Leibwächter sah sie betroffen an.

Das Taxi kam. Im Wegfahren warf Leah noch einen letzten Blick auf das Haus. Der Gedanke, dieses sichere Zuhause hinter sich zu lassen, hatte für sie etwas Beängstigendes. Der Taxifahrer erwies sich jedoch als sehr hilfsbereit und empfahl ihr ein Hotel. Leah mietete sich dort ein und ging dann sofort los, um sich eine Zeitung zu besorgen. Arbeits- und Wohnungssuche waren jetzt ihre beiden wichtigsten Aufgaben.

Um zehn Uhr abends wurde plötzlich an ihre Tür geklopft. Leah ging und schloss auf. Als sie die Tür einen Spaltbreit öffnete, sah sie zu ihrem Entsetzen Nik draußen stehen. Hastig versuchte sie, ihn auszusperren. Aber er stieß wutentbrannt die Tür auf und drängte Leah zurück ins Zimmer.

„Wie hast du erfahren, wo ich bin?"

„Boyce war klug genug, dir zu folgen." Nik lehnte sich gegen die Tür und schloss ab.

„Dazu hatte er kein Recht", zischte Leah verbittert.

„Er arbeitet für mich. Außerdem bist du genau die richtige Person für eine Entführung. Er hat getan, was er tun musste", erwiderte Nik. „Genau wie ich das jetzt tun muss."

Leah erstarrte. „Was soll denn das heißen?"

„Ich lasse dich nicht gehen", stieß Nik energisch hervor.

Seine Drohung traf sie tief, aber ihre blauen Augen funkelten ihn trotzdem verächtlich an. „Du kommst mir vor wie ein Hund, der irgendwo einen Knochen vergraben und ihn dann vergessen hat. Bis ein anderer ihn gefunden hat, hast du dich nicht im Geringsten dafür interessiert."

„Du bist meine Frau!"

„Seit wann? Seit wann bin ich denn deine Frau? Meinst du, es wäre damit getan, für meine Garderobe und mein Essen zu sorgen?", spöttelte Leah. „Deine Kleider, das Essen und dein elendes Geld kannst du gern behalten, ich brauche das alles nicht. Genauso wenig, wie ich dich brauche!"

„Du hast mich immer gewollt."

„Du bist nicht ganz auf dem Laufenden. Dich habe ich schon vor langer Zeit abgehakt."

„Aber bezahlen soll ich trotzdem", warf Nik ein und kam langsam auf Leah zu. Sein finsterer Blick ließ erkennen, wie ungeheuer wütend er war. „Also machst du dich einfach davon, ohne mir ein Wort zu sagen. Nicht einmal eine Notiz war ich dir wert."

„Was hattest du denn erwartet? Lieber Nik, vielen Dank für fünf öde Jahre, nun mach's gut? Mehr hätte ich dir nicht zu sagen gehabt!"

„Du hast ihn in mein Haus gebracht", sagte Nik schroff.

Leah erbleichte. Dass Nik von Pauls dortigem Besuch wusste, ließ sie erschrocken verstummen.

„Und wenn dir danach gewesen wäre, hättest du ihn wahrscheinlich sogar in unser Bett gelassen."

Sie lachte nervös auf. Die Atmosphäre im Raum war auf das Äußerste gespannt, aber Leah wollte sich nicht einschüchtern lassen. Diese Auseinandersetzung war schon lange überfällig. Endlich hatte sie Gelegenheit, Nik die Meinung zu sagen. „Wir beide hatten nie ein gemeinsames Bett, also wäre das zu tun wohl schlecht möglich gewesen."

„Hör auf damit!" Nik presste die Lippen zusammen, und um seine Mundwinkel zuckte es. „Ich gebe mir große Mühe, nicht die Beherrschung zu verlieren."

„Ich lege keinen Wert darauf, dich hier zu haben. Ich möchte, dass du gehst."

„Nicht ohne dich."

„Wieso? Was ist denn an mir so besonders?", fragte Leah aufgebracht und verbittert. Sie war so außer sich wie nie zuvor in ihrem Leben. „Warum heiratest du nicht eins von deinen Flittchen, Nik? Oder habe ich da etwas falsch verstanden? Waren deine Frauengeschichten genau solch eine Farce wie unsere Ehe? Ich bin nicht mehr so naiv wie früher. Warum ist es dir so wichtig, dass ich bei dir bleibe? Kann es sein, dass du schwul bist?"

Diese letzte Frage bereute Leah schon, ehe sie sie ganz ausgesprochen hatte. So weit hatte sie nicht gehen wollen. Ein Zittern überlief Niks Körper, und seine attraktiven Gesichtszüge verzerrten sich.

„Nein, ich bin nicht schwul", sagte er mühsam beherrscht. Dabei ließ er sein Jackett von den Schultern gleiten und zerrte an seiner Krawatte. „Vielleicht sollte ich dir das beweisen."

Leah, die mit ihrer letzten Bemerkung ihre ganze Wut abreagiert und Nik damit offensichtlich tief getroffen hatte, sah ihn verständnislos an. „Was machst du da?"

„Etwas, das ich schon vor Jahren hätte tun sollen." Er zog sich das Hemd aus der maßgeschneiderten Hose, streifte es sich vom Körper und warf es zu Jackett und Krawatte auf den Boden.

„Würdest du dich bitte wieder anziehen?", forderte Leah ihn unsicher auf und kam sich dabei ziemlich albern vor.

„Hast du Angst, du könntest etwas sehen, das dir gefällt?", herrschte Nik sie an. „Wenn ich daran denke, dass ich beinahe meine Zeit damit verplempert hätte, dir den Hof zu machen! Ich hatte doch glatt vor, dich mit Blumen zu überhäufen und mit dir auszugehen. Ins Bett mit dir!"

„Bist du verrückt geworden?", fragte Leah ungläubig.

Ehe sie sich versah, hatte Nik sie gepackt und auf das Bett geworfen, und bevor sie ihm ausweichen konnte, lag er auch schon auf ihr.

„Du bist meine Frau", stieß Nik hervor, als wäre das Rechtfertigung genug.

„Lass mich los, du zerquetschst mich ja!", fuhr Leah ihn wütend an.

„Vielleicht kommst du bald auf den Geschmack." Nik bewegte sich geschmeidig auf ihr und schob eine Hand in ihr Haar. Dann sah er ihr lange in die Augen. „*Theos*, ich will dich so sehr, dass es mir fast wehtut."

Leah erstarrte förmlich vor Widerwillen. „Such dir doch irgendein Flittchen!", rief sie. „Dem brauchst du wenigstens nichts vorzulügen."

„Ich habe dir nichts vorgelogen. Wie könnte ich das? Man sieht es einem Mann schließlich an, wenn er eine Frau begehrt." Nik schob sich zwischen ihre Beine, und sie spürte, dass er ungeheuer erregt war. „Es war keine Lüge", flüsterte er heiser.

Leah wurde es plötzlich ganz heiß, und die Röte schoss ihr in die Wangen. „Du bist scheußlich."

„Ich will dich." Nik presste die heißen Lippen auf ihre Schulter.

„Nein!", rief Leah in Panik, als sie merkte, dass sie im Begriff war, sich von seiner Leidenschaft mitreißen zu lassen.

Er hob den dunklen Kopf und sah sie voller Begierde an, ehe er ihr den Mund mit einem aufregenden Kuss verschloss. Es war eine sehr besitzergreifende Geste, fast, als wollte er ihr zum Zeichen seiner Dominanz seinen Stempel aufdrücken. Leah kämpfte mit aller Macht gegen ihre Gefühle an, aber mit jedem Kuss, mit jeder sanft fordernden Bewegung seiner Zunge machte Nik sie nur begieriger auf mehr. Unwillkürlich hob sie die Arme, legte sie um seinen Hals und zog Nik an sich.

Nik drehte sich auf den Rücken, zog sie dabei mit sich und streifte ihr mit einer einzigen Bewegung das T-Shirt über den Kopf. Als ihre bloßen Brüste seinen behaarten Oberkörper berührten, stöhnte er auf. Sekunden später lag Leah wieder unter ihm, und er umfasste die erregten Knospen ihrer Brüste.

Sie schloss die Augen, stöhnte verlangend auf und vergaß plötzlich alle Vernunft. Niks Lippen umschlossen ihre Brustspitze, und Leah bog sich ihm mit einer nie gekannten Wildheit entgegen. Ihr Puls raste, ihre Haut war schweißnass, und ihr gesamter Körper schien zu glühen. Nik liebkoste sie quälend langsam mit der Zunge, umschloss ihre Brüste und saugte an den hoch aufgerichteten Brustspitzen. Schließlich schob Leah die Finger in sein dichtes seidiges Haar und stöhnte vor Lust.

„Du gehörst mir", sagte Nik fast gequält, aber Leah hörte gar nicht hin. Sie hob den Kopf, berührte Niks Mund erst mit den Lippen und schließlich sogar mutig mit ihrer Zungenspitze, wobei sie unbewusst das tat, was sie gerade von ihm gelernt hatte. Nik erschauerte leicht und legte die Arme so fest um sie, dass sie kaum noch Luft bekam.

Ihre Begierde nacheinander war so stark, dass beide sich immer fester umarmten. Leah hörte Stoff reißen, kümmerte sich aber nicht darum. All ihre Sinne waren auf Nik konzentriert. Seine Haut strahlte eine versengende Hitze aus, und sein männlicher Duft hatte etwas Betörendes. Jede kleine Bewegung seines schlanken muskulösen Körpers ließ sie erbeben, und jede Liebkosung steigerte ihre Erregung noch mehr.

Leahs Brüste waren durch Niks sanfte und raffinierte Berührungen extrem empfindsam geworden. Jetzt ließ er die Hände über ihre Hüften zu dem Dreieck zwischen ihren Beinen gleiten. Leah rang nach Luft und stöhnte leise auf, als seine forschenden Finger sich immer weiter vorwagten.

Jetzt konnte sie sich nicht mehr beherrschen, ihre Begierde gewann die Oberhand. Sie bog sich ihm entgegen und warf den Kopf zurück. Nik flüsterte etwas auf Griechisch und stöhnte leise: „Ich kann nicht länger warten."

Und dann tat er endlich das, worauf sein zärtliches Vorspiel Leah schon so begierig gemacht hatte. Voller Ungeduld drückte er ihre Schenkel auseinander und glitt zwischen ihre Beine. Leah sah in seine vor Leidenschaft glänzenden Augen und wartete angespannt. Seine fühlbare Erregung erschreckte sie plötzlich, aber dann entdeckte sie in seinen schönen Augen ganz kurz einen so intensiven Ausdruck der Verwundbarkeit, dass es ihr einen Stich ins Herz versetzte. In diesem Moment begehrte sie Nik plötzlich so sehr, dass es ihr fast einen körperlichen Schmerz bereitete.

Er stöhnte unterdrückt und drang dann langsam und sanft in sie ein. Sie fürchtete, vor Schmerz zu vergehen, doch der war schnell vergessen, weil sie von ihr völlig neuen, unglaublich intensiven Empfindungen überflutet wurde. Leah schmolz förmlich dahin. Mit jedem Stoß ließ Nik ihre Erregung wachsen, bis sie vor Lust fast verging. Er bewegte sich schneller, während Leah sich an ihn klammerte, und dann passierte es. Ein Gefühl, als würde sie auseinandergerissen werden, trug sie davon.

„*S'agapo ... s'agapo*", flüsterte Nik, nahm sie noch einmal mit einem kräftigen Stoß, um dann auch zum Höhepunkt zu gelangen.

Leah fand nur ganz langsam wieder zurück in die Wirklichkeit. Sie schmiegte sich eng an Niks Körper und drückte ihm die Lippen auf die muskulösen Schultern, ehe sie völlig erschöpft einschlief.

5. KAPITEL

*L*eah hörte Nik griechisch reden und stellte erstaunt fest, dass sie im Bett lag. Verwirrt setzte sie sich auf. Nik stand mit dem Rücken zu ihr und telefonierte. Sein Anblick erinnerte Leah jäh daran, was am Vorabend passiert war.

Wie es dazu gekommen war, konnte Leah sich einfach nicht erklären. Diese Erkenntnis erschreckte sie am meisten. Erst hatte sie ihn angeschrien, und dann plötzlich …

Sie errötete so sehr, dass ihre Wangen glühten. Wäre Nik nicht noch im Zimmer gewesen, hätte sie das Ganze fast für einen Traum gehalten oder vielmehr für einen Albtraum, wie sie sich selbst mit einem Schaudern im Stillen verbesserte.

Jetzt habe ich mich auch zum Mitglied in seinem Flittchenklub gemacht, dachte sie verärgert, und mich noch dümmer angestellt als jede andere.

Leah war schon an der ersten größeren Hürde ihres Lebens gescheitert. Endlich hatte sie den Mut gefasst, Nik zu verlassen, und die Entscheidung hatte ihr Kraft gegeben. Aber schon ein einziger Kuss von Nik hatte auf unerklärliche Weise das Ruder herumgerissen und den Feind wieder die Oberhand gewinnen lassen. Für Leah war Nik ein Feind, denn sie verachtete ihn dafür, dass er sie so wehrlos gemacht hatte.

Sie warf einen gequälten Blick auf sein markantes Profil, die breiten Schultern unter dem edlen Jackett und seine schmalen Hüften. Dabei stellte sie erschrocken fest, wie gern sie ihn ansah und wie vertraut ihr jede seiner Handbewegungen war. Schmerzvoll verzog sie das Gesicht, plötzlich sich bewusst, wie das alles passiert war.

Aus reinem Selbsterhaltungstrieb hatte sie jahrelang verdrängt, wie attraktiv Nik war und wie sehr sie ihn begehrte. Aber seine sexuelle Anziehungskraft war dadurch nur noch stärker geworden, und das war ihr in Niks Armen zum Verhängnis geworden. Sie hatte sich förmlich auf ihn gestürzt, ganz wie er es vorhergesagt hatte.

Leah spürte, wie ihre Augen feucht wurden, aber sie unterdrückte die Tränen. So elend ihr auch zumute war, es war kein Grund, jetzt Schwäche zu zeigen.

Nik drehte sich um und kam zum Bett. Er war zu sehr Eroberer, um bei ihrem Anblick nicht zu lächeln, und auf seinem Gesicht lag ein Ausdruck höchster Selbstzufriedenheit, den er nicht verbergen konnte. Er setzte sich zu Leah aufs Bett und sah ihr tief in die Augen. „Es ist ein schöner Morgen."

Leah hörte, wie der Wind draußen den Regen gegen die Scheibe peitschte.

„In Athen", fügte Nik leise hinzu und strich Leah dabei sanft über die Lippen. „Und sag mir nicht, dass du nicht mitkommst. Nicht nach dem, was gestern Nacht geschehen ist."

„Das war nur Sex", stieß Leah hervor.

Niks Lächeln wurde noch breiter, und er beugte sich zu ihr hinunter. „Nicht einfach Sex", sagte er vorwurfsvoll. „Das war einmaliger, sensationeller und unglaublich guter Sex. Wenn unser Jet nicht schon warten würde, wäre ich jetzt noch im Bett."

„Ich habe dich gestern verlassen!"

„*Theos mou*! Und heute sind wir uns näher als je zuvor. Das Leben bringt doch immer wieder Überraschungen mit sich", erklärte Nik mit unerschütterlichem Selbstvertrauen. „Am besten tun wir so, als wäre das unser erster Tag als Ehepaar."

„Das ist der schrecklichste Vorschlag, den ich je gehört habe", fuhr Leah ihn an. „Außerdem will ich nicht nach Athen."

Nik stand wieder auf. „Du wirst trotzdem fliegen. Meine ganze Familie hat sich bei uns zu Hause versammelt, um dich kennenzulernen, also kommst du mit, und wenn ich dich höchstpersönlich zum Flughafen schleifen muss", sagte er in plötzlich wieder ganz barschem Tonfall. „Um es ganz deutlich zu sagen, *agape mou*, diese Entscheidung hast du gestern Nacht selbst getroffen."

Leah schnappte empört nach Luft. „Du hast das alles mit voller Absicht getan?"

„Ja." Seine knappe Antwort war wie ein Schlag ins Gesicht. „Und jetzt ziehst du dich besser an. Ich habe deinem Dienstmädchen schon zu packen befohlen. Ich nehme ja nicht an, dass du diese Sachen hier für Griechenland gedacht hattest."

Während er sie belustigt ansah, schlang sich Leah unbeholfen das Bettlaken um den nackten Körper und stand auf. Auf dem Weg ins Bad wurde ihr zum ersten Mal bewusst, dass sie sich ausgesprochen schlecht fühlte.

Wahrscheinlich war das die Strafe für ihre Dummheit. Die Erkenntnis, dass sie an ihrem Untergang tatkräftig mitgewirkt hatte, war Leah eine bittere Pille, trotzdem zwang sie sich, sie zu schlucken, und ging dabei mit fast masochistischer Gründlichkeit die Entwicklung ihrer Gefühle durch.

Sie hatte geglaubt, Paul zu lieben, oder hatte sie ihn vielleicht nur als Möglichkeit gesehen, ihrer Ehe zu entfliehen? Hatte sie das Gefühl gebraucht, von einem anderen Mann geliebt zu werden, um den Mut zu finden, Nik endlich zu verlassen? Der Glaube an Pauls Liebe hatte ihr Kraft und Selbstvertrauen gegeben.

Bis zu dem Augenblick, in dem sie den Tatsachen ins Auge sehen musste.

Paul hatte sie nie geliebt. Eine Zeit lang hatte er sie glücklich gemacht, aber am letzten Abend hatte sie seinen oberflächlichen Charme mit solcher Leichtigkeit durchschaut, dass sie nicht mehr verstand, wie sie jemals darauf hatte hereinfallen können. Es war ein schmerzlicher Prozess, sich damit abzufinden, dass sie für Paul nur eine gewinnträchtige Partie gewesen war. Sie wollte ihn nie wiedersehen.

Im Badezimmer kam es Leah unerträglich heiß vor, und ihr wurde so schwindlig, dass sie sich beim Anziehen setzen musste. Sie fühlte sich so schwach, dass ihr das Nachdenken größte Mühe bereitete, aber sie zwang sich dazu.

Was sich in der vergangenen Nacht abgespielt hatte, war ein schwerer Fehler gewesen. Leah war jedoch fest entschlossen, sich von Nik nicht einschüchtern zu lassen. Sie presste die bebenden Hände gegen ihre pochenden Schläfen, als könnte sie sich damit selbst Kraft geben. Ihr war klar, dass sie sich zur Wehr setzen musste.

Als sie aus dem Badezimmer trat, musste sie sich erschöpft gegen die Tür lehnen. „Was hast du?", fragte Nik.

„Ich glaube, ich bekomme eine Grippe, aber das ist jetzt nicht wichtig." Mühsam atmete sie durch und sah ihn angewidert an. „Ich bleibe hier. Ich komme nicht zu dir zurück."

„Du fühlst dich nicht gut", unterbrach Nik sie. „Du weißt nicht, was du redest. Ich bringe dich runter zum Wagen."

„Nein!", keuchte Leah. Tränen der Verzweiflung und Erschöpfung stiegen ihr in die Augen, und sie fühlte sich so schwach, dass sie das Gefühl hatte, gleich zusammenzubrechen. „Hörst du eigentlich nie zu? Du bist nicht der Richtige für mich!"

Noch ehe Leah ihm ausweichen konnte, hatte Nik sie unvermittelt gepackt und auf die Arme genommen.

„Lass mich los!", sagte sie fast verzweifelt. „Ich will hierbleiben."

„Du erwartest ihn, stimmt's?", herrschte er sie wütend an. „Wenn du nicht krank wärst, würde ich dich jetzt richtig durchschütteln!"

Nik stieß die Tür auf, und Leah stellte erschrocken fest, dass ihre Koffer schon verschwunden waren.

„Lass mich los!" Leah ließ den Kopf gegen Niks Schultern sinken, derweil er mit großen Schritten den Gang entlangeilte.

„Wenn ich das tue, fällst du auf den Boden", erwiderte Nik und murmelte dann verbissen etwas auf Griechisch vor sich hin, während er ungeduldig auf den Knopf für den Lift drückte.

„Ich will nicht nach Griechenland. Ich will von dir geschieden werden", stöhnte Leah.

„Daran hättest du gestern Nacht denken sollen." Nik betrat den Lift.

„Das war ein Fehler!", beteuerte Leah, die inzwischen nicht einmal mehr den Kopf heben konnte. „Lass mich runter!"

„Du weißt weder, was du redest, noch, was du tust", erwiderte Nik hartnäckig und wich dabei ihrem gequälten Blick aus.

„Das ist nicht wahr." Hätte sie die Kraft gehabt, hätte Leah ihm die Worte ins Gesicht geschrien, aber die ganze Auseinandersetzung und ihre eigene Aufgewühltheit hatten ihr sämtliche Energien geraubt. Niks dunkles Gesicht verschwamm vor ihren Augen. „Ich hasse dich", flüsterte sie heiser.

Danach glitt sie in einen Dämmerzustand, in dem sie sich zu elend fühlte, um noch einen einzigen klaren Gedanken fassen zu können. Nik trug sie ins Flugzeug und hüllte sie in eine Decke. Wenig später hörte Leah eine ihr seltsam vertraut klingende Stimme sagen: „Das arme Ding. Sie tut mir ja so leid." Der süßliche scheinheilige Tonfall klang ihr schmerzend in den Ohren.

Leah erkannte die Stewardess mit den sinnlichen roten Lippen, die Nik gerade ein Glas reichte. Als er Leahs Kopf stützte und das Glas an ihre Lippen führte, sagte sie leise: „Die hofft bestimmt, dass es tödlich ist."

„Trink einen Schluck, dann fühlst du dich besser", drängte Nik sie.

Doch das half ihr nicht. Leah war tief verbittert. Nik nutzte ihre Krankheit brutal aus. Er schien vor nichts zurückzuschrecken. Leahs schmerzende Glieder wurden von einem heftigen Zittern geschüttelt. Sie trank die ekelhafte Flüssigkeit, weil ihr klar war, dass es sinnlos war, sich zu sträuben, und sah Nik dabei vernichtend an. Er hatte sie regelrecht gekidnappt, und das war für sie unentschuldbar.

„In diesem Zustand konnte ich dich wirklich nicht allein im Hotel lassen", erklärte Nik, als hätte er ihren stummen Vorwurf gehört.

„Das werde ich dir nie verzeihen", flüsterte Leah. „Ich hoffe, du steckst dich an."

Zu Leahs Überraschung lachte Nik auf und nahm sie noch fester in den Arm, als wollte er die Gefahr geradezu herausfordern.

Leah glitt wieder in einen Dämmerzustand. Sie verlor jedes Zeitgefühl und merkte kaum noch, ob sie schlief oder wach war. Irgendwann hörte sie griechisches Stimmengewirr, und ihr wurde klar, dass sie gelandet sein mussten.

Erst heftiger Wortwechsel ließ Leah wieder wach werden. Jemand bettete sie auf eine Liege, wickelte sie aus der Decke und schob ihr ein Fieberthermometer in den Mund. Mühsam öffnete sie die schweren Lider und sah eine weiße Zimmerdecke über sich.

Anscheinend befand sie sich doch nicht auf einem Flughafen. Es sah eher wie ein Krankenhaus aus. Sie hörte Nik reden. Er klang aufgebracht und wütend, und die zweite Stimme, die sich zuerst ebenso zornig angehört hatte, wurde plötzlich ganz weich und besänftigend. Es war eine sehr ausdrucksvolle weibliche Stimme. Mühsam drehte Leah den Kopf zur Seite.

Nik hatte die Arme um eine Frau in weißem Kittel gelegt. Sie strich ihm das Haar aus dem Gesicht, streichelte ihm die Wange und war im Begriff, ihn zu küssen. Erschrocken schloss Leah die Augen.

Jemand nahm ihr das Thermometer aus dem Mund, und kurz darauf schlief Leah wieder ein. Als sie das nächste Mal aufwachte, gab die Frau Nik gerade etwas, und Leah hatte Gelegenheit, sie genauer zu betrachten. Sie hatte ein klassisch schönes Gesicht, glänzendes schwarzes Haar und samtweiche Haut. Ihre großen dunklen Augen waren voller Wärme, als sie Nik ansah. Ein trockener Husten schüttelte Leah, und sofort drehten Nik und die Frau sich zu ihr um.

„Ich dachte, du würdest schlafen", sagte Nik. „Das ist Dr. Kiriakos …"

„Eleni", unterbrach die Frau ihn gespielt ungezwungen und musterte Leah dabei kühl. „Ich fürchte, Sie werden sich noch eine Weile ziemlich elend fühlen, ehe es besser wird, Leah."

Leah schloss die Augen. Sie wollte die beiden nicht sehen. Schon jetzt fühlte sie sich hundert Mal schlechter als vorher. Ihre Kleidung war zerknittert, ihr Gesicht glänzte schweißnass, und das Haar hing ihr glanzlos und strähnig herunter. Alle Glieder taten ihr weh. Am liebsten hätte sie geweint, aber nicht einmal dazu hatte sie Kraft. Ausgerechnet zu seiner Geliebten bringt er mich zur Behandlung, dachte sie verzweifelt. Nie zuvor hatte Leah sich so gedemütigt gefühlt.

„Ich habe mir wirklich große Sorgen gemacht", sagte Nik, während er sie hochhob und irgendwohin trug. „Du hast so furchtbar krank ausgesehen. Ich dachte schon, es wäre eine Lungenentzündung. Ich hatte keine Ahnung, was ich tun sollte, und da bin ich in Panik geraten."

Nik und Panik? Selbst in Leahs Zustand der Verwirrung war das nur schwer vorstellbar. Nik sprach kurz auf Griechisch mit einer anderen Frau, die etwas jünger, dafür aber unbeherrschter war. Im Halbschlaf hörte Leah die beiden heftig streiten. Aber ihr war so elend zumute, dass sie sich nicht für das Geschehen um sie herum interessierte, und so dämmerte sie schließlich wieder in den Schlaf.

Irgendwo im Hintergrund war ein seltsames Geräusch zu hören. Unzählige Erinnerungen schwirrten Leah durch den Kopf. Sie hatte einen Fieberanfall hinter sich, in dessen Verlauf sie zugleich geschwitzt und gefroren hatte und ihr das Gefühl für Tag oder Nacht abhanden gekommen war.

Sie erinnerte sich nur noch dunkel daran, mehrmals gewaschen worden zu sein, hatte dabei aber vor Schwäche nicht sprechen können. Und sie erinnerte sich auch daran, Nik gesehen zu haben, wie er im Halbdunkel neben ihr in einem ihr unbekannten Zimmer gesessen hatte. Auch andere Leute waren im Raum gewesen, aber es strengte Leah zu sehr an, sich über sie Gedanken zu machen.

Sie öffnete die Augen. Ein Zimmermädchen zog gerade die Vorhänge auf. Durch das riesige Fenster konnte Leah ein Stück blauen wolkenlosen Himmel erkennen. Dann blendete die Sonne sie, und sie wandte sich ab. Erleichtert stellt sie fest, dass ihr Hals nicht mehr schmerzte, ihr Kopf nicht wehtat, und auch ihre Glieder nicht mehr bei jeder Bewegung protestierten.

Leah versuchte sich aufzusetzen, aber der Körper gehorchte ihr nicht. Ungeduldig aufseufzend schwang Leah die Beine aus dem Bett und sackte dann auf dem weichen Teppichboden zusammen.

Sie stützte sich am Bett ab und stand schwankend auf, merkte dann aber schnell, dass sie noch längst nicht so genesen war, wie sie sich eingebildet hatte. Immerhin schaffte sie es bis ins angrenzende Badezimmer.

Ihr eher beiläufiger Blick in den Spiegel erschreckte sie zutiefst. War sie diese bleiche Vogelscheuche mit dem strähnigen Haar? Leah kämpfte gegen ihre Schwäche an und kniete sich vor die Badewanne, um die Wasserhähne aufzudrehen. Sie war sicher, dass sie sich besser fühlen würde, wenn sie gebadet hatte.

„*Cristo!* Was machst du denn da?"

Leah zuckte zusammen und umklammerte den Badewannenrand. Niks große Gestalt erhob sich drohend über ihr.

„Bist du verrückt geworden?", herrschte er Leah an, nachdem er sie schon zu Tode erschreckt hatte. „Du gehörst ins Bett!"

„Ich will ein Bad nehmen." Leah sank geschwächt gegen die kühle Wanne. Und dann fiel ihr alles wieder ein. Wie im Zeitlupentempo sah sie Nik mit Eleni Kiriakos, und ihr Herzschlag schien einen Moment lang auszusetzen. Eisige Kälte umschloss sie plötzlich.

„Du willst ein Bad nehmen, wo du nicht einmal allein stehen kannst?", fragte Nik spöttisch und beugte sich zu ihr herunter.

Leah brach unvermittelt in Tränen aus, was sie selbst ebenso erschreckte wie Nik. Aber sie konnte nicht dagegen ankämpfen. Die Tränen strömten ihr nur so übers Gesicht, als hätte jemand eine Schleuse geöffnet. Die Wirkung auf Nik war verblüffend.

Mit einem unterdrückten Aufschrei nahm er Leah in die Arme, drückte sie an sich und entschuldigte sich wortreich, sie so angefahren zu haben. Dann versicherte er ihr, dass sie natürlich ein Bad nehmen könne, wenn ihr das so wichtig sei. Er habe nur Angst gehabt, dass sie sich nach ihrer schweren Krankheit dabei überanstrengen und einen Rückfall haben könnte. Leah erlebte einen Nik, wie sie ihn bisher nicht kennengelernt hatte. Er lag fast auf den Knien vor ihr.

Zehn Minuten später ließ Leah sich ins Wasser gleiten. Hätte nicht noch immer die Erinnerung an den Anblick von Nik und der schönen Ärztin sie gequält, wäre sie fast gerührt über seine Besorgtheit gewesen. So aber verstand sie seine Reaktion nicht und war zu schwach, um sich mit der Frage zu beschäftigen, warum Nik sich solche Mühe gemacht hatte, sie nach Griechenland zu schaffen und eine Ehe aufrechtzuerhalten, die nie eine gewesen war.

Nachdem sie sich noch das Haar gewaschen hatte, war Leah ganz erschöpft und sträubte sich daher nicht, als Nik sie zurück ins Bett trug.

„Ich kann das Meer hören", murmelte sie.

„Kannst du dich überhaupt an die Reise hierher erinnern?", fragte Nik und sah sie dabei aus dunklen Augen an.

„Nein."

„Wir sind nicht in Athen. Als du krank geworden bist, schien es mir sinnlos, mit dir zu meiner Mutter zu fahren. Also habe ich dich hierher gebracht."

„Und wo sind wir jetzt?"

„Auf Thrathos, einer kleinen Insel, die mein Vater kurz vor seinem Tod gekauft hat. Das ist für dich der ideale Ort, um dich zu erholen", erklärte Nik sanft.

„Eine Insel?" Leah fuhr sich unbeholfen über die schweißnasse Stirn. Sie war so schwach, dass sie kaum einen klaren Gedanken fassen konnte, trotzdem ging ihr in diesem Augenblick durch den Kopf, wie wenig sie über den Mann wusste, mit dem sie seit fünf Jahren verheiratet war.

Die Tür ging auf, und ein freundlich lächelndes Dienstmädchen brachte ein Frühstückstablett herein. Leahs leerer Magen begann zu rumoren, und ihr wurde bewusst, wie hungrig sie war. „Wie lange bin ich schon hier?"

„Zwei Tage."

„Zwei Tage?", wiederholte Leah ungläubig.

An der Tür wurde kurz geklopft, und einen Moment später kam in Radfahrerhose und knappem Top ein junges Mädchen herein, deren langes Haar sich in wilden Locken um ihr Gesicht kringelte. „Ist ja toll, es geht dir besser!", rief sie strahlend Leah zu.

„Leah, das ist meine Nichte Apollonia."

„Alle nennen mich Ponia", unterbrach ihn das Mädchen. „Ich war auch am Flughafen, um dich abzuholen, aber daran erinnerst du dich bestimmt nicht mehr. Du warst ja so gut wie bewusstlos."

„An deine Stimme kann ich mich erinnern", sagte Leah lächelnd. Apollonias Freundlichkeit war ansteckend, und Leah schämte sich plötzlich, dass sie so gar nichts über Niks Familie wusste.

„Leah braucht Ruhe, also rede nicht so viel, sonst bekommt sie noch einen Rückfall", mahnte Nik.

Ponia errötete.

„Aber ich hätte gern Gesellschaft", protestierte Leah.

„Super!" Ponia ließ sich am Fußende aufs Bett plumpsen. „Weißt du, ich dachte, du wärst viel älter, aber vielleicht bist du ja älter, als du aussiehst. Wie alt bist du genau?"

„Ponia", mahnte Nik.

„Zweiundzwanzig."

„Du hast mit siebzehn geheiratet?" Ponia sah erstaunt, aber auch erschrocken hinüber zu ihrem Onkel. „Und da gibst du meinen Eltern recht, wenn sie behaupten, ich wäre noch zu jung für einen Freund?", fragte sie empört.

Leah merkte, dass Nik langsam böse wurde, und konnte nur mühsam ein Lachen unterdrücken. Schnell kam sie Ponia zu Hilfe. „Du sprichst unsere Sprache aber hervorragend, Ponia."

„Ich gehe ja auch nicht hier zur Schule. Echt schade, dass ich keine Ahnung hatte, dass du so jung bist, sonst hätte ich dich schon vor Jahren besucht. Das Gerede der anderen hätte mich nicht gekümmert."

Nik atmete hörbar aus und zischte seiner Nichte auf Griechisch etwas zu. Ponia erstarrte, kniff trotzig die Lippen zusammen und senkte den Kopf. Leah wurde unwillkürlich neugierig und fragte sich, was Niks Familie wohl über sie gesagt haben konnte.

„Lass dich von ihr nicht ermüden", meinte Nik seufzend und ging dann zur Tür.

„Männer können manchmal richtig blöd sein", murmelte Ponia und sah Leah dabei mit Dackelblick an.

„Das kann man wohl sagen." Leah lachte auf und merkte plötzlich, wie deprimiert sie bis zu Ponias Auftauchen gewesen war.

„Ich musste Nik richtig zwingen, mit dir hierherzukommen", verriet Ponia ihr. „Aber wenn ich in den Ferien nach Hause komme, hat er immer Mitleid mit mir."

„Weil du hier keine Freunde hast?"

„Nein, weil der Rest der Familie fast steinalt ist." Ponia verzog das Gesicht. „Die stammen noch aus ferneren Dekaden des letzten Jahrhunderts."

„Auch deine Eltern?" Leah verkniff sich mühsam ein Lächeln.

„Die sind noch mit die Jüngsten", gestand Ponia widerwillig ein. „Erst so Anfang fünfzig."

„Die Jüngsten? Nik ist doch erst dreißig, wie kommt es denn dann, dass er eine so alte Schwester hat?"

„Meine beiden Tanten sind noch älter, und meine Großmutter ist schon über siebzig."

Nik musste ein echter Nachzügler gewesen sein. Offenbar hatte sich Leah in diesem Punkt getäuscht. Sie hatte immer geglaubt, Nik wäre nicht der jüngste, sondern der älteste Sprössling seiner Familie. Ein Abstand von über zwanzig Jahren zwischen Geschwistern erschien ihr allerdings ungewöhnlich.

„Wenn ich dich doch bloß schon früher kennengelernt hätte", jammerte Ponia erneut. „Wo ich doch immer so neugierig auf dich war!"

„Bist du deshalb zum Flughafen gekommen?" Wieder musste Leah lächeln.

„Nein, ich wollte dir damit nur zeigen, dass du hier willkommen bist. Ich finde, dass meine Familie dich ganz mies behandelt hat", erklärte Ponia ernst.

Leah trank einen Schluck Kaffee. „Ich ..."

„Und du warst damals genauso alt wie ich jetzt", fuhr das Mädchen aufgebracht fort, sprang auf und ging zum Fenster. „Ich weiß, wie mir zumute wäre, wenn die Familie meines Mannes nichts mit mir zu tun haben wollte. Das würde mir sehr wehtun und mich unheimlich wütend machen."

Allmählich wurde Leah einiges klar. Offenbar hatte die Familie Andreakis sie, Leah, abgelehnt, und es war nicht Nik gewesen, der sie von seiner Familie ferngehalten hatte. Leah war allerdings weder verletzt noch wütend darüber. Ihre Ehe war ohnehin alles andere als normal gewesen, und sie hatte andere Sorgen gehabt, als sich über das Desinteresse von Niks Familie Gedanken zu machen.

„Ich bin nicht wütend", sagte sie.

„Aber das war doch total ungerecht! Es war schließlich absolut nicht deine Schuld, dass Nik sich in dich verliebt und deswegen seine Verlobung mit Eleni Kiriakos gelöst hat." Ponia verzog das Gesicht. „So was passiert eben manchmal, und außerdem wäre es viel schlimmer gewesen, wenn er sich erst nach einer Hochzeit mit Eleni in dich verliebt hätte, findest du nicht auch?"

Glücklicherweise blieb Leah eine Antwort darauf erspart, weil in diesem Augenblick das Dienstmädchen hereinkam, um Ponia zu rufen.

„Mist, meine Mutter ist am Telefon", stöhnte sie auf und lachte dann schelmisch. „Ich wette, sie wird mir keine einzige Frage stellen, dabei platzt sie bestimmt vor Neugier. Sie hängt unheimlich an Nik." Ponia zog die Stirn kraus und musterte nachdenklich Leahs blasses Gesicht. „Am besten schläfst du noch ein bisschen. Du siehst ziemlich geschafft aus. Ich komme dann später wieder."

„Ja, tu das", sagte Leah mit zittriger Stimme wie mechanisch, von Ponias Eröffnung noch ganz benommen. Plötzlich hatte Leah den Geschmack von Blut im Mund und merkte, dass sie sich auf die Zunge gebissen hatte, um nicht erschrocken aufzuschreien.

*E*leni und Nik. Nik und Eleni. Leah konnte es einfach nicht glauben. Die beiden waren vor fünf Jahren verlobt gewesen. Nik mochte zwar damals einem kleinen Flirt nicht abgeneigt gewesen sein, aber seine zukünftige Frau hatte für ihn schon festgestanden. Jedenfalls bis Leahs Vater ihn zwang, seine Pläne zu ändern. Leah wurde übel, als sie begriff, was das bedeutete.

Nik und Eleni Kiriakos hatten etwas miteinander. Warum nur hatte Nik dann darauf bestanden, dass sie, Leah, seine Frau blieb? Wieso hatte er auf die Chance verzichtet, seine Freiheit zurückzubekommen? Wollte er denn nicht lieber Eleni heiraten? Oder genügte es ihm, sich die tüchtige Ärztin als Geliebte zu halten? Schließlich war diese ihm so verfallen, dass sie nicht einmal vor den Augen seiner Frau die Finger von ihm lassen konnte.

Leah schüttelte sich angewidert. Kein Wunder, dass Nik so verbittert über ihre Ehe war! Aber es war seine Entscheidung gewesen, ihr nicht offen zu sagen, welchen Preis er für die Hochzeit mit ihr gezahlt hatte.

Andererseits schien Nik schon dabei zu sein, sich für das zu rächen, was ihm angetan worden war. Er musste sie doch hassen, auch wenn er das bestritt.

Leah barg den schmerzenden Kopf in den Kissen. Sie fühlte sich plötzlich so elend und verlassen wie noch nie in ihrem Leben. Genau wie Max vor fünf Jahren Nik ein völlig neues Leben aufgezwungen hatte, begann Nik jetzt, Druck auf sie, Max' Tochter, auszuüben.

Als Leah ihm eröffnet hatte, einen anderen Mann zu lieben, hatte Nik ihr, seiner bis dahin für ihn so gut wie nicht existenten Frau, plötzlich seine Zuneigung gezeigt. Davor hatte er in der Überzeugung gelebt, dass sie noch immer in ihn verliebt war. Bestimmt war es ihm jahrelang eine Art Ersatzbefriedigung gewesen, sie für die Taten ihres Vaters zu bestrafen, indem er sie völlig ignorierte.

Noch wusste Nik nicht, dass Paul aus ihrem Leben verschwunden war. Dabei hatte er genau dies brutal zu erzwingen versucht. Aber warum? Galt für ihn „Auge um Auge, Zahn um Zahn"? Nik hatte vor fünf Jahren Eleni verloren. Wollte er jetzt auch ihr, Leah, einen geliebten Menschen wegnehmen? Konnte er wirklich so sadistisch sein?

Doch, das konnte er sein. Leah erinnerte sich noch gut an seine grausame Bemerkung, Max habe ihn nicht zwingen können, sich in ihrem Bett als Zuchthengst zu betätigen. Leahs Herz klopfte wild, und sie dachte unwillkürlich daran zurück, wie leidenschaftlich Nik sie genommen hatte. Erst jetzt erinnerte sie sich auch wieder an sein schamloses Bekenntnis, die ganze Sache geschickt eingefädelt zu haben. Damals hatte sie noch geglaubt, er hätte mit ihr geschlafen, um zum einen seine Behauptung zu bekräftigen, dass sie doch eine richtige Ehe führen konnte, und zum anderen, um ihre Überzeugung zu erschüttern, dass sie Paul liebte.

Erst jetzt drängte sich ihr eine neue, noch erniedrigendere Erklärung für jene Nacht auf. Das Opfer sollte noch mehr gequält werden. Nik, der erfahrene Liebhaber, hatte aus reiner Berechnung sie, seine Frau, verführt, um sie völlig aus dem Gleichgewicht zu bringen. Leah war plötzlich zutiefst beschämt, in Niks Armen so schwach geworden zu sein, ihm ihre Verwundbarkeit gezeigt zu haben und so zur leichten Beute dieses griechischen Machos geworden zu sein. Nik hatte das natürlich genossen. Diese Erkenntnis machte für Leah alles noch viel schlimmer.

Inzwischen war Leah so erschöpft, dass sie in einen tiefen Schlaf fiel, aus dem sie erst nach Mitternacht erwachte. Dann hatte sie über zwölf Stunden geschlafen und fühlte sich körperlich entschieden besser, auch wenn sie das Gefühl hatte, kurz vor dem Verhungern zu sein.

Sie schlüpfte in einen dünnen Morgenmantel und machte sich auf die Suche nach etwas Essbarem. Dabei gingen ihr erneut viele der unschönen Gedanken durch den Kopf, die sie beim Einschlafen beschäftigt hatten. Sie war so gedankenverloren, dass sie den Schreck ihres Lebens bekam, als plötzlich Nik in einer offenen Tür auftauchte, an der sie gerade vorbeiging. Hastig wich sie zurück.

„Suchst du ein Telefon, *pethi mou*?"

Im Halbdunkel sah Niks eindrucksvolle Gestalt fast aus wie eine Bronzeskulptur.

Leah legte zitternd die Hand auf ihr wild pochendes Herz. „Ein Telefon?", wiederholte sie verständnislos.

„Der Länge deiner Telefongespräche mit diesem Woods nach zu urteilen, scheinst du eine Schwäche für Telefonsex zu haben", sagte Nik unverschämt. „Und jetzt bist du schon seit mindestens achtundvierzig Stunden auf Entzug. Aber wenn du auf so was stehst, dann werde ich mich bestimmt nicht drücken. Geh zurück in dein Zimmer und benutz den Hausapparat. Was dieser Typ kann, kann ich zehn Mal besser, das verspreche ich dir."

Leah schnappte empört nach Luft. „Du bist ja pervers!"

Nik stöhnte auf. „Es geht mir zwar gegen den Strich, aber allmählich tut mir dein blonder Adonis fast leid. Er hatte – wie lange? Zweieinhalb Monate? Was hast du denn die ganze Zeit mit ihm gemacht? Händchen gehalten, tief geseufzt und lange bedeutungsvolle Gespräche geführt?"

Leah, inzwischen knallrot geworden, kochte vor Wut. „Das geht dich überhaupt nichts an!"

Nik breitete belustigt die Hände aus. „Aber du siehst doch, dass ich darauf brenne, Einzelheiten zu erfahren!"

Leah machte auf dem Absatz kehrt. „Ich habe Hunger", sagte sie mit eiskalter Stimme.

„Nach ihm hast du dich aber nicht gerade verzehrt. Vielleicht hattest du nur Lust auf etwas Zuwendung und ein bisschen Romantik. Das könnte ich ja verstehen."

Seine arrogante und herablassende Art ließ Leah die Beherrschung verlieren. „Du bist so primitiv, dass man dich wirklich in einem Käfig halten sollte", fauchte sie ihn an.

„Wenigstens versuche ich zu verstehen, was du an einem drittklassigen Jammerlappen wie diesem Woods gefunden hast!", entgegnete er wutentbrannt.

„Ich habe einen sehr schlechten Geschmack, Nik, wusstest du das nicht? Schließlich habe ich mir dich ausgesucht."

Leah hatte den Eindruck, dass ihr Adrenalinspiegel sich auf Höchstniveau befand. Sie hatte etwas in Nik gesehen, das ihr bis dahin entgangen war. Er war nicht eifersüchtig auf Paul, es kränkte ihn schlicht in seinem männlichen Stolz, dass sie einen anderen Mann vorzog. Um keinen Preis der Welt hätte sie in diesem Augenblick zugegeben, dass sie sich längst von Paul getrennt hatte, weil er tatsächlich so drittklassig war, wie Nik es behauptet hatte.

Nik sah sie mit wütend blitzenden Augen an, und sie konnte förmlich spüren, wie aufgewühlt er war.

„Du brauchst …", begann Nik, aber Leah unterbrach ihn sofort.

„Ich brauche niemanden, der mir die Kleider herunterreißt, wie du es schon einmal getan hast." Leah hob den Kopf und warf Nik einen verächtlichen Blick zu.

Einen Moment lang herrschte Stille, in der Leah nur ihren Herzschlag hörte. Nik musterte sie stumm. Dann zuckte es um seine Mundwinkel, er warf den Kopf zurück und lachte schallend. Leah reagierte darauf völlig verstört. Sie fühlte sich plötzlich sehr verwundbar.

Als sie davoneilen wollte, packte Nik sie und führte sie in das Zimmer, aus dem er gerade gekommen war. „Du hast gesagt, du hättest Hunger. Ich lasse etwas kommen", sagte er in ganz sachlichem Ton.

Das passt gar nicht zu ihm, dachte Leah, als er sie ohne große Umstände auf ein Sofa verfrachtete, das vor einem mit Papieren übersäten Schreibtisch stand, an dem er offensichtlich gerade gearbeitet hatte. Leah verschränkte ihre zitternden Hände und gestand sich dabei kläglich ein, wie sehr Niks Gegenwart sie immer noch aufwühlte. Bei ihm wusste man einfach nie, was als Nächstes passieren würde. Früher war sie davon fasziniert gewesen. Er war so anders als sie. Im Grunde waren sie so verschieden wie Tag und Nacht, trotzdem konnte Leah sich seinem Charisma nicht entziehen.

„Es freut mich, dass du wieder bei Kräften bist, aber du machst ein so ernstes Gesicht", sagte Nik.

Leah atmete tief durch. Als sie aufblickte, sah sie gerade noch ein belustigtes Funkeln in Niks Augen. Nik in der Rolle des Besorgten – das war wirklich mal etwas Neues. Leah wich seinem Blick aus. „Wir müssen miteinander reden."

Nik lachte leise. „Dazu ist es doch viel zu spät am Abend, *pethi mou*."

Jetzt war er wieder ganz der überlegene Mann. Fehlte nur noch, dass er ihr sagte, sie solle sich ihren hübschen kleinen Kopf nicht über Dinge zerbrechen, die sie nicht verstand. Leah kam zu der schmerzlichen Erkenntnis, dass Nik sie nie ernst genommen hatte.

Er hatte sie dazu verdammt, in einem Niemandsland zu leben, in dem sie weder frei noch richtig gebunden war. Die Frage, ob sich ihre Gefühle für ihn in dieser Zeit geändert haben könnten, hatte er sich nicht gestellt. Für ihr Seelenleben hatte er sich nie interessiert. Er war zu beschäftigt mit seiner eigenen Wut und Verbitterung, um auch nur einen Gedanken daran zu verschwenden, was sie dabei vielleicht durchmachte.

Die Möglichkeit, dass sie sich einem anderen Mann zuwenden könnte, war ihm nicht in den Sinn gekommen. Er hatte nicht damit gerechnet, dass sie bereit sein könnte, ihre finanziell abgesicherte Existenz gegen ein Leben in Freiheit einzutauschen. Nik hatte irrtümlich angenommen, dass ihr Geld und Stellung etwas bedeuteten. Das waren genau die Hürden, die sie jetzt überwinden musste.

„Nik, wir müssen miteinander reden, und das möglichst so, dass du nicht wütend, aggressiv oder sarkastisch wirst", sagte Leah leise.

Nik lehnte sich an die Schreibtischkante und musterte Leah auf eine aufreizend nachsichtige Art, als wäre sie ein Kind, das sich alle Mühe gab, erwachsen aufzutreten.

„Nik!"

„Dein Essen." In Windeseile war Nik zur Tür gegangen und hatte einem völlig verblüfften Diener das Tablett aus der Hand genommen. „Iss erst mal was." Er setzte ihr das Tablett auf den Schoß.

„Nik, ich weiß Bescheid über dich und Eleni Kiriakos."

Er fuhr herum, die Stirn gerunzelt. „Ponia", mutmaßte er finster. „Wie viel weißt du?"

„Du sollst mit ihr verlobt gewesen sein."

„Jahrelang", gestand Nik mit irritierender Lässigkeit.

Leah sah mit schwindendem Appetit auf ihren sorgfältig zurechtgemachten Salat. „Ich kann verstehen, wie dir zumute gewesen sein muss, als Max dich gezwungen hat, dich von der Frau zu trennen, die du geliebt hast."

„Der Zeitpunkt kam etwas ungelegen."

Leah hob den Kopf. „Ungelegen?"

Nik atmete ungeduldig aus. „Ich kenne Eleni von Kindheit an. Wir wurden schon als Teenager miteinander verlobt und hatten mit dieser Entscheidung nichts zu tun. Unsere Väter wollten diese Verbindung, um ihre beiden Reedereien zusammenzuschließen. Eleni wollte Ärztin werden. Ihr Vater war dagegen, aber ich konnte ihn schließlich doch überreden, sie gewähren zu lassen. Eleni und ich wussten beide, dass wir unsere Familien irgendwann enttäuschen mussten, aber damals kam es uns ganz gelegen mitzuspielen."

„Mitzuspielen?", wiederholte Leah verständnislos.

„Wenn ich offen gesagt hätte, dass ich Eleni nicht heiraten wollte, hätte ihr Vater sie wahrscheinlich einem anderen Mann versprochen, und sie hätte nie Medizin studieren können", erklärte Nik. „Du musst wissen, dass Eleni mit Leib und Seele Ärztin ist und völlig in ihrem Beruf aufgeht. Für andere Dinge hat sie kaum Zeit. Sie ist sicher nicht die Frau, die ich mir ausgesucht hätte, genau wie ich nicht der Ehemann ihrer Wahl gewesen wäre."

Leah schluckte. Sie hatte Mühe, Niks ruhige Feststellung mit dem in Einklang zu bringen, was sie im Krankenhaus mit eigenen Augen gesehen hatte. Sollte das nur eine Umarmung zwischen engen Freunden gewesen sein? Eleni hatte Nik ausgesprochen liebevoll behandelt, was keineswegs ungewöhnlich zwischen Menschen war, die sich von Kindheit an kannten. Außerdem hatten sie sich sicher lange nicht gesehen. Leah musste zugeben, dass Niks Offenheit beeindruckend war.

„Du warst also nicht in sie verliebt?"

„Ganz früher dachte ich mal, es zu sein", sagte Nik lächelnd. „Aber da war ich erst achtzehn. Eleni war wunderschön, und nur das zählte für mich. Aber je mehr sie sich in ihr Studium kniete, desto klarer wurde mir, dass wir nicht zusammenpassten."

„Du wolltest, dass sie sich ganz auf dich konzentrierte."

„Du kennst mich wirklich gut."

„Das war nur eine Feststellung", erwiderte Leah gespreizt. „Und warum kam dir der Zeitpunkt für unsere Hochzeit ungelegen?"

„Elenis Vater war der Meinung, ich hätte sie sitzen lassen, weil sie sich zu sehr für ihre Karriere interessiert hat. Dadurch war Eleni gezwungen, sich auf eine Auseinandersetzung mit ihrer Familie einzulassen, noch ehe sie finanziell unabhängig war."

„Und wie hat deine Familie reagiert?", hörte Leah sich gespannt fragen.

„Entsetzt über mein Benehmen", erwiderte Nik. „Eine Verlobung ist in der griechischen Gesellschaft eine Sache, die ernsthafte Verpflichtungen nach sich zieht, vor allen Dingen für eine so traditionsbewusste Familie wie meine. Man hat mir vorgeworfen, den Namen Andreakis entehrt zu haben. Ich hätte die Verlobung zwar irgendwann sowieso aufgelöst. Die Tatsache aber, dass ich so kurze Zeit später eine andere Frau geheiratet habe, hat die Sache in ihren Augen nur noch verschlimmert."

Leah starrte angestrengt auf den Teppich und sah im Geiste ihren Vater, wie er als grausame Kraft im Zentrum eines Sturms alles in seinem Umkreis aufrührte, ohne Rücksicht auf den Schaden, den er dabei anrichtete. „Das tut mir leid", sagte sie und seufzte leise.

„Das ist jetzt nicht mehr wichtig. Eleni hat letztes Jahr einen Arzt geheiratet." Niks Gesichtszüge wirkten angespannt. „Das hat beide Familien etwas besänftigt. Wenn sie uns auch nicht das Recht zugestehen, dass jeder von uns selbst in der Lage ist, sich einen Ehepartner auszusuchen, sehen sie doch inzwischen wohl ein, dass Eleni und ich nicht zueinandergepasst hätten."

Leah begann in ihrem Salat herumzustochern. Es war ihr ziemlich peinlich, dass sie Eleni Kiriakos automatisch für Niks Geliebte gehalten hatte.

Lange herrschte Schweigen, während Leah nachdenklich ihren Salat aß.

„Manchmal schließt du mich aus deiner Gedankenwelt aus, als wäre ich unsichtbar", sagte Nik leise. „In solchen Momenten würde ich am liebsten laut schreien und alles kurz und klein schlagen."

„Das ist doch kindisch!"

Nik zuckte ungerührt die breiten Schultern. „In jedem Menschen steckt irgendwo ein Kind."

Leah räusperte sich verlegen. Sein überraschendes Eingeständnis und die Leichtigkeit, mit der er es geäußert hatte, berührten sie seltsam.

„Warum willst du mich nicht gehen lassen?", fragte sie unvermittelt.

„Weil du meine Frau bist."

„Das ist keine ausreichende Begründung."

Nik breitete die Hände aus. „Es gibt da immer noch irgendwo diese Urkunde", erinnerte er sie.

Leah wurde blass. „Aber mein Vater ist doch tot. Er hat sie bestimmt weggeworfen."

„Er hat aber sonst nichts vernichtet", betonte Nik. „Und Max war ein sehr kluger Mann. Sosehr ich ihn auch verachtet habe – das muss ich ihm lassen. Wer weiß, was er sich hat einfallen lassen. Vielleicht hat er irgendjemanden beauftragt, meiner Familie mit der Urkunde Schwierigkeiten zu machen, falls wir uns trennen sollten."

„Das grenzt doch an Verfolgungswahn", widersprach Leah, die allmählich Kopfschmerzen bekam.

„Ich bin nicht bereit, ein Risiko einzugehen. Max hat bis zu seinem Tod geglaubt, dass du gern mit mir verheiratet bist", erklärte Nik. „Er hat es eben nicht besser gewusst. Aber ich bin sicher, es hat ihm besonderes Vergnügen bereitet, dafür zu sorgen, dass ich es bitter bereue, sollte ich es je wagen, mich von dir scheiden zu lassen."

Leah wurde klar, dass sie auf die einleuchtendste Erklärung einfach nicht gekommen war. Sie hatte geglaubt, Nik wollte sie für die Vergehen ihres Vaters bestrafen. Außerdem hatte sie angenommen, die Sache mit Paul habe Niks Stolz so verletzt, dass er sie aus lauter Verbissenheit an sich ketten wollte. Irgendwann hatte sie dann sogar gemeint, Nik würde sie aus rein praktischen Gründen tatsächlich als geeignete Ehefrau betrachten.

Das Schlimme daran war, dass jeder dieser Beweggründe Leahs Selbstbewusstsein weniger angekratzt hätte als die brutale Realität, mit der sie sich jetzt abfinden musste: Nik glaubte offensichtlich, er sei auf ewig an sie gebunden. Wäre er nicht schon so an die Situation gewöhnt gewesen, hätte er sich wahrscheinlich bereits längst Gedanken darüber gemacht, ob er sich nicht eines sorgfältig arrangierten Unfalls bedienen sollte.

„Du bist ganz blass geworden", stellte Nik nachdenklich fest.

„Ich habe Kopfschmerzen."

Leah dachte daran zurück, wie wütend Nik in ihrem Hotel aufgetaucht war. Erst jetzt wurde ihr klar, dass diese Wut nichts mit persönlichen Gefühlen zu tun hatte. Nik konnte es sich einfach nicht erlauben, sie gehen zu lassen, selbst wenn er das längst gern getan hätte. Die Heirat mit ihr war tatsächlich die lebenslange Strafe, als die er sie bezeichnet hatte.

Zum ersten Mal verstand Leah, wie hilflos Nik sich zu Beginn ihrer Ehe angesichts dieser Erkenntnis gefühlt und wie verzweifelt er darauf gehofft haben musste, dass sie, Leah, sich noch zu Lebzeiten ihres Vaters in einen anderen Mann verlieben und ihn, Nik, dafür freigeben würde. Hätte sie die Trennung gewollt, hätte Max ihm dafür kaum die Schuld geben können. Kein Wunder, dass Nik sich fünf Jahre lang nicht um sie gekümmert hatte.

Leah wurde das Tablett vom Schoß genommen. Nik beugte sich zu ihr herunter und wollte sie hochheben. „Ich kann schon allein aufstehen!", protestierte sie, aber er beachtete es nicht.

Als er sie zurück ins Bett getragen hatte, zog Leah energisch die Decke hoch und drehte sich auf den Bauch. Sie konnte Nik einfach nicht in die Augen sehen. Ihr war zumute, als hätte man ihr den ganzen Stolz und jede Würde genommen. Sie fühlte sich zutiefst erniedrigt.

„Ohne den Bademantel hättest du es sicher bequemer im Bett", sagte Nik plötzlich.

Leah, die gar nicht gemerkt hatte, dass er noch im Zimmer war, reagierte verkrampft.

„Es geht schon so."

„Du musst dich mal richtig ausschlafen."

Sie spürte, wie die Bettdecke weggezogen wurde. Nik löste sanft den Gürtel des Bademantels, zog ihn ihr von den Schultern und strich dann das Laken wieder glatt.

Nik seufzte leise. „Eigentlich ist das hier mein Zimmer. Hättest du was dagegen, wenn ich wieder einziehe?"

Leah sah ihn fassungslos an.

„Immerhin sind wir verheiratet", sagte Nik leise.

Die nun folgende Stille zerrte an Leahs Nerven.

„Ja", flüsterte sie schließlich so leise, dass selbst eine herunterfallende Nadel vernehmlich gewesen wäre. Immerhin hatte Leah damit etwas eingestanden, das sie jahrelang verdrängt hatte.

Einen Moment war sie wie erstarrt. Die Grundlage all ihrer Bitterkeit und Abneigung und auch ihrer Entschlossenheit, Nik zu verlassen, war zerstört worden, und Leah hatte das Gefühl, noch in den Trümmern krampfhaft nach einer stichhaltigen Begründung zu suchen, mit der sie Nik das Recht verwehren konnte, das Bett mit ihr zu teilen. Tatsache war jedoch, dass es keinen vernünftigen Grund gab.

Nik hatte an jenem Tag in Paris mit seiner Zukunft abgeschlossen, das wurde Leah in diesem Moment bewusst. Er hatte das Bankschließfach von oben bis unten durchsucht und dabei nicht den ersehnten Schlüssel zu seiner Freiheit gefunden. Eine Zeit lang hatte er wohl noch gehofft, sie könnte das unselige Papier haben, von dem sie bis zu diesem Zeitpunkt noch nie gehört hatte. Als Nik dann hatte feststellen müssen, wie es sich in Wirklichkeit verhielt, war ihm klar geworden, dass ihre Ehe tatsächlich eine lebenslange Strafe für ihn sein würde. Daher rührte auch sein plötzlicher Sinneswandel ihr gegenüber. Wenn ein Entkommen nicht möglich war, musste man eben das Beste aus seiner Gefangenschaft machen. Solange er keine andere Frau heiraten konnte, musste er sich mit der anfreunden, die er bereits hatte.

Leah fühlte sich auf einmal jeder Möglichkeit zur Verteidigung beraubt. War sie nicht diejenige, die ihnen alles eingebrockt hatte? Hatte sie sich in ihrer abgrundtiefen Dummheit nicht selbst dazu bereit erklärt, einen Mann zu heiraten, der am Tag seiner Hochzeit leichenblass aussah? Sie war so verliebt in ihn gewesen, dass sie sich einfach mit dem Gedanken getröstet hatte, er habe geschäftlich viel um die Ohren.

Ein leises Geräusch schreckte Leah aus den Selbstvorwürfen auf. Sie drehte den Kopf und sah erschrocken, wie Nik sich gerade auszuziehen begann. Sofort verspannte sie sich am ganzen Körper und schloss die Lider. Wenige Minuten später hörte sie in der Dusche das Wasser laufen. Für die meisten Ehefrauen wäre das ein ganz alltäglicher Vorgang gewesen, nicht jedoch für Leah.

Sie horchte ungläubig auf, als sie Nik im Bad ein Stück aus einer bekannten Opernarie summen hörte. Irgendwie klang er beinah beschwingt. Sie öffnete die Lider und erblickte direkt über sich Nik, der sie aus glänzenden Augen ansah.

„Schlaf weiter", sagte er fast sanft.

Leah schloss wieder die Augen und hörte, wie Nik das Handtuch fallen ließ, mit dem er seinen schlanken sonnengebräunten Körper verhüllt hatte. Die Matratze senkte sich leicht, das Betttuch raschelte, und dann ging das Licht aus.

Leah blieb reglos liegen, obwohl sie inzwischen hellwach war. Ihr war klar, dass an Schlaf nicht zu denken war, solange Nik nackt nur wenige Zentimeter von ihr entfernt lag und sie mit jeder Bewegung in Panik versetzte.

Leah war es wunderbar warm, und sie fühlte sich entspannt. Sie räkelte sich genüsslich, bis sie an den vor Hitze glühenden Körper neben sich stieß. Sie öffnete die Lider und sah in dunkle Augen, deren Wirkung fast hypnotisch war. Leahs Blut schien plötzlich schneller zu fließen, und ihr Herz klopfte wild. Ein Gefühl der Benommenheit und Atemlosigkeit beschlich sie, und sie konnte keinen klaren Gedanken mehr fassen.

Nik ließ eine Fingerspitze über Leahs sinnlichen Mund gleiten. „Öffne die Lippen", flüsterte er heiser.

Sein durchdringender Blick ließ Leah instinktiv gehorchen. Mit einem unterdrückten Stöhnen presste Nik ihren schlanken Körper an sich und verschloss ihr den Mund mit einem leidenschaftlichen Kuss.

Ein Kribbeln überlief Leah. Nik schob die Zunge zwischen ihre bereitwillig geöffneten Lippen und erforschte dort die empfindsamsten Stellen, bis Leah vor Erregung unter ihm erbebte.

Er schob ihr die dünnen Träger des Nachthemds von den Schultern, bis er ihre Brüste entblößt hatte. Seine erfahrenen Finger umspielten und liebkosten ihre vollen Brüste und streichelten die Spitzen, bis sie ganz hart geworden waren. Unwillkürlich presste sie sich erschauernd an ihn und ließ die Hände in sein dichtes dunkles Haar gleiten.

Als er ihre geröteten Lippen endlich wieder freigab, klopfte Leahs Herz wild. Sein Mund bedeckte ihre zarte Haut mit Küssen, und Leah stöhnte unter dieser süßen Qual leise auf.

Leah war wie berauscht, versunken in einer Welt größter und süchtig machender Lust. Ungestüm nahm Nik wieder ihre Lippen in Besitz. Er ließ die Hand hinunter bis zu den seidenweichen Härchen zwischen ihren Beinen gleiten und erforschte mit erfahrenen Fingern ihre empfindsamste Stelle. Jede seiner sinnlichen Berührungen schien nur darauf angelegt, Leahs Erregung noch weiter zu steigern.

Schließlich schluchzte Leah unter dieser lustvollen Tortur auf und keuchte atemlos. Sie bog sich Nik entgegen, als ihre Begierde unerträglich wurde. Nik ließ die Hände unter ihren Körper gleiten und schob sich zwischen ihre Schenkel. Dann legte er den Kopf zurück und drückte Leah an seinen harten Körper. Er stöhnte lustvoll auf, als er kraftvoll in sie eindrang.

Leah war noch sehr eng, als er mit ihr eins wurde, und dieses Gefühl war ihr so neu, dass es etwas Beängstigendes hatte. Doch dann begann Nik sich in ihr zu bewegen, und sofort erfasste – einem Feuersturm gleich – ein unstillbar scheinendes Verlangen sie. Unwillkürlich krallte sie die Fingernägel in Niks muskulösen Rücken, und bei jedem seiner kraftvollen Stöße wurde sie atemloser. Er nahm so völlig von ihr Besitz, dass sie in ihrer Ekstase alles um sich her vergaß. Als dann die Erlösung kam, gab sie sich dieser eine Ewigkeit lang hin, bis völlige Erschöpfung sie übermannte.

„Es heißt ja immer, dass nur der selig wird, der warten kann", flüsterte Nik mit seidenweicher Stimme, während er Leah triumphierend an seinen schweißnassen heißen Körper presste.

Leah war so erschöpft, dass sie keinen klaren Gedanken fassen konnte, und entglitt in tiefen Schlaf.

Als sie aufwachte, waren die Vorhänge aufgezogen. Die Sonne stand hoch am Himmel, und auf einer Kommode neben dem Bett wartete ein Tablett mit Frühstück auf Leah, das bereits einzutrocknen begann. Sie sah sich nach Nik um, aber er war schon fort, und sie fühlte sich auf einmal schrecklich allein.

Es war schon Mittag, aber als Leah aus dem Bett sprang, konnte sie nur an das denken, was sich in den frühen Morgenstunden abgespielt hatte. Ihr zerknittertes Nachthemd lag auf dem Teppich, was auf sie wie ein Vorwurf wirkte und sie vor Scham tief erröten ließ.

Nik hatte sie absichtlich aus tiefem Schlaf geweckt, um ganz sicher-zugehen, dass sie keine Chance hatte, über ihr Handeln nachzuden-ken. Leah wusch sich unter der Dusche von Kopf bis Fuß, aber den leisen Schmerz in ihrem Innern, der sie an die Liebesnacht mit Nik erinnerte, wurde sie dadurch nicht los.

Warum gebe ich nur ihm die Schuld? fragte Leah sich unvermittelt. Wieso mache ich mir immer noch vor, Nik wäre ganz allein verant-wortlich für das, was passiert ist?

Ihr war klar geworden, dass sie es war, die bei jeder seiner Berüh-rungen dahinschmolz, innerlich verglühte und ein so hemmungsloses Verlangen nach ihm entwickelte, dass ihm das kaum verborgen bleiben konnte.

Im Grunde hatte sie nie aufgehört, Nik zu begehren. Nur deshalb hatte sie auch die lächerliche Gewohnheit nicht abgelegt, ihm seine Socken zu kaufen. Das war der einzige persönliche Dienst, den sie ihm erweisen durfte, und daran hatte sie bis zum bitteren Ende fest-gehalten. Das Ganze war erbärmlich. Kein Wunder, dass Nik sie aus-gelacht hatte. Er besaß wahrscheinlich inzwischen mehr Socken als Imelda Marcos Schuhe. Leah stiegen Tränen in die Augen.

Manche Frauen klammerten sich noch mehr an ihren Partner, wenn ihre Liebe verschmäht wurde. Leah hatte stattdessen mit der Leiden-schaft einer Besessenen Strümpfe eingekauft und überall in Niks Teil des Hauses alberne Blumengestecke aufgestellt, um ihn an ihre Exis-tenz zu erinnern. Dabei hatte sie sich ganz allmählich von einem un-beholfenen Teenager zu einer der elegantesten Frauen Londons ent-wickelt. Nik zuliebe hatte sie nichts an sich unverändert gelassen. Einen Mann so blind zu lieben, war traurig und eigentlich unverzeih-lich.

Denn sie liebte Nik wirklich. Sie hatte über Paul diese Liebe zu vergessen versucht und gleichzeitig unbewusst um die Freiheit ge-kämpft, nach der ihr Stolz verlangte. Aber es hatte sich nichts geän-dert. Nik liebte sie nicht und würde es nie tun. Er war zwangsweise an sie gebunden. Sex mit ihr ergab sich für ihn nur durch die Tatsache ihrer Verfügbarkeit. So unberechenbar Nik in allen anderen Bereichen des Lebens war, wenn er neben einem weiblichen Wesen im Bett auf-wachte, stand das weitere Geschehen schon zweifelsfrei fest. Sie brauchte sich also nicht einzureden, dass ihr Mann sie plötzlich un-widerstehlich fand. Nik war ein sehr maskuliner Mann und nicht der Typ, der sich über etwas so Grundlegendes wie seine sexuellen Bedürfnisse groß den Kopf zerbrach oder gar sein Seelenleben ergründete.

Solange das geheimnisvolle Papier nicht aufgetaucht war, würde er sie jedoch nicht gehen lassen, und Leah verspürte zum ersten Mal das Bedürfnis, mehr darüber in Erfahrung zu bringen. Konnte es eine Heirats- oder Geburtsurkunde sein, oder ging es vielleicht um eine Aktie? Nik hatte behauptet, seine Familie schützen zu müssen. Von sich selbst hatte er in diesem Zusammenhang nicht gesprochen. Hieß das, ein Mitglied seiner Familie könnte ein Verbrechen begangen haben? Einen Betrug, eine Unterschlagung, irgendeinen Finanzschwindel?

Leah schlüpfte in ein raffiniert geschnittenes blaues Kleid und ging hinaus auf die große Terrasse, die hoch über dem Meer und den Klippen lag. Wäre sie in anderer Stimmung gewesen, hätte Leah den Ausblick genossen und den Wunsch verspürt, den Rest des Hauses zu erforschen, aber in diesem Augenblick war ihr nur wichtig, mit Nik zu sprechen.

Er stand auf der Terrasse, schlank, sonnengebräunt, in maßgeschneiderter heller Sommerhose und mit weit geöffnetem schwarzem Hemd. Als er Leah kommen hörte, drehte er sich um.

Der Anblick seiner dunklen Augen ließ sie zögern und brachte sie so aus dem Gleichgewicht, dass sie fast gegen einen Liegestuhl gestoßen wäre. Ihre Wangen röteten sich, und ein merkwürdiges Gefühl ließ sie am ganzen Körper erbeben. Wie gebannt ruhte ihr Blick auf Niks attraktiver Gestalt, und sie musste unwillkürlich daran zurückdenken, was sie vor wenigen Stunden in seinen Armen gefühlt hatte.

Nik lächelte sie strahlend an und kam mit geschmeidigen Schritten auf sie zu. „Wie fühlst du dich?"

„Ganz gut."

„Ganz gut? Du siehst einfach toll aus", sagte er und ließ den Blick mit offenkundigem Besitzerstolz von ihrem silberglänzenden Haar über die zarten Konturen ihres blühend aussehenden Gesichts bis hinunter zu ihren Zehenspitzen gleiten, ohne dabei auch nur eine einzige Rundung ihres Körpers auszulassen. „Wunderschön", fügte er dann hinzu, griff nach ihren Händen und zog Leah an sich.

Leahs Herz klopfte wild, aber sie zwang sich, ruhig zu bleiben, während sie mit ihren blauen Augen Nik verwirrt ansah. „Nik", begann sie, aber er war noch nicht fertig.

„Und das alles gehört mir", stellte er befriedigt fest.

Schlagartig war alles, was Leah ihm sagen wollte, wie aus ihrem Gedächtnis gelöscht.

„Störe ich?", ertönte in diesem Augenblick Ponias fröhliche Stimme, worauf Nik und Leah sich umdrehten.

„Ganz und gar nicht", antwortete Nik lächelnd und ließ Leahs Hände genau in dem Augenblick los, als sie sich aus seinem Griff befreien wollte.

„Das Personal wartet schon mit dem Mittagessen", erklärte Ponia, während Nik für Leah einen Stuhl zurechtrückte.

Leah merkte, dass ihr die Hände bebten. Niks unerwartete Wärme und offensichtliche Bewunderung hatten sie völlig aus der Bahn geworfen. Aber das musste nichts zu bedeuten haben. Wahrscheinlich behandelte er eine neue Geliebte immer so liebenswürdig. Mehr war sie ja eigentlich nicht, nur dass sie etwas anders war als die Frauen, mit denen er sonst ins Bett ging. Lange würde sein Charme sicher nicht vorhalten. Frauen langweilten Nik schnell, wie Leah seit Langem wusste.

Das Mittagessen wurde serviert. Ponia plapperte über belanglose Themen. Jedes Mal, wenn Leah von ihrem Teller aufblickte, nahm Niks unergründlicher Blick sie gefangen, ihr Puls ging schneller, und ihr wurde heiß, sodass sie immer wieder zu ihrem Weinglas griff.

Plötzlich summte Niks Mobiltelefon. Er stand vom Tisch auf und ging hinüber zu dem Sessel, wo es lag.

„Ich kann es kaum erwarten, bis der Rest der Familie das hier sieht", meinte Ponia kichernd.

„Wie bitte?"

„Ihr beiden hängt aneinander wie zwei Magneten in den Flitterwochen. Ich hatte ja keine Ahnung, wie überflüssig ich hier sein würde!" Ponia lächelte, um zu zeigen, dass sie nicht böse war. „Ich gehe jetzt schwimmen. Bis nachher!"

Beschämt senkte Leah den Kopf. Dann griff sie wieder nach ihrem Weinglas. Sie wusste ohnehin nicht, was sie mit ihren Händen anfangen sollte. Eigentlich war sie gekommen, um ein ernstes Gespräch mit Nik zu führen. Das war schon unter normalen Umständen eine echte Herausforderung, jetzt aber, da er sie nach fünf Jahren zum ersten Mal wie eine begehrenswerte Frau behandelte, schien es ihr eine fast nicht zu bewältigende Aufgabe.

Sie trank ihr Glas aus und stand auf. Im gleichen Moment legte Nik überraschend von hinten die Arme um sie. Als er sie kraftvoll an seine muskulöse Brust drückte, wurde ihr Körper ihr untreu und reagierte sofort so heftig auf seine Berührung, dass sie erschrocken erstarrte.

„Was ist?", fragte Nik leise.

„Wir müssen etwas bereden."

„Das kannst du gleich wieder vergessen", sagte er mit unvermittelter Härte. „Wenn es in diesem Gespräch auch nur ansatzweise um Scheidung, Trennung, Enthaltsamkeit oder diesen Woods gehen sollte, kann ich dir nur raten, den Mund zu halten."

Zu ihrer Überraschung reagierte Leah darauf eher amüsiert. Nik glaubte sich ihr stets einen Schritt voraus, doch diesmal hatte er sich getäuscht.

„Darum geht es aber nicht."

Nik drehte sie zu sich herum. „Dann ist es auch nicht wichtig."

Noch ehe Leah seine Absicht erahnen konnte, hatte Nik ihr schon mit den Lippen den Mund verschlossen. Sein Kuss war noch berauschender als der Wein. Hilflos lehnte sie sich an Nik, legte ihm die Arme um den Nacken und spürte dabei schon, wie brennendes Verlangen in ihr aufloderte. Er umfasste ihre Hüften und drückte Leah so fest an sich, dass sie seine Erregung spürte.

„Ich will dich schon wieder", keuchte er.

Auch Leah hatte ein so starkes Verlangen nach ihm, dass es ihr fast körperliche Schmerzen bereitete, und plötzlich war sie nur noch auf erotische Vorstellungen fixiert, die ihr bis dahin ganz fremd gewesen waren. Die Intensität der Leidenschaft, die Nik in ihr entfachen konnte, machte ihr richtig Angst. Er brauchte sie gar nicht mit schönen Worten oder Komplimenten einzuwickeln. Ein paar Küsse, und schon stand sie lichterloh in Flammen. Wie ein Sexspielzeug, ein williges kleines Püppchen, mit dem er nach Belieben spielen konnte. Diese Vorstellung gab Leah endlich die Kraft, sich aus seiner Umarmung zu lösen.

„Ich muss mit dir reden", brachte sie mühsam hervor und wandte sich dabei in Richtung Haus. „Und dazu sollten wir besser nach drinnen gehen."

„Wir können uns ja im Bett unterhalten." Nik folgte ihr mit dem Blick einer Raubkatze.

„Du bist doch erst vor ein paar Stunden aus dem Bett gekrochen!", zischte Leah ihn an.

„Und ich kann es kaum erwarten, wieder dorthin zu gelangen, *agape mou*."

Wie nur kann man diesen Mann ablenken? dachte Leah, obgleich sie spürte, dass ihre Brustspitzen schon ganz hart waren und ihr Körper noch immer in Aufruhr war. Ihr wurde bewusst, dass Nik, sobald sie für ihn empfänglich war, diese Tatsache ausnutzte, sobald sich ihm dazu die Gelegenheit bot.

„Wenn du mich fragst – du bist sexbesessen", sagte sie.

„Soll ich das als Beschwerde auffassen?", erwiderte er und lächelte sie dabei unwiderstehlich an.

Leah hatte inzwischen den kühleren Salon erreicht und ließ sich dort auf einem großen Sofa nieder.

„Das ist ja niedlich, du kommst mit den Füßen gar nicht bis zum Boden", rief Nik lachend und ließ sich dann zu ihren Füßen nieder, anstatt sich irgendeinen anderen Platz zu suchen, wie Leah es gehofft hatte. „Also, lass hören", forderte er sie dann auf, während er ihr tief in die Augen sah.

Leah, die sich in die Enge getrieben fühlte, rutschte noch tiefer in die Sofapolster. „Ich habe nachgedacht, und …"

„Sehr gefährlich. Das solltest du dir schleunigst abgewöhnen", unterbrach Nik sie spöttisch.

Leah musste all ihre Kraft zusammennehmen, um weiterzusprechen. „Es geht um das Schriftstück."

Nik stieß einen Kraftausdruck aus, den sie von ihm bisher noch nie gehört hatte. Seine markanten Gesichtszüge erstarrten zur Maske. Er sprang auf und ging mit energischen Schritten zum Kamin. „Du suchst dir ja wirklich immer den besten Augenblick aus", sagte er finster. „Was gibt es denn über das Thema noch zu reden?"

„Wir müssen dieses Papier finden, und ich dachte, wenn du mir wenigstens andeutungsweise sagen könntest, um was es sich dabei handelt …"

„Nein!" Nik musterte sie drohend.

„Ich würde doch niemandem etwas davon erzählen!"

Der Ausdruck in Niks Augen wurde plötzlich eiskalt. „Je weniger Leute davon wissen, desto größer ist die Sicherheit für meine Familie."

Leah fiel etwas auf, das sie noch einen Tag zuvor eher kalt gelassen hätte. Sie bemerkte, dass er sie offensichtlich nicht zum Kreis seiner geliebten Familie rechnete. „Du traust mir also nicht."

„Das ist keine Frage des Vertrauens."

„Aber wenn, dann wäre die Tochter von Max Harrington die Letzte, der du vertrauen würdest", fügte Leah bitter hinzu.

„Das habe ich nicht gesagt!"

„Das war auch nicht nötig. Du hast mich schließlich lange genug wie eine Aussätzige behandelt."

„Die Vergangenheit liegt hinter uns."

„Wie kannst du das sagen, wenn du gleichzeitig von mir verlangst, dass ich mit ihr lebe?", herrschte sie ihn an. „Ich dachte mir einfach, ich könnte dir bei der Suche nach dem Papier helfen, wenn ich wüsste, was darin steht."

„Ach, jetzt verstehe ich." Nik verzog spöttisch das Gesicht, und um seine Lippen erschien ein harter Zug. „Du betrachtest das also als deine Fahrkarte in die Freiheit. Wir finden die Urkunde, und ich lasse dich gehen, ja?"

Trotz ihrer inneren Anspannung zwang Leah sich, ihm direkt in die Augen zu sehen. „Das ist doch genau das, was du auch willst, oder nicht?"

„Vor fünf Jahren hätte ich alles darum gegeben", erwiderte er mit grausamer Offenheit. „Und vor einer Woche glaubte ich, das Papier zu haben. Aber als ich mit leeren Händen aus der unseligen Bank kam, hat sich für mich alles geändert. Ich wusste, dass ich am Ende der Fahnenstange angekommen war, und deshalb habe ich beschlossen, nicht einen einzigen Tag mehr mit dieser völlig sinnlosen Suche zu verschwenden. Das ist vorbei!"

„Nein, ist es nicht", widersprach Leah unsicher. Dabei spürte sie Tränen in ihren Augen hochsteigen, aber sie unterdrückte sie mit aller Kraft. „Nicht, solange wir noch zusammen sind."

„Als ich mit dir eins war, hast du daran aber nicht gedacht", stieß Nik verächtlich hervor. „Und auch nicht, als du in meinen Armen vor Befriedigung geschluchzt hast."

„Bitte", stöhnte Leah, völlig seiner schonungslosen Anspielung bezüglich ihrer Hemmungslosigkeit ausgeliefert.

Mit zwei langen Schritten war Nik bei ihr, packte sie an den Schultern und zog sie auf die Füße. „In meinem Bett bist du ganz heiß auf das, was ich dir geben kann. Du genießt alles, was ich mit dir mache, bist ganz verrückt danach. Bei mir bist du scharf, hemmungslos und total wild."

Leah bebte am ganzen Körper. Mit dieser Attacke hatte sie nicht gerechnet, auch wenn sie sie mehr oder weniger selbst ausgelöst hatte. „Wie kannst du so mit mir reden?"

„Du kannst dich in meinem Schlafzimmer jederzeit wie ein Flittchen aufführen, und mir ist es auch völlig egal, wie du dich in der

Küche oder im Wohnzimmer benimmst!", polterte er los und packte sie bei den schmalen Schultern. „Aber deine Träume von der großen Liebe mit diesem Woods in einem kleinen Landhaus kannst du dir abschminken. Daraus wird nichts, solange ich nicht unter der Erde bin! Du bist meine Frau. Finde dich damit ab, und zwar schnell, bevor ich die Geduld mit dir verliere!"

Er stürmte aus dem Zimmer und knallte die Tür hinter sich zu. Leah wagte endlich wieder zu atmen, aber ihr Herz klopfte wild. Nik war hochgegangen wie ein Feuer, in das man Öl gegossen hatte. Erst jetzt kam ihr der Gedanke, dass es vielleicht gut gewesen wäre, wenn sie ihm gesagt hätte, dass Paul in ihren Träumen keine Rolle mehr spielte. Aber bei der Erinnerung an Niks erniedrigende Worte schloss sie dies gleich wieder aus.

Wie ein Flittchen, wiederholte Leah im Stillen. Vielleicht hatte sie es verdient, so betitelt zu werden. Sie hatte sich auf Niks primitives Niveau herunterziehen lassen und dabei alle ihre Prinzipien vergessen, darunter auch ihr wichtigstes Gebot: kein Sex ohne Liebe. Na schön, dann soll er doch zurück zu seinen Flittchen gehen, mir ist das egal, dachte Leah verächtlich.

Aber das stimmte nicht. Die Vorstellung von Nik mit einer anderen Frau im Arm war ihr einfach unerträglich. Leah rannte schluchzend aus dem Zimmer.

7. KAPITEL

*A*rbeitet Nik?", fragte Ponia beim Abendessen Leah.

„Ja, wahrscheinlich." Leah brachte mühsam ein schwaches Lächeln zustande.

„Er war heute Nachmittag in der Taverne. Ein Fischer im Hafen hat es erwähnt", erzählte Ponia und sah Leah dabei verlegen an. „Er ist sauer, oder?"

„Ja, wir haben uns gestritten", gestand Leah ein und wünschte, das junge Mädchen würde endlich das Thema wechseln.

„Er kann ganz schön hochgehen." Ponia strich sich nachdenklich die Locken aus dem Gesicht. „Aber das passiert eigentlich nur selten. Das ist auch gut so, weil in unserer Familie keiner weiß, wie man sich bei so etwas verhält. Von meiner Großmutter hört man nie ein lautes Wort, von den anderen genauso wenig. Die werden alle nur weiß im Gesicht und verdrücken sich, wenn Nik der Kragen platzt. Ich habe ihn nur ein einziges Mal so erlebt, aber es hat mich total beeindruckt."

Niks Nichte sah Leah fast erwartungsvoll an. Leah zog die Stirn kraus, sagte aber nichts.

Ponia konzentrierte sich wieder auf ihre Mahlzeit, sprach aber trotzdem weiter. „Ich war ungefähr elf Jahre alt, als ich mal mithörte, wie meine beiden Tanten über Nik redeten. Sie unterhielten sich darüber, wer wohl seine leiblichen Eltern sein könnten, aber damals hatte ich keine Ahnung, was das heißen sollte."

Leah erstarrte. „Seine leiblichen Eltern?", wiederholte sie, krampfhaft bemüht, sich ihre Aufregung nicht anmerken zu lassen.

Ponia machte ein ungewöhnlich ernstes Gesicht. „Ich war natürlich dumm genug, zu meiner Mutter zu rennen und sie danach zu fragen, und sie war ganz fertig. Es hat Jahre gedauert, bis ich kapiert habe, dass Adoption nur in meiner Familie etwas ist, wofür man sich schämen muss."

„Ja", sagte Leah, weil sie das Gefühl hatte, dass irgendein Kommentar von ihr erwartet wurde. Sie hatte solche Angst, Ponia könnte ihr ansehen, wie völlig überrascht sie war, dass sie sich selbst keinen Gedanken an das gestattete, was sie gerade erfahren hatte.

Ponia wurde sichtlich lockerer. „Es wird bei uns nie darüber gesprochen. Außerhalb unserer Familie glaubt jeder, Nik wäre der Sohn meiner Großmutter. Ich weiß gar nicht, wie sie mit der Geschichte durchgekommen ist. Immerhin war sie damals schon achtundvierzig!"

„Unmöglich ist das nicht." Leah wurde es allmählich unbehaglich zumute, auch wenn sie Verständnis für Ponias Befremden hatte.

Ponia zog die Schultern hoch. „Die ganze Heimlichtuerei muss die Sache für Nik noch schlimmer gemacht haben."

„Heute gehen die Leute mit dem Thema Adoption viel offener um als noch vor dreißig Jahren." Leah atmete tief durch. „Aber wir sollten nicht darüber reden. Dafür ist die Angelegenheit zu persönlich, und bevor du mich fragst – nein, ich weiß auch nicht mehr als du."

Ponia wurde knallrot im Gesicht und senkte den Kopf. „Tut mir leid. Ich weiß gar nicht, warum ich überhaupt davon angefangen habe."

„Weil ich einerseits zur Familie gehöre, irgendwie dann aber trotzdem nicht richtig", mutmaßte Leah verständnisvoll. „Aber ich glaube, du musst akzeptieren, dass Nik das Recht hat, etwas so Persönliches vertraulich zu behandeln. Ich halte es nicht für ratsam, das Thema ihm gegenüber anzuschneiden."

„Das fiele mir auch nicht im Traum ein." Allein die Vorstellung schien Ponia schon zu entsetzen.

Geschickt wechselte Leah das Thema und hoffte, das junge Mädchen von weiteren indiskreten Nachforschungen abgebracht zu haben.

Noch lange nachdem Ponia sich für die Nacht verabschiedet hatte, beschäftigte sich Leah mit dem, was sie erfahren hatte. In mancher Hinsicht wusste sie nichts über Nik, und das tat weh, auch wenn es dafür keinen vernünftigen Grund gab. Leah schlenderte nachdenklich hinüber ins Wohnzimmer, wo sie mittags einen wunderbaren Flügel gesehen hatte, und setzte sich auf den Klavierstuhl.

Nik war also von den Andreakis' adoptiert worden! Eigentlich ist es albern, sich gekränkt zu fühlen, weil er das nie auch nur mit einem Wort erwähnt hatte, dachte Leah. Schließlich war es offensichtlich, dass seine Familie sich alle Mühe gegeben hatte, diese Tatsache zu verschleiern. Seine Adoptiveltern hatten drei Töchter bekommen und sich sicher noch sehnlichst einen Sohn gewünscht. Deshalb hatten sie schließlich in aller Heimlichkeit ein Baby adoptiert. Im Lauf der Jahre hatte Leah viel über Niks Werdegang in den Zeitungen gelesen, und nicht in einem der Blätter wurde etwas von einer Adoption erwähnt. Ponia hatte recht. Außerhalb der Familie wusste niemand es.

Wie alt mochte Nik gewesen sein, als er es erfuhr? Ob seine Eltern ihm gegenüber ehrlicher gewesen waren? Wenn nicht, musste die Erkenntnis ein schwerer Schock für ihn gewesen sein. Während Leah ihren Gedanken nachhing, glitten ihre Finger geschickt über die glänzenden Tasten des Flügels, und die virtuosen Klänge einer Chopinsonate erfüllten den Raum. Es war ein Stück, das Leah immer dann spielte, wenn etwas sie intensiv beschäftigte.

Sie hoffte, Ponia würde vernünftig genug sein und Diskretion wahren. Mit manchen Geheimnissen musste man einfach leben. Möglicherweise wollte Nik ja selbst nicht, dass irgendjemand es erfuhr. Vielleicht war es ihm aber auch völlig egal, weil er es bezüglich seines jetzigen Lebens für belanglos hielt. Schließlich hing er sehr an seiner Familie, die Leah noch nicht kennengelernt hatte. Er war zu sehr starken Gefühlen fähig. Sie konnte auf einmal gar nicht verstehen, wieso ihr das nicht schon früher klar geworden war. Ein Mann, der imstande war, eine ungeliebte Frau zu heiraten, nur um seine Familie zu schützen, war auch in der Lage, die Bedürfnisse anderer vor die eigenen zu stellen.

Voller Schrecken fragte Leah sich plötzlich, wie sie in einer Ehe weiterleben sollte, in der sie mit ihrem Mann außer dem Bett nichts verband. Mit einer solchen Vorstellung konnte sie sich jetzt nicht mehr abfinden. Vor Jahren, als sie noch nicht gewusst hatte, wie Nik wirklich war, hätte sie sich bereitwillig mit dem begnügt, was er ihr zu geben bereit war, aber jetzt sehnte sie sich mit Körper und Seele nach mehr.

Doch ihr blieb keine Wahl, und selbst wenn es anders gewesen wäre – hätte sie wirklich die Kraft gehabt, ihn zu verlassen? War nicht wenig immerhin besser als gar nichts? Voller Bitterkeit nahm Leah die Hände von den Tasten.

„Hör nicht auf."

Leah erstarrte unwillkürlich und drehte sich ganz langsam auf ihrem Stuhl herum. Nik stand im Halbdunkel am Fenster. Die Haltung seines Körpers verriet seine innere Anspannung, und nur seine Augen funkelten in seinem dunklen Gesicht. Sein Haar war zerwühlt und das Hemd halb aufgeknöpft.

„Spiel für mich", sagte er schroff, aber es war keine Bitte.

Leah drehte sich wieder zum Flügel. Ihre blauen Augen blitzten wütend. Sie begann herumzuklimpern, wobei sie ihrer trotzigen Entschlossenheit mit jedem schrillen Ton Nachdruck verlieh.

Zwei starke Hände schlossen sich um Leahs schmale Handgelenke und rissen ihre Finger von den Tasten hoch. In der plötzlichen Stille hörte Leah nur noch ihr mühsames Atmen. Sie spürte die Wärme, die von Nik ausging, der nur wenige Zentimeter von ihr entfernt stand und sich jetzt über sie beugte. Sie erbebte.

„Warum …?", fragte er und ließ ihre Hände los.

„Ich bin nicht deine Sklavin", antwortete Leah leise, aber das war nicht der wahre Grund für ihr Verhalten. Sie hatte sich eben daran erinnert, dass sie an ihrem ersten gemeinsamen Abend für ihn gespielt hatte, seitdem aber nie wieder. Sie hatte ihre Gefühle schon immer mittels der Musik ausgedrückt, doch Nik gegenüber war ihr das jetzt zu persönlich.

„Spiel", sagte er noch einmal.

Leahs Hände zitterten. Die Atmosphäre im Zimmer war auf das Äußerste angespannt.

„Ich habe keine Noten."

„Du kannst stundenlang ohne welche spielen."

Entnervt von Niks drohender Haltung, begann Leah zu spielen, aber ihre sonst so geschickten Finger versagten ihr den Dienst, und so wurde ihr Spiel von mehreren Fehltönen gestört. Nach dem vierten Fehler nahm sie die Hände von der Tastatur.

Nik atmete langsam aus. „Du hast einen ganz schönen Dickkopf. Das hätte ich mir eigentlich denken können. Du siehst zwar sehr zerbrechlich aus, bist aber in Wirklichkeit ganz anders."

In diesem Augenblick fühlte sich Leah allerdings tatsächlich sehr verwundbar. Die angespannte Stimmung im Raum zerrte an ihren Nerven. Ganz langsam stand sie auf und vermied es dabei tunlichst, auch nur in Niks Richtung zu sehen.

„Dann erzähl mir mal von ihm", forderte Nik sie gefährlich ruhig auf.

Leah hob erschrocken den Kopf. Nik hatte ihr den Weg zur Tür versperrt. „Ich weiß nicht, was …"

„Erzähl mir von deinem Liebhaber." Er sah sie aus dunklen Augen erwartungsvoll an.

„Du kannst doch unmöglich etwas über Paul hören wollen", rief Leah beunruhigt.

„Ach nein?", fragte Nik herausfordernd und warf ihr dabei einen vernichtenden Blick zu, der ihr wie eine nackte Drohung erschien. „Wo hast du ihn kennengelernt?"

„Bei Harrods."

„Harrods?"

„Er hat mich umgerannt und dann darauf bestanden, mich auf eine Tasse Kaffee einzuladen", erklärte sie kurz angebunden.

„Du hast dich in einem Kaufhaus abschleppen lassen?", fragte Nik ungläubig.

„Er hat mich nicht abgeschleppt!"

„Ausgerechnet bei Harrods", wiederholte Nik, als könnte er es gar nicht fassen. „Und wie ist es danach mit euch weitergegangen?"

„Nichts ist weitergegangen!", widersprach Leah wütend. „Eine Woche später habe ich ihn zufällig wiedergetroffen, und …"

„Lass mich raten – am selben Tag, zur selben Zeit und am selben Ort."

„Das weiß ich nicht mehr."

„Du hast gehofft, ihn wiederzusehen."

Leah antwortete nicht. Sie ging hinüber zum Fenster und blickte starr zum dunklen Sternenhimmel hoch.

„Diese aufregende Affäre hat also bei Harrods angefangen", sagte Nik betont langsam. „In welcher Abteilung?"

Jetzt wurde es Leah zu viel. „Was spielt denn das für eine Rolle?"

Nik ließ sich auf einem Sofa nieder und streckte sich in fast aufreizender Lässigkeit darauf aus. „Ich versuche mir nur ein Bild zu machen. War es in der Damenwäscheabteilung oder bei den Lebensmitteln?"

„Die Frage verdient wirklich keine Antwort."

„Es ist sowieso besser, wenn du das meiner Fantasie überlässt", pflichtete Nik ihr aalglatt bei. „Dann erzähl mir lieber, wie er sich bis in mein Revier vorgearbeitet hat."

Leah presste kurz die Lippen zusammen. „Das war nicht schwer", sagte sie bitter.

„Aber, aber, wer wird denn gleich die Beherrschung verlieren", säuselte Nik süßlich. „Es war nur deshalb nicht schwer, weil ich nicht da war."

In diesem Augenblick wurde Leah klar, sie konnte Nik nicht sagen, dass sie ihre Beziehung zu Paul beendet hatte, weil ihre viel gerühmte Liebe eben tatsächlich nur ein Strohfeuer gewesen war. Paul war ihr einziger Schutzwall Nik gegenüber. Nik durfte auf keinen Fall auch nur ahnen, dass es nicht nur ihre sexuellen Bedürfnisse gewesen waren, die sie in seinen Armen so hemmungslos gemacht hatten. Wenn er merkte, dass sie ihn liebte, würde er ihr das Leben zur Hölle machen.

Leah dachte daran zurück, mit welcher Verachtung Nik sie behandelt hatte, als er noch in dem Glauben gewesen war, sie wäre in ihn verliebt. Sie hatte Angst, ihm diese Waffe noch einmal in die Hand zu geben.

Dass sie Nik liebte, machte sie keinesfalls blind für alles andere. Er war ein skrupelloser Mann. Für seine Zwecke hätte er alles und jeden ohne Zögern benutzt. Ihre unbegreifliche Liebe zu ihm, die eigentlich schon vor Jahren hätte vergehen sollen, war eine Schwäche, die Leah ausgesprochen verwundbar machte. Im Augenblick war sie so wütend auf Nik, dass sie ihn am liebsten angeschrien hätte, gleichzeitig aber spürte sie in ihrem tiefsten Innern, wie froh sie darüber war, dass er in ihrer Nähe war und seine ganze Aufmerksamkeit auf sie konzentrierte. Diese Erkenntnis beschämte sie zutiefst.

„Du liebst ihn nicht", sagte Nik leise. „Wenn du wirklich verliebt in ihn gewesen wärst, hättest du bei der erstbesten Gelegenheit mit ihm geschlafen."

Aufgebracht über seine Hartnäckigkeit fuhr Leah herum. „Ob du es glaubst oder nicht, es gibt Menschen, die sich beherrschen können!"

Nik drehte sich auf dem Sofa wie ein Tiger, der zum Sprung ansetzt. „Bei mir gelingt dir das aber anscheinend nicht", stellte er fest, während er den Blick lässig über ihr wütendes Gesicht gleiten ließ.

Die Tatsache, dass sie Nik so unbedacht ins Messer gelaufen war, machte Leah noch wütender.

„Nicht dass ich mich darüber beklagen möchte." Nik warf ihr ein Lächeln zu, das ihr einen tiefen Stich ins Herz versetzte. „Ungezügelte Lust entspricht ohnehin viel eher meiner Natur als feurige Blicke über einen Haufen Rosenkohl hinweg. Es war in der Lebensmittelabteilung, stimmt's? Die große Liebe hat zwischen dem Gemüse angefangen. Das klingt wirklich unglaublich aufregend."

„Paul hat in seinem kleinen Finger mehr Sinn für Romantik als du in deinem ganzen Körper", schleuderte Leah aufgebracht Nik entgegen.

„Ja, er hat dich auf eine Tasse Kaffee eingeladen. Ich wäre mit dir ins nächste Hotel gegangen und hätte Champagner über deine Brüste laufen lassen, und ich garantiere dir, du hättest das um einiges aufregender gefunden."

Leah wurde kalkweiß im Gesicht. Sie konnte sich Nik in dieser Szene ohne Weiteres vorstellen, und deshalb drängte sich ihr die Frage auf, bei wie vielen Frauen ihr Ehemann genau das schon getan hatte. Ihr Magen krampfte sich zusammen. Sie warf Nik einen Blick voll eisiger Verachtung zu. „Du solltest mich nicht mit deinen Flittchen verwechseln. Ich gehe jetzt schlafen!"

Und Leah war fest entschlossen, dass sie diesmal nicht in Niks Bett übernachten würde. Sie sammelte sich einige Sachen aus dem Schlafzimmer zusammen und machte sich auf die Suche nach einem anderen Quartier.

Eine Viertelstunde später kuschelte sie sich wohlig in ein Bett in einem Zimmer am Ende des Gangs, die Tür fest hinter sich verriegelt. Auch wenn Nik und sie aneinander gebunden waren, hieß das noch lange nicht, dass sie bei ihm schlafen musste.

Ein leises Geräusch ließ Leah erschrocken den Kopf zum Fenster drehen. Sie sah gerade noch, wie sich eine große dunkle schattenhafte Gestalt geschmeidig und fast lautlos von der Fensterbank des offenen Fensters herunterließ. Leah unterdrückte nur mit Mühe einen gellenden Schrei. Dann weiteten sich ihre Augen, als im Mondlicht plötzlich Niks attraktives Gesicht auftauchte.

„Sag mal, ist dieses Bettchen-wechsel-dich eigentlich dazu gedacht, unser Liebesleben etwas aufregender zu gestalten?", fragte er in lässigem Ton. „Hätte ich vielleicht mit einer Rose zwischen den Zähnen und einer Schachtel Konfekt unter dem Arm durchs Fenster klettern sollen?"

Leahs Mund war so ausgetrocknet, dass sie nur mit Mühe sprechen konnte. „Das Fenster liegt fast sieben Meter über dem Erdboden!"

Nik grinste belustigt. „Da hättest du ja ganz schön was zu erklären gehabt, wenn ich runtergefallen wäre."

Leahs Augenlider flatterten. Nik schien nicht weiter beeindruckt, wie entsetzt sie reagiert hatte, als ihr klar geworden war, welches Risiko er eingegangen war. Ein Risiko, das für einen überlegten Menschen wie Leah unfassbar und unbegreiflich war. Aber nicht für Nik. Er liebte die Gefahr, musste sich jeder Herausforderung stellen. „Du bist ja verrückt!", stöhnte sie fassungslos. Bei dem Gedanken, was ihm hätte passieren können, wurde ihr ganz flau.

„Mit Ponia im Haus konnte ich ja schlecht die Tür eintreten. Außerdem wäre dann das ganze Personal hier zusammengelaufen. Es wäre mir sehr unangenehm gewesen, dich so in Verlegenheit zu bringen."

„Aber eine Tür einzutreten, wäre dir an sich nicht peinlich gewesen, oder?", gab Leah zurück, die vor Schreck noch immer nicht klar denken konnte.

„Nicht, wenn es sich um die verschlossene Schlafzimmertür meiner Frau handelt", parierte Nik, zog sich dabei seelenruhig aus und ließ seine Sachen zu einem unordentlichen Haufen auf die Erde fallen. „Für einen Griechen ist das eine Provokation allererster Ordnung."

„Du hättest dabei ums Leben kommen können, verdammt noch mal", hörte sich Leah plötzlich hysterisch schreien. „Wäre es das vielleicht wert gewesen?"

Nik stieg zu ihr ins Bett und warf ihr dabei keck sein schönstes Macho-Lächeln zu. „Frag mich das besser morgen früh", sagte er und streckte die Arme nach ihr aus.

„Nein!", protestierte Leah und wich dabei so heftig zurück, dass sie unsanft aus dem Bett fiel. „Wenn du hier schläfst, verbringe ich die Nacht woanders!"

„Wenn du nicht hier schläfst, dann schläfst du auf dem Boden."

„Das fällt mir nicht im Traum ein!", fauchte Leah. „Wofür hältst du mich eigentlich?"

„So viel Ärger hatte ich ja noch mit keinem Flittchen", seufzte Nik und ließ sich in die Kissen sinken. „Du hältst mich doch nur hin, weil ich mich bei dir für das entschuldigen soll, was ich heute Nachmittag gesagt habe."

„Was tue ich?"

„Aber was du als Beleidigung aufgefasst hast, war eigentlich als Kompliment gedacht", antwortete Nik betont langsam. „Zeig mir einen Mann, der sich keine leidenschaftliche Ehefrau wünscht, und ich beweise dir, dass er ein Lügner ist."

Leah erschauerte. Seine Verschlagenheit brachte sie noch stärker gegen ihn auf. „Du hast mich ein Flittchen genannt!"

„Nein, das habe ich nicht. Ich habe nur gemeint, dass du dich in meinem Bett gern wie eines benehmen kannst."

„Darauf verzichte ich gern."

„Obwohl du dafür noch ein paar Nachhilfestunden gebrauchen könntest", fügte er provozierend hinzu. „Und ich kann es kaum erwarten, sie dir zu geben. Was kann ich sonst noch zu meiner Verteidigung hervorbringen?"

Leah atmete mühsam durch. Auch wenn sie es nicht wahrhaben wollte, war sie von Nik selbst dann fasziniert, wenn sie eigentlich wütend auf ihn war. Wenn er es darauf anlegte, hatte Nik eine ungeheure Ausstrahlung, aber dagegen kämpfte Leah genauso an, wie sie sich gegen Nik selbst wehrte.

„So können wir nicht zusammenleben."

Nik sprang aus dem Bett. „Aber wir haben doch gerade erst damit angefangen. Komm her." Er griff nach ihr und hob sie hoch, ehe sie ausweichen konnte.

„Nicht!", rief Leah, aber er verschloss ihr mit einem wilden Kuss den Mund. Seine Begierde traf sie unvorbereitet. Sie ballte die Hände zu Fäusten und schlug nach ihm, aber schon bald steckte sein Verlangen sie an. Es war wie eine gewaltige Flutwelle, die sie einfach mitriss. Seine Zunge schob sich zwischen ihre Lippen und drang so fordernd in ihren Mund ein, dass ein Schauer der Erregung ihren gesamten Körper durchflutete. Ihr Herz klopfte wild, und ihre Haut schien plötzlich zu glühen.

Das Laken fühlte sich kühl an, als Nik sie schließlich darauf bettete. Sie zitterte leicht und sah dann fast mit einem Ausdruck der Verzweiflung zu Nik hoch, der die Hände schon besitzergreifend über ihre Brüste gleiten ließ.

„Ich will das nicht", flüsterte sie, während sie noch gegen die immer stärker werdende Begierde in sich ankämpfte.

„Aber du willst mich." Mit seinen dunklen Augen sah er sie unerbittlich an.

„Nein!"

„Doch." Sein Blick blieb hart. Er strich sanft über ihren Mund, und Leah schmeckte einen Hauch von Whiskey, als sie schließlich wieder dem Druck seiner Zunge nachgab und die Lippen öffnete. Ein Gefühl süßer Schwäche durchflutete ihren ganzen Körper, als Nik sie mit der Geschicklichkeit eines erfahrenen Liebhabers auf dem Punkt höchster Anspannung und Erwartung hielt. „Du willst mich, und du willst das hier genauso sehr wie ich."

Leah stöhnte leise auf, als Nik den Kopf senkte und eine ihrer aufgerichteten Brustspitzen mit den Lippen umschloss.

„Gib es zu", forderte Nik, während er ihre Hüften umfasste und Leah an sich zog.

„Ja, ja!" Leahs Ausruf kam einer Kapitulation gleich. Sie gab sich den heißen Liebkosungen seiner Lippen und seiner geschickten Hände hin, aber tief in ihrem Herzen fürchtete sie auch, dass sie gerade etwas aufgegeben hatte, das für ihr eigenes Überleben unverzichtbar war.

8. KAPITEL

*L*eah saß am Strand, die Arme um die Knie gelegt, und beobachtete, wie die Brandungswellen ans Ufer schlugen. Die Sonne brannte auf sie nieder und machte sie träge. Innerhalb kurzer Zeit hatten die Strahlen ihre Haut goldbraun werden lassen. Wie viele Tage hatte sie schon so verbracht … zehn, elf? Leah wusste es nicht mehr. Sie hatte längst aufgehört, sich für Uhren oder Kalender zu interessieren. Nik war hier und hatte nicht vor, sie wieder wochenlang allein zu lassen, und diese Gewissheit erfüllte sie mit einem tiefen Gefühl der Sicherheit.

Sie war glücklich wie nie zuvor in ihrem Leben. Wenn sie daran dachte, dass Nik in seiner skrupellosen Art nur aus rein praktischen Gründen beschlossen hatte, aus ihrer Zwangsehe eine richtige Ehe zu machen, erschien ihr ihre eigene Zufriedenheit umso unverständlicher.

Aber schließlich liebte sie Nik Andreakis. Wenn sie ihren Stolz und ihre Zukunftsangst unberücksichtigt ließ, war es nur natürlich, dass sie glücklich war. Immerhin verbrachte Nik fast den ganzen Tag mit ihr und liebte sie immer wieder mit einer schier unersättlichen Begierde, die ihr das Gefühl vermittelte, die begehrenswerteste Frau der Welt zu sein. Was machte es da schon, dass sie im Hinblick auf ihre eigenen Wertvorstellungen Abstriche gemacht hatte?

Im Grunde besaß sie genau das, wonach sie sich immer gesehnt hatte. Sie hatte Nik. Sie war seine Frau. Wahrscheinlich hatte sie von ihm schon jetzt mehr gehabt als jede andere Frau vor ihr. Und er benahm sich ihr gegenüber wie ein Ehemann. Mittlerweile begann er auch, über sie beide als Paar zu denken, statt sein Leben nur für sich zu gestalten, und das war für ihn ein großer Schritt.

Leah lächelte und fuhr mit dem Finger durch den feinen Sand. Kein Zweifel, sie liebte Nik mehr denn je. Er hatte ihr gesagt, dass sie eine gute Ehe miteinander führen könnten, und bis jetzt hatte er Recht behalten. Was machte es da schon, dass er sie nicht liebte? Er begehrte sie. Leahs Wangen glühten vor Verlegenheit. Sie fragte sich, ob Niks Verlangen wohl auf Dauer anhalten oder ob sie ihn irgendwann langweilen würde. Wie ihre Ehe wohl in einem Jahr aussehen mochte? Aber schließlich tröstete Leah sich mit dem Gedanken, dass dies eine Frage war, die kein Ehepartner je im Voraus beantworten konnte.

Das Geräusch von Schritten riss Leah aus ihren Gedanken, und sie sah sich um. Dimitri, das jüngste Mitglied des Hauspersonals, kam mit einem großen Picknickkorb auf sie zu. Er begrüßte sie und breitete dann unter großem Zeremoniell eine makellos weiße Tischdecke auf dem Sand aus und stellte zwei Flaschen Wein in Kühlern und Kristallgläser dazu.

„Kyrios Andreakis wird gleich hier sein", verkündete er und griff dabei zögernd nach dem Korkenzieher.

„Vielen Dank, den Rest mache ich dann schon. Das sieht ja wirklich wunderbar aus." Leah warf einen Blick in den Korb, und das Wasser lief ihr im Mund zusammen. „Da hat sich der Koch ja wieder mal selbst übertroffen."

Es war ihr letzter Tag auf der Insel. Schon am nächsten Tag würden sie nach Athen fliegen, wo Leah die anderen Familienmitglieder kennen, lernen sollte. Ponia war schon ein paar Tage früher nach Hause gereist.

Nik kam über den Sand auf Leah zugeschlendert und sonnte sich dabei sichtlich in ihrem bewundernden Blick. Er trug nur ausgebleichte abgeschnittene Jeans und machte auch darin eine äußerst beeindruckende Figur, aber sein Lächeln und der Ausdruck seiner leuchtenden Augen berührte Leah weitaus mehr.

„Du trägst Weiß", stellte Nik fest, während er sich neben ihr im Sand niederließ. „Das steht dir."

„Weiß habe ich auch getragen, als wir uns das erste Mal gesehen haben." Leah wusste selbst nicht, warum sie das gerade erwähnt hatte. Es war ihr einfach herausgerutscht.

„Ja", sagte Nik angespannt und griff nach dem Korkenzieher. Das war offensichtlich ein Thema, über das er nicht reden wollte. Nik hatte die Gabe, auch ohne Worte deutliche Warnsignale auszusenden. Aus einer Laune heraus beschloss Leah, sich diesmal davon nicht abschrecken zu lassen. „Du hast dir sehr viel Mühe gegeben, um mich kennenzulernen."

„Ach, ja? Gib mir dein Glas."

Leah biss sich nachdenklich auf die Lippe, hielt Nik beide Gläser hin und registrierte dabei frustriert den verkniffenen Zug um seine sinnlichen Lippen. Nik schloss sie aus, hielt sie auf Distanz. Paradoxerweise tat er das umso stärker, je näher sie beide sich kamen. Es war fast, als vertraute er ihr nicht. Aber warum sollte er auch? Wie konnte sie das von ihm erwarten, solange er immer noch glaubte, dass sie insgeheim Paul nachtrauerte?

Leah fragte sich, warum sie ihm noch immer nicht die Wahrheit gesagt hatte. Aus Stolz? Oder aus Angst, dass es gerade die Existenz von Paul gewesen sein konnte, die Nik dazu getrieben hatte, seinen Anspruch auf sie als seine Ehefrau geltend zu machen? Nik war ein sehr besitzergreifender Mann, der keine Konkurrenz duldete und sein Territorium genau absteckte.

„Das ist für dich." Nik legte eine edle kleine Schachtel neben ihre bloßen Füße.

Leah sah ihn erstaunt an und griff dann fast schüchtern nach seinem Geschenk. Sie hob den Deckel ab, und ein mit Diamanten und Saphiren besetzter Ring funkelte im Sonnenlicht. „Der ist wunderschön", hauchte Leah.

„Es ist ein Memory-Ring."

„Ja, ich weiß." Leah kämpfte mühsam gegen ihre Tränen an.

„Warum bist du so verstört? Es ist doch nur ein Geschenk. Jetzt trink deinen Wein, bevor er warm wird", drängte Nik sie schroff.

Er wusste natürlich, warum sie so aufgewühlt war. Außer dem Ehering, den er ihr vor dem Traualtar übergestreift hatte, hatte sie von Nik immer nur Geld bekommen, aber nie etwas, auf das sie hinfiebern und das sie dann voller Aufregung auspacken konnte. Seine Zuwendungen waren immer nur ein Zugeständnis an ihre Existenz und Ausdruck seines Reichtums gewesen, mehr nicht. Ihren Schmuck hatte Leah sich immer selbst gekauft, und wenn eines ihrer Stücke bei einem Dinner besonders bewundert wurde, behauptete sie, es von Nik bekommen zu haben. Irgendwie stimmte das ja auch, da sie es mit seinem Geld erworben hatte. Jetzt aber brachte die Erinnerung an diese Lügen der Hilflosigkeit sie fast zum Weinen.

„Du willst ihn nicht", sagte Nik bitter und riss Leah damit unsanft aus ihren Gedanken.

„Doch, natürlich!" Hastig schob Leah sich das Schmuckstück auf den Finger, an dem sie auch ihren Ehering trug.

Nik atmete langsam aus, seine harten Gesichtszüge wurden etwas weicher, und dabei wurde Leah klar, dass er fast noch nervöser war als sie und mindestens ebenso schuldbewusst an seine unpersönlichen Geldgeschenke der letzten fünf Jahre zurückdachte.

„Mein Vater hat mir früher auch immer Geld gegeben", sagte sie ausdruckslos. „Das ist schon in Ordnung. Etwas anderes habe ich nicht erwartet. Ein richtiges Geschenk habe ich nur ein einziges Mal von ihm bekommen."

„War das etwa ich?", fragte Nik mit einem bitteren Lachen. „Das war ja dann kein Hauptgewinn."

„Eigentlich wollte ich sagen, dass der Schreibsekretär meiner Mutter das Einzige war, was er mir je geschenkt hat." Leah zog die Stirn kraus. „Aber der ist nicht wertvoll. Lange Zeit stand das Stück nur auf dem Dachboden und musste dann sogar restauriert werden, aber mein Vater sagte ... Nik, weißt du, was er gesagt hat?" Leah war auf einmal ganz aufgeregt.

„Das interessiert mich nicht im Geringsten!", erwiderte Nik unwillig und griff dabei ungeduldig nach ihr, um ihre Aufmerksamkeit wieder ganz auf sich zu lenken. „Ich versuche dir nämlich gerade zu sagen, dass ..." Er zögerte einen Moment, was gar nicht zu ihm passte. „Ich wünschte einfach, ich hätte nicht fünf Jahre lang damit verschwendet, mich wie ein egoistischer und arroganter Mistkerl aufzuführen und dich büßen zu lassen für das, was Max mir angetan hat."

„Aber jetzt verstehe ich ja, warum du so gehandelt hast", sagte Leah leise.

Nik verzog das Gesicht. „Du warst damals erst siebzehn und ganz vernarrt in mich."

Leah senkte den Blick. Ihre Wangen wurden heiß, und sie trank schnell einen Schluck Wein.

„Und ich glaube, selbst damals habe ich schon gewusst, dass du keine Ahnung von den Erpressungsversuchen deines Vaters hattest. Ich hätte wirklich netter zu dir sein können. Du warst ja fast noch ein Kind. Damals warst du noch naiver als Ponia. Als ich euch hier zusammen gesehen habe, sind mir Dinge klar geworden, die ich vor fünf Jahren nicht wahrhaben wollte."

„Das ist jetzt nicht mehr wichtig", versicherte Leah, der Niks nachdenkliche Stimmung unangenehm war.

„Es muss dir sehr wehgetan haben."

„Ja." Es hatte keinen Sinn, das zu bestreiten. „Aber ich bin darüber hinweg." Leah zwang sich zu lächeln, setzte sich auf und begann den Picknickkorb auszupacken. „Worauf hast du denn Appetit?"

„Im Moment auf dich!", rief Nik unvermittelt und zog sie ungeduldig zu sich herunter. „Vergiss das Essen", sagte er mit einem drängenden Unterton, der ihr nur allzu vertraut war.

Und Leah vergaß tatsächlich jeden Gedanken ans Essen, als seine Lippen mit ihrem Mund zu einem leidenschaftlichen Kuss verschmolzen. Wieder war ihre ganze Selbstbeherrschung dahin. Nik löste in ihr eine Leidenschaft aus, der gegenüber sie einfach machtlos war. Es war keine behutsame, keine sinnliche Verführung, eher eine Liebesattacke, bei der Kleidung nicht langsam ausgezogen, sondern in fiebriger Eile einfach hochgeschoben wurde.

Leah warf den Kopf zurück und stöhnte laut auf, als Nik in sie eindrang. Von diesem Moment an gab es für sie nur noch die Intensität ihrer Gefühle, die schließlich in einer Ekstase gipfelten, wie Leah es noch nie erlebt hatte. Ihr Höhepunkt war so heftig, dass sie alles um sich her vergaß.

„Ich könnte den ganzen Tag so liegen bleiben." Nik drehte sich mit ihr zusammen auf die Seite und sah Leah voller Befriedigung an. „Du wirst jeden Tag schöner, *agape mou*. Mit siebzehn hast du ausgesehen wie ein Engel, rein und unberührbar. Aber jetzt bist du eine richtige Frau, und dein Anblick ist noch immer atemberaubend."

„Wirklich?"

„Wie kannst du daran zweifeln? Sex am Strand habe ich zuletzt als Teenager gehabt." Er setzte sich auf und zog sie nach oben. „So, und jetzt wird gegessen."

Alle Anspannung schien von ihm abgefallen. Er hatte sich offensichtlich von der Seele geredet, was ihn bedrückte. Es hatte lange gedauert, bis sich sein schlechtes Gewissen gemeldet hatte, aber schließlich fühlte sich Nik auch erst seit Kurzem überhaupt verheiratet, und er verstand erst jetzt, dass er nicht das einzige Opfer von Max Harringtons Machenschaften gewesen war.

Max war zu klug gewesen, um Niks Verbitterung über seine Zwangsehe nicht vorherzusehen, und dass Nik andere Frauen gehabt hatte, konnte ihm nicht entgangen sein. Aber das hatte Max nicht gekümmert – er hatte nie Fragen gestellt, sich keine Gedanken gemacht, ob Leah glücklich war oder nicht. Er hatte für seine Tochter einen reichen und einflussreichen Mann an Land gezogen, und das hatte ihn mit Stolz erfüllt.

„Warum so ernst?", fragte Nik.

„Ich habe gerade an Max gedacht."

„Wo immer er auch ist, wahrscheinlich lacht er jetzt ganz hämisch", sagte Nik bitter. „Inzwischen tun wir genau das, was er immer wollte, und früher oder später werden wir sicher auch ein Kind haben."

„Ein Kind?", fragte Leah erstaunt.

Niks Augen wurden plötzlich ganz schmal, sein Blick wirkte kalt. „Ja, eines von diesen rosigen kleinen strampelnden Wesen, die den ganzen Tag schreien und ewig lange brauchen, bis sie stubenrein sind", erklärte er trocken. „Die meisten Leute finden diese hilflosen Menschlein niedlich und liebenswert, aber vielleicht siehst du das anders."

Leah wurde rot und sah hinunter auf ihr Glas. „Nein, natürlich nicht. Ich habe mir nur noch nie Gedanken darüber gemacht." Die Vorstellung, ein Kind von Nik zu bekommen, vermittelte Leah ein ganz neues, wunderbares Gefühl.

Nik legte den Arm um sie und zog sie an seinen sonnengewärmten Körper. „Ich dachte so an nächstes Jahr", verkündete er und warf ihr ein strahlendes Lächeln zu.

„Das wäre aber ganz schön peinlich für dich, wenn ich mich weigern würde, oder?", fragte Leah in einem plötzlichen Anflug von Widerstand gegen seine bestimmende Art. „Schließlich musst du mich auch ohne Baby behalten."

„So denkst du also darüber?"

Leah hätte alles darum gegeben, ihre unbedachte Bemerkung zurücknehmen zu können. Sie konnte schon fast sehen, wie die schönen Erlebnisse der vergangenen Tage sich vor ihren Augen in nichts auflösten. „Es ist doch die Wahrheit, oder nicht?", flüsterte sie heiser.

„Unsere Ehe ist das, was wir aus ihr machen! Du musst nach vorn sehen, nicht zurück."

Nik gab ihr einen Kuss, schenkte ihr Wein ein und bot ihr noch etwas zu essen an, aber Leah hatte keinen Hunger mehr. Sie sah ihm beim Essen zu und dachte dabei zum ersten Mal etwas optimistischer an die Zukunft. Wenn Nik die Vergangenheit hinter sich lassen konnte, würde sie das auch schaffen. Vielleicht sollte sie einen ersten Schritt tun, indem sie ihm das mit Paul erzählte.

„Nik", begann sie, aber im gleichen Augenblick rief jemand vom Haus aus nach Nik. Er stieß einen leisen Fluch aus und sprang ungeduldig auf. „Ich hatte doch gesagt, dass ich nicht gestört werden will!"

Er lief einige Schritte auf das Haus zu und rief etwas nach oben. Dann breitete er entnervt die Hände aus. „Angeblich ist es dringend", sagte er zu Leah. „Das will ich aber auch hoffen! Warte hier auf mich."

Er rannte zur Villa, und Leah nahm sich ein paar Erdbeeren und betrachtete lächelnd ihren neuen Ring. Sie fühlte sich auf einmal so glücklich und zufrieden, dass sie ganz schläfrig wurde und schließlich einnickte.

Einige Zeit später wurde sie von einem lauten Geräusch geweckt und schreckte verwirrt hoch. Ein Hubschrauber flog über die Bucht. Leah strich sich das Haar aus dem Gesicht und warf einen Blick auf die Uhr. Sie hatte zwei Stunden lang geschlafen, und Nik war noch immer nicht zurück. Anscheinend hatte es sich wirklich um eine dringende Angelegenheit gehandelt, wenn er sie darüber völlig vergessen hatte.

Sie schlenderte hinauf zum Haus. Dort fiel ihr sofort auf, wie still es war. Das Personal schien verschwunden zu sein. Ein leichter Schauer überlief sie – ein sicheres Vorzeichen dafür, dass etwas nicht stimmte. Nik saß in seinem Büro und studierte den Inhalt eines Briefumschlags.

„Du hast mich vergessen, aber ich verzeihe dir noch mal", sagte Leah gespielt locker.

Nik sah hoch. Sein Blick war eiskalt und drohend, und Leah wusste sofort, dass ihr sechster Sinn sie nicht getäuscht hatte. Sie spürte förmlich, wie mühsam Nik seine Wut im Zaum hielt.

Leah wurde blass. „Stimmt etwas nicht?"

„Wie hast du denn das erraten?" Nik war so aufgewühlt, dass seine Stimme hörbar bebte.

„Was ist?" Leah schlug das Herz inzwischen schon bis zum Hals.

„Komm her", sagte er ausdruckslos. „Ich muss dir etwas zeigen."

Am liebsten wäre Leah in Panik einfach davongerannt, aber sie nahm sich zusammen und ging zum Schreibtisch.

Und dann sah sie die Bescherung. Eine ganze Sammlung von Hochglanzbildern war auf dem Tisch ausgebreitet. Leahs Magen krampfte sich vor Schreck zusammen. Die Fotos zeigten sie mit Paul.

Ungläubig sah sie sich ein Bild nach dem anderen an. Paul und sie Hand in Hand auf der Straße, schmusend in einer Bar, eng umschlungen in einer Toreinfahrt oder sich gegenseitig anhimmelnd. Ihr wurden die Knie weich, und Tränen stiegen ihr in die Augen.

„Wo kommen die Aufnahmen her?", flüsterte sie.

„Wusstest du, dass dich ein Fotograf beschattet hat?"

„Nein!"

„Weißt du, was Fotos von meiner Frau mit einem fremden Mann auf dem Markt wert sind?"

Leah starrte blicklos in den Raum, wie gelähmt vor Entsetzen. Trotz all ihrer albernen Vorsichtsmaßnahmen war sie erkannt, verfolgt und fotografiert worden. Und sie hatte es nicht einmal geahnt.

Nik nannte ihr eine astronomische Summe und sah sie dann stumm an, als erwartete er eine Reaktion von ihr. Aber Leah schwieg. Ihr fehlten einfach die Worte.

„Diese Bilder sind einem Sensationsblatt angeboten worden", stieß Nik mühsam hervor. „Wäre der Herausgeber der Zeitung nicht zufällig einer meiner besten Freunde, hätte der Chefredakteur die Bilder veröffentlicht!"

„Du hast sie also gekauft?" Leah presste die Fingerspitzen gegen die pochenden Schläfen.

„Du bist meine Frau! Was blieb mir denn anderes übrig?", fuhr er sie bitter an.

„Schrei mich nicht an!", gab sie verletzt zurück. „Das Ganze bedaure ich wirklich sehr, aber ich hätte es nicht verhindern können. Außerdem ist die Sache mit Paul vorbei. Es war schon aus, bevor ich dich in London verlassen habe. Wahrscheinlich hätte ich dir das schon früher sagen sollen, aber …"

„Erspar mir deine Lügen", unterbrach Nik sie eiskalt.

Leah erstarrte. „Das ist keine Lüge. Es ist aus."

„Du würdest mir alles erzählen, um ihn zu schützen. Das sehe ich ja an diesen Bildern!" Er schlug mit der Hand auf die Fotos. Sein Blick war ausgesprochen feindselig. „Noch nie in meinem Leben bin ich so erniedrigt worden!"

„Wenn das für dich schon eine Erniedrigung ist, dann musst du ja wirklich ein leichtes Leben gehabt haben", fuhr sie ihn schmerzerfüllt an.

Nik blickte sie fassungslos an, aber Leah war nicht mehr zu bremsen.

„Ich bin fünf Jahre lang von sämtlichen Zeitungen gedemütigt worden. Alle Welt weiß, wie ernst du es mit deiner Ehe genommen hast, Nik. Dafür hast du ja wirklich gesorgt. Aber jetzt, da du mal derjenige bist, der das einstecken muss, ist es plötzlich ein Kapitalverbrechen. Du solltest lieber dankbar dafür sein, dass du das Geld und die Beziehungen hattest, dein Gesicht zu wahren, denn ich hatte keines von beiden", erklärte sie voll bitterem Stolz. „Und ich musste darüber hinaus noch die mitleidigen Blicke und Anspielungen deiner Gäste auf unseren Dinnerpartys ertragen!"

Nik war kalkweiß geworden. „Damals habe ich mich nicht als verheiratet betrachtet."

Leah warf einen vielsagenden Blick auf die unseligen Fotos, ließ sich dabei aber ihr Bedauern und ihre Beschämung nicht ansehen. „Das habe ich ebenso wenig."

„Das ist etwas anderes." Nik war noch immer so aufgebracht, dass er keinem logischen Argument zugänglich war.

„Ich werde hier jedenfalls nicht die arme Sünderin spielen und auch nicht um Entschuldigung bitten."

„*Theos mou!*" Nik ballte die Hände zu Fäusten und zischte etwas auf Griechisch.

„Es tut mir nicht leid. Eigentlich hätte es mich fast gefreut, wenn dein Freund die Bilder veröffentlicht hätte und du nur ein paar Wochen lang das hättest ertragen müssen, was ich fünf Jahre lang durchgemacht habe!"

„Du Miststück." Nik sah sie mit völlig ausdruckslosem Blick an, als hätte er jedes Gefühl ausgeschaltet.

„Aber das ist wahrscheinlich etwas, das ein Mann nicht verstehen kann, eine Phase, die ich durchleben musste", schleuderte Leah ihm entgegen. „Ich habe die Erfahrung mit solchen Fotos in der Presse genau so wie du gemacht. Nur habe ich nicht wie du versucht, mich auf so verschlagene Art herauszureden, und ich hatte nie die Absicht, irgendjemandem wehzutun."

Nik machte auf dem Absatz kehrt und ließ sie einfach stehen. Leah blieb völlig aufgelöst zurück und fragte sich verwirrt, woher ihre plötzliche Bissigkeit gekommen war. Offenbar waren fünf Jahre lang unterdrückte Bitterkeit und Schmerz genau in diesem Augenblick aus ihr herausgebrochen.

Leah barg ihr glühendes Gesicht in den Händen. Ein Gefühl völliger Verlassenheit ergriff sie. Wieder einmal hatte sie sich total blamiert. Nik hatte sie davon abhalten müssen, ihn noch einmal zu verlassen, also hatte er sie in sein Bett gelockt, seinen ganzen Charme spielen lassen, und sie war darauf hereingefallen. Es hatte einer Auseinandersetzung wie dieser bedurft, um sie erkennen zu lassen, wie wenig sie ihm in Wirklichkeit bedeutete. Aber es tat weh. Es tat unendlich weh, der Tatsache ins Auge zu sehen, dass sie dem Mann, den sie liebte, völlig gleichgültig war.

9. KAPITEL

*D*ie Limousine rollte im Schneckentempo durch den dichten Athener Stadtverkehr. Aus den Augenwinkeln beobachtete Leah, wie Nik sich etwas zu trinken nahm. Dann reichte er ungefragt auch ihr ein Glas. Leah trank einen Schluck, ohne auch nur einen Blick auf das Getränk geworfen zu haben. Es schmeckte nach Orangensaft. Im Wagen herrschte beklemmendes Schweigen, und die Atmosphäre war aufgeladen. Leah kam sich vor wie eine Strohpuppe, die auf allen Seiten von Flammenwerfern umgeben war. Aus jeder Richtung schien Gefahr zu drohen.

Sie fragte sich, wo Nik die Nacht verbracht hatte. Als sie in den frühen Morgenstunden endlich eingeschlafen war, hatte sie noch immer allein im Bett gelegen. Auch zum Mittagessen war er nicht erschienen. Nicht dass seine Abwesenheit sie sehr enttäuscht hatte. Sie hatte ohnehin jede Menge Eiswürfel, kalte Kompressen und ihre raffinierteste Schminktechnik einsetzen müssen, um zu kaschieren, dass sie geweint hatte. Eigentlich fühlte sie sich nicht in der Verfassung, Niks Familie gegenüberzutreten. Ihre Nerven waren zum Zerreißen gespannt.

Als Leah irgendwann das Gefühl hatte, die Stille im Wagen nicht länger ertragen zu können, schnitt sie ein Thema an, das sie für mehr oder weniger neutral hielt. „Wenn wir nach London zurückkommen, werde ich mir mal den Schreibsekretär genauer ansehen", sagte sie angespannt. „Es ist zwar eine ziemlich abwegige Vermutung, aber immerhin hat Max mir damals eingeschärft, gut auf den Sekretär zu achten. Vielleicht hat er ja …"

„Ein Geheimfach? Oder vielleicht ein Versteck mit einem Lageplan?", unterbrach Nik sie bissig. „Ich bezweifle, dass Max eine so blühende Fantasie hatte wie du. Wenn du mich fragst, kannst du dir den Schreibsekretär auch mit der Axt vornehmen. Eine aufwändige Suche bringt doch nichts."

Leah aber war fest entschlossen, das besagte Schriftstück aufzustöbern. Sie war nicht bereit, sich an Nik fesseln zu lassen, nur damit verhindert wurde, dass ein Mitglied seiner sauberen Familie für eine alte Verfehlung bloßgestellt wurde. Es grenzte an Verfolgungswahn, dass Nik auch nach dem Tod ihres Vaters noch immer glaubte, dieses Geheimnis könnte ans Licht gezerrt werden, wenn sie sich trennten, aber als sie Nik das ganz zaghaft darlegte, warf er ihr nur einen verächtlichen Blick zu.

268

„Ich bin nicht bereit, ein Risiko einzugehen."

„Allmählich glaube ich, du hast mindestens einen Mord zu verbergen."

„Ganz so dramatisch ist es nicht." Nik lachte bitter. „Da kannst du ruhigen Gewissens sein."

„Ich wünschte, du würdest es mir sagen."

„Und dich damit in Versuchung bringen? Glaubst du, ich weiß nicht, wie gern du mich los wärst? Hältst du mich wirklich für so dumm?"

Leah wurde blass, verteidigte sich aber trotzdem. „Ich würde deiner Familie nie schaden!"

„Warte, bis du sie kennengelernt hast", erwiderte Nik unheilvoll. „Dich erwartet kein trautes Familienidyll."

Leah wurde nervös. „Was soll denn das heißen?"

„Das wirst du schon sehen."

Um seinen Mund lag ein verbitterter Zug, und Leah fragte sich zum ersten Mal, ob auch Nik Angst vor der Begegnung mit seiner Familie hatte. Oder quälte ihn etwas anderes?

Auch wenn sie es nicht wahrhaben wollte – die unseligen Fotos mussten für Nik ebenso schockierend gewesen sein wie für sie. Die frischen und noch ganz zerbrechlichen Bande zwischen ihnen waren dadurch grausam zerrissen worden.

In ihrer Entschlossenheit, sich zu verteidigen, hatte Leah diese Bilder als Aufhänger benutzt, um sich ihre ganze Verbitterung von der Seele zu reden. Vielleicht hatte sie sich dafür das falsche Thema ausgesucht und möglicherweise auch die verkehrte Zielscheibe. Schließlich war es nicht Niks Schuld, dass sie sich noch immer darüber ärgerte, nicht schon viel früher ihr Leben selbst in die Hand genommen zu haben, anstatt bis zum bitteren Ende die Märtyrerin zu spielen, nur um es ihrem Vater recht zu machen, und dann auch noch auf einen so oberflächlichen Mann wie Paul hereinzufallen.

Leah musste sich damit abfinden, dass sie sich ihre Enttäuschung und Erniedrigung selbst zuzuschreiben hatte. Nik traf keine Schuld an ihrer Hochzeit. Er war nur ihrem Beispiel gefolgt, nachdem sie selbst widerstandslos in die Ehe eingewilligt hatte. Sich dieser Tatsache zu stellen, fiel Leah schwer, aber sie hatte sie schon viel zu lange ignoriert.

Sie hatte in den fünf Jahren nicht ein einziges Mal protestiert, eine Erklärung verlangt oder auch nur den Versuch unternommen, mit

Nik über die Situation zu reden, und Nik hatte es nicht riskieren können, seine Freiheit zu verlangen. Kein Wunder, dass er zu dem Schluss gekommen war, dass sie entweder verrückt nach ihm war oder Angst hatte, ihre Position und ihr Vermögen zu verlieren, wenn sie sich scheiden ließen.

Erst jetzt versuchte Leah, sich vorzustellen, wie ihr zumute gewesen wäre, hätte man ihr Fotos von Nik eng umschlungen mit einer anderen Frau gezeigt. Es hätte ihr das Herz gebrochen. Aber das hatte Nik ihr nie angetan. Er war diskret gewesen. Die Klatschspalten der Zeitungen hatten zwar zahlreiche Gerüchte verbreitet, aber es hatte nie Beweise für intime Beziehungen zu seinen vielen schönen Begleiterinnen gegeben.

„Gestern …", begann Leah, aber Nik kam ihr zuvor.

„Ich wollte dich am liebsten umbringen", sagte er ausdruckslos. „Aber da war mir nicht klar, wie verbittert du warst. Ich hatte über die fünf Jahre wohl noch nie von deiner Warte aus nachgedacht. Du hast immer einen so zufriedenen Eindruck gemacht, keine Spur von Unglücklichsein."

Leah schob ihre zitternden Finger ineinander. „Du warst ja nie da. Außerdem habe ich irgendwann gelernt, meine Gefühle zu verbergen."

„Warum bist du bei mir geblieben? Ich muss es wissen." Niks eindringlicher Blick traf Leah unvorbereitet. „Mir ist klar, dass es nichts mit meinem Vermögen zu tun hatte, denn darauf wolltest du ja diesem Woods zuliebe verzichten. Wieso hast du so lange gewartet?"

Leah lachte verlegen. „Es klingt ziemlich albern, aber bei mir war es Liebe auf den ersten Blick."

„So albern klingt das nicht."

„Ist dir das auch schon mal passiert?", fragte Leah kaum hörbar.

„Ja." Nik drückte unvermittelt auf den Knopf der Sprechanlage im Wagen und wechselte ein paar griechische Worte mit seinem Fahrer, ehe er auf Leahs Frage weiter einging. „Es war wie ein Blitz aus heiterem Himmel. Ich hatte nichts mehr im Griff, und das hat mir nicht gefallen."

Seine Offenheit machte Leah verlegen, und sie senkte den Kopf, weil ihr klar war, dass er von Eleni Kiriakos sprach. Damals war er erst achtzehn gewesen, aber der Gedanke, dass eine andere Frau eine so starke Wirkung auf ihn haben konnte, tat ihr trotzdem weh. Hätte

Eleni sich nicht so intensiv mit ihrem Medizinstudium beschäftigt, hätte Niks Liebe wahrscheinlich angedauert.

„Du wolltest mir noch erzählen, was du damals gefühlt hast", erinnerte Nik sie.

Leah biss sich auf die Lippe. „Ich war so naiv! Du hast nur mit mir geflirtet, aber ich habe das in meiner Unerfahrenheit für Liebe gehalten. Eigentlich kannst du mir die Schuld für das geben, was Max getan hat. Wenn ich ihm nicht so offen gesagt hätte, in dich verliebt zu sein, wäre er sicher nicht auf die Idee gekommen, irgendwelchen Schmutz auszugraben."

„Dafür konntest du nichts. Ich weiß, dass ich dich in der Bank beschuldigt habe, aber damals habe ich mir einfach die nächstbeste Zielscheibe ausgesucht", gab Nik ungewohnt ruhig zu. „Der ganze Druck und die Tatsache, dass ich im Schließfach nichts gefunden hatte, ließen mich den Kopf verlieren. Meine Entschuldigung kommt vielleicht etwas spät, aber es tut mir wirklich leid, dass du so mit Geschäften deines Vaters konfrontiert worden bist."

„Irgendwann musste ich es ja erfahren." Niks sanfter Ton hatte Leah ganz verunsichert. Außerdem erstaunte es sie, dass sie noch immer nicht am Ziel ihrer Fahrt angekommen waren. Angeblich sollte das Haus der Familie gar nicht so weit entfernt sein. Aber wahrscheinlich wollte Nik sie seiner Familie nicht präsentieren, solange sie total zerstritten waren. Und gewiss wollte er wenigstens der Form halber die größten Risse kitten.

„Du hast gesagt, du hättest mich geliebt, als wir geheiratet haben", fuhr Nik fort. „Wann hast du aufgehört, mich zu lieben?"

Leah erstarrte. „Ich habe dich einfach aus meinen Gedanken verdrängt. Ich weiß nicht, wann …"

„Warum bist du dann geblieben?", bohrte Nik mit unerbittlicher Hartnäckigkeit nach. Sie senkte die Lider.

„Als ich dich geheiratet habe, war mein Vater zum ersten Mal stolz auf mich. Das war einer der Gründe. Ich war immer ganz versessen darauf, seine Liebe und Anerkennung zu gewinnen, genauso wie ich das anfangs bei dir versucht habe."

Nik atmete hörbar aus.

Mittlerweile war Leah alles egal. Es schien ihr sinnlos, noch länger etwas verbergen zu wollen, das so offensichtlich war. Sie lachte auf. „Das ist doch jetzt nicht mehr wichtig. Ich wollte dir kein schlechtes Gewissen machen. Es war eben dein Pech, dass ich damals so war.

Max hat mich nie beachtet und du dann genauso wenig. Aber daran war ich gewöhnt, und ich habe es ja wirklich herausgefordert, so behandelt zu werden."

„Du hast aber nicht ein Zehntel von dem verdient, was ich dir angetan habe!", stieß Nik ungestüm hervor.

Leah sah ihn erstaunt an. Niks sonst so ausdrucksstarkes sonnengebräuntes Gesicht wirkte auf einmal bleich. „Warum solltest du dich schuldig fühlen?", fragte sie. „Wir waren schließlich kein richtiges Ehepaar."

„Aber jetzt sind wir das." Nik sah ihr so tief in die Augen, dass Leah ganz unruhig wurde. „Dein Glas ist leer. Komm, ich schenke dir noch was ein."

Leah bemerkte plötzlich, dass sie sich schon etwas benommen fühlte. Wenn der Verdacht nicht so lächerlich gewesen wäre, hätte sie fast geglaubt, einen kräftigen Schluck Alkohol getrunken zu haben, aber sie hatte nur Orangensaft bekommen. Nik wusste schließlich, dass sie keinen Alkohol vertrug.

„Sind wir hier schon mal gewesen?", fragte Leah, als sie an einer Kirche vorbeifuhren, die ihr irgendwie bekannt vorkam.

„Vielleicht sucht Giorgio nach einer Abkürzung", mutmaßte Nik.

„Es kommt mir vor, als würden wir schon ewig in diesem Auto sitzen."

„Bei einem anspruchsvollen Gespräch kann man schon das Gefühl für Zeit verlieren."

„Ich dachte, es wäre unter deiner Würde, schwierige Gespräche zu führen."

„Wenn meine Ehe auf dem Spiel steht, nicht."

Leah trank erst einen Schluck, ehe sie Nik ansah. „Eigentlich bist du ein toller Mann", murmelte sie so leise, als wäre es nur für sie bestimmt.

Nik rückte näher und griff nach ihrer Hand. „Ich möchte, dass du mir verzeihst, wie ich mich gestern benommen habe."

Für Leah klang es unaufrichtig. Aus irgendeinem Grund sagte er ihr genau, was sie seiner Meinung nach hören wollte, auch wenn er in Wirklichkeit sein Benehmen völlig in Ordnung fand. Dann ging ihr plötzlich ein Licht auf, und sie begriff, was sich hinter seinem merkwürdigen Verhalten verbarg. Seine angedeutete Befürchtung, dass seine Ehe auf dem Spiel stand.

Wie hatte sie das bloß vergessen können? Solange das unselige Schriftstück noch irgendwo existierte, war Nik fest entschlossen, an ihrer Ehe festzuhalten. Am Vortag hatte sie sich zum ersten Mal ganz offen gegen ihn gestellt, und deshalb fürchtete er jetzt anscheinend, sie könnte ihn ungeachtet der möglichen Folgen für ihn und seine Familie doch verlassen.

Tiefer Schmerz durchfuhr sie. „Du brauchst dich nicht zu entschuldigen. Ich habe überreagiert und war vielleicht etwas unsensibel."

„Etwas?" Einen Moment klang sein Ton wie früher, aber er wandte schnell den Blick ab und drückte ihre Hand noch fester. „Nein, ich war derjenige, der unsensibel reagiert hat", bekräftigte er.

Vor ihrem geistigen Auge sah Leah, wie sie angesichts einer für Nik derart untypischen Bemerkung die Ohren spitzte. „Aber ich …"

„Es war meine Schuld", unterbrach er sie leicht aggressiv.

„Aber ich hätte …"

„Ich will nichts mehr hören", sagte er nachdrücklich, aber sein Lächeln wirkte gezwungen.

Leah spürte, wie sein nur mühsam unterdrückter Zorn die Atmosphäre im Wagen vergiftete. „Ich werde dich nicht wieder verlassen, Nik. Ich weiß ja, dass ich das nicht kann, solange ich das Papier nicht gefunden habe. Aber wenn es doch noch auftaucht, würdest du mich sicher nur zu gern loswerden."

„So würde ich das nicht gerade ausdrücken."

„Würdest du nicht die Champagnerkorken knallen lassen und einen Freudentanz aufführen?"

„Jetzt redest du wirklich Unsinn." Nik nahm Leah das Glas aus der Hand, das sie beinahe hätte fallen lassen.

„Ist das nicht schon wieder diese Kirche?", fragte sie in ganz ungewohnt sorglosem Ton. „Glaubst du, Giorgio hat sich verfahren?"

Nik betätigte kurz die Sprechanlage und sagte etwas zu seinem Chauffeur.

Leah streifte sich die Schuhe ab. Sie fühlte sich auf einmal unglaublich locker und gleichzeitig auf verwirrende Weise erregt. Es war ein ganz merkwürdiges Gefühl.

Nik beobachtete sie einen Moment und zog sie dann an sich. Leah stockte der Atem, ihr Herz pochte wild, und das Blut schien plötzlich schneller durch ihre Adern zu fließen. Sie spürte, wie ihre Brüste unter dem dünnen Seiden-BH spannten und die Brustspitzen empfindlich auf den Druck des Stoffes reagierten.

Einen Moment herrschte gespannte Stille, dann packte Nik unvermittelt Leah an den Hüften und zog sie auf seinen Schoß, aber noch ehe sich ihre Lippen berührten, warf Nik mit einer leisen Verwünschung den Kopf zurück.

„Nik?", fragte Leah verwundert und sah ihn mit leicht verschleiertem Blick an.

„Du weißt gar nicht, was du mit mir machst", stieß er mühsam hervor.

„Aber ich weiß, was ich gern mit dir tun würde", erwiderte Leah kichernd und ließ dann spielerisch die Zungenspitze über seine entschlossen zusammengepressten Lippen gleiten.

Er packte sie an den Oberarmen, als wollte er sie von sich stoßen, drückte sie dann aber mit einem leisen Aufstöhnen an sich und küsste sie so leidenschaftlich, dass ihr die Lippen schmerzten. Trotzdem durchflutete dabei eine Woge der Leidenschaft ihren Körper.

Doch dann löste sich Nik abrupt von ihr und lehnte die Stirn an ihren Kopf.

„Ich bin ein hinterhältiger Stiesel, ein verschlagener Mistkerl", sagte er leise. „Ich verdiene jedes Schimpfwort, das du mir je an den Kopf geworfen hast. Im Augenblick würde ich zehn Jahre meines Lebens dafür geben, mit dir zu schlafen."

„Aber?", fragte Leah erwartungsvoll.

„Ich habe deinen Orangensaft mit Wodka versetzt und dich betrunken gemacht. Das war ein ganz übler Trick von mir, aber ich musste dich einfach zum Reden bringen. Außerdem fährt unser Wagen schon die ganze Zeit im Kreis. Bitte, verzeih mir."

Leah lachte, weil ihr die ganze Situation auf einmal ungeheuer komisch vorkam. Die Vorstellung, dass Nik keinen anderen Ausweg gewusst hatte, erheiterte sie weit mehr, als sein hinterhältiges Vorgehen sie erboste. „Ein schönes Gewissen hast du!", rief sie.

„Ja, und das macht mir jetzt schwer zu schaffen", gestand Nik rau und schob dabei seine bebenden Finger in ihr Haar, um sie festzuhalten. „Es ist immer dasselbe mit dir. Ich bin so verrückt nach dir, dass ich vor dir auf die Knie gehen würde."

Sein freimütiges Eingeständnis machte Leah zum ersten Mal bewusst, welche Macht sie über Nik hatte. Offenbar hatte sie ihre Anziehungskraft völlig unterschätzt.

„Ich habe aber gar keinen großen Busen", wandte sie trotzdem ein.

„Wie bitte?"

„Und auch keine bis zum Hals reichenden Beine."

„Für mich bist du perfekt." Nik ließ sanft die Lippen über ihren Mund gleiten. „So perfekt, dass ich gar nicht fassen kann, dass du wirklich mir gehörst."

„Nur weiter so", forderte Leah ihn auf und entzog sich ihm mit einem neckischen Lächeln.

Aber Nik merkte plötzlich, dass die Limousine auf einem Hof zum Stehen gekommen war, und fluchte leise. „Wir sind da."

Leah brauchte einen Moment, um wieder in die Realität zurückzufinden. Draußen, an der frischen Luft, wurde ihr schwindlig. Nik legte ihr den Arm um die schmalen Hüften und stützte sie, während sie ihren kurzen Kostümrock glatt strich. „Wenn ich jetzt über die Möbel fallen sollte, ist das allein deine Schuld", beklagte sie sich.

Nik lachte leise und beugte sich zu ihr herunter. „Du bist noch geschwächt von dem schweren grippalen Infekt und musst dich vor dem Abendessen unbedingt noch etwas hinlegen", erklärte er gewandt. „Ich als besorgter und liebevoller Ehemann …"

„Als was?"

„… werde dir natürlich Gesellschaft leisten", beendete Nik seinen Satz, während er sie über eine Treppe hinein in eine imposante Eingangshalle führte.

Plötzlich tauchte Ponia auf, ganz aufgelöst und mit völlig verändertem Äußeren. Ihr Haar war hochgesteckt, und ihre zierliche Gestalt steckte in einem eleganten Kleid. „Ihr kommt ja so spät!", rief sie aufgeregt.

„Wir haben uns verfahren", erklärte Nik lässig.

„Verfahren?", wiederholte Ponia verständnislos und fügte hinzu: „Eleni ist übrigens hier, und der gesamte Kiriakos-Clan kommt zum Abendessen."

„Das ist ja eine schöne Überraschung", meinte Nik lachend, wirkte aber nicht besonders begeistert.

Leah hätte gern noch einige Fragen gestellt, aber es war zu spät. Ein Diener hatte bereits eine große Tür geöffnet, und unvermittelt stand Leah mit Nik und Ponia an der Schwelle zu einem großen Empfangssalon voller Leute, die zu Leahs Schrecken sofort alle verstummten und sich zur Tür wandten.

Evanthia Andreakis, Niks Mutter, war eine würdevolle, noch immer sehr attraktive Frau, die gut zehn Jahre jünger wirkte, als sie war. Sie begrüßte Nik, gab Leah flüchtig die Hand und wandte sich dann demonstrativ wieder Eleni Kiriakos zu, mit der sie sich auf Griechisch unterhielt.

Schließlich stand Eleni auf, um sich höflich nach Leahs Befinden zu erkundigen.

„Es geht mir sehr gut, vielen Dank."

„Du, Nik, siehst blendend aus." Eleni lächelte ihn innig an. Der abrupte Wechsel von kühler Zurückhaltung zu lebhafter Herzlichkeit traf Leah tief.

Mrs Andreakis winkte Leah mit einer majestätischen Handbewegung zu sich. Ponia stand neben der alten Dame, mit ernstem Gesicht und hochroten Wangen. „Meine Großmutter möchte, dass ich dich mit allen bekannt mache."

„Spricht sie denn nur Griechisch?", fragte Leah leise.

„Nein, natürlich nicht, sie ist einfach nur unhöflich", zischte Ponia verlegen. „Ich hätte gedacht, du wärst heute Abend der Ehrengast, aber dann ist plötzlich Eleni aufgetaucht, und das sicher nicht ohne Einladung."

Leah war ganz gerührt von Ponias Empörung. „Nik und Eleni sind schließlich alte Freunde."

„Das sieht die Familie aber anders. Eleni und ihr Mann haben sich nämlich gerade getrennt!"

Leah spürte, dass sie von vielen Leuten verstohlen beobachtet wurde.

„Hast du gehört, was ich gesagt habe, Leah?", fragte Ponia.

„Ja."

„Die hoffen hier alle, dass Nik dich in die Verbannung schickt und sich wieder mit Eleni zusammentut. Es ist einfach widerlich", fauchte Ponia. „Deshalb behandeln sie dich auch alle wie Luft."

Leah hätte am liebsten losgekichert. Ihr war es völlig egal, ob Ponias Vermutung stimmte oder nur ein Produkt ihrer lebhaften Fantasie war. Ihrer Stimmung konnte das nichts anhaben. Nik gehörte ihr, vielleicht nicht so, wie sie sich das in ihrer anfänglichen Naivität einmal vorgestellt hatte, aber immerhin verband sie beide jetzt etwas, worauf sich aufbauen ließ. Und vielleicht würden sie im nächsten Jahr schon eine eigene Familie haben. Im Geist sah Leah einen kleinen Jungen mit schwarzem Haar und dunklen Knopfaugen vor sich, und sie musste unwillkürlich lächeln.

Ponia zog die Stirn kraus. „Du bist nicht ganz da, oder?"

„Mach dir um mich keine Sorgen. Bitte, stell mich allen vor."

Eine Stunde später hatte Leah die meisten Mitglieder der Familie Andreakis kennengelernt. Dabei war sie fast ausnahmslos so abweisend und kurz angebunden behandelt worden, dass ihr bald klar wurde, dass Ponia wohl doch recht hatte.

Aber dann tauchte plötzlich Nik an ihrer Seite auf und legte fürsorglich den Arm um sie. Blitzartig schlug auch das Verhalten der Familie Leah gegenüber um. Alle sprachen mit Nik, jeder hörte ihm zu, aber bei zwei seiner Schwestern und deren Kindern spürte Leah deutlich den Mangel an Wärme. Ponia hatte ihr erzählt, dass Nik sie alle finanziell aushielt. Lediglich seine Eltern waren nicht auf seine materielle Unterstützung angewiesen.

„Komm, ich stelle dich meiner Mutter vor", drängte Ponia ungeduldig. Ariadne, eine schlanke und sehr nervös wirkende Frau, saß allein im hinteren Teil des Salons. Ihre Hände waren krampfhaft gefaltet, und sie wirkte so angespannt, dass Leah sie unwillkürlich aufmunternd anlächelte.

„Das ist Leah", sagte Ponia.

„Setzen Sie sich doch zu mir", meinte Ariadne einladend. „Und du lass uns bitte etwas Kaffee bringen, Ponia. Nik sieht sehr glücklich aus", stellte sie fest und fragte dann ganz unvermittelt: „Sind Sie es auch?"

„Ja, sehr", antwortete Leah überrascht.

„Ich wollte Sie schon so lange kennenlernen, aber jetzt weiß ich gar nicht, was ich sagen soll." Ariadne lachte verunsichert. „Sie sind eine sehr schöne Frau und – wie Nik mir erzählt hat – eine sehr kluge dazu. Vielleicht können Sie mich einmal besuchen, wenn Sie das nächste Mal nach Griechenland kommen. Darüber würde ich mich wirklich sehr freuen."

„Ich mich auch." Leah bemerkte, dass Niks Schwester feindselig in ihre Ecke sah, und kam zu dem Schluss, dass Ariadne wohl Angst hatte, dabei erwischt zu werden, wie sie aus der Familienfront gegen Leah ausscherte. „Ich habe Ponia sehr lieb gewonnen, als sie bei uns war."

„Es war sehr nett von Ihnen, sie einzuladen. Nik verwöhnt sie wirklich sehr." Ein Ausdruck der Erleichterung huschte über Ariadnes Gesicht, als in diesem Moment ein großer Mann mit grau meliertem Haar den Raum betrat. „Da kommt Stavros, mein Mann."

Leah kniff die Augen zusammen. Irgendwie kamen ihr dessen breites Lächeln und seine tief liegenden Augen bekannt vor, aber es dauerte eine Weile, ehe ihr klar wurde, dass der Mann sie an Nik erinnerte. Fast hätte sie Stavros darauf angesprochen, aber er war von einer solchen Redseligkeit, dass sie gar nicht dazu kam.

Im Gegensatz zu seiner Frau war er ausgesprochen selbstbewusst und fragte Leah sofort, wie ihr Griechenland gefiele und was sie für einen Eindruck von der Familie habe. Ariadne schnappte bei dieser Frage erschrocken nach Luft, aber Stavros verzog nur das Gesicht. „Wenn Sie echte griechische Gastfreundschaft kennenlernen wollen, müssen Sie zu uns kommen!", erklärte er fröhlich, und seine tiefe tragende Stimme dröhnte dabei durch den Raum. „Wir haben gern junge Leute im Haus. Wir haben sehr spät geheiratet und können von Glück sagen, dass wir noch mit einer Tochter gesegnet worden sind, aber unser Leben ist manchmal etwas langweilig für Ponia."

Nik gesellte sich zu ihnen. Angesichts der Tatsache, dass Stavros ihn herzlicher begrüßte als all seine anderen Verwandten, reagierte Nik sehr zurückhaltend. Leah wunderte sich zwar darüber, vergaß es jedoch schnell wieder, als sie Niks Blick begegnete, der ihr ein Kribbeln durch den Körper jagte, das sie bis in die Zehenspitzen fühlte.

„Du siehst müde aus", sagte er leise.

Leah wurde feuerrot im Gesicht, aber Nik hatte sie schon am Arm genommen und lotste sie diskret zur Tür. Als Leah sich entschuldigend umsah und dabei Ariadnes verletzten Gesichtsausdruck sah, wurde ihr bewusst, dass Nik nicht ein einziges Wort mit seiner Schwester gewechselt hatte.

„Natürlich habe ich das bereits getan", wiegelte Nik ab, als sie ihn darauf ansprach.

„Davon war wenig zu merken", sagte Leah beharrlich. Inzwischen waren sie am Fuß der Treppe angekommen, und Nik brachte Leah kurzerhand zum Schweigen, indem er sie an seine Brust zog und leidenschaftlich küsste. Dann hob er sie hoch und stieg mit ihr auf dem Arm die Treppenstufen hinauf.

„Was hältst du denn von meiner Familie?", fragte er.

„Erwartest du darauf eine ehrliche Antwort?"

„Sonst hätte ich bestimmt nicht gefragt."

„Ich finde sie furchtbar." Leah stöhnte auf und schloss die Augen, um Nik nicht ansehen zu müssen. „Aber wahrscheinlich sind sie alle auf den zweiten Blick viel warmherziger."

„Nein, eher noch kälter."

Leah sah ihn erschrocken an. „Das tut mir leid", flüsterte sie betroffen.

„Keine Sorge, ich bin ja schon ein großer Junge", versicherte er ihr mit einem spöttischen Lächeln.

„Aber Stavros und Ariadne sind sehr, sehr nett, und beide scheinen dich wirklich gern zu mögen", sprudelte es unbeholfen aus Leah heraus. „Und Stavros sieht dir sogar ähnlich. Zuerst dachte ich gar, er wäre mir schon mal begegnet!"

Nik blieb wie angenagelt auf dem Treppenabsatz stehen. „Bist du verrückt?", fuhr er sie mit unvermittelter Vehemenz an. „Ich bin ja nicht einmal verwandt mit ihm!"

Leah zuckte erschrocken zusammen. „Aber du bist doch mit den anderen genauso wenig verwandt!", platzte sie heraus, doch im gleichen Moment wurde ihr auch schon klar, was sie da gesagt hatte. Am liebsten hätte sie sich dafür die Zunge abgebissen.

Sekunden später war Nik mit ihr in ein Schlafzimmer marschiert, hatte die Tür mit dem Fuß zugestoßen und Leah so heftig abgesetzt, dass sie fast umgefallen wäre.

„Sag das noch mal!", herrschte er sie schroff an.

Benommen sank Leah auf die Kante am Fußende des Betts. In ihren Augen standen plötzlich Tränen. „Es tut mir leid, ich habe einfach vergessen, dass ich davon eigentlich nichts wissen darf."

„Das habe ich gemerkt. Und wie lange weißt du es schon?"

„Wenn ich dir das sage, musst du mir versprechen, dass du nicht böse auf die Person bist, die es mir erzählt hat." Niks Wutausbruch veranlasste Leah zu flüstern. „Sie dachte, ich würde Bescheid wissen."

„Sie?"

Leah wurde endgültig klar, dass Alkoholgenuss sich weder mit Geheimnissen noch mit Diplomatie vertrug.

„Von meiner Familie hätte es dir keiner gesagt!", fuhr Nik aufgebracht fort.

„Ponia schon."

„Ponia?" Nik sah sie ungläubig an.

Zögernd berichtete Leah von ihrer Unterhaltung mit dem jungen Mädchen. Nik schüttelte fassungslos den Kopf. „So lange weiß sie das schon? Ich hatte ja keine Ahnung!"

„Ich habe ihr gesagt, das sei eine sehr persönliche Angelegenheit, und ich glaube wirklich nicht, dass sie es je wieder erwähnen wird. Sie wirkte sehr betroffen", sagte Leah, verschwieg dabei aber, wie wenig sie selbst diese fast zwanghafte Geheimhaltung einer so harmlosen Tatsache verstand.

Nik schwieg lange, den Kopf leicht gesenkt und die dunklen Augen halb geschlossen. Er war sichtlich aufgewühlt, und ein paar Mal sah es so aus, als wollte er etwas sagen, aber dann presste er doch wieder nur die Lippen zusammen. Leah hätte sich gefreut, wenn er ihr seine Gedanken mitgeteilt hätte, doch sie drängte ihn nicht. Allerdings sah Nik noch so erschüttert aus, dass sie dicht an ihn herantrat und die Arme um ihn legte.

„Vergiss es einfach", sagte sie und war selbst überrascht über ihren so plötzlich aufgetretenen Beschützerinstinkt. „Das ist doch wirklich unwichtig."

Zu ihrer Überraschung lachte Nik auf, setzte sich neben sie auf die Bettkante und zog Leah auf seinen Schoß. „Wenn du meinst."

Sie fragte sich, wie oft Nik in seiner Kindheit von seinen so frostigen Familienmitgliedern umarmt worden war. Welches Mitglied dieser reizenden Familie er wohl beschützte? Leah wurde plötzlich neugierig auf das Geheimnis, für dessen Wahrung Nik sogar seine Freiheit geopfert hatte. Jetzt, da sie seine Angehörigen kennengelernt hatte, interessierte es sie brennend, wer in Niks Augen ein solches Opfer wert war.

„Du siehst aus, als wärst du in Gedanken ganz woanders."

Leah schreckte hoch, und als sie Niks ausdrucksvollem Blick begegnete, röteten sich ihre Wangen.

„Schöner wäre es, wenn du ganz hier bei mir wärst", fügte Nik hinzu.

Sofort schlug Leahs Herz einige Takte schneller, und ihr Mund wurde ganz trocken. Wie eine Katze, die gestreichelt werden wollte, schmiegte sie sich an ihn, und sofort verschmolzen ihre Lippen in einem leidenschaftlichen Kuss.

Niks Wildheit überraschte Leah, aber sie fühlte sofort eine unwiderstehliche Begierde in sich aufsteigen, die sie in seinen starken Armen dahinschmelzen ließ. Ihr Körper reagierte ganz automatisch auf Niks Berührungen. Ihre Jacke glitt zu Boden. Nik ließ die Hände über ihren Rücken gleiten, löste den Verschluss ihres BHs und umschloss ihre schwellende Brust.

Leah stöhnte leise auf. Nik drückte sie rücklings aufs Bett und strich mit den Lippen über ihre aufgerichteten Brustspitzen. Eine Hitzewelle überlief sie, und ihr zierlicher Körper erbebte vor Lust. Mit glänzenden Augen sah Leah zu, wie Nik sich ungeduldig die Kleidung vom Körper riss. Dabei wandte er den Blick nicht ein einziges Mal von ihr ab, und Leah, die mit entblößten Brüsten und hochgeschobenem Rock auf dem Bett lag, kam sich auf einmal ziemlich lüstern vor, aber Niks Erregung machte es ihr unmöglich, ihre ureigensten Instinkte zu unterdrücken.

„Nur daran konnte ich denken, während ich unten Kaffee getrunken und höflich Konversation gemacht habe", gestand Nik und sah sie dabei verlangend an. „Ich konnte mich auf nichts konzentrieren."

Leah blickte hoch und sah ihn begehrend an, während sich mit jedem ihrer Atemzüge ihre Brüste hoben und senkten. Auch nackt war Nik herrlich anzusehen. Er war ausgesprochen männlich, schlank und besaß eine wunderschöne goldbraune Haut. Leah wurde es ganz heiß, als er sich zu ihr hinunterbeugte, um ihr den Rock auszuziehen. Sie blieb dabei reglos liegen, obwohl sie insgeheim schon vor Begierde verging.

Nik tauchte die Zunge in ihren flachen Bauchnabel. Mit geschlossenen Augen streckte sie die Arme nach Nik aus, voller Sehnsucht, ihn zu berühren. Er kam zu ihr, und ihre Lippen fanden sich. Leahs Herz klopfte wie wild, als sie seine starken Schultern umschloss. Seine Haut war heiß und schweißbenetzt. Er rollte sich auf den Rücken und drehte Leah dabei mit sich, wobei er ihr in einer einzigen Bewegung das letzte Kleidungsstück herunterzog, das sie beide noch voneinander trennte.

„Ja", stöhnte Leah und bäumte sich genussvoll auf, als Nik die Hände über ihren flachen Bauch gleiten ließ und sie schließlich dort berührte, wo sie es am meisten ersehnte, ihr aber die letzte Erfüllung noch versagte, obwohl ihr gesamter Körper signalisierte, wie sehr es sie danach verlangte.

„Ich weiß gar nicht, wo ich anfangen soll", flüsterte er, die Lippen ganz dicht an ihrem Mund, und Leah spürte, wie erregt er war. „Ich will alles von dir."

Leah sah in seine dunklen funkelnden Augen und wurde plötzlich von einer fast beängstigenden Erregung ergriffen. Nik drückte Leah in die Kissen und trieb sie mit fordernden Küssen und den unglaublichsten Liebkosungen an einen Punkt, an dem sie nur noch an Erlösung denken konnte.

„Jetzt!", rief er schließlich, umfasste ihre Hüften und drang mit einem einzigen mächtigen Stoß in sie ein.

Leah verspürte dabei ein solches Lustgefühl, dass es ihr fast den Verstand raubte. „Ich brauche dich", schluchzte sie, als sie den Höhepunkt einer Welle der Ekstase erreichte, wie sie dies noch nie zuvor erlebt hatte. Von diesem Augenblick an verlor Leah sich in Empfindungen, die der Wirklichkeit keinen Platz mehr ließen. Es existierte nur noch ihre Sehnsucht, von Niks Körper beherrscht zu werden.

„Es ist Zeit zum Aufstehen, *pethi mou*."

Leah blinzelte schläfrig und lächelte zufrieden. Niks Lippen streiften kurz ihren Mund, aber als sie die Arme nach dem Geliebten ausstreckte, war er nicht mehr da. Sie öffnete die Augen. Nik stand neben dem Bett, das Haar vom Duschen noch feucht. Er lächelte sie strahlend an. „In einer Stunde gibt es Abendessen."

Leah wusste zwar, dass sie sich noch das Haar waschen musste, konnte sich aber trotzdem nicht zur Eile aufraffen. Sie war noch ganz versunken in die Erinnerung an den Nachmittag, und Nik beim Anziehen zuzusehen, war für sie unterhaltsamer als jede spannende Fernsehsendung. Der Gedanke, wie viel Zeit sie zusammen im Bett verbracht hatten, was ihr auf meisterliche Weise an Neuem beigebracht worden war, und die Erkenntnis, dass Nik ebenso hilflos vor Leidenschaft sein konnte wie sie, ließ Leahs Wangen ganz heiß werden.

„Heute Abend ziehst du am besten ein Abendkleid an", sagte Nik, während er sich ein Seidenhemd überstreifte. „Soviel ich weiß, wird nach dem Essen getanzt. Ich habe meine Mutter im Verdacht, dass sie bei der heutigen Zusammenkunft alle Register ziehen wird, um den Kiriakos-Clan zu beeindrucken."

Leah setzte sich auf, fuhr sich mit der Hand durchs zerzauste Haar und sah Nik dabei liebevoll an. „Warum sollte sie das tun wollen?"

Nik lachte bitter. „Seit ich damals die Verlobung löste, hat es keine Einladungen mehr zwischen unseren beiden Familien gegeben. Das Verhältnis ist ziemlich unterkühlt. Trotzdem finde ich den Zeitpunkt nicht gerade klug gewählt. Eigentlich hätte es sich gehört, dass die Familie an so einem Abend für sich bleibt."

Leah war klar, was er damit meinte, fand es aber nicht weiter störend. Natürlich war es kein Zufall, wenn Evanthia Andreakis die ehemalige Verlobte von Nik und deren Familie genau an dem Abend einlud, an dem sie endlich ihre Schwiegertochter kennenlernen sollte. Es war ein Affront, der genauso verletzend war wie die Art und Weise, in der Leahs Existenz jahrelang von ihrer Schwiegermutter völlig ig-

noriert worden war, aber Nik zuliebe war sie bereit, darüber hinwegzusehen.

„Wäre meine Mutter jünger, hätte ich ihr ganz offen gesagt, was ich
von ihrem Benehmen dir gegenüber halte", stieß Nik grimmig hervor.

„Bitte streite dich meinetwegen nicht mit ihr", bat Leah, freute sich
aber im Stillen, dass er es bemerkt und sich darüber geärgert hatte.

„So etwas Albernes hätte ich ihr gar nicht zugetraut. Was erhofft
sie sich nur davon? Wenn man dir keinen Respekt entgegenbringt,
werde ich dieses Haus nicht mehr betreten."

Leah war bewusst, dass es Nik damit ernst war. „Das möchte ich
aber nicht."

„Offen gesagt, ich bin nur aus Pflichterfüllung hier. Ich hasse dieses Haus und kann es kaum erwarten, von hier wegzukommen."

Seine schonungslose Offenheit schockierte Leah. „Lass deine Mutter sich erst an mich gewöhnen, Nik", drängte sie. „Ponia hat mir
vorhin erzählt, dass alle darauf hoffen, du würdest mich verlassen und
dich wieder mit Eleni zusammentun. Da muss ich ihnen natürlich wie
ein Eindringling vorkommen."

„Eleni ist eine glücklich verheiratete Frau. Das muss doch selbst
meine Familie begreifen!"

„Deine Nichte meint, Eleni und ihr Mann hätten sich getrennt",
sagte Leah leise.

Nik, der gerade seine Fliege zuband, erstarrte mitten in der Bewegung. Dann fuhr er herum. „Seit wann?"

Ein seltsames Frösteln überlief Leah. „Ich habe keine Ahnung."

„Ariadne sollte Ponia wirklich ein Vorhängeschloss am Mund
anbringen. Die läuft ja herum wie eine entsicherte Handgranate!",
meinte Nik kurz angebunden und wandte sich wieder dem Spiegel zu.

Danach herrschte Stille. Nik hätte ebenso gut allein im Raum sein
können. Leah stand leise auf und ging ins Bad. Offensichtlich hatte
ihre Neuigkeit eingeschlagen wie eine Bombe. Was mochte Nik die
Tatsache bedeuten, dass Eleni jetzt wieder frei war?

Nik hatte nicht auf sie gewartet, und so betrat Leah allein den Salon. Sie trug ein glänzendes schulterfreies Kleid, dessen leuchtendes
Blau genau der Farbe ihrer Augen entsprach. Was sie beim Hereinkommen zuerst sah, waren Eleni und Nik, die in einer entlegenen
Ecke saßen und in ein Gespräch vertieft waren. Im ersten Moment
nahm Leah an, Nik ließe sich gerade die traurigen Einzelheiten über
Elenis gescheiterte Ehe erzählen, aber dazu passte Elenis strahlende

Miene so gar nicht. Nik machte allerdings ein ausgesprochen ernstes Gesicht.

Ponia winkte Leah flüchtig zu, schien aber von einem sehr gut aussehenden jungen Mann in Beschlag genommen zu sein. Als Nik hochblickte und Leah entdeckte, stand er sofort auf. Er war kaum an ihrer Seite, als auch schon zu Tisch gebeten wurde.

„Du hast dir aber Zeit gelassen", sagte er mit einem angespannten Lächeln, das für Leah wie ein eisiger Windstoß an einem Sonnentag war. „Aber dafür siehst du hinreißend aus."

Im Stillen schimpfte Leah sich eine alberne eifersüchtige Gans, konnte aber trotzdem der Versuchung nicht widerstehen, ihn zu fragen: „Ist Elenis Ehe tatsächlich kaputt?"

Niks Blick verfinsterte sich. „Ja."

Damit schien das Thema für ihn abgehandelt. Allerdings war eine große festliche Dinnergesellschaft auch kaum der Ort für eine intime Unterhaltung. Zu ihrer Überraschung stellte Leah fest, dass sie direkt neben ihrer Gastgeberin platziert worden war. Nik saß ihr gegenüber, Eleni einige Plätze entfernt von ihm. Mrs Andreakis unternahm sogar mehrmals unterkühlte Versuche, höflich Konversation zu machen, woraus Leah unangenehm berührt schloss, dass Nik wohl nicht untätig gewesen war.

Als die Tafel schließlich aufgehoben wurde, war Leah sehr erleichtert. Sie hatte nur wenig gegessen. Ponia kam sofort auf sie zu. „Ich möchte dir jemanden vorstellen."

Sie zerrte einen gut aussehenden jungen Mann vor Leah. Er hieß Dion. „Ist er nicht süß?", fragte Ponia. Ihr Begleiter wurde knallrot und wand sich verlegen. „Wir werden uns nächstes Jahr verloben", verkündete Ponia.

So jung und schon so selbstsicher, dachte Leah, und bei der Erinnerung daran, was sie im selben Alter für Nik empfunden hatte, kam sie sich plötzlich vor, als wäre sie hundert Jahre alt.

„Sie hat mir schon mit vierzehn gesagt, dass sie ihn heiraten wird", hörte sie Nik sagen, als Ponia den armen Dion schließlich weiterzog. „Sie hat den Mut gehabt, ihrem Herzen zu folgen und sich auch nicht davon abschrecken zu lassen, dass seine Familie nicht begeistert über die Verbindung ist. Um diese Stärke beneide ich sie."

Leah sah ihn verstohlen an und bemerkte dabei seinen bitteren Gesichtsausdruck. Sie fragte sich, ob er gerade an Eleni gedacht hatte. Bereute er vielleicht seine Entscheidung von damals?

Nik forderte sie zum Tanz auf. Er war ein hervorragender Tänzer, aber Leah war plötzlich so nervös, dass sie sich einfach nicht entspannen konnte. Sie schmiegte die Wange an Niks Schulter, und der männliche Duft, den er verströmte, tat ihr richtig weh. Die Vorstellung, Nik möglicherweise zu verlieren, war ihr unerträglich.

Später wurde sie Elenis Eltern vorgestellt. Sie behandelten sie höflich, aber Leah spürte ihre Zurückhaltung und war sich natürlich bewusst, dass sie in ihren Augen die Frau war, die ihrer Tochter vor fünf Jahren den Mann gestohlen hatte. Nach einer Weile entschuldigte Leah sich, um etwas frische Luft zu schöpfen. Sie war auf dem Weg zur Terrasse, als Stavros neben ihr auftauchte.

„Ich habe Ariadne heute Abend noch gar nicht gesehen", sagte sie.

„Meine Frau fühlt sich nicht ganz wohl. Sie hat sich hingelegt."

„Ist sie krank?", fragte Leah besorgt.

„Ihre Nerven spielen verrückt. Das passiert ihr allerdings nur hier im Kreis ihrer Lieben", antwortete Stavros mit einem verächtlichen Unterton und umschloss dabei das schmiedeeiserne Gitter, das die Terrasse vom Garten trennte. „Dass Nik sie wie eine Aussätzige behandelt, ist dabei nicht gerade hilfreich."

Seine schonungslose Offenheit trieb Leah die Röte ins Gesicht. „Es tut mir leid, ich …"

„Ich habe Sie und Nik beobachtet. Sie scheinen sehr aneinander zu hängen. Ich habe Ariadne fest versprochen, dass ich Nik niemals auf dieses Thema anspreche. Aber für Sie gilt dieses Versprechen nicht", sagte Stavros grimmig. „Also werde ich jetzt mit Ihnen reden und darauf hoffen, dass Sie den Mut haben, als Vermittlerin zwischen den Fronten zu agieren."

„Zwischen den Fronten?", fragte Leah erstaunt.

„Zwischen Nik und mir", erklärte Stavros. „Nik weiß Bescheid. Ich könnte Ihnen genau das Jahr und den Monat nennen, in dem er sein Verhalten meiner Frau gegenüber geändert hat. Ich wollte schon damals mit ihm darüber sprechen und in Erfahrung bringen, wie viel er weiß, welchen Unsinn man ihm erzählt hat, dass er eine solche Abneigung Ariadne gegenüber entwickeln konnte. Aber allein bei dem Gedanken hat meine Frau fast einen Nervenzusammenbruch bekommen, und deshalb habe ich gegen meinen Willen geschwiegen."

Leah sah ihn verlegen an. „Ich habe leider keine Ahnung, wovon Sie sprechen, Stavros."

„Jetzt kommen Sie mir bloß nicht auch auf diese Tour." Der ältere Mann seufzte müde. „Natürlich wissen Sie, worum es geht. Nik hat es kurz nach Ihrer Heirat erfahren. Das hat er bestimmt nicht für sich behalten. Vor dreißig Jahren hat Ariadne sich von ihm getrennt, ihn aber in ihrem Herzen immer bewahrt. Außerdem hat sie wirklich geglaubt, das Beste für ihn zu tun."

Blitzartig begriff Leah, wovon Stavros sprach, und die Erkenntnis war für sie ein schwerer Schock. Ariadne war nicht Niks Schwester, sondern seine Mutter, die ihr Kind nach der Geburt ihren Eltern übereignet hatte. Und Nik wusste das. Konnte dies das dunkle Geheimnis sein, das ihr Vater aufzudecken gedroht hatte?

„Ich möchte sichergehen, dass Nik die ganze Wahrheit kennt", bekräftigte Stavros, der selbst viel zu aufgewühlt war, um Notiz von Leahs Verstörtheit zu nehmen. „Die vollständige Wahrheit, nicht nur das, was ihm seine Großmutter erzählt hat. Nik ist nie adoptiert worden. Damit Evanthia und Alexos, ihr Mann, Nik als ihr Kind ausgeben konnten, wurde seine Geburtsurkunde gefälscht, und das Märchen von der Adoption haben sie sich für Ariadnes Schwestern ausgedacht. Alexos wollte unbedingt einen Sohn haben, und deshalb hat er darauf bestanden, Nik zu behalten, weil er zumindest zur Hälfte ein Andreakis war."

„Und Sie kennen die gesamte Geschichte?"

„Hätte ich sie schon vor dreißig Jahren gekannt, hätte ich das nie zugelassen!", rief Stavros wütend. „Wir waren jung und haben einen Fehler gemacht. Aber sie hätten uns heiraten lassen sollen, als sie gemerkt haben, dass Ariadne ein Kind erwartet!"

„Sie sind Niks Vater?" Leah sah ihn aus großen Augen an.

Stavros zog die Stirn kraus. „Das wussten Sie nicht? Soll das heißen, dass Nik auch keine Ahnung hat?"

„Wir haben nie darüber gesprochen", sagte Leah leise. „Könnten Sie mir vielleicht die ganze Geschichte erzählen?", fragte sie zaghaft.

Stavros fasste sich kurz. Er hatte sich als Student in Ariadne Andreakis verliebt, besaß aber weder die gewünschte Herkunft noch genügend Geld, um ihre Eltern zu beeindrucken, und so wurden die beiden getrennt. Ariadne hatte nicht den Mut, sich ihren Eltern zu widersetzen. Nachdem ihre Schwangerschaft entdeckt wurde, war sie mit ihrer Mutter ins Ausland gefahren. Stavros sagte man davon nichts, und er erfuhr erst von Niks Existenz, als er Ariadne zehn Jahre später wiedertraf.

„Es hat mich fast umgebracht, als ich erfuhr, was sie allein durchmachen musste. Und zu wissen, dass ich einen Sohn habe, zu dem ich mich nicht offen bekennen kann. Dieses Mal ließ ich mich aber nicht mehr von Ariadne trennen. Ich konnte sie dazu bringen, mich auch gegen den Willen ihrer Eltern zu heiraten", erzählte Stavros mit einer Genugtuung, die Leah sehr an Nik erinnerte.

„Und dann?"

„Dann wurde unser Glück immer mehr getrübt", erzählte Stavros offen. „Ariadne war der Ansicht, wir müssten froh sein, unseren Sohn wenigstens in der Nähe zu haben. Wäre er zur Adoption freigegeben worden, hätten wir ihn wahrscheinlich nie wiedergesehen. Inzwischen glaube ich manchmal, das wäre vielleicht weniger schmerzlich gewesen. Evanthia hat ihn nicht geliebt, nie wie einen Sohn behandelt. Für die anderen Familienmitglieder war er ein Eindringling, der ihnen das Erbe wegzunehmen drohte. Dabei hat er ihren Reichtum hundertfach vergrößert. Alexos war im Grunde ein guter Mann", gestand Stavros zu. „Er hing an Nik, hielt Ariadne aber für schwächlich, deshalb war er sehr hart zu ihrem Sohn. Aber Ariadne ist nicht schwach. Sie hat die Situation gut verkraftet, bis Nik ihr aus dem Weg zu gehen begann und uns klar wurde, dass er alles wusste."

„Und das war vor ungefähr fünf Jahren?"

„Es muss für ihn ein schrecklicher Schock gewesen sein, aber wir hatten so lange gewartet, immer in der Hoffnung, er würde uns fragen oder irgendwie von allein dahinterkommen. Ariadne hat ihren Eltern versprechen müssen, Nik seine Herkunft zu verschweigen. Den Preis musste sie zahlen. Aber dass Nik die Wahrheit erfahren und seine eigene Mutter dann schneiden würde – damit hatten wir in unserer Unschuld wirklich nicht gerechnet!"

Leah senkte den Kopf und fragte sich, was wohl in Nik vorging. Sie verstand sein Verhalten einfach nicht. Wen glaubte er zu schützen? Ariadne, seine Großmutter oder alle beide?

„Die Sache muss geklärt werden, schon für Ariadnes Seelenfrieden." Stavros griff nach Leahs Hand und drückte sie. „Deshalb möchte ich Sie darum bitten, dass Sie Nik darauf ansprechen und feststellen, ob er die ganze Wahrheit kennt, denn von sich aus wird er uns nie fragen."

Leah sah ihn aus tränennassen Augen an. „Ich glaube, Nik hat keine Ahnung, dass Sie sein Vater sind."

Der ältere Mann schien nicht überzeugt, aber dann fiel sein Blick auf Leahs angespanntes Gesicht. „Es ist sehr selbstsüchtig von mir, Sie in die Sache hineinzuziehen."

„Aber nein." Sie atmete tief durch. „Ich rede mit ihm, sobald wir wieder in London sind."

„Dafür wäre ich Ihnen wirklich dankbar, ganz gleich, was dabei herauskommt."

Erst nachdem Stavros wieder gegangen war, wurde Leah klar, was für eine schwere Last er ihr aufgebürdet hatte. Nik war ein so wankelmütiger und unberechenbarer Mann. Stavros konnte ja nicht wissen, wie weit Nik schon gegangen war, um die Wahrheit seiner Herkunft geheim zu halten. Bei dem geheimnisvollen Schriftstück, mit dem Max die Familie Andreakis dreißig Jahre lang erpressen konnte, musste es sich um die Geburtsurkunde handeln. Schließlich konnte es doch in einer einzigen Familie nicht zwei Geheimnisse von solcher Tragweite geben.

Als Leah wieder in den Salon ging, blickte Nik vom anderen Ende des Raums zu ihr. Einen Moment war sie versucht, zu ihm zu laufen und ihm alles zu erzählen, auch wenn ihr klar war, dass dies zu tun inmitten all der Leute verrückt wäre. Aber im selben Augenblick wandte sich Nik auch schon ab, und sein Gesichtsausdruck wirkte kalt und verschlossen, bis Eleni ihm etwas zurief, das ihn zum Lachen brachte.

Wenige Minuten später gesellte er sich zu Leah, die jedoch traurig feststellte, dass zwischen ihnen eine seltsame Distanziertheit herrschte. An Stelle der Wärme war kühle Höflichkeit getreten. Vielleicht hatte Elenis Gegenwart Nik wieder an die Umstände seiner Heirat erinnert, die lebenslange Strafe, wie er es Leah gegenüber genannt hatte. Ein Lebenslänglicher hatte keine Wahl. Leah wurde plötzlich klar, dass es für sie kein Glück geben konnte, bevor sie Nik nicht die Möglichkeit verschafft hatte, sich frei zu entscheiden.

10. KAPITEL

*S*obald Nik und Leah in ihrem Haus in London angekommen waren, ließ er sie allein, weil er angeblich viel Arbeit aufzuholen hatte. Er wollte sich nur umziehen und dann sofort wieder gehen.

„Meinetwegen brauchst du dich nicht zu beeilen", versicherte Leah mit bissigem Unterton, der ahnen ließ, wie groß der von ihr unterdrückte Schmerz war.

Nik fuhr herum und warf ihr einen finsteren Blick zu. „Wenn ich zurückkomme, reden wir."

Leah hatte unvermittelt den Eindruck, als Schuldige dazustehen, auch wenn sie nichts getan hatte. Seit dem Vorabend fühlte sie sich wie Niks Gefängniswärterin und fragte sich, was er wohl tun würde, wenn sie ihm von ihrem Gespräch mit Stavros berichtete. Ob sie ihm noch etwas erzählen konnte, das er nicht wusste?

Sie ging ins Wohnzimmer und verzog das Gesicht, als ihr Blick auf den Schreibsekretär ihrer Mutter fiel. Jede Suche in dem Möbel sei überflüssig, man könne auch die Axt nehmen, hatte Nik höhnisch gemeint. Als Leah die Lade herunterklappte, die als Schreibfläche diente, konnte sie nichts Neues entdecken. Die Schubladen und Fächer waren leer. Leah hatte den Sekretär nie benutzt, weil er sich nicht abschließen ließ. Der Schlüssel war an einer dekorativen Kette befestigt, die jedoch nicht bis zum Schloss reichte. Das hatte der Fachmann, der das Möbelstück restauriert hatte, offensichtlich übersehen.

Als Leah den Schlüssel jetzt genauer betrachtete, fiel ihr auf, dass er große Ähnlichkeit mit dem Schlüssel hatte, den sie in der Bank in Paris in der Hand gehabt hatte. Sie riss die Kette ab. Der Schlüssel war leicht vergoldet worden, um ihn der Kette anzugleichen, aber die darauf eingravierte Nummer war noch zu lesen. Es war die Nummer eines weiteren Bankschließfachs. Fünf lange Jahre hatte Nik sozusagen den Schlüssel zur Freiheit unter seinem Dach aufbewahrt. An dieser Tatsache hätte Max sicher seine wahre Freude gehabt.

Leah ging zu Niks Schlafzimmer. Er zog sich gerade ein frisches Hemd an. Dabei war er so in Gedanken versunken, dass er Leah nicht hereinkommen hörte.

„Nik", sagte Leah heiser.

Er fuhr herum und sah sie überrascht an. Einen Moment hätte Leah den Schlüssel am liebsten wieder versteckt, dann ließ sie ihn auf das Bett fallen.

„Doch kein ‚Lebenslänglich‘", hörte sie sich ausdruckslos sagen.

Nik sah sie völlig verständnislos an. So begriffsstutzig war er normalerweise nicht.

„Es ist der Schlüssel zu einem zweiten Bankschließfach. Wahrscheinlich enthält es, was du so dringend suchst", erklärte Leah und erzählte Nik dann, was sie gefunden hatte.

„*Cristo*", flüsterte Nik benommen. Dann erwachte er plötzlich zu neuem Leben und nahm den Schlüssel. „Er war die ganze Zeit hier. Das ist ja nicht zu fassen!"

Leah ging zum Fenster. Der Schlüssel zum gelobten Land der Freiheit. Das war entweder das Ende oder der Anfang ihrer Ehe. „Wir müssen noch über etwas anderes reden."

„Hat das nicht noch Zeit?", fragte Nik ungeduldig. „Solange ich nicht nach Paris geflogen bin und den Schlüssel ausprobiert habe, lässt es mir keine Ruhe."

„Nein, es muss sofort geschehen. Ich weiß, was in dem Schließfach ist. Deine Geburtsurkunde." Leah drehte sich zu Nik um.

Seine Gesichtszüge waren hart geworden. „Und woher hast du die Information?"

Leah lachte bitter. „Von dir jedenfalls nicht. Stavros hat sich mir anvertraut."

„Stavros?", rief Nik ungläubig.

„Er hat mich gebeten, zwischen euch zu vermitteln. Er ist natürlich davon ausgegangen, dass ich dein Vertrauen habe, und deshalb weiß ich jetzt, dass Ariadne deine Mutter ist."

„Und Stavros weiß das?" Nik war kreidebleich geworden. „Wie lange schon?"

Leah zog die Stirn kraus. Nik hatte offensichtlich keine Ahnung. Er wusste nicht, dass Stavros sein Vater war, und Leah wollte nicht diejenige sein, die es ihm sagen musste.

„Verdammt, wenn er es gewusst hat, hätte ich mir ja überhaupt keine Sorgen machen müssen, es könnte ihre Ehe zerstören", stieß Nik heftig hervor.

Mit diesen wenigen Worten hatte Nik eigentlich alles gesagt, was Leah in dieser Sache über ihn wissen wollte. Nik hatte nicht gewusst, wer sein Vater war, und hatte deshalb angenommen, es sei ein dunkler

Punkt in Ariadnes Vergangenheit, ein Geheimnis, wie es ein konservativer griechischer Ehemann nie verkraften könnte. Nik hatte also versucht, Ariadne zu schützen.

„Stavros weiß alles über deine Herkunft. Er möchte darüber mit dir sprechen. Er sorgt sich, dass Ariadne diese Heimlichkeiten auf Dauer nicht verkraftet."

Nik ballte die Hände zu Fäusten. „Warum hat er mich dann nicht selbst angesprochen?"

„Er hat Ariadne fest versprochen, es nicht zu tun, genau wie sie es deinen Großeltern geschworen hat."

„Sie schämt sich meinetwegen."

„Das glaube ich nicht, und wenn du nicht so verbockt und so verdammt stolz wärst, hättest du das schon längst gemerkt!"

Nik warf Leah einen Blick zu, der so hasserfüllt war, dass sie erstarrte. „Als ich es damals erfahren hatte, ging ich sofort zu ihr und versuchte, mit ihr zu reden, aber sie brach gleich in Tränen aus und lief davon", sagte Nik verächtlich und wandte sich ab. „Und was haben wir sonst noch zu besprechen? Unsere Ehe?", fragte er völlig emotionslos. „Das ist ganz einfach. Du gehst, oder du bleibst. Versuch dich zu entscheiden, bevor ich aus Paris zurück bin."

Leah stand wie vom Donner gerührt stumm da und verfolgte, wie Nik sich ein Jackett über die breiten Schultern zog. In ihrem ganzen Leben hatte sie sich noch nie so erniedrigt gefühlt. Als sie das Zimmer verließ, war ihr die Kehle wie zugeschnürt. Sie konnte einfach nicht fassen, wie kaltschnäuzig Nik sie abgefertigt hatte. Offenbar hatte sie für ihn ihre Schuldigkeit getan.

Leah dachte unvermittelt daran zurück, was sich noch am Vortag zwischen ihnen abgespielt hatte. Die Erinnerung an das, was sie in ihrer Naivität für beiderseitige Leidenschaft gehalten hatte, ließ sie verzweifelt die Hände vors Gesicht schlagen. Der Schmerz war kaum zu ertragen. Leah verstand einfach nicht, wie jemand einem anderen Menschen so nahe kommen konnte, ohne auch nur das Geringste für ihn zu empfinden. Dabei hätte sie es eigentlich wissen müssen.

Nik hatte ihr doch gesagt, Liebe mache ihm Angst. Ausgerechnet Nik, der immer so furchtlos erschien. Er war ohne Liebe aufgewachsen und hatte gelernt, ohne sie auszukommen. Als ihm dann mit fünfundzwanzig von Leahs Vater das entrissen worden war, was er bisher für sein Elternhaus gehalten hatte, war er noch härter geworden, und wenn er seiner Familie gegenüber Bitterkeit empfand, war das mehr als berechtigt. Er hatte das alles heruntergeschluckt und mit sich abgemacht. Das war typisch für Nik – alles für sich behalten, sich niemandem anvertrauen, sich nicht verwundbar machen und kein Quäntchen des Stolzes riskieren, der ihn so stark machte.

Nur schade, dass er dabei nicht auch an Leahs Stolz gedacht hatte. Aber was hätte das schon für einen Sinn gehabt? Das Drama, das Max inszeniert hatte, war bis zur letzten Szene aufgeführt worden. Jetzt wollte Nik sein Leben zurück, und das sofort.

Seine Grausamkeit ließ Leah frösteln. Die Freiheit, für die sie noch vor wenigen Wochen so verbissen gekämpft hatte, wurde ihr plötzlich vor die Füße geworfen. Nik konnte es offensichtlich nicht erwarten, Max' Tochter loszuwerden. Sollte ihn doch der Teufel holen! Leah wischte sich entschlossen die Tränen aus den Augen. Im Grunde war Nik ein Mistkerl, und eigentlich tat er ihr fast einen Gefallen. Warum sollte sich eine Frau wie sie wegen eines so grässlichen Typen wie Nik Andreakis die Augen ausweinen?

„Das war wirklich gut. Hat mich an alte Zeiten erinnert." Als Leah die Hände von den Tasten hob, sah der gut aussehende Amerikaner, der am Piano lehnte, sie bewundernd an. „Kennen Sie zufällig auch das hier?" Er pfiff unbeholfen einige Takte. Leah lachte und begann zu spielen, und als der Amerikaner schließlich zögernd zu seinem Platz zurückging, lächelte sie.

Um diese Zeit war es in der schwach beleuchteten Bar normalerweise voller, und nur wenige Gäste äußerten Musikwünsche. Für gewöhnlich spielte Leah dann, was immer ihr in den Sinn kam. Ihr war ohnehin bewusst, dass ihr Spiel nur Hintergrundmusik war, ein Mittel, um für die wohlhabenden Hotelgäste eine entspannte Atmosphäre zu schaffen. Sie wurde nicht besonders gut bezahlt, kam damit aber zurecht. Außerdem würde sie sich nächste Woche noch anderswo vorstellen.

Leah schlug sich also ganz gut durch. Inzwischen war ein Monat vergangen, seit sie Nik verlassen hatte. Seither war jeder Tag so arbeitsreich gewesen, dass sie spätabends todmüde ins Bett sank.

Ihre Tage verplante Leah mit fast militärischer Strenge. Sie belegte einen Computerkurs, studierte täglich die Stellenanzeigen und bewarb sich um jeden Job, der auch nur annähernd infrage kam. Und jeden Morgen erwachte sie mit der Hoffnung, dass sie an diesem Tag einmal nicht an Nik denken würde. Klavierspielen erwies sich unglücklicherweise als keine gute Ablenkung. Immer wieder tauchte Nik in ihren Gedanken auf.

Als sie eines Tages von den Tasten aufblickte und Nik wenige Schritte von sich entfernt stehen sah, reagierte sie zunächst nicht. Es war fast, als hätte ihr die Fantasie einen Streich gespielt. Sie ließ die Finger weiter über die Tasten gleiten, aber mit ihren blauen Augen blickte sie wie gebannt auf Niks imposante Erscheinung, die all ihre geheimsten Wünsche verkörperte.

„Spiel für mich", sagte Nik leise.

Unbewusst hatte Leah aufgehört zu spielen. Ihr Herz pochte wild, und sie senkte nervös die Lider. Dabei fragte sie sich, wie und warum wohl Nik sie ausfindig gemacht hatte.

„Bitte", drängte Nik, und aus seinem Mund klang das Wort ungewohnt.

„Was soll es denn sein?", fragte sie, als wäre er ein Gast wie jeder andere.

„Irgendetwas."

„Du kennst wohl keine Komponisten?", sagte Leah spöttisch.

„Chopin", erwiderte Nik verbissen.

In der Gewissheit, dass Nik es ohnehin nicht merken würde, spielte Leah Beethoven, kam sich dann aber doch ziemlich schäbig vor. Nik blieb das ganze Stück über am Flügel stehen, und obgleich Leah nur seinen Schatten sehen konnte, reichte es schon, um sie völlig nervös zu machen.

„Was willst du hier?", flüsterte Leah angespannt, weil sie bemerkt hatte, dass der Geschäftsführer sie beobachtete.

„Der Barmann hat mir gesagt, dass du um neun Uhr Pause hast."

„Nicht für dich."

Nik legte eine abgegriffene Schmuckschachtel auf den Flügel. „Das Kollier deiner Mutter."

„Das habe ich doch verkauft!"

„Ich gebe es dir zurück."

„Ich will es nicht!", zischte Leah ihn an. „Und jetzt geh bitte, und lass mich in Ruhe."

„Ist der Herr ein Bekannter von Ihnen, Miss Harrington?"

Leah fuhr herum. Der Geschäftsführer stand hinter ihr.

„Nein", antwortete sie.

„An Ihrer Stelle würde ich diese kleine Notlüge ignorieren", riet Nik dem Mann mit einem spöttischen Lächeln. „Ihre Pianistin ist nämlich meine Frau."

„Stimmt das?"

Leah nickte stumm.

„Und jetzt hat sie Pause", erklärte Nik so aalglatt, dass Leah ihm am liebsten ins Gesicht geschlagen hätte.

Sie ging zu einem Tisch neben der Bar, der für sie reserviert war. Nik setzte sich ihr gegenüber und sah sie nur stumm an. Leah bemerkte, dass er schlanker geworden war.

„Wie hast du mich gefunden?"

„Mit sehr viel Mühe."

„Was willst du?"

„Ich wollte dir etwas zeigen." Nik zog ein Stück Papier aus der Tasche, faltete es auseinander und legte es auf den Tisch. „Darauf hast du schließlich ein Recht, oder?"

Die Geburtsurkunde. Leah wusste nicht, ob sie lachen oder weinen sollte.

„In der Spalte ‚Vater' ist nichts eingetragen. Als ich Evanthia damals darauf ansprach, erklärte sie mir, mein Vater wäre ein verheirateter Mann gewesen, dessen Namen Ariadne nicht habe nennen wollen. Mir wurde auch gesagt, Stavros hätte keine Ahnung, dass Ariadne ein uneheliches Kind habe. Dann wurde ich noch daran erinnert, welche Vorteile mir diese Täuschung gebracht hat und was für ein Leben ich geführt hätte, wenn ich nicht das Glück gehabt hätte, in der Familie bleiben zu können. Außerdem wurde mir eingetrichtert, dass ich Ariadne gegenüber diese Sache niemals erwähnen dürfe."

„Das ist ja grausam!", rief Leah unwillkürlich.

„Bis Max mir diese Urkunde gezeigt hat, hatte ich keine Ahnung, dass ich nicht Evanthias Kind bin. Ich war am Boden zerstört. Jahrelang hatten mich alle getäuscht. Natürlich bin ich sofort zu Ariadne gegangen. Ich wollte Antworten auf meine Fragen, aber sie lief davon, und damit stellte es sich mir so dar, dass sie alles zugab. Deshalb habe ich sie nie wieder angesprochen."

„Und hast du inzwischen noch einmal mit ihr geredet?"

„Ja. Und mit Stavros auch." Nik sah ihr plötzlich in die Augen. „Danke, dass du mich vorgewarnt hast."

Leah errötete. „Ich konnte mir nicht vorstellen, dass du es von mir erfahren wolltest."

„Ich war ganz begeistert. Ich mochte Stavros schon immer. Er ist ein Einzelgänger, genau wie ich. Irgendwann, wenn Evanthia keine Angst mehr vor der Öffentlichkeit hat, werden Stavros und ich die Wahrheit ans Licht bringen."

„Das freut mich. Schön, dass jetzt alles geklärt ist", sagte Leah.

Danach herrschte beklemmende Stille. Nik sah auf die Uhr.

„Lass dich von mir nicht aufhalten." Es tat Leah richtig weh, Nik so offensichtlich um Worte verlegen vor sich zu sehen.

„Ich habe ein Haus auf dem Land gekauft", sagte er unvermittelt. „Das Stadthaus habe ich zum Verkauf ausgeschrieben."

Ein neuer Anfang für Nik, ein weiterer Nagel zu Leahs Sarg. Tapfer versuchte sie, sich Nik mit Gummistiefeln an den Füßen vorzustellen, aber es wollte ihr nicht gelingen. Auf dem Land zu leben, war ihr Traum gewesen, nicht seiner.

„Ich dachte mir, du würdest dir meinen Neuerwerb vielleicht ansehen wollen."

„Warum?", fragte Leah gequält.

„Das war nur so eine Idee."

Wieder wurde es still, und wieder herrschte Spannung im Raum.

„Du hast dir also einen Job gesucht", sagte Nik schließlich fast verzweifelt.

„Das ist nicht für länger", erklärte Leah kurz angebunden. „Aber es ist ein Anfang. Ich komme gut zurecht, falls du dir darüber Sorgen machen solltest."

Nik blickte starr und nachdenklich in sein Glas. „Warum sollte ich?"

„Vielleicht hättest du es gern gesehen, wenn ich auf die Nase gefallen wäre!"

„Schon möglich."

„Hast du schon von meinem Anwalt gehört?", fragte Leah in einem Anflug von Masochismus.

Wieder kehrte bedrückende Stille ein.

„Du hast alle meine Socken weggeworfen", sagte Nik finster.

Leah, eben noch bleich, wurde knallrot und wich Niks Blick aus. „Das war ziemlich kindisch von mir", gestand sie und fragte dann zu ihrer eigenen Überraschung ganz unvermittelt: „Wie geht es Eleni?"

„Sie ist überglücklich. Ihr Mann ist an dem Tag zu ihr zurückgekommen, als wir die Familienfeier hatten. Sie hat ihm versprochen, in

Zukunft weniger zu arbeiten, und er will doch glatt Kochen und so was lernen!" Nik verzog verächtlich das Gesicht.

„Habt ihr euch etwa darüber an dem Abend unterhalten?"

„Nein, die meiste Zeit hat sie mir nur gesagt, was ich für ein Unmensch sei."

„Darüber würde ich gern mehr hören."

„Angeblich bin ich ein Mensch, der immer nur nimmt. Sie hat mir vorgeworfen, ihr vor fünf Jahren das Herz gebrochen und es nicht einmal bemerkt zu haben", stieß Nik hervor. „Und dann hat sie noch gesagt, sie hätte mich eigenhändig kastriert, wenn ich als ihr Ehemann mit ihr genauso umgesprungen wäre wie mit dir."

Erneut herrschte Schweigen zwischen ihnen. Leahs Mund war wie ausgedörrt. Instinktiv sah sie hoch, und ihre Blicke trafen sich.

„Schläfst du heute Nacht mit mir?"

Im ersten Augenblick glaubte Leah, sich verhört zu haben. Aber Nik schaute sie herausfordernd an.

„Diese Frage ist wirklich keiner Antwort wert", sagte Leah mit zittriger Stimme.

„Warum nicht?"

„Ich bin dabei, mich von dir scheiden zu lassen!"

„Ich habe mit keiner anderen Frau etwas gehabt", versicherte Nik, als würde das alles ändern. „Ich habe nicht mal ein anderes weibliches Wesen angesehen. Ich will auch keine andere, nur dich!"

„Dann hast du jetzt ein Problem." Zitternd stand Leah auf, weil sie Niks verlangendem Blick nicht länger standhalten konnte. Trotz allem begehrte sie ihn noch immer, auch wenn sie sich dafür hasste.

Nik packte sie an der Hand und hielt sie fest. „Das hätte ich dich nicht fragen sollen. Eigentlich wollte ich auch etwas ganz anderes sagen."

„Aber es war genau das, woran du gedacht hast!", fuhr sie ihn an. Dann befreite sie sich aus seinem Griff und ging zurück zum Flügel.

Aus den Augenwinkeln sah sie, wie Nik aufsprang und aus der Bar stürmte, aber als er fort war, fühlte sie sich auch nicht besser. Am liebsten wäre Leah auf dem Flügel zusammengesunken und hätte losgeheult.

Es war vier Uhr morgens, ehe Leah endlich einschlief. Die Beengtheit ihres möblierten Zimmers machte ihr plötzlich Angst. Es war kein Platz, um auf und ab zu gehen, und ihre Matratze war bretthart. Aber Leah weinte nicht. Sie war fest entschlossen, um Nik nicht eine Träne zu vergießen.

Gegen acht hämmerte jemand hartnäckig gegen die Tür. Leah stand schlaftrunken auf, zog sich einen Morgenmantel über und öffnete die Tür. Sofort wurde ihr ein riesiger Strauß roter Rosen in die Arme gelegt, und Nik nutzte ihre Überraschung, um an ihr vorbei ins Zimmer zu gehen und die Tür hinter sich zu schließen.

„Was soll ich denn damit?", herrschte Leah ihn an, nachdem sie sich wieder etwas gefangen hatte.

„Am besten stellst du sie ins Wasser", schlug er unbeirrt vor.

Leah fuhr sich mit zittrigen Fingern durchs zerzauste Haar und blickte ihn entgeistert an. „Was ist denn in dich gefahren?"

Nik betrachte sie einen Moment schweigend und wandte sich dann ab. Leah nutzte die Gelegenheit, um sich schnell das Gesicht zu waschen und sich zu kämmen, auch wenn sie sich dafür insgeheim selbst verachtete.

„In den fünf Jahren habe ich nur mit sehr wenigen Frauen wirklich geschlafen", sagte Nik schließlich steif. „Hauptsächlich im ersten Jahr, im letzten Jahr gar nicht mehr."

Nun stiegen Leah doch die Tränen in die Augen. Sie fragte sich, welche Reaktion Nik wohl auf diese erstaunliche Eröffnung von ihr erwartete. Aber sie brauchte gar nicht lange darüber nachzudenken, denn sie handelte ganz automatisch. Sie packte den Rosenstrauß und schlug damit nach Nik. Er drehte sich um, versuchte aber nicht, sich zu wehren. Er hob nicht einmal die Hände, um sein Gesicht zu schützen, als Leah ein zweites Mal nach ihm schlug. Mehrere Blütenköpfe fielen auf den abgetretenen Teppich. Dann entglitt Leah der Strauß aus den plötzlich kraftlosen Händen. Einen Moment hatte sie tatsächlich Mordlust in sich verspürt, die Tatsache aber, dass Nik ihren Angriff einfach über sich hatte ergehen lassen, hatte ihr die Kraft genommen.

Völlig erschöpft sank sie am Fußende des Betts zusammen und senkte den Kopf. Tränen strömten ihr übers Gesicht. Nik kniete sich vor ihr auf den Boden und griff nach ihren Händen. „Bitte, komm nach Hause!", flüsterte er heiser.

„Das kann ich nicht!"

„Ich werde dich nie danach fragen, was du in diesem letzten Monat getan hast, das verspreche ich dir. Ich werde auch nie wieder ein Wort über diesen Woods sagen", versicherte Nik eindringlich. „Das schaffe ich. Ich kann meine Eifersucht unterdrücken. Du traust mir das nicht zu, aber ich kann es."

„Du warst eifersüchtig?", fragte Leah.

„Ich war krank vor Eifersucht. Glaubst du, ich bin aus Stein?", fragte Nik schroff. „Ich war völlig am Boden zerstört, als ich diese Fotos gesehen habe."

„Nik ..."

„An dem Abend in Athen habe ich dir angesehen, dass du an ihn gedacht hast", fuhr Nik unheilvoll fort. „Und da habe ich mich gefragt, wie ich damit weiterleben soll."

„Aber ich habe an dich gedacht! Stavros hatte mir gerade deine Herkunft eröffnet, und ich hatte ein schlechtes Gewissen, weil ich mehr wusste als du", erklärte Leah überstürzt.

„Ich hatte keine Ahnung, dass du dich mit Stavros unterhalten hast. Und als du mir dann am nächsten Tag den Schlüssel gegeben hast, war mir klar, dass du als Belohnung dafür deine Freiheit haben wolltest. Ich konnte dich nicht zum Bleiben zwingen, schon gar nicht, wenn es dir mit diesem Woods ernst gewesen wäre. Die Entscheidung musste von dir kommen, und ich wollte dabei einfach nicht in deiner Nähe sein."

Das war ein Eingeständnis von Feigheit, wie Leah es von Nik am allerwenigsten erwartet hatte. Ihr wurde klar, dass ihre Unsicherheit und ihr Stolz sie verleitet hatten, falsche Schlüsse zu ziehen.

Leah schluckte schwer. „Ich liebe Paul nicht."

„Auf den Fotos sieht das aber anders aus." Nik ließ ihre Hände los, stand auf und ging zum Fenster.

„Fotos können täuschen. Ich habe Paul seit dem Tag, an dem er in unserem Haus aufgetaucht ist, nicht mehr gesehen und damals mit ihm Schluss gemacht." Leah erklärte Nik kurz, warum. „Es war nur ein Strohfeuer, ein Abenteuer, nenn es, wie du willst. Ich hatte Langeweile und war einsam. Wahrscheinlich habe ich mir nur etwas gewünscht, das ich nie hatte."

„Was ich dir aber hätte geben können, wenn ich nicht so verbittert und stolz gewesen wäre." Nik drehte sich zu ihr um. „Du warst ehrlicher zu mir, als ich es verdiene. Hätte ich dich verloren, wäre es meine eigene Schuld gewesen. Ich habe mich damals auf den ersten Blick in dich verliebt, aber du warst mir zu jung. Außerdem dachte ich noch nicht ans Heiraten."

Leah konnte kaum fassen, was Nik ihr da sagte. Sie hatte fast Angst zu glauben, dass ihre damalige Überzeugtheit, Nik wäre von ihr genauso fasziniert wie sie von ihm, doch richtig gewesen war.

Nik sah sie nachdenklich an. „Damals wusste ich nicht, wie ich damit umgehen soll, und wahrscheinlich habe ich dir insgeheim auch verübelt, dass du mich so in der Hand hattest. Max hat mir dann die Entscheidung abgenommen, ich hatte keine Wahl mehr."

Beschämt über das Vorgehen ihres Vaters, senkte Leah den Blick und stierte auf ihre Zehenspitzen.

„Bis zu jenem Zeitpunkt hatte mich kein Mensch je gegen meinen Willen zu etwas gezwungen. In meinem ganzen Leben habe ich mich nie so machtlos gefühlt wie damals", gestand Nik ein. „Ich kam mir vor wie ein Zuchthengst, den dein Vater dir gekauft hat! Das hat mich monatelang wütend gemacht, und ich schwor mir, dass du in dieser Ehe von mir nur das bekommen würdest, was ich dir aus freiem Willen geben wollte!"

Vielen Dank, Max, dachte Leah verbittert, du hast uns alles kaputtgemacht. Sie kannte Nik gut genug, um zu wissen, wie er sich damals gefühlt haben musste. Geknebelt, erpresst und erniedrigt. Leah erinnerte sich noch gut an sein bedrohlich wirkendes Schweigen in den ersten Ehejahren, das er jedoch nicht ein einziges Mal gebrochen hatte. Seine Selbstbeherrschung musste wirklich enorm sein.

„Das verstehe ich nur zu gut."

„Erst nachdem wir ein paar Jahre verheiratet waren, habe ich wieder angefangen, dich zu begehren." Leah blickte überrascht auf, aber Nik fuhr unbeirrt fort. „Offen gezeigt habe ich das aber nicht, eher hätte ich mir die Hände abgehackt. Mein Stolz hat es einfach nicht zugelassen, Max' Erpressung noch weiter nachzugeben. Du warst die einzige Frau auf Erden, die ich niemals anrühren wollte."

Das tat weh, aber Leah war klar, dass sie das, was Nik da beschrieb, eigentlich hätte merken haben müssen.

„An dich habe ich dabei gar nicht gedacht. Es war ein Kampf zwischen Max und mir. Du warst in unserem Spiel nur eine Randfigur. Ich hatte zwar noch im Kopf, dass du meine Frau warst, die ich zwar nicht anfassen konnte, dafür aber auch kein anderer. Damit konnte ich gerade noch leben."

„Ich war also auf Eis gelegt", sagte Leah und lachte rau.

„Als Max dann starb, hatte ich schon beschlossen, dich als Frau zu behalten und mit dir vielleicht auch eine richtige Ehe zu führen, sobald ich darüber frei entscheiden konnte. Auf den Gedanken, dass du eventuell andere Pläne haben könntest, bin ich gar nicht gekommen", gestand Nik und wurde dabei sogar rot. „Du hattest dich so lange mit der Situation abgefunden ...“

„Dass du dachtest, bloß mit den Fingern schnipsen zu müssen“, fügte Leah hinzu. So arrogant Nik auch in seiner Art war, zumindest gestand er seine Schwächen ehrlich ein.

„Ich dachte nun mal, du wärst aus lauter Liebe bei mir geblieben. Eine ziemlich selbstgefällige Annahme.“

Aber nicht ganz unberechtigt, wie Leah sich im Stillen eingestand.

„Als ich dein Telefongespräch mit Woods hörte, war ich am Boden zerstört. Du wolltest mich verlassen, und deshalb musste ich zu außergewöhnlichen Mitteln greifen, um dich zu halten. Eigentlich hatte ich die Urkunde gar nicht mehr als echte Bedrohung betrachtet.“

Leah sah ihn erstaunt an.

„Ich habe sie nur benutzt, um dich zu zwingen, unserer Ehe noch eine Chance zu geben. Dazu hatte ich kein Recht, aber ich konnte den Gedanken, dich zu verlieren, einfach nicht ertragen. Als ich Ponia um ihre Stärke beneidet habe, weil sie sich standhaft weigerte, Dion Kiriakos aufzugeben ...“

„Dion ist ein Kiriakos?“

„Er ist Elenis kleiner Bruder, wusstest du das nicht?“

Sie schüttelte den Kopf.

„Ponia hat ihr Herz vor ihren Stolz gestellt, ich leider nicht.“

Leah sah Nik an, und auf einmal wurde ihr bewusst, was er ihr so mühsam zu sagen versuchte – und was er ihr wahrscheinlich nie gesagt hätte, wenn er am Vorabend mit seiner unverblümten Frage durchgekommen wäre.

„Als ich aus Paris zurückkam und du nicht mehr da warst, ist mir das leere Haus wie eine Wüste vorgekommen.“ Niks Stimme klang plötzlich rau. „Ich hatte hoch gepokert und verloren. Du hast das Haus verlassen, als wäre es ein Gefängnis. Aber ich brauche dich. Bitte, komm nach Hause! Auch wenn du mich nicht liebst.“

„Das ist noch nicht raus.“

„Ich liebe dich“, sagte Nik ganz leise.

„Ich dich auch, aber ich wollte es erst von dir hören, ehe ich zu dir zurückkomme.“

„Vielleicht hätte ich mir doch lieber so eine stille fügsame Frau suchen sollen, wie du es früher warst!“, rief Nik, zog Leah aber dabei stürmisch an sich. Es war himmlisch, wieder in seinen Armen zu liegen. Einige Minuten standen sie nur stumm da und klammerten sich aneinander wie die zwei Magneten, mit denen Ponia sie einmal verglichen hatte.

„Du hast mir so gefehlt", gestand Nik und gab ihr dann einen leidenschaftlichen Kuss, der Leahs Sinne sofort in Aufruhr versetzte. „Ich dachte schon, dich für immer verloren zu haben."

Als sie viel später aus einem Strudel der Leidenschaft wieder auftauchten waren, fragte Leah neugierig Nik im Flüsterton: „Was hast du eigentlich gedacht, als ich alle deine Socken weggeworfen habe?"

„Dass du dir dazu kaum die Zeit genommen hättest, wenn du wirklich wütend auf mich gewesen wärst. Irgendwie hat es mir sogar Hoffnung gemacht." Nik lächelte schläfrig.

„Du kannst von Glück sagen, dass ich nicht all deine Anzüge zerschnitten habe!"

„Das hätte mich noch mehr bestärkt, aber vielleicht sollte ich bei dieser Gelegenheit erwähnen, dass ich nicht die Absicht habe, die Kochkunst zu erlernen", witzelte Nik.

Leah strich ihm besitzergreifend über die behaarte Brust. „Immerhin hast du ja dafür auf anderen Gebieten deine Talente." Sie lächelte viel sagend.

„Findest du?"

„Das weiß ich sogar. Warum solltest du deine Zeit in der Küche verplempern, wo du doch im Büro so viel besser bist?", fragte sie mit Pokermiene.

„Du kleine Hexe", stöhnte Nik auf und gab ihr einen Kuss.

„Ich möchte gern das Haus sehen, das du gekauft hast."

„Ich habe es für dich gekauft."

„Ehrlich?"

Nik küsste sie noch einmal, und schon war die Frage wieder vergessen.

Erst am späten Nachmittag bekam Leah das Haus endlich zu sehen, in dem sie und Nik gemeinsam ihr neues Leben beginnen wollten. Ein Leben ohne Vergangenheit, in dem nur eines zählte: ihre Liebe.

– ENDE –

Sandra Field

Wie ein schöner Schmetterling

Roman

Aus dem Amerikanischen von
Sabine Reinemuth

1. KAPITEL

*G*litzernd. Faszinierend. Was für ein fantastischer Anblick! Staunend schritt Lia d'Angeli durch das weitläufige Foyer des Pariser Luxushotels und bewunderte die riesigen Wandspiegel in den prunkvoll vergoldeten Barockrahmen. Was sie darin erblickte, hätte sich auf einer Lustbarkeit am Hofe Ludwigs des Vierzehnten abspielen können. Lia presste die Einladungskarte mit den elegant geschwungenen Lettern fester an sich. Ihr Freund Mathieu hatte sie ihr gestern in die Hand gedrückt. „Ein Maskenball", hatte er ihr erklärt und gelächelt. „Leider kann ich nicht hin. Such dir einen hübschen jungen Mann aus, Lia, und iss, trink und tanz nach Herzenslust. Vielleicht begegnest du einem Prinzen – du bist viel zu schön, um wie eine Nonne zu leben, *chérie*."

Mathieu war bekannt für seinen lockeren Lebensstil, dennoch war Lia fest entschlossen, seinen Rat in die Tat umzusetzen – wenigstens zum Teil. Sehr gern wollte sie essen, trinken, tanzen und ihren Spaß haben – jedoch allein. Sie würde das Fest ohne Begleiter besuchen und auch allein wieder verlassen.

Niemand hier weiß, wer ich bin, dachte sie erleichtert. Noch war ihre Berühmtheit jung und belastete sie teilweise schwer. Aber heute war sie nicht Lia d'Angeli, die junge begabte Geigerin, die ihr Publikum im Sturm eroberte und innerhalb von sechs Monaten zwei internationale Wettbewerbe gewonnen hatte. Nein, dachte sie und lächelte ihrem Spiegelbild zu, heute bin ich ein flatterhafter Schmetterling, der von Blume zu Blume gaukelt und sich nicht fangen lässt.

Wie eine zweite Haut umschloss ihr Kostüm, ein glänzender türkisfarbener Bodysuit, ihre Brüste, Taille, Hüften und die langen schlanken Beine. An den Füßen trug sie mit Strass besetzte Riemchensandaletten, und zwischen Körper und Armen deutete hauchdünner grüner und türkisfarbener Chiffon die Flügel an. Doch erst die Maske machte das Kostüm so aufsehenerregend.

Wie ein antiker Helm reichte sie bis über die Wangenknochen und ließ Lias braune Augen noch dunkler und geheimnisvoller wirken. Das lange dunkle Haar war unter einer mit Perlen und Pfauenfedern verzierten Kappe versteckt. Wangen, Kinn und Hals hatte Lia türkis geschminkt und die Lippen golden.

Für ihre Zwecke war es das perfekte Kostüm, denn es gab ihr die Freiheit, nach der sie sich an diesem Abend sehnte. Niemand konnte sie in dieser Aufmachung erkennen. Wie Cinderella wollte sie bis Mitternacht lachen und tanzen, um mit dem Glockenschlag heimlich zu verschwinden.

Neugierig blickte sie sich unter den Gästen um. Von Marie Antoinette bis zum Glöckner von Notre-Dame, vom Kardinal bis zur Tänzerin von Moulin Rouge war alles vertreten, was man sich nur denken konnte. Alle trugen Masken, und alle waren fremd – vielleicht sogar sich selbst, dachte Lia und fühlte sich plötzlich bedrückt.

Doch schnell schüttelte sie dieses Gefühl wieder ab, ging zum Türsteher und zeigte ihre Einladung. Nachdem der uniformierte Beamte an seiner Seite ihm etwas ins Ohr geflüstert hatte, nahm er Lia die Karte ab und legte sie, ohne auch nur einen Blick darauf geworfen zu haben, auf einen Stapel.

Also gab es keine Schwierigkeiten, obwohl die Einladung auf Mathieus und nicht auf ihren Namen ausgestellt war. Erleichtert betrat Lia den Ballsaal. Ein Wiener Walzer erklang, doch der mächtigen Musikanlage nach zu urteilen würden wohl bald härtere Rhythmen folgen.

Auch in diesem Raum, der kobaltblau tapeziert war, hingen Spiegel an den Wänden. Die Decke war mit unzähligen Putten bemalt, und in den prachtvollen Messingkandelabern brannten echte Kerzen. Die Tische um die Tanzfläche waren mit kostbaren Damasttüchern eingedeckt, und an der eleganten Atmosphäre hätte bestimmt der Sonnenkönig persönlich Gefallen gefunden. Überall boten Ober in weißer Livree den Gästen Wein und Champagner auf silbernen Tabletts an.

Und dann fiel ihr Blick auf ihn.

Genau wie sie lehnte er an der Wand und beobachtete das bunte Treiben. Ein Räuber mit Umhang und Reitstiefeln, schwarzer Maske und einem Dreispitz, den er tief ins Gesicht gezogen hatte.

Kein Kostüm hätte seine große athletische Gestalt verbergen können oder die Aura von Macht, die ihn umgab. Selbstbewusst und ruhig stand er da, als sei er es gewohnt, überall das Sagen zu haben.

Er war ein Mann, der sich nahm, was ihm gefiel, ein Räuber durch und durch.

Und wie sie war auch er ohne Begleitung.

Als ihre Blicke sich trafen, fröstelte Lia. Der Fremde nahm sie so durchdringend ins Visier wie ein Bandit sein Opfer. Lia war nicht in der Lage, auch nur den kleinen Finger zu bewegen, und fühlte sich hilflos wie ein aufgespießter Schmetterling. Mit klopfendem Herzen stand sie bewegungslos da.

Angstzustände waren nichts Neues für Lia, denn sie hatte schon immer viel gewagt und steckte ihre Ziele stets gefährlich hoch. Aber so schlimm ihr Lampenfieber vor Konzerten auch sein mochte, eine Sache beruhigte sie immer: Sie konnte sich auf ihr Spiel verlassen, weil sie jedes Mal bestens vorbereitet war. Außerdem wusste sie aus Erfahrung, dass sie ihre Nerven im entscheidenden Moment unter Kontrolle hatte.

Wohingegen die Panik, unter der sie jetzt litt, von ganz anderer Qualität war. Lia fühlte sich nackt und hilflos, und das nur, weil ein Mann sie ansah, ein Mann, dem sie noch nie begegnet war und den sie bestimmt nie wiedertreffen würde.

Ich benehme mich einfach lächerlich, gestand sie sich ein. Schließlich hatte der Fremde sie lediglich angeschaut, und sie reagierte, als ob er sie berührt hätte. Lia riss sich zusammen, nahm von einem Ober dankend ein Glas Rotwein entgegen, hob es hoch und prostete dem Fremden lässig zu.

Mit einer weit ausholenden Geste zog er den Hut und verbeugte sich bühnenreif, wobei seine dichten blonden und von der Sonne natürlich gesträhnten Locken im Kerzenlicht glänzten. Elegant richtete er sich wieder auf, durchquerte den Saal und kam auf sie zu.

Doch noch bevor er bei ihr war, verbeugte sich ein als Napoleon verkleideter Mann vor Lia und bat sie in gebrochenem Französisch um den nächsten Tanz. Schnell setzte sie ihr Glas auf dem nächsten Tisch ab und nahm die Aufforderung in Englisch an.

„Schön, dass Sie meine Muttersprache sprechen", bemerkte der Napoleon erleichtert und führte sie im Walzertakt geschickt übers Parkett. Offenbar war er nicht an einer Unterhaltung interessiert, denn er konzentrierte sich ganz aufs Tanzen, was Lia sehr entgegenkam. Aus den Augenwinkeln beobachtete sie, wie der Räuber sich mit einem charmanten Lächeln der Umarmung einer Revuetänzerin entzog und immer näher kam.

„Ich würde gern einen Blick auf das Orchester werfen. Wäre das möglich?", wandte Lia sich an ihren Partner.

Napoleon salutierte und steuerte sie elegant in die gewünschte Richtung. Als der Walzer in eine Rumba überging, löste ein Clown mit einem grellroten, übergroß geschminkten Mund den berühmten Franzosen ab. Anschließend landete Lia in den Armen eines vorbildlich gekleideten Gentlemans, der einem Roman des vorletzten Jahrhunderts entsprungen zu sein schien. Ganz der Musik hingegeben, hob und senkte Lia die Arme und folgte dem Rhythmus, sodass der Chiffon ihrer Flügel sie wie ein Schleier umwehte.

Als der Twostepp endete und der ältliche Gentleman sich vor Lia verbeugte, stand bereits der Räuber neben ihm.

„Jetzt bin ich an der Reihe", forderte er in einem Ton, der sein verbindliches Lächeln Lügen strafte.

Lia hätte ablehnen können, doch sich vor einer Herausforderung zu drücken, empfand sie als feige. Stolz legte sie also stattdessen den Kopf zurück. „Es ist sehr warm hier. Dürfte ich Sie um ein Glas Champagner bitten?"

„Wie heißen Sie?"

„Benehmen Sie sich immer wie der Elefant im Porzellanladen?", fragte Lia spöttisch.

„Ich halte nichts davon, unnötig Zeit zu vertun."

„Meine oder Ihre?"

„Meine", antwortete er ungerührt.

„Dann sollten Sie sich besser eine andere Partnerin suchen."

„Das glaube ich nicht."

„Dann verraten Sie mir doch *Ihren* Namen", provozierte sie ihn, fest davon überzeugt, dass er ablehnen würde.

„Seth Talbot aus Manhattan. Und auch Sie sind Amerikanerin."

Lia erschrak, denn tatsächlich lebte sie ebenfalls in Manhattan – in einer kleinen Eigentumswohnung in Greenwich Village. „Ich bin in der Schweiz geboren, Mr Talbot", wich sie einer direkten Stellungnahme aus, winkte einem Ober und nahm sich ein Glas Champagner. Sie setzte es an die Lippen und genoss das Prickeln der Kohlensäure.

„Sie nehmen sich offensichtlich, was Ihnen gefällt", stellte Seth fest.

„Gibt es denn eine andere Möglichkeit?"

„Nein, für meine Begriffe auch nicht. Wir verstehen uns."

„Sie können mich nicht verstehen, weil Sie gar nicht wissen, worauf ich aus bin", entgegnete sie kühl.

„Wir haben uns angesehen und sofort gewusst, was wir voneinander wollen."

Halt dich zurück, Lia. Sei vernünftig und spiel nicht mit dem Feuer.

„Leider bin ich keine Hellseherin, Mr Talbot. Sie müssen mir schon erklären, was in Ihrem Kopf vor sich geht."

Fast schmerzhaft eng umschloss er daraufhin ihre Handgelenke mit den Fingern. Dabei konnte sie sehen, dass er keinen Ring trug.

„Lassen Sie mich los", bat sie ruhig.

Mit einer Abruptheit, die schon beleidigend wirkte, ließ er ihre Hände los – doch nur, um ihr den Arm um die Taille zu legen und sie von der Tanzfläche zu führen, obwohl die Musik gerade wieder einsetzte.

Wie selbstverständlich zog er sie mit unter sein weites schwarzes Cape, was Lia als unerhört intim empfand. Aber sie wehrte sich nicht gegen diese erregende Umarmung, denn ihre Faszination war größer als ihre Angst – was konnte ihr dieser Mann inmitten eines überfüllten Ballsaals auch schon antun?

Noch nie hatte sie so etwas erlebt, sie fühlte sich wie hypnotisiert. Die Körperwärme des Fremden übertrug sich auf sie, und ihr Herz klopfte langsam und stark. Jetzt nahm er ihre freie Hand und führte sie an die Lippen, bevor er sie umdrehte und die Innenfläche küsste – eine unbeschreiblich erotische Geste, die Lia erbeben ließ.

Am liebsten hätte sie ihr Glas zu Boden geworfen und beide Hände in die dichten, zerzausten und seidig glänzenden Locken des Fremden geschoben. Stattdessen umklammerte sie es krampfhaft, als wäre es ihr einziger Halt in dieser unwirklichen Situation.

Immer noch streichelte er mit den Lippen ihre Handfläche. Lia schloss die Augen und genoss das sinnliche Kribbeln. Tief in ihrem Inneren verspürte sie ein verlangendes Ziehen, und ihre Sehnsucht erwachte. Ich bin wirklich ein Schmetterling, dachte sie erstaunt, ein Schmetterling, der die Flügel ausbreitet, um der Sonne entgegenzufliegen. Plötzlich waren all ihre Sinne erwacht, und sie fühlte sich leicht und lebendig.

Vergiss die romantischen Gefühlsduseleien und sei ehrlich, Lia. Du lässt dich von einem Mann verführen, der in derselben Stadt lebt wie du. Du handelst unverantwortlich und spielst mit dem Feuer!

„Hören Sie auf damit!" Mit einer ruckartigen Bewegung wollte sie sich aus seinem Griff befreien, wodurch der Champagner aus dem Glas schwappte und über ihre Sandaletten lief.

Doch Seth Talbot war schneller und hielt Lia an den Fingern fest. „Sie wollen doch gar nicht, dass ich aufhöre", behauptete er.

„Ich weiß nichts über Sie …"

„Doch. Ich habe lediglich die Höflichkeitsfloskeln übersprungen", antwortete er rau, „und bin gleich zu dem gekommen, was uns wirklich interessiert."

Beim Tonfall des Fremden setzte Lias Herz einen Schlag aus. Er klang dunkel vor Erregung, und an seinem Hals pochte eine kleine Ader.

„Sie fühlen es also auch", meinte sie leise.

„Von dem Moment an, als ich Sie sah", gestand er.

Hatte sie das nicht gewusst? Hatte sie nicht deshalb die Aufforderung des Napoleons sofort angenommen und sich eiligst unter die Tanzenden gemischt?

„Sie sind wirklich ein Räuber, Mr Talbot. Was Sie sehen, wollen Sie auch haben."

„Und Sie sind ein Schmetterling, dessen einziger Lebenszweck darin besteht, sich in Liebe zu vereinigen."

Lia schluckte. „Ein Dieb nimmt sich, was ihm gefällt, ohne an die Konsequenzen zu denken."

„Warum nennen Sie mich einen Dieb, wenn Sie freiwillig zu mir kommen?"

„Oh, hören Sie auf! Sie bringen mich ganz durcheinander."

„Wie schön." Plötzlich lächelte er.

Das machte ihn noch verführerischer, und sie musste all ihre Kräfte mobilisieren, um sich gegen seinen männlichen Charme zu wappnen. „Ich bin nicht auf körperliche Vereinigung aus", erklärte sie kühl. „Ein Kostüm ist nur ein Kostüm, es macht noch keine Aussage über meinen Charakter."

Ausgiebig musterte er sie von Kopf bis Fuß – ihr kam es vor, als würde er sie mit den Augen entkleiden. „Ihr Kostüm ist provozierend und sexy", stellte er nüchtern fest.

Nun ging Lias Temperament mit ihr durch. Was Seth Talbot konnte, konnte sie auch! Sie legte den Kopf zurück und betrachtete ihn ungeniert. Die kniehohen Stulpenstiefel mussten aus handschuhweichem Leder sein, denn sie umschlossen seine athletischen Waden fast ebenso eng wie die schwarze Hose seine muskulösen Oberschenkel. Das elegante, mit Spitzen besetzte Hemd stand am Hals offen und zeigte ein Stück sonnengebräunter Haut, und der Fall des Umhangs ließ keinen Zweifel daran, wie beeindruckend breit Seth Talbots Schultern waren.

Bei seinem Anblick überkam Lia ein primitives Verlangen, das sie schockierte. War sie jemals das Opfer derart heftiger Gefühle gewesen? Nein, und deshalb war es umso wichtiger, jetzt unbedingt beherrscht zu bleiben.

„Sie sind auch nicht auf die Idee gekommen, sich als Clown mit roter Nase und Riesenohren zu verkleiden, wie der Mann, mit dem ich gerade getanzt habe. Ihr Kostüm ist ebenfalls sexy und betont Ihre Männlichkeit. Was wollen Sie mir also vorwerfen?"

„Endlich geben Sie zu, dass Sie mich erotisch finden – was für ein Fortschritt!"

„Tun Sie doch nicht so naiv." Lia lächelte gespielt souverän. „Jede Frau, die Augen im Kopf hat, würde sich meinem Urteil anschließen."

„Ich meine etwas anderes. Es hat uns beide getroffen wie der Blitz, so plötzlich und heftig, wie ich es nicht für möglich gehalten hätte. Noch nie bin ich mitten in einem überfüllten Saal einer Unbekannten begegnet, von der ich sofort gewusst habe, dass sie für mich geschaffen ist – das schwöre ich Ihnen."

Eigenartigerweise glaubte sie ihm aufs Wort. „Mir ist so etwas auch noch nie passiert", gestand sie widerwillig.

Mit einer Zärtlichkeit, die sie endgültig entwaffnete, streichelte er ihre Wange. „Vielen Dank für Ihre Ehrlichkeit."

Nur äußerst ungern widerstand Lia dem Wunsch, sich in seine Arme zu flüchten und die Stirn gegen seine Schulter zu lehnen. „Dann lassen Sie mich ehrlich bleiben: Es ist nicht meine Art, mit Fremden ins Bett zu gehen", fuhr sie nüchtern fort.

„Meine auch nicht. Deshalb sollten Sie mir endlich Ihren Namen nennen."

Eine innere Stimme riet Lia, ihre Identität auf keinen Fall preiszugeben. „Sie haben die Wahl, Mr Talbot, entweder Sie verzichten auf meinen Namen, oder ich nenne Ihnen einen falschen."

„Warum so geheimnisvoll?"

„Weil das besser für mich ist."

„Sind Sie berühmt? Sollte ich Sie kennen?" Angestrengt musterte er sie.

Seth Talbot sah nicht so aus, als würde er in ein klassisches Konzert gehen, eine Jazzkneipe passte viel besser zu ihm. „Nein, das ist unwahrscheinlich", antwortete sie deshalb.

„Wenn wir gleich miteinander ins Bett gehen, und davon reden wir gerade, muss ich wissen, wer Sie sind."

Er hat recht, erkannte Lia mit Schrecken, ich bin im Begriff, mit ihm ins Bett zu gehen! War sie denn völlig verrückt geworden? „Wenn Sie auf meinem Namen bestehen, wird nichts aus uns beiden", erklärte sie fest.

„Haben Sie Schwierigkeiten mit der Polizei?"

„Nein!"

„Wenn Sie weder berühmt sind noch gesucht werden, hätten Sie mir einen falschen Namen nennen können, ohne dass ich je dahintergekommen wäre."

„Ich lüge nicht."

„Sie gewinnen lieber."

„Und was ist falsch daran?"

„Nichts, aber auch ich bin lieber der Sieger als der Verlierer."

„Dann können Sie mit mir eine neue Erfahrung machen, Mr Talbot. Es tut uns allen gut, die Rollen einmal zu tauschen."

„Ich heiße Seth", belehrte er sie. „Außerdem täuschen Sie sich in mir, ich habe in meinem Leben schon öfter auf der Verliererseite gestanden, als Sie ahnen."

Instinktiv spürte sie, wie ernst ihm die Sache war, und ihr Lächeln verblasste. „Das tut mir aufrichtig leid", meinte sie betroffen.

„Sie flirten nicht mit mir, das fasziniert mich, wie ich ehrlich gestehe. Wir reden also über mehr als nur Sex, oder?"

Erneut geriet Lia in Panik. „Wenn ein Räuber einen zarten bunten Schmetterling erblicken würde, würde er ihn doch nur zertreten", versuchte sie sich herauszureden.

„Nein, meine Version lautet anders: Er wäre von der Schönheit des zarten Wesens überwältigt und würde es mit allen Sinnen genießen wollen."

„Doch anschließend muss er das bunte Ding wieder fliegen lassen, denn es liebt die Freiheit." Lia war erstaunt, wie unnachgiebig sie klang.

Einen Moment verharrte er vollkommen reglos, dann riss er sich plötzlich die Maske ab und warf sie zu Boden. Seth Talbot hatte tiefgrüne Augen mit braunen Sprenkeln. Seine Wangenknochen waren breit, die Gesichtszüge viel zu kantig, um im landläufigen Sinne als hübsch zu gelten, und sein markantes Kinn verriet, dass mit ihm nicht zu spaßen war.

Benommen schüttelte Lia den Kopf. „Ich muss den Verstand verloren haben, sonst würde ich an Flucht denken und nicht an Sex. Und da ich stocknüchtern bin, kann ich noch nicht einmal den Champagner für meine Gefühlsverwirrung verantwortlich machen."

„Alkohol hat damit nichts zu tun", erklärte er leise. „Nehmen Sie die Maske ab."

„Nein! Sollten wir wirklich zusammen ins Bett gehen, müssen Sie mir versprechen, sie nicht zu berühren. Sie sollen nicht wissen, wer ich bin – ich möchte das so. Wenn Sie das nicht akzeptieren, lasse ich Sie jetzt stehen und gehe. Und wagen Sie ja nicht, mir zu folgen, ich würde laut um Hilfe rufen."

„Sie stellen harte Bedingungen. Haben Sie keine Angst, dass ich mein Versprechen brechen könnte?"

„Nein, ich erwarte von Ihnen, dass Sie meinen Willen respektieren."

Er lachte, dann sah er ihr direkt in die Augen. „Mein Leben war die letzten Jahre langweilig und vorhersehbar, das merke ich jetzt. Sie dagegen verblüffen mich immer wieder, ich weiß nie, was ich als Nächstes von Ihnen zu erwarten habe."

War das nicht exakt das, was die Kritiker über sie schrieben? *Lia d'Angeli ist immer für eine Überraschung gut, ausgetretene Pfade sind nichts für sie. Immer geht sie aufs Ganze, um dem Geheimnis eines Werkes auf die Spur zu kommen.*

In neun von zehn Fällen hatte ihr ihre Eigenwilligkeit als Geigerin den gewünschten Erfolg gebracht. Doch wie stand es mit ihren Chancen bei diesem Mann? Würden ihre Methoden bei ihm versagen wie in dem gefürchteten zehnten Konzert, das von den Kritikern regelrecht in der Luft zerrissen worden war?

Die Antwort kannte allein die Zukunft.

2. KAPITEL

*L*ia hörte, wie das Orchester einen Tango anstimmte, und sah den Fremden aufmerksam an. „Sie machen nicht den Eindruck eines Mannes, der ein eintöniges Leben führt", stellte sie fest.

„Schein und Sein sind zwei verschiedene Dinge, kleiner Schmetterling."

Seinem bitteren Lächeln zufolge wusste der attraktive Fremde im schwarzen Mantel sehr gut, was Leid war. Das zog sie noch mehr zu ihm hin, und sie richtete sich kerzengerade auf.

„Also, wie ist es, Mr Talbot, gehen Sie auf meine Bedingungen ein? Sie erfahren weder meinen Namen noch rühren Sie meine Maske an."

Stumm trat er einen Schritt näher, nahm ihr Gesicht in beide Hände und besiegelte sein Versprechen mit einem Kuss, in dem alles lag – die unwiderstehliche Anziehungskraft, das leidenschaftliche Verlangen und das Fehlen sämtlicher Schranken. Seths Kuss war leidenschaftlich und fordernd, und Lia erwiderte ihn rückhaltlos und hingebungsvoll.

Langsam löste Seth die Umarmung und hob den Kopf. Das Grün seiner Augen war noch dunkler geworden, und er atmete unregelmäßig. „Mir gefallen deine Forderungen nicht, aber ich würde alles tun, um dich zu besitzen. Ich schwöre dir, mich an deine Bedingungen zu halten."

Alle Anspannung löste sich von Lia. „Gut. Wir haben zwei Möglichkeiten, entweder bleiben wir hier, tanzen, essen, trinken und machen Small Talk, oder wir gehen an einen Ort, wo wir allein sind und unsere Träume wahr werden können."

„Dein Stil gefällt mir, schöne Unbekannte", meinte er bewundernd.

„Das Leben ist kurz, Seth, und ich liebe die Herausforderung." Sie lächelte. „In einem geschützten Kokon könnte ich niemals glücklich sein."

„Ich habe eine Suite im Hotel. Komm, lass uns gehen", erklärte er übergangslos.

Überrascht senkte Lia die Lider. Eine Suite in diesem Hotel kostete ungefähr so viel, wie sie in einem Monat verdiente. Dieser Seth Talbot aus Manhattan musste ein sehr reicher Mann sein. „Ich habe schon oft davon geträumt, eine Luxussuite von innen zu sehen, heute werde ich es also erleben."

314

„Also gehörst du nicht zum Jetset und vertreibst dir die Zeit in Paris, bevor du die Villa an der Riviera für deine Freunde öffnest?"

Bei der Vorstellung musste Lia lachen. „Nein. Ich muss hart arbeiten, um einigermaßen gut leben zu können, süßes Nichtstun kann ich mir nicht leisten, und es ist auf Dauer auch nicht mein Fall."

„Und womit verdienst du deinen Lebensunterhalt?", hakte er sofort nach.

Mit dem Finger zog sie die Kontur seiner sinnlichen Unterlippe nach und genoss den Triumph, als sich seine Kinnmuskeln bei der zärtlichen Berührung unwillkürlich anspannten. „Ich glaube, wir interessieren uns für andere Dinge als Berufe", antwortete sie schalkhaft. „Ich arbeite legal und sehr hart, bin schrecklich ehrgeizig, und spätestens in zehn Jahren wirst du von mir gehört haben. Mehr verrate ich nicht – oder hast du es dir inzwischen anders überlegt mit uns?"

„Anscheinend habe ich meinen Meister gefunden – und das in einer Frau." Er lächelte. „Nein, ich stehe zu meinem Wort. Komm!"

Galant reichte er ihr den Arm, und als Lia sich bei ihm einhakte, fiel der schwarze Samt seines Umhangs schwer auf den hellen duftigen Chiffon ihrer Flügel. Eine dunkle Vorahnung überfiel Lia, und sie schauderte. Dennoch ging sie stolz und aufrecht an Seths Seite, als er ihnen einen Weg durch die tanzenden Paare bahnte. Das ist das größte Risiko, das ich in meinem Leben je eingegangen bin, dachte sie. Mit ihren leidenschaftlichen Gefühlen für die Musik und ihrer Geige hatte Lia Erfahrung, mit ihnen konnte sie umgehen. In Liebesangelegenheiten hingegen war sie völlig unerfahren.

Seth Talbot allerdings – davon war sie überzeugt – musste ein Meister darin sein.

Nachdem der Fahrstuhl sie ins oberste Stockwerk gebracht hatte, nahm Seth Lias Hand und führte sie zu einer cremefarbenen, mit Schnitzereien verzierten und teilweise vergoldeten Tür am Ende des Flurs. Doch als er sie für Lia öffnete, konnte sie ihren Fuß nicht über die Schwelle setzen, weil ihr Körper ihr plötzlich nicht mehr gehorchte.

„Ich kenne dich nicht, Seth, ich weiß überhaupt nichts über dich", erklärte sie brüchig.

„Aber du spürst doch, was uns verbindet. Was verlangst du mehr?"

Ängstlich bebten Lias Nasenflügel. „Du bist einen guten Kopf größer als ich, stärker und könntest gut und gern ein gemeiner Karatekämpfer sein."

„Ich habe in meinem ganzen Leben noch keinem Schmetterling etwas zuleide getan, und daran wird sich auch nichts ändern."

„Und das soll ich dir glauben? Einfach so?"

„Was sich zwischen uns abspielt, ist auch mir ein Rätsel", antwortete er. „Aber es ist etwas Einmaliges und Kostbares, davon bin ich überzeugt. Wir werden uns entblößen, mein kleiner Schmetterling, und nicht nur körperlich. Es ist viel mehr als ein erotisches Spiel, es geht um gegenseitiges Vertrauen."

„Vertrauen – das ist ein ziemlich hoher Anspruch."

„Es ist nicht meine Art, mehr von Frauen zu nehmen, als sie zu geben bereit sind. Außerdem steht in jedem Zimmer ein Telefon, von dem aus du jederzeit die Rezeption erreichen kannst. In meiner Suite bist du sicherer als sonst wo in Paris, glaub es mir."

Lia war zu stolz, um sich für ihr plötzliches Lampenfieber zu entschuldigen. Wie vor einem Konzert hob sie den Kopf und betrat selbstbewusst die Bühne.

Kaum war sie über die Schwelle getreten, raubte ihr die Inneneinrichtung der Suite den Atem: Edelholzparkett, echte Teppiche, Kristalllüster, Brokattapeten und geraffte Samtvorhänge. „Du hast ja sogar eine Dachterrasse!", stellte sie beeindruckt fest.

„Mit Blick auf den Eiffelturm. Soll ich es dir zeigen?"

„Später vielleicht." Lias Zweifel waren restlos verflogen und ihr Vertrauen zu Seth wiederhergestellt. Ohne zu zögern, ging sie zu ihm, stellte sich auf die Zehenspitzen und küsste ihn mit mehr Gefühl als Raffinesse.

Seth kniff die Augen zusammen, nahm ihr Gesicht in beide Hände und blickte ihr tief in die Augen. „Bist du noch Jungfrau?"

„Nein." Auf die Idee zu lügen kam Lia nicht. „Vor drei Jahren hatte ich eine Beziehung mit einem Mann – aus Neugier, nicht aus Neigung. Wahrscheinlich geschah es mir recht, dass ich nichts dabei empfand."

„Dann hast du also etwas nachzuholen." Er senkte den Kopf und ließ die Lippen sanft über ihren Mund gleiten.

Auch als seine Küsse fordernder wurden, überließ sich Lia rückhaltlos seinen Zärtlichkeiten. Seth verlangte vollkommene Hingabe, und Lia war jetzt ohne Wenn und Aber bereit, sie ihm zu schenken.

Als sie seine Erregung spürte, steigerte das ihre Leidenschaft. Sie hungerte nach neuen Erfahrungen und setzte dafür alles aufs Spiel.

Stürmisch fasste sie in sein Haar und zog seinen Kopf noch dichter zu sich heran, um den Druck seiner Lippen zu verstärken.

Ihre Knie gaben nach, als heiße Sehnsucht sie wie eine mächtige Welle erfasste und mit sich riss.

„Wir sollten es langsamer angehen lassen." Um das Tempo zu drosseln, bedeckte Seth Lias Mund, Wangen, Kinn und Hals mit winzigen Küssen. „Es ist lange her für dich, und ich möchte …"

Als Antwort zupfte sie an seinem Hemd und schob es hoch. „Nimm mich, wie ich bin, Seth, kämpf nicht dagegen an. Ich möchte dich hier und jetzt."

Mit einer geschickten Bewegung befreite er sich aus dem Cape, warf es zu Boden und zog sich das Hemd über den Kopf. Staunend betrachtete Lia ihn. „Du bist so schön!", meinte sie leise und legte die Wange so auf seine Brust, dass sie sein Herz schlagen hörte. Sie roch Seths Seife und seinen Duft, der ihr neu und doch so vertraut vorkam.

Wieder lachte er auf die jungenhafte Art, die sie so an ihm mochte. „Und wie bekomme ich dich aus diesem Kostüm? Du bist doch nicht etwa darin eingenäht?"

„Nein." Sie drehte sich in seinen Armen. „Der Reißverschluss ist hinten, am Rücken." Auffordernd beugte sie den Kopf nach vorn.

Bevor er den Anzug mit einer einzigen Bewegung öffnete, küsste Seth zärtlich ihren Nacken. Lia wandte sich Seth wieder zu, befreite sich aus den engen Ärmeln und streifte den elastischen Stoff bis zur Taille hinunter.

„Du raubst mir den Verstand", meinte er rau und bewunderte ihre Brüste, bevor er sie streichelte und küsste.

Unwillkürlich schrie Lia leise auf. Sie schloss die Augen, bog sich zurück und genoss, wie Seths Hände über ihren Körper glitten. Immer quälender und drängender spürte sie die Hitze zwischen ihren Schenkeln. Als würde Seth es ahnen, berührte er ganz kurz ihre empfindsamste Stelle – für Lia jedoch lange genug, um sofort zu einem ersten Höhepunkt zu kommen.

Unbewusst rief sie Seths Namen und sank anschließend an seine Brust. „Ich verstehe nicht … Noch nie …"

„Das war erst das Vorspiel, mein zauberhafter Schmetterling." Er hob sie hoch und trug sie ins Schlafzimmer, wo er sie auf das riesige Doppelbett legte. Wild und leidenschaftlich küsste er ihre Brüste, ihre Schultern und ihren Mund, bevor er ihr den Bodysuit von den Hüften streifte.

In Windeseile entledigte sich Lia ihrer Sandaletten und zog das störende Kleidungsstück ganz aus, sie wollte nackt sein für Seth, sie wollte sich ihm so zeigen, wie die Natur sie geschaffen hatte. Noch nie hatte sie einen solchen Wunsch verspürt, und das ungläubige Staunen, das aus Seths Augen sprach, verunsicherte sie. „Was ist schon Besonderes an mir?", fragte sie scheu.

„Du bist so hinreißend, so großzügig und tapfer", erwiderte er.

Nur mit Mühe konnte Lia die Tränen zurückhalten. Dies ist nur ein sexuelles Abenteuer, nichts weiter, sagte sie sich immer wieder, damit gar nicht erst Illusionen aufkamen.

„Seth, du hast viel zu viel Stoff am Körper!" Um jegliche Innigkeit im Keim zu ersticken, gab sie sich betont locker.

Dem durchdringenden Blick seiner grünen Augen konnte sie nur mit Mühe standhalten. „Nimm die Maske ab", bat er. „Bitte."

Sie biss sich auf die Lippe und versuchte, sich Seths leidenschaftlich geäußertem Wunsch zu verschließen. „Ich habe dir schon unvernünftig viel von mir verraten", antwortete sie. „Wir haben eine Nacht, die wir genießen wollen, nicht mehr und nicht weniger."

Auf keinen Fall durfte sie Seth Talbot ihre Identität preisgeben. Er besaß die Macht, ihr Leben zu ändern, und das machte ihn gefährlich.

Seit Lia fünf war und zum ersten Mal eine Geige ans Kinn gesetzt hatte, kannte sie nur ein Ziel: die beste Violinistin der Welt zu werden. Bis dahin war es noch ein weiter Weg, und nie würde sie einem Mann erlauben, ihren Ehrgeiz zu blockieren. Sie duldete einfach nicht, dass ihre Träume wie Seifenblasen zerplatzten und ihr hoher Einsatz umsonst gewesen sein sollte.

Ihre Karriere würde sie für nichts und niemanden aufgeben.

„Ich schenke mich dir ganz, Seth", meinte sie leise. „Aber meinen Namen verrate ich dir nicht."

Mühsam beherrscht sprang er auf und zog sich Stiefel und Hose aus. „Wirklich ganz? Weißt du, was du da versprichst?", fragte er gepresst, stellte sich vors Bett und betrachtete sie.

„Ja." Sie zögerte keine Sekunde. „Das weiß ich."

Weil sein Körper sie so faszinierte, kniete sie sich hin, um Seths Brust zu küssen. Lia hörte, wie er leise stöhnte, das Blut rauschte ihr in den Ohren, sie zog ihn an den Hüften zu sich heran und bettete ihn in das weiche Tal zwischen ihren Brüsten. Seth legte den Kopf zurück und bewegte sich lustvoll, bis er sich abrupt zurückzog, Lia an den Schultern in die Kissen drückte und sich neben sie legte.

„Ich will dich", raunte er und bedeckte ihren Körper mit Küssen. Immer tiefer glitten seine Lippen, bis sie ihr Ziel fanden. Vor Lust und Wonne vergaß Lia alles um sich. Nur verschwommen nahm sie wahr, wie Seth sich auf sie schob und kraftvoll zu ihr kam. Alles ging so einfach und natürlich, als seien sie füreinander geschaffen und hätten schon immer auf diesen Moment gewartet.

Beide überließen sich bereitwillig ihrer Leidenschaft, gaben sich völlig hin, und ihr Rhythmus wurde immer schneller, bis ihre Lust in einem berauschenden Glücksgefühl aufging und in tausend kleine Glitzerfunken zerbarst. Lia hörte, wie Seth aufschrie, sah, wie sich sein Gesicht veränderte, und spürte ganz tief in sich, wie er den Höhepunkt erreichte. Aufbäumend folgte sie ihm in das Land des Glücks, das sich mit Worten nicht beschreiben lässt.

Als sie wieder zu sich kam, lag Seth immer noch auf ihr, mit der Stirn drückte er den Rand ihrer Maske tief in die Haut, und sein Atem streifte warm ihren Hals.

„So etwas habe ich noch nie erlebt", gestand sie leise, als sie ihrer Stimme endlich wieder traute.

„Ich auch nicht."

So gern Lia der Umarmung auch keine schicksalhafte Bedeutung beimessen wollte, es gelang ihr nicht. „Also war es auch für dich anders als sonst?", fragte sie zaghaft.

„Hast du das nicht gespürt?"

„Ich bin in diesen Dingen nicht gerade erfahren."

„Normalerweise bin ich sehr beherrscht", erklärte er und sah ihr in die Augen, als könne er ihr Geheimnis dort ergründen. „Aber bei dir habe ich innerhalb von Sekunden die Kontrolle verloren – vollständig."

Lia glaubte ihm aufs Wort. Doch woher nahm sie diese Gewissheit? Wie konnte sie einem Mann trauen, den sie erst vor einer Stunde getroffen hatte?

„Mir ging es nicht anders", gestand sie.

„Das habe ich gemerkt."

Lia lächelte. „Vielleicht sollten wir uns das nächste Mal etwas mehr Zeit nehmen."

„Vielleicht, vielleicht auch nicht. Was dich betrifft, werde ich mich auf keine Voraussage mehr einlassen, die Mühe kann ich mir sparen."

Plötzlich regte sich Lias Neugier. „Du bist sicher schon mit vielen Frauen zusammen gewesen. Ich bin bestimmt nicht anders als andere auch."

„Ich wechsele meine Frauen nicht wie meine Wäsche, wenn es das ist, was du wissen wolltest. Ich lasse sie jedoch emotional nicht zu nah an mich heran. Bei dir ist mir das nicht gelungen, du hast mich so verzaubert, dass ich all meine gewohnten Vorsichtsmaßnahmen vergessen habe."

Lia konnte seinen Gesichtsausdruck nicht deuten. „Auch du hast mich ganz in deinen Bann gezogen – das ist fast unheimlich." Sie schauderte.

„Lass die dunklen Gedanken, ich möchte dich wieder lieben", bekannte er stürmisch. „Diesmal möchte ich mir Zeit lassen und jedes Fleckchen deines Körpers erkunden. Ich will wissen, was dir gefällt, dich lieben, wie kein anderer Mann dich je lieben wird, damit du mich nie vergisst."

„Seth, wie könnte ich dich je vergessen?"

Unwillig presste er die Lippen zusammen. „Und trotzdem verrätst du mir nicht, wer du bist."

„Du kennst mich besser als jeder andere Mensch auf dieser Welt", hielt sie ihm entgegen. „Das muss dir reichen."

„Wir werden sehen." Zärtlich glitt seine Hand über ihre Hüfte. „Deine Haut ist so glatt und seidig … wie die Innenseite einer Muschel." Sanft nahm er die Spitze ihrer Brust zwischen zwei Finger und rieb sie zärtlich. „Magst du das?"

„Ja." Sie atmete unregelmäßig und hob den Kopf, damit er sie küsste. „Das gefällt mir."

Wieder entführte Seth sie in das Reich der Sinnlichkeit. Seine Zärtlichkeiten schenkten ihr die höchsten Wonnen und ließen sie fast zerfließen vor Glück. Um nicht nur zu nehmen, sondern auch zu geben, streichelte sie Seths Körper, ließ die Lippen über seine muskulöse Brust und die Flanken gleiten, bis sie ihn schließlich dort leidenschaftlich küsste, wo er am empfindlichsten war.

Triumphierend stellte sie fest, wie sich seine Augen verdunkelten und sein Atem schneller ging.

„Nicht so schnell", bat er, hob sie an der Taille hoch und setzte sie auf sich. Das Mondlicht fiel silbern auf Lias Haut, als er immer tiefer in sie eindrang, bis sie ganz nah beieinander waren. Dann zog er sie so weit an sich, dass er ihre Brüste küssen konnte. Verzückt schob Lia die Hände in seine dichten blonden Locken und legte den Kopf zurück.

Diesmal steigerte er den Rhythmus ganz langsam, sodass Lia die Vorfreude voll auskosten konnte. Erst als er spürte, wie ihr Herz unter seiner Hand fast bis zum Zerspringen klopfte, wurde er schneller. Er wartete, bis er Lia leise schreien hörte, dann gab auch er die Kontrolle auf.

Diesmal lag Lia oben, und ihre Maske kratzte leicht an seiner Brust. Wie gern hätte sie sie abgenommen und Seth ihr wahres Gesicht gezeigt.

Doch das durfte sie nicht. Ihr Leben war auf ein einziges Ziel ausgerichtet, und das würde sie aus den Augen verlieren, wenn sie Seth Talbot in ihr Leben ließ. Wahrscheinlich wäre sie dann nie wieder in der Lage, ihre Geige ans Kinn zu setzen oder gar zu stimmen.

Seit siebzehn Jahren arbeitete sie mit höchstem künstlerischem Einsatz und feierte gerade ihre ersten internationalen Erfolge. Unmöglich, diese Karriere einfach wegen eines Mannes abzubrechen! Auch wenn dieser Mann die faszinierendsten grünen Augen der Welt besaß und sie noch sosehr verzauberte.

„Alles in Ordnung?", fragte Seth zärtlich und legte ihr den Arm um die Schultern – eine Geste, die sie nur als besitzergreifend bezeichnen konnte.

Was sollte sie darauf antworten? Gerade erst hatte er ihr eine Welt gezeigt, die neu für sie war und sie ebenso anzog wie erschreckte.

„Ja. Nein. Du stellst wirklich komplizierte Fragen", antwortete sie unwillig.

Er lachte. „Wenn das kein Kompliment ist!"

„Wie du meinst, Seth Talbot. Aber soll ich dir etwas verraten? Ich habe nichts zu Abend gegessen und bin jetzt schrecklich hungrig."

„Du denkst ans Essen, während du mich in den Armen hältst?"

„Ja." Sie lächelte. „Es tut mir wirklich leid für dich."

Ohne sie loszulassen, richtete er sich auf. „Glücklicherweise gibt es eine segensreiche Erfindung, die sich Zimmerservice nennt. Was darf ich dir bestellen?"

Sein Lächeln war so liebevoll, dass sie Angst bekam. Worauf hatte sie sich nur eingelassen? „Crêpe mit Meeresfrüchten und ein riesiges Dessert", antwortete sie hastig.

„Gut." In akzentfreiem Französisch gab er die Bestellung auf. Dann schwang er die Beine über die Bettkante und reckte sich. „Ich fühle mich großartig", erklärte er.

„Das sieht man dir an. Solltest du dir nicht lieber etwas überziehen, bevor du an die Tür gehst?"

„Richtig, das Zimmermädchen könnte schockiert sein." Er verschwand im Badezimmer und kehrte mit zwei weißen Kimonos zurück. „Einer für mich, der andere für dich." Seine Stimme wurde schroff. „Ich möchte der Einzige sein, der dich in deiner ganzen Schönheit sieht."

Der Einzige? Und sie lieben wie kein anderer Mann? Insgeheim fand Lia derartige Besitzansprüche altmodisch und lächerlich – doch allein der Gedanke, Seth könne einer anderen seine Gunst schenken, machte sie rasend vor Eifersucht.

Wie erklärst du dir diesen Widerspruch, Lia? fragte sie sich selbst und wusste keine Antwort.

3. KAPITEL

*A*ls Lia den Bademantel in Empfang nahm, hielt sie ihn so, dass ihre Brüste, die sie für etwas zu füllig hielt, bedeckt waren.

„Schönheit?", wiederholte sie zweifelnd. „Ich bin zwar nicht hässlich, aber …"

„Du bist einzigartig, du bist die schönste Frau der Welt", behauptete Seth in einem Ton, der keinen Widerspruch duldete.

„Oh." Sie errötete unter ihrem Make-up. „Das klingt, als hieltest du jede weitere Diskussion für überflüssig."

„Richtig. Ich habe den Eindruck, dass man dich mit Komplimenten bisher nicht allzu sehr verwöhnt hat."

Leider hatte er recht. Ihre beruflich sehr engagierten Eltern hatten nicht nur an sich, sondern auch an sie – ihr einziges Kind – höchste Ansprüche gestellt. Und auch wenn sie ihr stets mit Rat und Tat zur Seite gestanden hatten, war selten Platz für ein Lob oder Komplimente gewesen. Auch in ihrer flüchtigen Affäre mit Lionel hatte sie weder besonders viel Anerkennung noch Aufmerksamkeit bekommen, dazu war er viel zu sehr mit sich selbst beschäftigt gewesen. Blieben noch die Kritiker, die gerade erst anfingen, von ihrer Existenz als Geigerin Kenntnis zu nehmen. Doch deren erste, vorsichtig positive Beurteilungen hatten sie so glücklich gemacht, dass sie sich nach mehr sehnte – wofür sie sich heimlich schämte.

„Du bist mit deinen Gedanken ganz woanders, kleiner Schmetterling", bemerkte Seth.

Schlagartig kehrte Lia in die Gegenwart zurück. Ich darf jetzt keinen Fehler machen, dachte sie, ich muss mich mit einem Mann auseinandersetzen, der mir – wie meine Geige – das Letzte abverlangt. Mit bebenden Fingern zog sie das goldene Hotel-Logo auf dem Kimono nach. „Du hast meine Welt ins Wanken gebracht", gestand sie, „und das nicht nur in sexueller Hinsicht."

Da Lia den Kopf gesenkt hielt, entging ihr, wie eindringlich Seth sie betrachtete. „Schön", erwiderte er nur und wandte sich zum Gehen. „Es hat geklopft, das wird der Zimmerservice sein."

Kurz darauf schob er einen Teewagen aus Mahagoni vors Bett. Mit der Eleganz eines gut geschulten Oberkellners hob er die Wärmehaube von dem kostbaren Porzellanteller, setzte sich und klopfte auf den Platz neben sich. „Komm."

Das ließ Lia sich nicht zweimal sagen, denn die Crêpe sah nicht nur verführerisch aus, sondern duftete auch so. „*Bon appétit*", meinte sie und griff zum Besteck.

Seth nahm die Flasche aus dem Kühler und schenkte ihr ein Glas Chardonnay ein. Wieder bemerkte Lia nicht, wie intensiv er sie beobachtete, während sie mit herzhaftem Appetit aß und trank. Als sie den letzten Rest der köstlichen Soße mit einem Stück Baguette vom Teller gewischt hatte, hob Seth die silberne Abdeckung der Tortenplatte.

Lia war tief beeindruckt. „Das sind ja keine Kuchenstücke, das sind essbare Kunstwerke", staunte sie. „Sieh dir nur die Schwäne an! Davon nehme ich mir gleich einen."

Neugierig biss sie in die Kreation aus zartestem Blätterteig, Sahnecreme und einem Hauch Grand Marnier und schloss verzückt die Augen. „Das ist das Paradies auf Erden", schwärmte sie.

„Ich dachte, das hätte *ich* dir gezeigt!"

Lia lachte, verteilte mit dem Finger einen Klecks Sahne auf seinem Kinn und küsste sie wieder fort. „Darf ich nicht beides haben, die Schwäne *und* dich?"

Seth reichte ihr eine Erdbeere im Marzipanmantel. „Bescheiden bist du nicht gerade, kleiner Schmetterling."

Genießerisch leckte Lia sich einen Krümel von der Lippe. „Ich liebe das Leben und möchte es voll auskosten", erklärte sie überschwänglich.

„Und wie? Du bist vielleicht zwanzig oder einundzwanzig und hast vor mir nur mit einem einzigen Mann geschlafen. Unter Lebenshunger stelle ich mir etwas anderes vor."

„Ich bin schon zweiundzwanzig und habe andere Ziele als Sex. Doch lass uns nicht streiten, Seth, dazu ist die Zeit zu kostbar."

„Und worin siehst du deine Lebensaufgabe? Was machst du, wenn du gerade nicht einen Maskenball besuchst?"

Unwillig runzelte Lia die Stirn. „Ich frage dich nicht nach deinem Beruf, und du solltest mich das auch nicht fragen, schließlich hast du es mir versprochen."

„Mir gehört Talbot Holdings – und nicht nur das, ich bin auch der geschäftsführende Direktor. Ist dir der Name ein Begriff?"

Unsicher sah sie ihn an. „Tal-Air? Mit der Linie fliege ich oft. Die Flüge sind pünktlich, die Sitze bequem und die Angestellten freundlich."

„Wir geben uns Mühe." Er lächelte. „Du fliegst also viel?", fragte er betont beiläufig.

Dass sie ihm versehentlich etwas über sich verraten hatte, ärgerte Lia. „Nein, nur ab und zu", versuchte sie, ihren Fehler zu korrigieren. „Gehört dir vielleicht auch der Ölmulti Tal-Oil?"

Er nickte. „Zusammen mit einer kleinen Flotte Tanker und Luxusliner."

„Jetzt macht auch diese Suite Sinn. Du gehörst zu den Reichsten der Reichen." Bei ihrem Tonfall klang das eher wie eine Beleidigung.

Als hätte er die Bemerkung nicht gehört, nahm er ihr den Teller aus der Hand und zog sie vom Bett. „Zeit für die Dachterrasse", erklärte er.

Barfuß folgte sie ihm nach draußen. Die Nacht war kühl, tief unten brandete der nie endende Verkehr der Rue de Rivoli, und die Lichter des Quartier Latin funkelten wie Edelsteine in der Dunkelheit.

„Paris ist einfach traumhaft schön." Lia seufzte.

„Nicht nur Paris." Seth drückte sie an den Schultern gegen die Wand und schob den störenden Stoff der Kimonos beiseite, damit er sie Haut an Haut spüren konnte. Als hätten sie sich nicht gerade erst ausgiebig geliebt, küsste er sie mit verzehrender Leidenschaft. Dabei wuchs seine Erregung, und er hob Lia hoch. Augenblicklich kreuzte sie die Beine hinter seinem Rücken und bog sich ihm entgegen, um ihn ganz tief in sich zu spüren. Fest gruben sich ihre Finger in seine Schultern, als sie den Höhepunkt erreichte, dann hörte sie, wie Seth leise stöhnte, und fühlte, wie auch er den Gipfel der Lust erreichte.

Nur langsam kehrte Lia in die Wirklichkeit zurück. Doch die raue Wand drückte schmerzhaft in ihren Rücken, und sie hatte kalte Füße. „Selbst in Paris, der Stadt der Liebe, könnte man uns dafür ins Gefängnis bringen", keuchte sie immer noch atemlos.

„Dann lass uns nach drinnen gehen." Als wäre sie leicht wie eine Feder, trug er sie zurück. Wohlig barg Lia den Kopf an seiner Brust und genoss Seths Duft. Würde sie ihn je vergessen können? Dieser Mann hat wirklich dafür gesorgt, dass ich ihn immer im Gedächtnis behalten würde, erkannte sie entsetzt.

Er bettete sie so vorsichtig und behutsam in die Kissen, dass sie vor Rührung fast geweint hätte. Wäre sie ehrlich gewesen, hätte sie sein Verhalten als liebevoll bezeichnen müssen, doch das Wort Liebe mit Seth Talbot in Verbindung zu bringen, war ihr viel zu gefährlich.

„Halt mich fest", bat sie.

Sofort legte er sich neben sie und zog sie zärtlich in die Arme. Wie ein kleines Kind kuschelte Lia sich an ihn, und so schnell wie ein kleines Kind schlief sie auch ein.

Mitten in der Nacht schlug Lia die Augen auf und war sofort hellwach. Die schweren Damastvorhänge waren zugezogen, und nur von der Notbeleuchtung auf dem Flur fiel ein schwaches Licht durch die Tür ins Zimmer.

Den Arm um ihre Taille gelegt, schien Seth fest zu schlafen, denn er atmete tief und gleichmäßig. Sacht und ohne ihn zu wecken, rückte sie von ihm ab. Ihre Augen hatten sich inzwischen an die Dunkelheit gewöhnt, und sie nutzte die Gelegenheit, um Seth in Ruhe zu betrachten. Sein normalerweise kantig und energisch wirkendes Gesicht sah im Schlaf so verletzlich aus, dass es Lia zu Herzen ging.

Ich muss ihn verlassen, solange ich noch die Kraft dazu habe, dachte sie panisch.

Vorsichtig rutschte sie zur Bettkante und stand auf. Ihr Bodysuit hing ordentlich über einem Sessel, und ihre Sandaletten standen daneben. Also hatte Seth noch aufgeräumt und konnte daher nicht so schnell eingeschlafen sein wie sie. Ob auch er sie beobachtet hatte, während sie schlief?

Leise nahm Lia ihre Sachen und schlich sich ins Badezimmer. Dort zwängte sie sich in den Bodysuit und kämpfte mit dem Reißverschluss, den sie allein nur schlecht schließen konnte. Der Stoff der Flügel hing ihr schlaff von den Armen, und das kunstvolle Make-up war verschmiert – in diesem Moment wirkte das Kostüm nicht mehr fantasievoll, sondern einfach nur lächerlich.

Die Sandaletten in der Hand erreichte sie auf Zehenspitzen die gepolsterte Doppeltür. Seths Cape lag immer noch da, wo er es am vergangenen Abend hingeworfen hatte, vorsichtig hob Lia es auf und legte es sich um die Schultern. Ihr Herz schlug bis zum Hals, als sie die Tür öffnete und möglichst geräuschlos wieder hinter sich zuzog.

Geschafft! Sie war in Sicherheit.

Erst jetzt schlüpfte sie in die Sandaletten, verzichtete auf den Fahrstuhl und lief zu Fuß nach unten. Der Empfangschef hatte ihr den Rücken zugedreht, als sie am Tresen vorbeihuschte, und der Türsteher verbeugte sich höflich und fragte, ob er ihr ein Taxi rufen solle. Doch Lia lehnte dankend ab und ging mit erhobenem Kopf an ihm vorbei, als wäre es für sie das Selbstverständlichste der Welt, in den frühen Morgenstunden ohne Begleitung und in einen bodenlangen Umhang gehüllt ein Luxushotel zu verlassen.

In den Anlagen blühten schon die ersten Rosen und verströmten einen zarten Duft, und der Mond stand als matte Sichel tief am Himmel. Als ihr ein Motorroller und ein Taxi entgegenkamen, zog Lia die Kapuze des Umhangs tief ins Gesicht und ging auf Umwegen zu Mathieus Wohnung.

Eine halbe Stunde später zog sie den Schlüssel aus der winzigen, in den Falten des Flügels versteckten Tasche und schloss die Tür auf. Sie blickte sich um, als hätte sie eine andere Welt betreten. Mathieu liebte die Einfachheit und beschränkte sich aufs Unerlässliche. Abgesehen von einigen Schwarz-Weiß-Fotografien waren die Wände seiner Wohnung weiß und kahl. Im Wohnzimmer standen lediglich eine hochklassige Stereoanlage und ein schlichtes Ledersofa. Der Unterschied zu Seths barocker Luxussuite hätte nicht größer sein können.

Seth. Sie durfte jetzt nicht an ihn denken, sie konnte es sich einfach nicht leisten. Nachmittags um vier stand eine Probe in Stockholm in ihrem Terminkalender, bevor abends das Konzert folgte. In wenigen Stunden musste sie in Orly auf dem Flughafen sein.

Die Maske war so gut mit Mastix an Stirn und Wangen befestigt, dass es zehn Minuten dauerte, bis Lia sie endlich in den Händen hielt. Anschließend schminkte sie sich sorgfältig ab und entfernte das Haarnetz.

Bodysuit und Maske packte sie wieder in den Karton, in dem die Sachen auch geliefert worden waren. Glücklicherweise hatte sie das Paket schon am vergangenen Abend adressiert und frankiert, jetzt brauchte sie es auf ihrem Weg zum Flugplatz nur noch bei einer Poststelle abzugeben.

Von Anfang an um Anonymität bemüht, hatte sie sich das Kostüm unter falschem Namen geliehen. Auf die Kaution, die sie hinterlegt hatte, würde sie verzichten müssen, doch was bedeutete das schon? Viel wichtiger war es, keine Spuren zu hinterlassen und ihr Geheimnis zu bewahren.

Ob Seth nach ihr suchen würde? Mit Sicherheit, denn er war bestimmt nicht Chef eines riesigen Konzerns geworden, weil er die Hände in den Schoß legte und den Dingen ihren Lauf ließ.

Schon wieder dachte sie an Seth! Lia biss sich auf die Lippe und ging zurück ins Badezimmer. Der Spiegel in dem nüchternen Chromrahmen warf ihr Bild unbarmherzig zurück. Eindringlich betrachtete sie ihre braunen Augen und das glänzende schwarze Haar – ihren italienischen Vater konnte sie nicht verleugnen. Von ihrer norwegischen Mutter dagegen hatte sie die große schlanke Gestalt, die breiten Wangenknochen und die hochgeschwungenen Brauen geerbt.

Sie sah aus wie immer und war doch eine andere geworden.

Obwohl sie es nicht wollte, ließ sie die Nase über die Innenseite ihres Unterarms gleiten. Seths Duft. Als würde er neben ihr stehen, sah sie ihn vor sich, sah seinen herrlichen Körper, sah den Ausdruck seiner wunderbaren grünen Augen, wenn er den Höhepunkt erreichte.

Seth hatte nicht nur ihren Körper besessen, er hatte auch ihre Seele gefangen genommen.

Hastig stellte sie sich unter die Dusche und drehte das Wasser auf, bevor sie großzügig Duschgel auf ihrem Körper verteilte. Wenn sie sich Seth erst von der Haut gewaschen hatte, würde es ihr bestimmt auch gelingen, ihn aus ihrem Herzen zu verbannen.

Außerdem war Seth nur ein Mann wie viele andere auch. Und sie würde sich nie wieder mit ihm auseinandersetzen müssen, dafür hatte sie glücklicherweise Sorge getragen.

Im Halbschlaf streckte Seth die Hand nach seiner geheimnisvollen Schmetterlingsfrau aus. Beim Einschlafen hatte er sie in den Armen gehalten, und so wollte er auch aufwachen. Bei Tageslicht würde er schon herausfinden, wer sie wirklich war. Ihr musste doch auch klar sein, dass sie nach dieser Nacht nie wieder getrennter Wege gehen konnten …

Wo war sie?

Abrupt öffnete er die Augen und richtete sich auf. Durch einen Spalt im Vorhang fiel helles Sonnenlicht, und er war allein.

Ihr Kostüm hing nicht mehr über dem Sessel.

In einem Satz sprang er aus dem Bett. Auch die Sandaletten standen nicht mehr da.

Mit klopfendem Herzen und nackt, wie er war, ging er ins Badezimmer. Auch hier fand er sie nicht, lediglich sein eigenes Gesicht blickte ihm aus dem Spiegel entgegen. Auch im Wohnzimmer entdeckte er keine Spur, nicht einmal ein Blatt Papier mit einem Abschiedsgruß. Nur sein Umhang lag nicht mehr auf dem Boden.

Benommen wankte Seth zurück zum Bett und setzte sich. Er stöhnte und ließ den Kopf in die Hände sinken. Wie hatte er nur so dumm sein und einschlafen können? Warum hatte er nicht aufgepasst?

Er hatte nichts in der Hand. Weder kannte er ihren Namen noch ihren Beruf – er wusste noch nicht einmal, wie ihr Gesicht aussah. Trotzdem konnte er ihr keine Vorwürfe machen, denn sie hatte nur wahr gemacht, was sie angekündigt hatte. Eine Nacht hatte sie ihm gehört, dann war sie verschwunden.

Hatte er ihr denn gar nichts bedeutet?

Seth schloss die Augen und presste die Hände an die Schläfen. Aus übersteigertem Selbstbewusstsein hatte er einen entscheidenden Fehler begangen. Bis zum Schluss hatte er darauf vertraut, sie dazu bewegen zu können, dass sie die Maske abnahm und ihm ihren Namen verriet.

Aber das war eine Illusion gewesen. Statt ihr Geheimnis zu lüften, hatte sie gewartet, bis er eingeschlafen war, und sich dann davongestohlen.

Warum hatte sie ihn sitzen lassen, als hätten sie lediglich an der Bar einen Cocktail getrunken oder zusammen Karten gespielt?

Er stand auf und zog die Vorhänge zurück. Ganz Paris lag im Sonnenschein, und der Eiffelturm ragte wie eine Nadel glänzend in den Himmel. Warum regnete es nicht? Ein Gewittersturm, peitschender Regen und nasse Straßen hätten weitaus besser zu seiner Stimmung gepasst.

Ich benehme mich einfach lächerlich, dachte er mit dem letzten Rest des ihm verbliebenen Humors. Die geheimnisvolle Fremde hatte ihn abserviert, doch was war schon dabei? Sie war nur eine Frau, wie viele andere auch, und er hatte noch nie Probleme gehabt, eine Partnerin fürs Bett zu finden.

Und keine hatte dabei je sein Herz berührt, denn das hatte er stets zu verhindern gewusst. Bei dem flüchtigen Schmetterling dagegen hatten seine Methoden versagt, wie er schon beim ersten Blickkontakt befürchtet hatte.

Doch diese Erkenntnis erleichterte ihm seine Situation auch nicht – noch nie in seinem Leben hatte er sich so einsam und verloren gefühlt.

art schlug Seth mit der Handkante gegen den Fenster-
rahmen, was ihn endlich wieder zur Besinnung brachte.
Er würde jetzt duschen, sich anziehen und dann seinem
flüchtigen Schmetterling nachstellen. Nach einigen Telefonaten sollte
er die geheimnisvolle Unbekannte ausfindig gemacht haben, denn
kein Mensch konnte spurlos verschwinden.

Früher oder später würde er sie finden – mit seinem Geld und seiner Macht eher früher. Und dann würde er ihr schon sagen, was er
davon hielt, sich wie ein gemeiner Dieb im Schutz der Nacht davon-
zuschleichen.

Plötzlich jedoch fiel ihm etwas ein, das ihn aller Kräfte beraubte.
Er stöhnte leise und legte die Stirn gegen das kühle Glas. Der Himmel
steh mir bei, dachte er verzweifelt, ich habe nichts für die Verhütung
getan – der Gedanke ist mir überhaupt nicht gekommen!

Ohne es zu merken, war er von einem seiner wichtigsten Grundsätze abgewichen.

Wie oft hatten sie sich geliebt? Drei Mal? Doch die Idee, eines der
kleinen Päckchen aus dem Koffer zu holen, war ihm nicht eine Sekunde gekommen.

Auch sie hatte nicht über Verhütung gesprochen. Wahrscheinlich
nahm sie die Pille. Welche moderne und verantwortungsbewusste
Frau tat das nicht? Erleichtert atmete er auf.

Aber … Hatte sie ihm nicht gesagt, dass ihre letzte und einzige Affäre drei Jahre zurücklag? Weshalb sollte sie also die Pille nehmen?
Aber sein Schmetterling war eine intelligente Frau, viel zu klug, um
bei einer heißen Liebesnacht mit einem Fremden das Risiko einer
Schwangerschaft einzugehen.

Doch auch sich selbst hielt er für intelligent und verantwortungs-
bewusst, und trotzdem waren gestern Nacht die Hormone stärker als
sein Verstand gewesen. Warum sollte das bei ihr anders gewesen sein?

Wieder schlug er mit der Faust so hart gegen den Rahmen, dass es
schmerzte. Ihm blieb nur die Hoffnung, dass ihre Nacht ohne Folgen
geblieben war. Seit er alt genug war, sich über diese Dinge Gedanken
zu machen, war ihm eins klar: Nie und unter keinen Umständen wollte
er ein Kind in die Welt setzen. Die Erfahrungen, die er selbst als Kind
gemacht hatte, ließen den Wunsch nach einer eigenen Familie gar nicht
erst aufkommen.

Doch er wollte jetzt nicht an seine Eltern denken. Nicht – er blickte auf die Uhr – um sieben Uhr morgens, nachdem er keine vier Stunden geschlafen hatte. Er gab sich einen Ruck, stellte sich unter die Dusche und wusch sich die letzten Spuren der Nacht vom Körper.

Kurz darauf stand er im Nadelstreifenanzug im Wohnzimmer. Sein Oberhemd war maßgeschneidert, die Seidenkrawatte korrekt gebunden, und die handgenähten italienischen Schuhe hatte der Page über Nacht so blank poliert, dass man sich darin spiegeln konnte. Unverzüglich ging Seth zum Telefon und machte sich ans Werk.

Zwanzig Minuten später hatte er alle Punkte seiner Liste abgearbeitet. Er hatte mit dem Empfangschef und dem Türsteher gesprochen, jedoch ohne Erfolg. Außerdem hatte er einen Privatdetektiv beauftragt, Erkundigungen bei Metropersonal und Taxifahrern einzuholen und sämtliche Pariser Kostümverleihe zu befragen. Des Weiteren sollte er eine Anzeige in allen wichtigen Tageszeitungen aufgeben und – mit dem diskreten Hinweis auf eine Belohnung – nach einer Frau fahnden, die gegen drei Uhr morgens in einem Schmetterlingskostüm und einem schwarzen Cape durch Paris gelaufen war.

All das hätte Seth auch persönlich erledigen können, doch er war zu bekannt und wollte jedes Aufsehen vermeiden. Seine aufregende Liebesnacht, entstellt und reißerisch aufgemacht, als heiße Story in der Boulevardpresse wiederzufinden, wäre ihm unerträglich gewesen.

Nach dem Gespräch legte er langsam den Hörer zurück auf die Gabel und sah zu der antiken Kaminuhr auf dem Marmorsims. Alles, was ihm jetzt noch blieb, war, zu hoffen und abzuwarten.

Doch selbst das konnte er nicht in Ruhe tun, denn am Hotelparkplatz wartete bereits die schwarze Limousine auf ihn. Der Alltag hatte ihn wieder, und er musste sich auf die Sitzung konzentrieren, die für diesen Morgen anberaumt war.

Erst abends um acht hatte er wieder Zeit für sich. Durch den lauen Frühsommerabend schlenderte er über die Champs-Élysées zu seinem Lieblingsbistro und setzte sich an einen Tisch unter der Markise. Nachdem er sich etwas zu essen bestellt hatte, zog er sein Handy hervor und rief den Privatdetektiv an.

Fünf Minuten später klappte er es wieder zu und trank einen kräftigen Schluck des vorzüglichen Merlots.

Zwar hatte der Detektiv den Kostümverleih ausfindig machen können, das war jedoch auch der einzige Erfolg seiner Ermittlungen. Die Dame, an die das Schmetterlingskostüm ausgeliehen worden war, hatte bei ihrem Besuch eine dunkle Sonnenbrille und einen großen breitkrempigen Hut getragen – eine genaue Personenbeschreibung war nicht möglich. Außerdem stimmten weder der angegebene Name noch die Adresse. Ebenso ergebnislos waren die Umfragen bei Passanten, Taxifahrern und Metropersonal verlaufen.

Seth war am Abend nicht weiter als am Morgen. Sein Schmetterling schien wie vom Erdboden verschluckt, und er wusste keinen Deut mehr über sie.

Nein, dachte er, ganz stimmt das nicht. Zumindest einen Anhaltspunkt hatte er. Sie musste berühmt und von vornherein auf Anonymität bedacht gewesen sein, andernfalls hätte sie ihre Spuren nicht schon verwischt, bevor sie ihn überhaupt getroffen hatte.

Das engte den Personenkreis natürlich gewaltig ein! Seth lächelte zynisch. Jetzt brauchte er nur noch nach einer jungen Frau zu suchen, die um Mitternacht gern Sahneschwäne aß und deren Körper er bis in die intimsten Einzelheiten beschreiben konnte.

Super! Wieder griff Seth zum Glas.

Und noch etwas wusste er: Diese Frau war nicht auf sein Geld aus, was sie wohltuend von den meisten ihrer Mitmenschen unterschied.

Ein Ober servierte die kunstvoll garnierte Vorspeise und schenkte ihm Wein nach. Ohne es wirklich wahrzunehmen, starrte Seth auf das Essen. Der Appetit war ihm vergangen.

Was, wenn er diese Frau niemals wiedersah?

Drei Wochen später war Seth auf dem Weg zu einem Termin an der New Yorker Börse, als er unvermittelt wie angewurzelt stehen blieb. Prompt trat ihm ein anderer Passant, der nicht schnell genug reagieren konnte, in die Fersen. Seth entschuldigte sich und stellte sich an den Rand des Fußwegs.

Das musste sie sein!

Eine langbeinige Brünette in einem schokoladenfarbenen Chanelkostüm stand neben einer der Säulen vor dem Börsengebäude. Die selbstbewusste Art, in der sie ihren Kopf hielt, kam Seth bekannt vor. Als sie merkte, dass sie beobachtet wurde, drehte sie sich zu ihm um und musterte ihn von Kopf bis Fuß. Dann lächelte sie verführerisch.

Nein! Sie war zu groß und zu dünn, und das Kinn passte nicht, das Lächeln schon gar nicht.

Nach einer knappen Verbeugung ging Seth schnell weiter. Wie konnte er sich nur so zum Narren machen! Wie oft in den vergangenen einundzwanzig Tagen hatte der Anblick einer unbekannten Frau sein Herz zum Rasen gebracht und neue Hoffnung in ihm aufflammen lassen.

Lediglich während seines Besuchs in Rio de Janeiro war er von diesen Attacken verschont geblieben. Dort hatte er einige Tage in seiner Funktion als Vorsitzender einer Stiftung verbracht, die er gegründet hatte, um mit einem Teil seines Geldes den Ärmsten der Armen zu helfen. Was er während dieser Zeit an Elend gesehen hatte, ließ ihn seinen persönlichen Kummer vergessen.

Zurück in Manhattan, dachte er jedoch wieder nur an eines: die Nacht in Paris.

War er etwa verliebt? Mit Sicherheit nicht. Schon als junger Mann hatte er sich geschworen, keiner Frau in die Falle zu gehen und niemals eine Familie zu gründen. Liebe war etwas für Teenager und nichts für einen ehrgeizigen Mann wie ihn, der den festen Vorsatz hatte, sein ererbtes Vermögen zu vervielfachen.

Krampfhaft wollte er seinen Eltern beweisen, dass er nicht auf ihr Geld angewiesen war – und auf ihre Liebe schon gar nicht.

Schon sehr lange pflegte er ein äußerst distanziertes Verhältnis zu ihnen – dem ungleichen Paar. Während sein Vater Allan ein sehr unsicherer und unglücklicher Mensch war, besaß seine beherrschte kühle Mutter einen Willen aus Stahl.

Eleonore erwartete, dass er eine Frau nach ihrem Geschmack heiratete, eine Frau also, die nicht auf die Idee kam, die Autorität ihrer Schwiegermutter infrage zu stellen. Sein Schmetterling jedoch war viel zu schön, zu sexy und zu intelligent, um Eleonores Billigung zu finden.

Doch was spielte das für eine Rolle? Er wollte nicht heiraten, er war auch nicht verliebt, er brauchte ganz einfach eine Geliebte. Eine Frau wie die, die ihm gerade durch ihr Lächeln Bereitschaft signalisiert hatte?

Nein, sie war die Letzte, die ihn hätte reizen können.

Wütend über sich selbst, stieg er die Granitstufen zur Börse empor und konzentrierte sich in den nächsten anderthalb Stunden ausschließlich auf das, was sein Makler ihm über die gegenwärtigen Trends und Risiken des internationalen Aktienmarkts berichtete.

Anschließend ging er zurück in sein Haus am Central Park und tauschte den dunklen Anzug gegen Sportkleidung. Mit verbissener Miene band er seine Joggingschuhe zu. Er würde sich sein Leben nicht von einer dahergelaufenen Abenteurerin ruinieren lassen! Sollte sie doch bleiben, wo der Pfeffer wächst. Schon eine Nacht mit ihr hatte gereicht, um ihn völlig aus dem Gleichgewicht zu bringen. Unvorstellbar, was aus ihm geworden wäre, wenn sie länger bei ihm geblieben wäre. Er konnte dem Schicksal danken, sie so einfach und elegant losgeworden zu sein.

Bald würde er sich wieder fest im Griff haben, und sollte er ihr je wieder begegnen, würde er schnellstens das Weite suchen.

Wahrscheinlich jedoch sah er sie niemals wieder, denn raffiniert, wie sie war, hatte sie ihre Spuren perfekt verwischt.

Fassungslos starrte Lia auf die feine blaue Linie. Dies war der zweite Schwangerschaftstest innerhalb von zwei Tagen, und wieder war er positiv.

Dem ersten Ergebnis hatte sie nicht geglaubt, die Vorstellung, schwanger zu sein, war einfach zu ungeheuerlich.

Jetzt jedoch, nach dem zweiten Ergebnis, musste sie den Tatsachen ins Auge sehen. Sie erwartete ein Baby – von Seth!

Ein unbeschreibliches Glücksgefühl durchströmte sie. Sie trug das Kind des Mannes unter dem Herzen, der ihr mehr bedeutete als jeder andere Mensch auf der Welt. Schützend legte sie die Hand auf den Bauch und lächelte ihrem Spiegelbild zu. Sie wurde Mutter!

Doch die Ernüchterung folgte schnell. Nach jener Nacht in Paris hatte sie sich geschworen, Seth ein für alle Mal aus ihrem Gedächtnis zu streichen, und jetzt war sie von ihm schwanger!

Unruhig ging sie zum Fenster ihres Apartments und blickte hinaus. Draußen herrschte eine brütende Nachmittagshitze, und die schmiedeeisernen Balkone des Nachbarhauses lagen leer und verlassen in der sengenden Sonne. Sie, die talentierte junge Geigerin Lia d'Angeli, erwartete ein Kind von dem führenden Kopf eines riesigen Ölmultis, dessen Hauptverwaltung nur wenige Häuserblocks von ihrer kleinen Wohnung entfernt lag. Ein Kind von Seth Talbot, der laut führender Wirtschaftsmagazine zu den reichsten Männern Amerikas gehörte.

Gut gemacht, Lia, dachte sie ironisch.

Übermorgen wollte sie zu einem Jugendmusikfestival nach Neuseeland fliegen, danach begann eine neue Tournee. Plötzlich verschwamm das Nachbarhaus vor ihren tränenverschleierten Augen. Wie sollte sie bei diesem Lebensstil einem Kind gerecht werden? Es war unmöglich.

Ihre Konzerttermine für die nächsten drei Jahre standen bereits fest, ihre überwältigenden Erfolge machten sie glücklich und stolz, und sie war hoch motiviert, eine der besten Geigerinnen der Welt zu werden. Niemals konnte sie eine solche Karriere für ein Baby aufgeben, das brachte sie einfach nicht über sich!

Abtreibung?

Alles in ihr sträubte sich dagegen. Damit könnte sie nicht weiterleben.

Sie allein trug die Verantwortung für die Schwangerschaft, denn Seth hatte sich ihr nicht aufgedrängt. Freiwillig war sie ihm in sein Bett gefolgt, und jetzt hatte sie die Konsequenzen zu tragen. Gleichzeitig war es eine Sache, die auch Seth etwas anging.

Was sollte sie nur tun? Ihn in seinem Büro anrufen?

Hallo, Seth, ich bin es, die Frau, mit der du in Paris eine heiße Nacht verbracht hast. Soll ich dir ein süßes Geheimnis verraten? Ich bin schwanger!

Ausgeschlossen, so etwas würde sie nie tun. Außerdem dächte er dann nur, sie würde den ältesten Trick der Welt anwenden, um ihn sich als Ehemann zu schnappen.

Was konnte sie tun?

Zum Arzt gehen, mir die Schwangerschaft bestätigen lassen, das Konzert in Auckland geben und mir auf dem langen Flug in Ruhe überlegen, wie ich meine Zukunft gestalten möchte, dachte sie nüchtern.

Was sie von Anfang an geahnt wie befürchtet hatte, war tatsächlich eingetreten: Seth hatte sich in ihr Leben eingemischt.

Zwei Wochen später klebte Lia Marken auf zwei identische Briefe. Der eine war an Seths Zentrale in Manhattan gerichtet, der andere an eine Privatadresse in den Hamptons, wo die Superreichen, die nicht direkt in der Millionenstadt leben wollten, ihre Häuser hatten. Beide Anschriften hatte sie im Internet gefunden. Obwohl Lia sicher war, dass Seth auch in New York ein Haus besaß, hatte sie keine entsprechende Adresse gefunden. Vermutlich hielt er sie streng geheim.

Vor einigen Tagen hatte sie sich entschieden, ihm zu schreiben. Ihm die Schwangerschaft zu verheimlichen, hatte sie nach längerem Überlegen unfair gefunden.

Trotzdem hatte sie Angst vor seiner Reaktion. Sie könnte es nicht ertragen, wenn er den Zauber jener traumhaften Nacht zerstören und ihr Vorwürfe machen würde, weil sie ihn nicht auf Verhütung angesprochen hatte. Viel schlimmer jedoch wäre die Beschuldigung, sie hätte ihn mit Absicht in die Falle gelockt.

Als sie aus dem Haus trat und unvermittelt der ganzen Kraft der Julisonne ausgesetzt war, taumelte sie und musste sich kurz gegen die Hauswand lehnen. Glücklicherweise waren Schwindelanfälle das Einzige, worunter sie in ihrer Schwangerschaft litt. Von morgendlicher Übelkeit war sie bislang verschont geblieben.

Lia schloss kurz die Augen und stieß sich dann energisch von der Wand ab, ging zum Briefkasten zwei Straßen weiter und warf die beiden Briefe ein.

Es war geschafft. Nun hatte sie ihre Karten offengelegt, alles andere hing von Seth ab.

5. KAPITEL

8 Jahre später ...

*W*ohlig räkelte sich Lia auf der komfortablen Liege. Über ihrem Kopf raschelten die Palmblätter im warmen Wind der Karibik, und die Bougainvillea, in deren Schatten sie es sich bequem gemacht hatte, duftete süß.

An dem blendend weißen Strand, der zu der exklusiven Ferienanlage auf einer kleinen karibischen Insel gehörte, brachen sich leise die Wellen. Was für eine schöne Musik, stellte Lia fest, und noch dazu eine, die ich geschenkt bekomme, anstatt sie mir selbst erarbeiten zu müssen.

Es war einfach himmlisch, träge und entspannt in der Sonne liegen zu dürfen. Wann war sie vom Schicksal das letzte Mal derart verwöhnt worden?

Nach dem Sonnenbad würde sie aufstehen, duschen, ihr schickes neues Strandkleid anziehen und im Tradewind Room essen gehen, denn es war das zwangloseste der drei Restaurants in der Anlage. Morgen wollte sie vormittags am Riff schnorcheln und nachmittags in die Sauna und zur Massage.

Lia hatte kein schlechtes Gewissen, obwohl die knappe Woche Urlaub ihr Konto bis an die Grenzen strapazierte. Da Nachsaison war, hatte sie den Aufenthalt zu einem Sonderpreis bekommen, und einmal im Jahr gönnte sie sich den Luxus, ihre Zeit ganz für sich allein zu haben.

Sie war gerade erst sieben Stunden hier und fühlte sich schon wie neu geboren. Wie würde es ihr dann erst morgen nach dem Besuch in der Wellness-Oase gehen?

Gemächlich stand sie auf und ging in ihren klimatisierten Bungalow. Er war von exotischen Pflanzen umgeben, die man sonst höchstens in botanischen Gärten fand. Tropische Falter in den herrlichsten Farben flatterten über den Blüten und tranken Nektar. Verzückt blieb Lia stehen und genoss das paradiesische Bild. Wie zutraulich, wie sorglos und lebenshungrig diese schönen Schmetterlinge wirkten!

Vor acht Jahren war auch sie einmal so gewesen, doch das hatte sich grundlegend geändert.

War das ein Wunder?

Versonnen betrachtete sie die türkisfarbene Zeichnung eines besonders prächtigen Falters und lächelte. Nach jener Nacht in Paris hatte es Jahre gedauert, bis sie sich wieder dazu durchringen konnte,

Türkis zu tragen. Doch die Zeiten waren vorbei, und ihr neuer hautenger Badeanzug besaß genau diese Farbe.

Ich sehe blendend darin aus, dachte sie zufrieden, und ich werde mich hier ausgiebig amüsieren, ich ganz allein.

Als er sich im Spiegel seines Bungalows betrachtete, verzog Seth das Gesicht zu einem grimmigen Lächeln. Er hatte den Urlaub wirklich bitter nötig. Und wo konnte er sich besser erholen als hier?

Er setzte den Rasierapparat ans Kinn. Die Narbe, die sich quer über seinen Rippenbogen zog, schmerzte kaum noch, doch das Pflaster juckte unangenehm. Ohne die furchtbaren Albträume, die ihn Nacht für Nacht quälten, könnte er mit seinem Zustand ganz zufrieden sein.

In jedem Fall wollte er im Tradewind Room zu Abend essen, weil er dort in legerer Kleidung erscheinen konnte. Sich in einen Anzug zu zwängen, hatte er keine Lust, und auf Unterhaltung legte er ohnehin keinen Wert. Er wollte einige Tage ganz für sich allein sein und sich endgültig auskurieren.

Flüchtig fuhr er sich mit dem Kamm durch das dichte blonde Haar, dann war er fertig. Als er durch den weißen Sand zum Restaurant ging, atmete er tief durch und erfreute sich an dem herrlichen Strand und dem unbeschreiblich blauen und kristallklaren Wasser der Karibik.

Doch seine Ferienlaune erhielt einen jähen Dämpfer, als er im Foyer des Restaurants überschwänglich begrüßt wurde.

„Seth! Du bist wirklich der Letzte, mit dem ich hier gerechnet hätte! Dieser Ort ist doch viel zu ruhig für dich." Conway Fleming lachte. „Darf ich dir meine Freunde vorstellen? Dies sind Pete Sonyard – du weißt doch, Sonyards Jachten – und seine Frau Jeannie."

Natürlich hatte Seth schon von den beiden gehört, Pete gehörte die Werft, auf der die schnellsten Jachten der Welt gebaut wurden, und Jeannie war Geschichtsprofessorin mit dem Fachgebiet Karibische Inseln.

Conway selbst war ein geachteter Broker an der Wall Street und bekannt als Förderer junger Künstler, Seth kannte ihn seit Jahren. Obwohl sich schnell eine angeregte Unterhaltung entwickelte, suchte er fieberhaft nach einer Ausrede, um sich zu entschuldigen. Ohne die Regeln der Höflichkeit zu verletzen, wollte er sich nämlich lieber allein an einen Tisch setzen.

Da sah er sie.

Sie betrat gerade das Foyer, trug ein kurzes rotes Kleid und hatte glänzendes rabenschwarzes Haar, das ihr offen auf die Schultern fiel. Die Beine waren lang und schlank, und die Füße steckten in roten Sandaletten mit gewagt hohen Absätzen. In den rötlichen Strahlen der Abendsonne schimmerte ihre Haut golden.

Die Frau war so schön, dass es ihm den Atem verschlug.

Jetzt drehte sie sich um und hielt die Tür für eine Mutter mit zwei kleinen Kindern auf, die ihr unmittelbar gefolgt waren. Sie nahm die Sonnenbrille ab und bückte sich, um mit dem Jungen zu reden. Spielerisch zog er an ihrem Haar, und sie machte einen Scherz, der ihn zum Lachen brachte.

Seths Herz klopfte unregelmäßig. Wann hatte ihn eine Frau das letzte Mal derart unvermittelt und stark angezogen?

Es schien Ewigkeiten her zu sein.

Die schwarzhaarige Schöne und die beiden Kinder gaben ein hübsches Bild ab. Nun lachte sie. Rauchig. Unbeschreiblich sexy. Als sie sich aufrichtete und ihr Kleid glatt strich, ging sein Puls noch schneller, denn auch ihr Kleid war ausgesprochen sexy. Ärmellos und mit eckigen Ausschnitten für Hals und Arme, zeigte es viel braune Haut. Eine Handbreit über dem Saum verlief ein ebenfalls eckiger Hohlsaum, der noch mehr Haut durchschimmern ließ.

Strahlend verabschiedete sich die Fremde von Mutter und Kindern und ging in Richtung Tradewind Room. Ärgerlich registrierte Seth, dass sie kein einziges Mal zu ihm hingesehen hatte.

„Eine wirklich bezaubernde Frau", bemerkte Conway, der seinem Blick gefolgt war.

„Du kennst sie?" Seth war überrascht.

„Du etwa nicht?"

„Nein." Seth schüttelte den Kopf. Er wusste nur, dass er dieser Frau unbedingt vorgestellt werden wollte. Für ihn war das ein gutes Zeichen, denn vielleicht hatte er jetzt endlich die Folgen des Pariser Fiaskos überwunden, das nun immerhin schon acht Jahre zurücklag.

„Das erstaunt mich wirklich, Seth! Wenn mich nicht alles täuscht, interessierst du dich doch für klassische Musik, oder?"

„Ja, aber was hat das damit zu tun?" Irritiert runzelte Seth die Stirn. Erst vor zwei Jahren hatte ihn sein Freund Julian in Berlin mit Klassik in Berührung gebracht – er war also noch ein ziemlicher Neuling auf diesem Gebiet.

„Die Frau ist Lia d'Angeli, die bekannte Stargeigerin, die vom Publikum und den Medien gleichermaßen geliebt wird. Ich mache euch miteinander bekannt. – Lia!", rief er durchs Foyer.

Überrascht hob sie den Kopf und lächelte Conway zu. Ihre Augen waren fast so dunkel wie ihr Haar, und ihre Fingernägel waren rot lackiert, rot wie ihr Kleid und ihre vollen, sinnlichen Lippen.

„Conway! Was für eine Überraschung!" Lia kannte und verehrte Conway seit sechs Jahren. Vor vier Jahren hatte seine Stiftung ihr ermöglicht, die Geige ihrer Träume zu kaufen, eine echte Stradivari, die wie für ihr Spiel gemacht zu sein schien. Für Conway würde Lia an diesem Abend sogar auf das ersehnte Alleinsein verzichten.

„Darf ich vorstellen, Lia? Pete und Jeannie Sonyard aus Maine und Seth Talbot, der hauptsächlich in New York lebt. Lia d'Angeli, die berühmte Geigenvirtuosin."

Wie aus dem Nichts stand plötzlich Seth vor ihr – die Abendsonne malte goldene Reflexe auf sein blondes Haar, und seine grünen Augen waren noch faszinierender, als sie sie in Erinnerung hatte. Vor Schock war Lia wie gelähmt und befürchtete, den Boden unter den Füßen zu verlieren. Seth! Das konnte, das durfte nicht sein! Wie sollte sie das überstehen?

Sie schloss die Augen und konzentrierte sich darauf, ihr Gleichgewicht zu halten. Vielleicht hatte sie ja nur einen Albtraum.

„Ist dir nicht gut?" Besorgt legte Conway ihr die Hand auf den Arm.

„Danke, es geht mir schon wieder besser." Mit Mühe brachte sie ein freundliches Lächeln für die Sonyards zustande. „Gestern war ich noch bei Minustemperaturen in Helsinki, anscheinend habe ich Schwierigkeiten mit dem Klimawechsel und dem strahlenden Sonnenschein."

Jeannie lachte und machte eine Bemerkung über das Wetter und die Folgen des Jetlags.

„Ich bin hocherfreut, Sie persönlich kennenzulernen, Signora d'Angeli", begrüßte Seth sie anschließend. „Ich besitze alle Ihre CDs und höre sie sehr oft."

Vor Wut verschlug es Lia die Sprache. Wie konnte er es wagen, sie wie eine zufällige Bekanntschaft zu behandeln? Wie konnte er die beiden bedeutungsschweren Briefe vergessen, die sie ihm vor acht Jahren geschrieben hatte?

„Ich fühle mich geehrt." Sie lächelte spöttisch und stellte zu ihrer Genugtuung fest, wie er sich aus Ärger über ihren Ton auf die Lippe biss. „Wie lange bleibst du hier?", wandte sie sich dann betont freundlich an Conway.

Dieser war etwas verwirrt, weil er ein solches Verhalten noch nie bei Lia erlebt hatte. „Nur noch bis morgen Nachmittag. Darf ich dich einladen, mit uns zu Abend zu essen, Lia?", fragte er, um der Situation die Peinlichkeit zu nehmen.

„Ich würde mich sehr darüber freuen", warf Seth ein.

Das glaube ich, du Schuft, dachte Lia empört. Nicht für alle Stradivaris der Welt wollte sie mit Seth Talbot an einem Tisch sitzen und sich mit ihm über das Wetter oder ihre letzten Kritiken unterhalten. Es war das zweite Mal, dass er sie abblitzen ließ und so tat, als hätte es jene Nacht in Paris nie gegeben.

„Leider muss ich ablehnen, ich habe mir einen Tisch im Reef Room reservieren lassen." Sie lächelte entschuldigend.

„Haben wir uns vielleicht schon einmal getroffen, Signora d'Angeli?" Seth musterte sie eindringlich. „Ich wüsste nicht, womit ich Sie sonst beleidigt haben könnte."

Natürlich, sie hätte sich denken können, dass er ihr unhöfliches Benehmen nicht auf sich beruhen lassen würde – nicht er, der große Seth Talbot, der in den vergangenen acht Jahren bestimmt mehr verdient hatte als ein ganzes Orchester zu Lebzeiten. Nur mit Mühe schluckte sie die Worte hinunter, die ihr auf der Zunge lagen.

Aber Mr Talbot! Haben Sie etwa vergessen, wie wir uns auf dem Balkon Ihrer Suite in Paris geliebt haben? Ist Ihnen entfallen, dass ich Ihnen geschrieben habe, weil Sie mich dabei dummerweise und rein zufällig geschwängert haben?

Stolz hob Lia den Kopf und sah Seth an. Wenn er ihre Bekanntschaft leugnen wollte, bitte. Auf diese Weise konnte sie wenigstens ihre heilige Privatsphäre schützen.

„Wahrscheinlich haben wir uns noch nie gesehen, Mr Talbot. Aber Sie erinnern mich sehr stark an jemanden, den ich lieber vergessen möchte. Verzeihen Sie mir daher bitte mein schlechtes Benehmen." Damit wandte sie sich wieder an Conway. „Wollen wir morgen zusammen frühstücken?"

„Mit dem größten Vergnügen. Ich werde um halb neun hier im Foyer auf dich warten."

„Wunderbar." Sie nickte den Sonyards freundlich zu. „Entschuldigen Sie mich bitte."

Als ihr Blick dabei zufällig Seth streifte, hätte sie am liebsten laut gelacht. Dieser Mann war ein Phänomen. Wäre er nicht der Inhaber eines riesigen Konzerns, hätte er als Schauspieler Karriere machen können. Seine Verwirrung und das betretene Gesicht wirkten so echt, dass sie ihm am liebsten ins Gesicht geschlagen hätte.

Laut klapperten ihre Stilettos auf den Fliesen des Foyers, als sie zum Reef Room ging. Hoffentlich fand sie dort noch einen freien Tisch, denn natürlich hatte sie im Tradewind Room essen wollen.

Wie konnte Seth es nur wagen! Nach allem, was passiert war, spielte er jetzt auch noch den Beleidigten! Dieser Bastard!

Abrupt blieb sie stehen. Nicht er war der Bastard, sondern Marise, ihre über alles geliebte Tochter. Marise, deren Augen ebenso faszinierend und tiefgrün waren wie die ihres Vaters.

Von Anfang an hatte Lia ihr Privatleben vor den Medien abgeschirmt. So war es zwar kein Geheimnis, dass sie eine Tochter hatte, doch es wurde in der Presse selten erwähnt.

Glücklicherweise hatte sie während der Schwangerschaft nicht dramatisch zugenommen und obendrein eine geschickte Schneiderin besessen. Kleider im Empirestil aus schwer fallendem Stoff wie Brokat und Samt hatten ihren gerundeten Bauch verborgen – ganze zwei Konzerte hatte sie ausfallen lassen müssen, mehr nicht.

Kurz vor der Entbindung hatte Lia einen Teil der Aktien, die sie von ihren Eltern geerbt hatte, veräußert, eine Hypothek aufgenommen und eine kleine Farm hundertzwanzig Kilometer von New York entfernt gekauft und renovieren lassen. Marise war in dem kleinen Krankenhaus ganz in der Nähe der Farm zur Welt gekommen.

Unmittelbar nach der Geburt hatte Lia ein Kindermädchen engagiert und sich ein Auto gekauft, sie hatte alles getan, um Marise ein möglichst geregeltes Leben zu bieten. Die Farm war zu einem wirklichen Zuhause geworden, das Nestwärme schenkte und Mutter und Tochter die nötige Stabilität in ihrem unruhigen Leben gab.

Obwohl Lia Seth nie wiedergesehen hatte und inzwischen gut ohne ihn zurechtkam, würde sie ihn doch nie vergessen können. Immer wenn sie Marise in die Augen blickte, wurden alte Erinnerungen lebendig. Während der ganzen acht Jahre war sie kein einziges Mal in Versuchung geraten, einem Mann mehr zu schenken als nur Freundschaft – ihr Herz war frei und ihr Bett leer geblieben.

Was sollte sie jetzt tun? Am kommenden Morgen, nach dem Frühstück mit Conway, im Hubschrauber die Insel verlassen? Doch sie brauchte diesen Urlaub dringend, denn in den nächsten Monaten erwartete sie ein volles Programm: anstrengende Konzertreisen, Orchesterproben und diverse Studiotermine. Warum sollte sie auf ihre bitter nötige Erholung verzichten und dieses kleine Paradies verlassen, nur weil Seth Talbot plötzlich aufgetaucht war?

Er wollte doch ohnehin nichts mehr mit ihr zu tun haben. Wenn er wirklich an ihr interessiert wäre, hätte er sich schon längst mit ihr in Verbindung gesetzt.

Mit erhobenem Kopf betrat Lia den Reef Room, stolz wie eine Königin. Sie würde sich das teuerste Menü leisten und dann in ihrem Bungalow eines der Bücher lesen, auf die sie sich schon seit über einem halben Jahr freute.

Ein Seth Talbot konnte ihr den Urlaub nicht verderben.

Und sein Zusammentreffen mit Marise würde sie auch zu verhindern wissen.

*D*raußen vor dem Bungalow stieß ein Vogel einen klagenden Ruf aus. Unruhig wälzte sich Seth im Bett und sah auf den Radiowecker. Fünf Uhr fünfundvierzig. Die Ziffern des Displays leuchteten genauso rot wie das Kleid von Lia d'Angeli.

Er würde seinen neuen Porsche darauf wetten, dass sie im Tradewind Room hatte essen wollen, es sich seinetwegen aber anders überlegt hatte. Seit Stunden versuchte er, sich ihr Bild aus dem Kopf zu schlagen, doch allein beim Gedanken an sie regte sich sein Verlangen.

Mit dieser Frau würde er sich nichts als Ärger einhandeln, das ahnte er, und darauf konnte er gut verzichten. Warum hatte er auch ausgerechnet hierherkommen müssen, um sich auszukurieren?

Um sich abzulenken, nahm er sein Buch vom Nachttisch, konnte sich jedoch nicht darauf konzentrieren. Nicht der Vogel hatte ihn nämlich geweckt, sondern der Albtraum, der ihn seit seiner letzten Reise verfolgte.

Immer noch sah er sie vor sich, die elenden Hütten, die verbrannten Dörfer und die Flüchtlinge, die nur das besaßen, was sie auf dem Rücken trugen. Diese Bilder hatte er vor Wochen in einer von Bürgerkriegen erschütterten afrikanischen Provinz gesehen, und seitdem ließen sie ihn nicht mehr los. Am meisten hatte ihn der Anblick der Kinder erschüttert. Kinder ohne Eltern, Kinder, die vor Hunger weinten oder – schlimmer noch – vor Entkräftung schon nicht mehr weinen konnten.

Was waren seine Sorgen verglichen mit diesem Leid?

Er war in das Krisengebiet gereist, um persönlich dafür zu sorgen, dass die Gelder seiner Stiftung auch in die richtigen Hände kamen. Dass er lebendig von der Reise zurückgekehrt war, hatte er nur dem Umstand zu verdanken, dass die Kugel eines Aufständischen, die seinem Herzen gegolten hatte, glücklicherweise nur seinen Rippenbogen gestreift hatte.

In Afrika hatte er einsehen müssen, wie hilflos er im Grunde war. So gut er es auch meinte, das Übel mit der Wurzel auszurotten und die Armut zu besiegen, würde niemals gelingen. Kein Mensch, und mochte er noch so reich sein, war im Alleingang dazu in der Lage.

Auf dem langen Flug zurück in die Staaten hatte er mehr Zeit zum Nachdenken gehabt, als ihm lieb gewesen war. Er hatte erkennen müssen, wie leer sein Leben war. Obwohl er Freunde in aller Welt besaß, gab es keinen Menschen, der ihm wirklich nahestand.

Von der lieblosen Ehe seiner Eltern nachhaltig geprägt, war er offensichtlich unfähig, eine enge Bindung einzugehen. Hatten nicht die ärmsten der Flüchtlinge noch Familienangehörige? Wen hatte er?

Niemanden.

Schwerfällig stand er auf. Trotz seiner Verletzung wollte er schwimmen gehen und sich dann das Frühstück auf die Terrasse seines Bungalows bestellen. So vermied er es, Lia d'Angeli und Conway zufällig im Restaurant zu begegnen.

Nach dem Frühstück legte er sich in den Liegestuhl auf seiner Terrasse und holte den versäumten Schlaf nach. Er wachte gerade noch rechtzeitig auf, um das Boot zu erreichen, das die Gäste täglich zum Riff brachte. Schnell suchte er sich seine Schnorchelausrüstung zusammen, setzte die Sonnenbrille auf und eilte durch den sonnengewärmten Sand.

Als er den Steg erreichte, wartete der Außenborder bereits. Außer dem Guide sah Seth nur einen Passagier an Bord: Lia d'Angeli. Sie trug ein weißes T-Shirt über ihrem Badeanzug und hatte ihr Haar unter einem breitkrempigen Sonnenhut versteckt. Da sie ihm den Rücken zudrehte und mit dem Guide sprach, konnte sie ihn nicht sehen – er hätte also unbemerkt zurück in den Bungalow flüchten und die Nase wieder in sein Buch stecken können.

Sollte er vor einer Frau davonlaufen, oder sollte er es nicht?

Doch die Entscheidung wurde ihm abgenommen, denn der Tauchlehrer hatte ihn bereits entdeckt. „Hallo, Mr Talbot, was für ein herrliches Wetter! Kommen Sie mit uns?"

„Hallo, John. Ja, das hatte ich eigentlich vor."

Verärgert drehte Lia sich um. Das hatte ihr gerade noch gefehlt, in allerletzter Sekunde verdarb Seth ihr den Ausflug, auf den sie sich so gefreut hatte! Fiel ihm denn nichts Besseres ein, als schnorcheln zu gehen?

„Was für eine unverhoffte Freude", bemerkte sie sarkastisch.

„Ganz meinerseits." Seth sprang ins Boot.

Einen Moment dachte Lia daran, wieder auszusteigen und sich unter einen Sonnenschirm am Strand zu flüchten. Doch ihr Schuss Sturheit, der ihr half, sich trotz aller Intrigen in der Musikszene durchzusetzen, siegte auch hier. Sie blieb.

Kurz vor dem Riff warf John den Anker und warnte seine beiden Gäste davor, die Korallen zu berühren. „Sie sind äußerst empfindlich und müssen geschützt werden, davon abgesehen verursachen sie Verletzungen, die schlecht heilen", erklärte er, dann lächelte er breit. „Ich werde hier warten, Sie haben alle Zeit der Welt."

Lia befestigte ihre Flossen und zog sich ihr T-Shirt über den Kopf, womit sie bis zum letzten Moment gezögert hatte. Wenn ihr Badeanzug doch nur etwas weniger knapp geschnitten wäre! Aber leider reichten die Beinausschnitte himmelhoch und auch beim Dekolleté hatte der Hersteller am Stoff gespart.

Unwillkürlich blickte sie zu Seth. Das sehnsüchtige Verlangen, mit dem er sie anschaute, ließ sie schnell wieder die Augen senken. Also ging es ihm nicht anders als ihr, acht lange Jahre hatten der Leidenschaft nichts anhaben können.

Doch Seth wollte nur sie, das Kind, das er mit ihr gezeugt hatte, war ihm völlig gleichgültig!

Unbändige Wut machte Lia verwegen. Vor acht Jahren, als er ihre Briefe nicht beantwortet hatte, war sie hilflos gewesen und hatte sich nicht wehren können, doch heute war das anders. Die Zeit der Rache war gekommen.

Sorgfältig legte sie ihr Shirt über die Bank und bückte sich dann so nach ihrer Maske, dass er mehr sehen konnte als lediglich den Ansatz ihrer Brüste, und beim Aufrichten streifte sie wie zufällig seinen Schenkel.

Bei der unerwarteten Berührung zuckte er zusammen, als hätte ihn ein elektrischer Schlag getroffen. Lia lächelte und sah ihm provozierend ins Gesicht – auch die zusammengepressten Lippen und seine Augen verrieten ihn.

Dumm für dich gelaufen, Seth Talbot, dachte sie triumphierend, denn ich bin tabu für dich!

Geschickt schwang sie die Beine über Bord und ließ sich ins Meer gleiten. Dann strich sie sich das Haar sorgfältig aus dem Gesicht, spülte die Maske aus und setzte sie auf. „Bis nachher", rief sie John zu, nahm den Schnorchel in den Mund und entfernte sich vom Boot, den Kopf unter Wasser.

Die zauberhafte Unterwasserwelt mit den munteren Clownfischen und den filigranen, sich in der Strömung anmutig bewegenden Korallen nahm sie sofort gefangen, und ihr Puls beruhigte sich wieder.

Wenn sie ihn auf Abstand halten wollte, hätte sie Seth nicht derart provozieren dürfen, das war Lia klar. Sich herausfordernd und schamlos zu benehmen, war bei einem Mann wie Seth nicht ungefährlich. Aber Rache ist süß, dachte sie zufrieden, und beschloss, nicht mehr an Seth und alles, was mit ihm zusammenhing, zu denken. Niemals würde sie dulden, dass er sich zwischen sie und ihre Karriere drängte.

Nachdem Lia ins Wasser geglitten war, wartete Seth einige Minuten, dann sprang auch er aus dem Boot. Sein T-Shirt behielt er an, um das Pflaster zu verbergen – Lia d'Angeli würde sich sonst eine schadenfrohe Bemerkung bestimmt nicht verkneifen können.

Sie wusste genau, wie es in ihm aussah, und spielte mit ihm Katz und Maus. Unfähig, ihr sein Begehren zu verheimlichen, hatte sie es absichtlich noch weiter angefacht. Mit vollem Erfolg, denn er fühlte sich wie ein pubertierender Halbwüchsiger, der vor lauter Verlangen nicht mehr ein noch aus wusste.

Unter Wasser genoss Seth die Stille und Kühle. Mochte er noch so sehr eine Frau brauchen, von Lia d'Angeli würde er die Finger lassen. Erst als seine Lungen zu bersten drohten, tauchte er wieder auf. Während er tief durchatmete, entdeckte er Lias Schnorchel, der sich in geringer Entfernung langsam durch die spiegelglatte See bewegte.

Als hätte er nicht gerade das Gegenteil beschlossen, nahm er sofort die Verfolgung auf. Er schwamm bis auf einige Meter an Lia heran und tauchte dann wieder ab, um sie zu beobachten. Lia, die ganz in den Anblick des Riffs versunken war, schien nicht zu schwimmen, sondern zu schweben. In ihrem hautengen türkisfarbenen Badeanzug und der Tauchermaske wirkte sie geheimnisvoll wie eine Meerjungfrau.

Türkis! Eine Maske!

Seth war so schockiert, dass er nicht mehr wusste, wo er war. Vor Überraschung öffnete er den Mund, schluckte Salzwasser und musste hustend an die Oberfläche zurückkehren. Wachte oder träumte er?

Lia d'Angeli sollte sein flüchtiger Schmetterling sein?

Hatte er wirklich die Frau vor sich, die ihn für jede andere verdorben hatte, die Frau, die er nicht vergessen konnte? Sie musste es sein, ihr Körper war unverwechselbar. Warum hatte er sie nicht sofort erkannt, noch dazu, wo er so eindeutig auf sie reagiert hatte?

Nach acht Jahren hatte er seine Geliebte für eine Nacht, die Frau seiner Sehnsucht, wiedergefunden! Konnte es ein größeres Glück geben?

Doch die Ernüchterung folgte auf dem Fuß, denn Lia war nicht an ihm interessiert. Acht Jahre war sie ihm aus dem Weg gegangen, obwohl sie von Anfang an gewusst hatte, wer er war und wie sie ihn erreichen konnte. Sie waren sich rein zufällig begegnet, und Lia hatte ihn von der ersten Sekunde an mit offener Feindseligkeit behandelt.

Warum? Was hatte er ihr getan? Immerhin war sie es gewesen, die den Kontakt abgebrochen hatte. Weshalb, war ihm rätselhaft – noch heute. Aber er würde die Gründe herausfinden, das schwor er sich.

Schnell schwamm Seth zurück zum Boot. Lia sollte ihm Rede und Antwort stehen, aber nicht hier, im Wasser und mit John als Zuhörer.

Als das Boot wieder anlegte, sprang Seth auf den Steg und legte die Leine um den Poller. Lia verabschiedete sich von John und ging, ohne ihn auch nur eines Blickes zu würdigen, über die sonnendurchglühten Holzplanken an Land.

Sie war noch nicht weit gekommen, als Seth ihr die Hand auf den Arm legte. „Nicht so schnell", sagte er. „Wir müssen miteinander reden, Lia."

„Lass mich los!" Wütend schüttelte sie seine Hand ab. „Wenn du mich weiterhin belästigst, melde ich das der Geschäftsleitung."

„Wir werden uns nicht mitten in der Anlage streiten. Du hast die Wahl, Lia, entweder du gehst zu Fuß in deinen Bungalow, oder du wirst getragen."

„Was bildest du dir eigentlich ein? Wir leben doch nicht mehr im Mittelalter!"

Wortlos hob er sie hoch. „Mir ist meine Privatsphäre ebenso wichtig wie dir. Ich hoffe sehr, dass uns niemand sieht."

Auch damals, in jener Nacht in Paris, hatte er sie so auf die Dachterrasse getragen, und die Großstadtlichter hatten wie Sterne gefunkelt. Die romantische Geste verfehlte auch diesmal nicht ihre Wirkung, worüber sich Lia maßlos ärgerte. Genervt und wütend über sich selbst, stieß Lia Seth den Ellbogen in die Rippen.

Sein Gesicht verzog sich vor Schmerz. „Bitte tu das nicht! Ich habe eine Verletzung."

„Anscheinend ist sie nicht schwer genug", antwortete sie höhnisch. Selbst als ihr auffiel, wie blass er um den Mund wurde, entschuldigte sie sich nicht für ihr rüdes Benehmen. Was kümmerten sie seine Probleme?

Mit der Schulter stieß Seth gegen die Tür. Wie er es vermutet hatte, öffnete sie sich sofort, weil Lia nicht abgeschlossen hatte. „Wenn es dir lieber ist, lassen wir sie offen stehen", bot er ihr an. „Doch jetzt zur Sache. Ich weiß jetzt endlich, wer du bist. Du bist die Frau, die ich vor acht Jahren auf dem Maskenball in Paris getroffen und mit der ich die Nacht verbracht habe."

Lia bebte vor Wut. „Das hast du doch die ganze Zeit schon gewusst, du Lügner!"

„Was redest du denn da? Du hast mir weder einen Namen noch eine Adresse hinterlassen, als du dich in jener Nacht wie ein Dieb davongeschlichen hast. Zwei Wochen habe ich einen Privatdetektiv nach dir suchen lassen, der in Paris jeden Pflasterstein umgedreht hat. Ohne Erfolg, denn du hattest dir das Kostüm unter falschem Namen geliehen. Und jetzt willst ausgerechnet du mir vorwerfen, ich hätte gewusst, wer du bist? Dass ich nicht lache!"

„Ich habe einen falschen Namen angegeben, weil ich nicht erkannt werden wollte! Ich hatte gerade zwei Preise in Europa gewonnen, und die Presse war hinter mir her. Ich war das ideale Opfer für die Medien: jung, begabt, schön und sexy – die Reporter warteten nur darauf, mir eine Affäre anhängen zu können. Nur für einige Stunden wollte ich mich in jener Nacht unerkannt amüsieren, aber …"

„Und warum hast du dich hinterher nicht bei mir gemeldet? Hat dir die Nacht so wenig bedeutet?" Hart packte er sie an den Schultern, und seine Finger gruben sich schmerzhaft in ihre Haut. „Waren es für dich wirklich nur einige Stunden wilder Sex, die du im Alltag ganz schnell wieder vergessen hast?"

„Aber das habe ich doch!"

„Was hast du?" Verständnislos sah er sie an.

„Ich habe dir zwei Briefe geschrieben, und jetzt behaupte bitte nicht, du hättest sie nicht bekommen."

„*Wann?*"

Weil Seths Ungläubigkeit echt und überzeugend wirkte, zögerte sie kurz. Sollten die Briefe tatsächlich beide verloren gegangen sein – so unwahrscheinlich das auch klang –, musste sie ihm jetzt das genaue Datum verschweigen. Aus der Zeitspanne von zwei Monaten hätte er bestimmt sofort den richtigen Schluss gezogen, und auf keinen Fall durfte Seth etwas von Marises Existenz erfahren.

„Etwas später", wich sie einer präzisen Zeitangabe aus und sah, wie er die Augen zusammenkniff.

„Du lügst!", behauptete er.

„Nein! Einen habe ich an deine Zentrale in Manhattan geschickt, den anderen an eine Adresse in den Hamptons – beide Anschriften standen im Internet."

„Meine Eltern leben in den Hamptons. Falls du mir wirklich die beiden Briefe geschickt haben solltest – was ich stark bezweifle –, was stand denn darin?"

Ruhig sah sie ihn an. „Nichts Bestimmtes. Ich wollte lediglich mit dir in Verbindung bleiben. Doch wie wir beide wissen, hast du dir nicht die Mühe gemacht, mir zu antworten."

„Briefe, die man nicht bekommt, kann man nicht beantworten", stellte er nüchtern fest.

„Warum bin ich wohl gestern Abend im Foyer so unhöflich zu dir gewesen, Seth? Du hast getan, als wäre nie etwas zwischen uns gewesen, *du* bist es, der das Besondere, das wir erleben durften, vergessen hat, nicht ich."

„Ich habe dir also doch etwas bedeutet!"

Um Himmels willen, sie musste ihr Temperament zügeln, sonst würde sie sich noch verraten.

„Anfangs ja, doch nachdem du auf meine Briefe nicht reagiert hast, bin ich schnell darüber hinweggekommen", log sie, ohne rot zu werden.

„Ich habe nie auch nur einen Brief von dir erhalten, Lia! Willst du mir unterstellen, dass ich dich belüge?"

„Du sagst es." Sie lächelte spöttisch.

Abrupt ließ er sie los und blickte nachdenklich vor sich hin. Über der Stuhllehne hing ein gelber Pullover, auf dem Tisch stand ein Laptop, und vor dem großen Fenster mit Meerblick stand ein Notenpult.

„Ich bleibe noch drei Tage", meinte er schließlich. „Und du?"

Drei Tage? Dann würde sie also nur ihren letzten Ferientag ungestört verbringen können! Als sie sich zu Seth umdrehte, fiel ihr Blick zufällig auf die offene Schlafzimmertür. Erschrocken hielt sie den Atem an, denn auf ihrem Nachttisch stand ein Bild von Marise.

„Das geht dich nichts an", antwortete sie mühsam beherrscht. „Wir haben uns nichts mehr zu sagen. Du streitest Tatsachen ab und hältst mich für eine Lügnerin. Vor acht Jahren haben wir etwas Schönes und Besonderes erlebt, aber das ist lange her, und wir haben uns beide verändert."

„Das sehe ich anders." Langsam kam er näher.

„Bildest du dir wirklich ein, ich könnte dir je wieder vertrauen? Einmal hast du mich zurückgewiesen, doch ein zweites Mal passiert mir das bestimmt nicht."

„Zu Hause werde ich sofort recherchieren, was aus den Briefen geworden ist – falls du sie geschrieben hast."

„Um deinen Papierkorb zu durchsuchen, ist es reichlich spät!", spottete Lia.

Seine grünen Augen blitzte zornig, als er sie auf einmal an sich riss und rücksichtslos küsste. Schwer zu sagen, was mächtiger war, seine Wut oder sein Begehren.

Wie sehr sie sich auch anfangs gegen seinen Kuss wehren wollte, seine Berührung erstickte Lias Gegenwehr im Keim. Statt sich ihm zu entwinden, schlang sie die Arme um Seth und schmiegte sich an ihn.

Sie streichelte sein vom Schwimmen noch feuchtes Haar, seine Schultern, seine Brust – alte Erinnerungen an die Nacht in Paris wurden lebendig und ließen sie jede Vorsicht vergessen.

Seth reagierte auf ihre Zärtlichkeiten mit einer Leidenschaft, die ihn selbst erschreckte. Blind vor Verlangen riss er ihr das T-Shirt vom Körper und schob die Träger des Badeanzugs von den Schultern.

Lustvoll glitten seine Lippen über ihre Brüste, die nach Sonne und Salzwasser schmeckten und deren Spitzen die Farbe von Korallen hatten. Unter seiner Wange fühlte er ihr Herz schlagen.

Keine Frau hatte er jemals so begehrt wie seinen Schmetterling, und jetzt hielt er sie endlich in den Armen!

Ungeduldig zog Lia an seinem T-Shirt, sie drängte sich an ihn und presste aufreizend ihr Becken gegen seine Hüften. Er zog sie noch dichter an sich – so dicht, dass sie ihn spüren musste – und küsste sie fordernd. Er konnte nicht mehr länger warten.

„Lass uns ins Bett gehen", murmelte er heiser.

Das Schlafzimmer … Das Bild von Marise auf dem Nachttisch … Seth durfte nicht …

*E*ntsetzt stemmte Lia die Hände gegen Seths Brust. „Ich muss verrückt sein! Fast hätte ich es wieder getan und wäre mit dir ins Bett gegangen. Wir kennen uns nicht, keiner traut dem anderen, und trotzdem können wir die Finger nicht voneinander lassen."

„Du bist das Beste, was mir je im Leben passiert ist, Lia." Seth war über seine eigenen Worte erstaunt. „Komm mit mir ins Bett, ich möchte dich lieben, dir dabei ins Gesicht sehen und deinen Namen rufen."

Obwohl sie nur zu gern nachgegeben hätte, dachte Lia an Marise und blieb standhaft. „Warum hast du meine Briefe nicht beantwortet?", fragte sie und sah ihm in die Augen. „War ich dir gleichgültig? Sag mir die Wahrheit, Seth, ich werde versuchen, dich zu verstehen."

„Ich kann mich nur wiederholen, Lia. Ich habe die Briefe niemals bekommen. Ich habe auf ein Zeichen von dir gewartet, denn du bist mir nicht aus dem Kopf gegangen. Zwei ganze Jahre hat es gedauert, bis ich mich überhaupt wieder mit einer Frau einlassen konnte, und in den ganzen acht Jahren habe ich keine gefunden, die mir auch nur annähernd so viel bedeutet hätte wie du."

Seit er wusste, dass Lia einen Brief an die Adresse seiner Eltern geschickt hatte, hegte Seth einen Verdacht, den er allerdings erst überprüfen wollte. „Der Sache mit den Briefen kann ich erst in Manhattan nachgehen", erklärte er. „Dazu muss ich nämlich einige persönliche Gespräche führen."

„Glaubst du, jemand hätte deine Post abgefangen? Deine Eltern vielleicht? Das halte ich für ausgeschlossen!"

Er biss sich auf die Lippe. „Bisher sind es nur Vermutungen. Wir sprechen erst wieder darüber, wenn ich die Tatsachen kenne."

„Einverstanden, aber bevor ich nicht die Wahrheit weiß, spielt sich zwischen uns nichts ab, das wirst du ja wohl verstehen." Sie verschränkte die Arme vor der Brust. „Mir ist kalt, und ich möchte duschen. Es ist besser, wenn du jetzt gehst, Seth."

„Du willst die nächsten drei Tage wirklich so tun, als seien wir Luft füreinander?"

„Es wäre das Vernünftigste." Unwillkürlich wich sie seinem Blick aus.

Als Seth sah, wie sie fröstelte, regte sich sein Beschützerinstinkt. „Lass uns zusammen zu Abend essen und miteinander reden", meinte er spontan. „Im Reef Room bist du auch sicher vor mir, da kann ich nicht über dich herfallen."

„Darauf möchte ich nicht wetten, und daher lehne ich die Einladung ab."

„Acht Uhr im Reef Room." Er streichelte ihre Wange. „Ich kann dir gar nicht sagen, wie sehr mich die Sache mit den Briefen aufregt. Was musst du nur von mir gedacht haben? Typisch Mann, hat sein Vergnügen gehabt und will nichts mehr von mir wissen – Lia, so bin ich wirklich nicht! Ich werde den Schuldigen finden, das schwöre ich dir."

So ehrlich das auch klang, durfte sie ihm glauben?

„Ich gehe nicht mit dir essen, Seth – nicht nur wegen der Briefe, es ist mir einfach zu gefährlich. Heute ist dasselbe passiert wie auf dem Maskenball, ich brauche nur in deine Nähe zu kommen, und schon ist es um mich geschehen. Doch ich bin acht Jahre älter geworden und habe einiges dazugelernt – unter anderem, dass One-Night-Stands nichts bringen."

Im ersten Moment wollte Seth widersprechen, überlegte es sich aber anders. So verrückt er auch nach Lia war, was sollte nach dem Urlaub geschehen? Würde er die Beziehung nach kurzer Zeit beenden, wie er es bisher immer getan hatte?

Heirat und Kinder standen für ihn nicht zur Debatte. Alles, was er ihr bieten konnte, war eine Affäre von zwei, drei Monaten, und dafür war Lia ihm zu schade, sie hatte Besseres verdient. Was sollte er nur tun?

Lia ging zur Tür und öffnete sie weit. „Geh und lass mich zufrieden", sagte sie barsch.

„Unmöglich." Er verabschiedete sich mit einem Kuss auf die Wange. „Dazu bin ich viel zu glücklich, dich endlich wiedergefunden zu haben. Ich erwarte dich morgen früh um neun im Reef Room zum Frühstück."

Auch in dieser Nacht fand Seth kaum Schlaf. Das lag jedoch nicht an seinen Albträumen, sondern an Lia.

Sie wollte nichts mehr mit ihm zu tun haben. Schlimmer noch, sie hielt ihn für einen gewissenlosen Frauenhelden, weil er nicht auf ihre Briefe reagiert hatte.

Dass sie ihm geschrieben hatte, bezweifelte er inzwischen nicht mehr. Wozu hätte sie ein solches Lügenmärchen erfinden sollen? Warum wäre sie sonst so wütend auf ihn?

Doch auch ohne die Komplikation durch die Briefe war die Lage vertrackt genug, denn er hatte Lia nichts anzubieten. Niemals würde er sie heiraten, auch wenn der Sex mit ihr noch so wunderbar war, und für eine zeitlich begrenzte Liaison war Lia d'Angeli nicht die Richtige.

Sie war nicht wie die abgeklärten, kühlen und souveränen Frauen, mit denen er sich sonst traf. Lia war heißblütig, eigenwillig, warmherzig und setzte alles auf eine Karte, eine unverbindliche Liebelei würde für sie nie infrage kommen.

Eine ihrer Stärken als Geigerin war die Fähigkeit, mit ganzer Seele in der Musik aufzugehen, auch wenn sie sich damit verletzlich machte. Auf keinen Fall durfte er diese wunderbare Gabe der vollständigen Hingabe für seine Zwecke missbrauchen.

Vor einigen Monaten hatte er in Berlin einen Jugendfreund besucht und bei ihm zum ersten Mal eine von Lias CDs gehört. Wie ein Pfeil hatte die Musik ihn ins Herz getroffen und sein Innerstes tief berührt. Ihm kam es vor, als hätte Lia d'Angeli allein für ihn gespielt, den einsamen kleinen Jungen, der zu einem verschlossenen Mann geworden war.

Obwohl er all ihre CDs besaß, hatte er sich nie überwinden können, eines ihrer Konzerte zu besuchen. Er befürchtete, seine Emotionen nicht unter Kontrolle zu haben und sich öffentlich zu blamieren.

So hatte er Lia d'Angeli nie gesehen, und da er weder Musikzeitschriften noch die Klatschspalten der Illustrierten las, wusste er absolut nichts über ihr Privatleben. Soweit er sich erinnern konnte, hatte er auch noch nie ein Porträtfoto von ihr gesehen. Die Cover ihrer CDs zierten klassische Gemälde, und auf den Fotos in den Begleitheften war immer das gesamte Orchester zu sehen. Wahrscheinlich wollte Lia ihr Publikum ausschließlich mit ihrer Leistung als Geigerin beeindrucken, nicht mit ihrem Aussehen.

Lia war eine Frau mit Prinzipien, und sie misstraute ihm. Deshalb würde sie sich wahrscheinlich hier auf der Insel weder auf ein Gespräch mit ihm einlassen noch eine Einladung zum Essen annehmen, was ihm nur recht war. Nach einiger Zeit könnte er ihr dann in neutraler Umgebung und möglichst sachlich mitteilen, dass es für beide besser wäre, sich künftig aus dem Weg zu gehen.

Eine kurze Affäre kam nicht infrage, und langfristige Beziehungen lehnte er grundsätzlich ab.

Demzufolge war es zwischen ihm und Lia aus, noch bevor es richtig begonnen hatte, und das war auch besser so. Schon einmal hatte

Lia Gefühle in ihm geweckt, von denen er nichts wissen wollte – die Erfahrung reichte ihm.

Obwohl er überzeugt war, den einzig richtigen Entschluss gefasst zu haben, fand er weder Ruhe noch Schlaf, denn er begehrte Lia nach wie vor. Um sechs stand er auf, weil er es im Bett nicht mehr aushielt. Er zog sich sein T-Shirt über, nahm sein Kopfkissen mit und legte sich in die Hängematte, die vor seinem Bungalow zwischen zwei Bäumen aufgespannt war. Einschlafen würde er auch hier nicht können, aber so war er wenigstens an der frischen Luft …

Er träumte von blendendem Sonnenlicht, Hütten und einer Gruppe hilfloser schweigender Dorfbewohner. Zwei Soldaten entrissen einer Mutter ihr weinendes Kind, ein anderer zog seine Machete. Von Entsetzen gepackt, schrie Seth und wollte dem Jungen zu Hilfe eilen. Doch seine Beine waren schwer wie Blei und gehorchten ihm nicht. Die Machete sauste nieder, und wieder schrie er …

„Seth! Wach auf! Seth, bitte!"

Schweißgebadet schreckte Seth auf. Seine Hände hatten sich in den Maschen der Hängematte verfangen. Lia rüttelte seine Schulter und sah ihn besorgt an. Im Gegenlicht war ihr Kopf von einer goldenen Aureole umgeben.

Ich bin nicht in Afrika, erkannte er endlich. Ich mache Urlaub in der Karibik und habe mich in meiner Hängematte verwickelt.

„Ich wollte zum Frühstück und habe dich schreien hören", erklärte Lia. „Es klang, als würde dich jemand umbringen. Hattest du einen Albtraum?"

„Und wenn schon!" Gedemütigt und wütend befreite er seine Hände aus den Maschen, setzte die Füße auf den Boden und – schwankte! Als Lia ihn stützte, vergaß er sich vor Wut. „Hau ab!", schrie er sie an.

„Ich habe dich etwas gefragt", entgegnete sie lediglich.

„Und ich werde die Frage nicht beantworten."

Ohne mit der Wimper zu zucken, sah sie ihn an. „Du schämst dich", stellte sie ruhig fest. „Es ist dir peinlich, weil ich eine Seite an dir entdeckt habe, die du an dir verachtest."

„Die Stargeigerin als Hobbypsychologin, nicht nur schön, sondern obendrein clever! Bravo, kleine Lia!"

Fast hätte Lia im gleichen Ton geantwortet, hielt sich jedoch im letzten Moment zurück. Eigentlich hätte sie jetzt Gelegenheit gehabt, sich für eine unruhige Nacht voller wilder Träume zu rächen, die Seth ihr beschert hatte. Doch der Blick, mit dem Seth sie beim Aufwachen angesehen hatte, hielt sie davon ab. Entsetzen, Schmerz und Hilflosigkeit hatten daraus gesprochen und sie tief gerührt. Deshalb hielt sie ihr Temperament im Zaum.

„Ich möchte dir etwas über mich erzählen", begann sie. „Mein Vater war Italiener und ein bekannter Bariton ..."

„Arturo d'Angeli, ganz dumm bin ich auch nicht!", unterbrach er sie unwirsch, schämte sich jedoch sofort dafür, und seine Stimme wurde weich. „Ich habe irgendwo gelesen, dass deine Eltern bei einem Autounfall ums Leben kamen."

„Ja, als ich achtzehn war – ich vermisse sie immer noch." Lia seufzte. „Mein Vater war so, wie man sich einen italienischen Opernstar vorstellt: leidenschaftlich, romantisch und berühmt für seine Temperamentsausbrüche. Meine Mutter war Norwegerin, eine weltberühmte Harfenistin und das genaue Gegenteil von ihm: kühl, kopfbetont und beherrscht."

„Gudrun Halvardson."

„Richtig, und im Moment gebe ich mir die größte Mühe, wie meine Mutter zu sein und nicht wie mein Vater." Sie legte den Kopf zurück. „Obwohl ich dich am liebsten zum Mond schießen würde!"

Ob er wollte oder nicht, Seth musste lächeln. „Spar dir die Mühe, Lia, Arturo gewinnt sowieso."

„Ist das ein Wunder? Du bist ein schrecklicher Dickkopf! Stur, ausdauernd und verschlossen, kurz gesagt, du bringst einen zur Weißglut. Warum erzählst du mir nichts von deinem Traum?"

Ihr Haar war nicht nur ebenso schwarz wie das Gefieder eines Raben, sondern glänzte auch ebenso bläulich. Heute trug sie ein auffällig rot, weiß und schwarz gemustertes Kleid, an ihren Handgelenken klimperten Armreifen, und ihre Kreolen waren riesig.

„Du bist wirklich nicht zu übersehen", stellte Seth fest.

„Falls das ein Kompliment sein soll, fühle ich mich ausgesprochen geschmeichelt."

Weil er befürchtete, jeden Augenblick die Nerven zu verlieren, sprach Seth sehr schnell. „Letzte Woche war ich in Zentralafrika und habe mehr von einem Bürgerkrieg mitbekommen, als mir lieb war. Davon habe ich geträumt. Wenn du mir jetzt fünf Minuten gibst, dusche ich, und dann können wir frühstücken."

Prompt hatte Lia ihre Wut vergessen. „Letztes Jahr habe ich an einem Benefizkonzert für die Aids-Hilfe in Afrika teilgenommen und mich gezwungen, mich mit den Bildern und Berichten auseinanderzusetzen. Wochenlang konnte ich nicht richtig schlafen. Die Vorstellung, das Elend und Leid persönlich mit ansehen zu müssen, ist unerträglich für mich."

Er fuhr sich mit den Fingern durchs Haar. „Das Schlimmste ist das Leid der Kinder. Ich kann es einfach nicht vergessen."

„Warum warst du da? Geschäftlich?"

Er hätte lügen können, denn normalerweise sprach er nicht über diesen Teil seines Lebens. „Ich habe vor einigen Jahren eine Stiftung für die Ärmsten der Armen gegründet, vielleicht hast du darüber gelesen."

Doch sie schüttelte den Kopf. „Nachdem ich keine Antwort auf meine Briefe bekam, schirmte ich mich gegen alles ab, was über dich an die Öffentlichkeit drang."

„Ich nehme meine Aufgabe ernst", erklärte er zögernd. „Ich reise so oft wie möglich in die betroffenen Gebiete, um Geld und Hilfsgüter persönlich zu verteilen, damit sie auch wirklich bei den Bedürftigen ankommen."

Also setzte Seth sich mit ganzer Kraft ein und machte nicht nur schöne Worte. Lia runzelte die Stirn. „Und was ist mit deinen Rippen? Als wir uns gestern geküsst haben, habe ich einen Verband gespürt."

„Es wurde geschossen, und ich habe mich nicht schnell genug geduckt."

Stumm riss Lia ein Blatt vom Strauch und zerrieb es gedankenverloren zwischen den Fingern. Innerhalb weniger Minuten hatte sie viel über Seth gelernt. Er war ein engagierter und integrer Mensch. Wie passte das mit der Tatsache zusammen, dass er ihre Briefe nicht beantwortet hatte?

Das Schlimmste ist das Leid der Kinder. Ich kann es einfach nicht vergessen. Konnte ein Mann, der so empfand, die Verantwortung für sein eigenes Kind ablehnen? Vertrauensvoll legte sie ihm die Arme um den Nacken und küsste ihn.

Doch statt den Kuss zu erwidern, drehte Seth den Kopf zur Seite. „Bitte nicht, Lia." Er atmete tief durch. „Ich habe über uns nachgedacht – und wollte beim Frühstück mit dir darüber sprechen."

Hätte er ihr ins Gesicht geschlagen, Lia hätte sich nicht schlimmer fühlen können. Sie trat einen Schritt zurück und sah ihn an. „Dann tu es jetzt."

„Aus bestimmten Gründen möchte ich nicht heiraten und auch keine Kinder haben. Ich könnte dir also nur eine kurze Affäre anbieten, für die du nicht die geeignete Frau bist. Daher ist es für uns beide besser, wenn ich die Finger von dir lasse."

Seth lehnte eigene Kinder ab! Energisch ballte sie die Hände zu Fäusten. „Du liebst mich also nicht!", stellte sie nüchtern fest.

„Nein, auch vor acht Jahren habe ich dich nicht geliebt. Doch das, was wir zusammen erlebt haben, bedeutet mir sehr viel."

„Warum willst du keine eigene Familie? Findest du das normal?"

Seine Miene wurde immer abweisender. „Das ist eine lange Geschichte – eine Geschichte, über die ich lieber schweigen möchte."

Intuitiv erkannte Lia die Zusammenhänge. „Stecken deine Eltern dahinter? Einen der Briefe habe ich ja offensichtlich unwissentlich an ihre Adresse geschickt. Haben sie beide Briefe abgefangen und vor dir verheimlicht? Lehnen deine Eltern dich ab? Ist das dein Problem?"

„Das geht dich nichts an!"

„Ob mich etwas angeht oder nicht, beurteile allein ich! Es liegt also an deinen Eltern, dass du nicht beziehungsfähig bist. Wieso?"

„Feingefühl ist anscheinend ein Fremdwort für dich. Du benimmst dich wie der Elefant im Porzellanladen."

„Auf andere Methoden reagierst du ja nicht! Seth, lass uns doch vernünftig miteinander reden, sich gegenseitig zu beschimpfen, bringt nichts."

„Ich werde einen Tag früher abreisen und dir bis dahin aus dem Weg gehen", erwiderte er abweisend.

„Damit du für den Rest deines Lebens unter dem Einfluss deiner Eltern stehst?" Insgeheim fragte Lia sich, weshalb sie so verbissen kämpfte. Ging es ihr denn wirklich allein um Marise?

„Ich bin dir keine Rechenschaft schuldig", erklärte er kühl.

Und ob du das bist, dachte sie erbittert. Schon einige Male hatte Marise sich gewünscht, ihren Vater kennenzulernen, seit sie in die Schule ging, sogar häufiger. Doch ihr Wunsch musste wohl unerfüllt bleiben, denn Seth ließ sich auf nichts ein.

„Okay", antwortete Lia gespielt ruhig. „Ich werde nur noch im Tradewind Room essen und mich bemühen, dir nicht zu begegnen. Goodbye, Seth, lass dich in deiner Bequemlichkeit nicht stören."

Ausdruckslos wie eine Maske wirkte sein Gesicht, und seine Augen blickten hart. Ohne ein weiteres Wort drehte Lia sich um und ging zu ihrem Bungalow. Seth folgte ihr nicht.

Der Mann, dem sie acht Jahre lang die Treue gehalten hatte, wollte sie nicht küssen, nicht heiraten und nicht einmal eine Affäre mit ihr haben. Logischerweise wäre er dann erst recht nicht bereit, Vaterpflichten zu übernehmen.

Das tat weh.

Um auf andere Gedanken zu kommen, öffnete sie den Laptop, um ihre E-Mails abzurufen. Nancy hatte ihr auch ein Foto von Marise geschickt. In ihrem langen weißen Nachthemd stand sie da und sah lächelnd in die Kamera. Das dichte braune Haar fiel ihr fast bis zur Taille, und ihre grünen Augen strahlten. Wie ich meine Tochter liebe, dachte Lia unwillkürlich, ich möchte das tun, was am besten für sie ist.

Aber was war das Beste? Sollte sie Seth von seiner Tochter erzählen? Er hatte ein Recht darauf, von ihrer Existenz zu erfahren, denn anscheinend hatten ihn die beiden Briefe ja wirklich nicht erreicht. Auf der anderen Seite musste sie Marise schützen, keinesfalls durfte Seth sie verletzen – so, wie er sie verletzt hatte.

Tränen stiegen ihr in die Augen. Nein, sie wollte nicht weinen, nicht wegen eines Mannes, der sie an einem Tag voller Begehren küsste und am nächsten nichts mit ihr zu tun haben wollte. Entschlossen zog sie sich um und ging zum Strand, um beim Schwimmen ihren Kummer zu vergessen.

Hinterher fühlte sie sich jedoch keineswegs erfrischt. Sie war hungrig, müde, und ihre Gedanken drehten sich im Kreis. Sollte sie Seth von seiner Tochter erzählen oder nicht?

Sosehr sie ihr Privatleben auch vor der Öffentlichkeit abschirmte, früher oder später würde er in den Medien von Marise erfahren. Wäre es da nicht besser, ihm hier und jetzt die Wahrheit zu sagen, statt die Entdeckung dem Zufall zu überlassen?

Vielleicht hatte ein Geständnis ja auch keine weiteren Folgen. Bei Seths Einstellung war es durchaus möglich, dass ihn seine Tochter überhaupt nicht interessierte.

Eine solche Reaktion würde sie ihm allerdings ihr ganzes Leben nicht verzeihen! In trübe Gedanken versunken, ging sie ins Bad, duschte, zog sich um und holte ihre Stradivari aus dem Kasten.

Schon immer hatte die Musik ihr in schweren Zeiten am besten geholfen. Sie stimmte die Geige, setzte sie ans Kinn und ging dann zum Fenster, um beim Spielen aufs Meer zu blicken.

Wieso besaß Seth nur eine derartige Macht über ihre Gefühle?

*B*eim Frühstück im Reef Room verschanzte Seth sich hinter einer Zeitung. Weshalb fühlte er sich wie ein Verräter? Es war völlig richtig gewesen, Lia aus seinem Leben zu verbannen, davon war er nach wie vor fest überzeugt.

Ungeduldig raschelte er mit der Zeitung und versuchte, sich auf den Leitartikel zu konzentrieren, musste jedoch ständig an Lia denken. Er bewunderte den Mut, mit dem sie ihre Meinung vertreten hatte. Sie hatte nicht gebettelt und auch nicht geweint, als er sie verletzte.

Nach wie vor beeindruckte sie ihn tief, und er sehnte sich nach ihr, wie er sich noch nie nach einer Frau gesehnt hatte.

Stimmte ihr Vorwurf? Stand er immer noch unter dem Einfluss seiner Eltern? Zu Hause würde er sie sofort aufsuchen und die Sache mit den Briefen klären. Sein Vater hatte bestimmt keine Post verschwinden lassen, doch seiner Mutter traute er das durchaus zu. Für sie war Lia bestimmt nur eine mittellose Musikerin gewesen, die es auf die Talbot-Millionen abgesehen hatte. Doch das gab ihr noch lange nicht das Recht, sich in sein Leben einzumischen.

Wütend faltete er die Zeitung zusammen, stand auf und ging in seinen Bungalow. Vielleicht konnte er sich mit Arbeit ablenken.

Kaum hatte er sich gesetzt und seinen Laptop aufgeklappt, als der Wind eine leise Melodie durch das offene Fenster wehte. Lia spielte Geige. Wie ein Schlafwandler stand er auf und folgte der Musik.

Vor der Tür von Lias Bungalow blieb er stehen und lauschte. Die Trauer und die innere Zerrissenheit, die aus der Sonate Tschaikowskis klangen, entsprachen genau seiner Gemütslage. Je länger er jedoch zuhörte, desto klarer wurde sein Geist, und am Ende wusste er, dass Lia die Briefe wirklich geschrieben hatte. Lias Worte hatten ihn nicht vollkommen überzeugen können, ihr Spiel tat es.

Nun musste er ihr unbedingt sagen, dass er ihr glaubte.

Wieder war die Tür nicht abgeschlossen, und er trat ein. Am Tisch, auf dem Lias Laptop stand, blieb er stehen. Inzwischen spielte Lia ein modernes Stück, wild und voller Dissonanzen. Während er wie gebannt zuhörte, blickte er abwesend auf den Monitor. Der Bildschirmschoner lief, bunte Noten entstanden und lösten sich wieder auf. Reflexartig und ohne nachzudenken, drückte Seth die Leertaste.

Als der Bildschirmschoner verschwand, tauchte ein Foto auf, das ihn alle Musik vergessen ließ. Ein niedliches kleines Mädchen in einem weißen Nachthemd lächelte ihm entgegen. Es hatte lockiges braunes Haar und grüne Augen.

Wie er.

Ohne den Blick von dem Bild zu wenden, ließ Seth sich auf den Stuhl sinken. Das Mädchen neigte den Kopf leicht zur Seite, genau, wie Lia es manchmal tat. Es ist Lias Kind, dachte er benommen. War es auch seins?

In jener Nacht in Paris hatte er keine Verhütungsmittel benutzt, und das Mädchen musste ungefähr sieben sein. War es seine Tochter? Hatte Lia ihm deshalb die Briefe geschrieben?

Je länger er die tiefgrünen Augen betrachtete, desto sicherer wurde er. Es musste seine Tochter sein – er war Vater.

Sein Herz klopfte wie nach einem Hundertmeterlauf, und seine Hände waren eiskalt. Seit sieben Jahren besaß er eine Tochter und hatte nichts davon gewusst. Sieben lange Jahre …

Polternd schob er den Stuhl zurück und stand auf. Sofort hörte die Musik auf.

„Ist da jemand?" Die Geige immer noch am Kinn, betrat Lia das Wohnzimmer.

Seth, dachte sie und erstarrte. Seth in ihrem Bungalow, Seth vor ihrem Laptop mit dem Bild von Marise, Seth blass und mit vor Schock geweiteten Augen. Nur mit größter Mühe gelang es ihr, einigermaßen ruhig und sachlich zu bleiben.

„Ja, sie ist deine Tochter, Seth. Zwei Monate nach unserer Nacht in Paris habe ich dir geschrieben, weil ich schwanger war. Aber du streitest ab, die Briefe je erhalten zu haben."

„Sie sind nie in meine Hände gelangt. Du hast sie geschrieben, davon bin ich jetzt überzeugt. Wer immer sie abgefangen hat, wird sich dafür verantworten müssen, das schwöre ich dir." Er atmete tief durch. „Wie heißt sie?"

„Marise."

„Weiß sie von mir?"

„Nicht viel. Ich habe ihr erklärt, dass wir nur sehr kurz zusammen waren und du mich nicht heiraten konntest. Nach deinem Namen hat sie mich nie gefragt."

Erschüttert sah Seth Lia an. „Du warst ganz auf dich gestellt. Du musstest Marise allein zur Welt bringen, du hast nie etwas von mir gehört, ich habe dich nicht unterstützt, dir kein Geld gegeben …"

„Deshalb habe ich dir nicht geschrieben", unterbrach sie ihn.

„Das habe ich auch nicht behauptet, Lia. Warum hast du mir das alles nicht gleich gestern erzählt?"

„Wie hätte ich das tun können? Ich war überzeugt, dass du von der Existenz deines Kindes gewusst hast – dass jemand die Briefe abgefangen haben soll, kann ich immer noch nicht glauben. Was für eine Anmaßung, über das Leben von drei Menschen bestimmen zu wollen!"

Seth nickte. „Du hast recht, es ist unvorstellbar."

„Außerdem willst du keine Kinder, das hast du mir unmissverständlich erklärt."

„Wolltest du es mir zu einem anderen Zeitpunkt sagen?"

Lia legte Geige und Bogen auf den Tisch und strich sich das Haar aus der Stirn. „Ich weiß es nicht, Seth. Ich habe gespielt, um mir darüber klar zu werden. Es geht nicht um mich, sondern um Marise. Sie darf nicht leiden, nur weil Kinder nicht in dein Leben passen. Auch für mich war es schwer, als ich von der Schwangerschaft erfuhr, ich …"

„Hast du … hast du nie an eine … Abtreibung gedacht?", fragte er gepresst.

„Keine Sekunde lang." Sie sah in sein blasses angespanntes Gesicht. „Seth, was ist los mit dir?"

„Nichts." Verzweifelt versuchte er, die Gespenster der Vergangenheit zu verscheuchen. „Die Schwangerschaft abzubrechen, wäre der logische Schritt gewesen. Du warst allein, du hast am Anfang einer großen Karriere gestanden …"

„Ich habe versucht, das Beste daraus zu machen und Beruf und Mutterschaft zu vereinen." Sie lächelte flüchtig. „Bedeutende Kritiker stellten damals sogar lobend fest, dass mein Spiel deutlich an Tiefe und Ausdruck gewonnen hatte. Was wussten sie schon von meinem Leben?"

„Ich bewundere dich, Lia. Du bist sehr tapfer gewesen."

Tränen stiegen ihr in die Augen. „Danke", sagte sie leise.

„Ich muss Marise unbedingt treffen."

„Das geht mir zu schnell, Seth."

„Zu schnell? Ich bin um sieben Jahre im Leben meiner Tochter betrogen worden, und du sagst, ich sei zu schnell?"

„Betrogen? Du willst doch gar keine Kinder!"

„Aber ich habe ein Kind, ob ich es will oder nicht."

„Seth, ich liebe Marise über alles in der Welt. Ich dulde nicht, dass du sie wie ein Spielzeug behandelst."

„Für wen hältst du mich eigentlich?", fragte er wütend.

„Das kann ich dir nicht sagen, dazu weiß ich zu wenig über dich."

„Das stimmt nicht, Lia! Nach dem, was wir erlebt haben, musst du mich kennen!" Er runzelte die Stirn. „Wer kümmert sich eigentlich im Moment um Marise?"

„Nancy. Sie lebt mit uns auf meiner kleinen Farm und ist Managerin, Kindermädchen und Freundin, alles in einer Person. Sie besteht darauf, dass ich einmal im Jahr eine Woche ganz für mich allein habe, ohne Kind, Konzerte und Termindruck. Wäre es nach ihr gegangen, hätte ich sogar die Geige zu Hause lassen müssen."

„Und wenn du auf Tournee bist, bleibt Marise dann auf der Farm?"

„Soll das ein Verhör sein? Wirfst du mir vor, ich würde mein Kind vernachlässigen?"

„Entschuldigung." Er ging auf sie zu und streichelte zärtlich ihre Wange. „Ich muss völlig durcheinander sein, Lia, du bist bestimmt eine vorbildliche Mutter."

Ganz leicht lehnte sie die Stirn gegen seine Schulter. „Es ist nicht immer leicht. Manchmal begleiten mich Nancy und Marise auf einer Konzertreise, meistens jedoch bleiben sie zu Hause. Ich habe mich bemüht, Marise möglichst normal aufwachsen zu lassen, aber die Musik aufgeben kann ich einfach nicht."

„Natürlich nicht." Er zog sie an sich. „Auf dem Bild sieht sie aus wie ein glückliches kleines Mädchen."

Lia musste ein Lachen unterdrücken. „Leider hat sie mein Temperament geerbt."

„Ist sie musikalisch?"

„Überhaupt nicht. Dafür ist sie eine unglaubliche Leseratte und hat sogar schon eigene Geschichten geschrieben."

„Das muss sie von meinem Vater haben, auch er hat ständig die Nase in einem Buch." Seth seufzte. „Vor seiner Pensionierung war er Verleger, und jetzt schreibt er an einem Roman."

Wieder ein Puzzleteilchen, das passte. Lia seufzte. „Seth, was sollen wir nur tun?"

„Ich fliege nach Hause und finde heraus, was aus den Briefen geworden ist, und du fliegst nach Hause und erzählst Marise von mir. Dann vereinbaren wir ein Treffen."

„Das ist leicht gesagt. Wir wollen nicht heiraten, darin sind wir uns einig, aber wenn du als Vater in Erscheinung treten willst, übernimmst du zwangsläufig auch Verpflichtungen – genau das, wogegen du dich wehrst."

„Ich stehe in der Verantwortung, ob es mir nun gefällt oder nicht – so wie du damals, als du dich trotz aller Umstände für das Kind entschieden hast." Eindringlich sah er sie an. „Was hast *du* eigentlich gegen eine Ehe?"

Sie befreite sich aus seinen Armen. „Nichts, ich habe lediglich keine Zeit dazu."

„Weil du eine berühmte Geigerin und eine alleinerziehende Mutter bist?"

„Genau."

„Wenn du verheiratet wärst, wärst du keine alleinerziehende Mutter mehr."

„Eine außerordentlich scharfsinnige Bemerkung!" Lia lächelte spöttisch. „Da du ja so klug bist, erklär mir doch bitte, wie es mit uns beiden weitergehen soll. Wir brauchen uns doch nur anzusehen, und schon spielen unsere Hormone verrückt. Marise ist unschuldig und vertrauensvoll, wir dürfen sie durch unser Verhalten nicht schockieren."

„Richtig. Deshalb werde ich Marise nur während deiner Abwesenheit besuchen."

Lia versuchte, sich nicht anmerken zu lassen, wie tief sie diese Bemerkung verletzte, und blieb sachlich. „Trotzdem werden wir beide auf Jahre aneinander gebunden sein."

„Wieso? Wir sind frei und einander keinerlei Rechenschaft schuldig."

„Wir sind uns in Kostüm und Maske in einem überfüllten Ballsaal begegnet, und trotzdem hat es sofort gefunkt. Wir spielen mit dem Feuer, Seth."

„Marise ist auch meine Tochter. Ich muss sie sehen." Er ließ sich nicht beirren. „Nächste Woche habe ich noch zur Erholung eingeplant und keine Verpflichtungen. Such dir einen Termin aus."

Wie sie es auch drehte und wendete, der einzige Ort, der für ein solches Treffen infrage kam, war ihre Farm. Doch alles in Lia sträubte sich dagegen, Seth auf Meadowland, ihrem einzigen Zufluchtsort, zu empfangen.

„Das geht nicht. Genau heute in einer Woche gebe ich mit Ivor Rosnikov ein großes Konzert in Wien", wehrte sie ab.

Rosnikov war ein weltberühmter russischer Cellist, dem besonders das weibliche Publikum zu Füßen lag. „Ist er dein derzeitiger Liebhaber?", fragte Seth und ärgerte sich sofort darüber.

„Und wenn, geht es dich nichts an. Wie du gerade betont hast, sind wir beide frei und niemandem Rechenschaft schuldig."

Wütend presste Seth die Lippen zusammen. „Er ist ein ausgemachter Frauenheld."

„Er ist einer der besten Cellisten der Welt!"

Fasziniert betrachtete Seth die leichte Rötung, die die Violine an Lias Kinn zurückgelassen hatte, und konzentrierte seine ganze Kraft darauf, reglos stehen zu bleiben. Doch es gelang ihm nicht. Schon beim nächsten Atemzug war er bei Lia, zog sie in die Arme und küsste sie, als hinge sein Leben davon ab. Sie war ihm so vertraut, sie war wie für ihn geschaffen, und er begehrte sie.

Als sie seinen Kuss hingebungsvoll erwiderte, stieß er sie von sich. „Wie kannst du mir erzählen, du wärst Rosnikovs Geliebte, und mich im selben Augenblick so küssen?", fragte er rau.

„Das habe ich nicht behauptet!"

Doch er ging nicht darauf ein. „Also, wann kann ich Marise sehen?"

„Das werde ich entscheiden, nachdem die Sache mit den Briefen geklärt ist. Du darfst nichts überstürzen. Überlege dir gut, ob du wirklich bereit bist, Vaterpflichten zu übernehmen. Marise ist sieben Jahre lang sehr gut ohne dich zurechtgekommen. Sie ist kein Spielzeug, mit dem man sich nur beschäftigt, wenn man gerade Lust oder Zeit hat. Ich werde nicht dulden, dass du sie enttäuschst, Seth!"

„Und ich dulde nicht, dass du Marise ihren Vater vorenthältst!"

„Ich gebe dir meine Telefonnummern, und du kannst mich anrufen, wenn ich aus Wien zurück bin. Wenn du mich dann von deiner Unschuld überzeugen kannst, reden wir weiter."

„Du hast sie geschickt, daran besteht kein Zweifel", antwortete er, so ruhig es ihm möglich war. „Ich glaube dir auch ohne Beweise – ich vertraue dir. Warum kannst du das nicht?"

„Ein gebranntes Kind scheut das Feuer. Vor acht Jahren hast du mich so tief enttäuscht, wie man einen Menschen nur enttäuschen kann."

„Das war nicht meine Schuld, glaub mir. Ich lasse mir nicht das Recht auf meine Tochter nehmen."

„Weißt du überhaupt, was das bedeutet? Das Recht beinhaltet Pflichten, über die du dir gar nicht klar sein kannst, weil du noch keine Zeit zum Nachdenken hattest."

In diesem Moment erinnerte Lia Seth an eine Löwin, die um ihr Junges kämpfte, und insgeheim bewunderte er sie dafür. „Da irrst du dich, Lia. Ich weiß, was ich tue, und bin bereit, mich der Verantwortung zu stellen. Mir bleibt gar keine Wahl, das wusste ich in dem Moment, als ich Marises Augen sah."

Lia atmete tief durch. „Nach Wien steht für mich noch Hamburg auf dem Programm. Am Fünfzehnten bin ich wieder zu Hause, dann kannst du mich anrufen."

So lange würde er nicht warten. Wenn Lia dachte, sie allein könne das Geschehen bestimmen, hatte sie sich getäuscht, das würde sie schon noch merken.

„Schön", antwortete er zum Schein und nickte kurz.

Lia schluckte irritiert, denn sie hatte mit Widerspruch gerechnet. „Wann fliegst du von hier weg?", fragte sie.

Erst jetzt fiel Seth auf, wie müde und erschöpft sie wirkte, feine blaue Schatten lagen unter ihren Augen. Sein Herz wurde schwer, und am liebsten hätte er sie an sich gezogen und in den Armen gehalten.

„Morgen", antwortete er rau.

Früher konnte sein Pilot ihn nicht abholen. Hätte ihm sein Jet sofort zur Verfügung gestanden, hätte er gepackt und wäre auf der Stelle abgeflogen, nur um aus Lias Nähe zu kommen.

Nach einer unruhigen und nahezu schlaflosen Nacht ging Lia schon in der Morgendämmerung zum Strand. Sie liebte diese Zeit, wenn der Tag noch jung und voller Verheißung war, und ein ausgiebiges Bad im Meer würde sie bestimmt erfrischen.

Als sie aus dem Wasser kam, löste sie das Band, mit dem sie ihr Haar während des Schwimmens hochgebunden hatte, und schüttelte kräftig den Kopf. Aus dem Gebüsch am Strand schreckte ein Vogel auf, und Lia hob den Kopf.

Im Gegenlicht sah sie Seth auf sich zukommen. Er war nur mit einer Badehose bekleidet und hatte sich sein Handtuch um die Schultern gelegt.

Ihr Herz klopfte wild, und sie blieb wie angewurzelt stehen. Da Seth den Verband abgenommen hatte, sah sie die breite dunkelrote Narbe, die sich quer über seine Rippen zog. Nur einige Zentimeter weiter links, und er wäre tot gewesen, überlegte Lia und war sich plötzlich ganz sicher, was sie wollte. Ruhig ging sie auf Seth zu.

Venus, die den Wellen entsteigt, könnte nicht schöner als Lia sein, dachte Seth. Der türkisfarbene Badeanzug betonte ihre verführerischen Rundungen, die Wassertropfen auf ihrer Haut funkelten im

Sonnenlicht, und das herrliche schwarze Haar fiel ihr offen über die Schultern. Aufrecht kam sie ihm entgegen und sah ihn unverwandt an.

Diese Frau war sein Schicksal.

Selbstbewusst stellte sie sich vor ihn, legte ihm die Arme um den Nacken und küsste ihn.

Heißes Verlangen übermannte ihn, und er erwiderte ihren Kuss voller Leidenschaft. Nur ein Hauch von Stoff trennte die festen Knospen ihrer Brüste von seiner Haut. Wie ein Sturzbach rauschte das Blut ihm in den Ohren, und fordernd zog er sie an den Hüften noch enger an sich.

Nicht hier, dachte er verzweifelt. Er konnte Lia doch nicht am Strand lieben! Unter Aufbietung seiner letzten Selbstbeherrschung schob er sie ein Stück von sich.

„Lass uns in meinen Bungalow gehen", bat er heiser, woraufhin Lia lächelte, und Hand in Hand machten sie sich auf den Weg.

Mit dem Fuß stieß Seth die Tür hinter sich zu und führte Lia auf direktem Weg ins Schlafzimmer. Sein Bett war noch nicht gemacht, was die Atmosphäre noch intimer machte. „Ich möchte nackt für dich sein, Seth, ich möchte dich lieben."

Mit zurückgelegtem Kopf bot sie ihm ihre Lippen an, die warm und weich waren und nach Salz schmeckten. Mit beiden Händen umfasste er ihren Po und drängte sich an sie. „Du machst mich verrückt", gestand er heiser. „Trotzdem sind wir dieses Mal vernünftiger."

Im nächsten Moment öffnete er die Schublade seines Nachttischs und holte eine schmale Folie heraus.

„Daran hätte ich schon wieder nicht gedacht." Benommen schüttelte Lia den Kopf.

„Es reicht, wenn ich es tue. Lia, ich begehre dich so sehr!"

„Du kannst mich haben, Seth, hier und jetzt."

Wortlos streifte er ihr die Träger über die Schultern – ihre Brüste waren voller, als er sie in Erinnerung hatte – und kniete sich hin, um ihr beim Abstreifen des nassen Badeanzugs zu helfen. Achtlos warf er ihn zu Boden, legte ihr die Hände auf die Hüften und ließ die Lippen über ihren Körper gleiten.

Als er ihre empfindsamste Stelle gefunden hatte, legte Lia den Kopf zurück, schloss die Augen und gab sich seinen Zärtlichkeiten rückhaltlos hin. Als sie den Höhepunkt erreichte, bebte sie und schrie leise auf.

Langsam, ihren Körper weiterhin mit Küssen bedeckend, stand Seth auf. Immer noch außer Atem, sah Lia ihn an. „Ich habe noch nicht genug, Seth, ich möchte mehr." Verlangend streichelte sie seine muskulöse Brust und schob anschließend die Hände unter seine Badehose. Seth stöhnte und befreite sich schnell von dem lästigen Kleidungsstück.

„Du bist so schön anzusehen, Seth, du raubst mir den Verstand. Bitte küss mich!"

Darauf hatte Seth nur gewartet. Lia war so süß, so hingebungsvoll und so frei von falscher Scham, dass er nicht mehr länger warten konnte. Mit Schwung hob er sie hoch und trug sie zum Bett.

Dort streckte er sich neben ihr aus und liebkoste ihre Brüste. Nur einmal hob sie kurz den Kopf und rief leise seinen Namen. Ihre dunklen Augen wirkten unnatürlich groß und hatten einen abwesenden Ausdruck. Seth triumphierte, Lia gehörte ihm.

Er spürte ihre Hände an seinem Körper und hielt den Atem an. Dann griff er nach dem Päckchen auf dem Nachttisch. Lia verschränkte die Beine hinter seinem Rücken und bewegte sich ungeduldig.

Als er kraftvoll zu ihr kam, seufzte sie glücklich und passte sich seinem Rhythmus an. Schneller und schneller und immer leidenschaftlicher bewegten sie sich, und Lia kam es vor, als würde eine mächtige Welle sie emporheben, höher und immer höher, bis sich alles in einem Wirbel leuchtender Farben auflöste und es plötzlich ganz still wurde.

Noch immer hielt er sie in seinen Armen, die Stirn hatte er auf ihre Schulter gelegt. „Lia?", fragte er. „Lia, ist alles in Ordnung?"

Das Blut hämmerte ihr in den Ohren, ihr Körper war matt, und Seths Stimme schien von weit her zu kommen. Nur langsam fand sie in die Wirklichkeit zurück. Sie hatte es wieder getan, wieder hatte sie sich Seth hingegeben. Obwohl sie sich geschworen hatte, sich nicht mit ihm einzulassen, hatte sie sich nicht beherrschen können. Und das lag allein an ihr, nicht etwa am Zauber der Karibik. Auch auf Meadowland, auch in Marises Gegenwart, würde sie nicht die Kraft finden, Seth zu widerstehen.

„Lia, ist alles in Ordnung?", wiederholte Seth leise.

„Nein." Sie vergrub den Kopf im Kissen.

Seth stand auf, um ins Badezimmer zu gehen. Als er zurückkehrte, lag Lia immer noch in derselben Position.

Plötzlich war seine Euphorie verflogen. Er hatte Lia nicht lieben wollen und sie ihn auch nicht, darauf würde er wetten. Ein Blick auf die Uhr zeigte ihm, dass sein Jet in zwei Stunden hier sein würde, um ihn abzuholen.

Er kniete sich vors Bett und zog sanft an ihrem Haar. „Sieh mich an, Lia", bat er.

Blitzschnell richtete sie sich auf und blickte ihm feindselig ins Gesicht. „Wir benehmen uns wie ein liebestolles Katzenpaar! Das geht so nicht weiter!"

„Es ist erst das zweite Mal in acht Jahren!"

„Welch Wunder – wir haben uns ja auch erst zum zweiten Mal getroffen!" Ihre Augen blitzten wütend. „Du kannst Marise nicht besuchen, Seth! Unser Verhalten würde sie schockieren und verunsichern."

„Hör mir zu, Lia!" Seth wusste nicht, wen er eigentlich überzeugen wollte, Lia oder sich. „Was eben passiert ist, lässt sich leicht erklären – die sinnliche Stimmung hier auf der Insel, die Sonne, das Meer ... und dein Badeanzug, der nass war und nichts verbergen konnte. Auf deiner Farm, noch dazu unter den Augen des Kindermädchens, wird das ganz anders sein."

„Mit wem Marise Umgang hat, bestimme ich!", erwiderte sie unnachgiebig, stand auf und bückte sich nach ihrem Badeanzug. Da er feucht und sandig war, ließ er sich nur schwer anziehen. Warum hatte sie ihren Urlaub ausgerechnet auf dieser Insel verbringen müssen?

Erhobenen Hauptes und so würdig wie möglich verließ sie das Zimmer und schlug laut die Tür hinter sich zu.

Voller Unbehagen stieg Seth die von zwei steinernen Löwen flankierte Treppe zum Haus seiner Eltern hinauf und lockerte seine Krawatte. Seit über einem halben Jahr war er nicht mehr hier gewesen. Seinen Besuch hatte er telefonisch angekündigt.

Schon als Kind hatte Seth das Haus nicht gemocht. Der pompöse Bau und der nach französischem Vorbild streng geometrisch angelegte Garten passten seiner Meinung nach nicht in die urwüchsige Natur der Atlantikküste.

Laut klopfte er an die Tür, die zum Salon seiner Mutter führte, und trat ein, ohne auf Antwort zu warten. Die schweren Mahagonimöbel und die gerafften Samtvorhänge ließen selbst an diesem strahlenden Sonnentag keine heitere Atmosphäre aufkommen.

Pflichtschuldig küsste Seth nun seiner Mutter die Wange. Eleonores silbergraues Haar war perfekt frisiert, ihr schlichtes schwarzes Kostüm verriet den teuren Designer, und an ihren Händen blitzten Brillantringe.

„Deine Krawatte sitzt schief", empfing sie ihren Sohn.

Augenblicklich nahm er sie ab, zog sein Jackett aus und warf beides über eine Sessellehne. Für seinen Geschmack hatte seine Mutter schon immer zu viel geheizt. „Ich war in der Karibik und bin direkt vom Flughafen hierhergekommen."

„Möchtest du etwas zu trinken?"

„Nein danke. Dies ist kein Höflichkeitsbesuch, Mum."

„Dann komm zur Sache." Kalt blickte Eleonore ihren Sohn an.

„Vor acht Jahren hatte ich in Paris eine Affäre mit einer Frau, von der ich nicht wusste, wer sie war. Zwei Monate später schrieb sie mir, dass sie schwanger ist. Eine Ausfertigung des Briefes schickte sie an mein Büro, die andere an eure Adresse. Beide Briefe haben mich nie erreicht. Ist das dein Werk?"

„Ja. Ich stehe dazu und würde es jeden Tag wieder tun. Ein dahergelaufenes Flittchen, das dir ein Baby anhängen will, um an die Talbot-Millionen zu kommen? Das darf nicht sein! Nicht, solange ich lebe!"

Seine schlimmsten Befürchtungen hatten sich bestätigt. Um ruhig zu bleiben, musste Seth tief durchatmen. „Lia ist kein dahergelaufenes Flittchen, sondern eine Violinistin von Weltrang."

„Deshalb wusstest du also ihren Namen nicht?" Eleonore lächelte spöttisch.

„Sie wollte anonym bleiben, weil sie damals noch am Anfang ihrer Karriere stand und Schwierigkeiten damit hatte, plötzlich berühmt zu sein. Ich habe damals alles in Bewegung gesetzt, um ihren Namen herauszufinden – ohne Erfolg. Eines ist jedenfalls klar, hinter meinem Geld war Lia nie her."

„Du bist viel zu gutgläubig, Seth! Ich habe den Brief, der hierher kam, geöffnet und gelesen. Daher wusste ich von der Kopie, die an dein Büro gegangen war, und habe auch diese vernichtet. Nachdem die Dame erkennen musste, dass von uns nichts zu holen ist, hat sie garantiert abgetrieben."

„Du täuschst dich, du besitzt ein Enkelkind. Meine Tochter ist jetzt sieben Jahre alt und heißt Marise."

„Und wann heiratest du diese Lia, um deine Tochter legitim zu machen?" Eleonores Lächeln wurde noch eine Spur spöttischer.

Schon immer hatte seine Mutter zielsicher seinen wunden Punkt getroffen. „Ich werde sie nicht heiraten!" Er wurde laut. „Du hast die Briefe vernichtet und mich um sieben Jahre mit meiner Tochter betrogen! Wie konntest du das nur tun? Glücklicherweise hat sich Lia trotz allem für ihr Kind entschieden – anders als du!"

„Was willst du damit sagen?" Eleonore wurde blass.

„Ich war acht, als ich ungewollt Zeuge eines Streits zwischen Dad und dir wurde. Nach dem Zubettgehen war ich noch einmal aufgestanden, um mir ein Buch aus der Bibliothek zu holen. Dabei hörte ich, wie du Dad vor vollendete Tatsachen gestellt hast – du hast euer zweites Kind, eine Tochter, abgetrieben."

„Ich hatte meine Pflicht erfüllt und für die Talbots einen Erben produziert. Mehr konnte niemand von mir verlangen."

„Was meinst du wohl, warum ich nie geheiratet habe? Weil meine eigene Mutter ein Leben zerstört hat, nur weil sie Kinder als Zumutung empfindet."

„Mach mich bitte nicht für deine Ängste verantwortlich!"

Auf einmal wurde Seth bewusst, dass er sich lautstark mit seiner Mutter stritt und damit genau das tat, was er unbedingt hatte vermeiden wollen. Er dämpfte die Stimme. „Bitte bestätige mir schriftlich, was du mit den Briefen getan hast. Ich bin Lia eine Erklärung schuldig, weil ich sie mit dem Baby allein gelassen und nicht unterstützt habe."

„Sie erpresst dich also!"

„Das wäre das Letzte, was sie tun würde. Im Gegensatz zu dir hat sie nämlich moralische Grundsätze. Setz das Schreiben auf, Mum, oder dein erlesener Freundeskreis wird erfahren, was du vor acht Jahren getan hast. Briefe zu unterschlagen, ist strafbar."

Eleonore musterte ihn durchdringend. „Geh zum Schreibtisch und bring mir meine Briefmappe", befahl sie dann.

Wortlos kam Seth der Aufforderung nach. Mit ausdruckslosem Gesicht nahm Eleonore einen ihrer persönlichen Briefbögen, schrieb einen einzigen Satz darauf, versah das Blatt mit Datum und Unterschrift und reichte es Seth.

„Jetzt zufrieden?", fragte sie sarkastisch.

Er faltete das Papier und schob es in die Innentasche seines Jacketts. „Von Reue scheinst du nicht gerade geplagt zu werden", meinte er nüchtern.

„Warum auch, ich habe schließlich nichts Falsches getan. Am besten, du gehst jetzt, Seth, denn deine Mission ist beendet."

„Hast du mich eigentlich jemals geliebt, Mum?", fragte er ruhig.

Ohne mit der Wimper zu zucken, erwiderte Eleonore seinen Blick. „Ich habe meine Mutterpflichten erfüllt, was verlangst du mehr?"

Seth legte sich Jackett und Krawatte über den Arm. „Bemüh dich bitte nicht, ich finde den Weg allein", meinte er nur und verließ den Salon, wobei er die Tür übertrieben vorsichtig hinter sich zuzog.

Sosehr Seth auch wünschte, in diesem Moment allein zu sein, traf er in der Halle seinen Vater und musste ihn gezwungenermaßen begrüßen.

„Hallo, Dad. Wie geht es dir?"

Allan Talbots Augen strahlten im gleichen auffälligen Grün wie die seines Sohnes, doch ansonsten machte er den Eindruck eines vorzeitig gealterten Mannes. Dicke graue Strähnen durchzogen sein ehemals kastanienbraunes Haar, und sein Gesicht war zerfurcht. Obwohl er genauso groß war wie Seth, wirkte er wegen seiner gebeugten Körperhaltung viel kleiner. Seit jeher hatte Eleonore in der Ehe das Sagen, Allan fügte sich und ertränkte seinen Kummer im Alkohol, wofür Seth weder Respekt noch Verständnis aufbringen konnte.

„Ich muss dich unbedingt sprechen, Seth."

„Ich bin in Eile, ich …"

„Bitte!"

Notgedrungen folgte Seth seinem Vater in dessen Refugium, die Bibliothek.

„Ich bin unfreiwillig Zeuge des Gesprächs mit deiner Mutter geworden", gestand Allan. „Ich sah dein Auto vorm Haus und wollte nach dir suchen. Ihr habt sehr laut gesprochen – ich konnte euch durch die geschlossene Tür hören. Was du als kleiner Junge erlebt hast, muss schrecklich für dich gewesen sein, Seth. Bis gerade eben wusste ich nicht, dass du etwas von dem Streit mitbekommen hast. Es war die schlimmste Nacht meines Lebens, doch was du durchmachen musstest, war noch viel schlimmer."

„Ich habe es überlebt", bemerkte Seth trocken.

„Ich wollte immer ein zweites Kind", redete Allan weiter. „Doch nachdem Eleonore mir von der Abtreibung erzählt hatte, war ich nicht mehr in der Lage, sie – meine eigene Frau – anzufassen. Daher griff ich zur Flasche", ergänzte er bitter.

„Verständlich."

„Da bin ich mir nicht so sicher. Einerseits konnte ich das Zusammenleben mit Eleonore nicht mehr ertragen, andererseits besaß ich nicht die Kraft, mich von ihr zu trennen. Wie lässt mich das dastehen?"

„Als loyalen Ehemann vielleicht?" Plötzlich spürte Seth ein nie gekanntes Mitgefühl für seinen Vater. Warum war ihm noch nie aufgefallen, wie sehr er litt?

„Als Schwächling, würde ich eher sagen."

„Es ist noch nicht zu spät, Dad, du kannst dein Leben immer noch ändern. Du hast eine kleine Enkeltochter. Sie ist sieben, hat die grünen Augen der Talbots geerbt und heißt Marise."

Allan schluckte. „Hast du sie schon gesehen?"

„Noch nicht. Lia ist mir gegenüber natürlich noch äußerst misstrauisch. Acht Jahre hat sie in der Annahme gelebt, ich würde jegliche Verantwortung für die Folgen unserer Nacht in Paris ablehnen. Erst als wir uns rein zufällig auf einer Ferieninsel in der Karibik getroffen haben, ist die Wahrheit endlich ans Licht gekommen. Früher oder später werde ich Marise jedoch treffen."

„Das würde ich auch gern." Allans Augen wurden feucht.

„Das lässt sich bestimmt machen – zu gegebener Zeit." Seth wusste selbst nicht, woher er den Mut zu dieser Aussage nahm.

Unbeholfen legte Allan ihm den Arm um die Schultern. „Marise", sagte er gedankenverloren. „Was für ein wunderschöner Name."

„Ihre Mutter ist auch die wunderschönste Frau der Welt", antwortete Seth rau.

„Du liebst sie?"

„Nein, dazu bin ich wohl von Natur aus nicht in der Lage. Aber ich bewundere und respektiere sie – und ich bin verrückt nach ihr. Daran haben auch die acht Jahre, in denen wir getrennt waren, nichts ändern können."

„Respekt und Begehren sind nicht die schlechtesten Voraussetzungen für eine Ehe."

„Lia will nicht heiraten."

„Dann musst du sie eben dazu bringen, ihre Meinung zu ändern. Für dich als ausgesprochene Führungspersönlichkeit dürfte das doch kein Problem sein."

„Das sagst du so. Lia ist ausgesprochen eigensinnig – und widerspenstig obendrein." Bei dem Gedanken an Lia musste Seth unwillkürlich lächeln.

„Ich freue mich darauf, sie kennenzulernen. Könntest du mir ein Foto von Marise schicken? Und von Lia?"

Seth nickte, obwohl er kein Foto von Lia besaß. „Ich schicke die Bilder an dein privates Postfach", versprach er. „Mum würde sie nur in Stücke reißen."

„Was sie getan hat, ist ungeheuerlich." Allan schüttelte den Kopf. „Deine Empörung ist zu verstehen."

„Dein Kummer auch, Dad."

„Eigenartigerweise liebe ich Eleonore immer noch, frag mich bitte nicht, warum." Gedankenverloren strich er sich über die Stirn. „Vielleicht kann Marise ja ein Wunder bewirken."

„Nie im Leben bringe ich Marise hierher!"

„Seth, lass dir dein Leben nicht durch die Fehler deiner Eltern zerstören, mach der Tragödie ein Ende."

Seth musste schlucken. „So haben wir noch nie miteinander gesprochen, Dad."

Sein Vater lächelte und sah plötzlich um Jahre jünger aus. „Lass von dir hören, Seth. Und um Marise zu sehen, würde ich bis ans Ende der Welt reisen."

Zum Abschied umarmten sich Vater und Sohn, was sie seit Seths Kindertagen nicht mehr getan hatten.

Als Seth ins Auto stieg, fasste er noch einmal in seine Tasche, um sich zu vergewissern, dass der Brief seiner Mutter tatsächlich noch dort steckte. Lia sollte ihn lesen – so schnell wie möglich und nicht erst in zehn Tagen.

Als Seth Lia über sein Handy anrief, meldete sie sich sofort, und er bekam plötzlich vor Aufregung einen trockenen Mund.

„Hallo, Lia, wir treffen uns in einer halben Stunde im Café Klimt, das liegt direkt gegenüber von deinem Hotel."

Am anderen Ende der Leitung war es lange still. „Seth? Machst du Witze? Du bist in Wien?"

„Hast du wirklich geglaubt, ich würde warten, bis du wieder in den Staaten bist?"

„Davon bin ich tatsächlich ausgegangen – wie dumm von mir! Leider habe ich keine Zeit, mich mit dir zu treffen, denn nachmittags habe ich Proben, und abends ist das Konzert. Dein egozentrisches Verhalten ist einfach nicht zu fassen, Seth!"

„Bis zum Nachmittag ist es noch lange hin. Schenk mir eine halbe Stunde, Lia, und ich gelobe Besserung. Ich verspreche dir, dich pünktlich zu deinen Proben gehen zu lassen."

„Du ... du bist echt unmöglich!" Abrupt knallte Lia den Hörer auf die Gabel und riss die Türen des riesigen Barockschranks auf, in dem sich ihre Garderobe äußerst spärlich ausnahm. Hastig holte sie ihren auberginefarbenen Hosenanzug vom Bügel und eilte ins Badezimmer.

Sie gab sich viel Mühe mit ihrem Make-up, bürstete ihr Haar, bis es glänzte, und ließ es dann offen auf die Schultern fallen, befestigte die silbernen Ohrringe und zog die schicken hochhackigen Stiefeletten an, die sie sich in Paris gekauft hatte. Elegant, rassig und souverän, so wirkte sie; wie aufgeregt sie in Wirklichkeit war, verbarg sie hinter einer unbewegten Miene.

Als sie das kurze Stück zum Café ging, schien ihr die Frühlingssonne warm ins Gesicht. Seth sah sie schon von Weitem und stand auf, um sie mit einem Wangenkuss zu begrüßen.

„Warum bist du so nervös?", fragte er, nachdem sie sich gesetzt hatten. „Wie ich dich kenne, bist du bestens auf das Konzert vorbereitet."

Lia seufzte. „Und ich dachte, mein Lampenfieber sei mir nicht anzumerken."

„Ich spüre es ganz deutlich."

Abwesend trommelte sie mit den Fingern auf die Tischplatte. „Ich hätte gern eine heiße Schokolade und ein Stück Sachertorte."

„Steht es so schlimm, dass dir nur noch Süßigkeiten helfen?" Seth lächelte.

„Vor Konzerten bin ich immer das reinste Nervenbündel, doch sobald ich die Bühne betrete, bin ich plötzlich die Ruhe in Person."

„Eine weltberühmte Geigenvirtuosin zu sein, hat anscheinend einen hohen Preis." Damit sie nicht länger auf den Tisch trommeln konnte, hielt er ihre Hand fest. „Ich wünschte, ich könnte dir helfen." Sie lächelte. „Das tust du bereits. Du amüsierst mich nämlich, und das lenkt mich ab", erklärte sie.

Er küsste ihre Hand. „Kann ich sonst noch etwas für dich tun? Ich stehe ganz zu deinen Diensten, Lia."

„Dann bestell endlich meinen Kuchen."

„Du enttäuschst mich, Darling. Ein Stück Torte ist dir lieber als ich?" Amüsiert beobachtete er, wie sich ihre Wangen, die eben noch erschreckend blass gewesen waren, hektisch röteten.

Nachdem Seth die Bestellung aufgegeben hatte, zog er den Umschlag aus der Tasche und reichte ihn Lia. „Das ist für dich."

Zögernd nahm sie das Kuvert entgegen und betrachtete es eine Weile, bevor sie es entschlossen öffnete, das Blatt herausnahm und las.

„Deine Mutter! Sie also hat die Briefe unterschlagen! Weiß sie eigentlich, was sie mir damit angetan hat? All die Wochen, die ich vergeblich auf eine Antwort von dir gewartet habe, all die Mühe, die ich mir gegeben habe, um dein Schweigen zu verstehen … das schreckliche Gefühl der Verlassenheit, nachdem Marise auf der Welt war …" Ihre Stimme versagte, und sie kämpfte mit den Tränen.

„Ich wäre an deiner Seite gewesen, wenn ich es gewusst hätte, das schwöre ich dir, Lia."

„Das hat deine Mutter bravourös verhindert. Warum hat sie das getan, Seth? Warum?"

Diese Frage hatte er befürchtet. Um sie zu beantworten, musste er über Dinge sprechen, die er bisher noch niemandem anvertraut hatte. Zögernd erzählte er von seiner Kindheit. Er sprach über die Lieblosigkeit und Härte seiner Mutter, die Ohnmacht seines Vaters und seine eigene Einsamkeit, über die langen Tage, die er allein in den Wäldern oder am Meer zugebracht hatte.

Der Ober brachte ihre Bestellung, zog sich wieder zurück, und Seth redete immer noch. Plötzlich sah er auf. „Weißt du noch, wie ich dich gefragt habe, ob du an eine Abtreibung gedacht hättest?"

Lia nickte.

Sie spürte, wie schwer es Seth fiel, die folgenden Worte über die Lippen zu bringen. „Als ich acht war, ließ meine Mutter meine

Schwester abtreiben. Hinter einem Sessel verborgen, habe ich gehört, wie sie es meinem Vater mitteilte. Ich glaube, es hat ihm das Herz gebrochen."

Mitfühlend legte Lia ihm die Hand auf den Arm. „Wie schrecklich", sagte sie leise.

„Ich kann dir gar nicht genug danken, dass du Marise trotz allem zur Welt gebracht hast. Und ich konnte dir nicht helfen! Darunter werde ich bis an mein Lebensende leiden."

Eine Träne löste sich von ihren Wimpern und lief ihr über die Wange – im Schein der Lampe funkelte sie in allen Regenbogenfarben. Warum hatte er Lia sein tiefstes Geheimnis offenbart? Warum kam ihm eine einzige Träne wie das kostbarste Geschenk der Welt vor? Er schüttelte den Kopf.

„Ich hätte es dir nicht ausgerechnet jetzt, vor deinem Konzert, erzählen sollen", meinte er besorgt.

„Du hast mir dein Vertrauen geschenkt, Seth, das ist es, was zählt. Hast du schon eine Karte für heute Abend?"

„Nein, ich hasse Konzerte und höre Musik nur von CDs."

„An der Kasse wird ein Ticket für dich liegen."

Er kniff die Augen zusammen. Wenn sie ihn beeinflusste, musste auch er sich nicht zurückhalten. „Wann sehe ich Marise?", fragte er ganz direkt.

„Ich habe ihr noch nichts von dir erzählt. Ich wollte erst wissen, was aus den Briefen geworden ist."

„Das weißt du jetzt. Also wann?"

„Ich bin mir noch nicht sicher!" Lia wurde wütend. „Meinst du, ich kann einfach vergessen, was deine Mutter mir angetan hat?"

„Dafür bin ich nicht verantwortlich!"

„Aber sie gehört zu deiner Familie, ebenso wie dein Vater."

„Er möchte Marise unbedingt kennenlernen."

Wieder trommelte Lia nervös auf die Tischplatte. Handelte sie richtig? Durfte sie Seth für die Taten seiner Mutter bestrafen? „Ich bin innerlich zerrissen, Seth, und im Moment nicht in der Lage, eine Entscheidung zu treffen."

„Ich komme heute Abend ins Konzert", versprach er, einer plötzlichen Eingebung folgend.

Aufatmend aß Lia den letzten Rest Torte. In den vergangenen Minuten hatte sie viel über Seth erfahren. Dinge, die sie noch enger an ihn banden. Seth faszinierte sie, er erschreckte sie aber auch.

„Warum müssen Männer nur immer so kompliziert sein?" Sie seufzte.

„Damit sich die Frauen in ihrer Gegenwart nicht langweilen. Möchtest du noch ein Stück Kuchen?"

„Nein, sonst passe ich heute Abend nicht mehr in mein hautenges Kleid. Möchtest du nach dem Konzert mit mir auf den Empfang kommen?"

„Wenn wir ihn gemeinsam verlassen, sehr gern."

„Ich soll dir etwas versprechen, du selbst bist aber nicht bereit, dich in irgendeiner Weise festzulegen. Mit Marise kannst du nicht so umgehen."

„Das würde ich niemals tun, das schwöre ich."

Durfte sie ihm glauben? Oder ließ sie sich in der romantischen Atmosphäre des Wiener Cafés zu etwas hinreißen, das sie später bereuen würde?

„Nehmen wir einmal an, ich stimme einem Treffen zwischen Marise und dir zu. Nehmen wir weiterhin an, ihr beide mögt euch und es entsteht eine Beziehung, wie sie zwischen Vater und Tochter normal ist. Was wäre, wenn wir eine Affäre beginnen, und was wäre, wenn du die Affäre wieder beendest, weil du meiner überdrüssig geworden bist?"

„Das steht in den Sternen." Er lockerte seine Krawatte. „So weit kann ich nicht denken, Lia, denn im Moment möchte ich nur eins – mit dir ins Bett."

„Tut mir leid, Seth. *Kein Sex vor dem Konzert, das raubt der Musik den Schmelz.* Diesen Grundsatz hat mir mein Professor schon sehr früh eingeimpft."

„Durch meine Enthaltsamkeit verhelfe ich also Brahms zum Erfolg?"

„Für die Kunst sollte dir kein Opfer zu schwer sein." Lia lachte und rückte ihren Stuhl zurück. „Ich muss jetzt gehen. In zwei Stunden fangen die Proben an, und vorher stehen für mich noch Atemübungen auf dem Programm."

„Ein Konzert zwingt dich bestimmt dazu, mit dir selbst im Reinen zu sein." Nachdenklich sah er sie an.

„Richtig." Lia war überrascht, wie gut Seth sie verstand. „Was habe ich der Musik zu geben? Begegne ich ihr mit dem nötigen Respekt? Das sind so die Fragen, mit denen ich mich vor einem Auftritt auseinanderzusetzen habe."

Auch Seth stand auf, beugte sich über den Tisch und küsste sie, als wären sie allein im Raum. „Du brauchst dich wirklich nicht zu verstecken, Lia, weder vor dir selbst noch vor dem Komponisten oder dem Publikum."

Er griff in die Tasche und reichte ihr eine kleine Schachtel. „Für dich." Beinahe verlegen wich er ihrem Blick aus. „Ein kleiner Glücksbringer für heute Abend."

Doch Lia nahm das Päckchen nicht an, sondern betrachtete es nur skeptisch. „Seth, ich kann kein Geschenk von dir annehmen."

„Warum? Es sind keine Verpflichtungen damit verbunden." Sanft drückte er es ihr in die Hand. „Mach es auf, es ist nur eine Kleinigkeit."

Sie öffnete den Verschluss. Auf schwarzem Samt funkelten tropfenförmige Brillantohrringe. „Seth! Ich …"

„Sie haben mich an dich erinnert", unterbrach Seth sie und lächelte verschämt. „Wenn du von einer Sache überzeugt bist und dafür kämpfst, strahlt dein ganzes Wesen noch schöner als alle Diamanten der Welt."

„Ich hätte dir von Anfang an glauben müssen. Ich schäme mich, den Brief deiner Mutter als Beweis gebraucht zu haben." Sie atmete tief durch. „Vielen Dank für die Ohrringe, Seth. Ich werde sie heute Abend tragen."

Als sie das Lokal verließ, sah er ihr lange hinterher. Er würde mit ihr zum Empfang gehen. Denn Sex nach dem Konzert hatte der Professor ja nicht verboten.

*N*ach der Pause stimmten die Musiker ihre Instrumente, dann wurde es still im Saal. Seth saß in seiner Loge und wandte die Augen nicht von der Bühne. Wie gebannt betrachtete er das Orchester und war so nervös, als müsse er selbst spielen.

Lia musste die ganze Zeit hinter der Bühne warten. Wie hielt sie diese nervliche Anspannung nur aus?

Jetzt betrat sie, gefolgt vom Dirigenten und Ivor Rosnikov, die Bühne. In ihrem bodenlangen weinroten Kleid und den hochhackigen Sandaletten, die auf dem Parkett klapperten, sah sie hinreißend aus. Das Haar hatte sie zu einem klassischen Knoten zusammengefasst, und die Brillantohrringe funkelten an ihren Ohren.

Der Dirigent trat ans Pult, und Lia und Ivor setzten sich auf ihre Plätze. Ein paar Sekunden später hob der Dirigent den Stab, und das Orchester begann zu spielen. Für Lia schien nur die Musik zu existieren, völlig reglos saß sie da und wartete nun mit leicht geneigtem Kopf auf ihren Einsatz.

Was braucht sie mich, wenn sie ihre Musik hat, dachte Seth. Das bewahrte ihn zumindest vor weiteren Komplikationen, denn Lia würde sich nie in ihn verlieben.

Nach dem Auftakt überließ das Orchester den beiden Solisten die Führung. Rosnikov spielte auf seinem Cello eine tiefe getragene Melodie, in die Lia hell und jubilierend mit ihrer Geige einstimmte. Das Spiel der beiden war perfekt aufeinander abgestimmt, klangen Geige und Cello eben noch wie ein einziges Instrument, trennten sie sich im nächsten Moment, um ein Zwiegespräch zu beginnen.

Wie füreinander geschaffen, so vollkommen harmonierten Lia und Ivor. Beim Spiel verständigten sie sich mit Blicken und kleinen Gesten, die nur sie verstanden. Seth, der von Musik so gut wie nichts verstand, fühlte sich plötzlich allein und verstoßen.

In Fleisch und Blut wirkte Ivor Rosnikov noch attraktiver, jünger und weitaus lebenslustiger als auf den offiziellen Fotos, die Seth bisher von ihm gesehen hatte. Himmel, ich bin tatsächlich eifersüchtig auf diesen Mann, musste er sich eingestehen.

Dieses ihm bisher unbekannte Gefühl war jedoch leicht zu erklären. Noch keine Frau hatte ihm so viel bedeutet wie Lia. Schon auf den ersten Blick hatte er gespürt, dass sie ganz besonders war.

Nach einem sehr lyrischen Satz kam das triumphierende Finale. Lia lächelte, die Freude am Spiel war ihr deutlich anzusehen. Sie war eins mit ihrer Geige und lebte in der Musik. Hier, auf der Bühne, tat sie das, wozu sie geboren war und was ihrem Leben einen Sinn gab.

Nachdem die letzten Töne verklungen waren, herrschte für einige Sekunden tiefe Stille, dann erscholl tosender Beifall. Der Dirigent stieg vom Podium, Lia und Ivor standen auf und verbeugten sich Hand in Hand vor dem Publikum. Als sie wieder standen, zog Ivor Lia an sich und küsste sie mitten auf den Mund. Instinktiv ballte Seth die Hände zu Fäusten. Wie konnte der Mann das wagen!

Viel schlimmer aber war, dass Lia diese öffentliche Zurschaustellung von Gefühlen nicht das Geringste auszumachen schien, ganz im Gegenteil, sie lächelte strahlend. Was verband die beiden? Die Musik? Seelenverwandtschaft? Sex? Oder alles zusammen?

Längst war Seth die Lust auf den Empfang gründlich vergangen. Sollte er überhaupt hingehen und zusehen, wie die beiden Händchen hielten und sich vielsagende Blicke zuwarfen? Würde es Lia überhaupt auffallen, wenn er nicht käme?

Er war überflüssig in Lias Welt, das hatte er an diesem Abend begriffen. Doch einfach davonzulaufen lag ihm auch nicht. Da er kein Feigling war, nahm er die Herausforderung an und ging hin.

Während er minderwertigen Champagner trank, beobachtete er Lia und Ivor, die im Mittelpunkt des Interesses standen. Ständig wurden sie von Reportern belagert, die ein Bild nach dem anderen schossen. Als Ivor den Arm um Lias unbekleidete Schultern legte, musste Seth sich sehr beherrschen, um nicht mit den Fäusten auf den Musiker loszugehen. Um sich abzureagieren, drehte er sich um und begann ein belangloses Gespräch mit einem Unbekannten.

Als der Trubel allmählich nachließ, kam Lia, um ihm Ivor vorzustellen – Seth wusste nicht, ob er sie für diese Kühnheit bewundern oder verachten sollte.

„Lia hat mir schon gesagt, dass Sie heute der Glückliche sind und mit ihr ausgehen werden." Eitel strich Ivor sich eine seiner dichten schwarzen Locken aus der hohen Stirn. „Passen Sie gut auf sie auf. Langes Aufbleiben ist nicht gut für sie."

Am liebsten hätte Seth diesem aufgeblasenen Typen einen Kinnhaken versetzt, zwang sich jedoch zu einem nichtssagenden Lächeln. „Aufpassen? Lia ist wohl alt genug, um selbst zu wissen, was gut für sie ist."

„Ivor ist dir anscheinend nicht gerade sympathisch", stellte Lia fest, als sie zehn Minuten später an Seths Seite durch die kühle Frühlingsnacht ging. „Ihr beiden habt euch benommen wie die Kampfhähne."

„Ich kann nicht verstehen, warum du dich auf offener Bühne von ihm abknutschen lässt!"

„Was hätte ich deiner Meinung nach denn tun sollen? Mit meiner Stradivari auf ihn eindreschen?"

Reichlich verbissen blickte Seth vor sich hin. „Ist er ein guter Liebhaber?"

„Keine Ahnung, ich habe es nicht ausprobiert." Sie blieb stehen. „Du hast mir noch gar nicht gesagt, wie du mein Spiel gefunden hast."

Obwohl er spürte, dass er sie verletzt hatte, konnte er nicht über seinen Schatten springen und sich entschuldigen. „Was soll ich davon gehalten haben? Ich habe das gefühlt, was ich immer fühle, wenn ich dich spielen höre, nur intensiver. Das Lokal, in das wir wollen, ist dort drüben."

Doch Lia rührte sich nicht von der Stelle. „Und was sind das für Gefühle?"

„Als ob du mich durch und durch kennst, als ob du in mir lesen könntest wie in einem offenen Buch und ich dir hilflos ausgeliefert bin." Weil er wütend war, wurde sein Ton aggressiv. „Ist es das, was du hören wolltest?"

„Deshalb brauchst du nicht mit mir zu schimpfen!"

„Warum überreichst du mir nicht gleich die Liste deiner verflossenen Liebhaber der letzten acht Jahre? Dann stehe ich auf dem nächsten Empfang wenigstens nicht so dumm da."

Fröstelnd zog sich Lia die Stola enger um die Schultern. „Es wäre nur ein leeres Blatt Papier."

„Natürlich." Er lächelte zynisch.

„Seth, ich möchte mich hinsetzen und endlich die Schuhe ausziehen. Außerdem habe ich einen unbändigen Appetit auf Gulasch mit Knödel und sehne mich nach einem Glas Bier. Gehen wir jetzt essen oder nicht?"

Er nahm ihren Arm. „Du musst doch mit einem Mann zusammen gewesen sein, Lia! Acht Jahre sind eine lange Zeit!"

„Wer wüsste das besser als ich, eine alleinerziehende Mutter?"

„Du warst oft genug auf Tournee, da musstest du keine Rücksicht auf Marise nehmen."

„Die Liebe mit dir war perfekt, Seth, und mit weniger wollte ich mich nicht zufriedengeben", erklärte sie nüchtern.

Nun war er wie vor den Kopf geschlagen. „Stimmt das wirklich?"

„Ich lüge nicht! Aber ich bin wirklich schrecklich hungrig."

Schweigend nahm er ihren Arm.

Obwohl in dem Restaurant reger Betrieb herrschte, sicherte Seth sich sofort den einzigen nicht besetzten Ecktisch und gab die Bestellung auf.

„Schuhe schon ausgezogen?", fragte er.

„Worauf du dich verlassen kannst. Du glaubst mir doch, oder?"

„Was deine Enthaltsamkeit angeht? Ja."

Sosehr es ihn auch getroffen hätte, mit den Namen ihrer Liebhaber konfrontiert zu werden, die Tatsache, dass es keinen einzigen gegeben hatte, verstörte ihn noch mehr. Weshalb war Lia ihm acht Jahre lang treu geblieben? Als könne er die Antwort dort finden, beobachtete er den Schaum, der über den Rand seines Bierglases lief.

Nachdem Lia ihren Durst gestillt hatte, zog sie fragend die Brauen hoch. „Was ist los mit dir?", wollte sie wissen.

„Hast du dich in Paris in mich verliebt?"

„Nein." Sie schüttelte den Kopf. „Aber die Nacht war ein prägendes Erlebnis – nicht nur wegen Marise."

Endlich trank auch er einen Schluck. „Warst du überhaupt schon einmal verliebt?"

„Nein", gestand sie und spielte mit ihrem Glas. Und in dich werde ich mich auch nicht verlieben, dachte sie. Ihr Herz einem Mann wie Seth zu schenken, der sich hinter einem unüberwindlichen Schutzwall verschanzte, konnte nur Unglück bringen.

„Ich verstehe, du hast deine Musik, die lässt keinen Raum für einen Geliebten."

„Das ist blanker Unsinn", erwiderte sie scharf. „Die Musik lässt mir sehr wohl Raum für die tiefe Liebe zu meiner Tochter und würde sich auch mit der Liebe zu einem Mann vereinbaren lassen."

War er schon so tief gesunken, dass er auf die Liebe zu einem siebenjährigen Kind eifersüchtig reagierte? Glücklicherweise musste er sich die Frage nicht beantworten, denn in diesem Moment kam der Ober und servierte das Essen.

Lia bestellte noch ein Bier und aß ihr Gulasch mit größtem Appetit. „Und jetzt möchte ich warmen Apfelstrudel mit Schlagsahne", meinte sie, als sie ihren leeren Teller beiseiteschob.

Lachend schüttelte Seth den Kopf. „Ist das deine persönliche Methode, um nach einem Konzert zu entspannen?"

„Nein, es ist die große Ausnahme. Normalerweise gehe ich stundenlang in meinem Hotelzimmer auf und ab und rege mich über all die Fehler auf, die ich gemacht habe."

Aus der Bar klang leise Popmusik, und Seth lauschte. „Nicht gerade Brahms", meinte er.

„Aber nicht schlecht. Komm, lass uns tanzen."

Seth bestellte das Dessert und eine Flasche Süßwein, dann nahm er Lias Arm und führte sie zur Tanzfläche.

Auch von dem Wein trank Lia schnell und viel, und je mehr sie trank, desto lebendiger erzählte sie aus ihrem Leben. Sprühend redete sie über die Erfolge und Rückschläge ihrer Karriere, über das Stargehabe der Dirigenten und die Schrullen berühmter Virtuosen. Über Marise dagegen verlor sie kein Wort.

Damit wenigstens einer nüchtern blieb, bestellte Seth sich Kaffee, Lia dagegen verlangte einen doppelten Pfefferminzlikör. Als die giftgrüne Flüssigkeit serviert wurde, schüttelte Seth angewidert den Kopf.

„Lia", meinte er. „Es wird Zeit, dass ich dich in dein Hotel zurückbringe – ich möchte mir nicht Ivors Zorn zuziehen."

„Ich fliege erst gegen Mittag nach Hamburg", wandte sie ein.

„Du oder du und dein Kater?"

„Wenn ich zu viel getrunken habe, ist das allein deine Schuld." Ihre Stimme klang leicht schleppend. „Ich wusste nicht, wie ich mich dir gegenüber verhalten soll."

„Dann können wir uns die Hand reichen."

Weinselig lächelte sie ihn an. „Du bist einfach süß, Seth."

Nüchtern wären ihr diese Worte bestimmt nicht über die Lippen gekommen, dachte Seth und sagte laut: „Und du bist reif fürs Bett."

Sie zog die Nase kraus. „Zuerst aber werde ich dich noch verführen … In deinen Armen fühle ich mich so sicher und geborgen."

„Das geht mir genauso."

„Im Bett verstehen wir uns einfach fantastisch", schwärmte sie so laut, dass sich das Paar am Nebentisch zu ihnen umdrehte.

„Dann komm." Seth zog sie vom Stuhl hoch und legte ihr die Stola um die Schultern. Weil Lia Mühe hatte, auf ihren hochhackigen Sandaletten das Gleichgewicht zu halten, musste er sie stützen. Glücklicherweise wartete ein freies Taxi direkt vor dem Ausgang.

Kaum saß Lia neben Seth auf der Rückbank, da war sie auch schon eingeschlafen und lehnte den Kopf an seine Schulter. Seth lächelte. Von all den schönen Frauen, die er bisher ausgeführt hatte, hatte noch keine einen so niedlichen Schwips gehabt, vor über zweitausend Menschen ein Konzert gegeben oder ihn mit so unverhohlener Leidenschaft geliebt wie Lia.

Als sie das Hotelzimmer erreichten, war Lia kreidebleich im Gesicht und eilte sofort ins Badezimmer.

Seth deckte das Bett auf und nahm ihr Nachthemd vom Kissen. Ganz kurz legte er die Wange darauf und atmete Lias Duft ein. Wie gern würde er seine schöne Geigerin in diesem hauchzarten Spitzennegligé sehen, nur um es ihr langsam und genießerisch von den Schultern zu streifen.

Aber diese Nacht war dazu nicht die richtige. Wenn er Lia liebte, sollte sie sich ihm ganz bewusst schenken. Also schrieb er ihr eine kurze Notiz und lehnte das Papier gegen den Wecker auf ihrem Nachttisch.

Lia betrat das Schlafzimmer und sank in seine Arme. „Deine Augen haben die Farbe von Pfefferminzlikör", murmelte sie undeutlich. „Mach das Licht aus und komm mit mir ins Bett."

Wie mit einem kleinen Kind redete er beruhigend auf sie ein und entkleidete sie. Um nicht doch schwach zu werden, zog er ihr anschließend sofort ihr Nachthemd über. Kaum hatte er sie vorsichtig aufs Bett gelegt, als sie sich auch schon das Kissen zurechtzog und lang ausstreckte.

„Träum schön, Darling", sagte er zärtlich. Doch Lia hörte es nicht mehr, ihre Augen waren bereits zugefallen.

Um neun Uhr am nächsten Morgen klopfte es ungestüm an der Tür. Lia wusste sofort, wer es war, und machte auf.

Grußlos drückte Seth ihr eine druckfrische Zeitung in die Hand. „Hast du das schon gelesen?", fragte er außer sich.

„Ja, aber mach dir keine Gedanken darüber. Dieses Gerücht ist schon einmal durch die Presse gegeistert, einige Tage war es *das* Thema, dann hat es niemanden mehr interessiert."

Auf der ersten Seite zeigte ein Foto, wie Rosnikov Lia auf der Bühne küsste, und im Kommentar wurde angedeutet, dass der Cellist der Vater von Lias Kind war.

„Ich soll mir keine Gedanken machen?", brauste Seth auf. „Über meine Tochter werden Lügengeschichten in einem Skandalblatt verbreitet, und ich soll das ruhig mit ansehen?"

„Wir sind in Österreich, Seth. Niemand in New York wird von diesem Artikel erfahren." Lia hatte schreckliche Kopfschmerzen. Nie, nie wieder würde sie Pfefferminzlikör trinken! „Außerdem ist das mein Problem, dich geht das gar nichts an."

Vernichtender hätte sie Seth nicht treffen können. „Marise ist auch meine Tochter, es wird Zeit, dass du das begreifst, Lia! Ich werde den Kontakt zu ihr aufnehmen, ob du nun damit einverstanden bist oder nicht!" Auf keinen Fall wollte Seth den Fehler seines Vaters begehen und sein Leben von einer Frau bestimmen lassen.

„Soll das eine Drohung sein? Außerdem hat Marise mit ihren sieben Jahren in der Sache auch schon ein Wörtchen mitzureden, was du völlig zu vergessen scheinst." Lässig deutete sie mit dem Finger auf das Foto. „Du regst dich wirklich unnötig darüber auf."

„Der Name eines siebenjährigen Kindes in den Schlagzeilen eines Revolverblattes! Das ist doch ungeheuerlich!"

Lias Nasenflügel bebten. „Und was soll ich dagegen unternehmen? Rosnikov heiraten, damit die Presse nichts mehr zu klatschen hat?"

„Nein, heirate lieber mich." Die Worte waren heraus, bevor er richtig nachgedacht hatte, denn eigentlich wollte er ja gar nicht heiraten, weder Lia noch sonst eine Frau.

„Um nichts in der Welt!"

Musste sie so schnell und entschieden antworten? Bedeutete er ihr so wenig, dass sie seinen Heiratsantrag vom Tisch wischte, ohne auch nur einen einzigen Gedanken darauf verschwendet zu haben? Seth war empört.

„Ich fühle mich geehrt", antwortete er sarkastisch.

„Oh, Seth, hör doch auf! Wenn ich Ja gesagt hätte, hättest du sofort die Flucht ergriffen und wärst längst auf dem Weg zum Flugplatz."

„Das bin ich bereits. Ich rufe dich am Fünfzehnten an, um einen Termin für das Treffen mit Marise zu vereinbaren. Bis dahin kann ich nur hoffen, dass sie hiervon nichts erfährt." Angeekelt warf er die Zeitung auf Lias Bett.

„Ich beschütze Marise, so gut ich es kann, aber ich bin auch nicht allmächtig. Irgendwann wird auch das unschuldigste Kind mit der Realität konfrontiert, und das ist oft schmerzhaft." Auf einmal wurde Lias Gesichtsausdruck weich, und sie legte ihm die Hand auf den Arm. „Wer wüsste das besser als du?"

Mitleid war das Letzte, was Seth von ihr wollte. Grob schüttelte er ihre Hand ab. „Ich hoffe, Hamburg wird ein Erfolg", meinte er kühl.

„Bestimmt. Ich werde Ivor deine guten Wünsche übermitteln." Lias Wangen waren gerötet, und ihre Augen blitzten wütend.

Ungestüm küsste er sie mitten auf den Mund, drehte sich um und stürmte aus dem Zimmer. Vor dem Hotel atmete er erst einmal tief durch. Er hatte genug von Wien, er wollte zurück nach Manhattan, zurück in seine geordnete Welt, wo er wusste, was oben und unten war.

11. KAPITEL

Trotz des stürmischen Aprilwetters hatte Marise unbedingt auf die Wiese hinter der Farm gewollt, um Osterglocken zu pflücken.

Lia atmete tief durch. Ungeachtet der Regenschauer und Windböen lag Frühling in der Luft, denn es duftete nach Erde und frischem Grün. Wenn sie diese Stimmung doch nur genießen könnte! Doch es ließ sich nicht länger umgehen, sie musste mit Marise über ihren Vater sprechen – Seth bestand darauf.

„Marise", begann sie vorsichtig. „Ich habe eine große Neuigkeit für dich."

„Hat es mit der Schule zu tun? Habe ich den Mathetest bestanden?" Hoffnungsvoll sah das Mädchen ihre Mutter an.

Lia lachte. „Nein. Es geht um etwas anderes – es geht um deinen Vater."

„So?" Marise senkte den Blick und bückte sich nach einer Narzisse.

„Als ich damals sicher war, schwanger zu sein, schrieb ich ihm, damit er Bescheid wusste. Aber er hat niemals darauf geantwortet."

„Weil er mich nicht wollte", stellte Marise sachlich und mit der unerbittlichen Logik einer Siebenjährigen fest.

„Das dachte ich bis vor Kurzem auch. Doch dein Vater hat die Briefe nie bekommen, weil sie abgefangen wurden."

„Woher weißt du das?"

„Von ihm. Als ich in der Karibik war, bin ich ihm zufällig wiederbegegnet, und letzte Woche haben wir uns in Wien getroffen. Er hat mir eindeutig beweisen können, dass die Briefe ihn nie erreicht haben. Das wollte ich dir sagen, damit du nicht länger glaubst, dein Vater wolle nichts von dir wissen."

„Ach so." Eingehend betrachtete Marise ihren Strauß. „Holt er mich dann auch von der Schule ab, damit meine Freundinnen endlich begreifen, dass auch ich einen richtigen Vater habe?"

„Möchtest du das?"

„Ja. Ich werde oft gehänselt, weil ich meinen Dad nicht kenne."

Lia schluckte, sie brauchte nicht viel Fantasie, um sich vorzustellen, was Marise unter Gleichaltrigen auszustehen hatte. „Davon hast du mir noch nie erzählt", meinte sie vorsichtig.

„Warum auch? Es hätte ja nichts geändert."

Nachdenklich sah Lia vor sich hin. Nach diesem Gespräch blieb ihr gar keine andere Wahl mehr, als einem Treffen zwischen Seth und Marise zuzustimmen. „Dein Vater wird dich bestimmt von der Schule abholen", versicherte sie. „Er kann es gar nicht erwarten, dich endlich kennenzulernen."

„Ich weiß nicht, was ich ihm sagen soll", erwiderte das Mädchen nach einer kurzen Pause.

„Das wird ihm beim ersten Besuch auch so gehen, denn es ist für euch beide eine ungewöhnliche und schwierige Situation. Aber wenn du ihn magst, wird sich das schnell ändern. Er wohnt nicht weit von hier, in Manhattan, ihr könntet euch also oft sehen."

„Alle drei?"

„Manchmal, nicht immer." Lia lächelte ihrer Tochter aufmunternd zu.

„Werdet ihr heiraten?"

„Nein." Schuldbewusst musste Lia daran denken, wie leichtfertig sie Seths Antrag abgelehnt hatte.

„Wie heißt er? Sehen wir uns ähnlich?"

Mit diesen Fragen hatte Lia gerechnet. Im Internet hatte sie ein Bild von ihm gefunden und ausgedruckt. Lächelnd und im korrekten Nadelstreifenanzug stand Seth am Fenster seines Büros, die Skyline von Manhattan im Hintergrund. Die Farbe seiner Augen war lebensecht getroffen, und sein dichtes blondes Haar wirkte so ungebändigt wie immer. Jetzt reichte Lia Marise das Foto.

„Das ist er. Er heißt Seth Talbot und ist wirklich sehr nett, mein Kleines."

Aufmerksam studierte Marise das Porträt. „Er ist sehr groß und hat meine Augen", stellte sie nüchtern fest. „Warum heiratest du ihn nicht, wenn er so nett ist?"

„Weil Sympathie nicht ausreicht. Um einen Mann zu heiraten, muss man ihn lieben."

Marise runzelte die Stirn. „Muss ich ihn auch lieben – weil er mein Vater ist?"

„Liebe braucht Zeit zum Wachsen. Für den Anfang reicht es, wenn er dir gefällt. Wir könnten ihn das erste Mal in Stoneybrook treffen, in deiner Lieblingspizzeria."

„Und wann?" Die Frage klang recht verzagt.

„Das muss ich noch mit Seth besprechen. Wie wäre es mit Samstagmittag?"

Zögerlich nickte Marise. „Darf ich Suzy davon erzählen? Und ihr das Bild zeigen?"

Suzy war Marises beste Freundin, und Lia stimmte sofort zu.

Behutsam steckte Lias Tochter das Bild in ihre Anoraktasche und stand auf. „Darf ich gleich zu ihr?"

„Ja, aber nicht so lange, du musst noch Hausaufgaben machen."

Lia begleitete Marise noch bis zu Suzys Tür. Unterwegs sprachen sie über alles Mögliche, nur nicht über Seth. Sicher wird Marise Suzy ihr Herz ausschütten, dachte Lia traurig, ihr wird sie die Ängste und Hoffnungen anvertrauen, die sie mir verschweigt. Es war wirklich nicht immer leicht, Mutter zu sein.

Zu Hause angekommen, rief Lia sofort Seth an und erzählte ihm von ihrem Vorschlag.

„Will sie mich denn überhaupt treffen?" Seths Stimme klang gepresst.

„Ja, aber sie ist sich ihrer Sache nicht sicher – sie hat Angst."

„So viel Angst wie ich kann sie gar nicht haben."

„Es wird gut gehen, Seth, glaub es mir."

„In Wien hast du alles darangesetzt, um mir ein Treffen auszureden. Wie kommt es zu diesem Meinungsumschwung?"

„Marise möchte, dass du sie von der Schule abholst, damit alle ihren Dad sehen können." Lia schluckte. „Sie ist verspottet und ausgegrenzt worden, weil sie ihren Vater nicht kennt – davon habe ich nichts gewusst."

„Kinder können grausamer sein als jeder Erwachsene."

„Wirst du ihr den Wunsch erfüllen, Seth?"

„Natürlich." Die Selbstverständlichkeit, mit der er antwortete, überraschte ihn selbst. „Wie war Hamburg?", wechselte er abrupt das Thema.

„Nachdem ich meinen Kater überwunden hatte, lief alles prima."

„Wirst du von nun an immer an meine Augen denken, wenn du Pfefferminzlikör trinkst?"

„Das wird die Zukunft zeigen."

„Es trifft mich schon, dass du mich nicht nach Meadowland einlädst, sondern ein öffentliches Restaurant für unser erstes Treffen bestimmst", gestand Seth in einem schärferen Ton, als ihm lieb war.

„Ich … ich bin noch nicht dazu bereit, Seth."

Anscheinend bin ich es nicht wert, dachte Seth bitter und hatte plötzlich keine Lust mehr, sich weiter mit ihr zu unterhalten. „Ich

werde schon etwas früher da sein, damit Marise nicht warten muss",
meinte er brüsk und legte auf.

Gedankenverloren beobachtete Lia, wie die Regentropfen an den
Fensterscheiben hinabliefen. In drei Tagen würde sie Seth wiedersehen. Aber das erste Mal würde sie ihn nicht für sich allein haben – sie
würde ihn mit Marise teilen müssen.

Unwillkürlich fasste Marise nach Lias Hand, als sie die Pizzeria betraten. Seth saß bereits an einem etwas abseits stehenden Fenstertisch
und erhob sich, als er die beiden erblickte.

Lächelnd und einigen Bekannten flüchtig zunickend, kam Lia auf
ihn zu. „Schön, dich zu sehen", begrüßte er sie und küsste flüchtig
ihre Wange. Dann wandte er sich an seine Tochter. „Hallo, Marise",
sagte er weich. „Wir hätten uns schon längst kennenlernen sollen. Es
tut mir leid, dass es erst jetzt passiert."

Nachdem sie sich gesetzt hatten, sah Marise ihn lange an. Der Blick
ihrer großen grünen Augen verriet nichts über ihre Gefühle. „Mum
hat mir von den Briefen erzählt. Wer hat das getan?"

Nicht eine Sekunde kam Seth auf die Idee, ihr etwas vorzumachen.
„Meine Mutter. Sie glaubt, genau zu wissen, welche Frau zu mir passt,
und Lia entsprach nicht ihren Vorstellungen, deshalb hat sie die Briefe
vernichtet."

„Wie im Märchen – sie war die böse Fee. Ich bin in der Schule aus-
gelacht worden, weil ich meinen Vater noch nie gesehen habe."

Seth seufzte. „Ich weiß, und darüber bin auch ich sehr, sehr traurig."

Marise blickte zu Lia. „Ich möchte gern Pizza mit Thunfisch und
ein Glas Apfelsaft."

„Gern. Aber vielleicht sollten wir Seth erst einmal die Gelegenheit
geben, die Speisekarte zu lesen."

„Ich habe mich schon entschieden: Lamm in Rosmarin mit Pommes."

„Pommes sind ungesund", erklärte Marise von oben herab.

„Marise!" Lia war entsetzt und erkannte ihre Tochter kaum
wieder.

„Das stimmt. Miss Brenton hat das gesagt, und sie ist unsere Leh-
rerin."

„Miss Brenton hat recht", pflichtete Seth ihr bei. „Pommes sind
tatsächlich ungesund, aber manchmal mache ich eben auch etwas Unvernünftiges. Du nie?"

„Darüber spreche ich nur mit Suzy. Suzy ist meine beste Freundin. Hast du auch einen besten Freund?"

„Einer meiner engsten Freunde lebt in Berlin. Er war es auch, der mein Interesse an klassischer Musik geweckt hat."

„Berlin liegt in Deutschland, und Deutschland ist weit weg. Du kannst deinen Freund also gar nicht oft sehen. Suzy dagegen wohnt auf der Farm nebenan, und wir sehen uns jeden Tag."

Glücklicherweise kam der Ober und enthob Seth der Notwendigkeit, auf Marises besserwisserische Bemerkung zu reagieren. Nachdem sie ihre Bestellung aufgegeben hatten, lenkte Lia das Gespräch in unverfänglichere Bahnen.

„Seth ist ein ausgezeichneter Schwimmer, Marise."

„Und ich bin sehr gut im Rückenschwimmen", erklärte Marise stolz.

„Und wohin gehst du zum Schwimmen?", fragte Seth.

„Wir haben einen eigenen Pool."

Lia lächelte. „Letztes Jahr bin ich mit dem finnischen Nationalpreis ausgezeichnet worden. Sibelius hat sozusagen unser Schwimmbecken bezahlt."

„Auf dem Rücken sieht man nie, wohin man schwimmt", wandte Seth sich wieder an Marise.

„Doch, du musst einfach über die Schulter sehen", klärte Marise ihn auf.

So schleppte die Unterhaltung sich hin, bis endlich das Essen serviert wurde. Marise ist verschlossen wie eine Auster, dachte Seth traurig. Aber was hatte er erwartet? Dass sie ihn, der sie so enttäuscht hatte, jubelnd und mit offenen Armen empfing? Er sah, wie Marise auf seinen Teller blickte.

„Nimm dir ruhig ein paar Pommes", bot er ihr an. „Lia, wenn ich mich richtig erinnere, hast du mir etwas von einer neuen CD erzählt, die du einspielen willst."

„Ja, die Studioaufnahmen beginnen übernächste Woche. Vorher habe ich aber ganze acht Tage ohne Termine, was der reinste Luxus für mich ist."

„Du arbeitest zu viel", warf er ihr vor.

„Du etwa nicht?" Spöttisch zog sie die Brauen hoch.

Seth fühlte sich ertappt und zuckte lediglich die Schultern. Gleichzeitig bemühte er sich, Lia in die Augen zu sehen, statt ständig ihre Brüste anzublicken. Das war nicht so einfach, denn ihr gerippter Pullover brachte die verführerischen Rundungen voll zur Geltung.

„Musst du viel für die Schule tun, Marise?", fragte er, obwohl er sich gut daran erinnerte, wie sehr er sich als Kind über derart dumme Fragen von Erwachsenen geärgert hatte.

„Manchmal."

Ohne großen Erfolg versuchte Lia zu vermitteln, indem sie von Marises Leistungen in Englisch erzählte. Es tat ihr weh, mit anzusehen, wie sehr sich Seth um Marise bemühte und wie wenig diese das würdigte. Noch nie war ihr so deutlich aufgefallen, wie sehr die Kindheit ohne Vater Marise geprägt hatte.

Was für eine verfahrene Situation, dachte sie, während sie munter erzählte, wie Marise in einem Schulwettbewerb mit ihrem Gedicht über Waschbären den ersten Platz gewonnen hatte. Marise schwieg dazu.

„Wir sollten jetzt besser gehen, denn Suzy kommt nachher, um bei uns zu übernachten", sagte Lia, nachdem sie ihr Dessert verzehrt hatten, und lächelte Seth übertrieben strahlend zu.

Dieser nickte nur. Ursprünglich hatte er gehofft, nach dem Essen mit seiner Tochter durch die hübschen Straßen von Stoneybrook zu schlendern und ihr vielleicht ein kleines Geschenk zu kaufen. Das stand jetzt natürlich außer Frage. Traurig riss er sich zusammen.

„Besuch mich doch mal mit deiner Mum in Manhattan, Marise. Kennst du das Kindermuseum dort?"

Marise starrte auf ihren leeren Teller. „Ja. Ich fand es sogar ganz toll."

„Dann haben wir ja etwas, worauf wir uns beide freuen können." Behutsam beugte er sich vor, legte ihr die Hand unters Kinn und zwang sie sanft, ihm ins Gesicht zu sehen. „Ich weiß, wie schwierig das alles ist, besonders für dich. Ich werde mir die größte Mühe geben, ein guter Vater zu sein, aber du musst mir Zeit geben, Marise. Zeit, um uns kennenzulernen und Vertrauen aufzubauen."

„Holst du mich von der Schule ab? Damit alle sehen, dass es dich wirklich gibt?"

Seth musste schlucken. „Natürlich. Wann und so oft du es möchtest."

„Schön." Auch Marise machte den Eindruck, als kämpfe sie mit den Tränen.

Seth zahlte an der Theke, anschließend begleitete er Lia und Marise zum Auto. „Ich rufe dich an, Lia", sagte er zum Abschied. „Bis bald, Marise."

Anschließend sah er dem Wagen nach, bis er hinter der nächsten Kurve verschwand. Marise winkte nicht, sie drehte sich noch nicht einmal um. Erschöpft und deprimiert ließ er sich in den Sitz seines geliebten Porsche sinken. Eine Fusion zweier Konzerne war einfacher in die Wege zu leiten, als die Zuneigung einer Siebenjährigen zu gewinnen, wenn diese auf stur schaltete.

Würde er einen Platz im Herzen seiner Tochter finden?

Sicher hatte Lia die Einladung nach Manhattan nicht gefallen, doch er hatte ihr keine Möglichkeit gegeben, ihre Meinung zu äußern. Was er sich von Marise erhoffte, wusste er genau, was jedoch wollte er von Lia?

Unfähig, sich seine Frage zu beantworten, fuhr er nach Hause. Doch anstatt zu arbeiten, wie er es eigentlich beabsichtigt hatte, hörte er sich eine von Lias CDs an – Paganini.

Gerade als er die Anlage voll aufgedreht und es sich in seinem Sessel bequem gemacht hatte, klingelte das Telefon. Lia!

Sie lachte. „Was Musik angeht, hast du wirklich einen ausgezeichneten Geschmack", meinte sie.

Er freute sich über ihren Anruf wie ein kleines Kind und stimmte in ihr Lachen ein. „Nicht nur ausgezeichnet, sondern über jede Kritik erhaben."

Am anderen Ende der Leitung wurde es still. „Ich wollte dich eigentlich nur bitten, dich nicht mit Vorwürfen zu quälen", begann Lia zögernd. „Ganz egal, wie du dich verhalten hättest, Seth, an Marises Feindseligkeit hätte es nichts geändert."

„Ich weiß, trotzdem bedrückt es mich. Obwohl ich weiß, dass mir nur die Zeit helfen kann, ist es schwer, Geduld zu bewahren."

Dieses Mal war die Gesprächspause noch länger. „Möchtest du das nächste Wochenende mit uns auf Meadowland verbringen?", fragte Lia schließlich.

Seth war irritiert. Wieder einmal verhielt sich Lia genau so, wie er es nicht von ihr erwartet hatte. „Habe ich richtig gehört?", vergewisserte er sich vorsichtshalber.

„Ja. Ich würde es mir nie verzeihen, einen Keil zwischen Marise und dich zu treiben. Bis heute war mir nicht bewusst, wie sehr ihr der Vater gefehlt hat ... Ich habe ein schlechtes Gewissen und mache mir Vorwürfe."

„Wenn das einer tun sollte, dann doch wohl ich."

„Nein, deine Mutter."

„Darauf kannst du lange warten." Seth lachte bitter.

„Ich habe dich heute genau beobachtet", sprach Lia weiter. „Sosehr du Marise auch für dich gewinnen wolltest, du hast sie nie bedrängt, sondern sie stets respektiert. Du bist ein guter Vater, Seth."

Zum zweiten Mal an diesem Tag brannten Seth Tränen in den Augen. „Danke", meinte er rau. „Ich wünschte nur, Marise wäre derselben Meinung."

„Ein Besuch bei uns wird es dir leichter machen, ihr Vertrauen zu gewinnen, davon bin ich überzeugt. Außerdem werdet ihr ungestört sein, denn ich muss mich auf die Aufnahme vorbereiten."

„Marise und Schuldgefühle – sind das die einzigen Gründe, aus denen du mich zu dir einlädst?"

„Ich … ich weiß es nicht."

„Sei ehrlich, Lia!"

Sie schluckte. „Jedes Mal, wenn ich dich sehe, entdecke ich etwas Neues an dir. Du verwirrst mich und machst mich neugierig – ich möchte wissen, was dich bewegt, warum du so und nicht anders handelst. Ich sollte es dir nicht sagen, Seth, aber du faszinierst mich, und ich mag dich."

Plötzlich fühlte Seth sich frei und unbeschwert. „Ich mag dich auch", gestand er.

„Da wir nun einmal Marises Eltern sind, ist es auch besser so." Lia klang erleichtert.

„Heißt das, dass wir nicht mehr streiten werden?"

„Ja – wenn du artig bist."

„Wie artig? Lia, ich wünschte, du wärst jetzt bei mir und ich könnte dir zeigen, wie sehr ich dich mag."

Ihr Herz klopfte schneller. „Seth, auf Meadowland können wir aber nicht …"

„Dann muss ich dich eben in mein Haus entführen. Mein Schlafzimmer besitzt ein Oberlicht, durch das man den Himmel sehen kann, und Fenstertüren, die auf einen Dachgarten führen."

„Hauptsache, es hat ein Bett."

„Kompliment, du bist eine Frau, die weiß, was sie will. Wann soll ich nach Meadowland kommen?"

„Wie wäre es mit Samstagmorgen? Du kannst ruhig schon früh kommen."

Um diese Zeit sollte er in Texas sein. „Um halb zehn bin ich da", versprach er prompt.

„Der Kaffee wird pünktlich auf dem Tisch stehen." Lia stockte. „Hoffentlich ... Ich meine, es wäre schön ... Oh, verdammt, warum ist alles nur so kompliziert?"

Seth hatte vor dem Wochenende ebenso viel Angst wie Lia, ließ es sich jedoch nicht anmerken. „Wir sehen uns Samstag", meinte er nur und legte auf.

Wie konnte es einer Frau und einem kleinen Mädchen nur gelingen, sein Leben derart aus den Angeln zu heben? Das musste ein Ende haben, immerhin war er immer noch Herr seiner selbst.

Entschlossen ging er zur Stereoanlage und tauschte Paganini gegen Louis Armstrong aus.

Samstagmittag, um kurz nach zwei, saß Seth auf der Terrasse und fragte sich, weshalb er eigentlich nach Meadowland gekommen war.

Zugegeben, die Farm war ein herrliches Stückchen Erde mit einem kleinen Wald und einem großen verwilderten Garten, und das Haus war so gemütlich eingerichtet, wie es sich ein Kind nur wünschen konnte. Doch Lia wirkte blass und abgespannt, und Marise behandelte ihn nach wie vor mit kühler Höflichkeit. Eine Beziehung zu ihr aufzubauen, hielt er für unmöglicher denn je.

„Ich möchte jetzt aber schwimmen gehen!", vernahm er die trotzige Stimme seiner Tochter durch das offene Fenster über ihm.

„Noch nicht, Marise, ich brauche für diese Übung bestimmt noch eine Stunde."

„Das ist ja eine Ewigkeit!"

„Frag doch deinen Vater."

„Nein."

Lia seufzte. „Dann musst du eben warten."

Fünf Minuten später kam Marise auf die Terrasse, stellte sich neben seinen Liegestuhl und biss sich nervös auf die Lippe. „Kommst du vielleicht mit schwimmen?", fragte sie, als müsse sie sich jedes Wort einzeln abringen.

„Eine gute Idee! Ich gehe schnell hoch und ziehe mich um, wir treffen uns am Pool."

„Abgemacht." Vollkommen unerwartet lächelte Marise plötzlich strahlend.

In Windeseile lief Seth die Treppe zum Gästezimmer hoch. Durfte er Marises Angebot als ersten bescheidenen Sieg werten? Er zog Badehose und T-Shirt an, hängte sich sein Handtuch um den Hals und machte sich auf den Weg zum Becken. Dort erwartete Marise ihn schon, sie trug einen pinkfarbenen Badeanzug und hatte einen ganzen Zoo aufblasbarer Schwimmtiere um sich versammelt.

„Mal sehen, wer als Erster im Wasser ist!" Seth streifte sein T-Shirt ab und warf es zusammen mit dem Handtuch über einen Stuhl.

Doch Marise blieb wie angewachsen stehen. Gebannt sah sie auf die immer noch frische und tiefrote Narbe, die sich quer über seine Brust zog.

„Was hast du da gemacht?", fragte sie.

„Ich … Es war ein Unfall."

„Wie in einem Western? Warst du hinter einem Schurken her? Hat er auf dich geschossen?"

„So ungefähr."

„Ist es bei einem Überfall auf die Postkutsche passiert?"

Lächelnd setzte Seth sich auf den Beckenrand und klopfte auffordernd neben sich. „Nein, es war in Afrika."

Ohne jede Spur von Unsicherheit folgte Marise seiner Aufforderung und nahm neben ihm Platz. „Wahnsinn! Hast du mit einem Löwen gekämpft?"

So spannend wie möglich erzählte Seth von seinem Abenteuer, ohne die Gefahr, in der er tatsächlich geschwebt hatte, zu erwähnen. Marise war fasziniert, stellte neugierig Zwischenfragen und bewegte aufgeregt die Beine im Wasser hin und her. Geschickt wechselte Seth das Thema und schilderte die Kinder, die er auf seinen Reisen in der Dritten Welt getroffen hatte.

Daraufhin rückte Marise näher zu ihm und hörte mit großen Augen zu. „Du kannst wirklich gut Geschichten erzählen!", bemerkte sie zufrieden, und Seth war so stolz, als wäre ihm soeben der Nobelpreis verliehen worden. „Dafür zeige ich dir jetzt, wie man auf dem Rücken schwimmt."

Vom Fenster ihres Arbeitszimmers aus beobachtete Lia Vater und Tochter. Erst am Beckenrand, Seths dichtes Blondhaar ganz nah an Marises braunem Lockenkopf, dann im Wasser, vergnügt lachend.

Die beiden kamen sich langsam näher, daran bestand kein Zweifel. Sosehr sich Lia darüber auch freute, mischte sich doch leise Wehmut in ihr Glück. Von nun an würde sie Marise mit Seth teilen müssen.

Sei nicht dumm, schalt sie sich, Liebe hat nichts mit Besitz zu tun.

Jetzt zog sich Seth am Beckenrand aus dem Wasser und schüttelte den Kopf, dass die Tropfen nur so flogen. Wie unwiderstehlich attraktiv er war! Lässig und selbstbewusst frottierte er sich den Rücken, und Lia verspürte ein sehnsüchtiges Ziehen im Bauch.

Auch Marise hatte sich inzwischen abgetrocknet. Seite an Seite kamen die beiden aufs Haus zu – Vater und Tochter. Nun musste Lia doch zum Taschentuch greifen, denn die Noten verschwammen ihr vor den Augen. Wie sollte sie in dieser Verfassung arbeiten?

Energisch wischte sie sich die Tränen ab und konzentrierte sich wieder auf ihre Beethovensonate. Erst nach gut zwei Stunden – um Seth und Marise genügend Zeit für eine weitere Annäherung zu geben – packte sie ihre Geige in den Koffer und ging in die Küche, um das Abendbrot vorzubereiten.

Nach dem Essen schauten sie sich noch gemeinsam ein Video an, dann war es für Marise Zeit, ins Bett zu gehen.

„Eigentlich könnte mir jeder von euch eine Geschichte vorlesen", meinte die Kleine hoffnungsvoll.

„Nein, Marise, es bleibt bei *einer* Geschichte! Seth und ich wechseln uns nach jedem Kapitel ab", erklärte Lia in einem Ton, der keinen Widerspruch duldete.

Am Ende der Geschichte klopfte Seth Marise freundschaftlich auf die Schulter. „Dann bis morgen", meinte er.

Auf und ab hüpfend brachte Marise ihre Matratze zum Federn. „Wir könnten Suzy besuchen. Sie ist schon ganz gespannt, dich kennenzulernen."

„Eine gute Idee. Ich fand den Tag mit dir heute sehr schön, Marise." Seth verließ das Zimmer, damit Lia ihrer Tochter ungestört den Gutenachtkuss geben konnte. An der Garderobe nahm er seine Jacke vom Haken und ging in den Garten. Die Sterne schienen diese Nacht seltsam nah zu sein, und ein leichter Wind ließ das junge Grün geheimnisvoll rascheln.

Seine eigene Mutter hatte es stets abgelehnt, ihn zu verwöhnen. Seth konnte sich nicht daran erinnern, dass sie jemals abends an seinem Bett gesessen hätte, um ihm eine Geschichte vorzulesen. Von klein auf war er mit den schönsten Dingen aufgewachsen, die es für Geld zu kaufen gab, doch Marise hatte seiner Meinung nach ein ungleich besseres Los gezogen.

Ohne es zu merken, verließ er den Garten und lief ziellos durch die Natur. Zu viel war an diesem Tag passiert, nicht allein, was sein

Verhältnis zu Marise betraf. Heute hatte er Lia zum ersten Mal in ihrer Privatsphäre erlebt, und er war tief beeindruckt von dem behaglichen Heim, das sie auf Meadowland geschaffen hatte.

Tagsüber war es ihm wegen der bedeutenden Ereignisse gelungen, seine Sehnsucht nach Lia zu verdrängen. Doch wie sollte er die Nacht überstehen, allein in seinem Gästebett? Hoffentlich lag Lia bei seiner Rückkehr schon im Bett.

Doch dieser Wunsch erfüllte sich nicht. Kaum hatte er das Haus betreten, hörte er Lia seinen Namen rufen. Nervös folgte er ihrer Stimme und ging in die Küche. Lia stand am Herd, in verwaschenen Jeans und einem legeren Pullover, der auch schon bessere Tage gesehen zu haben schien. Ihr Haar war nicht frisiert und lediglich mit einem Band zusammengefasst.

„Ich habe gerade heiße Schokolade gekocht. Darf ich dir auch eine Tasse anbieten?"

„Nein danke. Es war ein langer Tag, und ich möchte lieber gleich nach oben gehen."

Sie stellte ihren Becher auf die Kommode. „Schläfst du bei mir?"

Wieder gelang es ihr, ihn völlig aus dem Gleichgewicht zu bringen. „Wie stellst du dir das vor? Marises Zimmer liegt gegenüber."

„Marise schläft tief und fest, und ich werde meine Tür abschließen. Bitte, Seth, lass uns ins Bett gehen, dort können wir weiterreden."

Weil Lia so müde aussah und so schutzbedürftig wirkte, gab Seth jeden Widerstand auf. Wortlos legte er ihr den Arm um die Schultern, knipste das Küchenlicht aus und ging an ihrer Seite nach oben.

Tatsächlich war Lia weit davon entfernt, locker und entspannt zu sein. Ihre Nerven waren zum Zerreißen gespannt. Hastig schob sie Seth in ihr Zimmer, drehte lautlos den Schlüssel um und zündete zwei Kerzen an. Dann wusste sie nicht mehr weiter und sah Seth unsicher an.

Sanft zog er sie in die Arme und bettete ihren Kopf an seiner Brust. Die Wärme seines Körpers und der kräftige gleichmäßige Schlag seines Herzens beruhigten Lia, und alle Anspannung fiel von ihr ab.

„Wo ist dein Nachthemd?", fragte er leise.

„Unter dem Kopfkissen."

An der Hand zog er Lia vors Bett, wo er sie entkleidete. Er nahm sich viel Zeit dabei. Langsam und ohne ein Wort ließ er die Hände über ihre Schultern gleiten, streichelte behutsam den Ansatz ihrer Brüste, öffnete den Hosenbund und streifte ihr die Jeans von den

Hüften. Schließlich zog er ihr das schlichte Nachthemd aus weißem Seidensatin über den Kopf.

Lia hatte das Gefühl, auf Wolken zu schweben. Als Seth sich ebenfalls ohne jede Hast auszog, sah sie ihm verzaubert zu. Endlich nahm er sie wieder in die Arme, zog sie zu sich aufs Bett und küsste sie. Es war eine innige Berührung, so ganz anders als die hungrigen leidenschaftlichen Küsse, die sie damals in Paris und in der Karibik getauscht hatten.

Anschmiegsam kuschelte Lia sich an ihn, die Arme fest um ihn geschlungen. Sie war bereit für ihn. Heute beherrschte keine Leidenschaft ihre Umarmung, sondern Einfühlsamkeit und tiefe Zuneigung. Vor lauter Glück und Nähe meinte Lia, zerfließen zu müssen. Sie seufzte, sagte zärtlich seinen Namen, ließ ihre Lippen über seine Schulter wandern und streichelte seinen Rücken. Ganz bewusst nahm sie wahr, wie Seth zu ihr kam.

Während er sich langsam und kraftvoll in ihr bewegte, sah er sie unverwandt an. Unendliche Zärtlichkeit sprach aus seinen Augen, die Lia an das frische Frühlingsgrün erinnerten: zart, empfindsam und bereit für eine neue Zukunft.

Auch als er den Höhepunkt erreichte, schloss er die Augen nicht. Das Grün seiner Iris wurde dunkler, Lia schrie leise auf, und gemeinsam versanken sie im mächtigen Strudel ihrer Gefühle.

Ganz still lag Lia danach in Seths Armen. Nur allmählich kehrte sie in die Realität zurück, doch je klarer ihre Gedanken wurden, desto sicherer wurde sie sich – sie liebte Seth.

Glücklich schloss sie die Augen. Es war eine ganz neue Empfindung, noch viel zu zart, um darüber zu sprechen. Doch dazu verspürte sie auch kein Bedürfnis, sie fühlte einen tiefen inneren Frieden und war mit allem so zufrieden, wie es war.

Lia lächelte und schlief ein.

*A*m Sonntag verabschiedete sich Seth gleich nach dem Mittagessen, weil er am folgenden Tag nach Venezuela fliegen musste und noch einiges vorzubereiten hatte. Marise begleitete ihn zum Auto, umarmte ihn freundschaftlich und lief fröhlich davon, um im Garten zu spielen. Doch Lia blieb und sah ihm dabei zu, wie er die Reisetasche auf den Rücksitz des Porsche verstaute.

„Ich mache dir einen Vorschlag, Lia", sagte er spontan. „Warum wohnst du während deiner Studioaufnahmen nicht bei mir? Ich komme erst Samstag wieder zurück, niemand stört dich, und du kannst tun und lassen, was du möchtest."

Überrascht hielt Lia den Atem an. Auf einmal bot sich ihr die Gelegenheit, Seths Zuhause kennenzulernen – vielleicht würde ihr das helfen, den verschlossenen Mann, an den sie ihr Herz verloren hatte, besser zu verstehen.

„Danke für dein Angebot", antwortete sie schnell. „Ich nehme es gern an."

Ohne sich sein Erstaunen über ihre spontane Zusage anmerken zu lassen, holte er einen Zweitschlüssel aus dem Handschuhfach. „Fühl dich wie zu Hause. Vielleicht könnte Marise ja auch da sein, wenn ich zurückkomme."

„Das lässt sich machen."

Beflügelt durch ihre nachgiebige Stimmung, wagte er einen weiteren Vorstoß. „Mein Vater würde Marise liebend gern treffen."

„Nein, das ist nicht möglich. Vor deiner Mutter möchte ich Marise unbedingt beschützen."

„Das verstehe ich, Lia, ich habe ja auch nicht von meinen Eltern, sondern lediglich von meinem Vater gesprochen."

„Ich werde es mir überlegen."

Seth zog eine Visitenkarte aus der Tasche, schrieb Allans Handynummer darauf und reichte sie ihr. „Er will weder neue Fronten schaffen noch alte Gräben vertiefen, sondern sich versöhnen, dafür lege ich meine Hand ins Feuer." Liebevoll streichelte er ihre Wange. „Wenn ich nicht genau wüsste, dass Marise sich hinter dem Forsythienbusch versteckt und uns beobachtet, würde ich dich jetzt küssen. So kann ich dir nur sagen, wie sehr ich dich mag. Bis Samstag, Lia, aber rechne nicht zu früh mit mir."

Um Marise eine Freude zu machen, hupte er laut, während er die Auffahrt hinunterfuhr.

Nach vier Tagen Venezuela und zwei Tagen Peru stieg Seth langsam die Stufen zu seinem Haus hinauf. Alles sah aus wie immer, die auf Hochglanz polierte Messingklinke, die spiegelnden Scheiben der eleganten Sprossenfenster. Doch hinter der Tür erwartete ihn etwas Neues – Lia würde auf ihn warten.

Seit dem Abschied auf Meadowland hatte er nicht mehr mit ihr gesprochen. Was hätte er ihr am Telefon auch sagen sollen? Die letzte Nacht mit ihr, so schön und einzigartig sie auch gewesen war, hatte ihn tief verstört und extrem verunsichert.

Zu viel Emotionalität tut mir nicht gut, überlegte er, unsere Nacht war einfach zu gefühlsbetont. Er drehte den Schlüssel um und betrat die Halle. Doch zu seinem großen Erstaunen begegnete er nicht Lia, sondern seinem Vater.

„Seth! Wir haben dich frühestens in einer Stunde erwartet!"

„Das Flugzeug ist ausnahmsweise einmal früher gelandet. Wie geht es dir, Dad? Und wie kommst du hierher?"

Allan lächelte glücklich. „Großartig. Ich habe den Tag mit Marise verbracht – sie ist die niedlichste und klügste Enkeltochter, die man sich nur vorstellen kann. Ihr Mund hat keine Minute stillgestanden, als ich sie durch meine Lieblingsbuchhandlung geführt habe."

Befremdet runzelte Seth die Stirn. „Wie sieht denn dein Hemd aus?"

Allan blickte an sich hinunter. „Fingerfarbe", meinte er lakonisch.

„Komm mit in die Küche."

„Ist Lia auch da?"

„Ja, sie ist eine bezaubernde Frau, Seth."

Etwas Unverständliches murmelnd, folgte Seth seinem Vater in die Küche, blieb jedoch überrascht auf der Schwelle stehen. Der rein zweckmäßig eingerichtete und mit den modernsten Geräten ausgestattete Raum wirkte nicht mehr kühl und nüchtern, sondern richtig gemütlich. Es roch nach frisch gebackenen Cookies, und auf sämtlichen Arbeitsflächen aus grauem Granit lagen farbenprächtige Tuschbilder.

„Da bist du ja!" Marise schien sich ehrlich zu freuen. „Komm und sieh dir mein neues Bild an. Was habe ich wohl gemalt?"

Hilflos zuckte er die Schultern. „Eine Orchidee?"

Marise kicherte. „Es ist ein Flamingo! Siehst du denn nicht die Flügel?"

„Jetzt, wo du es sagst!" Er richtete sich auf. „Hallo, Lia."

Sie stand neben der Spüle und trug ein T-Shirt, das mit bunten Noten und dem Logo einer bekannten Musikalienhandlung bedruckt war. Wie immer raubte ihre Schönheit Seth den Atem. Das glänzende rabenschwarze Haar, die vollen sinnlichen Lippen, die hohen und im Moment leicht geröteten Wangenknochen – würde er Lias Gesicht je vergessen können?

„Ist für mich vielleicht auch ein Cookie da?", fragte er.

Lachend reichte sie ihm die Platte. „Aber natürlich."

Mühelos wurde er in die fröhliche Runde mit einbezogen. Sah sein Vater schon verändert aus, so traf das auf sein Haus erst recht zu. Wo vorher peinliche Ordnung geherrscht hatte, lagen jetzt einige Gegenstände verstreut. Erst durch sie bekam sein Zuhause jene warme lebendige Atmosphäre, die Seth trotz der teuren und geschmackvollen Einrichtung bisher stets vermisst hatte. Allerdings hätte er sich lieber die Zunge abgebissen, als über seine Eindrücke zu sprechen.

Eine Stunde später machten sie sich gemeinsam auf den Weg, um in einem bekannten Restaurant in der Nachbarschaft zu essen. Auf der Straße wurden sie zu Seths großem Ärger von Reportern angesprochen, die im Auftrag einer Zeitung eine Meinungsumfrage durchführten. Kameras blitzten, und einer der Männer reichte Marise ein Mikrofon. Obwohl Marise hellauf begeistert war und nur zu gern etwas gesagt hätte, zog Seth sie weiter.

„Ich sterbe fast vor Hunger", meinte er. „Meine letzte warme Mahlzeit scheint Ewigkeiten her zu sein. Habe ich dir eigentlich schon von dem kleinen Terrier erzählt, der heute Nachmittag bei der Gepäckabfertigung für einen Riesenwirbel gesorgt hat?"

„Nein, bitte erzähl mir davon, ich liebe deine Geschichten." Marise ergriff Seths Hand. „Wie soll ich dich eigentlich nennen?"

Wie angewurzelt blieb er stehen. „Wie wäre es mit Dad? Wenn es dir lieber ist, kannst du mich auch einfach Seth nennen."

„Dad hört sich besser an. Wie hieß der Hund denn? Was hat er gemacht?"

Unfassbar, wie selbstverständlich Marise ihn plötzlich als Vater akzeptierte. „Wir sind gleich da, und ich erzähle dir die Geschichte bei Tisch. Abgemacht?"

Marise war zufrieden und lief zu ihrem Großvater, der etwas vorausgegangen war. Endlich hatte Seth Gelegenheit, sich ungestört mit Lia zu unterhalten. „Was ist los mit dir?", fragte er besorgt. „Du bist so blass und still."

„Ich habe dich vermisst, Seth."

„Mir ging es nicht anders, Lia, mein Bett kam mir schrecklich leer vor."

„Das war es nicht allein." Sie senkte den Kopf.

„Kannst du mir das genauer erklären?", fragte Seth erstaunt.

„Ja, wenn wir allein sind."

Doch zu Seths Enttäuschung ergab sich am Abend keine Gelegenheit zu einem Gespräch mit Lia. Denn kaum war Marise im Bett, bat ihn sein Vater um ein Gespräch unter vier Augen.

Lia, die es gehört hatte, stand auf und lächelte. „Ich werde jetzt baden und früh schlafen gehen", kündigte sie an. „Wir sehen uns dann zum Frühstück."

Sie weicht mir aus, stellte Seth fest, schon seit meiner Ankunft. Warum tat sie das wohl? Die Chancen, es noch an diesem Abend herauszufinden, standen schlecht. Frustriert blickte er ihr hinterher, als sie das Wohnzimmer verließ. Er wollte Lia in die Arme nehmen, sie küssen und streicheln, denn nur so würde er dahinterkommen, was sie wirklich belastete.

Bedrückt wandte er sich seinem Vater zu, der sich inzwischen erhoben hatte und unruhig im Zimmer auf und ab ging.

„Ich habe deine Mutter verlassen", eröffnete er Seth, kaum dass sich die Tür hinter Lia geschlossen hatte.

„Wie bitte?"

„Sie war strikt gegen ein Treffen mit Marise – sie wurde regelrecht ausfallend und verbot mir, auch nur an das Kind zu denken. Doch zum ersten Mal seit Jahren habe ich nicht klein beigegeben, sondern meinen Standpunkt behauptet."

Seth beglückwünschte ihn von ganzem Herzen.

„Ich habe mir eine Suite im Ritz gemietet, weil Eleonore nichts mehr mit mir zu tun haben wollte, falls ich Marise treffe." Allan lächelte traurig.

„Ich bin stolz auf dich, Dad."

„Danke. Das Zusammenleben mit deiner Mutter ist wirklich nicht einfach, Seth, aber das hat seine Gründe. Niemand soll wissen, was für eine schreckliche Kindheit sie hatte, und ich musste schwören, es nie zu erwähnen. Eleonores Vater war Gelegenheitsarbeiter, er trank und wurde im Rausch gewalttätig, besonders seiner Frau und den Kindern gegenüber. Nachdem er wieder einmal über sie hergefallen war, lief Eleonore mit vierzehn von zu Hause weg und schlug sich als Obstpflückerin durch. Doch ihre Seele hatte für immer Schaden genommen, selbst ich, mit all meiner Liebe zu ihr, konnte ihr Vertrauen nicht gewinnen."

Völlig entsetzt sah Seth ihn an. „Ich bin sprachlos. Das ist ja unvorstellbar!"

„Vielleicht hätte ich das Versprechen, das ich Eleonore gegeben habe, dir gegenüber schon längst brechen sollen. Aber irgendwie hat sich die Gelegenheit zu diesem Gespräch erst heute ergeben."

In der nächsten halben Stunde erfuhr Seth mehr über die Ehe seiner Eltern als in den vergangenen siebenunddreißig Jahren.

„Doch selbst für Eleonore gebe ich Marise nicht auf", schloss Allan. „Sie ist so süß, so offen und ehrlich – genau wie ihre Mutter."

Das Thema Lia wollte Seth lieber vermeiden. „Lass uns ins Bett gehen, Dad", schlug er daher vor. „Du siehst müde aus, und auch ich brauche nach dem langen Flug unbedingt meinen Schlaf."

„Ich freue mich, dass wir uns endlich ausgesprochen haben, mein Sohn."

Seth nickte nur. Ihm schwirrte der Kopf von all den Neuigkeiten, und der Jetlag machte ihm zu schaffen. Doch noch mehr als nach seinem Bett sehnte er sich nach Lia – Lia, die im Gästezimmer neben Marise schlief und so unerreichbar für ihn war wie der Mond.

Am Morgen war Seth als Erster auf. Er machte sich einen Becher Kaffee, holte die Zeitungen aus dem Briefkasten und setzte sich mit ihnen an den Küchentisch vor das große Fenster zum Garten.

Im Gesellschaftsteil prangte unter der Überschrift *Familienausflug* ein großes Bild von Allan, Lia, Marise und ihm. Allan und er wurden namentlich erwähnt, während Lia als seine Begleiterin und Marise als deren Tochter bezeichnet wurden. Und unverkennbar funkelten Marises und seine Augen in dem gleichen ungewöhnlichen Grün.

Begleiterin, was für ein Ausdruck! Seth schäumte vor Wut. Obwohl es nicht direkt gesagt wurde, musste der Leser annehmen, dass Lia seine Geliebte und Marise seine illegitime Tochter waren.

Das musste ein Ende haben! Der Klatsch in Wien war schlimm genug gewesen, doch Wien lag auf der anderen Seite des Atlantiks. Diesmal traf ihn der Skandal in Manhattan, wo er lebte und arbeitete. Ich bin schon viel zu lange untätig geblieben, warf Seth sich vor, ich muss endlich handeln.

Genau in diesem Moment erschien Lia in der Küche und rieb sich verschlafen die Augen. Sie war noch unfrisiert und hatte sich nur einen japanischen Seidenkimono übergeworfen. „Kaffee!", rief sie erfreut. „Du bist ein Schatz, Seth."

„Schlafen Allan und Marise noch?", fragte er, ohne auf ihren lockeren Ton einzugehen.

„Ja." Sie sah ihn an. „Was ist los?"

Wütend schob er ihr die Zeitung hin und deutete mit dem Finger auf das Bild. „Keinen Tag länger werde ich dulden, dass in dieser Weise über Marise berichtet wird. Wir heiraten sofort, dann ist den Medien ein für alle Mal der Wind aus den Segeln genommen."

Lia las den Artikel und runzelte die Stirn. „Ich weiß nicht, warum du dich so aufregst. Marise hat sowieso schon allen erzählt, dass du ihr Vater bist. Welchen Kommentar sich die Medien dazu ausdenken, berührt mich nicht."

„Mich schon! Und auch du solltest die Sache ernster nehmen."

In aller Ruhe holte sich Lia einen Becher aus dem Schrank. „Im Gegensatz zu dir habe ich bereits sieben Jahre mit der Tatsache gelebt, eine uneheliche Tochter zu haben und gleichzeitig im Mittelpunkt des öffentlichen Interesses zu stehen – erzähl mir also bitte nicht, wie ich mich zu verhalten habe."

Statt zu antworten, riss er ihr den Becher aus der Hand, stellte ihn achtlos auf den Tisch und zog sie in die Arme, um sie stürmisch zu küssen. Im ersten Moment war Lia starr vor Schock, doch das änderte sich schnell, und sie erwiderte seine Zärtlichkeit mit einer Leidenschaft, die seiner durchaus ebenbürtig war.

Wie berauscht von dem Kuss, schob Seth die Hand unter ihren Kimono und ließ sie über ihre Hüften gleiten. Dann jedoch schob er Lia ebenso unvermittelt, wie er sie umarmt hatte, wieder von sich.

„Wie schnell können wir heiraten?", fragte er rau.

„Seth, wie soll ich das verstehen? Machst du mir einen Heiratsantrag, oder willst du mir etwas befehlen?"

„Nenn es, wie du willst, für mich ist eine Ehe die einzig mögliche Konsequenz."

„Das sagst du." Sie lehnte sich an den Tisch. „Liebst du mich?"

„Nein."

„Und weshalb willst du mich dann zu deiner Frau machen?“

„Ich mag dich, ich bewundere und respektiere dich, und ich bin verrückt nach dir. Das ist eine gute Grundlage für eine Ehe.“

„Für mich nicht gut genug.“

„Dann bist du eine hoffnungslose Romantikerin.“

„Mach dich bitte nicht über meine Gefühle lustig!“

Überrascht kniff er die Augen zusammen. „Was soll das heißen?“

„Dass ich mich in dich verliebt habe“, erwiderte sie ruhig.

Seth blickte sie unverwandt an. „Wann?“

„Ich weiß es nicht, vielleicht schon damals in Paris. Erkannt habe ich es aber erst in unserer Nacht auf Meadowland. Es spielt auch keine Rolle, wichtig ist nur, dass es für mich ohne Liebe auch keine Hochzeit gibt.“

„Liebe ist das am meisten missbrauchte Wort unserer Sprache.“

„Mag sein, ich jedenfalls habe meine genauen Vorstellungen davon. Und ich möchte einen Ehemann, der in mich verliebt ist. Außerdem verdient Marise Eltern, die sich mit Liebe begegnen. Ende der Diskussion.“

„Mein Vater hat meine Mutter von Anfang an geliebt“, entgegnete er bitter. „Und was hat es ihm gebracht – was hat es mir als Kind gebracht?“

„Meine Eltern liebten sich, und sie liebten auch mich, ihre Musik und ihre Karriere. Wenn man sich liebt, kann man alle Probleme meistern.“

„Du bist eine unverbesserliche Idealistin.“

„Nein, ich stehe fest auf dem Boden der Tatsachen, und eine davon ist, dass wir beide Marise lieben, das ist doch ein wunderbarer Anfang für unsere Beziehung.“

„Aber das ist nicht der Beginn von etwas Neuem, es gibt nicht mehr als das, was uns sowieso schon verbindet.“

„Auch in dem Punkt bin ich zu keinen Kompromissen bereit, Seth.“ Lia blieb unerbittlich. „Ich will alles, auch einen Mann, der mich liebt, und nicht nur unser Kind.“

Seth wusste, dass jede weitere Diskussion nichts bringen würde. Daher legte er seine Hände auf Lias Hüften und zog sie an sich. „Wenn wir doch jetzt nur Zeit für uns hätten!“, wisperte er ihr leise ins Ohr.

„Sex ist kein Ersatz für Liebe – nicht für mich“, erklärte sie fest.

„Sex mit dir kommt Liebe aber sehr nahe“, entgegnete er weich.

Lia konnte nicht anders, sie umarmte ihn und küsste ihn hingebungsvoll. Verlangend hielt er sie noch fester.

Vom Flur her näherten sich Schritte – blitzschnell stieß Lia Seth zurück und zupfte ihren Kimono zurecht. „Marise!", meinte sie atemlos.

Weil Seth augenblicklich nicht in der Verfassung war, seiner Tochter zu begegnen, drehte er sich schnell um, machte sich an der Kaffeemaschine zu schaffen und füllte umständlich Lias Becher. Vater zu sein, ist wirklich nicht einfach, dachte er und seufzte.

Bereits heute Nachmittag würde Lia zurück nach Meadowland fahren, um von dort aus auf Tournee nach Prag zu gehen. Er selbst würde einen Tag später über London nach Malaysia fliegen.

Lia hatte die erste Runde gewonnen, daran gab es nichts zu rütteln. Ohne Hochzeitstermin musste er sie gehen lassen.

13. KAPITEL

*E*s regnete in Strömen, und der Taxifahrer fuhr so nah wie möglich an das Konzertgebäude, bevor er Seth aussteigen ließ.

Ganz spontan hatte er sich zu diesem Abstecher nach Prag entschieden. Eigentlich hatte Seth nichts von sich hören lassen und warten wollen, bis Lia von selbst zur Vernunft kam und der Heirat zustimmte.

Den ersten Teil des Konzerts hatte er bereits verpasst, und es war fraglich, ob er es noch rechtzeitig bis zum Einlass nach der Pause schaffte. Ein freundlicher Platzanweiser öffnete ihm jedoch noch die Tür, obwohl es bereits zum dritten Mal geklingelt hatte. Mit feuchtem Haar und durchweichtem Hosensaum betrat Seth die hohen Staatsgästen vorbehaltene Loge, die er nur dank seiner Beziehungen bekommen hatte.

Kaum hatte er seinen Mantel ausgezogen und sich gesetzt, betraten die Musiker auch schon den Saal. Seine Loge lag direkt gegenüber vom Podium für die Solisten. Lia würde ihn bestimmt entdecken.

Wie würde sein Anblick auf sie wirken? Auf keinen Fall würde sie sich von ihm ablenken lassen, das wusste er. In dem Moment, in dem Lia die Geige ans Kinn setzte, existierte für sie nur noch die Musik.

Er war gekommen, um Lia zu überreden, ihn zu heiraten. Weshalb lief ausgerechnet er als überzeugter Junggeselle einer Frau hinterher, die ihn nicht wollte? Ging es ihm wirklich nur um Marise, oder waren noch andere Motive im Spiel? Diese Fragen verfolgten ihn schon seit Wochen.

Von rauschendem Beifall begleitet, betrat Lia die Bühne und verneigte sich vor dem Publikum. Als sie sich wieder aufrichtete, sah sie ihm genau ins Gesicht. Unsicher trat sie einen Schritt zurück, und selbst auf die große Entfernung hin erkannte Seth, wie blass sie plötzlich geworden war. Doch sie hatte sich sofort wieder in der Gewalt, setzte sich anmutig auf ihren Platz und lächelte dem Dirigenten zu.

Heute trug sie ein schulterfreies Kleid aus scharlachrotem Satin. Das Haar hatte sie glatt aus der Stirn frisiert und mit zwei Schildpattkämmen festgesteckt. An ihren Ohren funkelten die Brillantohrringe, die er ihr in Wien geschenkt hatte. Kurz bevor der Dirigent den Stab hob, schaute Lia Seth noch einmal in die Augen.

So hatte sie ihn noch nie angesehen, so zärtlich, liebevoll und gleichzeitig herausfordernd. Was hatte dieser Blick zu bedeuten? Unwillkürlich hielt Seth den Atem an.

Lia setzte ihre Stradivari ans Kinn, das Orchester spielte einen einzigen Akkord als Auftakt, und schon begann das Geigensolo. Es war eine Melodie, die zu Herzen ging, ruhelos, suchend, lyrisch und melancholisch, eine Melodie, die Seth vollkommen in ihren Bann schlug.

Schon lange gehörte das Violinkonzert von Nielsen zu Seths Lieblingsstücken, doch so hatte es noch nie auf ihn gewirkt. Er spürte, dass Lia es nur für ihn spielte und all ihre Liebe, ihre Leidenschaft und ihren Schmerz in diese wunderbare Musik legte.

Nachdem der letzte Ton verklungen war, herrschte einen Moment absolute Stille, dann brach tosender Applaus los. Zu Tränen gerührt, stand Seth auf und verließ die Loge. Nichts, was Lia noch spielen würde, konnte ihn so ergreifen wie das, was er eben gehört hatte.

An der Künstlergarderobe gab er einen Brief für Lia ab und nahm sich auch für den Rückweg ins Hotel wieder ein Taxi, denn es regnete immer noch. Wie der Abend enden würde, lag allein in Lias Hand. Entweder sie folgte seiner Einladung, oder er würde unverrichteter Dinge abfliegen müssen.

Im Hotel duschte Seth, zog sich um und schenkte sich einen Whisky ein. Bis er wusste, wie sie sich entschieden hatte, würde es wegen des obligatorischen Empfangs nach dem Konzert noch etwas dauern.

Kurz nach Mitternacht klingelte endlich das Zimmertelefon. „Ich bin es, Lia. Ich stehe hier im Foyer."

„Nimm den Fahrstuhl in die oberste Etage. Suite 700."

„Bis gleich." Lia legte auf und schloss kurz die Augen. Sie wusste, was unweigerlich geschehen würde, wenn sie jetzt in Seths Suite ging. Wollte sie das wirklich? War sie vielleicht allein deshalb gekommen? Ohne eine Antwort auf ihre Fragen gefunden zu haben, drehte sie sich entschlossen um und ging mit erhobenem Kopf zum Fahrstuhl.

Noch bevor sie geklopft hatte, öffnete Seth schon die Tür. „Lia! Bist du nass geworden?"

„Nein, der Taxifahrer war so nett und hat mich mit dem Schirm bis zum Eingang begleitet."

„Möchtest du ein Glas Champagner?"

„Nein danke, nicht nach meinen Erfahrungen in Wien. Hat dir das Konzert gefallen?"

„Was für eine Frage! Ich habe alles aus deinem Spiel herausgehört, deine Liebe, deine Sehnsucht und deine Tränen."

„Es war meine Liebeserklärung an dich." Ihr Kleid raschelte leise, als sie auf ihn zukam und ihm die Hand auf den Arm legte. „Vielleicht war ich zu offen, aber so bin ich nun einmal, ungeduldig, leidenschaftlich und kompromisslos. Ist es dir wirklich nicht möglich, mich so zu lieben, wie ich bin?"

„Liebe ist für mich ein leeres Wort – ich weiß nicht, was Liebe ist, und in meinem Leben ist kein Platz dafür."

„Also bedeute ich dir nicht mehr als all die Frauen vor mir?" Ihre Augen blitzten empört.

„Nein, Lia, du bist einzigartig. Du bist anders, du bist die große Ausnahme, trotzdem ist es mir unmöglich, das, was ich für dich empfinde, als Liebe zu bezeichnen."

„Dann kommt eine Heirat für mich nicht infrage."

„Worum geht es dir eigentlich, Lia? Um unsere Zukunft oder nur darum, als Siegerin dazustehen?"

„Niemand wird siegen, so wie du dich verhältst, werden wir alle verlieren, du, ich und – Marise."

„Das ist nicht fair!"

„Wenn ich kämpfe, kämpfe ich mit allen Mitteln, das kennst du doch von mir."

Spontan streichelte er ihr die Wange. „Ich habe solche Sehnsucht nach dir. Komm mit mir ins Bett."

Sie lehnte den Kopf an seine Schulter. „Ja. Ich bin mit meinen Worten am Ende, ich will nicht mehr reden, sondern dich spüren. Nimm mich in die Arme, Seth, schenk mir deine Leidenschaft und lass mich alles andere vergessen."

Er hob sie hoch und trug sie zum Bett. „Du machst mich verrückt", gestand er, legte sich neben sie und küsste sie, bis sie kaum noch Atem bekam.

Hingebungsvoll erwiderte sie seine Küsse und ließ die Hände so aufreizend über seinen Körper gleiten, dass er sich nicht länger zurückhalten konnte. Voller Sehnsucht nach ihrer nackten Haut öffnete er den Reißverschluss ihres Kleides, streifte es ihr vom Körper und warf es zu Boden, bevor er sich ebenfalls entkleidete.

Ihre festen runden Brüste, die sanft geschwungenen Hüften – würde er von Lia jemals genug bekommen? Sie zog die Kämme aus dem Haar, sodass es sich wie ein dunkler seidiger Schleier über dem

Kissen ausbreitete. In ihren braunen Augen loderte Leidenschaft, und sie wirkten fast schwarz.

Wild und fordernd liebten sie sich, er spürte ihre Fingernägel auf seinem Rücken und übernahm die Führung in jenem elementaren Tanz, bei dem alles andere in Bedeutungslosigkeit versank. Lia war seine Gefährtin, die einzige Frau, die zu ihm passte.

Wie ein Teil seiner selbst gehörte Lia zu ihm – dennoch liebte er sie nicht.

Tiefer und tiefer drang er in sie ein, ihr Rhythmus wurde immer leidenschaftlicher, Seth stöhnte und rief Lias Namen, als sie gemeinsam den Höhepunkt erreichten.

Als Seth wieder klar denken konnte, ruhte seine Stirn auf Lias Schulter, und durch das geöffnete Fenster strich der Nachtwind kühl über seinen erhitzten Körper. Er rollte sich auf die Seite, nahm Lia in die Arme und bettete seinen Kopf zwischen ihre Brüste.

Das ist es, was ich möchte, dachte er zufrieden: neben Lia liegen und ihre Wärme spüren. Was konnte schöner sein? Entspannt streckte er sich aus, und die anstrengende Woche in Malaysia und der Transatlantikflug forderten ihren Tribut: Kaum hatte Seth die Augen geschlossen, war er auch schon eingeschlafen.

Unruhig lauschte Lia seinem gleichmäßigen Atem. Der innere Frieden, den sie bisher stets verspürt hatte, nachdem sie Seth geliebt hatte, wollte sich heute nicht einstellen. Körperlich war sie wunschlos glücklich, doch gefühlsmäßig war sie unbefriedigt.

Obwohl der geliebte Mann sie im Arm hielt und sein Atem warm ihre Brust streifte, fühlte sie sich einsam. Nach einigen Minuten schob sie Seth behutsam von sich und stand leise auf. Sie duschte und nahm anschließend Seths weißen Frotteemantel vom Haken.

Fröstelnd wickelte sie sich fest darin ein, verknotete den Gürtel und setzte sich auf die mit Brokat bezogene Polsterbank im Erker. Durch die Butzenscheiben sah sie auf das nächtliche Prag, sah die Lichter und hörte den melodischen Schlag einer Turmuhr ganz in der Nähe. Bei jedem Konzert hatte sie sich in dieser Stadt, die der Musik so verbunden war, bisher stets zu Hause gefühlt, heute jedoch kam sie sich so trostlos und verlassen vor, als hätte es sie auf einen fremden Stern verschlagen.

Nur für Seth hatte sie das Stück von Nielsen gespielt, sie hatte ihm ihr Innerstes offenbart – und sie hatte versagt, denn es war ihr nicht gelungen, zu ihm vorzudringen. Traurig legte sie den Kopf auf die Knie und weinte.

Nachdem die letzte Träne versiegt war, ging sie zurück ins Bad, wusch sich das Gesicht mit kaltem Wasser und hängte den Mantel zurück an den Haken. Dann schlich sie sich leise ans Bett, um ihre Garderobe einzusammeln, und zog sich lautlos an. Als sie auf der Suche nach ihren Kämmen jedoch gegen die Matratze stieß, richtete Seth sich auf.

„Lia? Was machst du da?" Er knipste die Nachttischlampe an.

„Ich habe mich angezogen und will zurück in mein Hotel."

Hellwach schwang er die Beine über die Bettkante und fuhr sich mit beiden Händen durch sein zerzaustes Haar. „Du willst fliehen – wie damals in Paris."

„Für mich gibt es keine Flucht mehr, durch Marise bin ich für immer an dich gebunden." Sie steckte die Kämme ins Haar. „Gegen Mittag fliege ich nach Basel, wo ich noch ein Konzert gebe, dann geht es zurück nach Hause."

„Und warum willst du dann jetzt schon los? Es ist noch dunkel."

Nach kurzem Überlegen sagte sie ihm die Wahrheit. „Ich ertrage es einfach nicht, Seth. In deinen Armen zu liegen und zu wissen, dass du mich nicht liebst, übersteigt meine Kräfte."

„Und warum bist du dann zu mir ins Hotel gekommen?"

„Weil ich nicht geahnt habe, wie schrecklich ich mich hinterher fühlen würde. Und warum bist du in mein Konzert gekommen?"

„Ich musste es einfach. Ich hatte solche Sehnsucht nach dir – ich brauchte dich. Das vergangene Wochenende ist die Hölle für mich gewesen. Dich in meinem Haus zu haben und dir nicht einmal einen Kuss geben zu dürfen, hat mich fast um den Verstand gebracht."

„Sex ist nicht alles, Seth! Weißt du, wie ich mich gefühlt habe, nachdem wir uns vorhin geliebt haben? Allein, ganz, ganz schrecklich allein! Für mich sind Sex und Liebe untrennbar miteinander verbunden, so einfach ist das – oder so kompliziert."

„Willst du mich erpressen, Lia? Entweder Liebe oder es spielt sich nichts mehr ab zwischen uns?"

„Ich will dich nicht erpressen, Seth, ich will mich vor dir schützen. Ich bin am Rande meiner Kräfte."

Er stand auf und nahm sie in die Arme. „Komm zurück ins Bett, du brauchst noch Schlaf. Im Moment lässt sich unser Problem nicht lösen, aber es wird uns schon etwas einfallen."

„Ich ertrage das nicht, Seth, wirklich nicht. Du schenkst mir deinen Körper, alles andere hältst du zurück."

„Ich halte nichts zurück, Lia, ich habe einfach nicht mehr zu geben."
Diese Worte zerstörten ihre letzten Hoffnungen.

„Ich werde in Zukunft nicht auf Meadowland sein, wenn du Marise besuchst", erklärte sie ausdruckslos. „Und wenn sie zu dir nach Manhattan möchte, wird Nancy sie bringen."

„Lia! Marise ist ein aufgewecktes kleines Mädchen, glaubst du wirklich, wir könnten ihr etwas vormachen? Du hast gesagt, sie verdient Eltern, die sich lieben. So hoch stecke ich meine Ziele nicht – Eltern, die sich verstehen, sind meiner Meinung nach völlig ausreichend."

„Wie kannst du mir unterstellen, mir ginge es nicht um Marise!" Lias Augen sprühten vor Zorn. „Bei allem, was ich tue, denke ich an sie, das kannst du mir glauben."

„Dann heirate mich."

„Das also ist das Geheimnis deines Erfolges – Rücksichtslosigkeit." Sie lachte verächtlich. „Du denkst nur an dich, die Gefühle deiner Mitmenschen sind dir egal. Kläre mit Marise die Besuchszeiten, Seth, alles andere regelt dann Nancy." Suchend blickte sie sich um. „Wo ist denn bloß mein zweiter Schuh?"

„Hier." Er bückte sich und zog ihn unter dem Bett hervor.

Während er Lia den Pumps reichte, beobachtete er sie genau. Obwohl sie vor Wut bebte, wirkte sie gleichzeitig so traurig und verzweifelt, dass es ihm ins Herz schnitt.

„Lia, ich kann die Vergangenheit nicht ungeschehen machen. Als ich als Kind den Streit meiner Eltern über die Abtreibung miterleben musste, ist etwas in mir zerbrochen. Mir ist einfach nicht gegeben, was für andere eine Selbstverständlichkeit ist."

„Ich soll dich also akzeptieren, wie du bist?"

„Ja." Seth nickte. „Ich werde immer zu dir stehen und dich niemals betrügen, Lia, und ich werde Marise ein guter Vater sein, das schwöre ich dir, mehr jedoch kann ich dir nicht bieten."

„Du liebst Marise, Seth, du liebst Musik, du bemühst dich, trotz der Vergangenheit mit deinem Vater ins Reine zu kommen, wie kannst du da behaupten, nicht lieben zu können?"

„Ich spreche weder von Marise noch von Allan, ich spreche von dir, Lia. Das Erlebnis damals hat mich zum seelischen Krüppel gemacht, ich bin einfach nicht in der Lage, einer Frau bedingungslos zu vertrauen."

„Erzähl mir, was damals genau passiert ist."

Warum nicht? Er hatte nichts mehr zu verlieren.

„Ich war acht und hätte eigentlich längst schlafen sollen, doch ich bin noch einmal in die Bibliothek geschlichen, um mir ein Buch zu holen. Als ich meinen Vater kommen hörte, habe ich mich schnell hinter einem Ledersessel versteckt. Dad setzte sich an den Schreibtisch und erledigte Büroarbeiten, und nach einer Weile kam meine Mutter, um einige Haushaltsangelegenheiten mit ihm zu besprechen. Dad hielt ihr die Rechnung einer Privatklinik entgegen und fragte, was es damit auf sich habe."

An dem Abend hatte Eleonore ein schwarzes Kleid und eine Perlenkette getragen, das wusste er noch ganz genau.

„Sie habe einen Schwangerschaftsabbruch vornehmen lassen, erklärte meine Mutter vollkommen nüchtern. Das Entsetzen im Gesicht meines Vaters werde ich nie vergessen. Ob es medizinisch notwendig gewesen sei, wollte er wissen. Nein, antwortete sie, sie hätte einfach kein zweites Kind haben wollen, und ein Mädchen schon gar nicht. Dad weinte – es war furchtbar. ,Eine Tochter', wiederholte er, ,Eleonore, du weißt, wie sehr ich mir immer eine Tochter gewünscht habe, wie konntest du das nur tun?'"

Seth rieb sich das Kinn. „Es war das erste und einzige Mal in meinem Leben, dass ich erlebt habe, wie meine Mutter die Beherrschung verlor. Sie schrie meinen Vater an und erklärte ihm, nie, nie, nie würde sie es über sich bringen, ein Mädchen in diese schreckliche Welt zu setzen. Dann fegte sie eine kostbare chinesische Vase vom Tisch und stürmte aus dem Zimmer. Mein Vater blieb noch sitzen. Als er aufstand und ging, war er ein alter und gebrochener Mann. Blind vor Tränen lief ich zurück in mein Zimmer."

„Seth, wie grausam!" Als Lia ihm die Hand auf den Arm legen wollte, wehrte er ab.

„Bitte nicht, Mitleid bringt uns nicht weiter."

„Ich weiß." Sie atmete tief durch. „Während du in Venezuela warst, hatte ich ein langes Gespräch mit deinem Vater. Er hat mir von der Kindheit deiner Mutter erzählt. Für mich war Liebe von Kindheit an so selbstverständlich wie die Luft zum Atmen, und das, was Eleonore durchmachen musste, ist für mich unvorstellbar. Langsam beginne ich sie zu verstehen. Und ich bemühe mich, ihr das, was sie mir angetan hat, zu verzeihen. Könntest du das nicht auch?"

„Es geht hier nicht um Vergebung, Lia. Ich wollte nur meine Einstellung zur Liebe begründen. Mein Vater liebt meine Mutter, er hat ihr sein Herz geschenkt, und sie hat darauf herumgetrampelt. Liebe ist nur ein anderes Wort für Schmerz und Verrat, das habe ich bereits als kleiner Junge begriffen."

„Das muss nicht so sein."

„Mag sein, für mich ist es aber so – seit jener Nacht."

Lia gab auf. Mit unbewegter Miene schlüpfte sie in den Pumps und verabschiedete sich.

„Vielen Dank, dass du mir vertraut und mir deine Geschichte erzählt hast, Seth. Du brauchst mich nicht nach unten zu bringen, ich finde den Weg allein."

Und Seth machte keine Anstalten, ihr zu folgen.

*D*ie Sommerferien hatten begonnen, und Lia, die mit Marise im Swimmingpool tobte, hätte eigentlich glücklich und zufrieden sein müssen.

In den nächsten Wochen standen nur zwei kleine Konzerte auf dem Programm, das erste sogar direkt in New York, in der Carnegie Hall. Doch Lia war bedrückt und niedergeschlagen. Seit Prag ging Seth ihr aus dem Weg, und von Heirat hatte er nie wieder gesprochen.

Mit Marise dagegen hatte er viel Zeit verbracht und sie auch zu der alljährlichen Feier am Ende des Schuljahrs begleitet. Die letzten drei Wochenenden hatten die beiden in seinem Sommerhaus in Cape Cod verbracht. Es war nicht zu übersehen: Marise liebte ihren Vater, und er liebte seine Tochter.

Mir dagegen zeigt er die kalte Schulter, dachte sie bitter, als sie aus dem Becken stieg, um sich auf den Rand zu setzen. Bei jedem Besuch benahm Seth sich ihr gegenüber höflich und rücksichtsvoll, blieb jedoch immer sehr unpersönlich. Jede dieser Begegnungen auf Meadowland, zu denen er schon zweimal seinen Vater mitgebracht hatte, waren die reinste Tortur für sie gewesen.

Marise spritzte ihr Wasser ins Gesicht. „Warum kommst du eigentlich nie mit nach Cape Cod, Mum? Es würde dir dort bestimmt super gefallen." Sie zögerte. „Weshalb heiratet ihr eigentlich nicht?", sprudelte sie dann unvermittelt hervor. „Es wäre so schön, wenn wir drei uns nicht immer wieder trennen müssten."

„Oh, Marise …"

„Ihr könntet im Garten heiraten, dann müsstest du nicht einmal Blumen kaufen – und ich könnte Blüten streuen und deine Brautjungfer sein."

„So einfach ist das nicht, Marise." Lia biss sich auf die Lippe.

„Warum nicht? Dad ist wirklich nett, und du magst ihn, das hast du selbst gesagt. Auf Meadowland haben wir genug Platz, und Dad gefällt es hier, das weiß ich genau."

Erst Marises Worte öffneten Lia die Augen, schlagartig erkannte sie, wie egoistisch sie sich in den vergangenen Monaten benommen hatte. Ihr war überhaupt nicht in den Sinn gekommen, dass es nicht allein um Lia d'Angeli und ihre Vorstellungen von Liebe und Ehe ging, sondern um die Zukunft von drei Menschen, vor allem um die von Marise. Und Marise wünschte sich eine ganz normale Familie – wie jedes Kind in dem Alter.

Sie riss sich zusammen und lächelte übertrieben strahlend. „Ich werde bestimmt darüber nachdenken, Marise, das verspreche ich dir. Doch jetzt müssen wir uns beeilen, wir wollten doch noch Erdbeermarmelade kochen." Gemeinsam gingen sie ins Haus zurück.

Während Marise voller Begeisterung in dem großen Topf mit Fruchtmus rührte, schlich sich Lia ans Telefon. Sie verabredete mit Suzys Mutter, dass Marise am nächsten Morgen zum Frühstück kommen und bis elf Uhr bleiben würde.

Da Seth Marise um zehn zu einem Ausflug abholen wollte, blieb Lia eine Stunde, um ungestört mit ihm zu reden.

Der Verkehr war dichter als erwartet, und so war es schon fast halb elf, als Seth in die Auffahrt von Meadowland einbog.

Für ein Kind muss so ein Anwesen das Paradies auf Erden sein, dachte er wieder einmal, Lia hätte kaum eine bessere Wahl treffen können. Lia! Er atmete tief durch und bereitete sich innerlich auf das Treffen mit ihr vor. Nur mit einer unglaublichen Willensanstrengung gelang es ihm, ihr distanziert und höflich zu begegnen. Vielleicht hätte er sie doch lieber in die Arme reißen und küssen sollen, bis sie all ihre komplizierten Gedanken vergaß. Doch in Marises Gegenwart verbot sich diese Strategie leider von selbst.

„Marise, bist du fertig?", rief er, nachdem er die Haustür aufgeschlossen hatte und die angenehm kühle Diele betrat.

Doch nicht Marise, sondern Lia kam ihm entgegen.

„Hallo, Seth. Ich muss mit dir sprechen, deshalb habe ich Marise zu Suzy geschickt – sie wird erst in einer halben Stunde zurückkommen. Ich habe uns Kaffee gemacht, komm doch mit in die Küche."

Am Tisch reichte sie ihm Milch und Zucker. „Wenn du mich immer noch möchtest, heirate ich dich", erklärte sie so beiläufig, als würde sie über das Wetter sprechen.

Seth wäre beinahe der Löffel aus der Hand gefallen. „Wie bitte?"

„Du hast richtig gehört."

„Und was hat zu diesem Meinungswechsel geführt?"

„Marise hat mir die Augen geöffnet. Sie sehnt sich nach Normalität und möchte, dass wir unter einem Dach leben – wie alle anderen Eltern auch."

Prüfend kniff Seth die Augen zusammen. „Liebst du mich immer noch?"

„Natürlich – daran wird sich auch nie etwas ändern." Sie wich seinem Blick nicht aus, während sie das sagte.

„Wenn Marise nicht wäre, würdest du mich also nicht heiraten?"

„Richtig."

Innerlich völlig aufgewühlt, zwang er sich zur Ruhe. „Und wann möchtest du heiraten?"

„Möglichst schnell. Nächste Woche ist das Konzert in der Carnegie Hall, dann habe ich bis Anfang August keine weiteren Termine."

„Du bist so kalt und sachlich!", warf er ihr vor.

„Und du? Du heiratest mich doch nur, weil dich das Gerede und die Gerüchte, die durch die Zeitungen geistern, ärgern."

Er würde die Geschäftsreise nach Australien verschieben müssen, was schwierig, aber nicht unmöglich war. „Möchtest du eine große Hochzeit?", fragte er.

„Nein. Eine kleine Feier hier auf der Farm reicht."

„Trotzdem müssen wir die Medien unterrichten, sonst werden wir die nächste Zeit keine Ruhe vor den Reportern haben", erklärte er.

„Dann gib doch am Tag nach der Feier eine Presseerklärung ab."

„Lia, irgendetwas läuft hier schief! Wir sprechen über unsere Hochzeit, und du machst ein Gesicht wie auf einer Beerdigung. Was soll Marise denn von dir denken?"

„Das lass ruhig meine Sorge sein, vor Marise werde ich meine Rolle überzeugend spielen", antwortete sie ungerührt.

Warum war Lia nicht wütend? Warum widersprach sie ihm nicht und kämpfte für ihre Ansichten? Wo war die temperamentvolle Frau geblieben, die für ihre Ideen durchs Feuer ging? Anscheinend existierte sie nicht mehr.

„Wir werden keine Scheinehe führen, sondern das Bett miteinander teilen. Ist dir das klar?"

„Natürlich. Marise weiß, dass Eltern in einem Zimmer schlafen."

„Ich kümmere mich um die Heiratserlaubnis. Was hältst du von Ringen?"

Gleichgültig zuckte sie die Schultern. „Es sieht besser aus."

Alles in Seth wehrte sich gegen diese Farce einer Hochzeit, doch noch bevor er etwas sagen konnte, wurde die Haustür geöffnet, und Marise stürmte in die Küche.

„Hi, Dad." Sie gab ihm einen Kuss und setzte sich auf seinen Schoß.

„Marise, ich habe eine große Neuigkeit für dich." Lia schluckte. „Dad und ich werden heiraten."

Mit großen Augen blickte Marise von einem zum anderen. „Wohnt Dad dann auch bei uns? Wie ein richtiger Vater?"

Endlich fand Seth die Stimme wieder und nickte. „Wenn ich nicht gerade auf Reisen bin, ja. Die Wochenenden können wir ja vielleicht auch manchmal in Manhattan verbringen."

Glücklich sprang das Mädchen auf und fiel Lia stürmisch um den Hals. „Es macht mir nichts aus, dich teilen zu müssen, Mum, jedenfalls nicht mit Dad."

Als er die Tränen in Lias Augen sah, hielt Seth es nicht länger auf seinem Stuhl aus. Tröstend legte er ihr den Arm um die Schultern, während Marise aufgeregt durch die Küche tanzte. „Darf Suzy auch kommen?"

„Natürlich." Lia rang sich ein Lächeln ab. „Es wird eine kleine Hochzeit – bei uns im Garten, genau, wie du es dir gewünscht hast."

„Eine Hochzeit wie im Märchen." Marise klatschte begeistert in die Hände. „Kannst du jetzt gleich mit uns kommen, Mum?"

„Nächstes Mal, Marise. Ich muss mich noch auf das Konzert in der Carnegie Hall vorbereiten. Ich habe euch aber ein kleines Picknick vorbereitet, der Korb steht an der Garderobe."

„Stell ihn bitte gleich ins Auto, Marise", bat Seth. „Dein Gepäck bringe ich dann mit."

Kaum war er mit Lia allein, zog er sie an sich und küsste sie wütend und verzweifelt. Steif wie eine Puppe ließ Lia es über sich ergehen.

„Langweilig wird die Ehe mit dir bestimmt nicht – ich weiß nie, was ich von dir erwarten darf", bemerkte Seth, nahm Marises Reisetasche, aus der ihr Teddybär lugte, und verließ das Haus.

Vier Tage später saß Seth in der New Yorker Carnegie Hall, diesmal nicht in einer Loge, sondern unauffällig zwischen Hunderten von anderen Zuschauern im Parkett. Gedankenverloren blätterte er in seinem Programm.

Seit Prag hatte er nicht mehr mit Lia geschlafen. Wenn sie allein mit ihm war, blieb sie unnahbar und verschlossen, war Marise dabei, reagierte sie hingegen übertrieben lebhaft. Er wusste nicht, was er schlimmer fand.

Endlich hatte er seinen Willen durchgesetzt, und Lia und er würden heiraten – doch zu welchem Preis? In zehn Tagen würde er die Ehe mit einer Frau eingehen, die sich von ihm abkapselte, weil er ihre Gefühle nicht erwidern konnte.

So schlecht wie an diesem Abend hatte er Lia noch nie spielen hören. Allein im ersten Satz machte sie drei Fehler, die selbst ihm auffielen. Die Kritiker würden sie dafür in der Luft zerreißen.

Seth hielt es nicht länger aus. In der Pause verließ er das Konzert und ging zu Fuß nach Hause. Weil er Lia so rücksichtslos unter Druck gesetzt hatte, fühlte er sich schuldig. Wie konnte er das wiedergutmachen? Die Hochzeit in allerletzter Minute absagen? Für Marise würde die Welt zusammenbrechen.

Zuerst ging er in sein Arbeitszimmer und hörte den Anrufbeantworter ab, doch Lia hatte ihm keine Nachricht hinterlassen. Also wusste er immer noch nicht, ob sie nach dem Konzert zu ihm kommen würde oder nicht.

Um Mitternacht war ihm klar, dass Lia sich nicht melden würde. Unruhig genehmigte er sich einen doppelten Whisky und ging anschließend sofort ins Bett.

Als es am nächsten Morgen um halb zehn an der Tür klingelte, war er gerade aus der Dusche gestiegen und trocknete sich ab. Das konnte nur Lia sein! Schnell warf er das Handtuch beiseite, schlüpfte in seine Jeans und lief mit nassem Haar die Treppe hinunter, zwei Stufen auf einmal nehmend.

Entgeistert betrachtete er die Frau, die vor seiner Tür stand. Im ersten Moment glaubte er, seine Nerven würden ihm einen Streich spielen.

„Mum! Ist etwas passiert?", fragte er fassungslos.

„Willst du mich hier an der Tür abfertigen?"

„Natürlich nicht, Entschuldigung. Komm rein, ich habe gerade Kaffee aufgesetzt, möchtest du auch eine Tasse?"

„Wenn du dich anziehst wie ein zivilisierter Mensch, gern."

„Tut mir leid, aber mit dir hatte ich wirklich nicht gerechnet. Mach es dir bequem, ich bin gleich wieder da."

Als er mit dem Tablett ins Wohnzimmer kam, saß Eleonore kerzengerade und ohne die Rückenlehne zu berühren auf dem Sofa. Stumm reichte ihr Seth eine Tasse – zum ersten Mal in ihrem Leben schien seine Mutter nicht zu wissen, was sie sagen sollte.

„Hast du die Einladung zu unserer Hochzeit bekommen?", eröffnete er daher das Gespräch.

„Ja, die Kleine mit der Geige hat also doch das Rennen gemacht. Ich dachte, du wärst gegen die Ehe."

„Das bin ich auch nach wie vor. Aber Marise möchte Eltern, die verheiratet sind."

Eleonore sah aus dem Fenster. „Kommt dein Vater auch?"

„Ja. Marise und er waren von Anfang an ein Herz und eine Seele."

„Wie du weißt, hat er sich von mir getrennt. Er kann mir nicht verzeihen." Starr blickte Eleonore vor sich hin. „Er macht mir immer noch Vorwürfe wegen der Abtreibung. Er versteht nicht, weshalb ich die Briefe unterschlagen habe ... weshalb ich ihm seine Enkeltochter vorenthalten habe."

Sie spielte nervös mit dem Ring an ihrem Finger. „Ich hätte nie gedacht, dass er mich jemals verlassen würde. Ich ... ich vermisse ihn so."

„Er hat sich wirklich verändert", stimmte Seth ihr zu. „Was willst du tun?"

Sie senkte den Kopf. „Ich traue mich nicht, ihn anzurufen. Er will sich bestimmt scheiden lassen."

„Er hat mir von deiner Kindheit erzählt, Mum, wie ..."

„Dazu hatte er kein Recht!"

„Doch, das hatte er", widersprach Seth. „Denn nur so ist es mir endlich möglich geworden, dich zu verstehen. Statt dir Liebe zu schenken, hat dich dein Vater als Kind misshandelt. Deshalb hast du später nichts von Liebe wissen wollen – du wolltest niemandem das schenken, was man dir als Kind auf so grausame Weise vorenthalten hat."

Ist das nicht auch mein Fehler gewesen? fragte Seth sich plötzlich. Habe ich mich vielleicht genau wie meine Mutter verhalten?

„Liebe ist eine Falle, Seth, ist man erst mal hineingeraten, ist man verloren."

„Nein, Mum, man ist nur verloren, wenn man die Liebe aus seinem Leben verbannen will. Ruf Dad an. Er liebt dich immer noch, davon bin ich überzeugt."

„Und wenn nicht? Die Blamage wäre unerträglich für mich."

„Wenn du nicht bereit bist, dieses Risiko einzugehen, bist du feige", antwortete Seth wütend, weil er wieder an sein eigenes Verhalten denken musste.

„Feige? Seit ich von zu Hause weggelaufen bin, habe ich vor niemandem mehr Angst gehabt", erwiderte Eleonore stolz.

„Dann beweis es mir." Seth wählte Allans Nummer, reichte seiner Mutter den Hörer und ging in die Küche. Dort wollte er in Ruhe darüber nachdenken, mit welchen Worten er Lia um Verzeihung bitten konnte.

Bereits fünf Minuten später öffnete Eleonore die Küchentür. „In einer Viertelstunde treffen wir uns vor dem Metropolitan Museum", erklärte sie. „Wir machen einen Spaziergang durch den Central Park und wollen anschließend irgendwo essen gehen."

„Ein Date also!" Glücklich lachend hob Seth seine Mutter hoch und drehte sich mit ihr im Kreis.

„Seth! Bist du denn verrückt geworden? Setz mich sofort wieder ab."

Während er gehorchte, sah er zu seiner Freude, dass auch seine Mutter lächelte.

„Soll ich dir ein Taxi rufen?", fragte er.

„Nein, ich gehe lieber zu Fuß." Sie war wieder ernst geworden. „Ich habe etwas Schreckliches getan", gestand sie. „Ich habe ein entstehendes Leben getötet. Aber als kleines Mädchen musste ich miterleben, wie meine Mutter ein Kind nach dem anderen bekam, wie sie immer elender wurde … Ich hätte die Briefe nicht unterschlagen dürfen, Seth. Es war unverzeihlich von mir."

In ihren Augen glänzten Tränen. „Ich habe den größten Teil meines Lebens verschwendet, Seth. Mach bitte nicht den gleichen Fehler."

Zärtlich streichelte er ihr die Wange.

15. KAPITEL

*U*nmittelbar nachdem Eleonore gegangen war, klingelte Seths Handy.

„Seth?" Lia war außer Atem und klang verstört. „Seth, bist du es?"

Im Hintergrund hörte er Stimmen und geriet in Panik. „Lia, was ist los? Marise – ist ihr etwas passiert? So rede doch!"

„Du lässt mich ja nicht zu Wort kommen! Marise geht es gut, sie ist bei Suzy. Aber ich … Die schlechten Kritiken in den Zeitungen heute Morgen haben mich völlig durcheinandergebracht … Seth, ich habe meine Geige nach einer Probe im Taxi vergessen! Meine Stradivari!"

Das war alles? Vor Erleichterung hätte er die ganze Welt umarmen können. „Wo bist du?"

„In einem anderen Taxi. Über die Zentrale habe ich erfahren, dass der Taxifahrer zu einer Pfandleihe gefahren ist, nachdem er mich abgesetzt hat." Sie gab ihm die Adresse.

„Das ist eine finstere Gegend, Lia. Steig auf keinen Fall aus, bevor ich nicht bei dir bin."

„Es geht um meine Geige, Seth! Sie ist einmalig und durch kein anderes Instrument zu ersetzen! Was soll ich nur ohne sie tun?"

„Lia, du bleibst im Taxi. Das ist ein Befehl, hast du das verstanden? Ich bin sofort bei dir, ich nehme mir auch ein Taxi, das geht schneller." Er steckte seine Brieftasche ein und lief auf die Straße. „Da kommt schon eins, ich bin sofort bei dir. Lia, untersteh dich auszusteigen!"

Aufgeregt bot Seth dem Taxifahrer den dreifachen Fahrpreis, wenn er das Ziel in einer Viertelstunde erreichte, dann rief er wieder bei Lia an, aber es meldete sich nur die Mailbox.

War sie doch ausgestiegen? Und in der Pfandleihe in einen Hinterhalt geraten? Das Taxi legte sich so scharf in die Kurve, dass Seth zur Seite fiel. Kam er vielleicht zu spät?

Kalter Angstschweiß stand ihm auf der Stirn. Wenn er Lia verlor, besaß sein Leben keinen Sinn mehr. Ihr durfte einfach nichts passieren!

Nach genau dreizehn Minuten hatte der Fahrer das heruntergekommene Haus in einer ärmlichen Straße erreicht. Seth ließ den Fahrer warten und stürmte in das Geschäft – nur um zu erfahren, dass er zu spät kam. Lia war schon wieder unterwegs.

Die Geige war bereits an einen Puerto Ricaner verkauft worden, und Lia hatte sich die Adresse geben lassen. Auch Seth ließ sich die Adresse geben und lief zurück zum Taxi.

„Hier ist es." Obwohl der Fahrer sich zweifelnd umsah, öffnete Seth entschlossen die Tür – und hörte die Geige trotz des Straßenlärms sofort.

„Ich verdoppele den Fahrpreis noch einmal, wenn Sie auf mich warten", rief er und stieg aus, ohne eine Antwort abzuwarten.

Wie gehetzt folgte er der Musik, vorbei an fast verfallenen Häusern mit verrosteten Feuerleitern, vorbei an Bergen von Unrat. Dann endlich sah er Lia.

In einem geblümten Rock und einem roten T-Shirt, ihre geliebte Geige am Kinn, stand sie vor einem blauen Müllcontainer und spielte mit Hingabe. Ihr Publikum – Männer, Frauen und Kinder – stand in einem Halbkreis um sie herum, stampfte im Takt und klatschte hingerissen.

Unsagbar erleichtert lehnte Seth sich gegen die nächste Hauswand und schloss kurz die Augen. Lia war unversehrt. Sie war weder beraubt noch entführt oder erschlagen worden, wie er es sich in seiner Fantasie ausgemalt hatte. Nachdem er sich wieder gefasst hatte, ging er auf Lia zu.

Wer außer ihr würde mit höchstem künstlerischen Einsatz auf einer verschmutzten Straße vor Menschen spielen, die sich nicht einmal die billigste Karte zu einem ihrer Konzerte leisen konnten?

„Hallo, Seth." Jetzt hatte auch sie ihn entdeckt und begrüßte ihn mit einem strahlenden Lächeln. „Ich habe meine Geige wieder."

„Das sehe ich", meinte er nur und kniete vor ihr nieder. In der Stille, die plötzlich entstanden war, hätte man eine Stecknadel fallen hören.

„Lia d'Angeli", erklärte er, „ich liebe dich. Ich liebe dich seit unserer Nacht in Paris, ich liebe dich mit Leib und Seele, und ich werde dich bis ans Ende meiner Tage lieben. Willst du mich heiraten?"

Verwirrt ließ sie die Geige sinken. „Aber … aber du glaubst doch gar nicht an Liebe!"

„Ich war ein Dummkopf, Lia, ein ausgemachter Idiot, doch in den vergangenen Stunden sind mir die Augen geöffnet worden. Sag mir, dass es nicht zu spät ist, dass du mich noch liebst und meine Frau, die Herrscherin meines Herzens, werden willst." Zärtlich küsste er ihre Hand.

Lia errötete. „Was ist denn passiert?"

„Meine Mutter hat mich besucht. Sie war völlig verändert und hat sich für ihr Verhalten entschuldigt, nicht nur bei mir, sondern auch bei Allan. In ihren Fehlern habe ich meine eigenen erkannt, auch ich habe mich aus Angst vor der Liebe verschlossen. Du weißt nicht, was für Ängste ich in der vergangenen Stunde um dich ausgestanden habe, Lia, und am schlimmsten war die Vorstellung, zu spät zu kommen. Erlöse mich, sag mir, dass du mich heiraten willst."

Nun begannen die Zuschauer, die bisher wie gebannt zugehört hatten, begeistert zu pfeifen und zu johlen.

„Du hast Glück, Seth, das Publikum ist ganz auf deiner Seite", lachte Lia.

„Ich bin für jede Hilfe dankbar."

Mit weit ausgebreiteten Armen zog sie ihn zu sich hoch. „Du hast keine Hilfe nötig, Seth, denn ich möchte nichts lieber, als deine Frau und Gefährtin zu werden."

„Endlich sind wir uns einig." Mit einem Kuss besiegelte Seth ihr Glück.

Nach einer Weile löste sich Lia aus seiner Umarmung und hob ihre Geige wieder auf. „Ich glaube, unser Publikum hat eine Zugabe verdient", meinte sie strahlend und stimmte einen feurigen Flamenco an, zu dem sofort getanzt wurde.

Nachdem der Applaus verklungen war, stellte Lia Seth einen dunkelhaarigen Mann und ein kleines Mädchen vor, das bewundernd zu Lia aufblickte. „Dieser Vater hatte meine Geige für seine Tochter gekauft."

„Ich werde ihr eine andere Geige kaufen", versprach Seth.

„Und ich werde ihr Unterricht geben."

„Oh, Seth, wir werden so glücklich miteinander sein." Seufzend lehnte Lia den Kopf an Seths Schulter, als sie endlich eng umschlungen auf der Rückbank des Taxis saßen und zurück nach Meadowland fuhren.

„Meine Eltern werden bestimmt gemeinsam zu unserer Hochzeit kommen. Ich werde meiner Mutter verbieten, auch nur eine herablassende Bemerkung über dich zu machen."

„Nicht nötig, Seth, ich bin durchaus in der Lage, mich meiner Haut zu wehren. Du hast Eleonore verziehen, oder?"

„Nicht nur das, ich habe endlich die Erinnerungen an jene Nacht in der Bibliothek begraben – außerdem ist es mir gelungen, das Herz der begehrenswertesten Frau der Welt zu erringen. Was für ein Vormittag!"

Lia lachte. „Der wahre Härtetest steht dir allerdings noch bevor. Blumen nur zu streuen, reicht Marise nicht. Sie und Suzy haben die Idee, körbeweise Gänseblümchen und Löwenmäulchen zu pflücken, um uns und die Gäste mit einem wahren Blütenregen zu beglücken."

„Für Spaß und Unterhaltung wird also bestens gesorgt sein." Auch er lachte befreit. „Was hältst du davon, im Herbst in Paris einen großen Empfang zu geben – in dem Hotel, in dem wir unsere erste gemeinsame Nacht verbracht haben?"

„Ein toller Einfall!"

„Aber immer eins nach dem anderen – und zuerst das Bett." Seth beugte sich zum Fahrer und änderte das Fahrtziel.

Kurz darauf hob er Lia samt ihrem Geigenkasten hoch und trug sie über die Schwelle seines Hauses in Manhattan. „Generalprobe, damit ich mich auf unserer Hochzeit nicht blamiere", erklärte er und stieß die Tür mit dem Fuß hinter sich zu.

„Willst du deshalb auch mit mir ins Bett?" Gespielt naiv sah sie ihn an. „Um dir in der Hochzeitsnacht eine Blamage zu ersparen?"

„Ich möchte mit dir ins Bett, weil es eine Ewigkeit her ist, seit ich dich das letzte Mal in den Armen gehalten habe. Ich möchte mit dir ins Bett, weil du mich verrückt machst und weil ich dich liebe."

„Und ich liebe dich, Seth. Außerdem ist es eine altbekannte Weisheit: Übung macht den Meister."

Aus Seths Augen sprach so tiefe Liebe, dass Lia glaubte, vor Glück zu vergehen. „Das mag sein, trifft auf dich aber nicht zu, Lia. Du brauchst nicht mehr zu üben, du bist bereits vollkommen."

– ENDE –

Carole Mortimer

Heut sing ich nur für dich

Roman

Aus dem Amerikanischen von
Esther Dreesen

1. KAPITEL

*E*r stand in einer Ecke des schummrigen Raumes, der von Zigarettenqualm durchzogen war. Keiner der Gäste nahm von ihm Notiz. Sie waren zu sehr damit beschäftigt, den Kellnern hinter dem Tresen ihre Bestellungen zuzurufen. Aber das machte ihm nichts aus – er schenkte den anderen Personen auch keine Beachtung.

Sobald die Sängerin vorne auf dem Podium singen würde, hätten die Leute den eigenen Durst schnell vergessen und würden wie bisher stillschweigend der Musik lauschen.

Beinahe eine halbe Stunde hatte die Sängerin auf der Bühne gestanden. Jedes Mal, wenn ein neuer Song begann, waren die Zuhörer so leise, dass man eine Stecknadel hätte fallen hören. Er wunderte sich nicht über die große Aufmerksamkeit des Publikums. Sie war gut. Sehr gut, wie eh und je. Die durchdringende Sinnlichkeit ihrer Stimme erfüllte den Raum und rührte jeden der Zuhörer. Sie sang von Liebe, von verlorener Liebe. Und doch klang aus den Worten immer ein Hoffnungsschimmer, der aus Dankbarkeit über das Geschenk des einfachen Lebens entsprang.

Wo hatte sie dieses Glück gefunden?

Und vor allem mit wem?

Die letzte Frage schmerzte ihn sehr. Regungslos stand er da und betrachtete ihr schönes Gesicht.

Jetzt wurde es wieder still im Saal. Sanft schlug sie die Saiten der Gitarre an. Er wusste, warum auch allen anderen Gästen – wie ihm – der Atem stockte. Schon an den ersten Tönen erkannte er den Song. Und er kannte auch jedes der Worte, obwohl es lange zurücklag, als er sie zum letzten Mal gehört hatte.

Es war ihr gemeinsames Lied …

2. KAPITEL

*S*ie konnte ihn nicht sehen. Aber sie fühlte genau, dass er sich unter den Zuhörern befand. Irgendwo.

Vom ersten Moment an, als sie auf der Bühne stand, hatte sie das sichere Gefühl, dass er dort war. Der Gedanke war lächerlich, sie wusste es und tadelte sich selber für diese alberne Idee. *Er* ihr zuhören? – Ausgerechnet hier? Nachdem sie drei Jahre lang überhaupt nicht aufgetreten war und sich völlig aus der Öffentlichkeit zurückgezogen hatte, erschien diese Vorstellung wirklich lächerlich.

Und doch wurde sie sich im Laufe des Abends immer sicherer, dass er ein unerkannter Teil des Publikums war, das ihr andächtig lauschte.

Sie wollte ihn auch gar nicht sehen. Wozu? Es lag alles zu lange zurück. Sie hatte sich verändert. Er hatte sich verändert. Ihrer beider Leben verlief in vollkommen unterschiedlichen Richtungen.

Aber er war hier …!

Als sie das letzte Stück für diesen Abend spielte, schlug ihr Herz schneller. Warum war ausgerechnet dieser Song im Programm? Sie hatte ihn in der Öffentlichkeit schon ewig nicht mehr gespielt.

Ihr gemeinsames Lied …

3. KAPITEL

*D*u hast toll gespielt, Maggi! Ganz großartig!", rief Mark en-
thusiastisch. Seine Augen glänzten. „Ich …"

„Adam ist hier", unterbrach sie ihn. Automatisch reichte
sie Mark die Gitarre, damit er sie wegstellte.

Ärgerlich verharrte er in der Bewegung. „Adam …?", wiederholte
Mark ungläubig.

„Können wir bitte schnellstens von hier verschwinden?", fragte
Maggi rhetorisch und strich sich eine rabenschwarze Haarsträhne von
der schlanken Schulter.

„Aber –"

„Sofort, Mark!" Maggi bestand darauf, nahm die Instrumententa-
sche und machte sich bereit zum Gehen.

Noch immer rührte sich Mark nicht von der Stelle. Er wusste ganz
genau, unter welcher Anspannung sie heute gestanden hatte, und lächelte. „Ich verstehe, wie du dich fühlst, Maggi." Er drückte ihren Arm.
„Aber Adam kann unmöglich hier sein. Wie kommst du darauf?"

„Ich sage dir: Er ist hier! Ich habe es im Gefühl", platzte es aus ihr
heraus, und das Funkeln der dunkelblauen Augen ließ deutlich erkennen, wie ernst Maggi es meinte. Genau genommen würde sie anfangen
zu schreien, wenn sie nicht sofort den Club verließen! Sie wollte Adam
heute um keinen Preis begegnen. „Ich weiß selber, wie unwahrscheinlich es klingt", gab sie zu. „Aber so lächerlich es auch erscheint, ich
bin mir dessen ziemlich sicher!"

Während sie sang, hatte sie sich noch einreden können, dass es nur
Einbildung war. Immerhin war Adam früher bei allen Auftritten dabei gewesen. Doch gegen Ende des Abends stieg Panik in ihr auf, und
jetzt wollte sie seiner Nähe so schnell wie möglich entkommen.

Mark zog die Augenbrauen zusammen. „Hör dir doch die Zuschauer an, Maggi!" Der Applaus klang laut zu ihnen in die Garderobe. Das zu Beginn des Konzertes noch verhaltene Publikum war
mittlerweile in Rage geraten. Die Leute riefen ihren Namen und forderten die Sängerin zurück auf die Bühne. Aber sie konnte jetzt nicht
mehr hinaus.

Maggi schüttelte den Kopf. Ihr herzförmiges Gesicht war blass wie
Alabaster und wurde von schwarzem Haar eingerahmt. „Vielleicht
morgen, Mark", sagte sie erschöpft. „Für heute habe ich genug. Ich
kann nicht mehr."

Da sie beruflich längere Zeit pausiert hatte, konnte sich Maggi an diesem Abend auf dem Musikfestival in der kleinen nordenglischen Stadt vor dem ersten Auftritt von einer gewissen Anspannung nicht befreien. Die unkonventionelle Atmosphäre des Festivals war ihr nach so langer Pause sehr lieb. So konnte sie unter vielen anderen Akteuren zunächst relativ unbemerkt bleiben und sich wieder daran gewöhnen. Außerdem verliefen die Auftritte völlig formlos – sie fanden in Clubs, Pubs, Kirchensälen oder Versammlungshallen statt. Für einen Wiedereinstieg genau das Richtige, fand Maggi.

Mark blickte sie lange an. Doch als er die Anspannung in ihrem Gesicht sah, nickte er, und sie verließen gemeinsam den Club. „Für den ersten Abend war das ein sehr gutes Konzert, Maggi", sagte er ermutigend. „Und morgen wird es sogar noch besser sein. Bis dahin hat es sich auch herumgesprochen, dass du wieder eingestiegen bist – und dazu noch besser singst als je zuvor!"

Maggi war sich da nicht so sicher, obwohl es nicht lange gedauert hatte, bis das Publikum ihr Sympathie entgegenbrachte. Ja, dieses Festival war ein guter Ort, um die Karriere wiederaufzunehmen.

Wenn sie sich nur von dem nagenden, unangenehmen Gefühl befreien könnte, dass Adam sich hier befand ...!

Auf der Rückfahrt redete Mark ununterbrochen. Sicher, auch er fühlte sich erleichtert, dass alles problemlos verlaufen war. Ohne ihn und seine Hilfe wäre der Abend nicht möglich gewesen. In den vergangenen Jahren war Mark ihre seelische Unterstützung gewesen. Immer wenn ihr Selbstbewusstsein schwand, war er da gewesen, um sie zu stützen. Schon seinetwegen freute sich Maggi, dass sie so viel Erfolg gehabt hatte.

Das Hotel, in dem sie sich für die Zeit des Festivals eingemietet hatten, lag etwas außerhalb der Stadt, abseits des Trubels.

„Sie möchten die Zimmerschlüssel, Miss Fennell?" Die Rezeptionistin lächelte freundlich. „Oh, vorhin ist etwas für Sie abgegeben worden!"

Maggi wurde blass, als die zweite Dame ihr eine längliche, in Zellophan gewickelte Schachtel überreichte. Die Form ließ keinen Zweifel an dem Inhalt: eine einzelne, rote Rose ...

„Danke sehr!" Mark nahm der Frau das Geschenk fast hektisch aus der Hand, griff Maggis Arm und führte sie zum Fahrstuhl. Er bemerkte den abwesenden Blick ihrer großen Augen. Sie wirkte wie gelähmt. Adam war also wirklich hier; die Rose war der Beweis dafür.

Damals hatte Adam nach Konzerten immer eine einzelne Rose für sie kommen lassen.

Er wusste also, wo sie sich aufhielt!

Voller Angst wandte sich Maggi an den Mann neben ihr: „Mark …"

„Es ist schon gut, Maggi", beruhigte er sie. „Es ist nur eine Rose." Während er das Geschenk in einen Papierkorb fallen ließ, fügte er hinzu: „Und man kann sich ganz einfach wieder davon befreien."

Die Rose konnte man wirklich leicht wieder loswerden. Aber Maggi wusste, dass der Mann, der sie geschickt hatte, nicht so einfach abzuschütteln war. In den drei vergangenen Jahren hatte sie versucht, jede Erinnerung an ihn zu begraben – und all die Bemühungen waren mit dieser Rose dahin.

Sie setzte sich langsam in einen Sessel ihrer Suite. Mark beobachtete sie. Er war groß, dunkelhaarig und etwas älter als die sechsundzwanzigjährige Maggi.

„Maggi, lass ihn dir nicht wieder alles zerstören!" Mark kniete sich neben sie und hielt ihre Hand fest umschlossen. Sie hatte eiskalte Finger, obwohl es ein warmer Herbsttag war. „Himmel, er hat dir schon genug kaputtgemacht!", fügte Mark ärgerlich hinzu.

Maggi schluckte schwer. Mit flehenden Augen sah sie Mark an. „Warum ist er hier?", fragte sie leise.

Er sah sie durchdringend an. „Weshalb ist er überhaupt jemals irgendwo gewesen?", fragte er verbittert und schüttelte den Kopf. „Warum, wenn nicht um Ärger zu stiften?"

Maggi seufzte geknickt. „Was habe ich ihm getan, dass er mich immer wieder von Neuem verletzen will?"

Sie hatte seit drei Jahren nichts von Adam gehört oder gesehen. Ausgerechnet jetzt, an ihrem ersten öffentlichen Auftritt, musste er wiederauftauchen … Wie konnte er ihr das antun? Hatte er in der Vergangenheit nicht schon genug Leid verursacht?

„So ist es besser, Maggi", sagte Mark ermutigend. Er sah, wie sich in ihren Augen der Ärger widerspiegelte. „Sei wütend, nicht traurig! Du hast allen Grund dazu!"

Mark hatte recht. Sie sollte sich wirklich nicht von Adam die folgenden zwei Auftritte verderben lassen. Die Rose hatte Maggi ganz schön ins Wanken gebracht. Aber sie beschloss, sich mit dem Gedanken abzufinden, dass ihr Adam innerhalb der nächsten Tage möglicherweise begegnen würde. Sie hatte es ja auch damals überlebt. Sie konnte es!

Maggi richtete sich auf und lächelte Mark offen an. „Ja, wir werden jetzt den Abend mit einer Flasche Champagner begießen!"

„Endlich!"

Sie spielten beide eine vorgetäuschte Rolle. Maggi akzeptierte das. Weder Mark noch sie waren unter diesen Umständen wirklich in der Stimmung zu feiern. Aber sie wollte erst später an Adam denken. Jetzt würde sie den Erfolg des Abends auskosten.

„Der Saal ist voll, Maggi!", berichtete Mark aufgeregt, als sie am folgenden Abend darauf wartete, die Bühne zu betreten.

Sie konnte aus der Gemeindehalle das laute Stimmengewirr des Publikums hören.

„Ich habe es dir ja gesagt", fuhr Mark fort. „Du bist auf dem richtigen Weg!"

Auf dem Weg wohin? Genau diese Frage stellte sie sich seit einiger Zeit. Es war ein harter Kampf – und wenn dann auch noch der Preis war, Adam wiederzubegegnen …

Der Gedanke war ihr in den vergangenen Vorbereitungswochen nicht in den Sinn gekommen. Es hatte auch keinen Grund dafür gegeben. Trotzdem lag gestern diese rote Rose für sie im Hotel …

Und auch heute wurde eine Rose für sie abgegeben. Adam wusste also, dass sie heute Abend auftrat.

„Du solltest etwas fröhlicher aussehen, Maggi", versuchte Mark, sie zu ermutigen. „Für all das hast du so hart gearbeitet. Jetzt ist es endlich so weit – dein Ziel rückt immer näher. Lass es dir doch nicht verderben!"

Er hatte recht!

Der Nachmittag war sehr ruhig verlaufen. Sie hatten sich das Essen auf die Suite bringen lassen und später den luxuriösen Whirlpool des Hotels genutzt. Maggi fühlte sich angenehm entspannt.

Ob Adam heute Abend wieder hier sein würde? Wahrscheinlich. Der Gedanke daran, dass er irgendwo unter den Zuhörern war und sie beobachtete, löste in ihr ein Gefühl des Unbehagens aus.

Mark griff Maggis Oberarme. Sie musste in sein Gesicht sehen. „Maggi, nicht traurig – wütend sollst du auf ihn sein. Vergiss das nicht! Gib Adam nicht die Genugtuung, dass er immer noch die Macht hat, dir deine Karriere zu zerstören."

Es verwunderte sie nicht, dass Mark ihre Gedanken lesen konnte. Sie waren sich immer sehr nahe gewesen. Besonders in der letzten Zeit erriet er häufig Maggis Gedanken, noch bevor sie sie selber erkannt hatte.

„Nein, den Triumph werde ich ihm nicht lassen", antwortete sie und nahm eine aufrechtere Haltung ein. Maggi war eine kleine Frau – vollkommen in Schwarz gekleidet: flache Halbstiefel, Jeans, eine Seidenbluse, deren obersten Knopf sie immer offen ließ, und dazu ihr schwarzes, fast hüftlanges Haar, das am Rücken herabfiel. Längliche Silberohrringe, die gegen Maggis Hals schwangen, waren der einzige Schmuck, den sie trug. Die schmalen Handgelenke und Finger waren ungeschmückt. Maggi streckte sich, um Mark einen Kuss auf die Wange zu geben. „Es ist Zeit!" Sie lächelte ihn an.

Die Halle war viel größer als der Club, in dem sie vergangene Nacht gespielt hatte, und trotzdem war der Saal gefüllt. Sobald sie die Bühne betrat, brach begeisterter Applaus los. Augenblicklich verflog Maggis Nervosität, und sie lächelte selbstbewusst der Menge zu. Dann begann sie mit dem ersten Stück.

Sie bemühte sich zunächst vergeblich, nicht nach dem allzu bekannten und gleichzeitig gefürchteten Gesicht in der Menschenmenge zu suchen. Aber das Publikum war so herzlich, dass sie es aufgab, nach Adam Ausschau zu halten.

Der Auftritt dauerte lange, insgesamt eine gute Stunde, und es war wie in alten Zeiten. Maggi hatte ebenso viel Spaß wie das Publikum.

Und dann passierte die Katastrophe!

Eigentlich war es nichts so Außergewöhnliches. Eine Saite ihrer Lieblingsgitarre, auf der sie spielte, riss. Die Ersatzgitarre lag hinter der Bühne.

Maggi warf Mark einen Blick in die Kulisse zu. Durch Nicken gab er ihr zu verstehen, dass er begriffen hatte, was zu tun war. Sofort ging er los, um die zweite Gitarre aus der Garderobe zu holen. Maggi legte das nutzlose Instrument auf die Ablage hinter ihr. Jetzt musste sie den nächsten Song ohne Begleitung singen.

Unter den Zuschauern breitete sich eine Welle von Sympathie aus, und sie machten Maggi durch einen Extraapplaus Mut, bevor sie wieder zu singen begann. Ihre Stimme war klar, und die Präzision der Töne erfüllte jeden Winkel des Raumes. Die andächtige Stille wurde durch verwundertes Raunen gestört, als Maggi auch schon bemerkte, dass sie nicht mehr unbegleitet sang.

Hastig drehte sie sich nach links und fand ihre schlimmste Vermutung bestätigt. Adam war von hinten auf die Bühne gekommen. Er spielte auf seiner eigenen Gitarre.

Maggi hatte ihn lange nicht mehr gesehen, und sie bemerkte, dass er sich verändert hatte. Das dunkle Haar war länger als früher. Es war wie damals auch sehr voll, aber jetzt waren ein paar graue Stellen darin sichtbar. Unter seinen dunkelgrauen Augen zeichneten sich deutlich Linien ab, die neben den grimmig wirkenden Mundwinkeln endeten.

Adam trug fast die gleiche Kleidung wie Maggi. Dunkle Jeans, ein schwarzes Seidenhemd, dessen oberster Knopf offen war und die Härchen auf seiner Brust deutlich sichtbar werden ließ. Genauso war er damals auch immer gekleidet, wenn sie gemeinsam sangen.

Herausfordernd blickte er Maggi an, als ihre Stimme versagte. Sie wusste genau, weshalb er so grimmig blickte: *The show must go on* war immer einer seiner wichtigsten Leitsätze. Ganz egal, was passierte – man musste weitermachen. Und wie Maggi wusste, auf ihre Kosten …

Adam hörte nicht auf, Gitarre zu spielen. Erwartungsvoll ruhte sein Blick auf ihr. Sie sollte den Gesang wiederaufnehmen und dem Publikum das geben, wofür es hergekommen war.

Aber er hatte sich getäuscht. Die Zuhörer waren überhaupt nicht mehr an dem Stück interessiert. Ungläubiges Flüstern erfüllte die Halle. Niemand konnte glauben, dass wirklich Adam Carmichael dort neben Maggi Fennell auf der Bühne stand.

Maggi konnte es selber kaum glauben! Sie wusste, dass er sich unter den Zuhörern befunden hatte – aber dass er die Nerven und die Dreistigkeit besaß, sie auf der Bühne zu begleiten, hatte sie nicht erwartet.

Was für eine Unverschämtheit! Sie dachte an Marks Worte: *Sei wütend, nicht traurig.* – Und wütend war sie! Wie konnte er es wagen?

„Sing schon, verdammt noch mal!", fuhr er sie an, wobei er seinen unverfänglichen Gesichtsausdruck behielt, damit die Zuschauer, die mittlerweile voller Neugierde dieses Intermezzo verfolgten, nichts von der Unstimmigkeit bemerkten.

The show must go on. Singen – sie sollte einfach so …? Maggi war sich nicht sicher, ob überhaupt ein Ton über ihre Lippen kommen würde, geschweige denn ein richtiger Ton. Es musste eine Ewigkeit her gewesen sein, als sie das letzte Mal zusammen auf der Bühne gestanden hatten.

„Sing schon!", raunte er wieder und begann von Neuem die einleitenden Takte des Stückes.

Maggi bemerkte jetzt Mark, der mit einer Ersatzgitarre in der Seitengasse der Bühne stand. Er stand wie angewurzelt, wusste aber ebenso wie Maggi, dass an der Situation nichts mehr zu ändern war, ohne eine große Szene vor allen Leuten heraufzubeschwören. Und das war das Letzte, was sie gebrauchen konnten!

Maggi benötigte aber ihre Gitarre, um weitermachen zu können – und wenn es nur aus dem Grund war, etwas in den Händen zu halten! Festen Schrittes ging sie auf Mark zu und nahm die Gitarre entgegen.

„Was zum Teufel –?", stammelte er wutentbrannt, während er auf Adam starrte.

Wortlos schüttelte Maggi den Kopf. Es gab keine andere Möglichkeit, als mit dem Konzert fortzufahren. Was sich dann hinterher abspielen würde, konnten sie nur ahnen!

Mit dem Lächeln, was nun einmal zur Bühnenarbeit dazugehörte, wandte sie sich wieder dem Publikum zu. Wenn sie Adam nicht ansah, hätte sie eine Chance, das Ganze zu überstehen.

Sie begann zu singen, begleitete sich selber und musste hören, wie sich ihre unterschiedlichen Spielweisen harmonisch zusammenfügten. Adam hatte ein Stück angespielt, bei dem sie den Refrain gemeinsam sangen. Seine volle, tiefe Stimme war schon damals ein perfekter Kontrast zu ihrer.

Selbst Maggi bekam eine Gänsehaut, als sie seine und die eigene Stimme zusammen hörte. Es schien, als ob sie nie aufgehört hätten, gemeinsam zu singen. Dabei waren Adam und sie schon seit drei Jahren getrennt.

Das Publikum tobte, als die letzten Klänge der Gitarren verstummten. Maggi fühlte sich in alte Zeiten zurückversetzt. Als sie merkte, dass die Zuhörer offenbar nach mehr verlangten, sank ihr Herz. Noch immer wagte sie es nicht, einen Blick auf Adam zu werfen. Maggi konnte es dem Publikum nicht verübeln, dass es nach mehr verlangte. Dieses Ereignis hatte keiner erwartet, und ihr wurde in diesem Augenblick bewusst, dass es ein besonderer Abend war – Adam Carmichael und Maggi Fennell wieder gemeinsam auf der Bühne.

„*Home Town*", schlug Adam leise vor und meinte damit ein Stück, das sie einmal gemeinsam im Studio aufgenommen hatten und das ein großer Erfolg gewesen war.

Sie sah ihn scharf an. „Ich brauche dich nicht mehr, Adam", antwortete sie ebenso vorsichtig, da sie sich der angeschlossenen Mikrofone wohl bewusst war.

Sein Gesichtsausdruck verhärtete sich. „Das hast du nie getan. Aber in diesem Moment sind die Zuhörer ausschlaggebend", entgegnete er knapp und begann auch schon mit den ersten Tönen.

Wie Maggi es schaffte, die folgende halbe Stunde zu überstehen, wusste sie nicht. Die Situation sprengte jeden ihrer bisherigen Albträume. So viele Erinnerungen wurden geweckt – Erinnerungen, die sie lieber für immer vergessen hätte …

„Wir haben unsere Zeit schon überzogen", sagte sie endlich und zog sich den Gitarrengurt über den Kopf. Mit dieser Geste gab Maggi dem Publikum deutlich zu verstehen, dass das Konzert beendet war.

Adam behielt die Gitarre um. Er deutete auf die Menschen, von denen mittlerweile keiner mehr auf den Stühlen saß, und sagte: „Sie wollen mehr."

Maggis Augen sprühten vor Zorn. Sie blickte kurz zu Mark herüber, der mit einem anderen Mann an der Seite der Bühne stand. „Es gibt auch noch andere Musiker, die hier heute ein Konzert geben wollen."

Adam sah zu den beiden Männern herüber. Er ignorierte Marks wütendes Gesicht, da der andere Musiker ihm ein deutliches Zeichen gab, dass Maggi und er noch weiterspielen sollten. „Es scheint ihm nichts auszumachen."

„Aber …"

„*Passing Years*, Magdalena", erwiderte Adam herausfordernd.

Niemand außer Adam hatte Maggi jemals bei ihrem vollen Namen genannt – er löste dadurch nur noch mehr Erinnerungen aus. Ihre spanische Mutter hatte den Namen ausgewählt, aber jeder redete sie mit dem Spitznamen an, selbst ihre Eltern.

Der Vorschlag, dass sie *ihren* Song gemeinsam singen sollten, ließ Maggi erblassen. Gestern hatte sie ihn allein gesungen … aber mit ihm zusammen? Das konnte sie nicht!

„Du kannst, Magdalena", entgegnete Adam hart, woraufhin Maggi bemerkte, dass sie ihren Protest laut ausgesprochen haben musste. „Du kannst doch alles, wenn du es nur willst!", fügte er verdrossen hinzu.

Sie antwortete auf diese Beschuldigung mit einem bösen Blick. „Ja, und ich will das nicht tun", protestierte sie.

„Hör auf, dich wie ein verwöhntes Kind zu benehmen, Magdalena!" Die Kälte seiner Stimme war wie ein Schlag ins Gesicht. „Du hast doch selber den Schritt zurück in die Öffentlichkeit gewählt. Jetzt musst du dich dem auch stellen und den Zuhörern das geben, wonach sie verlangen!"

Nach den Rufen zu urteilen, gab es keine Zweifel, dass die Gäste Adam und Maggi am liebsten die ganze Nacht lang zuhören wollten. Adam hatte sich keinen Deut verändert. Die Gefühle jedes anderen waren ihm wichtiger als ihre. Bis heute hatte sich daran also nichts geändert, und Maggi wurde klar, dass es auch in Zukunft so sein würde.

„Also gut, Adam! Wir spielen diesen letzten Song", stimmte sie widerwillig ein und schwang sich die Gitarre wieder um. „Danach werde ich sofort die Bühne verlassen – und danach möchte ich dich nicht wiedersehen." Die Worte klangen bestimmt. Trotzdem fühlte sie, dass ihre Stimme eine etwas kindische Intensität hatte. Ganz egal, wie es klang, es war die Wahrheit. Nach diesem Abend wollte sie Adam nie wiederbegegnen.

„Ersteres kannst du gerne machen", murmelte er mit weicher Stimme. „Was das andere betrifft, könntest du darauf nicht viel Einfluss haben", fügte Adam grimmig hinzu.

Maggi blickte ihn scharf an. Was wollte er damit eigentlich sagen?

*I*ch kann nicht glauben, was er getan hat!" Mark ging wütend im Hotelzimmer auf und ab. „Wirklich, ich dachte, dass ich mir alles nur einbilde!"

Maggi konnte seine Ungläubigkeit gut verstehen. Sie war sich sicher, dass noch viele andere der Gäste ihren Augen kaum getraut hatten, als Adam Carmichael unangekündigt auf der Bühne erschien.

Maggi erlebte den Abend wie in einem Traum. Während sie von der Bühne abging, hatte sie noch einen Blick zurückgeworfen und sah, dass die Zuhörer von Adam noch lange nicht genug hatten. Seit drei Jahren reiste er durch die ganze Welt als ein gefeierter Entertainer.

Maggi hätte allerdings im Gegensatz zum Publikum gut auf ihn verzichten können. Er war wirklich der arroganteste Mann, der ihr je begegnet war! Für ihn schienen einfach keine Regeln zu gelten. Sein Leben lief ausschließlich nach eigenen Vorstellungen und Erwartungen. Am Anfang ihrer Freundschaft hatte sie diese Arroganz für ganz einfaches Selbstbewusstsein gehalten. Später hatte sie sich eines Besseren belehren lassen müssen – auf eigene Kosten.

„Er hat dein Comeback zerstört! Du hättest den Erfolg allein für dich haben können, und jetzt ist er …"

„Was geschehen ist, ist geschehen, Mark." Sie setzte sich erschöpft in einen der Sessel ihrer Hotelsuite. Was die musikalische Karriere betraf, war wirklich einiges zerstört worden. Mark und sie hatten den Wiedereinstieg so gut geplant. Alles war durchdacht gewesen: zunächst nur kleine Auftritte, ohne großes Aufsehen zu erregen, um sich in dieser Welt, die sie so liebte, erneut einen sicheren Platz zu suchen. Wenn die Presse von diesem Abend erfuhr …!

„Ich kann morgen Abend nicht auftreten, Mark."

Er hielt inne und sah zu ihr herüber. „Du musst, Maggi!", entgegnete er und runzelte die Stirn. Das war die einzige Gemeinsamkeit, die Mark und Adam hatten: Er war ebenso davon überzeugt, dass man dem Publikum das bieten musste, wonach es verlangte. „Sie werden den Auftritt erwarten. Wenn du das Konzert nicht gibst, dann wird das in der Öffentlichkeit schlechte Stimmung verbreiten, Maggi."

Sie schüttelte den Kopf. Mit reuevollem Lächeln antwortete sie: „Nein, sie werden mich *und* Adam erwarten und enttäuscht sein, wenn ich ihren Erwartungen nicht gerecht werde." Sie wollte morgen um keinen Preis in der Welt auftreten … nur damit Adam das gleiche Spiel noch einmal spielen konnte? „Ich …"

Maggi brach mitten im Satz ab. Es hatte geklopft. Es gab keinen Zweifel, wer das war …

„Es ist Adam", sagte sie und stand abrupt vom Sessel auf. „Ich will ihn nicht sehen!"

Marks Gesichtsausdruck verriet seine Wut. „Aber ich!"

„Das kannst du auch, aber ich gehe in mein Zimmer." Sie machte auf dem Absatz kehrt und ging bereits die ersten Schritte auf ihre Zimmertür zu, als es erneut klopfte. „Maggi, irgendwann wirst du es sowieso hinter dich bringen müssen. Warum nicht jetzt?"

Mit Adam zu reden? In seiner Nähe zu sein? Seine dominante Persönlichkeit zu spüren? Sich daran erinnern zu müssen, wie sehr sie ihn einmal geliebt hatte und wie sehr er sie hatte fallen lassen, als ihm ihre Liebe nicht mehr gepasst hatte …?

„Nein! Warum muss ich das?", fragte Maggi aufgebracht. Ein Schauer lief ihr über den Rücken. „Was heißt denn *hinter mich bringen*? Ich habe Adam schon lange hinter mich gebracht. Es gibt für mich keinen Grund, ihn noch einmal zu sprechen!" Sie verließ das Zimmer und schloss die Tür zu ihrem Schlafzimmer. Maggis Knie zitterten. Sie sank kraftlos auf das Bett.

Selbst jetzt hatte sie Schwierigkeiten zu glauben, was geschehen war. Es gab nichts, mit dem sie weniger gerechnet hatte – und auch nichts, was sie weniger gewünscht hätte.

Sie waren damals ein perfektes Paar gewesen, sowohl auf der Bühne als auch privat. Jeder, der sie kannte, hatte das bestätigt. Als dann die ganze Tragödie begann und sie erkennen musste, wie schwach Adams Liebe für sie war, konnte sie nicht mehr an seiner Seite auftreten.

Das Murmeln im Nebenzimmer ließ Maggi zusammenfahren. Jetzt wurde Marks Stimme laut. Umso mehr spürte sie den Schmerz, als Adam der Auseinandersetzung mit der typischen eisigen Kälte begegnete. So hatte er schon damals im Gespräch jeden Gegner fertigmachen können. Maggi wusste, dass Mark trotz aller Wut nichts gegen Adams frostige Selbstkontrolle ausrichten konnte.

„Adam, ich habe dir doch schon gesagt …!"

„Es interessiert mich nicht im Geringsten, was du gesagt hast", antwortete Adam. „Ich habe die Absicht, Maggi zu sehen, bevor ich gehe." Kurz darauf wurde die Tür aufgeschwungen, und Adam stand mit seinen knappen 1,90 Metern Körpergröße im Türrahmen.

„Ein hübsches Schlafzimmer", sagte er langsam und zynisch, während er nonchalant in das Zimmer spazierte gerade so, als wäre nie etwas zwischen ihnen vorgefallen, als hätte es all den Schmerz und die Verzweiflung nie gegeben. „Ich bin mir sicher, dass ihr beide es hier sehr gemütlich habt", fügte Adam jetzt scharf hinzu, und seine grauen Augen glänzten eiskalt. „Du hast schon immer deine kleinen Extravaganzen gehabt, nicht wahr, Magdalena? Und ein schönes, großes Bett war eine davon." Er blickte deutend auf das große Bett, auf dem Maggi noch immer saß. „Am liebsten gleich mit einem Mann darin!", fuhr er bissig fort.

Maggi schnappte vor Entrüstung nach Luft, und sie konnte sehen, wie Mark im anderen Zimmer die Hände zu Fäusten ballte. Sie wusste, dass es nicht mehr lange dauern konnte, bis er vor Wut explodierte. Aber Maggi wusste auch, dass Marks hitziges Temperament für Adam kein großes Hindernis sein würde!

Sie holte tief Luft und stand auf. Aber selbst jetzt blieb das Gefühl, das ihr Adam schon immer vermittelt hatte, ein kleines Mädchen zu sein und auch so auf die anderen zu wirken. Ihr zierlicher Körper ließ Adam neben ihr nur noch größer und kräftiger erscheinen.

„Ja … da hast du ganz recht", antwortete sie so ruhig wie irgend möglich. „Aber weißt du, gleich zwei Männer in meinem Bett – das muss dann doch nicht sein", fügte Maggi gelassen hinzu. „Wollen wir uns nicht ins Wohnzimmer setzen?"

„Ach, ich würde auch hier bleiben!", entgegnete Adam mit zynischem Lächeln. „Aber dein Freund hier hätte etwas dagegen einzuwenden." Hochnäsig blickte er auf Mark herab, als er an ihm vorbeiging.

Maggi schlenderte langsam zurück ins Wohnzimmer. Die beiden Männer hinter ihr waren so grundverschieden – Mark war unkompliziert und ein angenehmer Gesellschafter, wohingegen Adam, der zehn Jahre älter war als er, nicht einen Funken dieser Eigenschaften besaß. Er hatte einen fordernden Charakter, ein einnehmendes Wesen, und er ließ Maggis Sinne nicht ruhen, solange er in ihrer Nähe war.

„Du siehst gut aus, Magdalena", sagte Adam sanft, als sie im Wohnzimmer versammelt waren.

Wieder dieser Name!

Sie setzte sich. Für einen kurzen Augenblick spürte Maggi, wie erschöpft sie war. Angespannt beugte sie sich vor, sodass ein paar Strähnen der schwarzen Haare über ihre Schulter rutschten. „Was hattest du erwartet, wie ich aussehen würde, Adam?", fragte sie mit strafendem Blick. „Gedemütigt, zerbrochen und besiegt?" – Was sie damals ohne Zweifel auch gewesen war!

Er presste die Lippen zusammen. „Nein, ich …"

„Wie du siehst, Adam", unterbrach ihn Mark, „geht es Maggi ausgezeichnet. Sie ist ohne dich sehr glücklich und kommt bestens zurecht!"

Adams Augen schienen eisige Funken zu sprühen. „Wenn ich deine Meinung hören will, lieber Cousin, dann frage ich dich schon. Im Moment spreche ich zufällig gerade mit Magdalena."

Cousin – ja. Es war geradezu unglaublich, dass die Mütter dieser so unterschiedlichen Männer Schwestern waren. Maggi hatte durch die Freundschaft zu Mark Adam überhaupt erst kennengelernt. Bei einer Hochzeitsfeier, auf die sie Mark begleitet hatte, wurde Adam aufgefordert zu singen. Man hatte sie überredet, ihn zu begleiten. Obwohl die beiden vorher nie miteinander geprobt hatten, wurde den Zuhörern augenblicklich klar, dass der spontane, gemeinsame Auftritt etwas Besonderes war.

Adam war mit seiner langjährigen Freundin Jane auf der Hochzeitsfeier, und Maggi traf sich seit sechs Monaten regelmäßig mit Mark. Aber an dem Abend passierte das gewisse Etwas zwischen ihr und Adam. Trotzdem hatte Maggi keinerlei Bedenken, als sie Adams Vorschlag annahm, öfter mit ihm zu proben und vor Publikum aufzutreten.

Wenn sie damals doch bloß abgelehnt hätte! Ihr wäre so viel Schmerz erspart geblieben.

„Wie Mark dir ja bereits mitgeteilt hat: Es geht mir gut. Danke!"

Erneut verzog Adam den Mund, als er sie in so formellem Ton sprechen hörte. „Das freut mich aber", antwortete er zynisch.

Herausfordernd fragte sie: „So? Tut es das?"

„Was soll die Frage?", gab er gereizt zurück. „Natürlich bin ich froh, dass du gesund bist und dass es dir gut geht!" Adams angespannte Kiefermuskeln zeigten deutlich, wie sich sein Zorn steigerte.

„Ich denke, Maggi hat allen Grund, skeptisch zu sein", spottete Mark. „Du hast dich in den letzten drei Jahren nicht gerade vor Fürsorge überschlagen!"

„Und woher willst du wissen, was ich die letzte Zeit getan habe? Du hattest ja alle Hände voll zu tun, mit Magdalena das Bett zu teilen!"

„Nein, Mark! Nicht!", rief Maggi, die aufgesprungen war, um zu verhindern, dass Mark Adam einen Faustschlag versetzte. „Er ist es nicht wert, Mark", sagte Maggi ruhiger und hielt seinen Arm fest. „Er ist es nie gewesen", fügte sie hinzu – sie wusste, dass es der Wahrheit entsprach.

Lange hatte sie gebraucht, um das zu begreifen – Wochen, Monate voller Schmerz. Nachdem Adam zwei Jahre mit ihr gelebt hatte, musste sie erst lernen, dass er nie wieder für sie da sein würde.

Maggi drehte sich um und sah Adam an, der sich über Mark lustig machte. „Unsere Beziehung geht dich nichts an", sagte sie mit fester Stimme. „Nichts, was in den letzten drei Jahren passiert ist, hat dich zu interessieren, Adam."

Sein Gesicht erhielt einen schmerzerfüllten Ausdruck. „Ich warte schon die ganze Zeit auf ein Familienrundschreiben mit der Nachricht, dass ihr endlich heiratet. Oder hat sie dich etwa ein zweites Mal zurückgewiesen, Mark?"

Er spielte wieder das alte Spiel. Die beiden Cousins konnten sich schon nicht leiden, bevor sie Adam kennengelernt hatte. „Mark und ich brauchen nicht zu heiraten, um unsere Beziehung zu festigen." Maggi spürte, wie sich die Spannung in Marks Arm etwas löste. „Wir können uns auch so aufeinander verlassen und wissen, was wir aneinander haben."

Adam blickte sich gezielt um. „Ja, und alle anderen wissen es auch, wenn ihr hier zusammen wohnt."

„Eine Moralpredigt?", spottete Mark, der sich wieder unter Kontrolle hatte, woraufhin Maggi seinen Arm losließ.

Keiner von den beiden hatte die Absicht, Adam darüber aufzuklären, dass die Suite zwei Schlafzimmer hatte, in denen Mark und sie getrennt schliefen. Sollte Adam glauben, was er mochte.

Für eine Weile schwieg Adam, dann wandte er sich zu Maggi: „Ich habe gestern nach dem Konzert ein Gespräch mit den Veranstaltern gehabt. Sie waren von dem Ereignis positiv überrascht und möchten, dass wir morgen gemeinsam das Konzert geben."

„Nein." Maggi antwortete klar und deutlich. Sie hatte schon geahnt, was er sagen würde. „Erstens hättest du groß gefeierter Star doch sicherlich ein besser bezahltes Angebot …"

„Nicht dass ich wüsste", fiel Adam ihr ins Wort.

„Und zweitens bin ich Solistin geworden, falls dir das noch nicht aufgefallen ist. Ich trete nur noch allein auf." Sie sagte dies ohne bissigen Unterton. Es war eine Tatsache. „Entweder die Organisatoren akzeptieren das, oder ich trete nicht auf."

Adam zog die Augenbrauen zusammen. „Du bist besser als je zuvor, Magdalena. Die Leitung wird deine Forderung sicherlich hinnehmen."

„Dann ist ja alles geklärt, oder?" Humorlos lächelte sie ihn an. Gegen das Kompliment war sie immun, da es auf rein beruflicher Ebene gemeint war. In der Hinsicht hatte Adam immer einen objektiven Blick behalten.

Er zuckte mit den Schultern. „Das Problem ist nur, dass wir gemeinsam immer besser waren als getrennt."

Maggi atmete geräuschvoll ein. „Die Erkenntnis kommt ein bisschen spät!", entgegnete sie schnippisch.

„Ich habe das immer gewusst, Magdalena", antwortete er weich. „Aber damals gab es diese Verpflichtungen, von denen du nicht bereit warst, sie zu …"

„Du weißt verdammt gut, warum sie sich nicht darauf eingelassen hat!", platzte Mark heraus. „Mein Gott noch mal, sie …"

„Das ist doch alles alter Kaffee, Mark", unterbrach Maggi die streitenden Männer. Sie konnte es nicht ertragen, über die Vergangenheit zu sprechen. „Es hat keine Bedeutung mehr. Und ich möchte, dass es so bleibt."

„Was die Musik betrifft …"

„Auch, was die Musik betrifft, Adam!", fiel sie ihm ins Wort. „Es ist schon spät. Ich möchte jetzt schlafen gehen."

Er machte keine Anstalten zu gehen. „Du weißt selber, dass der gemeinsame Auftritt nicht folgenlos bleiben wird."

Sie war sich sehr wohl darüber im Klaren, dass es allerlei Spekulationen über eine gemeinsame Karriere geben würde. Aber im Moment wollte sie nicht darüber nachdenken!

Mark versuchte, Maggi zu beruhigen. „Ich glaube nicht, dass dieser Abend viel Wirbel verursachen wird."

„Du bist wirklich ein Dummkopf, Mark", entgegnete Adam kalt. „Aber das warst du ja schon immer, Magdalena …"

„Mach, dass du hier rauskommst, Adam!", zischte Mark knapp. „Siehst du nicht, dass der Tag für Maggi anstrengend genug war?"

Sie spürte Adams Blick auf sich ruhen. Er sah ihre Augenränder und die blasse Haut. Seit der Krankheit war ihr Körper nicht mehr so robust wie früher.

„Du hast recht. Ich komme morgen zum Frühstück wieder. Dann können wir noch einmal in Ruhe über die Angelegenheit sprechen."

„Begreifst du nicht, Adam? Es gibt nichts, was wir uns noch zu sagen hätten", erklärte Maggi deutlich. Um seinem Protest entgegenzuwirken, fügte sie schnell hinzu: „Ich will dich hier morgen wirklich nicht sehen. Wenn ihr mich jetzt entschuldigen würdet? Ich gehe jetzt ins Bett." Ohne eine Reaktion abzuwarten, stand sie auf, drehte sich wortlos um und ging.

Nachdem sie die Schlafzimmertür hinter sich geschlossen hatte, lehnte sie sich atemlos gegen die Wand. Adams Anwesenheit hier in ihrer Suite hatte alle Erinnerungen wachgerufen, die sie aus Selbstschutz sorgfältig verdrängt hatte.

Nach einer Weile hörte sie die Apartmenttür zufallen, und kurz darauf klopfte es vorsichtig an ihrer Tür.

„Komm herein!", rief sie. „Ist er gegangen?"

„Ja", antwortete Mark erleichtert.

Maggi nickte. „Lass uns hoffen, dass wir ihn zum letzten Mal gesehen haben, hm?" Sie wusste selber, wie unwahrscheinlich es war. Aber vielleicht würde Adam sie ja wenigstens einmal damit überraschen, etwas Uneigennütziges zu tun.

„Ich verstehe gar nicht, was er hier in England macht. Meine Mutter sagte mir, dass er in Amerika sei", murmelte Mark irritiert.

Maggi staunte. Sie wusste nicht, dass er sich über das Leben seines Cousins informieren ließ. „Deine Mutter berichtet dir regelmäßig von ihm?"

Mark machte immer noch ein böses Gesicht. „Wir sind seine einzige Familie. Und bei jemandem wie Adam ist es immer sicherer, wenn man weiß, was er gerade so treibt!" Er lächelte bitter. „Na ja, es war ein anstrengender Tag für dich. Wir überschlafen die ganze Sache besser und reden morgen darüber." Mark beugte sich zu ihr und küsste Maggi auf die Wange.

Dankbar lächelte sie ihn an. „Vergiss nicht, Andrea anzurufen!", erinnerte sie Mark, der bereits an der Tür stand. „Oh nein! Ich will doch nicht gewisse Körperteile von mir vernachlässigt wissen." Er kicherte und schloss die Tür.

Adam lag völlig falsch in der Annahme, dass sie und Mark eine Beziehung führten. Andrea war Maggis langjährige Krankengymnastin, mit der sie mittlerweile eine enge Freundschaft verband. Irgendwann waren sich er und Andrea nähergekommen. Maggi freute sich sehr für die beiden. Besonders Mark hatte es verdient, endlich glücklich zu sein.

Andrea arbeitete gerade für mehrere Monate in Frankreich. In der Zwischenzeit kümmerte sich Mark um alle organisatorischen Angelegenheiten, die für Maggi immer noch sehr anstrengend waren.

Drei Jahre hatte sie gebraucht ... drei Jahre, um nach dem Unfall wieder laufen zu lernen ...

Adam konnte für den Unfall nichts. Sie kamen gerade von einem Auftritt zurück, als sein Mercedes von einem anderen Auto nahezu frontal gerammt wurde. Adam kam mit geringfügigen Verletzungen davon, aber Maggi trug ernste Schäden an der Wirbelsäule davon. Außerdem hatte sie beide Beine gebrochen, sodass die Ärzte sich nicht sicher waren, ob sie jemals wieder laufen könnte. Maggis Krankenhausaufenthalt dauerte mehrere Monate. In der Zeit bekam sie von der Außenwelt nicht viel mit. Als sie dann als Rollstuhlfahrerin das Krankenhaus verlassen durfte, musste sie feststellen, dass Adams Leben problemlos ohne sie weitergelaufen war.

Es war abgesprochen, dass sich Adam für die nächsten Konzerte um eine Ersatzsängerin bemühen sollte. Abend für Abend zog er mit Sue Castle zu irgendwelchen Auftritten. Maggi blieb zu Hause, da sie noch nicht gehen konnte. Und an einem Abend kam Adam nachts nicht nach Hause ...

Maggi schüttelte vor Ekel den Kopf und stand abrupt auf. Adam hatte nicht nur in beruflicher Hinsicht schnell einen Ersatz für sie gefunden.

Aber inzwischen fühlte sie sich nicht mehr überflüssig. Maggi hatte es geschafft, ihr Leben wieder von Neuem zu meistern. Jetzt konnte sie wieder laufen, singen und sogar die Karriere wiederaufnehmen. Eine Sache war aber für immer verloren: Sie wollte und konnte keinen Mann mehr lieben ...

„Ich habe das Frühstück heute aufs Zimmer bestellt. Ich kann mir vorstellen, dass du keine besonders erholsame Nacht hinter dir hast", erzählte Mark, als Maggi am nächsten Morgen aus dem Schlafzimmer kam.

Seine Vermutung stimmte. Nachdem sie zunächst nicht hatte einschlafen können, quälte Maggi auch noch einer dieser Albträume, unter denen sie früher regelmäßig gelitten hatte. Im Krankenhaus waren es Träume über den Unfall gewesen. Später, als sie dann wieder zu Hause war, tauchte Adam darin auf.

Dankbar lächelte sie Mark zu und schenkte ihnen Kaffee ein. „Ach, das riecht gut! Was haben wir heute vor?", fragte sie möglichst unbeschwert, um sich selber abzulenken.

„Ich dachte, du möchtest dich vielleicht gerne ausruhen."

„Das habe ich doch schon gestern und vorgestern getan", entgegnete Maggi wenig begeistert. „Wir haben uns die Gegend hier noch gar nicht richtig angesehen", erinnerte sie.

„Der Wetterbericht hat Regen vorausgesagt."

„Aber wir haben doch das Auto. Mark, was ist denn los? Du bist doch sonst so unternehmungslustig. Ist irgendetwas passiert?" Maggi sah ihm in die Augen, doch er hatte offenbar Schwierigkeiten, ihrem Blick standzuhalten.

Mark wirkte irritiert. „Was meinst du? Was soll sich schon ereignet haben? Alles, was ich gesagt habe, ist, dass ich uns das Frühstück aufs Zimmer bestellt habe."

Jetzt war sich Maggi sicher, dass etwas nicht stimmte. Mark war der ausgeglichenste Mensch, den sie kannte, und es gab nur einen, der ihn so aus der Fassung bringen konnte!

„Hast du etwas von Adam gehört? Du solltest dir sein Verhalten nicht so zu Herzen nehmen."

„Es ist mir vollkommen gleichgültig, was Adam treibt!" Mark stand abrupt auf. „Aber allein seine Anwesenheit bringt nichts als Ärger mit sich. Ich hatte gehofft, es dir ersparen zu können: Schon den ganzen Morgen wimmle ich lästige Telefonate ab, und die Hoteldirektion hat mitteilen lassen, dass bereits Presseleute einträfen und sich unten in der Eingangshalle versammelten. Zum Glück bist du unter meinem Namen angemeldet, aber ich bezweifle, dass der Trick die Reporter lange aufhalten wird ..."

„Wie konnte es dazu kommen?" Maggi stand nun auch beunruhigt auf. Mark seufzte erneut. „Hier", sagte er und griff nach einem Stapel Zeitungen, die hinter dem Sofa versteckt lagen. Maggi wurde blass, als sie die Überschriften las.

Fennell und Carmichael wieder im Geschäft?
Maggi und Adam gemeinsam zurück?
Haben sich Maggi und Adam heimlich wiedergefunden?

Wiedergefunden … ja, sie und Adam waren noch immer verheiratet. Sie hatten gemeinsam den Schwur gesprochen – den Schwur, den Adam zu leicht gebrochen hatte, als er ihm nicht mehr passte.

Als der Pressewirbel damals nach der Trennung abgeflaut war, hatte Maggi ihn schriftlich um eine Scheidungseinwilligung gebeten, die er bisher ignoriert hatte. Offenbar schien ihm die Idee nicht zu gefallen.

Jetzt gingen die Spekulationen über ihr Verhältnis von Neuem los … Dabei konnte nicht einmal Adam das gewollt, geschweige denn geahnt haben … Oder doch? Nein, jetzt wurde sie albern!

ir müssen das Hotel verlassen, Maggi", erklärte Mark verzweifelt. „Die Direktion kann die Reporter nicht ewig hinhalten. Ich …" Er brach mitten im Satz ab, da es heftig an der Tür klopfte. „Verdammt!"

„Macht die verfluchte Tür auf!", japste eine nur zu bekannte Stimme. „Wenn mich hier jemand sieht, kann er sich an drei Fingern ausrechnen, wer hinter der Tür ist."

„Adam", murmelte Mark verzweifelt. „Ich wusste, dass er nicht lange auf sich warten lassen würde."

Maggi reagierte sofort. „Er hat recht. Wenn er gesehen wird …!" Sie schloss die Tür auf und wich augenblicklich zur Seite, da Adam eilig hereintrat. Fest schloss er die Tür hinter sich.

Bei Tageslicht wirkte er älter als gestern Abend. Die grauen Stellen seiner Haare hoben sich stärker gegen das sonst schwarze Haar ab, und auch die Gesichtslinien erschienen Maggi tiefer. Adam hatte abgenommen. Die Jeans lag tief auf den Hüftknochen, und das hellblaue Hemd war in den Hosenbund gesteckt. Aber seine Augen hatten sich nicht verändert. Geschockt blickte Maggi in die kalten, grauen Augen, die sie immer an ein Polarmeer erinnerten …

Adam warf einen kurzen Blick in das Zimmer. Er sah die ausgebreiteten Zeitungen und den Frühstückstisch. Dann wandte er sich wieder an Maggi: „Ihr könnt hier nicht bleiben!", sagte er knapp. „Wenn ihr nicht bald das Hotelzimmer verlasst, werdet ihr hier von Reportern eingekesselt sein …"

„Und wer hat uns den Schlamassel eingebrockt?", platzte Mark wütend hervor.

„Himmel, das Leben ist voller *Wenn* und *Aber*. Im Moment hilft uns das auch nicht weiter, um dem ganzen Rummel zu entkommen."

„Ach, ja! Und dann kommst du eben mal hier vorbeigeschneit und machst für Maggi und mich alles noch schlimmer!"

„Mark", unterbrach Maggi die beiden Männer. Sie fasste ihn freundlich am Arm. „Mark, hör auf! Es bringt jetzt nichts." Sie konnte seine Wut sehr gut verstehen. „Wir wollten gerade gehen, Adam, bevor du gekommen bist", erklärte sie ruhig.

„Und wie wollt ihr das bewerkstelligen?", fragte er verächtlich. Die Leute von der Presse schwärmen gerade durch das gesamte Haus.

Glücklicherweise können sie mit dem Namen Forbes im Moment noch nichts anfangen."

Adam biss die Zähne zusammen. Er hatte Mühe, seinen Zorn zu kontrollieren. „Vielleicht können wir den Streit jetzt beenden? Ich habe mein Auto vor dem Seiteneingang geparkt." Noch bevor einer von ihnen antworten konnte, fuhr er fort: „Eure Abreise ist mit der Direktion schon besprochen. Es ist alles geklärt."

Maggi zögerte noch. Mit Adam das Hotel verlassen? „Was meinst du mit *geklärt*?"

„Jetzt packt eure Sachen zusammen, bevor mein Auto entdeckt wird!", trieb er sie zur Eile an.

Maggi stimmte ihm zu. Über die Hotelrechnung konnten sie sich später noch unterhalten. Jetzt mussten sie wirklich schnell sein.

Adam war Maggi ins Schlafzimmer gefolgt, während sie packten. „So, ihr schlaft getrennt?", bemerkte er.

Maggi wollte Adam gerne in dem Glauben lassen, dass sie mit Mark eine Beziehung führte. So würde Adam wenigstens keine weiteren Spekulationen über ihr Liebesleben anstellen.

„Seit dem Unfall habe ich gerne ein Bett für mich alleine. Es ist bequemer."

„Du meinst, erst schlaft ihr miteinander, und hinterher geht Mark wieder rüber in sein Bett?", bohrte Adam.

Maggi erstarrte. Sie wusste, dass er sich nichts vormachen ließ. „Unsere Schlafgewohnheiten gehen dich nichts an", wies sie ihn bissig zurecht. „Und ich schulde vor allem *dir* keine Erklärung über mein Liebesleben!"

„Du bist meine Frau …"

„Du bist auch mein Ehemann gewesen", entgegnete sie beiläufig. „Und, habe ich dich gefragt, was du mit deinem Leben anstellst, geschweige denn, mit wem du so schläfst?"

Er verzog das Gesicht. „Du bist früher nicht so zickig gewesen."

Maggi errötete wieder. „Ich bin früher einiges nicht gewesen. Aber man lernt dazu; weißt du, man hat die Wahl: überleben oder untergehen! So, können wir jetzt aufbrechen? Eben hatten wir es doch noch so eilig!"

„Lass den Koffer stehen!", befahl er, als Maggi sich bückte, um ihn in den Flur zu tragen. „Zwar scheinst du dich gut erholt zu haben, aber du darfst bestimmt noch keine schweren Sachen heben." Adam nahm ihr den Koffer aus der Hand.

Einen Augenblick lang wollte sie die Hilfe ablehnen und hielt den Griff fest. Als sich aber ihre Hände berührten, zog Maggi abrupt den Arm zurück. Das Kribbeln an der Haut, wo sie Adam berührt hatte, ließ nicht nach. Schon immer war die körperliche Anziehungskraft zwischen ihnen sehr groß gewesen. Jedes Mal, wenn sie sich berührten, war Maggi nahe daran zu zerschmelzen. Aber sie hatte nicht geglaubt, dass der Körperkontakt mit Adam immer noch einen so großen Effekt auf sie haben könnte.

Was den Koffer betraf, hatte er recht. Für einen Moment schossen Maggi Erinnerungen an die furchtbare Zeit im Rollstuhl durch den Kopf. Sie wollte um keinen Preis ihre Gesundheit aufs Spiel setzen. Die Erfahrung, nutzlos und vor allem hilflos zu sein, war zu bitter gewesen, als dass sie ein Risiko eingehen wollte.

„Danke!", murmelte sie unfreundlich. Was erwartete er? Adam war wirklich der letzte Mensch, von dem sie Hilfe annehmen wollte!

„Gern geschehen", antwortete er. „Bist du …?"

„Können wir gehen?" Mark stand gehetzt im Türrahmen. „Eines der Zimmermädchen sagte eben, dass ein paar Reporter schon auf dem Weg nach oben seien!"

Maggi war so auf das Gespräch mit Adam konzentriert gewesen, dass sie das Zimmermädchen gar nicht bemerkt hatte. Verflixt!

„Wie in alten Zeiten!", grinste Adam, nahm Maggi an die Hand und zog sie zur Tür.

Sie wusste genau, dass er sich an den Höhepunkt ihrer gemeinsamen Karriere erinnerte. Aber so wie früher wollte sie es ja gerade nicht haben …

Als sie sich aus seinem Griff lösen wollte, spürte Maggi, wie er sie fester hielt.

„Vorsichtig", warnte er sie sanft, während alle drei aus der Tür traten. „Du könntest dich verletzen."

Hatte er ihr nicht schon genug Schmerz bereitet? „Ich komme allein zurecht, Adam", raunte sie mit zusammengebissenen Zähnen.

Er sah sie nicht einmal an. Gemeinsam gingen sie den mit Teppich ausgelegten Flur entlang. „Das glaube ich dir", bestätigte er. „Aber ich finde es schön, deine Hand zu halten", fügte er arrogant hinzu.

Mittlerweile hatten sie die Feuertreppe erreicht. Maggi fröstelte.

„Im Auto wird es gleich wärmer", sagte Adam unvermittelt.

Maggi blickte ihn an. Woher wusste Adam, was sie fühlte?

Er zuckte mit den Schultern. „Wie ich es gestern gesagt habe: Es gab schon immer gewisse Dinge, die dir besonders wichtig waren – und Wärme gehörte dazu." Endlich ließ er ihre Hand los, um das Auto aufzuschließen.

Erleichtert entfernte sich Maggi ein paar Schritte von ihm.

„Du gehst nach hinten, Mark", befahl Adam, während er den Koffer und die Gitarre verstaute.

„Ich kann auch …"

„Ich möchte nicht, dass du hinten unbequem sitzt, Maggi", fiel Adam ihr ins Wort und setzte sich selber hinter das Lenkrad.

Sie bezweifelte, dass der Platz auf dem Rücksitz für irgendjemanden zu eng sein konnte. Dieser Range Rover war einfach zu luxuriös – getönte Seitenscheiben, Sitze aus beigefarbenem Leder. Adam beugte sich zur Seite und öffnete die Beifahrertür.

„Wir können später über alles reden, Maggi", sagte Mark beschwichtigend. „Steig ein!"

Maggi brodelte fast über bei dem Gedanken, dass Adam laufend seinen Willen durchsetzte. Sie hatte sich einmal geschworen, dass, falls sie sich jemals wiederbegegnen sollten, sie ihm ihre Eigenständigkeit deutlich machen würde. Er musste endlich begreifen, dass sie für sich selber entscheiden konnte.

„Geh nach vorne, Mark!", sagte sie entschlossen und kletterte auf den Rücksitz. Sie ließ sich nicht beirren, spürte aber, wie Adam sie belustigt ansah.

„Du bist schon damals die starrköpfigste Frau gewesen, die ich kenne."

„Es ist gut zu wissen, dass sich wenigstens manche Dinge nicht ändern", antwortete sie unbeeindruckt.

Adam hielt den Atem an. Er drehte sich zu ihr nach hinten. Dann sagte er leise: „Ja, das ist es wirklich."

Maggis Nerven waren zum Zerreißen gespannt. Sie wollte so schnell wie möglich fort von hier und fort von Adam. Was auch immer er mit dieser Bemerkung gemeint hatte, es interessierte sie nicht.

„Fahr schon los, Adam!", drängte Mark.

Ohne zu antworten, fuhr Adam an.

Von dem Rücksitz aus hatte Maggi die Gelegenheit, ihn unbemerkt zu beobachten. Die Gesichtslinien verrieten, dass er es in den vergangenen drei Jahren nicht leicht gehabt hatte. Adam wirkte älter als seine achtunddreißig Jahre und machte beinah einen verbitterten Eindruck.

Möglicherweise war das Singleleben doch nicht so angenehm gewesen. Die Beziehung mit Sue Castle hatte nicht lange gehalten. Aber Adam gehörte auch nicht zu den Männern, die lange ohne weibliche Begleitung blieben.

Maggi hatte sich nicht darum gekümmert, was er mit seinem Leben anstellte. Aber Mark schien dagegen sehr gut informiert zu sein.

Hastig wandte sie sich von ihm ab. Sein Privatleben interessierte sie nicht! Überhaupt nicht! Doch leider spürte Maggi eine gewisse Neugier in sich aufkeimen.

Verrückt. Das war wirklich verrückt. Dieser Mann hatte ihr Leben vollkommen zerstört! Es gab keine zweite Chance für sie.

Mit scharfer Stimme fragte sie: „Wo fahren wir eigentlich hin?"

„Ich wohne zurzeit bei Freunden hier ganz in der Nähe", antwortete Adam und zuckte mit den Schultern. „Ich dachte, dass wir erst mal dorthin fahren. Dann können wir uns alles andere in Ruhe überlegen."

Eine Frau? Das war Maggis erster Gedanke. „Mark und ich wollen auf keinen Fall die Gastfreundschaft deiner Bekannten beanspruchen", entgegnete sie schnell. „Also ist es …"

„Ich sagte, dass *ich* in der Wohnung lebe, nicht er, Magdalena. Geoffrey und seine Familie sind in die Ferien gefahren und haben mir angeboten, währenddessen in ihrem Haus zu wohnen." Wieder hob Adam die Schultern. „Es ist kein Problem."

Für ihn ist es vielleicht kein Problem, dachte Maggi. „Wir müssen nur eine Lösung finden, wann und wie wir mein Auto vom Hotel holen", erwiderte sie.

Nüchtern antwortete Adam: „Das wird in den nächsten Stunden nicht möglich sein. In der Zwischenzeit können wir doch in aller Ruhe einen Kaffee trinken und frühstücken."

Maggi wünschte sich, dass er nie auf dem Festival aufgetaucht wäre. Alles hätte so einfach sein können.

Jetzt wandte sich Mark an sie: „Was denkst du, Maggi?"

„Ja, Kaffee klingt gut", stimmte sie angespannt zu.

„Und etwas frühstücken musst du auch", warf Adam ein. Er blickte durch den Rückspiegel in ihr blasses, etwas eingefallenes Gesicht. „Du siehst nicht gerade aus, als hättest du in der letzten Zeit viel gegessen."

Adams Sorge um ihre Gesundheit war etwas überfällig. Aber nachdem ihm erstens die Karriere und zweitens eine andere Frau wichtiger gewesen waren, wollte sie seine Fürsorge jetzt nicht mehr haben.

„Toast und Orangensaft wären das Richtige", antwortete Maggi, und für ein paar Sekunden trafen sich ihre Blicke im Rückspiegel.

Jetzt drehte er sich zu Mark. „Eine meiner Lieblingsbeschäftigungen war, Magdalena das Frühstück ans Bett zu bringen."

Sie spürte, wie ihr Gesicht bei dieser provokanten Bemerkung heiß wurde. Maggi konnte sich noch genau daran erinnern, wie es war. Sie blieben zwar noch lange im Bett liegen, aber gefrühstückt hatten sie so gut wie gar nichts …

Adam suchte ihren Blick im Spiegel, aber Maggi wollte ihm auf keinen Fall zeigen, dass sie sich noch gut an das besagte *Frühstück im Bett* erinnerte.

Warum hatte sie dieses verheißungsvolle Kribbeln am Arm und an den Fingern gespürt, nachdem sie sich berührt hatten? Maggi wünschte sich von ganzem Herzen, dass es ihr egal wäre!

Mark drehte sich zu ihr um. „Es wird nicht lange dauern, bis die Reporter von der Hoteldirektion erfahren haben, dass wir dort nicht mehr wohnen. Sie werden schnell wieder abfahren. In ein paar Stunden holen wir dann das Auto."

Ein paar Stunden …! Mit Adam …!

„Ich möchte Adam wirklich nicht länger als nötig zur Last fallen. Vielleicht kannst du uns ja irgendwo aussteigen lassen?"

„Ich fühle mich nicht belästigt", entgegnete Adam trocken. „Ihr habt selbst die Zeitungen gelesen; glaubst du wirklich, dass ich euch hier unbemerkt irgendwo herauslassen kann?"

Es war unmöglich, und Maggi wusste das.

„Seltsam", murmelte Adam. „Ich habe das Gefühl, dass ihr beide lieber nicht hier sein würdet!"

„Wie scharfsinnig von dir!", gab Mark sarkastisch zurück.

„Undankbares Paar!", warf der ältere der beiden Männer trocken in den Raum.

„Undankbar?", platzte Mark heraus. „Du hast uns doch den …"

„Ja, ja, ja. Das habe ich doch alles schon gehört, Mark."

Himmel! Er war wirklich noch genauso arrogant wie früher. Mark hatte absolut recht mit seinem Vorwurf.

Und Maggi wusste auch, dass Adam schnell von einer Sache gelangweilt war. Nach der Trennung hatte sie sich oft gefragt, ob sie ihn vielleicht manchmal gelangweilt hatte.

Maggis Illusionen von der großen Liebe waren seitdem dahin. Sie glaubte nicht mehr daran, obwohl ihre Eltern der beste Gegenbeweis waren, die nach dreißig Ehejahren immer noch in perfekter Harmonie zusammenlebten. Vielleicht lag es auch nur an Maggis schlechter Wahl.

„Wir sind da." Adam fuhr den Wagen langsam eine Auffahrt entlang; das Haus war noch nicht einmal zu sehen.

Als es endlich in Sichtweite war, bemerkte Maggi: „Hm, deinem Freund scheint viel an seiner Privatsphäre zu liegen." Das viktorianische Gutshaus war ein beeindruckendes Gebäude, an dessen rotem Stein alter Efeu rankte.

„Seiner Frau ist es so wichtig", antwortete Adam, während er auf dem Kies parkte. „Es ist Celia Mayes, die Schauspielerin."

Maggi hatte sie in mehreren Fernsehsendungen gesehen. Celia war eine schöne Frau und machte auf der Karriereleiter gerade ihren Weg nach ganz oben. Für die letzte Rolle war sie sogar für einen Oskar nominiert worden.

„Geoffrey und Celia haben Zwillinge. Die beiden Jungs sind erst ein Jahr alt, und sie sollten von dem ganzen Medienrummel verschont bleiben", erklärte Adam. Sie betraten das Haus.

Es fiel Maggi schwer, sich die Frau als Mutter vorzustellen. Wie konnte sie sowohl Familie als auch Karriere so gut miteinander vereinbaren?

„Ist dieser Geoffrey der Agent Geoffrey Haines?", erkundigte sich Mark.

Mit verengten Augen blickte Adam ihn an. „Er ist mein Agent, ja."

Das war etwas Neues. Früher hatte Adam die Hilfe eines Agenten immer abgelehnt. Nun, er war mittlerweile eine berühmte Persönlichkeit geworden und brauchte für die Auslandskonzerte organisatorische Hilfe.

„Und Celia Mayes' Agent", bemerkte Mark.

Adam sah ihm in die Augen. „Hast du ein Problem damit?" Für ein paar Sekunden starrten sich Mark und er an, und Maggi spürte die Anspannung der beiden Männer.

„Nein."

„Das ist ein wunderbares Haus", sagte Maggi, um die Stille zu durchbrechen.

„Ja, das ist es", antwortete Adam und führte sie durch die geräumige Küche in den hinteren Teil des Hauses. Die Eichentäfelung und die dunkle Vitrine passten gut zu dem Stil des Hauses. Gelbe und weiße Gegenstände hellten den Raum wieder auf. „Setzt euch!" Adam deutete auf die Küchenstühle, die um einen massiven Eichentisch standen. „Ich mache uns als Erstes einen Kaffee."

Maggi setzte sich erleichtert. Das war wirklich eine absurde Situation! Hier saß sie nun also, scheinbar vergnügt, und frühstückte gemeinsam mit dem Mann, der ihr Leben einmal zerbrochen hatte, als wäre es das Normalste auf der Welt.

„Worüber schmunzelst du?", riss Adam sie aus ihren Gedanken.

Maggi war sich nicht bewusst gewesen, dass sie lächelte. Mit zynischem Gesichtsausdruck antwortete sie trocken: „Über das Leben."

Er stellte drei volle Kaffeebecher auf den Tisch. „Über die Ironie des Lebens?", hakte er zerknirscht nach.

Er weiß sehr wohl, was ich denke – und es ist im Grunde überhaupt nicht witzig. „Ja, so etwas in der Art", antwortete Maggi verärgert.

Adam stand vor dem Kühlschrank und holte Orangensaft in einer Karaffe heraus. „Den habe ich heute Morgen mit meinen eigenen Händen gepresst." Er griff nach dem Brotkorb und nahm sich einige Croissants heraus, die er kurz in der Mikrowelle aufwärmte.

„Die hast du wohl heute Morgen auch noch selber gebacken?", fragte Mark zynisch.

„Nein, aber ich habe sie persönlich vom Bäcker abgeholt – ofenfrisch", antwortete er. „Wie Magdalena es mag", fügte Adam sanft hinzu. „Ich hoffe, sie schmecken dir."

Butter und Honig standen jetzt auch auf dem Tisch, und Mark wunderte sich, dass Adam alle Zutaten für ein Frühstück ganz nach Maggis Art bereitstehen hatte. Gerade so, als ob er sie erwartet hätte …

Maggi war der Appetit vergangen, und sie legte das Croissant wieder hin. Sie konnte die angespannte Situation nicht mehr länger ertragen und verspürte das Bedürfnis, sich einen Augenblick zurückzuziehen. „Ich möchte gerne das Badezimmer benutzen."

„Den Flur entlang, dann rechts und – ach, ich zeige es dir schnell!"

Mit Adam allein sein! Alles, nur das nicht. Aber sie hatte es sich selber eingebrockt. Maggi warf einen flehenden Blick zu Mark herüber. Er lächelte sie ermutigend an.

„Danke!", antwortete sie schließlich.

Es blieb ihnen keine Wahl. Mark und sie mussten die Zeit irgendwie mit Adam verbringen.

„Warum guckst du so besorgt, Magdalena?", fragte er trocken, als sie das Bad erreicht hatten. „Ich habe nicht vor, dich auf dem Badezimmerteppich zu überfallen. Obwohl das bestimmt sehr gemütlich wäre." Adam stieß die Badezimmertür auf, und Maggi sah den flauschigen, weißen Teppich, der vor ihnen lag.

Ihre Wangen färbten sich dunkelrot bei dem erotischen Gedanken, der ihr durch den Kopf ging. Was ging hier nur vor?

„Danke!", murmelte Maggi und betrat das Bad. Aber Adam schien nicht gehen zu wollen. „Wofür?", hauchte er. „Dafür, dass ich dich nicht auf den Teppich werfe oder dass ich dir den Weg gezeigt habe?", fragte er und zog belustigt die Augenbrauen hoch.

„Letzteres, natürlich", antwortete sie bissig. „Ich meine, beides." Adam grinste, und Maggi bemerkte, was sie versehentlich damit gesagt hatte – nämlich dass sie mit ihm auf dem Badezimmerfußboden schlafen wollte!

Humorvoll, aber eindringlich sagte er: „Du musst dich entscheiden. So schnell würde Mark nicht nach uns suchen."

Adam benahm sich lächerlich, und das wusste er auch. Aber offenbar machte es ihm Spaß, sie zu quälen. „Was dich betrifft, habe ich schon lange eine Entscheidung getroffen, Adam", antwortete sie böse. „Such dir jemand anderes zum Flirten! Du verschwendest bei mir deine Zeit!" Sie machte die Tür direkt vor seinem Gesicht zu und schloss ab. Einen Moment lang verharrte sie regungslos und lauschte den Schrittgeräuschen. Was für ein Albtraum! Mark und sie mussten so schnell wie möglich abfahren.

Maggi ließ sich Zeit. Sie erneuerte Lipgloss und Rouge und bürstete ihre langen Haare. Die dunkelblaue Bluse passte fast perfekt zu ihrer Augenfarbe. Wie schmal Maggis Hüften waren und was für dünne Beine sie hatte, konnte man durch die enge Jeans deutlich sehen.

Man merkte ihr äußerlich zum Glück nicht an, dass sie gerade eine traumatische Erfahrung machte. Und das war auch gut so, denn Adam sollte nicht wissen, was er in ihr auslöste! Wäre es für ihn nicht eine Freude, sie in ihrem Stolz zu treffen?

Die beiden Männer stritten erneut. Seitdem Maggi sich von Mark getrennt hatte, waren er und Adam nie wieder Freunde geworden. Da sie aber zur selben Familie gehörten, hatten sie sich wenigstens bemüht, ein Minimum an Höflichkeit füreinander aufzubringen. Aber die Stimmen wurden immer lauter, als Maggi die Küche erreichte.

„Du weißt doch nicht, wovon du sprichst, Mark", sagte Adam kühl.

„Jeder – bis auf Maggi – scheint zu wissen, wovon ich spreche", antwortete Mark. „Von dir und Celia Mayes!"

Maggi zog sich hastig an die Wand im Flur zurück. Sie wurde blass. Was hatte das …?

„Die Gerüchte sind in den letzten zwei Jahren nur so aus dem Boden geschossen", fuhr Mark unbeirrt fort. „Und, sieh einer an! Jetzt wohnst du auch noch in Celia Mayes' Haus! Ist das etwa ein Zufall?"

„Es ist ebenso Geoffreys Haus", erklärte Adam mit eisiger Stimme. „Und er würde kaum jemanden in sein Haus einladen, von dem er glaubt, dass er der Liebhaber seiner eigenen Frau ist!"

„Es ist bekannt, dass Geoffrey Haines seiner schönen Frau vollkommen verfallen ist und ihr jeden Wunsch erfüllen würde!", bemerkte Mark wütend.

„Auch der Freund ihres Liebhabers zu werden? Du redest absoluten Blödsinn, Mark. Das weißt du genau."

„Weiß ich das?"

„Ehrlich gesagt ist es mir gleichgültig, ob *ja* oder *nein*", beendete Adam das Thema. „Aber ich warne dich davor, diese Gerüchte an Magdalena weiterzutragen."

Aber Magdalena hatte sie gerade mit angehört …

6. KAPITEL

*I*ch glaube immer noch, dass du einen Fehler begehst", murmelte Adam mürrisch.

Er fuhr Mark und Maggi auf ihren Wunsch hin jetzt zum Hotel. Adam konnte nichts dagegen machen, außer den gesamten Weg über zu protestieren.

Es hatte ein paar Minuten gedauert, bis Maggi sich im Flur von dem Schock erholt hatte. Eigentlich gab es keinen Grund, so bewegt zu sein. Was machte es denn schon für einen Unterschied, ob Adam eine Affäre mit Celia Mayes hatte? Er lebte sein Leben immer nach den eigenen Regeln. Und während für Maggi damals insbesondere ein Grundsatz galt, war er für Adam offenbar nicht so wichtig gewesen. Nein, nicht einmal an die grundlegendste Vereinbarung einer Ehe hatte er sich gehalten!

Aber dass er jetzt die Ehe von Freunden gefährdete, war geschmacklos – besonders deshalb, weil zwei Kinder davon betroffen waren.

„Es ist noch viel zu früh, um in das Hotel zurückzufahren", hatte er auf Maggis Drängen geäußert, nachdem sie sich etwas gesammelt hatte und wieder in die Küche gegangen war.

Es interessierte sie nicht, was er sagte. Von Reportern mit Fragen bombardiert zu werden, war allemal besser, als noch mehr Zeit mit Adam zu verbringen. Er würde sich einfach niemals ändern …

„Magdalena …"

„Mein Name ist Maggi, Adam", schnitt sie ihm das Wort ab. „Maggi Fennell. Das war schon immer so, und so wird es auch bleiben." Herausfordernd sah sie ihn vom Beifahrersitz aus an. Sie war so enttäuscht von ihm, dass es ihr sogar gleichgültig war, wo sie saß.

Maggi wusste, wie lächerlich es war, sich noch immer von ihm so aus dem Gleichgewicht bringen zu lassen. Aber es fiel ihr nicht leicht, die Erinnerungen an die Vergangenheit aus ihrem Gedächtnis zu tilgen, wenn er in ihrer Nähe war. Außerdem hatte es auch schöne gemeinsame Zeiten gegeben, sonst wären die schlechten ja nicht so schmerzhaft gewesen!

Wie falsch sie ihn doch eingeschätzt hatte – und ebenso die angebliche Liebe, die sie füreinander empfanden! Adam war so besitzergreifend, ohne dabei jemals selber alles geben zu können.

„Für mich wirst du niemals nur Maggi sein!"

„Maggi wollte dir damit sagen, dass ihr deine Worte gleichgültig sind", bemerkte Mark.

Im Grunde tat es Maggi leid, dass die beiden Cousins nicht in der Lage waren, miteinander auszukommen. Sie hatte sich selber immer eine große Familie mit vielen Kindern und Verwandten gewünscht. Das war jetzt vorbei …

„Weißt du was, Mark? Du bist noch unerträglicher geworden, als du es damals schon warst!"

„Wenn du es sagst, ist es geradezu ein Kompliment", antwortete Mark unbewegt.

„Magdalena …"

„Vielen Dank für den Orangensaft und den Kaffee!", sagte sie rücksichtslos. In wenigen Minuten würden sie das Hotel erreichen. „Wir sind dir für die Hilfe heute Morgen sehr dankbar."

„Ich soll jetzt allein zurückfahren?", fragte Adam trocken.

Sie wandte sich zu ihm. „Allerdings!"

„Das könnte etwas schwierig werden", entgegnete Adam. „Wir haben doch heute Abend einen Auftritt."

„Auf gar keinen Fall!", wies Mark ihn zurecht. „Maggi tritt allein auf oder gar nicht."

„Jeder erwartet, dass wir gemeinsam …"

„Wie bitte?" Marks Stimme wurde lauter. „Das glaube ich nicht. Die Organisatoren müssen eben dein Fernbleiben vor dem Auftritt ankündigen."

Großartig! Dann könnten sich die Besucher ja noch überlegen, ob sie nicht doch lieber wieder gehen wollten. Außerdem würde man Adam als Überraschungsgast erwarten.

„Ich habe nicht vor, heute aufzutreten."

Adam blickte sie scharf an. „Machst du einen Rückzieher, Magdalena?", sagte er verächtlich. „Das scheint eine sehr ausgeprägte Eigenschaft an dir zu sein."

Noch nie hatte sie sich in ihrem Leben aus Feigheit vor irgendetwas gedrückt! Was für eine Unverschämtheit, das zu sagen! Zudem war er ja nie da gewesen, wenn sie Hilfe gebraucht hatte. Er hatte nicht die leiseste Ahnung, was sie damals hatte durchmachen müssen.

„Ich habe nicht die Absicht, mich vor dir zu rechtfertigen."

„Und du wirst heute Abend nicht singen?", fragte Adam mit verachtendem Gesichtsausdruck.

„Nein", antwortete Maggi abrupt.

„Das ist doch keine professionelle Haltung!"

„Ach nein? Dass ich durchaus ein Profi bin, habe ich wohl gestern damit bewiesen, dass ich überhaupt weitergesungen habe!", entgegnete sie bissig. „Das Thema ist beendet, Adam. Ich ziehe mich vom Festival zurück."

„Wie ich schon sagte", murmelte er, „du ziehst dich feige aus der Affäre."

Maggi gab Mark ein beschwichtigendes Handzeichen, dass er sich nicht mehr äußern sollte. Adam war jetzt absichtlich provokant, und sie wollte ihm nicht die Genugtuung geben, dass sie darauf ansprang. Alles, was sie wollte, war Distanz!

„Dort ist mein Auto", sagte Maggi und deutete auf den schwarzen BMW.

Mit schmalen Augen blickte Adam auf die umstehenden Reporter. „Vielleicht schaffen wir es noch unerkannt, die Koffer in deinen Wagen zu packen", grummelte Adam vor sich hin. Er parkte den Rover neben Maggis Auto. Die Reporter hatten sie kaum bemerkt.

Ein paar Minuten später erkannte Maggi den Range Rover durch den Rückspiegel. „Er folgt uns, Mark."

„Ignoriere ihn!"

„Du weißt selber, dass er nicht aufgibt." Jetzt blinkte Adam mit den Scheinwerfern. „Er will, dass wir anhalten", sagte Maggi unsicher.

„Ist in Ordnung, aber ich spreche mit ihm", versprach Mark. Er setzte sich aufrecht hin, aber noch bevor er überhaupt den Gurt gelöst hatte, stand Adam neben Maggis Tür. Widerwillig öffnete sie das Fenster.

„Wir haben die Hotelrechnung nicht vergessen." Mark ergriff als erster das Wort. „Ich werde dir das Geld überweisen."

Adam nahm ihn gar nicht wahr. Seine Aufmerksamkeit galt ausschließlich Maggi. „Ich werde mich bei dir melden", sagte er sanft.

Bloß nicht! Das war das Letzte, was sie von ihm hören wollte! „Hast du mich angehalten, nur um mir *das* zu sagen?" Ungeduldig blickte sie ihn an.

„Wir hatten ja keine Gelegenheit, uns voneinander zu verabschieden." Und noch bevor Maggi ahnen konnte, was er damit meinte, beugte Adam sich zu ihr und presste den Mund auf ihre Lippen. Obwohl Maggi das Gefühl hatte, nach Luft schnappen zu müssen, war sie wie gelähmt. Er vertiefte den Kuss.

„Um Gottes willen …!", äußerte Mark ungläubig. „Was zum Teufel…! Adam, hör auf!", befahl er.

Jetzt begann Maggi, sich zu wehren, und Adam richtete sich langsam wieder auf.

„Das fühlte sich allerdings mehr wie ein Begrüßungskuss an", sagte er verführerisch. Sein Blick ruhte auf Maggis Gesicht.

Sie wusste selber, wie sich der Kuss angefühlt hatte. Warum musste er sie vor Mark so demütigen? Darüber hinaus wusste Adam ja nicht einmal, dass sie und Mark kein Paar waren!

„Auf Wiedersehen, Adam!" Ihre Stimme klang matt, und sie drückte den Knopf, um das Fenster zu schließen. Jetzt legte Maggi den Gang ein und fuhr, ohne darauf zu achten, ob Adam vom Auto zurückgetreten war oder nicht, davon.

„Mieses Stück!", rief Mark außer sich.

Warum musste er sie küssen? Was um alles in der Welt erhoffte sich Adam davon? Außer dass er sie verletzte …

„Es ist schon wieder die Plattenfirma", sagte ihre Mutter nachdenklich.

Maggi hatte die vergangenen drei Jahre bei ihren Eltern gelebt, da sie nach dem Unfall weder physisch noch psychisch in der Lage war, allein zurechtzukommen. Während der Zeit, in der Maggi alles neu lernen musste, waren ihre Eltern eine große Hilfe gewesen. Aber wie sie mit dem permanenten Druck der Plattenfirma umgehen sollten, wussten sie auch nicht. Die Firma bestand darauf, dass Maggi gemeinsam mit Adam ein neues Album herausbrachte.

Natürlich waren die Angebote auf das Konzert zurückzuführen. Kurz darauf hatte die Firma eine ihrer alten CDs neu herausgebracht und gleichzeitig nach einer neuen Produktion verlangt. Aber in den letzten beiden Wochen hatte Maggi deren Forderungen schon zweimal zurückgewiesen.

„Soll ich ihnen zum dritten Mal sagen, dass du nicht erreichbar bist?", fragte ihre Mutter.

Das Problem war, dass Adam seinerseits bereits eingewilligt hatte. Aber wie konnte sie der Plattenfirma klarmachen, dass sie keinen engeren Kontakt mehr mit ihrem ehemaligen Partner haben wollte und darüber hinaus seit geraumer Zeit über ein Soloalbum nachdachte?

„Ich nehme das Gespräch an", antwortete Maggi. Widerwillig stand sie auf und ging auf ihre Mutter zu. Obwohl die fast fünfzigjährige Frau die schwarzen Haare nur bis zur Schulter trug und keine blauen Augen wie Maggi hatte, sahen sie sich sehr ähnlich.

„Denk daran, dass du nichts tun musst, was du nicht möchtest!", riet ihr die Mutter, während Maggi den Hörer in die Hand nahm. Dann verließ sie das Zimmer.

„Du *musst* nicht", pflichtete eine nur zu bekannte Stimme der Mutter bei. Als Maggi den Gesprächspartner erkannte, hätte sie beinah den Hörer fallen lassen. „Aber du wärst wirklich dumm, Magdalena", fügte Adam trocken hinzu.

Maggi fasste sich schnell wieder und entgegnete ruhig: „Ach, ich wusste gar nicht, dass du zur Firmenbranche gewechselt hast, Adam! Trotzdem, meine Antwort ist immer noch *Nein*."

„Das bin ich auch nicht; aber du machst es einem ja nicht gerade leicht, persönlich mit dir zu sprechen. Die Ablehnung ist schlecht für deine Karriere, Magdalena", prophezeite er angespannt.

„Für wessen Karriere, Adam?", spottete sie. „Meine Karriere verläuft genau so, wie ich es möchte. Daraus kann ich eigentlich nur schließen, dass du öffentliche Auftritte bitter nötig hast."

Maggi hatte in den vergangenen vierzehn Tagen noch zwei sehr erfolgreiche Konzerte gegeben. Und beide Male wurde eine Rose für sie abgegeben ...

„Wo steckt denn mein lieber Cousin an diesem schönen, sonnigen Tag?", wechselte Adam das Thema. „Ist er unterwegs, um neue, tolle Konzertangebote wie dieses Festival hier einzuholen?"

Adams sarkastischer Ton war völlig unangebracht. Maggi hielt das Festival für den optimalen Wiederbeginn, und bis auf das unerwartete Erscheinen von Adam war alles perfekt gewesen. Mark hatte sich mit Andrea verabredet, da sie gerade aus Frankreich zurückgekommen war. Aber all das ging Adam nichts an.

„Adam, ich habe der Plattenfirma meine Antwort bereits gegeben", ignorierte sie die Frage nach seinem Cousin. „Und daran hat sich nichts geändert ..."

„Lass uns bei einem gemeinsamen Mittagessen darüber sprechen!", fiel er Maggi mit entschlossener Stimme ins Wort.

„Lass uns *nicht* gemeinsam essen und *nicht* darüber reden!", konterte sie sehr schnell. Maggi wurde bewusst, wie unverschämt er war. „Auf Wiederhören, Adam!" Noch bevor er irgendetwas antworten konnte, hatte sie aufgehängt.

Maggi wollte nichts mehr von ihm wissen – obwohl sie sich fragte, aus welchem Grund er mit der Plattenfirma in Verhandlung getreten sei. Da der Kontakt zu Adam in den letzten Wochen unangenehm regelmäßig geworden war, dachte sie auch ungewöhnlich viel an ihn. Allerdings merkte Maggi auch, dass sie mittlerweile stark genug war, um es zu verkraften.

Was hatte er die ganze Zeit über getan? War Celia Mayes seine Lebensgefährtin? Sie würden ein seltsames Paar bilden. Andererseits war Adams Leben bisher nie geradlinig verlaufen.

„Ist alles in Ordnung?" Ihre Mutter sah hinter der Tür hervor.

Entschlossen stand Maggi auf. „Alles bestens", antwortete sie klar. Das Gespräch mit Adam wollte sie nicht erwähnen, da ihre Eltern ähnlich wie Mark über ihn dachten.

„Je eher du ein eigenes Album herausbringst, desto besser", bemerkte die Mutter erleichtert und kam nun ganz in das Zimmer herein.

Das Problem lag darin, dass die Plattenfirma nichts von einem Soloalbum hören wollte, solange noch Hoffnung bestand, eins mit ihr und Adam aufzunehmen. Und Maggi war noch immer vertraglich gebunden …

Aber die Situation würde sich ändern, sobald der Wirbel um dieses Festival vorbei war.

Seltsam … Früher war Adam immer der Textschreiber gewesen. Während der letzten drei Jahre hatte sie selber zwanzig Lieder geschrieben – und sie gefielen ihr sogar recht gut.

Irgendwann musste die Firma das bemerken … Niemand konnte sie zu mehr bewegen, als ein Soloalbum zu produzieren. Jetzt wollte sie Adam endlich vergessen!

Gartenarbeit war für sie schon immer eine der besten Ablenkungen gewesen. Während sie sich auf die Arbeit konzentrierte, konnte Maggi ihren Gedanken freien Lauf lassen. Gleich, als sie nach dem Unfall wieder ein bisschen gehen konnte, hatte sie sich bei stundenlanger Arbeit im Garten sowohl körperlich als auch seelisch geheilt. Jetzt, seitdem das Festival hinter ihr lag, war Maggi wieder häufiger im Garten, um die Beete von abgefallenen Herbstblättern und Unkraut zu befreien. So nahm sie gleichzeitig ihrem Vater, der ein viel beschäftigter Arzt war, die Arbeit ab.

Der langhaarige Collie ihrer Eltern tobte im Garten umher, während sie unter einem Apfelbaum kniete.

„Hallo, Arthur!", grüßte eine ebenmäßige Männerstimme. „Wie immer vor Energie kaum zu bremsen?" Adam lachte herzlich, als der Hund vor ihm auf und ab sprang.

Maggi setzte sich auf die Fersen. Sie merkte, dass der Wind ihre Haare in eine wilde Mähne verwandelt hatte. Außerdem war sie völlig ungeschminkt, ihre Jeans alt und abgetragen, der fleckige Pullover sah unmöglich aus, und schwarze Erde bedeckte ihre Hände.

So, Adam hatte also die Stunde, in der sie sich im Garten auf andere Gedanken brachte, genutzt, um hierherzufahren … Dann konnte er sich auch gleich wieder in sein Auto setzen und nach London zurückfahren!

*D*eine Mutter ist in der Küche und hat mich nicht kommen sehen", erklärte Adam, als er ihren besorgten Blick in Richtung Haus sah. „Ich habe dich im Garten gesehen, und da bin ich …"

„Einfach hereinspaziert", beendete Maggi vorwurfsvoll seinen Satz. Sie legte die kleine Hacke auf den Boden, um sich die Hände an der schon schmutzigen Jeans abzuwischen. „So selbstsicher wie eh und je!" Wütend fügte sie hinzu: „Wann begreifst du endlich, dass du nicht erwünscht bist?"

„Wenn es um dich geht?" Nachdenklich kniff Adam die Augen zusammen und zuckte mit den Schultern. „Vielleicht nie."

„Du bist in dem Haus meiner Eltern nicht willkommen, Adam", sagte Maggi geradeheraus. Ihr Vater und ihre Mutter, die damals die Scherben wieder zusammengefügt hatten, konnten diesem Mann nicht vergeben. Ihm, der ihre Tochter vor drei Jahren so im Stich gelassen hatte, obwohl er ihr eigentlich hätte beistehen sollen. Nein, er war wirklich von keinem der Familie Fennell gerne gesehen.

„Das merke ich." Adam nickte abrupt. „Aber ich weiß auch, dass ich immer nur dein Bestes wollte."

„Falls du wegen des gemeinsamen Plattenvertrages hier bist", zischte Maggi verächtlich, während sie sich erhob, „dann kann ich dir nochmals versichern, dass es *nicht* das Beste für mich ist. Und meine Eltern halten ebenso wenig wie ich von der Idee." Ihr Vater hatte sogar gedroht, Adam eins auf die Nase zu hauen, wenn er noch einmal in ihre Nähe käme.

Das wäre an sich schon eine Meisterleistung. Maggi hatte die zierliche Statur von beiden Elternteilen geerbt, und ihr Vater war nur 1,68 Meter groß. Er würde eine Kiste brauchen, um überhaupt an Adams aristokratische Nase heranzukommen!

Bei dem Gedanken an die Drohung fiel Maggi ein, dass es schon spät geworden war. Sie warf einen Blick auf die Uhr – ihr Vater musste jeden Augenblick aus der Praxis kommen. Obwohl diese Vorstellung ihren Reiz hatte, wollte sie ihre Eltern in dieser Geschichte aus dem Spiel lassen. Die ganze Sache war bitter genug für sie.

„Du musst jetzt gehen, Adam."

Er bewegte sich nicht, seine Haltung wirkte plötzlich unnachgiebig. „Ich gehe, wenn ich glaube, dass es an der Zeit ist zu gehen", verkündete er arrogant.

Adam sah so vital und männlich aus – die leichte Brise zerzauste sein dunkles Haar. Zu der ausgeblichenen Jeans trug er eine schwarze Jacke über dem weißen Hemd. Plötzlich wurde sie sich seiner starken Präsenz bewusst. Ein Schauer lief Maggi über den Rücken. Sie bemühte sich, die in ihr aufsteigende Erregung zu unterdrücken.

„Bitte sehr! Mach, was du willst!" Maggi bückte sich, hob das Werkzeug auf, um es in den Schuppen am Haus zurückzubringen. Sie drehte sich um und ging.

„Magdalena!", rief er mit Nachdruck.

„Auf Wiedersehen, Adam!" Mit energischen Schritten ging sie auf das Haus zu, ohne ihn noch einmal anzusehen. Sie wollte dabei aber nicht den Eindruck erwecken, als würde sie davonlaufen.

„Du gehst wirklich schon wieder sehr gut."

Er sprach sanft, aber doch so laut, dass sie ihn hören konnte! Jetzt fuhr Maggi blitzartig herum, ihr Gesicht war weiß vor Zorn. Dass er es wagte, dieses Thema überhaupt anzusprechen! Was fiel ihm nur ein? Ausgerechnet dieses Thema! Als er sie damals betrog, war die junge Frau in ihrem Selbstbewusstsein zutiefst erschüttert gewesen. Sie konnte nicht gehen, nicht singen und war natürlich auch nicht in der Lage, mit ihm ... Wie konnte er es wagen?

In ihrer Kehle steckte ein Schluchzen; ob aus Wut oder Verzweiflung, das hätte sie nicht sagen können. Aber eines wusste Maggi genau – dass sie Adam in diesem Augenblick wirklich hasste ... Und das war tatsächlich derselbe Mann, den sie einmal über alles in der Welt geliebt hatte.

„Vorsichtig." Er war neben ihr und fasste Maggi am Arm, als sie strauchelte. „Ich wollte dich nicht erschrecken", sagte er mit grimmiger Miene. Adam blickte in ihr blasses Gesicht. „Ich wollte nur ..."

„Lass mich in Ruhe, Adam!", entgegnete Maggi kontrolliert, während sie sich aus seinem Griff löste. „Geh, geh und komm niemals wieder!"

„Magdalena, es ist schon drei Jahre her –"

„Erzähl mir nicht, wie lange es her ist!" Sie schrie ihm geradezu mit flammendem Blick die Worte entgegen. „Ich war doch diejenige, die während der drei Jahre alles neu lernen musste. Du brauchst mich nicht daran zu erinnern, wie lange es gedauert hat, die Splitter, die noch von meinem Leben übrig waren, wieder zusammenzufügen."

Sie atmete schwer. Warum musste sie nur das Gleichgewicht verlieren? Maggi ärgerte sich über ihre körperliche Schwäche. Aber damit würde sie sich abfinden müssen, so hatten es jedenfalls die Ärzte prophezeit. Trotzdem konnte sie mit dem Ergebnis mehr als zufrieden sein. Keiner hatte wirklich daran geglaubt, dass sie einmal wieder normal gehen könne. Auch Adam nicht. Immerhin war sie heute nicht mehr die unfähige Person von damals, mit der Adam offenbar nicht umgehen konnte. Jetzt musste sie nur aufpassen, dass dieser Mann sie nicht auf emotionaler Ebene zerstörte.

Er seufzte tief und sah sie nachdenklich an. „Ist es nicht an der Zeit zu vergeben …?"

„Und zu vergessen vielleicht?", beendete sie verächtlich. „Ich möchte nie vergessen, Adam. Nicht, wer du damals warst, und nicht, wer du jetzt bist."

„Du hast ja keine Ahnung, wer ich jetzt bin, Magdalena." Seine Stimme klang hauchdünn. „Ich habe während der letzten drei Jahre auch gelitten …"

„Hat dich dein Gewissen endlich eingeholt?", spottete sie mit starrem Blick. „Du brauchst bei mir nicht um Vergebung zu bitten, Adam. Die kann ich dir nicht geben." Das konnte sie wirklich nicht. Nie würde sie die mutwillige Zerstörungswut dieses Mannes vergessen! Was er ihr angetan hatte, war unverzeihlich.

Er runzelte die Stirn. Seine grauen Augen wirkten dunkel. „Früher warst du nicht so verbittert, Magdal…"

„Oh nein! Versuch nicht, *mir* die Schuld aufzuladen, Adam!", fiel sie ihm mit einem bösen Lachen ins Wort. „Den Tisch immer so zu drehen, dass alle anderen den Schmutz vor sich haben – darin warst du schon damals gut. Die Hauptsache ist, du kommst gut dabei weg", fügte sie verächtlich hinzu. „Aber dieses Mal sind die Beweise eindeutig."

Adam fuhr zusammen. Er schien wirklich betroffen. „Auch ich habe etwas verloren, Magdalena. Das vergesst ihr alle einfach."

Maggi war den Tränen nahe, aber es gelang ihr dennoch, die Fassung zu bewahren. „So einfach, wie du unseren Eheschwur vergessen hast. Und jetzt …"

„Ich habe meinen Schwur nicht vergessen", entgegnete Adam scharf.

„Ein bisschen abgeändert vielleicht? Das Ergebnis ist das gleiche. Du …"

„Maggi, Ted … wann kommt ihr denn endlich herein zum …?" Ihre Mutter unterbrach den liebevollen Aufruf, als sie die beiden im Garten stehen sah. „Ich habe Stimmen gehört und dachte, es sei dein Vater, der sich wieder darüber ärgert, dass du die Blumen anstelle des Unkrautes gejätet hast." Fast unbewusst erwähnte sie die Anekdote aus Maggis Kindheit. Sie hatte damals als Achtjährige beschlossen, für ihren Vater das Unkraut zu zupfen. Leider konnte sie es nicht von den sprießenden Blumen unterscheiden und hatte daher die falschen Halme herausgezogen. Bis heute sorgte ihr Vater dafür, dass sie es nicht vergaß!

„Adam", sagte ihre Mutter gefasst; die braunen Augen wirkten kalt.

„Maria", gab er freundlich zur Antwort. „Du siehst gut aus."

Ihre Mutter sah wirklich gut aus, und auch das Alter konnte ihrer Schönheit nichts anhaben. „Ich weiß nicht, warum du hier bist, Adam. Und ich möchte, dass du jetzt gehst." Ohne dass er antworten konnte, fuhr sie fort: „Du scheinst Maggi aufzuregen. Außerdem kommt Ted jeden Augenblick nach Hause, und ich bin mir sicher, er wird nicht begeistert sein, dich zu sehen. In der letzten Zeit ging es ihm nicht gut."

„Das tut mir leid", antwortete Adam ruhig. „Es ist hoffentlich nichts Ernstes?"

„Nur der übliche Stress, der mit seinem Beruf verbunden ist", erklärte Maggis Mutter knapp. „Aber ich möchte nicht, dass er sich aufregt."

Plötzlich war Motorengeräusch deutlich zu vernehmen. „Bitte, geh jetzt, Adam!", sagte sie, bevor sie wieder ins Haus ging.

„Deine Mutter wirkt feindselig", sagte Adam voller Selbstironie.

Maggi warf ihm einen kühlen Blick zu. „Was hattest du denn erwartet?"

Nachdem ihr Vater vor ungefähr einer Woche in der Praxis zusammengebrochen war, musste nun nicht auch noch privater Stress hinzukommen. „Adam, bitte, geh jetzt!"

„Ich will mit dir reden", entgegnete Adam entschlossen. „Wenn nicht hier, dann komm in einer Viertelstunde in das Café, an dem ich in der Stadt vorbeigefahren bin!" Er wartete mit zusammengekniffenen Augen auf die Antwort.

Maggi staunte. „Adam Carmichael im Dorfcafé!"

Er blickte Maggi ungerührt an. „Da gibt es gar nichts zu spötteln. Ich trinke genau wie jeder andere Mensch Kaffee. Also dann …" Festen Schrittes ging er auf die Gartenpforte zu.

Als sie ins Haus kam, saß ihr Vater mit einer Tasse Tee am Tisch. Er hatte kurzes, sandfarbenes Haar und eine etwas mollige Figur, obwohl sein Gesicht eher ausgezehrt wirkte …

„Ich habe gehört, dass du wieder die Blumen ausgegraben hast", begrüßte er seine Tochter.

Maggi lächelte über diese Bemerkung und antwortete: „Einige habe ich noch für den nächsten Frühling stehen lassen. Ihr müsst leider ohne mich essen, ich habe noch ein paar Dinge zu erledigen. Soll ich etwas aus der Stadt mitbringen?", bot sie an und griff hastig nach ihrer Handtasche.

„Danke, nein!", antwortete ihre Mutter. „Aber willst du dir nicht etwas anderes anziehen?"

Obwohl der Pullover und die Jeans etwas mitgenommen aussahen, hatte Maggi nicht die Absicht, sich für Adam umzuziehen. „Ich bleibe nicht lange", entgegnete sie und schüttelte den Kopf.

„Aber den Matsch an deiner Nase könntest du wenigstens noch abwaschen", mischte sich ihr Vater ein.

Großartig! Während der ganzen Zeit, in der sie mit Adam gesprochen hatte, war ihre Nase mit Erde beschmiert gewesen. „Das werde ich."

Im Auto wurde Maggi mulmig. Es gefiel ihr gar nicht, dass Adam sie in dieses Treffen hineinmanövriert hatte.

Lowell war ein unauffälliger Ort, in dem es nur ein Café gab, und das wurde von einer ortsansässigen Frau betrieben, wodurch das Städtchen ein wenig freundlicher wurde. Tische und Stühle waren aus Holz. An den Wänden hingen Pastellkreidezeichnungen, und überall, wo noch Platz war, standen Grünpflanzen.

Adams Erscheinung passte nicht in diesen Raum – er war zu groß für die Holzstühle und wirkte neben den anderen Gästen fehl am Platze.

Als er Maggi erblickte, schien Adam erleichtert zu sein. Die meisten Gäste waren Frauen, die gerade vom Einkauf zurückkamen. Sie beobachteten Adam, der ihnen wahrscheinlich irgendwie bekannt vorkam. In dem Moment, als Maggi auf ihn zutrat, ging ein Tuscheln durch den Raum. Man hatte die beiden jetzt offenbar erkannt.

„Ich habe uns Kaffee bestellt", murmelte Adam. „Leider wusste ich nicht mehr, was du gerne zum Mittag isst, sonst hätte ich dir etwas zu essen kommen lassen." Er betrachtete Maggi von oben bis unten, während sie sich setzte. „Es kann nicht viel gewesen sein, was du in der letzten Zeit gegessen hast. Du bist zu dünn, Magdalena."

Sie schluckte eine bissige Bemerkung hinunter, da Sally, die Besitzerin und gleichzeitig Kellnerin des Cafés an den Tisch kam. Nach ihrem erstaunten Blick zu urteilen, wusste sie durchaus, wen sie gerade bediente. Maggi ahnte schon, dass in den kommenden Tagen neue Gerüchte kursieren würden. Und ihr Vater erführe dann doch davon … das Treffen hier war also völlig umsonst!

„Ich wollte dich nicht kritisieren, Magdalena", sagte Adam, der ihren missbilligenden Gesichtsausdruck bemerkte.

Er tat gerade so, als wäre seine Meinung über ihr Aussehen von Bedeutung!

„Gut beobachtet, Adam", gestand sie ein und gab etwas Zucker in den Kaffee. „Aber ich möchte trotzdem kein Mittagessen bestellen." Es würde ihr wahrscheinlich im Hals stecken bleiben. „Hör zu. Ich habe der Plattenfirma gesagt, dass …"

„Zum Teufel mit der Plattenfirma und unserem Album! Darum geht es hier doch nicht, und du weißt das sehr genau."

„Ach, weiß ich das?" Maggi mied angestrengt die neugierigen Blicke der anderen Gäste. Sie bemerkte, wie sich der Raum stetig füllte. Neuigkeiten waren in Lowell eine willkommene Abwechslung und verbreiteten sich schnell.

„Magdalena …"

„Lass es sein!", unterbrach Maggi ihn barsch. Sie zog sich ganz an die Stuhllehne zurück, so als ob Adam versucht hätte, ihre Hand zu fassen.

„Möchten Sie jetzt das Essen bestellen?", erkundigte sich Sally, die mit einem Notizblock neben ihnen stand.

Adam blickte sie an und lächelte freundlich. „Wäre es möglich, einen Tisch zu belegen, ohne dass wir etwas essen?"

„Natürlich", antwortete Sally, die seinem Charme offenbar verfallen war. „Lassen Sie sich Zeit!"

„Sanft wie immer, Adam", bemerkte Maggi trocken, sobald die Kellnerin gegangen war.

Er sah sie mit glasigen Augen an. „Es kostet nicht viel, freundlich zu sein, Magdalena." Sein Tonfall klang scharf.

„Ich frage mich, ob du zu einem männlichen Kellner genauso höflich gewesen wärst."

Adam verkniff sich eine bissige Antwort und atmete tief ein. „Ich werde mich nicht auf einen Streit mit dir einlassen, auf den du es offenbar abgesehen hast."

Natürlich suchte sie Streit! Schon seit drei Jahren hatte sie den Wunsch, ihn mit aufgestauten Beschuldigungen zu überhäufen – wegen dieser Nacht, in der er nicht nach Hause gekommen war, in der er in den Armen einer anderen Frau gelegen hatte, in der ihre Ehe kaputtgegangen war … Seit sie ihn hinausgeworfen hatte, brannten all diese unausgesprochenen Dinge in ihr. Und deshalb wollte sie ihn jetzt in eine Auseinandersetzung verwickeln!

„Ich habe nicht vor, meine Zeit mit hoffnungslosen Fällen zu vergeuden", bemerkte sie kühl und ungerührt. „Und das bist du schon immer gewesen."

„Ich bin dein Ehemann!", entfuhr es ihm.

„Das warst du nie!" Ihr Gesichtsausdruck war düster.

„Wir waren zwei Jahre lang verheiratet …"

„*Ich* war zwei Jahre verheiratet", berichtigte Maggi ihn energisch. „Du warst immer noch Adam Carmichael, Markenzeichen *besonders außergewöhnlich*!"

Er fasste sie hart am Handgelenk. „Fang bloß nicht an, all das Zeug zu glauben, das über mich in den Zeitungen steht …!"

„Dafür habe ich die Zeitung nicht lesen müssen, Adam. Ich habe es selber erlebt!"

Maggis Augen schienen durch den Zorn ein noch tieferes Blau zu bekommen. „Und würdest du bitte meinen Arm loslassen?" Sie blickte auf seine Hand. „Die Leute starren uns an."

„Ich mache mir nichts …"

„Aus Gefühlen anderer. Nur deine eigenen sind wichtig", beendete sie voller Verachtung seinen Satz. „Da haben wir's ja wieder. Die Gefühle anderer waren dir noch nie besonders wichtig. Mir schon. Im Übrigen bin *ich* diejenige, die in diesem Ort leben muss. Wenn es dir also keine Umstände bereitet, dann lass doch bitte mein Handgelenk los!"

Anstatt den Griff zu lösen, hielt Adam Maggi noch fester. „Ich habe es schon immer gemocht, dich zu berühren", sagte Adam vorsichtig.

Und sie konnte von seinen Berührungen nie genug bekommen. Maggi schämte sich vor sich selber, dass es auch in diesem Moment nicht anders war.

In ihr wurden intensive Erinnerungen wach: Adam und sie …
nackt, auf dem Bett, ihre Körper aneinandergeschmiegt – ihre langen Haare von Adam um seinen eigenen Nacken geschlungen; voller Sehnsucht streichelte er ihren Körper, er hatte sie an Stellen
berührt, die vor ihm nie jemand ertasten durfte, und sie schrie vor
Verlangen, aus tiefster Lust, die Adam langsam und stetig zu stillen
wusste.

Oh Gott, ihn niemals wieder zu küssen … nie wieder seine Berührung zu spüren … nie mehr mit ihm eins zu werden …

Plötzlich stand Maggi auf und löste sich aus seinem Griff. „Ich muss
jetzt gehen, Adam", sagte sie atemlos. „Der Grund, warum ich überhaupt hergekommen bin, war – na ja, du weißt es ja selber." Maggi
wagte nicht einmal, ihn anzusehen. Es war so lange her, dass sie einen
Zusammenbruch erlitten hatte. Und vor Adam wollte sie sich diese
Blöße erst recht nicht geben. Zielstrebig verließ sie das Café.

Obwohl das Auto an der nächsten Kreuzung stand, kam Maggi der
Weg schrecklich lang vor. Andrea hatte sie vor den Tagen gewarnt, an
denen ihr das Laufen schwerer fiel als sonst. Heute schien so ein Tag
zu sein! Hoffentlich schaffte sie es bis zum Auto …

Maggi zuckte zusammen, als sie Adams festen Griff an ihrer Hüfte
spürte. Er gab ihr mit seiner rechten Körperhälfte Halt, und gemeinsam überquerten sie die Straße. „Schaffst du es?" Besorgt sah Adam
in ihr Gesicht, auf dem kleine Schweißperlen zu sehen waren. „Oder
soll ich dich tragen?"

Sie tragen? Und wenn sie schweißüberströmt und auf den Knien
kriechend das Auto erreichte – seine Hilfe käme wirklich zu spät.

„Es geht schon", antwortete sie mit zusammengebissenen Zähnen.
„Lass mich los!", befahl sie.

„Du wirst fallen, wenn ich …"

„Du kannst mir glauben, es geht schon!", versicherte Maggi und
betete innerlich, dass sie es bis zum Auto schaffte. Vor Adam auf
dem Bürgersteig zusammenzubrechen, war mehr, als sie hätte ertragen können.

Adam betrachtete die unerschütterliche Entschlossenheit auf Maggis Gesicht und ließ sie langsam los.

Zu ihrer grenzenlosen Erleichterung fiel sie nicht, merkte aber, dass
sie unsicher ging.

Adams Gesichtsausdruck war noch immer grimmig. „Ich dachte,
du wärst wieder gesund", bemerkte er irritiert.

„Wenn man es mit den Möglichkeiten einer Rollstuhlfahrerin vergleicht, bin ich das auch!", platzte es aus Maggi heraus. Dass sie überhaupt wieder gehen und Auto fahren konnte – wenn auch nicht ganz so problemlos wie früher –, erschien ihr wie ein Wunder.

„Aber ich dachte …"

„Was hast du gedacht, Adam?", forderte sie ihn wütend heraus. „Was? Dass mich die Ärzte wieder so zusammenflicken, dass ich so gut wie neu bin? Dass ich wieder die singende, laufende Maggi Fennell bin?" Voller Ekel schüttelte sie den Kopf. „Bist du etwa deshalb wieder in mein Leben getreten, weil alles so wie früher zu sein schien? Glaubst du, nachdem wir jetzt einmal zusammen gesungen haben, ist alles so, als wäre nichts passiert? Es ist schon ein merkwürdiger Zufall, dass du gerade in dem Moment auftauchst, in dem es mir körperlich wieder gut geht!" Maggi fühlte Kraft in sich aufsteigen.

„Wie immer vereinfachst du die Dinge, Magdalena …"

„Wie immer gehst du dem Thema aus dem Weg, Adam!", entgegnete sie. „Adam Carmichaels ungeschriebenes Gesetz: Beantworte niemals eine Frage direkt, deine Aussage könnte gegen dich verwendet werden! Wie dem auch sei, ich habe in den vergangenen Jahren versucht, meinen Körper wiederherzustellen. Was du gemacht hast, interessiert mich nicht." Sie sprach schnell. „Dein Leben und das, womit du deine Zeit verbringst, interessiert mich nicht im Geringsten."

Um sich selbst zu schützen, hatte Maggi bisher jeden Gedanken an Adam verweigert. Leider war das in den letzten Wochen nicht möglich gewesen. Sie wusste, mit wem er sich traf; die attraktive Schauspielerin und er zusammen … der Gedanke daran reichte aus, um Maggi innerlich zu zerreißen.

Nein, wenn sie bei Verstand bleiben wollte, durfte sie nicht darüber nachdenken!

„Möchtest du wissen, wie mein Leben in den vergangenen drei Jahren ausgesehen hat, Adam …?"

„Nein!" Er schnitt ihr mit hartem Ton das Wort ab.

„Warum nicht? Kannst du es nicht ertragen …?"

„Nein, ich kann es nicht ertragen!" Adam sprach voller Feindseligkeit, und die Adern über seinen Kieferknochen pulsierten sichtbar.

„Hast du am Ende doch ein Herz?", reizte sie ihn.

„Verdammt noch mal, natürlich habe ich das. Ich habe dich geliebt …"

„Und verlassen", vervollständigte Maggi seinen Satz.

Adam seufzte tief und schloss für einen kurzen Moment reumütig die Augen. „Du weißt, dass das nicht wahr ist. Nach dem Unfall hat sich das Verhältnis zwischen dir und mir geändert …"

„Sicher!" Erneut wurde ihre Stimme laut. „Ich konnte ja nicht mehr gehen!"

„Das habe ich nicht gemeint."

„Meine Beine waren gebrochen und mein Becken kaputt", erinnerte sie ihn schaudernd. „Ich konnte nicht mehr bei dir sein, nicht mit dir singen und schon gar nicht eine Ehefrau sein!" Bei den letzten Worten entfuhr Maggi ein Schluchzen, denn sie musste daran denken, wie schnell er einen Ersatz für die Rolle gefunden hatte.

Und wie sehr hatte sie ihn gerade in der Zeit gebraucht, auch wenn sie keinen Menschen an sich herankommen lassen konnte, ohne Schmerzen zu haben. Das hieß aber nicht, dass sie sich nach seiner Berührung nicht gesehnt hatte. Sehr oft hatte Maggi in der Zeit den Wunsch verspürt, ihn zu lieben – wieder in seinen Armen zu liegen.

Adam hatte sich stattdessen von ihr ferngehalten. Zumindest schien er sich nicht besonders nach ihr gesehnt zu haben.

„Das meine ich auch nicht, verdammt noch mal", antwortete Adam schnippisch. „Hör auf, meine Worte zu verdrehen, Magdalena! Die Dinge haben sich verändert, weil ich nicht mehr an dich herankam …"

„Ich lag im Krankenhaus und war laufend von Ärzten und Schwestern umgeben."

„Es hat einmal eine Zeit gegeben, in der auch Hunderte von Ärzten und Krankenschwestern uns nicht gestört hätten." Adams Augen glänzten vor Zorn. „Ich kam einfach nicht mehr an dich heran. Jedes Mal, wenn ich bei dir war, hatte ich den Eindruck, dass es dir nur noch schlechter ging."

„Das ist nicht wahr …" Bei diesem Gedanken zog sie die Augenbrauen zusammen. Die ersten Wochen des Krankenhausaufenthaltes waren ein Albtraum gewesen. Damals hatte sie lieber sterben wollen, als die Qualen zu ertragen. Und nachdem sie von Adams Verhältnis erfahren hatte, gab es für sie keinen Lebenssinn mehr.

„Aber ich versichere dir, dass es so war, Magdalena. Du hast mich deine Ablehnung deutlich spüren lassen", fügte er bewegt hinzu.

„War das ein Grund, mich …? Ablehnung?", wiederholte sie. „Ich habe keine Ablehnung für dich empfunden, Adam." Dafür aber viele andere Gefühle: Angst, ihn zu verlieren, zum Beispiel. Aber Ablehnung? Nein, da war sich Maggi völlig sicher. „Niemals", wiederholte sie fest.

Er sah sie mit zusammengekniffenen Augen an und fragte langsam: „Nicht einmal für den Unfall?"

Maggi schüttelte den Kopf, sodass ihr seidenes Haar die Hüfte umspielte. „Für den Unfall habe ich dich nie verantwortlich gemacht. Sogar die Polizei hat bestätigt, dass du nichts hättest tun können, um dem anderen Fahrer auszuweichen."

„Und was ist in der Zeit danach passiert?", fragte er vorsichtig.

Was sollte passiert sein? … Maggi wollte nicht, dass Adam ihr den Schmerz anmerkte. Sie wandte sich von ihm ab.

„Ich muss gehen. Meine Eltern denken …"

„Du bist eine sechsundzwanzigjährige Frau und musst deinen Eltern keine Rechenschaft ablegen", entgegnete er verächtlich. „Diese Unterhaltung hätte schon vor drei Jahren stattfinden sollen! Warum haben du und Mark noch nicht geheiratet?", fragte er entschlossen. „Und ist meine Vermutung richtig, dass du, nachdem du das Kind verloren hattest, keines mehr bekommen wolltest?"

Wenn Maggi vorhin geglaubt hatte, ihre Kräfte würden sie verlassen, dann war sie jetzt einer Ohnmacht nahe! Niemand, niemand hatte je dieses Thema angesprochen. Über den Verlust des fünf Monate alten Babys, das sie damals schon deutlich in ihrem Bauch spüren konnte und für das sie die ersten Kleidungsstücke gekauft hatte, war seit dem Unfall nicht ein einziges Mal gesprochen worden.

Es war Adams Sohn, der sie nachts aus dem Schlaf geholt hatte, für den sie sich gemeinsam Namen überlegt hatten …

Ihre Verletzungen waren so stark gewesen, dass sie wahrscheinlich kein Kind mehr gebären konnte.

Niemand hatte ein Recht, darüber zu sprechen …!

Am wenigsten Adam. Adam, der dabei war, als ihr Sohn starb.

„Falsch geraten, Adam." Aus Maggis Augen sprach der blanke Hass. Sie war fest entschlossen, diesen Mann ebenso zu verletzen, wie er sie verletzte. Und sie wusste, dass Mark ihr einziges Mittel war. „Mark und ich haben nur deshalb noch nicht geheiratet, weil ich ja unglücklicherweise immer noch mit dir verheiratet bin!"

Sie hoffte, dass Mark und Andrea ihr diese Lüge verzeihen würden.

„Aber das wird sich ändern. Du kannst in den nächsten Tagen mit einem Anruf meines Anwaltes rechnen", erklärte sie schlussendlich. „Ich will die Scheidung, und zwar sofort!" Maggi drehte sich um und öffnete die Wagentür.

„Wenn die Hölle gefriert …" Die Wut in Adams ruhiger Stimme drang in ihr Ohr.

Sie wollte ein für alle Mal frei von diesem Mann sein!

Das Letzte, was sie von ihm sah, war, dass eine Frau ihn um ein Autogramm bat …

8. KAPITEL

*M*aggi, Liebes, was geht hier vor?"
Sie blickte vom Küchentisch auf, der mit Noten bedeckt war, und hörte auf, Gitarre zu spielen. Musik half ihr, der Realität zu entkommen. Bis auf ein Telefonat mit dem Anwalt hatte sie seit dem letzten Treffen mit Adam nichts anderes getan, als Gitarre zu spielen.

Die Hölle *war* zugefroren!

Maggi lächelte ihren Vater an. „War der Song so schlecht?", fragte sie unschuldig.

Er antwortete mit Kopfschütteln. „Hast du die Zeitung schon gelesen?"

„Als ich kam, war sie noch nicht geliefert. Vielleicht hat Mama sie …"

„Ich bin nicht auf der Suche nach der Zeitung, Maggi", erklärte er ungeduldig. „Ich weiß, wo sie ist. Aber wie alle anderen auch würde ich gerne wissen, was hier los ist."

Maggi sah, dass ihr Vater sehr angespannt war. Und die Tageszeitung schien die Antwort darauf zu sein … „Ich habe sie nicht gelesen", antwortete Maggi langsam, während sie die Gitarre auf den Tisch legte.

„Dann solltest du das nachholen", entgegnete er bestimmt.

Ihre Befürchtungen wurden bestätigt, als sie die beiden Fotos auf der Titelseite des Blattes sah. *Vorher* und *Nachher* hieß es dort. Es hatte sie also doch jemand erwischt!

Das erste zeigte sie und Adam, wie sie lächelnd im Café saßen. Maggi erinnerte sich; es war der Moment, in dem sie sich beide bei Sally entschuldigten, dass sie kein Essen bestellten. Sally war natürlich auf dem Bild nicht zu sehen, und man hatte den Eindruck, dass Maggi und Adam sich gegenseitig anlächelten.

Das Foto *danach* kam der Wirklichkeit viel näher. Es zeigte Maggi, die mit großen Schritten und voller Wut zur Kreuzung ging. Ihr schwarzes Haar wehte. Adam, der ihr folgte, war in einiger Entfernung zu sehen.

Wie konnte der Fotograf von dem Treffen gewusst haben? Sie hatte es ja selber erst kurz vorher von Adam erfahren. Adam … Konnte er verantwortlich dafür sein? – Zutrauen würde sie es ihm.

Trotz des Verdachts blickte sie besorgt zu ihrem Vater und sagte: „Ich habe keine Ahnung, wie jemand diese Fotos machen konnte."

„Ach, Maggi, es geht nicht um die Fotos!", seufzte er. „Was ich eigentlich … Ich meine, Adam ist wieder in dein Leben getreten, oder?" Ihr Vater runzelte die Stirn. „Und das nach allem, was du über ihn gesagt hast."

„Zwischen uns ist nichts! Adam ist nicht wieder in mein Leben getreten!", schrie Maggi aufgebracht. „Das zeigen die Fotos doch ganz deutlich. Außerdem wird er nicht lange durchhalten. Wir wissen doch, dass es nicht lange dauert, bis er sich langweilt. Dann wird er von selber wieder verschwinden!"

„Beruhige dich, Maggi!", antwortete ihr Vater liebevoll. „Ich habe mich nur gefragt, warum Adam plötzlich wiederaufgetaucht ist."

Sie zuckte mit den Schultern. „Es muss wegen des Albums sein, das er mit mir zusammen aufnehmen möchte. Ansonsten sind mir seine Gründe ein ebenso großes Rätsel wie euch."

Verärgert zog ihr Vater die Augenbrauen hoch. „Er hat schon jetzt reichlich Unruhe gestiftet. Mark hat heute Morgen angerufen. Als dein Agent ist er natürlich mit Anrufen überschüttet worden. Die Anfrage nach Interviews mit dir ist sehr groß. Keine Sorge!", beruhigte er Maggi, die von Panik ergriffen wurde. „Mark hat sich um alles gekümmert. Du musst dich nur darauf gefasst machen, dass es hier in der nächsten Zeit etwas turbulent zugehen wird."

Womit ihr Vater vollkommen recht hatte. Kurz nachdem er die Warnung ausgesprochen hatte, begann das Telefon zu klingeln. Um den störenden Anrufen zu entgehen, legte er nach einer Weile den Hörer daneben.

Als er aber zur Praxis fahren wollte, erwartete ihn eine Gruppe von Journalisten an der Pforte, die sich offenbar auf jeden stürzten, der das Grundstück der Fennells verließ. Nach einem kurzen Gespräch konnte Dr. Fennell ungehindert in seinem Auto zur Praxis fahren.

Maggi fühlte sich wie eine Gefangene. Ihr einziger Trost war, dass es Adam wahrscheinlich noch schlechter erging, da er in den vergangenen Jahren an Berühmtheit gewonnen hatte, im Gegensatz zu ihr.

Mark betrat das Haus, während Maggi und ihre Mutter einen Salat zum Mittag aßen. „Ein Versuch, den Alltag wiederherzustellen, hm?", neckte Mark, als er sich zu Maggis Mutter herunterbeugte, um ihr einen Kuss auf die Wange zu geben. „Nein, vielen Dank!", wies er das Angebot, mit ihnen zu essen, zurück. „Aber ich mache uns allen einen Tee." Da er schon seit vielen Jahren ein guter Freund gewesen war, bewegte sich Mark mit großer Vertrautheit in dem Haus der Fennells.

Maggi beobachtete ihn. Irgendetwas schien ihn besonders aufzuregen. Er würde es ihr schon rechtzeitig erzählen. Wenn sie etwas in der Zeit ihrer Rehabilitation gelernt hatte, dann war es Geduld.

Nachdem sie zu Ende gegessen hatten, ging Maggis Mutter mit dem Tee nach oben, um sich einen Moment aufs Bett zu legen.

Ohne Umschweife begann Mark: „Die Plattenfirma hat mir heute ein neues Angebot gemacht. Sie haben sich bereit erklärt, ein Album mit deinen Songs herauszubringen …"

„Wirklich?", rief Maggi begeistert. „Das ist ja großartig! Wann und wie soll …"

„Deine Stücke, Maggi", unterbrach Mark eindringlich, „begleitet von Adam", beendete er den Satz.

Ihre Freude ließ schlagartig nach. Es musste einen Haken an der Sache geben.

„Bitte, Maggi, verwirf den Gedanken nicht sofort!", versuchte er, sie zu beschwichtigen. „Es geht immerhin um deine Lieder …"

Entschieden schüttelte sie den Kopf. „Nie und nimmer, Mark! Meine Stücke mit Adam singen?"

„Du bist als Stückeschreiberin noch unbekannt, Maggi", wandte Mark ein. „Adam hat sich bereit erklärt mitzusingen, ohne dabei in Erscheinung zu treten."

„Ich weiß, was du meinst, Mark. Aber die Antwort ist *Nein*. Der Vertrag mit der Plattenfirma hält ja nicht für die Ewigkeit."

„Aber im Moment ist er noch gültig."

„Ich frage mich, warum du dich plötzlich auf die andere Seite schlägst, Mark!", bemerkte sie erbost.

„Das tue ich nicht. Aber dieses Angebot könnte das Beste sein, das wir jemals bekommen werden", erklärte er.

„Nein." Da gab es nichts dran zu rütteln. Sie konnte nicht mit Adam arbeiten.

Mark zuckte mit den Schultern. „Nun gut. Vielleicht ergibt sich irgendwann etwas anderes …"

Er brach mitten im Satz ab, als es an der Tür klingelte.

„Reporter", grummelte Maggi. „Es ist eine Frechheit, hier zu klingeln. Sie wecken Mama auf."

„Ich werde ihnen in aller Höflichkeit mitteilen, dass sie doch freundlicherweise wieder gehen sollen." Sie lächelten sich verständnisvoll an.

Das hatte Adam wirklich toll gemacht! Überall hatte er sich eingemischt … Es war alles seine Schuld.

„Adam ist gekommen", rief Mark aus dem Flur zu ihr herüber.

Maggi brauchte einen Moment, um seine Worte aufzunehmen.

Sie sammelte ihre Sinne zusammen und begrüßte ihn: „Bist du gekommen, um dein Werk zu bewundern?"

Mark jammerte. „Maggi …"

„Ich bin nicht gekommen, um irgendetwas zu *bewundern*." Die Schärfe in seiner Stimme entsprach ganz dem Gesichtsausdruck. „Ich …"

„Versuch mir ja nicht weiszumachen, dass du mit dem Fiasko nichts zu tun hast!", sagte sie verachtend. „Wo hattest du denn den Fotografen gestern versteckt?"

„Magdalena, ich bin nicht gekommen, um mir deine fantasievollen Beschuldigungen anzuhören", fuhr er fort. „Dein Vater liegt mit dem Verdacht auf Herzinfarkt im Krankenhaus."

„Papa hat …? Nein." Schwindelig rieb sie sich die Stirn. „Wie hast du davon erfahren?"

„Dein Vater hat mich heute Morgen aufgesucht", antwortete Adam knapp. „Während wir uns unterhielten, brach er mit Herzschmerzen zusammen. Als ich ihn ins Krankenhaus gefahren habe, bat er mich, euch zu informieren, und ich soll versichern, dass es nicht so schlimm ist."

Großer Gott, was passierte nur gerade mit ihnen allen? Maggi konnte die Nachricht kaum begreifen. „Mama muss sofort informiert werden."

Adam nickte. „Aber ich glaube, es ist besser, wenn du es ihr nicht erzählst. Sobald sie dein Gesicht sieht, wird sie vor Angst in Ohnmacht fallen."

Das stimmte. Bevor sie sich an Mark wenden konnte, legte er ihr seine Hand auf die Schulter und sagte ruhig: „Mach du dich bereit zum Gehen, Maggi! Ich bleibe nicht lange oben."

Sie konnte kaum denken – was brauchte sie? Ihre Jacke, die Handtasche …

„Es wird ihm bald besser gehen, Magdalena", sagte Adam leise, seine grauen Augen waren dunkel von Mitgefühl.

„Sicher", antwortete sie abrupt. „In welches Krankenhaus hast du ihn gebracht?"

„Er wollte, dass ich ihn nach Melchester bringe."

Gut, dann war er nicht weit von ihnen.

„Ich fahre euch hin", sagte Adam. „Das habe ich deinem Vater versprochen. Mark kann ja in seinem eigenen Auto hinterherkommen, wenn er möchte."

Ihre Mutter war sehr blass, als sie die Treppe hinunterkam, wirkte aber trotzdem gefasst. Maggi ging auf sie zu und nahm sie in den Arm.

Auch während der Autofahrt war ihre Mutter sehr ruhig. Das änderte sich allerdings, als sie auf die Intensivstation geführt wurden und vor dem Bett ihres Vaters standen, der regungslos auf dem Rücken lag und an Monitore angeschlossen war.

Ihre Mutter sagte mit ergriffener Stimme mehrere Sätze auf Spanisch und warf sich in die Arme ihres Mannes.

Maggi fühlte sich ebenfalls den Tränen nahe, als sie ihren Vater, der plötzlich so gealtert war, vor sich sah. Nichts erinnerte an den verlässlichen Arzt, Ehemann und Vater, der er sonst war.

„Lass uns zum verantwortlichen Arzt gehen und mit ihm reden!", schlug Adam vor und fasste Maggi am Arm.

„Geh aus dem Weg, Mark!", raunzte er, als sie an der Tür auf den jungen Mann trafen. Er hatte sich nicht ins Krankenzimmer gewagt, da er nicht zu den engsten Familienangehörigen zählte. „Wenn du dich nützlich machen willst, hol uns doch allen einen Kaffee!"

Ungläubig blickte Mark ihn auf diese Unverschämtheit hin an. Als er aber Maggis sorgenvolles Gesicht sah, verkniff er sich seine Wut und sagte vorsichtig: „Maggi, ich bin hier, wenn du mich brauchst."

„Sie wird dich nicht brauchen", entgegnete Adam in seinem arroganten Tonfall.

Erneut riss sich Mark zusammen und warf Adam einen wütenden Blick zu. Maggi war die Streiterei der beiden vollkommen gleichgültig. Sie wollte nur wissen, wie es ihrem Vater ging.

Aber das Gespräch mit dem Arzt half ihr nicht weiter. Er erklärte, dass die nächsten vierundzwanzig Stunden kritisch sein würden. Sie könnten nichts tun, außer abzuwarten. In den nächsten Tagen müssten mehrere Tests gemacht werden, und Ruhe sei im Augenblick besonders wichtig, das gelte auch für die Zeit, wenn er wieder bei ihnen zu Hause wäre – keine Aufregung, kein Stress …

„Vielen Dank, Doktor Stokes!", beendete Adam das Gespräch. Er gab dem Mann die Hand und führte Maggi aus dem Zimmer.

Sie seufzte schwer und schloss für einen Moment die Augen. „Es ist so furchtbar", sagte sie mit schwacher Stimme.

„Ich verstehe dich gut", nickte Adam. „Ich weiß auch, wie es ist, wenn man um das Leben eines Menschen bangt, den man liebt." Sie blickte ihn verständnislos an. „Ich spreche von dir, Magdalena!", klärte er sie ungeduldig auf.

Wirklich von mir? Aber ... „Ich glaube nicht, dass dieses Thema jetzt von Bedeutung ist. Das ist doch Vergangenheit, dies ist gegenwärtig wichtig."

Er schien ihr zuzustimmen: „Aber dennoch reicht die Vergangenheit bis in die Gegenwart hinein. Ich denke nicht ..."

„Oh Mama!", rief Maggi, als sie ihre Mutter aus der Tür treten sah. Die beiden Frauen umarmten sich tröstend.

„Es geht ihm gut", versicherte ihre Mutter. „Er möchte mit dir sprechen. Und mit Adam", fügte sie mit harter Stimme hinzu. Maggi wurde bewusst, dass Adam sich erneut stützend an ihre Seite gestellt hatte.

Warum wollte ihr Vater denn mit Adam sprechen? *Sie* wollte ihn nicht dabei haben, wenn sie zu ihm ging.

In dem Moment kam Mark mit Kaffee zurück. „Ah", sagte Adam, „gut, dass du kommst! Maggi und ich gehen jetzt zu Ted herein. Bleib du solange bei Maria!"

„Aber glaubst ..."

„Mark", fuhr Adam ihm ins Wort, „du bist hier, um zu helfen, und nicht, um noch mehr Chaos zu stiften."

Maggi empfand großes Mitleid für Mark. Aber sie konnte ihm jetzt nicht helfen.

Es ging ihr einfach nicht aus dem Kopf, dass Adam mit ihrem Vater gesprochen hatte, als es passiert war.

Er sah noch immer blass aus, aber sein Lächeln war voller Wärme, als sie näher an das Bett herantrat.

„Ein recht dramatisches Mittel, um mal Urlaub zu bekommen", sagte er voller Selbstironie.

„Oh Papa!" Maggi gab ein ersticktes Lachen von sich, und ihre Augen füllten sich mit Tränen.

„Bitte, nicht du auch noch!" Er sprach mit fester Stimme. „Mein Hals ist schon von den Tränen deiner Mutter ganz nass."

Sie blinzelte die Tränen weg. „Ich persönlich glaube ja, dass du dich einfach um die restliche Gartenarbeit drücken wolltest", bemerkte sie trocken, woraufhin ihr Vater erleichtert ausatmete.

„Adam." Jetzt sah er diesen direkt an. „Ich bin mir sicher, du weißt, warum ich mit euch beiden sprechen wollte."

„Lass es für heute gut sein, Ted!", entgegnete Adam düster. Maggis Vater schüttelte den Kopf. „Es ist lange genug unausgesprochen geblieben. Ich möchte nicht …"

„Es tut mir leid", wandte die Krankenschwester ein. „Aber Sie müssen jetzt gehen. Mr Fennell regt sich zu sehr auf." Sie warf einen entschuldigenden Blick auf die Monitore. „Vielleicht später noch einmal", fügte sie hinzu und sah Maggi und Adam bittend an.

„Aber ich bestehe darauf, mit meiner Tochter und ihrem Ehemann zu sprechen", sagte Dr. Fennell beharrlich.

„Du kannst noch dein ganzes Leben lang mit Magdalena sprechen. Und ich werde auch nicht weit weg sein", mischte sich Adam ein. „Wir kommen zurück, sobald du wieder in Ordnung bist."

Maggi war immer noch wie erstarrt von der Tatsache, dass ihr Vater Adam als Ehemann bezeichnet hatte. „Und du kommst bestimmt wieder?", hakte Maggis Vater nach.

„Das habe ich doch versprochen." Adam nickte kurz. „Werde schnell wieder gesund! Ich kümmere mich um Magdalena und Maria."

„Danke, Adam!", nahm Dr. Fennell erleichtert an. „Ich wusste, dass ich mich auf dich verlassen kann. Mit zwei dickköpfigen Frauen im Haus kann so manches passieren!" Er musste selber über den kleinen Witz lachen.

Im Wartezimmer kam Maggi langsam zu sich. Mark und ihre Mutter sprachen leise miteinander. Adam ging auf sie zu. „Ted möchte, dass du dich wieder zu ihm setzt. Es ist im Moment besser, wenn nur eine Person bei ihm ist."

„Ich glaube", wandte Mark jetzt ein, „dass ihr Frauen euch mit der Krankenbetreuung abwechseln solltet, sodass immer eine von euch für ein paar Stunden nach Hause gehen kann, um sich auszuruhen."

„Gute Idee, Mark", bemerkte Adam knapp. „Maria, wenn du jetzt bei Ted bleibst, fahre ich mit Magdalena nach Hause. Wir kommen wieder, sobald du eine Pause brauchst."

Obwohl Maggi der Gedanke, noch mehr Zeit mit Adam zu verbringen, nicht gefiel, hielt sie den Plan für sinnvoll. Sie ging auf ihre Mutter zu, die noch etwas unentschlossen wirkte.

„Es ist jetzt vier Uhr, Mama. Ich komme am späten Abend wieder, dann können wir uns abwechseln. Niemand hat etwas davon, wenn du dich vollkommen erschöpfst."

Adam überlegte kurz. „Lass uns lieber Mitternacht verabreden, Magdalena! Dann können wir die restliche Nacht über hierbleiben, und Maria bekommt zu Hause ein paar Stunden Schlaf."

Damit war alles geklärt. Zumindest für Maggis Mutter. „Gut. Mark bleibt bei mir, ja?" Sie nickte kurz und ging zu ihrem Mann ins Zimmer.

„Maggi …"

„Mark, bleib du bei Maria!", fuhr Adam dazwischen.

Die beiden Männer tauschten zornige Blicke aus. „Maggi?", fragte Mark mit sanfter Stimme.

Sie hatte mittlerweile den Eindruck, dass die Welt kopfstand. Ihre Eltern waren ihr bisher unerschütterlich erschienen. Und jetzt musste sie plötzlich einsehen, dass auch sie verletzlich waren.

„Ich fahre Magdalena jetzt nach Hause, Mark. Siehst du denn nicht, dass sie einen Schock erlitten hat?"

Einen Schock? Hatte sie das? Zumindest konnte sie keinen klaren Gedanken mehr fassen … und Adam traf für sie die Entscheidungen.

„Ist in Ordnung, Adam", akzeptierte Mark. Er ging auf Maggi zu und nahm sie in den Arm. „Es wird wieder gut werden, Maggi, du wirst sehen", versicherte er ihr. „Der Infarkt war nicht so schlimm. Kopf hoch!" Er lächelte sie ermutigend an.

Mit verwirrtem Gesichtsausdruck nickte Maggi. „Du bist eine große Hilfe, Mark", sagte sie dankbar.

„Ich bin froh, dass ich hier bin", entgegnete er. „Irgendwie bin ich doch ein Teil der Familie."

Das stimmte. Über die letzten Jahre war Mark für ihre Eltern der Sohn geworden, den sie nie hatten. Maggi wusste, dass ihre Mutter bei ihm in guten Händen war. „Ja, das bist du." Maggi erwiderte seine Umarmung.

„Rührend", bemerkte Adam auf dem Weg zum Parkplatz. Er ging immer noch direkt an ihrer Seite. Aber Maggi war mittlerweile alles egal. Ihr Vater hätte heute sterben können. Wenn Adam nicht so schnell gehandelt hätte …

„Denk nicht mehr an die *Was wäre, wenn*, Magdalena!", riet er, während sie auf den Beifahrersitz seines Range Rovers kletterte. Er ging mit ernster Miene um das Auto herum, schloss die Fahrertür auf und stieg ebenfalls ein.

Maggi beobachtete ihn aufmerksam. Es gab so unendlich viele *Was wäre, wenn* um diesen Mann: Was wäre, wenn sie den Unfall nicht gehabt hätten? Was wäre, wenn sie ihr Kind nicht verloren hätte? Was wäre, wenn man ihr nicht gesagt hätte, dass sie wahrscheinlich keine Kinder mehr bekommen könne? Was wäre, wenn es Sue Castle nicht gegeben hätte? Was wäre, wenn Adam sie wirklich liebte …?

Ihre Augen füllten sich erneut mit Tränen. Maggi fühlte, wie sie ihr heiß auf den Wangen herunterliefen, und ein Schluchzen verfing sich in ihrer Kehle.

„Oh, verdammt!", hörte sie Adam sagen, bevor er sie umschlang und an seinen Brustkorb drückte. „Keine Angst, Magdalena!" Er streichelte ihr Haar auf dem Rücken. „Bitte, hör auf zu weinen! Es tut mir selber weh!", raunte er.

Aber die Tränen waren nicht aufzuhalten. Sie weinte und weinte. Nicht nur um ihren Vater, sondern auch um die Vergangenheit und die Zukunft – eine Zukunft ohne den Mann, den sie einmal so geliebt hatte. Maggi hatte bis zu diesem Moment gedacht, dass für Adam keine Träne mehr übrig war. Sie hatte doch längst alle ausgeweint.

So abrupt, wie die Tränen gekommen waren, so abrupt hörten sie auch wieder auf. Maggi löste sich aus seiner Umarmung, ohne ihn dabei anzusehen, und zog sich tief in den Sitz hinein. Sie hätte bei ihrem Vater im Krankenhaus bleiben sollen.

Schlafen konnte sie jetzt ganz bestimmt nicht. Und auch das Essen und Trinken lehnte sie ab, als Adam ihr zu Hause etwas anbot. Maggi wollte nur die Privatsphäre ihres Schlafzimmers genießen. Sie war wie gelähmt und wusste nicht einmal mehr, was sie tat. Umso mehr ein Grund, allein zu sein …

„Ich werde nirgendwo hingehen, Magdalena", entgegnete Adam auf ihre Äußerung scharf. „Ich habe deinem Vater versprochen, dass ich nachher wieder mit dir zurückfahre."

„Mach, was du willst, Adam!", sagte sie unbekümmert. „Das tust du ja sowieso." Maggi drehte sich um und ging mechanisch die Treppe hinauf.

Kurz darauf vernahm sie Adams Stimme. „Es ist besser, wenn du deine Kleider ausziehst und dich zudeckst."

Sie sah ihn verdutzt an. Dieses war ihr Schlafzimmer! Ihr privater Raum, in dem sie seit der Kindheit gewohnt hatte – außer der gemeinsamen Zeit mit Adam. Maggi erhob sich vom Bett.

„Bleib, wo du bist!", fauchte sie.

Er durchquerte das Zimmer und kam an ihre Seite. „Magdalena …"

„Verschwinde, Adam!" Sie drehte sich von ihm weg und vergrub das Gesicht im Kissen. Jetzt durfte sie nur nicht wieder anfangen zu weinen. Denn diesmal würde sie nicht wieder aufhören …

Die Matratze sank, als sich Adam neben sie setzte und sie wieder in die Arme schloss. „Ich gehe nicht, Magdalena", entgegnete er leise und nachdenklich. „Ich bin schon einmal gegangen, obwohl ich es nicht wollte. Heute lasse ich mich nicht wegschicken." Adam hielt sie noch fester.

Maggi wusste nicht, wovon er sprach, und sie wollte es auch nicht wissen. Seine Körperwärme umhüllte sie, als er sich neben ihr auf das Bett legte. Die Augen hielt sie geschlossen – seine Nähe ließ ihren Körper erstarren. Sie hatte Angst.

„Entspanne dich, Magdalena!", forderte er sie auf. „Was glaubst du, was für ein Mensch ich bin? Ich werde dich nur festhalten, das ist alles. Hast du mich gehört?"

Sie hielt die Augen geschlossen … der Körper blieb starr. Es gab ein *Was wäre, wenn*, das sie bisher aus Angst verdrängt hatte – Was wäre, wenn sie immer noch nach Adam verlangte, so wie sie es in diesem Moment spürte …?

9. KAPITEL

Es war nach Mitternacht, als Maggi erwachte. Sie brauchte ein paar Minuten, um sich zu orientieren und zu begreifen, dass Adam sie mit einem Arm umfasste.

Wann und wie sie in Adams Armen eingeschlafen war, wusste sie nicht; ihre seelische und physische Erschöpfung musste sehr groß gewesen sein.

Seelische Erschöpfung …? Ihr Vater …

„Ich habe schon mit dem Krankenhaus telefoniert." Adams Stimme klang weich durch die Dunkelheit. „Dein Vater ist in stabiler Verfassung, und deine Mutter schläft. Man hat uns geraten, den Besuch ein paar Stunden zu verschieben."

Woher wusste er, dass sie wach war …? „Ich werde trotzdem jetzt gehen."

„Ich habe ihnen erklärt, dass wir sehr wahrscheinlich bald aufbrechen werden."

„Adam, ich habe dir doch gesagt …"

„Hör endlich auf, über Dinge zu diskutieren, die sowieso beschlossen sind!", unterbrach er sie müde. „Ob du es glaubst oder nicht, dein Vater hat mir immer sehr am Herzen gelegen. Ich fahre auf jeden Fall zum Krankenhaus, ob mit dir oder allein."

Maggi hatte keine Kraft, etwas zu entgegnen. Sollte er doch machen, was er wollte. Sein Arm allerdings … Die junge Frau fühlte sich wie gelähmt.

Er stützte sich auf einen Ellenbogen und beugte sich noch näher.

„Du bist so schön, Magdalena", sagte Adam, während er das schwarze, seidene Haar streichelte.

Seine Stimme klang weich und verführerisch. Maggi spürte, wie ihr ganzer Körper in Spannung geriet. „Jetzt bin ich es vielleicht wieder …"

„Du warst immer wunderschön, mein Gott. Magdalena, *du* bist diejenige, die sich verändert hat!"

„Ich hatte ja auch keine andere Wahl."

„Und ob, du hättest der schwarze, freie Vogel bleiben können – du hättest weiterfliegen können!"

„Wie hätte ich denn fliegen sollen, wenn ich noch nicht einmal laufen konnte?" Bei der Metapher des schwarzen Vogels zuckte Maggi zusammen. Es war ein besonderes Bild, das sie nur in sehr intimen Momenten gebraucht hatten.

Adam stand auf. „Ich glaube, dass es besser für dich gewesen wäre, wenn ich mich damals nicht hätte wegschicken lassen und dich ab und an aus deinem Selbstmitleid herausgeschüttelt hätte. Es ist ja schon ein fester Teil von dir geworden."

„Was fällt dir ein?" Ihre Miene verdüsterte sich. „Du hast keine Ahnung …"

„Oh doch! Ich habe durchaus eine Vorstellung davon, was du durchgemacht hast. Ich habe mich nämlich ständig darüber informieren lassen. Allerdings hat mir niemand von dem überdimensionalen Selbstmitleid erzählt, das du – oh nein, Magdalena!" Adam wich geschickt und leicht ihrer Hand aus, die sie ihm mit Kraft in das Gesicht schlagen wollte. „Nein, so nicht", flüsterte er, beugte sich zu Maggi herunter und küsste sie.

Feuer. Glühend heißes Feuer. Jeder kleinste Teil von ihr stand in Flammen. Für Adam. Sie wusste, dass sie diese Explosion ihrer Sinne nur in seinen Armen empfinden konnte.

Ihr Körper reagierte auf Adams Zärtlichkeiten, als hätten sie erst gestern das letzte Mal miteinander geschlafen. Er küsste sie voller Leidenschaft und liebkoste ihr Gesicht und ihren Hals, um dann endlich die Brüste zu umfassen. Spielend leicht fand er den Weg zu ihren gereizten Spitzen.

Maggi verlor die Kontrolle. Sie musste an ihr erstes Mal mit Adam – ihr erstes Mal überhaupt – denken … Wie sanft er in jener Nacht gewesen war! So vorsichtig mit ihrer Unerfahrenheit … Er hatte sie wieder und wieder an den Punkt der Ekstase gebracht, bevor sie ihm ganz gehörte.

Adam war jetzt genauso vorsichtig und doch sehr sicher, als er Stück für Stück Maggis Kleidung auszog, um sich dann selber zu entkleiden. In dem spärlichen Licht schimmerten seine Muskeln und Sehnen wie Gold. Als er sie in voller Nacktheit betrachtete, fragte sich Maggi, ob sie anders auf ihn wirkte als früher … die Operationen hatten Narben hinterlassen. Empfand er sie als störend? Würde er denken, dass …?

Sie atmete hörbar ein, als Adam sich herunterbeugte und jede einzelne Narbe mit Küssen bedeckte. Instinktiv bog Maggi den Körper seinem Mund entgegen.

„Adam …!" Sie stöhnte vor Verlangen, der Körper heiß und feucht, sie wollte Adam in sich spüren – oh, wie sehr sie nach ihm verlangte!

Mit feuchter Zunge fuhr er auf jeder einzelnen Linie der Narben entlang, streichelte ihre Brüste und endlich – endlich küsste er sie so, wie sie es begehrte. Die Welt schien aus den Fugen zu geraten, als eine erneute Flut der Lust ihren ganzen Körper durchströmte.

Erschöpft schnappte sie nach Luft, als Adam in sie kam, sie vollkommen ausfüllte.

„Sieh mich an, Magdalena." Er sprach mit heiserer Stimme, und Magdalena bemerkte erst jetzt, dass sie die Augen fest geschlossen hielt.

Er sah herrlich aus über ihr – schwarzes Haar fiel ihm in die Stirn, die Augen glichen dunklen, unergründlichen Seen, die harten Konturen der Wangen hatten einen roten Schimmer, sein schlanker Hals war angespannt, die breiten Schultern muskulös, und die schwarz gelockten Haare auf seiner Brust glänzten feucht.

„Du sollst sehen, dass ich es bin, der dich liebt, Magdalena", erklärte er rau.

„Was …"

„Ich bin es, Magdalena, Adam", murmelte er undeutlich, und wieder biss er ihr sanft in die Kehle. Jetzt begann er mit langsamen Stößen sich in ihrem Körper zu bewegen, was es Maggi unmöglich machte, klare Gedanken zu fassen.

Ihre Körper passten so gut zueinander … seine langsamen Bewegungen trieben sie an den Rand des Wahnsinns … das stetige Ansteigen ihrer Lust, unaufhaltsam, bis sie außer Kontrolle geriet und …

„Adam, ich kann nicht – Ich – Adam …!" Sie umschlang die starken Schultern, während jeder Teil in ihr explodierte.

„Ja, Magdalena", stöhnte Adam ermutigend. „Schenk es mir, komm … flieg! Flieg!"

Sie hatte geglaubt, dass ihre Lust schließlich befriedigt war, aber Adam brachte sie noch zweimal auf diesen Gipfel, bevor er selber zitternd, mit harten Stößen, die Kontrolle verlor und sie gemeinsam den letzten Moment ihrer Ekstase erlebten.

Fest umschlungen lagen sie beieinander, die tiefen Atemzüge durchdrangen die Stille der Nacht.

Die Realität holte Maggi schnell ein, und sie begann zu weinen. Dieser Mann war der Grund dafür, dass sie damals Marks Gefühle nicht erwidern konnte, und auch dafür, dass sie den Rest ihres Lebens allein verbringen musste, da es nie einen anderen als Adam geben würde.

Die eben erlebte Verschmelzung konnte nicht wiederholt werden. Sobald sie angezogen wären, würden sie sich nichts mehr zu sagen haben.

„Steh noch nicht auf!", stöhnte Adam. „Ich mag es, wenn du meine zweite Hälfte bildest."

Die war sie aber nicht. Maggi schluchzte, und ihr ganzer Körper zitterte vor Kummer.

Adam hob den Kopf, um ihr Gesicht zu sehen. Er berührte mit den Fingern die Tränen und küsste die feuchten Wangen. „Ich würde so gerne glauben, dass dies Tränen des Glücks und der Erleichterung sind, wie sie es früher immer waren, nachdem wir uns geliebt hatten", sagte er mit ebenmäßiger Stimme. „Wir haben doch nichts falsch gemacht, Magdalena. Ich bin immer noch dein Ehemann; du bist immer noch meine Frau."

„Und du hast Celia. Und ich habe Mark." Zum zweiten Mal bat sie Mark und Andrea innerlich um Verzeihung.

Adams Augen glänzten. „Hat Mark also sein Gift verstreut, ja?", brummte er.

„Mark?" Maggi runzelte die Stirn. „Ach, du glaubst, wegen Celia Mayes! Nein, er hat gar nichts über sie erzählt."

Adam war sich damals wohl nicht darüber im Klaren gewesen, *wie* fest entschlossen diese andere Frau gewesen war, eine gemeinsame Karriere mit ihm zu machen. Oh nein, sie hatte nicht den Fehler gemacht, Sues Motivation und Tatkraft zu unterschätzen. Und trotzdem war Adam derjenige gewesen, der ihren Eheschwur gebrochen hatte.

Adam hielt sie fest an den Schultern. „Wer hat dann diese bösen Gerüchte verbreitet?", fragte er nachdrücklich.

„Niemand", antwortete sie ungeduldig. „Ich habe das Gespräch zwischen Mark und dir mit angehört, als wir in Celias Haus waren." Maggi war die körperliche Nähe zu Adam während dieser Unterhaltung unangenehm geworden.

„Ich habe ein sehr herzliches Verhältnis zu beiden, zu Celia *und* Geoffrey. Außerdem bin ich Patenonkel von beiden Kindern – ich bin verrückt nach den zwei Jungs …"

„Ich will das nicht hören!" Sie löste sich aus der Umarmung und schob ihn von sich. „Dein Leben geht mich nichts an", erklärte Maggi kühl. Hastig griff sie nach dem Morgenmantel und knotete ihn zu, bevor sie Adam wieder ansah.

Er war so schön, goldene Muskeln, ein kräftiger, energievoller Körper. Sie verschloss die Augen – und ihr Herz – vor der Wirkung dieses Körpers. „Ich muss zurück zum Krankenhaus."

„Warum denn plötzlich diese Wendung?", fragte Adam rau.

Unbekümmert zuckte Maggi mit den Schultern. „Eine ganz normale Reaktion, wenn man sich am Rande des Todes bewegt hat."

„Das akzeptiere ich nicht!", entgegnete Adam aufgebracht, während er sich vom Bett erhob. „Das eben hatte nichts mit dem Tod zu tun. Es war pures Leben!"

„Genau", stimmte sie zu. „Die Menschen benutzen Sex ständig als einen Beleg für unsere Unsterblichkeit."

„Nur, dass das eben kein Sex war, Magdalena", sagte er zärtlich. „Wir haben uns geliebt. Das war wunderbar orchestrierte, ungebrochene Liebe."

Sie erstarrte bei seinem letzten Satz. Das klang zwar schön, aber seine Partnerin verletzen, das konnte er auch gut. „Du lebst in einer Traumwelt, Adam, wenn du das glaubst." Sie versuchte, den Schmerz zu verdrängen. „Es war ziemlich guter Sex! Und wenn Mark mich nach Hause gefahren hätte, würden du und ich nicht einmal dieses Gespräch miteinander führen!"

Adam war unheimlich still geworden. Nach einer Weile sagte er: „Willst du damit behaupten, dass Mark in deinem Bett gelegen hätte, wenn er dich nach Hause gebracht hätte?"

„Genau das wollte ich sagen", antwortete Maggi lapidar. „Jetzt entschuldige mich bitte, ich muss noch duschen, bevor ich ins Krankenhaus fahre!"

Auf dem Weg ins Badezimmer erwartete sie mit jedem Schritt, dass Adam die Arme um ihren Körper legen würde, um ihr zu sagen, dass sie nicht bloß einem Urinstinkt gefolgt wären, wie es Maggi behauptet hatte, sondern sich wirklich geliebt hätten.

Aber sie erreichte ungestört das Bad. An der Tür wagte sie einen Blick in das Schlafzimmer. Adam hatte ihr den Rücken zugewandt und saß zusammengesunken auf der Bettkante – die Schultern waren nach vorne gebeugt und der Kopf gesenkt.

Einen Augenblick lang taten ihr die harten Worte leid, die sie über ihr gemeinsames Erlebnis gesagt hatte. Sie zögerte. Dann verwarf Maggi entschlossen ihre Bedenken. Würde sie akzeptieren, dass sie sich wirklich geliebt hatten, wäre ihr mühsam aufgebauter Schutz zunichtegemacht sein. Und ohne ihn mochte sie nicht leben.

Fest schloss Maggi die Badezimmertür hinter sich und schob den Riegel sorgfältig davor. Sie fürchtete nicht, dass Adam ihr folgen würde – jetzt nicht mehr. Aber sie brauchte die Wand und den Riegel zwischen ihnen, um sich selber wieder verschließen zu können.

Wasser rann über ihren Körper und wusch das Gefühl und den Geruch von Adam herunter. Maggi bemühte sich, die in ihr aufsteigenden Tränen zurückzuhalten. Wenn sie jetzt anfinge zu weinen, könnte sie nicht mehr aufhören.

Adam war bereits fertig angezogen, als sie nach zwanzig Minuten die Treppe herunterkam. Sie hatte sich bequeme schwarze Jeans und einen hüftlangen, dunklen Pullover angezogen und ging schweigsam in die Küche.

Ohne sie anzublicken, schenkte er ihr einen Becher frisch gekochten Kaffee ein. Adam hatte sich vollkommen distanziert und in sich zurückgezogen. Sein Gesicht glich einer undurchdringlichen Maske. Es gab keine Gefühle mehr zwischen ihnen.

„Vielleicht ist es besser, wenn du jetzt ins Krankenhaus fährst. Ich bringe dich hin, sobald du fertig bist." Adam hatte das Schweigen gebrochen. Seine Stimme klang kühl und unnahbar.

Er blickte sie nicht an, sondern starrte auf die Kacheln der Küchenwand hinter ihrer Schulter. Adam konnte sie also nicht einmal mehr ansehen …!

„Vielleicht sollte ich allein fahren …"

„Ja, das wäre wahrscheinlich besser!", fiel er ihr heftig ins Wort. „Ich werde dich doch sowieso bloß verärgern!"

Dieser Mann war nicht derselbe, mit dem sie eben geschlafen hatte. Er war so weit weg.

Aber genau das hatte Maggi sich ja gewünscht. Sie wollte ihn von sich fernhalten, soweit es irgend ging! Eine Sache gab es da allerdings noch … „Ich dachte, mein Vater wollte dich sprechen?"

Bei diesen Worten verdüsterte sich seine Miene. Empfand er Schmerz? Zorn? Sie konnte es nicht ausmachen, denn sofort hatte sich Adam wieder unter Kontrolle.

„Es ist nichts Wichtiges", erklärte er gelassen. „Ja, du könntest genau das deinem Vater ausrichten – *es ist nicht wichtig*. Nur das." Adam schien gerade eine Entscheidung getroffen zu haben. „Er wird es sicherlich verstehen", fügte er noch hinzu und begann wie ein gefangenes Tier in der Küche auf und ab zu gehen.

Maggi verstand nicht, was er damit meinte. Aber in dieser Situation würde sie auch keine Erklärung bekommen. Jedes Wort, das er an sie richtete, schien ihm Mühe zu machen. Je eher sie sich trennten, desto besser.

Und trotzdem … „Es schien Papa aber wichtig gewesen zu sein."

„Überbring ihm einfach die Nachricht, verdammt!" Adam blieb abrupt stehen. „Ich habe dir doch gesagt, dass er es verstehen wird."

Maggi sah ein, dass sie von ihm keine Antwort bekommen würde. „Ich verstehe nicht, warum Papa gestern überhaupt zu dir gefahren ist." Maggi schüttelte langsam den Kopf.

„Da gibt es nichts zu verstehen", entgegnete Adam kühl. „Er war ebenso aufgebracht wie du über die Zeitungsberichte an dem Morgen. Wahrscheinlich dachte er auch, dass ich dafür verantwortlich bin, und wollte versuchen, mich von dir fernzuhalten. Mehr kann ich dir auch nicht sagen. Dein Vater brach zusammen, bevor er zur Sache gekommen war."

„Verstehe …", antwortete Maggi ruhig, obwohl sie sich nicht sicher war, ob Adam die Wahrheit sagte. Aber es machte Sinn … Ihr Vater war über die Zeitungsberichte sehr verärgert gewesen, und sein Beschützerinstinkt war schon immer ein ausgeprägter Wesenszug von ihm. Trotzdem war es merkwürdig, dass er überhaupt wusste, wo Adam zu finden war …

Grimmig schüttelte Adam den Kopf. „Ich glaube nicht, dass du verstehst. Und ich habe mich auch schon beinah daran gewöhnt, dass du nicht ein Wort von dem glaubst, was ich sage – nicht einmal die Geschichte mit den Fotos – ich kann es nur wiederholen: Ich habe nichts mit dem Fotografen zu tun! Außerdem bin ich an dem Tag ebenso von Reportern belästigt worden wie du." Adam verzog das Gesicht. „Aber auch das musst du mir nicht glauben …"

„Ich glaube dir." Maggi war durch sein heftiges Auftreten verunsichert. Seit ihrer provokanten Äußerung in Bezug auf Mark war er ernsthaft verärgert. Aber was hätte sie sonst sagen sollen? – Etwa eingestehen, dass sie seit Adam mit keinem Mann mehr etwas anfangen konnte – geschweige denn das Bett teilen? So hilflos wollte sie sich nicht vor ihm zeigen.

Auch wenn es der Wahrheit entsprach …

Genauso, wie es der Wahrheit entsprach, dass sie vor wenigen Stunden ein unendliches Verlangen spürte, als Adam sich neben sie gelegt hatte.

„Ich nehme an, das soll mich zufriedenstellen – aber das tut es nicht!" Adam machte eine kurze Pause, bevor er schnippisch hinzufügte: „Du wirst den Plattenvertrag bekommen. Wenn beide von uns ablehnen, gemeinsam zu arbeiten, bekommst du den Solovertrag." Seine Augen glänzten feurig.

Maggi verzog das Gesicht. „Soll das heißen, dass du ablehnen wirst?"

Er presste die Lippen zusammen. „Möchtest du es schwarz auf weiß haben – mit Unterschrift und Siegel?"

Sie konnte nicht glauben, dass Adam aufgab. Sie konnte sich nicht daran erinnern, dass er jemals klein beigegeben hatte.

„Ich sehe dir an, dass du es willst!", explodierte Adam, ohne auf Maggis Antwort zu warten. Er suchte mit rastlosem Blick die Küche nach etwas zu schreiben ab, woraufhin er sich den Notizblock schnappte, der neben dem Kühlschrank lag. „Bitte, das sollst du haben!" Eilig kritzelte er etwas auf das Papier, unterzeichnete es und drückte Maggi den Zettel in die Hand.

„Vielleicht ist es kein legales Dokument, aber ich stehe zu meinem geschriebenen Wort."

Mit zitternden Händen hielt sie das Papier zwischen den Fingern. Sie hatte nicht den Mut, seine Zeilen zu lesen. Verächtlich wiederholte er die Worte. „Der Text bestätigt, dass ich aus deinem Leben treten werde, Magdalena – sowohl privat als auch beruflich. Sobald ich dieses Haus verlasse, tritt das Versprechen in Kraft. Aber vorher …" Er durchschritt den Raum, der zwischen ihnen lag, machte abrupt vor Magdalena halt und zog sie fest in die Arme. „Du bist ein Dummkopf, Magdalena", sagte er. „Ein feiger Dummkopf!"

Sie öffnete den Mund, um gegen die Beschimpfung zu protestieren. Aber bevor sie etwas sagen konnte, spürte sie Adams Mund auf ihrem. Es war ein harter, besitzergreifender Kuss.

Jetzt verstand sie den Unterschied, von dem er vorhin gesprochen hatte. Es war also doch kein Sex gewesen … Sie hatten zärtlich miteinander geschlafen.

Sollte das heißen, dass Adam sie liebte …?

10. KAPITEL

*M*aggi war völlig benommen, als Adam endlich den Kopf hob und sie ihn anstarrte.

„Keine Panik, Magdalena!", beruhigte er sie und drückte seine Fingerknochen vorsichtig auf ihre Wange. „Kopf hoch! Du hast allen Grund zur Freude", fuhr Adam verbittert fort. „Du bist mich los. Ich bin fort von hier, fort aus deinem Leben, aus deiner Karriere und aus der Ehe." Kraftlos fuhr er sich durch das dichte Haar. „Ich werde deine Scheidungspapiere unterschreiben. Dann sind wir beide frei."

Maggi begriff nicht recht. Irgendetwas war hier falsch. Vollkommen falsch!

„Komm nur nicht auf die Idee, mich zu deiner Heirat einzuladen, wenn es so weit ist! Auch wenn ich zur Familie gehöre. Unter gegebenen Umständen wäre das etwas geschmacklos. Ich schicke euch beiden eines der vielen Salatbestecke, die ihr sowieso bekommen und nie benutzen werdet. Aber tanzen – geschweige denn singen! – werde ich auf deiner Hochzeit nicht."

Adam sprach von ihrer Heirat mit Mark. Er war Marks Cousin und gehörte daher zur Familie. Aber es würde nie eine Hochzeit mit Mark geben. Zumindest nicht mit ihr als Braut.

Adam verschwand aus ihrem Leben – wie sie es gewollt hatte. Die Qual, ihm zu begegnen, war vorbei … Endlich frei von ihm!

Aber warum brach sie dann nicht in Jubelstürme aus? Maggi fühlte sich wie erfroren.

Adam gab ein verbittertes Lachen von sich und ging zur Tür. „Ich verschwinde jetzt besser. Nachdem ich dich sprachlos gemacht habe, ist der Zeitpunkt vielleicht günstig."

Maggi war nicht zum Lachen zumute. Im Gegenteil.

„Was hast du gesagt?" Adam war bereits an der Tür angelangt, als er sich umdrehte.

Wahrscheinlich hatte sie wieder einmal laut gedacht. Sie wiederholte die Worte, dieses Mal sprach Maggi deutlicher: „Ich werde Mark nicht heiraten."

„Ach, ihr heiratet nicht?" Adam nickte verständnisvoll. „Das kann ich gut verstehen. Es ist so schwer, heutzutage aus einem Vertrag wieder herauszukommen. Und deine Eltern haben wahrscheinlich auch genug."

„Du verstehst mich nicht." Aber Maggi verstand selber nicht mehr. Was hatte sie davon, Adam die Situation zu erklären? Weshalb sollte sie ihm erzählen, dass Mark ihr immer ausschließlich ein guter Freund gewesen sei und dass er in naher Zukunft eine andere Frau heiraten würde? Adam liebte sie nicht, sonst würde er nicht in die Scheidung einwilligen. Es hatte also keinen Sinn.

Adam schnitt eine Grimasse. „Das will ich auch gar nicht mehr, Magdalena. Für einen Moment habe ich … ach, Unsinn!" Er schüttelte den Kopf. „Werde glücklich, liebe, lebe dein Leben! Du hast es verdient."

Er war fort. Einfach so. Und der luftleere Raum, den er hinterließ, konnte nie wieder gefüllt werden. Im Leben nicht …

Ihre Eltern schliefen beide noch, als sie im Krankenhaus ankam. Die Krankenschwester versicherte ihr, dass alles in Ordnung sei, bevor Maggi, in der Hoffnung, Mark zu finden, das Wartezimmer betrat. Er sah sie an, dann ließ er seinen Blick instinktiv hinter sie schweifen.

„Adam ist nicht hier", beantwortete Maggi die noch nicht gestellte Frage und setzte sich erschöpft neben ihn.

Mark hob die Augenbrauen. „Kann er keinen Parkplatz finden?"

„Ich bin selber gefahren." Es erschien ihr seltsam, alles um sie herum wirkte undeutlich, und sie konnte sich an nichts erinnern. Maggi wusste nicht einmal, ob sie den BMW überhaupt irgendwo geparkt hatte …

Einen Moment lang sah Mark sie nur an. Dann nahm er ihre Hand, die auf ihrem Oberschenkel ruhte. Er bemerkte die dunklen Schatten unter ihren Augen und sah, wie blass sie war. „Was ist passiert, Maggi?", fragte er sanft.

Sie presste fest die Augen zusammen, um den Tränenfluss zu unterdrücken. Trotzdem waren ihre Wimpern mit Tropfen behangen, als sie wieder zu Mark aufblickte.

„Oh Maggi, Liebes!", seufzte er, bevor Mark die Arme um sie legte und Maggis Körper durch das Schluchzen erzitterte. Der Tränenfluss war nicht aufzuhalten. „Dieser elende, selbstsüchtige …"

„Du verstehst nicht, Mark … Adam und ich, wir … ich habe …"

„Ich verstehe sehr gut, Maggi", erwiderte Mark. „Mein lieber Cousin hat sich in seinem Egoismus wieder einmal alle Ehre gemacht. Nicht mehr und nicht weniger!"

„Er ist fort, Mark." Sie hob den Kopf, um ihn anzusehen. „Er ist für immer gegangen", fügte sie mit zitternder Stimme hinzu. „Adam hat in meinen Solovertrag und in die Scheidung eingewilligt, und er hat sich für immer verabschiedet."

„Dann verstehe ich nicht – Maggi?" Mark drückte sie fest an sich. „Du liebst ihn immer noch?"

Er war kurz davor, den Glauben zu verlieren – und das zu Recht. Maggi konnte es selber kaum fassen. Sie liebte Adam, und sie würde es immer tun.

„Maggi, manchmal spielt uns unsere Fantasie einen Streich. Du darfst dich nicht von diesem Erlebnis in die Irre führen lassen", erklärte er. „Du und Adam, ihr seid auf körperlicher Ebene immer – sehr temperamentvoll und explosiv gewesen. Glaub nicht, dass dein Erlebnis von letzter Nacht etwas anderes gewesen ist!"

Sie ließ sich nicht in die Irre führen. Die Gefühle dieser Nacht konnte man nicht missverstehen. „Keine Sorge, Mark!" Sie lächelte mit Tränen in den Augen. „Es wird mich nicht zerbrechen. Oder hast du jemals erlebt, dass mich etwas in Stücke reißt?"

Er verzog das Gesicht. „Das letzte Mal fehlte zumindest nicht viel."

„Aber seitdem habe ich es weit gebracht. Jetzt kann ich meine Karriere in Ruhe fortsetzen", antwortete Maggi verärgert. „Wir haben es uns hart erarbeitet."

Mark nickte. „Ich wünschte nur, du würdest dabei etwas glücklicher aussehen."

„Sobald mein Vater wieder zu Hause ist, werde ich auch wieder fröhlicher sein." Maggi wusste, dass sie die Tür zu Adam in sich ganz schließen musste. Das war für sie der einzige Weg, mit der Sache umzugehen.

Unglücklicherweise war die erste Bemerkung, die ihr Vater kurz nach dem Aufwachen machte, dass Adam nicht mitgekommen sei, obwohl sie es verabredet hätten. „Warum bist du allein hergefahren? Adam hatte versprochen zu kommen", sagte er vorwurfsvoll.

„Papa, Versprechen hin oder her! Für Adam ist kein Platz in unserem Leben!", entgegnete Maggi aufgebracht. Sie war von der Bettseite aufgestanden. „Adam und ich haben miteinander geredet und beschlossen, dass jeder seinen eigenen Weg gehen muss. Er hat sogar der Scheidung beigestimmt", fügte sie abschließend hinzu.

Ihr Vater fiel zurück in das Kissen. „Das kann ich nicht glauben", murmelte er verwirrt.

Maggi ging zurück an sein Bett. „Dir bleibt nichts anderes übrig. So ist es nun einmal." Jetzt nahm sie die Hand ihres Vaters. „Bitte, lass uns das Thema endlich abschließen!"

Trotzdem schien ihr Vater nicht überzeugt. „Fühlt Adam genauso?"

„Ich habe dir doch gesagt, dass er in die Scheidung einwilligt."

„Aber habt ihr beide wirklich miteinander gesprochen ... ich meine richtig? Über alles?" Er drückte Maggis Hand fester.

Wenn sie noch lange über Adam sprächen, würde sie erneut in Tränen ausbrechen.

„Was auch immer du meinst, es gehört der Vergangenheit an", erklärte sie ruhig. „Drei Jahre waren lange genug, Papa. Zwischen uns gibt es keinerlei Gefühle mehr." Außer meiner Liebe für ihn, dachte Maggi voller Schmerz, und dem heißen Verlangen, das sie immer noch in sich spürte. Obwohl Mark recht hatte – Adams und ihre Beziehung war schon immer voller erotischem Feuer gewesen. Aber zu einer Partnerschaft gehörte mehr als das. Leider empfand Adam nicht mehr als nur körperliche Anziehungskraft.

Ungläubig blickte Dr. Fennell seiner Tochter in die Augen. „Liebst du ihn wirklich nicht?"

„Kein Stress, keine Anstrengung, keine Aufregung ...", wiederholte sie die Worte des Arztes.

Maggi schluckte hart. Sie zwang sich zu einem Lächeln. „Ich liebe ihn nicht. Vielleicht habe ich es nie getan. Immerhin war ich bei unserer Hochzeit noch sehr jung."

„Aber, Maggi ..."

„Papa, ich habe vor fünf Jahren einen Fehler gemacht. Aber ich werde nicht den Rest meines Lebens dafür bezahlen." Ermutigend drückte sie seine Hand. „Mit der Scheidung kann das Kapitel endgültig geschlossen werden."

Schließlich seufzte er resigniert, da seine Tochter sehr entschlossen schien. „Wenn du meinst, dass es das Richtige für dich ist ...?"

„Ja, da bin ich mir ganz sicher", erklärte Maggi energisch.

Sie hielt es für das Beste, nicht mehr über Adam zu sprechen und auch nicht an ihn zu denken. Wie sie es gerade ihrem Vater deutlich erklärt hatte: Dieses Kapitel ihres Lebens war endgültig beendet.

Während der folgenden zwei Wochen hatte es den Anschein, als wäre es wirklich so. Die Gesundheit ihres Vaters hatte sich verbessert, so-

502

dass er aus dem Krankenhaus entlassen wurde. Es war ein glücklicher Tag für die Familie.

Die Plattenfirma nahm tatsächlich Kontakt mit ihr auf und machte Maggi das lang ersehnte Angebot für ihr Soloalbum. Die ersten Aufnahmen sollten schon in der kommenden Woche beginnen. Adam schien sein Wort zu halten! Den Zettel, den Adam in der Nacht geschrieben und unterzeichnet hatte, verwahrte sie in der hintersten Ecke der Schlafzimmerkommode. Eines Tages wäre sie vielleicht in der Lage, den Text durchzulesen, obwohl Maggi sich sicher war, dass sich vor ihrem inneren Auge die gesamte Szene erneut abspielen würde …

Auch die Scheidungspapiere waren mittlerweile angekommen. Die Dokumente waren der einzige Kontakt, der sie noch mit Adam verband. Maggi konnte einen bitteren Beigeschmack nicht leugnen, als sie die Papiere erhielt. Immerhin hatte sie einen Großteil ihrer Jugend als Adams Frau verbracht.

Es schmerzte Maggi, als sie nach ihrem ersten Auftritt in einer Fernsehshow keine rote Rose geschickt bekam. Adam hatte sich wirklich vollkommen aus ihrem Leben zurückgezogen.

Obwohl es ihr Wunsch war, empfand sie eine gewisse Leere.

Aber es dauerte nicht lange, bis Maggi in sehr viel Arbeit eingebunden war. Und wenn sie abends aus dem Tonstudio in ihr Londoner Hotel zurückkam, reichte die Kraft gerade noch aus, um etwas zu essen, bis sie vollkommen erschöpft ins Bett fiel.

Mark hatte als ihr Manager ebenfalls reichlich Interviewtermine zu bewältigen.

„Du siehst erschöpft aus, Maggi", bemerkte Andrea eines Abends. Mark und Andrea begleiteten sie zu einem der Fernsehstudios, wo Maggi ein Interview geben sollte. „Ich habe schon zu Mark gesagt, dass er dir zu viel abverlangt." Sie warf ihrem Verlobten einen vorwurfsvollen Blick zu. Andrea war groß, hatte lange Beine und lange, rote Haare. Ein paar Sommersprossen nahmen dem sonst sehr klassischen Gesicht die Ernsthaftigkeit.

Maggi empfand die Arbeit im Moment wirklich als sehr anstrengend. Seit Tagen quälte sie sich aus dem Bett! Morgens war es noch dunkel und ihr Bett so warm … Aber sobald sie heute diese wenigen Stunden im Fernsehstudio hinter sich gebracht hatte, würde sie das tun, wonach sie sich schon den ganzen Tag sehnte – zurück ins Bett kriechen und schlafen!

„Die Show dauert ja nicht lange", nahm sie Mark in Schutz. Sie wusste, wie viele Gedanken sich Andrea um ihre Patienten machte – sogar um die ehemaligen. „In ein paar Wochen wird das Album fertig sein. Dann habe ich etwas mehr Ruhe."

Als Andrea die Augenbrauen zusammenzog, fuhr Maggi fort: „Konzentriere du dich lieber auf eure Hochzeitsfeier! Es gibt sicher noch genug zu erledigen."

Mark stoppte den Wagen vorm Studio. „Ich werde mir ein Taxi zurück ins Hotel nehmen. Habt vielen Dank, und genießt euer Abendessen!"

Andrea machte ein besorgtes Gesicht. „He! Ich bin nicht mehr deine Patientin!", beruhigte Maggi sie lachend. „Und wenn du so weitermachst, weigere ich mich, deine Brautjungfer zu sein!"

Die beiden Frauen waren mittlerweile enge Freundinnen geworden. „Maggi, du hast stark abgenommen und bist häufig sehr blass."

„Die Fernsehkameras lassen einen immer dicker erscheinen, als man ist. Da ist es vielleicht ganz gut, dass ich etwas dünner geworden bin. Und für die Gesichtsfarbe gibt es ja die Maskenbildnerin. Also, vergesst die Hochzeitsvorbereitungen für eine Weile und genießt den Abend!"

Mark verdrehte die Augen. „Der Pfarrer kann es immer noch nicht glauben, dass Maggi Fennell Brautjungfer sein wird. Er wird wahrscheinlich vor Entsetzen alles falsch machen und den Tag vollkommen ruinieren!"

Maggi lächelte immer noch, als sie das Studiogebäude betrat. Gelassen ging sie zur Maske – eine halbe Stunde blieb ihr noch, bis sie sich den Fernsehkameras stellen musste.

Aber etwas Unvorhergesehenes machte es Maggi unmöglich, sich weiterhin zu entspannen. Auf einem der Stühle in der Maskenbildnerei saß Celia Mayes!

Maggi war ihr vorher nie begegnet, hatte aber schon mehrere Filme mit ihr gesehen. Celia Mayes war auch in natura sehr attraktiv – und vor allem war sie Adams letzte Geliebte …

„Maggi Fennell, nicht wahr?", sagte sie freundlich und sah Maggi mit ihren strahlendblauen Augen an.

Celia Mayes wusste, wer sie war. Vielleicht ahnte sie, dass Maggi von ihrer Affäre mit Adam wusste. Was sagte man also zu der Geliebten seines Ex-Ehemannes …?

Sie räusperte sich. „Äh ... ja", bestätigte sie mit dünner Stimme.

Die andere Frau nickte. „Ich mag Ihre Musik."

Maggi hatte im Moment keine Lust, mit Celia Mayes freundliche Konversation zu betreiben. Genau genommen wollte sie überhaupt nicht mit ihr reden, weder jetzt noch zu einer anderen Zeit!

„Danke!", antwortete sie knapp. Mit einem Mal spürte Maggi, wie erschöpft sie eigentlich war. Und dieses war nun noch der Gipfel!

„Ich kenne Adam, sogar sehr gut." Celia lächelte die Maskenbildnerin offen an, die gerade ihre Arbeit beendet hatte. „Danke, Joanne!"

Maggi wurde starr. „Das glaube ich gerne." Warum ging Celia nicht? Ihr Make-up war doch jetzt fertig!

Joanne begann nun, Maggis Gesicht für die Kamera vorzubereiten, und somit war sie Celia, die das Gespräch offenbar fortsetzen wollte, wehrlos ausgeliefert. „Mein Mann Geoffrey ist auch sehr eng mit ihm befreundet", erzählte sie unbekümmert.

Adam hat kein Recht, sich in diese Ehe einzumischen, besonders nicht, weil kleine Kinder mit betroffen sind, dachte Maggi.

Ihr Blick wurde hart. „Auch *das* weiß ich", antwortete sie.

Einen Moment lang sah Celia sie ernst an. „Ich frage mich, was Sie noch alles zu wissen glauben ...?"

„Fünf Minuten, Miss Mayes." Ein Junge öffnete die Tür und verkündete mit wichtiger Miene die Zeitangabe.

„Danke schön!" Celia lächelte ihn warmherzig an, bevor sie sich wieder Maggi zudrehte. „Leider muss ich jetzt gehen, aber vielleicht haben Sie Lust, nach der Show etwas mit mir zu trinken?", bot sie an. „Kaffee", ergänzte sie schnell, als sie sah, dass Maggi ablehnen wollte. „Ich trinke kaum noch Alkohol, seit ich Mutter bin. Wissen Sie, es ist am schönsten, wenn ich zu hundert Prozent für die Kinder da bin, ohne jede Einschränkung."

Trotzdem gefährdete sie das Glück ihrer Kinder durch eine Affäre mit Adam!

Maggi hatte keine Lust, diese Frau nach der Show zu treffen; sie wollte von ihrer Lebensgeschichte nichts wissen!

„Also, ich muss jetzt gehen." Celia Mayes erhob sich elegant. Das schwarze Kleid betonte den schönen Körper. „Aber ich warte nach dem Auftritt." Sie warf mit ihrer typischen Geste das glänzende, blonde Haar zurück und verschwand.

Maggi war von der Begegnung noch ganz benommen. Man hatte sie nicht davon unterrichtet, wer noch zur Show eingeladen sei. Aber es hätte allerdings auch schlimmer kommen können: Adam wäre bestimmt ein beliebter Gast gewesen!

Der Auftritt ging schnell vorüber. Maggi konnte sich kaum an die eigenen Worte erinnern oder daran, dass sie zum Schluss eines ihrer Lieder gesungen hatte, wofür der Gesprächsleiter mehr als dankbar gewesen war.

Die ganze Zeit über musste Maggi an Celia Mayes denken. Was war der Grund dafür, dass sie nach der Arbeit mit ihr etwas trinken wollte? Warum spürte diese Frau ein so großes Bedürfnis, mit ihr über die Affäre mit Adam zu reden? Gab es der Schauspielerin auf eine perverse Art Befriedigung, Maggi von ihrer Eroberung zu berichten? Was der Grund auch war, Maggi wollte ihn nicht wissen.

Celia Mayes wartete in der Eingangshalle auf sie und blätterte in einer Zeitschrift. Als sie Maggi kommen sah, stand sie sofort auf und lächelte. „Geschafft?"

„Sehen Sie, Miss Mayes ..."

„Ich heiße Celia", sagte die andere Frau bestimmt, während sie Maggis Arm griff. „Nur auf einen Kaffee, Magdalena", sagte sie, während sie gemeinsam in die Dämmerung hinaustraten.

Maggi löste sich abrupt von ihr. „Mein Name ist Maggi", bemerkte sie schnippisch. Sie wusste sehr genau, von wem Celia den vollen Namen gehört hatte! „Ich glaube nicht, dass wir ..."

„Im Gegenteil – Maggi", antwortete die andere Frau weich. „Ich glaube, du denkst viel zu viel", entgegnete sie rätselhaft. „Mein Auto steht da drüben." Sie führte Maggi zu einem hellblauen Mercedes. „Ach, komm schon!", ermutigte Celia die zögernde Maggi. „Ich beiße nicht. Was hast du denn zu verlieren?"

Nichts. Es war ja alles schon verloren. Adam. Ihre Heirat. Das Glück ihres Lebens.

Maggi stieg in das Auto. Während der Fahrt hielt sie die Lippen starrköpfig aufeinandergepresst und blickte auf den Gegenverkehr.

„Ich hoffe, es macht dir nichts aus, wenn wir den Kaffee bei mir zu Hause trinken", brach Celia das Schweigen. „Es ist nur – Geoffrey ist zurzeit unterwegs, und ich habe die Kinder mit einem Babysitter zu Hause gelassen, was ich eigentlich nicht sehr gerne mag."

„Ich dachte, du lebst in Nordengland?", fragte Maggi grimmig. Sie erinnerte sich noch sehr gut an das Haus.

Die andere Frau nickte. „Wir pendeln zwischen dem Haus dort und der Stadtwohnung hin und her. Ach, natürlich", sie warf Maggi einen Blick zu, „du bist in dem Haus gewesen, stimmt's?"

„Es war nur ein kurzer Besuch", gestand Maggi.

„Wie gesagt, die Jungs sind im Moment mit mir in London. Ich habe keine Tagesmutter für sie. Es hat so lange gedauert, bis ich endlich Kinder bekam, dass ich nicht die Absicht habe, sie von jemand anderem großziehen zu lassen", fügte Celia nachdenklich hinzu.

Die Schauspielerin kam Maggi immer rätselhafter vor. Sie sprach mit so offener Herzlichkeit von ihrem Mann und den Kindern, dass Maggi Schwierigkeiten hatte, sie nicht zu mögen. Natürlich wollte sie die Frau verachten, die zurzeit mit Adam das Bett teilte!

„Ich mache mir keine Gedanken um den Kaffee", erklärte Maggi kühl.

„Eigentlich hast du recht. Vielleicht haben wir uns nach den anstrengenden Kameraaufnahmen etwas Stärkeres verdient!" Celia grinste, als sie Maggis irritierten Gesichtsausdruck sah. „Ob du es glaubst oder nicht, ich habe mich bis heute nicht an die Dinger gewöhnt. Geoffrey ist immer wieder erstaunt, dass ich den Job überhaupt ausüben kann, denn ehrlich gesagt mag ich die Auftritte nicht besonders. Aber der neue Film braucht zur Unterstützung ein wenig Medienrummel." Celia zuckte mit den Schultern. „Und du?"

„Ich?" Maggi verwirrte der schnelle Themenwechsel.

„Warum bist du heute Abend in der Show gewesen? Adam dachte, dass es mit deinem neuen Album zu tun hatte. Stimmt das?"

Maggi wurde steif, als diese Frau so einfach Adams Namen in den Mund nahm. Es war klar, dass man Celia auch nicht von dem gesamten Programm der Show informiert hatte. Daher musste sie also tatsächlich mit Adam darüber gesprochen haben!

„Ja, das stimmt", antwortete sie distanziert.

„So, da sind wir", erklärte Celia freundlich, als sie den Wagen in eine Tiefgarage fuhr. „Ich hätte die Jungs gerne noch gesehen, aber wahrscheinlich schlafen sie schon fest."

Das passte Maggi gut. Sie hatte nicht den Wunsch, die beiden kleinen Kinder dieser Frau zu treffen. Eigentlich wusste sie überhaupt nicht, was sie hier zu suchen hatte. Sie fühlte sich wie von einer Dampfwalze überrollt. Maggi sah Celia missbilligend an, während sie im Fahrstuhl nach oben fuhren. Sie war viel mehr als nur die charmante Frau, die sie nach außen hin spielte!

„Schau nicht so beunruhigt, Maggi!" Celia lächelte, während sie das Appartement betraten. „Ich dachte, es wäre einfach nett, wenn wir einen Drink zusammen nähmen und uns ein bisschen näher kennenlernten."

Was um alles in der Welt sollte der Sinn daran sein, wenn sich Adams Ex-Frau und seine derzeitige Geliebte näher kennenlernten?

„Es ist alles still", flüsterte Celia. Sie legte leise die Autoschlüssel auf den kleinen Tisch im Flur. „Ein Wunder!"

Maggi hatte noch immer den Eindruck, dass sie unter anderen Umständen diese Frau sehr sympathisch finden würde. Sie war schön, charmant und witzig. Maggi musste sich von Zeit zu Zeit daran erinnern, dass sie ein Verhältnis mit Adam hatte und gleichzeitig eine verheiratete Frau mit zwei Kindern war!

„Komm herein!", bat Celia. „Ich zeige dir nur eben die Wohnung, bevor ich nach den Zwillingen sehe."

Maggi folgte ihr, obwohl sie sich immer noch weit weg von hier wünschte. Sie wollte unbedingt nach dem einen Drink wieder gehen ...

„Meinem Babysitter muss ich dich ja nicht vorstellen", sagte Celia unbekümmert. „Ist alles in Ordnung, Adam?"

Adam ...?

Adam war der Babysitter dieser Frau ...?

Maggi starrte ihn an, wie er vollkommen entspannt in einem der Sessel lag, die Beine vor ihm ausgestreckt. Als hätte er das schon unzählige Male gemacht – was sogar sehr wahrscheinlich war! Ohne Zweifel verbrachte er hier – wenn Geoffrey nicht da war – viel Zeit.

Jetzt hatte Maggi erst recht das Bedürfnis, wieder zu gehen. Die Situation wurde zu verrückt!

„Ich habe Maggi noch auf einen Drink mitgebracht", erklärte sie Adam im Plauderton – als ob seine Ex-Frau in ihrer Wohnung das Natürlichste von der Welt wäre. „Kümmere dich doch bitte um sie, solange ich bei Michael und Daniel bin!" Ohne Hast verließ Celia das Zimmer.

Maggi konnte nicht glauben, was ihr gerade passierte, und starrte immer noch wortlos auf Adam, der sich jetzt aufrichtete. Sein Blick ruhte unergründlich auf ihr.

Er hatte sich nach dem letzten Treffen die langen Haare ein Stück kürzen lassen, wodurch die grauen Schläfenhaare mehr auffielen als vorher. Sein Gesicht wirkte schmaler, und die Linien neben Nase und Mund verliehen ihm einen grimmigen Gesichtsausdruck.

Es war das erste Mal, dass Maggi ihm nach der gemeinsamen Nacht begegnete. Sie fühlte sich bei der Erinnerung daran unbehaglich. Adam schien von dieser merkwürdigen Situation nicht besonders irritiert zu sein, und noch immer blickte er Maggi an …

Was ging hier vor? Wusste Adam, dass die Schauspielerin sie mit sich nach Hause bringen wollte? Wenn es so war, aus welchem Grund? Die Scheidung stand dicht bevor, und es gab nichts mehr, was sie sich zu sagen hatten.

Langsam stand Adam auf. Seine Größe und die Kraft, die er ausstrahlte, erfüllten augenblicklich den Raum. „Was möchtest du trinken?"

Ungläubig und stumm blickte Maggi ihn an.

„Trinken …", erklärte er ruhig.

Sie wollte seinen verfluchten Drink nicht! Was tat sie überhaupt noch hier?

„Brandy", beschloss Adam kurzerhand und griff nach dem Tablett mit den Getränken. „Bitte", er reichte ihr das bauchige Glas. „Je eher du es trinkst, desto früher kannst du wieder gehen", bemerkte er spöttisch, als Maggi keine Anstalten machte, das Glas entgegenzunehmen.

Schließlich nahm sie den Brandy – übervorsichtig, um nicht seine Hand zu berühren – und probierte einen kleinen Schluck von dem Getränk, das sie sofort von innen angenehm wärmte. Das war genau das Richtige, denn Maggi fühlte erneut, wie sie innerlich zu Eis erstarrte. Was um alles in der Welt hatte sich Celia Mayes dabei gedacht, sie hierher einzuladen, wo sie doch wusste, dass Adam auf ihre Kinder aufpasste?

Adam als Babysitter …? Unglaublich! Und ausgerechnet hier!

Celia schien ungewöhnlich lange zu brauchen, um nach den Zwillingen zu sehen.

„Celia ist eine Romantikerin", bemerkte Adam trocken, als hätte er Maggis Gedanken erraten. „Tja, eine Romantikerin!", betonte Adam angewidert. „Sie glaubt, dass alles wieder gut wird, wenn sie uns nur lange genug alleine lässt."

„Ganz besonders unter den gegebenen Umständen", antwortete Maggi, die endlich ihre Sprache wiedergefunden hatte, nachdem sie in der vergangenen halben Stunde kaum ein Wort über die Lippen gebracht hatte.

Adam verzog das Gesicht. „Ich werde dich nicht fragen, auf was für Umstände du anspielst", gab er verärgert zurück. „Ich kann es mir denken! Aber wenn ich an deiner Stelle wäre, dann würde ich die Vermutung nicht vor Celia aussprechen, da sie dich mit großer Wahrscheinlichkeit aus vollem Herzen auslachen wird."

„Ich finde das hier überhaupt nicht zum Lachen", sagte Maggi verächtlich. „Sie tat im Studio so freundlich …"

„Es war im Übrigen ein gutes Interview", bemerkte Adam leicht. „Und das neue Stück gefällt mir. Das Album wird sicherlich ein Erfolg."

Sie wollte nicht hören, was Adam zu ihrem Stück und dem Interview zu sagen hatte. „Celia bestand darauf, dass wir noch gemeinsam etwas trinken. Und jetzt hat sie uns aus einem mir unerfindlichen Grund allein gelassen." Maggi ärgerte sich immer mehr über die ganze Angelegenheit.

Adams Blick ruhte auf ihrem leicht geröteten Gesicht. „Celia hat vielleicht darauf bestanden, Maggi, aber du bist ja nicht gezwungen worden nachzugeben. Dass du deinen eigenen Kopf hast, musste ich am eigenen Leibe erfahren! – Du hättest die Einladung ablehnen können."

„Sie war sehr hartnäckig", verteidigte sich Maggi verwirrt.

„Und du weißt in der Regel sehr genau, was du willst", entgegnete er höhnisch und zog die Augenbrauen hoch. „Erzähl mir nicht, dass deine Neugierde dich getrieben hat! Was hat dich also hergetrieben?"

War das der Fall? Wollte sie nicht vielleicht doch endgültig wissen, wie Adams Verhältnis zu der attraktiven Schauspielerin sei? – Wie eine Motte, die instinktiv ins Licht fliegt? In diesem Falle zu Adams Geliebten …

Wenn das stimmte, musste sie eine masochistische Veranlagung haben. Oder sah sie die andere Frau nur als eine Verbindung zu Adam, ganz egal wie schmerzhaft es war? Maggi wollte später, wenn sie allein wäre, unbedingt darüber nachdenken. Aber in diesem Moment hatte sie mit Celias und Adams Beweggründen für diese Einladung genug zu tun!

„Adam, ich verspüre nicht die geringste Neugierde in mir, was deine Person betrifft", erklärte sie ihm bestimmt. „Ich weiß, was ich wissen muss!"

„Und was ist mit Celia?", forderte er sie heraus. „Hast du auch über sie alles herausgefunden, was wissenswert für dich erscheint?"

Maggi spürte, dass ihre Wangen heiß wurden, denn er hatte genau den wunden Punkt getroffen. Gegen ihren Willen musste sie sich eingestehen, dass sie Celia mochte. Trotz der Widersprüchlichkeit von dem, was sie von ihr gehört und selber erlebt hatte. Ihre ehrliche, freundliche Art passte ganz und gar nicht zu dem Bild, das Maggi von ihr hatte.

„Ich weiß nichts über sie", gestand Maggi.

„Nein?", forderte Adam sie heraus.

„Nein", entgegnete sie schnippisch und stellte das Brandyglas auf den Tisch. Der Alkohol hatte seine Wirkung verfehlt. „Wenn ich gewusst hätte, dass du hier bist, wäre ich sicher nicht mitgekommen!" Maggis Augen weiteten sich, sodass das tiefe Blau umso mehr zur Geltung kam. „Es gibt nichts mehr, was wir uns noch zu sagen hätten."

„Seltsam, ich habe schon immer gewusst, dass ihr beide euch gut verstehen würdet." Adam sprach mit weicher Stimme. „Und ich weiß, dass sie dich mag, Magdalena. Sonst hätte sie dich nie zu sich nach Hause eingeladen."

„Oh, welche Ehre!"

„Sarkasmus steht dir nicht, Magdalena."

„Und *du* bekommst mir nicht, Adam!" Sie warf ihm die beschuldigenden Worte voller Zorn entgegen. „Du bringst es fertig, die schlimmsten Seiten in mir zu wecken!"

„Und die besten, Magdalena", sagte er. „Das sollten wir nicht vergessen."

Wie hätte sie das vergessen können! Diesen Zauber, den sie in den Armen des anderen spürten, würde sie nie vergessen … Wie lange war es her? Fünf Wochen? Aber …"

„Die allerbesten …", wiederholte Adam, der mittlerweile sehr dicht bei ihr stand. Er ergriff Maggis Schultern.

Panik stieg in ihr auf. Sie konnte kaum atmen und stand wie gelähmt da. Die ganze Sache durfte ihr doch nicht ein zweites Mal passieren!

Wann würde dieses Fiasko endgültig aufhören …?

„Ich fürchte, dieser kleine Mann hat dich ausgetrickst, Adam", sagte Celia, als sie in das Zimmer trat. Sie hatte das Baby auf dem Arm. Abrupt hielt sie inne, als sie Maggi und Adam in einer so intimen Pose fand. „Oh!" Celia verzog reuevoll das Gesicht. „Soll ich wieder rausgehen und noch einmal hereinkommen?", schlug sie amüsiert vor.

Maggi hätte vor Scham in die Erde versinken mögen. Was natürlich vollkommen lächerlich war. Wer sonst, außer ihr, hatte das Recht dazu, in seinen Armen zu sein? Und doch fühlte sie sich irgendwie ertappt …

Adam löste sich langsam und ging auf Celia zu. Er streckte die Arme nach dem Baby aus. „Daniel, du bringst mich in Schwierigkeiten", sagte er gefühlvoll, während er das Kind auf den Arm nahm. „Wir hatten doch abgemacht, dass du schläfst, bis deine Mutter zurückkommt."

Celia lachte. „Ich wette, du hast die beiden erst ins Bett gelegt, als du mein Auto gehört hast!"

Adam grinste über den dunklen Lockenkopf des Kindes hinweg, das sich gegen seine Schulter kuschelte. „Das sind die Rechte eines Babysitters!", entgegnete er.

„Er ist ein solcher *Softie*, Maggi", wandte sich Celia jetzt herzlich an sie. „Aber das weißt du sicherlich."

Nein, davon wusste sie nichts; ihr war Adam noch nie wie ein *Softie* vorgekommen, weder in den Jahren der Ehe noch in der Zeit danach. Aber vielleicht benahm er sich zu dieser Frau anders. Er wirkte zumindest sehr entspannt.

Das Bild, das sich Maggi gerade bot, fesselte sie …

Der Anblick des Kindes ließ ihr Herz weich werden. Und ein zweites Exemplar von diesem Jungen lag im Schlafzimmer. Kein Wunder, dass Celia ihre Kinder nicht gerne in andere Hände gab.

„Möchtest du ihn einmal nehmen, Maggi?", fragte Celia. Als sie Maggis verschreckten Blick sah, fügte sie hinzu: „Keine Sorge, er hat dich eben angelächelt! Daniel scheint dich zu mögen. Wahrscheinlich spürt er, dass du ein Teil seines Onkels bist."

Maggi ignorierte die letzte Bemerkung und war augenblicklich von dem Kind eingenommen, das sich jetzt an sie schmiegte. Er schien von ihrem langen, schwarzen Haar fasziniert zu sein. Mit erfreutem Gesichtsausdruck hob der kleine Junge Haarsträhnen, die weich über ihre Schultern fielen, mit den winzigen, seesternförmigen Händen auf und ließ sie dann wieder fallen. Daniel grinste sie schalkhaft an. Um die Weichheit des Kindes genießen zu können, setzte sich Maggi in einen der Sessel.

„Es passt zu dir, Magdalena", bemerkte Adam mit rauer Stimme.

Es dauerte eine Sekunde, bis Maggi sich gedanklich von dem Kind lösen konnte. Ungläubig blickte sie Adam an. „Du Dreckskerl!" Fassungslos schluchzte sie auf. „Wie unendlich gemein du bist!" Maggi stand auf und gab Celia das Baby. „Du kannst dich glücklich schätzen, Celia. Dein Kind ist zauberhaft", sagte Maggi gefasst, bevor sie sich umdrehte und aus dem Zimmer stolperte.

Adam lief ihr nach und versperrte ihr den Weg. Sie stand jetzt vor der Eingangstür und blickte ihn an.

„Lass mich los, Adam!", rief sie mit zusammengebissenen Zähnen. „Wenn du nur einen Funken Verstand in dir hast, dann halte dich von Celia fern! Deine Beziehung mit ihr kann nur Unheil bringen." Ebenso, wie es ihr unendliche Schmerzen bereitet hatte und auch in diesem Moment wieder tat.

„Du glaubst doch nicht etwa immer noch die Geschichten über Celia und mich?", schrie Adam wutentbrannt. „Bist du denn vollkommen von Sinnen, Frau? Hast du keine Augen im Kopf?", fuhr er aufgebracht fort. „Diese Wohnung ist ein Ort der Liebe, Magdalena. Jeder, der sie betritt, spürt es sofort. Familienfotos, wo du nur hinguckst! Die Wohnung scheint einem die Worte entgegenzurufen: *Hier wohnt eine glückliche Familie.* Ich kann nicht glauben, dass du das nicht siehst und fühlst!"

Natürlich hatte sie das bemerkt – genau deshalb hatte Adam kein Recht, dieses Familienglück zu zerstören.

„Magdalena, ich gebe es auf mit dir." Plötzlich ließ Adam sie los und zog sich zurück. „Geoffrey ist mein bester Freund. Celia ist wie eine Schwester für mich, ich bin der Patenonkel ihrer Kinder, und du glaubst immer noch …" Angeekelt schüttelte er den Kopf. „Eines Tages werde ich schon herausfinden, warum du mich für ein solches Monster hältst!"

„Es ist alles meine Schuld, Adam." Celia kam zu ihnen in den Flur. Das Kind war auf ihrem Arm eingeschlafen. Sie hatte Tränen in den Augen. „Ich habe es gut gemeint, Adam", entschuldigte sie sich sanft.

„Das weiß ich, Celia." Er drückte ihr versichernd den Arm. „Ich bin nicht böse auf dich."

Nein, es war Maggi, auf die er eine Wut verspürte.

„So spielt das Leben. Leider hat es nicht immer ein gutes Ende wie in deinen Filmen, Celia. Bei dir und Geoffrey hat es funktioniert. Mein Glück ist mir abhandengekommen", sagte Adam hart. „Keine Sorge, Maggi! Ich halte mein Wort. Du wirst mich nicht mehr wiedersehen." Leise verließ er die Wohnung.

Und Maggi rannen die Tränen an den Wangen herunter, heiß und unaufhaltsam. Sie konnte nicht mehr klar sehen, als Celia sie liebevoll umarmte. Beide Frauen weinten, das Baby schlief unbekümmert zwischen ihnen.

Nach einer Weile richtete sich Celia auf. „Ich lege Daniel nur schnell in das Kinderbett. Geh schon mal ins Wohnzimmer, Maggi! Trink den Brandy aus, und dann reden wir miteinander!"

Maggi wusste nicht einmal mehr, wohin sie ihr Glas gestellt hatte. Schwer ließ sie sich in den Sessel fallen.

Zum ersten Mal in ihrem Leben hatte Adam sie *Maggi* genannt. Von ihrer ersten Begegnung an hatte Adam gesagt, dass sie eine zu besondere und zu schöne Frau sei, um nicht mit dem vollen Namen angesprochen zu werden.

Jetzt bedeutete sie Adam wirklich nichts mehr …

Natürlich wusste sie das schon lange, aber die harte Gewissheit zu haben …!

„Ich weiß, weshalb ich geweint habe", sagte Celia, als sie ins Wohnzimmer kam. „Aber warum hast du geweint?"

Es war zu kompliziert, um es in Worte zu fassen. Außerdem hatte Maggi auch nicht die Absicht, es der anderen Frau zu erklären. „Adam rührt mich immer sehr", gestand Celia mit ironischem Gesichtsausdruck.

Sie schüttelte den Kopf. „Ich kann euch beide nicht verstehen. Adam liebt dich sehr. Und nachdem ich euch hier zusammen gesehen habe, glaube ich, dass du ihn auch liebst. Warum seid ihr also nicht zusammen?"

Bei dieser unvermittelten Frage fuhr Maggi zusammen. Aber Celia war im Unrecht: Adam liebte sie nicht. Obgleich Maggi zugeben musste, dass sie sich in Bezug auf deren Verhältnis geirrt hatte; die offensichtliche Zuneigung, die sie gerade im Flur füreinander empfunden hatten, war eindeutig die zwischen Bruder und Schwester. Das hatte Maggi wohl erkannt – auch wenn sie zu Adam etwas anderes gesagt hatte …

Aber jetzt verspürte Maggi die Sehnsucht, nach Hause zu fahren. Sie musste unbedingt ihren Vater sprechen.

„Celia, ich muss gehen." Sie erhob sich schnell aus dem Sessel. „Es war schön, dich kennengelernt zu haben – und einen deiner Söhne – aber ich muss."

„Wenn Adam nicht gewesen wäre, hätte ich meine Kinder nicht", unterbrach sie Celia ruhig und bestimmt.

Maggi sah sie irritiert an; was sollte diese Bemerkung?

„Als Geoffrey und ich herausfanden, dass ich keine Kinder bekommen konnte, war ich der Verzweiflung nahe." Celia hielt den Blickkontakt mit Maggi. „Ich habe mich dagegen gesträubt, über eine Adoption auch nur nachzudenken, und bin mit Geoffrey zu jedem erdenklichen Spezialisten gegangen, in der Hoffnung, einer von ihnen könnte uns helfen. Ich war wie besessen davon, ein Kind in mir wachsen zu spüren und es zu gebären. Das Ergebnis war, dass Geoffrey und ich uns so weit voneinander entfernt hatten, dass unsere Ehe beinah auseinandergebrochen wäre. Kommt dir das bekannt vor?", beendete sie vorsichtig die Schilderung.

Maggi runzelte die Stirn. Gab es wirklich Parallelen? Sie und Adam hatten nie darüber nachgedacht, einen Spezialisten aufzusuchen. Nachdem sie das Kind verloren hatte, wollte Maggi nie mehr darüber sprechen. Ihr Schmerz war zu groß gewesen.

„Es war nicht das gleiche", flüsterte Maggi.

„Oh doch, Maggi, das ist es!", stöhnte Celia voller Verständnis. „Es war vielleicht noch schlimmer; du hast ein Kind bekommen und es dann verloren. Sei nicht böse auf Adam, dass er es uns erzählt hat! Als wir uns damals kennengelernt haben, ging es ihm sehr schlecht. Er hatte dich und das Kind verloren, und es war seine verzweifelte Lage, die mich wachgerüttelt hat."

„Durch ihn habe ich begriffen, dass meine Beziehung zu Geoffrey das Einzige gewesen ist, was wichtig war. Als ich Adam gesehen habe, wie er unter dem Verlust litt, wurde mir klar, wie glücklich ich darüber sein konnte, Geoffrey gefunden zu haben. Ich habe erkannt, dass ich jedes Kind lieben konnte, wenn wir es nur gemeinsam großziehen würden", erzählte Celia voller Gefühl.

Maggi schluckte hart. „Ich wusste nicht, dass es Adam so schlecht ging."

„Du wolltest es auch nicht wissen", entgegnete Celia ehrlich. „Wenn du Adam zugehört hättest … Aber ich mache dir keinen Vorwurf. Es ist oft so, dass man demjenigen, der einem so nahe steht, aus Angst davor, verletzt zu werden, nicht zuhören kann. Das Gleiche habe ich mit Geoffrey erlebt."

Maggi fragte sich, wie es damals nach dem Unfall wirklich gewesen war … Als sie Adam gesagt hatte, dass sie nie wieder ein Kind bekommen könne und wolle … Vielleicht hatte Adam bei der anderen Frau nur nach Wärme und Zuneigung gesucht!

„Du hast Daniel gesehen, Maggi. Sein Zwillingsbruder ist genauso zauberhaft. Ich habe sie beide von dem ersten Augenblick an geliebt, als wären es unsere eigenen Kinder. Sie sind unsere Kinder, Maggi.

Wir lieben sie gemeinsam, pflegen sie, wenn es ihnen nicht gut geht, und lachen gemeinsam über die beiden, wenn sie komische Dinge machen. Eltern zu sein, bedeutet nicht nur, ein Kind zu zeugen und zu gebären. Ich könnte Daniel und Michael nicht stärker lieben", ergänzte sie schlicht. „Sie sind unsere Kinder und werden es immer sein."

Maggi verstand, was Celia ihr mitteilen wollte, aber die Heirat mit Adam war anders. „Adam hat mich verlassen, Celia", sagte sie mit Nachdruck. „Und nicht umgekehrt."

„Hast du ihn jemals gefragt, warum?", hakte die andere Frau nach. „Ich habe es nämlich getan. Er hat dich geliebt – warum hätte er dich also verlassen sollen?"

„Na?" Gespannt wartete Maggi auf die Antwort.

„Nein, nein, Maggi." Sie schüttelte traurig den Kopf. „Adam ist mein Freund. Wenn du es wirklich wissen willst, musst du ihn schon selber fragen."

„Er ist ja nicht hier", entgegnete Maggi schnell.

Celia sah sie freundlich an. „Dann musst du wohl oder übel zu ihm nach Hause fahren und ihn dort fragen. Wäre das wirklich so schwierig, Maggi?" Sie hielt kurz inne, als ihre Gesprächspartnerin sichtlich erbleichte. Dann fuhr sie fort: „War es nicht Adam, der dir all die Zeit hinterhergelaufen ist, der sich bemüht hat und sich vor Ungeduld beinah umgebracht hat, bis er dich endlich singen hören konnte, um wieder Kontakt mit dir aufzunehmen?"

„Und er war ganz der arrogante, selbstsüchtige Adam", fügte Maggi hinzu.

„War er denn auch schon so während eurer Ehe? Denk einmal darüber nach!"

Nein. Sie hatten sich immer sehr gut verstanden. Während ihrer Ehe war eigentlich nie wirklich etwas schiefgelaufen – bis zu dem Unfall. Danach war nichts mehr so gewesen, wie es vorher war. Aber an wem hatte es gelegen? War es Adam, der sich verändert hatte – oder sie selber?

„Maggi, ich gebe dir Adams Adresse, falls du sie nicht schon hast."

„Ich habe sie nicht", antwortete Maggi hastig.

Celia nickte und stand auf. „Es liegt an dir, ob ihr euch wiederseht oder nicht. Dieses Mal wird er nicht mehr kommen. Bevor die Scheidung endgültig ist, solltet ihr wenigstens noch einmal miteinander reden, findest du nicht?"

„Die Scheidung ist so gut wie vollzogen", erklärte Maggi verzweifelt.

„Wenn es nötig ist, kann man sie auch wieder rückgängig machen", sagte Celia aufmunternd. „Was hast du dabei zu verlieren, Maggi?"

Nichts. Es gab nichts mehr, was sie noch verlieren konnte. Sie wusste, dass sie Adam immer lieben würde. Aber wollte sie es wirklich riskieren, an seiner Haustür zurückgewiesen zu werden? Sollte sie versuchen, eine Freundschaft zwischen ihnen zu erhalten? Es wäre vielleicht besser als nichts.

„Du bist eine tolle Frau, Celia", sagte Maggi und umarmte sie.

„Ich hoffe, du glaubst endlich, dass ich Adam nichts als eine gute Freundin bin." Celia lachte, als sie Maggis beschämten Gesichtsausdruck sah. „Geoffrey, Adam und ich hatten einen großen Spaß, nachdem ein Reporter dieses Gerücht von Adam und unserer Beziehung in die Welt gesetzt hatte. Mir reicht ein Mann, Maggi – und das ist Geoffrey."

„Es tut mir leid ..."

„Ach, ist schon gut", versuchte Celia, die Situation zu entspannen. „Aber du sollst wissen, dass ich auch deine Freundin bin, egal, wie die Geschichte endet."

Maggi war sich nicht sicher, ob sie die Freundschaft dieser Frau überhaupt verdiente ... Würde Adam ihr zuhören? Wenn er sie wirklich liebte, dann könnten sie alle Meinungsverschiedenheiten und Missverständnisse aus dem Weg räumen.

Die Liebe war der ausschlaggebende Faktor ... durch sie könnte alles vergeben, wenn nicht sogar vergessen werden ...

*M*aggi fühlte sich höchst unsicher, nachdem sie bei Adam geklingelt hatte. Vielleicht war er nach dem Besuch bei Celia nicht direkt nach Hause gefahren …

„Magdalena!" Adam öffnete die Tür und war sichtlich überrascht, was nach der letzten Begegnung auch nicht verwunderlich war.

Das dreistöckige, viktorianische Haus, in dem Adam lebte, irritierte sie. Maggi hatte eher ein luxuriöses Apartment mitten in London erwartet.

Er zog die Augenbrauen hoch, da Maggi schwieg. „Möchtest du hereinkommen, oder hast du es dir gerade anders überlegt?", fragte er gewagt.

„Ich …" Sie räusperte sich, da ihre Stimme versagte. „Wenn es dir nichts ausmacht, würde ich gerne hereinkommen."

„Sei mein Gast!" Adam trat mit übertriebener Freundlichkeit beiseite. Er führte sie in einen Raum auf der linken Seite des Flures.

Es war offenbar sein privates Zimmer – voller Regale, die unordentlich mit Büchern gefüllt waren, Dutzende von Kassetten lagen auf dem Tisch verteilt, und unterschiedliche Sessel, auf denen sich Haufen von Zeitungen stapelten, standen asymmetrisch in dem Raum.

Ohne sich zu beeilen, räumte er einen der Sessel für Maggi frei. „Ich habe keinen, der für mich aufräumt", erklärte Adam trocken.

Es war damals ein von ihnen oft gebrauchter Scherz, dass sie Adam eines Tages unter seinem Krempel verschüttet hervorwühlen müsste.

„Was tust du hier?", erkundigte er sich ungerührt.

Maggi schluckte. „Ich bin mir da selber nicht sicher", gestand sie zögernd.

Adam sah sie durchdringend an. „Hast du mit Celia gesprochen?"

Tief bewegt blickte sie ihn an. „Nicht so, wie du denkst."

„Mit deinem Vater?", hakte er nach.

„Nein." Maggi schüttelte den Kopf. „Ich bin direkt von Celia hierhergefahren. Ich mag sie übrigens sehr. Sie scheint eine gute Freundin von dir zu sein." Maggi hielt seinem Blick stand, obwohl sie merkte, wie er bei dieser Bemerkung den Mund zusammenpresste. „Aber warum sollte mein Vater von Interesse sein?"

Ungeduldig wandte sich Adam von ihr ab. „Ich habe schon einmal gesagt, dass es nicht wichtig ist …"

„Aber für mich, Adam", unterbrach Maggi ihn mit gefühlvoller Stimme, während sie aufstand, um mit ihm auf gleicher Höhe zu sein. „Adam, es war nicht leicht für mich herzukommen – wir … ich … muss mit dir reden. Ich meine richtig reden, ohne dass wir sofort anfangen, uns zu streiten."

„Und wessen Fehler ist das?", forderte er sie heraus.

Maggi seufzte. „Im Moment ist es deiner."

Adam starrte sie an. „Weiß Mark, dass du hier bist?"

Mark …? Natürlich – Adam dachte noch immer, dass sie glücklich mit seinem Cousin verlobt war. „Du solltest dich wirklich etwas besser um die Familienangelegenheiten kümmern, Adam", antwortete sie ruhig. „In drei Wochen werde ich, im Gegensatz zu dir, auf Marks Hochzeit tanzen."

„Großer Gott! Ihr scheint es wirklich eilig zu haben", bemerkte er angeekelt.

„Als seine Trauzeugin." Maggi hielt den Blickkontakt, während sie unbekümmert den Satz zu Ende sprach. „Er heiratet meine langjährige Physiotherapeutin und Freundin, Andrea."

„Aber er hat … du hast gesagt …"

„*Du* hast es gesagt, Adam, nicht ich. Du hast große Vermutungen angestellt und sie mir in den Mund gelegt. Es scheint dir leichtgefallen zu sein, nur das Schlechteste von mir zu glauben."

Er kniff die Augen zusammen. Schon wieder standen sie sich zornig gegenüber. Nein, dafür war Maggi nicht hergekommen.

„Adam", sagte sie mühevoll. „Was hast du empfunden, als ich unser Baby verloren habe?"

Er erstarrte. „Das ist Vergangenheit, Magdalena", bemerkte er grimmig.

Adam benutzte wieder ihren vollen Namen … „Es ist unsere Vergangenheit, Adam, und ich muss es wissen", sagte Maggi mit bewegter Stimme.

Er seufzte tief. „Es war vernichtend."

Maggi spürte, wie ihr Herz sank. Sie hatte es schon längst geahnt, der Tod des Kindes war der Punkt, an dem sich ihre Beziehung verändert hatte.

„Aber nicht so furchtbar, als wenn ich dich verloren hätte", fuhr Adam fort. „Während der Schwangerschaft kann ein Mann einfach noch nicht eine so enge Bindung zu dem Kind herstellen, wie es Frauen können. Das kommt erst dann, wenn wir es in unseren Armen halten."

Adam senkte den Kopf, und er verzog voller Schmerz den Mund. „Es war unser Kind, Magdalena, ich habe es geliebt. Ihn zu verlieren …! Oh Gott, aber wenn ich dich damals verloren hätte, wäre mein Leben wertlos geworden …! Na ja, es ist dann ja später doch passiert."

„Warum?" Maggi hielt den Atem an. Der Schmerz in ihrer Brust war zu groß.

„Das kannst du mir besser beantworten. Du hast mich doch plötzlich von dir gewiesen. Deine Ablehnung gegen mich war so groß, dass sie sogar den Heilungsprozess behinderte", erinnerte Adam.

„Ist das …?" Maggi schluckte schwer. „Ist das der Grund dafür, dass du dich zu Sue Castle gewendet hast? Ich mache dir keinen Vorwurf, Adam", fügte sie schnell hinzu.

„Ich habe mich nie zu Sue Castle *gewendet*", behauptete er standhaft. „Wir haben eine Zeit lang zusammen gesungen; aber das ist alles. Ich habe nie verstanden, wie du auf den Gedanken kommen konntest, dass ich ein Verhältnis mit ihr hatte."

„Ich habe mit ihr gesprochen." Maggi fuhr sich mit der Zunge über die Lippen. „Sie hat es mir erzählt."

„*Was* hat sie dir erzählt?", entfuhr es Adam hastig. „Wann habt ihr miteinander gesprochen?", fragte er nach, diesmal etwas ruhiger.

„Den Morgen, nachdem du nachts nicht nach Hause gekommen warst … erinnerst du? Es war wegen des Schneesturmes." Maggi versuchte, die Kontrolle zu bewahren, obwohl sie spürte, wie Tränen in ihr aufstiegen. „Ich habe das Hotel angerufen, in dem du übernachten wolltest. Die Rezeption hat mich in dein Zimmer durchgestellt, und da hatte ich Sue am Apparat." Maggis Augen glänzten von Tränen, während sie Adam ansah.

„Sue hat …?" Er wirkte irritiert. „Aber …"

„Sie sagte, dass es ihr leid täte, aber das könne schon vorkommen, wenn man so eng zusammenarbeitete." Sie schluckte die Tränen herunter und fuhr fort: „Ich hatte das Gefühl, mein Leben würde zusammenbrechen", gestand sie zögerlich.

Adam war immer noch durcheinander. „Wir reden doch von der Nacht, in der wir durch den Schneesturm in London festsaßen, oder? Um diese Nacht geht es doch?"

„Du weißt, dass es um diese Nacht geht", schluchzte Maggi. „Es gab ja nur die eine, in der du dich nicht hast blicken lassen. Ich wollte dich morgens anrufen, um zu fragen, wie es dir geht und ob du bald nach Hause kommst. Aber nachdem ich dann mit Sue gesprochen hatte, wollte ich dich nicht mehr sehen." Sie schüttelte den Kopf. „Ich habe jetzt begriffen, dass solche Dinge passieren können …"

„Mir nicht", schnitt Adam ihr den Satz ab. „Damals nicht und heute auch nicht. Ich möchte gerne wissen …"

„Was meinst du mit *und heute auch nicht*?" Maggi blickte ihn ungläubig an. Er war doch mit Sicherheit in irgendeine Beziehung verwickelt gewesen, nachdem sie sich getrennt hatten, oder etwa nicht?

„Das tut nichts zur Sache", bemerkte er.

„Doch, es ist mir wichtig", protestierte Maggi. Dass Adam ebenso enthaltsam gelebt hatte wie sie, war ganz unmöglich.

„Darüber können wir gleich reden. Erst muss ich die Geschichte mit Sue Castle verstehen. Ich kann es mir nicht erklären. Warte!", sagte er langsam. Adam zog nachdenklich die Brauen zusammen. „Ich habe sie zum Frühstück unten im Hotelrestaurant getroffen. Während ich bezahlt habe, ist sie in unsere Zimmer gegangen, um die Gitarren zu holen. Verstehst du, *unsere Zimmer*! Wann hast du angerufen?"

„Ganz genau weiß ich es nicht mehr … ich war die ganze Nacht wach. Doch, jetzt fällt es mir ein. Ich habe mich nicht getraut, zu früh anzurufen, und habe deswegen bis halb acht gewartet." Maggi fühlte den Schock von damals noch in den Knochen.

„Du hättest mich nicht geweckt. Ich konnte selber kein Auge schließen, weil ich nicht wusste, ob es dir gut ging!", erzählte Adam voller Bedauern. „Als ich am nächsten Tag zu deinen Eltern gefahren bin, traf es mich wie ein Schlag ins Gesicht. Du hast mir gesagt, dass unsere Ehe für dich nicht mehr das sei, was sie einmal war, und dass wir uns nichts mehr zu sagen hätten."

Maggi bemerkte, wie traurig er aussah. Es stimmte, sie hatte diese Dinge gesagt, aber nur aus dem einen Grund. „Hattest du jemals eine Affäre mit Sue Castle?"

Adam hielt ihrem Blick stand. „Nein."

„Oh Gott …!" Sie sank mit weichen Knien in den Stuhl.

Einen Moment lang beobachtete er Maggi. Dann fragte er leise: „Glaubst du mir?"

Sie blickte ihn an. „Ja."

Ein Seufzer der Erleichterung entrang sich Adam, und er kniete sich neben den Sessel. „Ist das der einzige Grund gewesen, weshalb du vor drei Jahren so schreckliche Dinge gesagt hast?", drängte er mit rauer Stimme. „Hast du mich deshalb weggeschickt?"

Erneut drohten die Tränen zu fließen. „Nein – nicht ganz. Es war alles zusammen." Sie schluchzte, als Adam sie fragend ansah. „Ich konnte nicht gehen, konnte keine Kinder mehr bekommen und war einfach nicht mehr die Frau, die du geheiratet hattest …"

„Unser Schwur lautete: *In guten wie in schlechten Zeiten*, Magdalena." Jetzt nahm er Maggis Hände in seine. „Daran halte ich bis heute fest. Ich habe unsere Versprechen in keinem Punkt gebrochen. Nicht einem", erklärte er nachdrücklich.

Maggi schaute ihn flehend an. „Aber du hast dich nie vergewissert, ob ich meine Meinung geändert habe."

„Dein Vater, mit dem ich in den vergangenen Jahren immer Kontakt gehalten habe, hat mir versichert, dass du mich nicht sehen wollest. Es durfte doch nicht einmal mein Name in eurem Haus erwähnt werden."

Endlich begriff Maggi, warum ihr Vater so dringend mit beiden sprechen wollte. „Ich hatte keine Ahnung, dass ihr euch regelmäßig gesprochen habt."

Adam nickte. „Ich wollte wissen, wie es dir geht."

„Und ich habe nicht mit dir reden wollen, weil …" Sie machte eine Pause. „Es tat so weh!"

„Es tat mir auch weh, Magdalena, dass du dich ohne mich schneller erholt hast. Viel lieber wäre ich an deiner Seite gewesen. Da ich jetzt wusste, dass du dich von dem Unfall erholt hast, bin ich gekommen, um mit dir Kontakt aufzunehmen. Ich hatte die Hoffnung, dass du mich nicht mehr zurückweisen würdest." Adams Gesichtsausdruck spiegelte sein tiefes Gefühl wider. „Du hältst mich für arrogant und stolz – doch, das tust du", wandte er ein, als Maggi protestieren wollte. „Aber sobald es um dich ging, hatte ich nie auch nur einen Funken Stolz. Ich liebe dich, Magdalena. Ich habe dich immer geliebt. Und ich werde dich immer lieben."

Sie vergrub das Gesicht in den Händen und weinte hemmungslos. „Oh, Adam, was für einen Albtraum habe ich angerichtet?" Maggi schluchzte. „Ich war nahe daran, dich ehrlich zu hassen", gestand sie.

„Deinen Vater hast du zumindest davon überzeugen können", bemerkte Adam vorsichtig. „Er hat es mir recht deutlich gemacht. Aber ich glaube, dass er doch Mitleid mit mir hatte."

Maggi schluckte hart. All den eigenen Stolz versuchte sie loszuwerden. Denn *sie* war es, die ihre eigene Behinderung nicht ertragen konnte, nicht Adam. Es war leichter für sie gewesen, ihn zu verlassen, als körperlich behindert mit ihm zu leben.

„Wahrscheinlich hat mein Vater letztlich doch erkannt, dass ich gelogen habe, denn ich liebe dich immer noch. Immer habe ich dich geliebt! Und das wird sich nie ändern." Maggis Stimme zitterte.

Während sie sprach, fühlte Adam unendlichen Schmerz. Jetzt fiel die Spannung von ihm ab, und sein Gesicht erhellte sich. „Genug, um mich zu heiraten?"

Sie lächelte mit Tränen in den Augen. „Wir sind noch verheiratet", bemerkte Maggi.

„Würdest du mich noch einmal heiraten, Magdalena?", fragte er beharrlich.

Sie küssten sich leidenschaftlich. Endlich konnten sie all ihren zurückgehaltenen Gefühlen der vergangenen drei Jahre freien Lauf lassen.

„Ich lasse dich nie, nie wieder gehen, Magdalena", sagte Adam, während er sie auf seinen Schoß setzte. „Heute Nacht bleibst du hier bei mir, und morgen werden wir uns um unsere Hochzeit kümmern."

„Dagegen habe ich nichts einzuwenden", erklärte Maggi und lehnte den Kopf an seine Schulter. Tief atmete sie den Duft seiner Haut ein und genoss die Körperwärme. „Es fühlt sich so gut an, Adam."

„Weißt du", sagte Adam nachdenklich, „ich finde, du solltest unbedingt dein Soloalbum herausbringen."

„Und danach?"

„Das liegt an dir." Er zuckte mit den Schultern.

„Ich möchte gerne wieder mit dir singen, Adam. Das wäre wundervoll", antwortete Maggi überwältigt.

Er hielt sie fest in den Armen. „All die Jahre haben wir doch niemand anderen außer uns gebraucht, nicht wahr, Magdalena?"

Sie hob den Kopf, um Adam anzusehen. „Heißt das, du möchtest keine Kinder haben?"

„Na ja, nachdem die Adoption bei Celia und Geoffrey so problemlos verlaufen ist … warum nicht?"

„Ich meine ein eigenes Kind." Maggi bemerkte, wie sie zum zweiten Mal vor lauter Anspannung den Atem anhielt.

Vorsichtig sagte er: „Du weißt, dass das unmöglich ist."

„Die Ärzte haben gesagt, dass die Möglichkeit immer noch bestehe … Ich habe mich untersuchen lassen, und es ist nicht ausgeschlossen. Außerdem", fügte sie schüchtern hinzu, „außerdem bin ich ... ich habe seit ... es ist jetzt fünf Wochen her, dass wir ..."

„Magdalena, ich bin dein Ehemann und kenne deinen Zyklus genau. Willst du mir sagen, dass du seit unserer letzten Nacht keine Periode gehabt hast?"

„Ja!" Sie setzte sich auf und sah ihn mit funkelndem Blick an. „Es könnte zumindest sein, dass ich schwanger bin."

„Auch wenn du es nicht bist, Magdalena, weiß ich nicht, wohin ich mit all meinem Glück soll", hauchte er ihr ins Ohr. „Ich habe immer nur dich gebraucht ... dich zu lieben und von dir geliebt zu werden."

„Das tue ich, Adam, so sehr", gestand sie ihm, und ihre Körper wurden zu einem.

Die Liebe füreinander war grenzenlos, als acht Monate später ihre Tochter geboren wurde.

– ENDE –

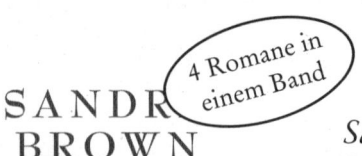

SANDRA BROWN

EMILIE RICHARDS
ANNE MATHER
BARBARA BRETTON

Inselträume voller Sehnsucht

Band-Nr. 20052

9,99 € (D)

ISBN: 978-3-95649-071-2

576 Seiten

Sandra Brown u. a.
Inselträume voller Sehnsucht

Sandra Brown –
Bittersüßes Geheimnis:

Kurz vor ihrem wichtigsten Match erfährt Tennisspielerin Stevie, dass sie schwerkrank ist. Niemand darf es wissen! Doch als sie dem Journalisten Judd begegnet, nimmt das Spiel des Lebens eine unerwartete Wendung …

Emilie Richards –
Glut der Liebe:

Bei einem Tauchgang macht die Fotografin Kelsey eine schreckliche Entdeckung. Ausgerechnet ihre Jugendliebe Mitch steht ihr in diesem Moment bei – der Mann, dem sie nie wieder vertrauen wollte.

Anne Mather – Verzauberte Tage in Honolulu:

Nach einem Unfall kann sich Cybele an kaum etwas erinnern, aber sie fühlt sich unwiderstehlich zu dem selbstbewussten Arzt Rodrigo hingezogen. Leidenschaftlich küsst sie ihn und ahnt nicht, wie gut sie ihn eigentlich kennt …

Barbara Bretton – Sehnsucht liegt in deinem Blick:

Für Jolie bricht eine Welt zusammen, als sie erfährt, was ihr geliebter Ehemann von ihr erwartet: Entweder gibt sie ihren gefährlichen Job bei der Feuerwehr auf – oder er lässt sich scheiden.

Mitten ins Herz!

Mit exklusiver Postkarte!

Band-Nr. 25773
9,99 € (D)
ISBN: 978-3-95649-050-7
eBook: 978-3-95649-395-9
336 Seiten

*Carly Phillips &
Jennifer Crusie
Wenn Amor zielt ...*

Jennifer Crusie –
Ein Mann für alle Lagen:

Kat sucht den perfekten Mann – das kann doch nicht so schwer sein! Auf den Rat ihrer besten Freundin hin verbringt sie ihren Urlaub in einem Golfhotel für Singles. Prompt jagt ein Date das andere. Aber mit keinem der Jungunternehmer und Börsenmakler funkt es richtig. Wie gut, dass es Jake Templeton, den stillen Teilhaber des Hotels, gibt! Er ist ein echter Freund – und plötzlich noch mehr ...

Carly Phillips – ... und cool!:

Noch eine Woche bleibt Samantha, dann ist ihr Schicksal besiegelt! In sieben Tagen wird sie heiraten - nicht aus Liebe, sondern aus Vernunftgründen. Doch bevor Samantha diese Ehe eingeht, will sie ein letztes Mal pure Leidenschaft erleben. Als sie dem attraktiven Mac begegnet, weiß sie: Der Barkeeper ist der Richtige für ihr erotisches Abenteuer. Allerdings ändert dieser One-Night-Stand alles!